オールド テロリスト

老人恐怖分子

村上龍

張智淵 譯

Ryu Murakami

OLD TERRORIST

【推薦序】

老人們是未來的過去

作家　張國立

事情大約發生在十多年前，突然接到一通電話，對方的名字雖熟悉，但怎麼也想不起面孔。他說，哪天有空他領我去看看老朋友。什麼樣的老朋友？就是以前你跑影劇新聞時候認識的那些呀。

公司離西門町很近，我七分好奇，三分不想讓人失望，就答應了。

約在昆明街以前許多試片間、剪接室的大樓前碰面，來的人禿著頭，不過藏在眼鏡後的笑容讓我馬上想起，民國七〇年代他是某電影公司的公關，為人一向隨和討喜，大約已近七十歲。

哈啦一陣，他領我穿過年輕的人潮，拐進小巷弄，正擔心迷路時，猛然抬頭見到古早以前的海報看板，掛在對面的一處舊大樓二、三樓外牆。看板四周繞了圈閃五彩顏色的燈泡，中間是穿旗袍開高衩昔日頗有名氣的歌星持麥克風照片。

一家伙，我進入時空隧道。

紅包場內坐了約六、七十人，大多是老先生，有穿尖領襯衫抹油頭的（即使剩下的頭髮不多），有領口打著亮綠領巾的（即使露出的胸部蒼白且摺皺），有雙排釦背後開雙衩西裝的（即使西裝嫌空了些〕，也見到一些老太太，包括穿短得不時閃出紅色蕾絲邊內褲踩麵包底高跟鞋的，Strobo光線照射出她大小腿數得清的橘皮線條。

我被引到以前絕沒見過的胡董桌旁坐下，陪三位老大哥聽歌，不時鼓掌叫好，不能不接過從桌下塞來的紅包袋，塞進幾張百元鈔票往台上送。

令我驚訝的是，桌上居然有圓罐裝的三炮台香菸，和XO、VSOP出現之前的高級三星白蘭地，難道我回到民國五〇年代？

聽完歌，他們熱情邀我吃消夜。附近不遠一處公寓內的三樓，已經兩桌麻將擺好，用的是我小時見我媽她們打牌時用的竹節式背面麻將牌。三位穿旗袍的中年女人在一旁殷勤接待。

和六隻布滿斑點、皮肉幾近分離、指甲卻搽得啵亮的手洗牌摸牌，到底怎麼回事？他們單純三缺一，費點工夫拉我湊數而已？

四圈牌結束，終於吃消夜，不記得菜色，不過記得面前的稀飯與手裡抓的半條沾了醬油的油條。吃著，胡董說正經事：

「小張，你看我們幾個，沒一個少於七十歲，有點錢，有點閒，看社會變成這樣，憂心哪。」社會變得怎樣？

「年輕人成天鬼混，看看西門町成什麼樣了？報上的新聞不是殺人就是放火，商量好多年，我們打算辦本雜誌。錢，我們有；雜誌，一竅不通。幾個朋友說你不錯，有沒有興趣？」

忘記我怎麼打馬虎眼的，總之，我在古龍水與煎蛋混合的刺鼻氣味中離開西門町。走在中華路，當場下定決心忘記這晚的事，並依他們的要求始終沒透露給任何人。

那晚，對我而言，魔幻與科幻，彷彿進出某個時空的「逗點」區域，老人們是未．來．的．過．去。

看完《老人恐怖分子》，想起早以為消失的一段記憶。村上龍設計出不真實的背景，講述近在眼前的真實威脅。一群老人製造連串的恐怖攻擊事件，以古董兵器在東京都毫無顧忌地殺戮，包括早被禁用的芥子毒氣與二戰時德軍著名的反戰車八八炮。

他們和宗教狂熱主義者不同、和追求金錢的勒索集團不同，他們甚至和精神病院內的病友不同。以清晰的計畫、向心力極強的同夥、豐富的金脈，追求明確的目標。恍惚，我以為進入硬漢版的村上春樹世界，或者悲傷版的宮崎駿幻想國度。

村上龍今年六十五歲，寫的小說比起以往，硝煙味更重，透過看似瘋狂的老人，表達他對於當前社會的意見。

對了，我的「回到過去」，在稀飯之後、廁所之後，不知所終。如今我也年過六十，對現狀的不滿接近血壓的爆漿點，尤其想不通的是，為什麼明顯、簡單的道理，你們這些搞政治的、年輕的文青看不出來？

剛才我悄悄發出十二封郵件，約了相同年紀的好友，信的內容幾個字而已：

「老ㄅㄧㄤ，該找天喝酒啦，下星期一如何？老地方。記得老地方吧？」

我們接近尿袋和點滴，可是還打得動球；進醫院的次數增加，領回的藥丸大部分存得冰箱擠不進牛奶罐；心肝脾胃臟沒一樣正常運作，腦袋內記憶體沒少一個.doc。必須釋放憤怒，必須拯救社會，必須……先喝酒再說。

關於張國立：輔大日語系畢業，曾任《時報周刊》總編輯。得過國內各大文學獎項，精通語言、歷史、軍事、體育、美食文化，從詩、劇本、小說至旅行文學無所不寫，已出版數十種作品。著有《一口咬定義大利》《烏人一族》《亞當和那根他媽的肋骨》《清明上河圖》《棄業偵探》《張大千與張學良的晚宴》《鄭成功密碼》《一口咬掉人生》等。

我從地下鐵代代木公園站，朝ＮＨＫ走去。櫻花開始凋零，粉紅色的花瓣隨風飛舞而來。邊走邊覺得哪裡和平常不一樣。原來是行人極為平常地和我擦肩而過。換作過去，行人會狐疑地上下打量我，或者避免和我對上視線地退避三舍。平常的我，衣著和遊民沒有兩樣。許久沒去公共澡堂，今天下午一點多到那裡洗去累積多日的汙垢。兩個月沒去理髮店，也去理了髮，穿上唯一留下的一套西裝，到量販店買襯衫，還打上了領帶。因為西裝一直收在廉價公寓的壁櫥，所以染上了霉味，必須拿去洗衣店乾洗。西裝會使五十歲的男人融入周遭的景色中。雖非最新的設計款式，但相較於平常的打扮，天差地遠。而皮鞋雖然穿到有點舊了，但好歹穿著像樣的皮鞋，而且手上提著擔任自由記者時在用的名牌公事包。

「喂，關口，能不能替我寫一篇報導？」

三天前，從前的上司打電話來。我六年前為止原本是自由記者，任職於大型出版社發行的週刊雜誌。妻子在外資證券公司上班，女兒上托兒所。我也曾採訪一群集體不上學的國中生，而獲得社長獎。但是，週刊雜誌停刊，狀況為之一變。人在失去了重要的事物之後才知道其可貴。我先是失去工作，然後失去充實感、失去家人，最後失去了自尊。其實，我心裡有點瞧不起自由記者這份工作。我不可一世地認為，其實我不是做這種事情的人，應該有其他更適合自己的工作，像是小說家、評論家，但是我高估了自己。

我認為，週刊雜誌就像是象徵日本的媒體。誕生於經濟高度成長時，隨著日本的經濟需求暴增而成長。它也曾揭發政治人物的醜聞，推翻當時的政權，裸女彩頁長期撫慰了上班族。但是，它在八〇年代左右，結束了真正的任務。一般的上班族這種單一族群消失，雜誌的需求也變得多樣，但是它無法適應這個變化。慢慢地式微，不久之後，遭到網路等新興媒體驅逐，一份又一份雜誌停刊。人們說是出版不景氣，但實際上並非如此，而是被淘汰。

縱然雜誌決定停刊，我仍然老神在在地認為，就算週刊雜誌沒了，應該也有工作。但是，並沒有工作。我明明輕視週刊雜誌，但其實一直依賴著它，當我意識到這一點，為時已晚。沒有特別的技術、證照和關係，坐四望五的男人不可能找得到新工作。只有整理建築工地、包裝瓦楞紙箱和打掃大樓這種工作，漸漸地被逼上絕境，我心煩氣躁，開始挖苦獨自扛起一家生計的妻子，或者把她當作出氣筒，不久之後，妻子帶著女兒搬出公寓。她向公司本國的分公司提出調職申請，移居西雅圖。

「我不想看到這樣的你，也不想讓女兒看到。」

這是妻子的最後一句話。我被趕出公寓，夜宿公園。因為是夏天，所以被蚊子襲擊，當時覺得自己好窩囊，掉下了眼淚。我決定無論哪種工作都做，一個個打電話給從前的熟人，不管哪種工作都接，像年輕的打工記者一樣，尋訪大眾餐館和便宜居酒屋，介紹脫衣舞店、風月場所和性工作者；撰寫中小企業網頁的公司歷史和介紹產品，以及編撰市區商店街的手冊等。然而，月收入平均十二至十五萬左右，住在大久保像是木賃宿①的四疊半旅館②，持續過著勉強度日的生活。

「報導？什麼報導？」

我接到電話時，如此脫口問道。我數度聯絡，拜託從前的上司介紹工作，但是當然毫無音訊，從前的上司甚至連電話也不肯接。事到如今，要我寫什麼報導呢？這已經是頗久之前的事了，那一群集體不上學的國中生後來展開各種商務，透過外匯交易等獲得鉅額資金，在北海道打造半獨立的社區移居。當時，在野幌這塊土地引發莫大的話題，如今定調為特區。據說在持續嚴重不景氣的日本，北海道的經濟之所以較好一些，是因為那個特區的緣故，除了日本之外，在全世界也很有名，無人不知。那一群前國中生的活動是我的特別題材來源，他們應該沒有新的活動。他們的幹部中，我也熟識幾個人，但是辭掉

① 譯註：江户時代，旅客帶米自炊，支付柴火費充當住宿費的簡陋客棧。
② 譯註：約為二．二五坪。

自由記者的工作之後，就完全沒有聯絡了。

「天曉得。有人指名，希望你寫報導。你認識一位叫做吉崎的老爺爺嗎？那位老爺爺打電話來，說他是大久保的象棋道場的象棋同好。你認識他嗎？」

我偶爾會在大久保的象棋道場露臉。沒有工作時，能夠以七百圓度過一天的娛樂設施很珍貴。若是待在充滿汗臭味的四疊半房間，心情就會鬱悶，而若是在帶著幼童的母親聚集的公園看書，就會被誤認為遊民報警。不管做什麼都要花錢，所以我在不知不覺間，重新開始下起了在國中之前喜愛的象棋。但是，我不記得吉崎這個名字。那個象棋道場的常客都是老人，五十四歲的我幾乎是最年輕的。不過話說回來，究竟是什麼報導呢？我聽到上司的回答，啞然無語。

「他說，他會在NHK進行恐怖攻擊。地點是NHK西側大門的大廳。他說，他絕對無法原諒一個傢伙，所以應該是針對人的恐怖攻擊。他沒有說要殺誰。」

恐怖攻擊？我心想，怎麼可能有那種蠢事。世道確實一片陰暗。七年前的大地震後，日本遭受嚴重的停滯性通膨，日圓有一陣子暴跌，其影響仍舊持續。資金周轉越來越惡化。財政幾乎破產，包含美國在內，遭到周邊各國的冷漠對待，反覆重整的政黨和政治人物無能，人民對於政治的信賴蕩然無存，去年的大選投票率跌破百分之四十。但是，或許是不願意識到衰退和沒落，或者是人民忘了憤怒，甚至沒有發生遊行。當然，也沒有罷工。雖然歹徒殺傷路人的案件頻繁發生，但是恐怖攻擊在日本國內快要成為廢詞。要我怎麼才能將一天到晚在整棟建築物傾斜的大久保象棋道場下象棋的老爺爺，和恐怖攻擊連結在一塊兒呢？

「我出採訪費，你替我寫報導。我給你五萬。真的發生案件的話，我另外付你酬勞。替我們的電子報寫報導。」

我稍微搞懂了這件事。原來是除了我之外，沒人要去。象棋痴的老爺爺預告要進行恐怖攻擊，簡直蠢到家了。即使報警，說這是從象棋同好的老人獲得的恐怖攻擊資訊，警察應該也不會當一回事。太離奇了。甚至不能當作漫畫的題材。但是，假如真的發生恐怖攻擊，世人會大為震驚。就跟看到飼主被狗咬死這種新聞一樣吃驚。

「我沒有餘力派攝影師，所以關口，你能不能連照片也一併拍？你來公司一趟。我借你相機。另外，我也會給你名片。」

最後，上司像是在自言自語似的，說了奇怪的話。

「那位叫做吉崎的老爺爺該怎麼說呢，他說的不是江戶腔，而是山手的東京腔③。異常客氣。他

③譯註：承襲江戶時代的旗本（高級武士）、御家人（下級武士）的語言潮流，明治時代之後主要是住在山手的知識階層在用的語言。

說，無論如何，恐怖攻擊很危險。感覺像是小津安二郎的電影一樣。我問他，您是土生土長的東京人吧？你猜他怎麼回答？他回答：我既非東京人，也不是日本人，如今也是滿洲國的人。他說他不是滿洲的人，而是滿洲國的人。而且，『如今也是』是什麼意思？」

我為了領取採訪費，前往好久沒去的從前任職的出版社。公司大樓變新了。雖然出版業的不景氣持續，但是聽說自從錄用年輕的新社長之後，十多個雜誌停刊，雜誌部和出版部的幾個局處裁撤整合，裁掉不少人員，而且電子書籍事業成功，業績向上成長。新公司大樓的玄關挑高，裝飾現代的雕刻，擺放觀葉植物，使得身穿一堆汙漬的大衣的我顯得相當醒目。而且我頗長一陣子沒洗澡。我在櫃檯告知上司的名字之後，櫃檯小姐要我稍候，不肯讓我入內。上司出現，從我的髒運動鞋的鞋尖一路看到蓬亂的頭髮，嘆了口氣，遞給我五萬圓的採訪費，以及裝了用電腦製作，簡單列印的名片的信封，要我寫收據。名片上印著「Independent Journalist」（獨立記者）這個英文的頭銜，令我苦笑。

「你要到NHK的西側大門，拜訪今野這個男人。他是我的大學學弟，我跟他說好了，讓你入內。因為很麻煩，所以我沒有告訴他恐怖攻擊的事。你也別告訴他。對了，關口，關於那位老爺爺，我有一件好奇的事，『我如今也是滿洲國的人』是什麼意思呢？」

我回答不知道，立刻離開了公司。我想盡早離開顯然在標榜「我們注重環保」這種原則的乾淨建築物，話說回來，我對滿洲國沒有興趣。我當然知道這個專有名詞。但是，我認為它如同平安京、應仁之亂、日本海海戰一樣，已經埋沒於歷史之中，和自己毫無關係。

但是不久之後，我對於自己的無知感到後悔。堪稱滿洲國餘黨的人們、我本身，以及日本受到命運擺布，即將暴露於滅亡的危機之中，但是我根本無法想像那種事。

艷陽下，一對金髮的外國夫婦從代代木公園推著嬰兒車走來，我討好地笑著對幼童揮手。她是女生，水靈大眼，很可愛。我忽然想起了女兒。已經將近八年不見了。她應該快要十三歲了，從小就五官端整，一定變成了美女。三年前，我收到妻子的簡訊，說她或許會再婚。我沒有回覆，所以之後沒有聯絡，不知道她是否真的再婚了。那一年年底，我在廉價公寓一面看電視播放於西雅圖的水手隊（Seattle Mariners）主場，盛大舉辦的鈴木一朗的紀念退休特別比賽，一面拚命地尋找妻子、女兒和白人男子的身影。流當品的電視畫質很差，不可能在大批觀眾中辨識出妻子和女兒，但妻子是一朗的球迷，鈴木一朗自從出道以來，長期活躍於這個棒球場，所以我想，她一定會來看這場在值得紀念的棒球場舉辦的特別比賽。而我不管比賽，一味地看著觀眾的身影，說來丟臉，我赫然回神，號啕大哭。

我仔細思考自己喪失工作、家人，連自尊也失去了，為什麼沒有自殺呢？結論總是一樣。至今的人生當中，並非毫無愉快的事。應該沒有人從懂事以來，沒有半件愉快的事。自從妻子和女兒去了西雅圖之後，嚴重的憂鬱感找上我。因為健保中斷了，所以沒有去看醫生，假如去看附近可疑的身心科，說不定會輕易地被診斷為憂鬱症。我的確也考慮過自殺。但是，我之所以沒死，是因為我覺得至今有幾次挺愉快的事、雖然現在是人生的谷底，但是說不定今後還會有什麼愉快的事。那已經是十幾年前的事，如今回想起來，和那一群集體不上學的國中生來往的時期，或許是我過得最充實的時光。那一群不去學校的國中生後來使用網路，創立幾個新的商務，甚至自行創立技術學校，透過操作資訊的外匯交易，獲得龐大的資金，在北海道打造獨立區移居。我最終和他們分道揚鑣，但是他們真的執行、實現了新的事。日本應該不會再發生那種事了。我想，我之所以打消自殺的念頭，或許是因為和他們一起度過的日子所致。

我從派出所前面經過。我和平常不一樣，身穿西裝，沒有被警官注視。然而，或許是從前的經驗使然，和站在人行道的警官對上眼時，心跳得有點厲害。我過去大多寫影視新聞或情色報導，所以和警察一直水火不容。但是，看著在春光中一派悠閒的警官，我心想：事到如今，無論是ＮＨＫ、朝日新聞或國會，都不可能發生恐怖攻擊。我之所以接受採訪的工作，純粹是採訪費吸引我。五萬圓的臨時收入對於現在的我而言，就像是上天的恩賜。即使扣掉公共澡堂費、理髮費、乾洗費、襯衫費和交通費，還剩下四萬五千多圓。眼底浮現炸豬排丼、鰻魚盒飯、壽司，以及啤酒和日本酒，那一晚內心富足地就寢。無法一個月十二萬至十五萬的收入，花在居住費、餐費、交通費和行動電話費，差不多就一毛不剩了。無法用在其他地方。因為滯納保險費，所以沒有健康保險，也不能感冒，最痛苦的是連廉價酒都不能盡興地喝。現金快告罄時，有時候晚上就是想喝罐啤酒，也只能一片一片地慢慢吃洋芋片等零食，充饑果腹。

進入NHK西側大門，填寫入內申請單，告訴身穿灰色套裝，綰起髮髻，感覺傲慢的櫃檯小姐，自己和今野這個人約了見面。櫃檯小姐打電話給今野確認之後，遞給我內建IC晶片的訪客入內卡，說：今野會過來這裡，請在大廳內等候。眼前並排著幾個像是縮小車站驗票口的閘門，我用卡片感應讀卡機，穿越開關式的擋板門，進入大廳內。我一會兒看手錶，一會兒拿出公事包內的文件看，擺出在等人的動作，觀察四周一陣子。NHK西側大門比起有Studio Park等的正門，出入口狹窄。櫃檯也小，大廳朝內側細長地綿延。看得見左側有以螢幕面板的屏風簡單隔開的接待空間，擺著廉價的塑膠皮沙發和摺疊椅。盡頭是玻璃帷幕的巨大窗戶。

進出的人們大致上有兩種；NHK的員工和訪客。員工能夠再分成三種；身穿西裝的主管、打扮得更隨便的現場製作人和導演，以及負責攝影機和燈光等的技術人員。NHK的員工包含承攬業者在內，所有人的脖子上都掛著有照片的ID卡，所以一眼就看得出來。他們不會靠近櫃檯，自由地從閘門進出。但是閘門很低，一跳就能輕易地跨越，就維安而言，幾乎起不了作用。兩名警衛手上甚至沒有拿著警棍，而且當然沒有用來檢查身體的金屬探測器，縱然不是武裝的恐怖分子，應該連手持刀子、方棍或球棒的闖入者都能輕鬆地突破。不過，出入口的玻璃窗很大，能夠清楚地環顧門口的門廊和停車場，所以感覺如果有上門攻擊的可疑分子，就會採取馬上放下鐵捲門、報警，後援的警衛聚集而來的措施。

今野這名新聞部的員工只是形式上地來見我。訪客的名字似乎會留在櫃檯的電腦資料中，和工作報告比對是否實際進行了洽商或會談。

「到底是什麼採訪？小川學長說沒什麼大不了，什麼也沒說。」

今野是一個坐四望五，人看起來很好的微胖男子。小川是我的前上司的名字。我身為自由記者工作時，他是負責管我的主任，後來升上主編，週刊雜誌停刊之後，他不但在電子書籍的相關部門頑強地存活，還變成了董事。小川沒有告訴今野恐怖行動的事，而且叫我也別說。實際上，發生恐怖攻擊的可能性幾乎是零，但如果有這種資訊，NHK的員工原則上應該會報警。若是警察封閉大廳，我就無法採訪。

「哎呀，有個自稱是當事者的女人，密告貴公司新聞部政治組的員工在電車上做出性騷擾的行為，所以她要當面威脅他。不過，她是個奇怪的女人。她也沒說那個員工的名字，我想，十之八九是惡作劇，但是那個女人說她要找本人出來，在大廳見面，所以我想，要是引發一點騷動，或許會成為新聞欸，就是這種無聊的小事。所以，現在在這個大廳裡，有新聞部政治組的人嗎？」

我隨口胡謅了這種內容。今野苦笑道「小川學長也真無聊，居然在做這種事」，然後環顧四周，盯著螢幕面板的另一頭看，確認接待空間，揚了揚下巴指示，說：有兩個。員工的部門似乎是以掛在脖子上的ＩＤ卡的顏色區分。我之所以問是否有政治組的人，是因為倘若是使用刀刃，針對人的恐怖攻擊，或許無論如何都會跟政治扯上邊。

「那個身穿深藍色西裝的是新聞部政治組的主任。在那邊隔間的是政治經濟的節目中心的編排人員，但是他會性騷擾女性嗎？」

今野詫異地搖了搖頭。隸屬於新聞部政治組的男子在接待空間的隔間內，向看似外部人員的三人出示文件，下了某種指示。在隔壁隔間的編排部男子很年輕，才三十歲左右，一面用電腦做筆記，一面在等人的樣子。

「他一個人在等，所以性騷擾女性而被威脅的，應該是那個年輕的編排人員。所以，會是怎樣的女人呢？足以令人想要性騷擾，想必有幾分姿色吧。」

今野嘟囔道。他個子矮又微胖，一定沒什麼女人緣，或許對於被性騷擾而要威脅對方的女人有所期待。但是，那種女人當然不可能出現。我注意的是接近政治組員工的男子。然而，執行犯應該也是老爺爺。打電話預告要進行恐怖攻擊的人是一名叫做吉崎的老爺爺。基本上，從ＮＨＫ西側大門進出的是員工、外部人員，以及演出者、相關人士，Studio Park和交流廳的參觀者、ＮＨＫ廳的觀眾們會繞到正門。所以，西側大門很少老爺爺訪客。名聲響亮的中高齡演員時常出現，但是他們不會出示卡片，憑他們的臉就能通關，推開擋板門通過閘門。

我問今野，員工的ID卡管理得嚴不嚴。除非使用來福槍或手榴彈，否則就無法從門口進行恐怖攻擊。必須進入大廳內。恐怖分子不太可能填寫入內申請單，在櫃檯領取訪客入內卡。如果是伊斯蘭激進派的自爆恐怖攻擊，那就另當別論，不然在櫃檯被記得長相是致命的。

「要獲得很簡單。」

今野的目光一一追著進入大廳的女人如此說道，面露苦笑。

「因為也大量分發給外部人員，經常無法回收契約過期人員的卡片。所以，其實必須定期地更新IC晶片，但是畢竟數量眾多，沒辦法那麼頻繁地更新。還有，遺失的人也很多。也有很多員工放在包包，所以搶奪包包就能輕易到手。」

今野一面如此說道，一面說「啊，是不是那個女人？」，指著一名身穿豹紋的花稍長褲套裝，從門口朝這邊走來的中年女子。女子提著一個偏大的四方盒形包。大概是女演員的隨身化妝師。

突然間，我內心感到一股莫名的騷動。原因不是女化妝師，而是她前面的年輕男子。他的服裝極為普通，身穿電視台年輕製作人員常穿的那種連帽背心，以及卡其色的迷彩褲。鞋子是綁鞋帶的戶外短靴。他將常用於攝影器材的銀色硬鋁製手提箱放在推車上，肩上背著布製斜肩包，走在前面幾步的一群攝影人員之後，進入了大廳內。他的舉止並不奇怪。既沒有慌張地四處張望，也沒有在意背後，更沒有像是要遮掩長相似的，不自然地低著頭。他沒有戴太陽眼鏡，抬頭挺胸，看起來光明正大地走著。五官也算是端正，不顯眼的體型是隨處可見的中等身材。

但是，他的眼神飄浮於半空中，不曉得看著哪裡在走路。而且動作宛如扯線人偶或機器人似的異常規律。我至今曾在新聞的影像中，看過幾個這種年輕人，也在採訪時實際見過。典型的是去年發生在澀谷，人稱「突砍」的隨機砍人案。突砍是「突然砍殺」的縮詞，似乎產生於網路。成為突砍的語源的年輕人走在道玄坂，突然用生魚片刀砍殺周圍的人們。倖免於難的行人以行動電話拍下完整經過，在網路上流出這段影片。他的服裝很普通，髮型和長相也很普通，並沒有採取令人起疑的態度，但是眼神渙散，走路方式奇怪。一步一步地伸出左手和右腳，接著伸出右手和左腳，動作像是一一思考之後才移動身體。而他忽然停下腳步，拿出原本放在懷裡的細長菜刀，依舊以機械式的動作，突然砍向走在周圍的人，殺傷八人，而當他將菜刀刺進一人胸口，被骨頭卡住而拔不出來時，遭到制伏。

有人說第一起突砍案是發生在一九九九年的池袋，也有人說是二〇〇八年的秋葉原，但我認為應該是三年前，二〇一五年發生在福岡的案件。池袋和秋葉原的犯人都算是處於亢奮狀態。秋葉原的犯人是開卡車衝撞人群，發出怪聲地襲擊人們。但是，在福岡天神的地下街殺死七人，使十幾人受重傷的年輕人面無表情，眼神無力，動作機械式。感覺像是在被誰操控。他不是從一開始就處於亢奮狀態地砍殺，而是處於精神恍惚的狀態，僵硬的動作忽然停止，然後像是開啟開關似的，突然展開犯罪行為。

那名年輕男子進入大廳之後，沿著接待空間的螢幕面板，緩緩地朝內側前進。僵硬的動作一直沒有改變。我的心跳開始加速。突砍的新聞影像和恐怖攻擊這四個字混在一起，開始在腦海中不停旋轉。除了警衛之外，沒有人注意到那名男子。因為大廳彷彿尖峰時間的車站內一樣，人潮眾多，而且那名男子並沒有亢奮地鬼吼鬼叫，或者揮舞凶器。若只是眼神渙散，走路方式僵硬，不會有人注目或警戒。假如沒有恐怖攻擊的預告，恐怕連我也不會察覺。

「你怎麼了嗎？」

今野盯著我的臉，如此問道。我的臉色一定變了。大廳裡，人們熙來攘往，年輕男子在人群中忽隱忽現，踩著不自然而規律的機械式步伐，往內側前進。我告訴今野「等我一下」，追在他身後。我該大喊，叫大家快逃嗎？但是，沒有任何證據證明男子是突砍。假如男子事先遭到壓制，恐怖攻擊以未遂告終，我就無法寫報導。但是，假如男子真的是恐怖分子，接下來會發生慘案的話，我也不能只顧一己之私。我決定假如男子取出刀刃，我就要大聲喊叫，告知眾人危險，探尋公事包內，右手抓住相機，以便能夠馬上拿出來。

「請等一下。你到底怎麼了？」

我聽見背後的今野的聲音。在前方三公尺左右前進的男子，不久之後停下腳步，盯著位於內側的接待空間，確認沒有半個人之後，進入隔間，坐在摺疊椅上。

「那個男人怎麼了嗎？」

今野一臉詫異地如此問道。我說「他有點怪」，偷偷地往隔間內瞧。男子坐在摺疊椅上，正要打開硬鋁製手提箱。

「為什麼呢？他是攝影小組的外部人員吧？畢竟，那裡的隔間是技術組專用，接下來要將拍好的錄影帶交給負責人。」

今野如此說明的過程中，男子從手提箱取出錄影帶，開始放在小圓桌上。動作還是僵硬，有點機械式，但是從手提箱取出的不是刀子或菜刀，而是錄影帶，所以我暫且鬆了一口氣。今野又問了一次「你怎麼了嗎？」，我說「沒什麼，我誤會了」，搖頭苦笑。我反應過度了。仔細想想，動作僵硬的年輕人大有人在。

我說「哎呀～打擾了」，向今野道歉，正欲從接待空間的旁邊離去，身穿豹紋長褲套裝、緩步而來的中年女子映入眼簾。我心想「她確實身材高䠷，容貌端正，如此姿色，或許連女演員也當得上」，看得入迷，但是女子突然蹙眉。順著她的目光望去，像是汙漬的黑色液體在地板上細長綿延，同時飄來刺鼻的異臭。像是硫酸、硫磺、燐、汽油混合在一起的氣味。看起來宛如黑蛇的細長汙漬，從接待空間漏出來。我看見那名年輕男子蹲在隔間內。男子傾斜金屬製容器，將濃稠的液體倒在地板上，不時面無表情地環顧周圍。我在今野的耳邊說：快逃！流出來的液體在地板上流動，放射狀地擴散。周圍的人們慌張了起來。警衛朝這邊衝過來。今野聞到異臭，皺著一張臉，一臉莫名其妙的表情，茫然佇立。我拉著他的手臂，想要遠離接待空間。就在此時，聽見「砰」的悶響，下一秒鐘，今野染上橘色，被熱風籠罩。

我立刻臥倒在地滾動，試圖遠離熱風；想起前上司吩咐我拍照，想要從公事包取出相機，但是好像因為熱風而感到驚慌，手和手指沒有感覺，無法好好抓住相機。四處逃竄的人的腳步聲、尖叫聲在大廳內迴盪，塑膠的螢幕面板熔化燒塌，發出蛋白質燃燒的香味。我心想，有人的肉和頭髮正在燃燒。臉感覺到冰冷的東西，我知道灑水器啟動了，但是火焰覆蓋半個大廳，火勢不見減弱。那不是一般的火焰，八成是可燃物爆炸性地燃燒，所以水滅不了。從接待空間踉踉蹌蹌逃出的人映入眼簾，我大聲呼喊。因為簡直像是驚悚電影一樣，我全身被火包圍了。我無暇確認今野的身影，也沒有力氣尋找相機，一面碰撞其他人的腳和身體，一面繼續在地上打滾。

我不知道過了多久的時間。感覺像是一瞬間，也像是過了幾小時。我閉著眼睛，往和熱風相反的方向持續在地上打滾，不久之後，尖叫止息，人們的說話聲傳入耳裡，我悄悄地睜開眼睛，火焰已經熄滅。然而，周圍的景象遠遠超乎想像，我像是被什麼觸動似的，在公事包裡翻找，掏出了相機。只是因為若不做點什麼事，恐怕會瘋掉，所以我無法掌握自己想做什麼。我無法穩穩地架起相機，相機兩度掉在地上。地板被從灑水器灑落的水、其他濃稠的液體和黑色的煤灰弄髒，我以手帕粗魯地擦拭濡濕的鏡頭和機身，架起相機，按下了快門，但是酸液已經從胃部一帶湧了上來，赫然回神，我吐了。水仍然從灑水器滴落。我搖搖晃晃地邁開腳步，姑且朝出口而去。左腳踝疼痛不已，但好像不是灼傷。褲腳和鞋子都沒燒到，從遠處傳來警笛聲。有人抱著頭蜷縮在地；有女人將身體靠在燻黑的牆上，一面求救，一面哭泣；有人衝向某處；有人摟著衣服燒掉，露出下半身的朋友，喊著什麼，簡直像是中東的自爆恐怖攻擊的新聞影像。我看見攝影小組的組員從大廳內側一面咆哮什麼，一面往這邊跑過來。

隔間板全部燒塌的接待空間那邊，躺著幾具四肢扭曲成奇怪形狀的焦黑屍體，他們幾乎都還發出「噗嘶噗嘶」的聲響冒著煙。有的擺出向上高舉雙手的姿勢、有的將身體深深彎曲得像蝦子一樣、有的彷彿在劈腿似的，大大地張開雙腿，全都像是做壞了的雕像。我有生以來，第一次近距離看到焦屍。宛如置身於惡夢之中。像是疊在一起似的癱倒的傷者擠滿了大廳。我看到其中一人右半部皮膚熔解脫落的臉，完全失去了真實感。總覺得從一開始進入這個大廳時起，就已經持續著這種景象，陷入了重新體驗過去看過的影像這種錯覺。而一股莫可名狀的強烈憤怒情緒湧上心頭，身體開始顫抖，隨即換成無力感襲來，險些當場癱軟。

我拖著疼痛的腳踝，走出玄關，混入了開始聚集於門口停車場的愛湊熱鬧人士之中。總之，必須打電話給前上司——小川。因為恐怖攻擊真的發生了。但是，心臟狂跳不已，喉嚨乾渴，手指顫抖，無法按下手機的按鈕。我聽著消防車和警察的警笛聲，在自動販賣機買了水喝。不只手指，全身微微顫抖，花了一段時間才扭開寶特瓶的瓶蓋。我一口氣喝光了寶特瓶的水。但是，沒有水經過喉嚨的感覺，馬上又將一瓶一飲而盡，數度深呼吸，心跳才終於開始慢慢地平息。

「西側大門陷入了一片火海。」

小川或許以為我在開玩笑，語氣冷淡地說：我現在很忙。攝影小組的組員已經在大廳內拍攝，新聞主播拿著麥克風在說話。我一說：「請看ＮＨＫ，有沒有在播即時新聞？」對話暫時中斷，然後從電話的那一頭傳來小川倒抽一口氣的聲音。

「難道有人死了嗎？」

電視上終究不能播放焦黑的屍體。攝影機八成只拍了傷者。消防車、警車和救護車的警笛聲迫近而來。我知道小川情緒亢奮。

「幾個人死了，燒得焦黑。」

我這麼一說，小川問：拍照了嗎？大概是聽到焦黑的屍體，前週刊雜誌主任的本能復甦了。我回答：火焰爆炸性地擴散，我只顧得了逃命，但是應該拍到了幾張照片。我記得雖然是火焰熄滅之後，但是我按了幾次快門。小川語氣亢奮地下令：我知道了，你馬上離開那裡寫稿！

★Weekly Webmagaizne〈The Media〉

2018/4/17

專題報導：NHK大量殺人案「恐怖攻擊的時代到來?!」

〈記者目擊〉撰文／關口哲治

我實在無法想像，自己會實際遇見那種景象。我指的當然是昨天在NHK西側大門發生的大量殺人案。當時，我正好在NHK西側大門大廳，和新聞部的K先生開會。一切發生在一瞬間，上一秒鐘發出乾柴著火的聲音，下一秒鐘，四周就化為阿鼻叫喚的地獄。我立刻臥倒在地，但是彷彿會令皮膚燒焦的熱風襲來，除了閉上眼睛，縮起四肢，在地上滾來滾去之外，我無法做任何事。不時睜開眼睛，眼前是一片淒慘的景象。人們被火焰包圍，重心不穩地步行，試圖脫掉燃燒的衣服而半瘋狂地吶喊，一面搗著灼傷的臉，一面呻吟地喊道「水、水」，想要遠離熱風而打滾，大廳充滿了尖叫聲和怒吼聲。

如同已經報導的內容，發現了疑似嫌犯的焦屍。屍體旁邊有看似原本裝了可燃物的燒焦金屬製容器，因此警方認為他是最有可能的嫌犯，但是身分不明。目前正在委託法醫，進行牙齒比對和DNA鑑定。但是，我目擊了那名男子。他是一名二十多歲三十出頭的年輕人。那名年輕人出現在大廳時，令我聯想到所謂的「突砍」。他簡直像是夢遊患者般出現，以疑似搶奪的ID卡通過維安閘門，在接待隔間內從金屬製容器倒出液體可燃物，自行點火。保全公司欠缺危機意識不容否認。但是，考量到NHK西側大門的人潮眾多，要檢查ＩＤ並不容易。似乎幾乎沒有更新ＩＤ卡，作為遺失和盜用的對策。疏於管理的ＮＨＫ當然也有責任。一名被譴責忽略嫌犯的警衛在案件後自殺，可說是煽動不安，使輿論失控的媒體造成的犧牲者。沒有犯案聲明，也不清楚是否為組織性犯罪。世道一片陰暗，唯獨不安感升高。雖是個人私事，但是犧牲者中也出現了Ｋ先生的名字。我一心替死者祈求冥福，祈求傷者早日康復。

我的報導在案件的隔天下午上傳，引發不小的迴響。結果，在ＮＨＫ西側大門，有八人被燒死於現場，送到醫院的重傷者當中，四人死亡，成為一起大慘案。我只有扭傷左腳踝。我在地上滾來滾去時，被人用力踩到，包含這種程度的輕傷者在內，被害者多達一百多人。今野似乎是太晚離開犯人所在的接待隔間。被燒死的是一開始延燒的火焰附近的人們。火焰爆炸性地竄起，延燒至衣服和身體。警方沒有公布可燃物的詳細成分；採取含糊的說法，說可能是使用汽油和燐，但警戒模仿犯的態度昭然若揭，反而煽動了社會不安。網路上流傳著種種臆測，像是和凝固汽油彈一樣使用了石腦油和增黏劑、和使用了稱為鋁熱劑的金屬氧化還原反應的燒夷彈一樣的成分，其中甚至有運用燃料氣化爆炸這種奇怪的說法，無論如何，那種可燃物肯定是棘手的東西。犯人持有的金屬製容器，容量比起聚乙烯桶小了一圈，光是倒出汽油點火，沒有那麼強大的威力。可燃物是偏黑色，簡直像焦油一樣濃稠。

警視廳設置了特別調查總部。我在案發當天晚上，決定在報導公開之前，自行前往接受案情詢問。

我和小川討論，結論是最好主動去找警方。因為我在報導中載明自己在現場，而且和今野會面應該也留下了資料，所以遲早會被警方找去。既然如此，自行前往比較不會令警方抱持不必要的懷疑。如今仍有日本的警方不會為難主動協助調查的人和有錢人這種常識。因為我是被害者，所以偵訊溫和，但是因為我目擊了疑似犯人的男子，所以被迫看了激進派和邪教信徒的照片幾小時，協助製作合成照片。但是，那名「突砍」的年輕人既非激進派，也不是邪教信徒。那種年輕人過著極為普通的生活，某個時候突然變成「突砍分子」。動機也不明。媒體試圖找出在學校遭受霸凌、被公司開除、父母離婚、被女友甩了等動機，讓人心安。但是，卻找不到他變成「突砍分子」的動機。

我和小川對於是否該告訴警方恐怖攻擊的預告電話感到遲疑。那是自稱吉崎的老人打來的電話。因為是出現多名死者的大案件，所以當然有提供資訊的義務。不過坦白說，會惹上麻煩令人害怕。說不定會被警方質問「為什麼不事先報警？」，而且說不定會被訊問關於吉崎這名老人的事。然而，我們的擔憂意外輕易地消散了。因為犯人以吉崎之外的各種名字，向電視、報紙和雜誌等二十多個大型媒體，發出了類似內容的恐怖攻擊預告。電話中都是疑似老人的聲音，因為內容語無倫次，像是要炸毀ＮＨＫ、殺害董事長以下的所有員工、粉碎播放網絡、嚴厲糾正播放態度，所以所有媒體都不當作一回事。不過，不同於其他媒體的是，自稱吉崎的老人提起我的名字，下了要我寫報導的指示。我不清楚他為什麼知道我的名字，以及我是前週刊雜誌自由記者。

案發三天後的下午，小川找我到公司。他誇獎我熬夜寫好的報導還算可以，但是照片不能用。因為是高性能的數位相機，所以光圈和聚焦都會自動調整，只要拍照即可，但我好像在非比尋常的精神狀態下，到處碰按鈕和撥桿，下意識地切換成手動，在案件現場拍的所有照片全部一片漆黑，看不出來拍了什麼，而且無法修復。唯獨一張照片朦朧地拍到了什麼。但是，那拍到的不是案件現場，而是另一側的出入口附近。那是我意識混亂，也不看取景器就碰快門，相機自行拍下的一張照片。模糊地拍下了火焰熄滅之後，膽戰心驚地看著化為人間煉獄的大廳的人們。不但焦點晃動，而且逆光，人物變成陰影，看不清楚長相。

我身為短期簽約員工，回到從前的職場。契約每個月續約。之前也是自由記者，所以立場一樣。「電子報」編輯部位於重新裝修的公司大樓六樓，尖端設計的辦公家具整齊排列，空間十分整潔，擺在窗邊的觀葉植物感覺柔軟的葉子，隨著空氣清淨機的風輕輕搖曳。氣氛和從前的週刊雜誌編輯部截然不同。工作人員也僅僅四人。似乎報導和照片全部線上寄過來，校對和排版委託外部。編輯部的工作似乎只有確認稿子、照片和排版，然後將最終定稿寄給伺服器管理公司。非常安靜，iPod的音樂從年輕員工耳邊微微流瀉而出，其他只聽得見敲打鍵盤的聲音。週刊雜誌時期，幾十名記者、編輯和攝影師擠在亂七八糟的大辦公室，快步地走來走去，偶爾怒吼聲此起彼落，電話大聲響起，外送食物頻繁地從附近的餐館送來，到處都是啤酒空罐，熬夜一整晚的人躺在沙發上。從那時至今不到十年。但是，人事全非。

小川給我看簡單的契約書，簽名之前，我差點拜託他：如果可以的話，希望你讓我成為正式員工。身為自由記者工作時，我擺出驕傲自大的架子，認為正式員工就像是被公司束縛的奴隸，但是不知道什麼時候會有工作的不安定生活的恐懼，似乎改變了我。當然，我五十四歲，不年輕了。既沒有從前的力氣和體力，用來學習和訓練的時間這種資源也所剩不多。當然，我在年輕時沒有意識到這種事。沒有輕易地被解雇，只要去公司，總是有工作，我這幾年才深切地體悟到，能夠領薪水到退休這種安心感多麼珍貴。但是，小川沒有叫我成為正式員工。雖說是短期簽約員工，但這種身分仍是基於小川的好意。小川說「終於發生了適合關口的案件」，沒有殺價買下單一報導，而是加上稿費，讓我成為領取月薪的簽約員工。

臨走時，編輯部的一人叫住了我。他是一名個頭矮小，眼睛大、睫毛長，長相可愛的青年，彬彬有禮地自我介紹：我是松野。我事後一問，才知道他三十三歲，但是他身穿T恤和連帽外套，看起來簡直像是高中生。他似乎是青森人。說話稍微帶有鄉音。對於操作高科技產品充滿自信的表情，和青森腔的口音形成強烈對比。

「關口先生，可以請你看一下這個嗎？這是我們的CG（電腦繪圖）室傳來，你拍的照片。」

那是模糊地拍下案件現場相反方向的玄關出入口附近的照片。拍到的不是焦屍、傷者或燒焦的牆壁，而是眺望現場的群眾。因為不能用，所以似乎CG室從一開始就沒有進行數位處理。

「我莫名地在意，試著修正了曝光量和輸入色階。」

松野面前的三十四吋螢幕中，顯示出經過數位處理，變得相當鮮明的影像。他們是目擊案件在眼前發生的幾十名群眾。幾乎所有人都呆立不動。

「然後，關於這位老爺爺。」

松野指示一位老人。那位老人從蹲在第一排，手摀住口的人，和輕撫他背部的人背後眺望著鏡頭這邊。

「他看起來是不是像在笑？」

老人從人的背後悄悄地伸長脖子，盯著現場，看起來確實像是面露笑容。我霎時起了雞皮疙瘩。因為那是一張眼熟的臉。我不知道他的姓名和來歷，也不記得在哪裡、何時見過他。但是，確實很眼熟。他是一位長相和氣質極為普通的老人。戴著眼鏡、長臉，夾雜白髮的頭髮髮量變得相當稀疏，但是除此之外，沒有特別醒目的特徵。年齡約莫將近八十，穿著乳白色的夾克。

「他看起來確實像在笑。」

我這麼一說，松野說：「怪怪的吧？」皺起眉頭。

「他會不會是得了痴呆症，腦袋有點問題的人呢？」

明明其他目擊者都是受到驚嚇，目瞪口呆地在害怕，但是他卻在笑，顯然不正常，但是我不想告訴松野或小川，身為自由記者的敏銳度恢復了。那位老人不是得了痴呆症。話說回來，痴呆或失智老人在NHK西側大門才奇怪。再說，他並非神情恍惚。相反地，眼鏡底下的眼神銳利。我憑直覺知道，他是和案件有關的人。說不定是打電話預告恐怖攻擊的老人。對於自由記者而言，唯獨獨家資訊會維繫自己的命脈。我拜託松野將拍到老人的照片列印出來，收進了公事包。

「關口先生，你目擊了那種殘酷的案件，小心別得了PTSD（Post-Traumatic Stress Disorder；創傷後壓力症候群）。」

道別時，松野替我擔心這種事。PTSD是指，悲傷的事造成精神創傷，之後引起身心機能不正常。我回答「我想我不要緊」，心想「他年紀輕輕就會好好關心別人，真是個好人」，對松野抱持好感。接著心想：我有幾年不曾對人抱持好感了呢？

我離開編輯部，前往大久保。那棟大樓位於韓國街前方，從大久保通往北的小巷中間一帶。入口附近的水泥牆上，貼著寫了「大久保象棋道場在2F」的圖畫紙。為了避免圖畫紙濡濕，表面包著Saran Wrap（保鮮膜），以封箱膠帶固定。周圍雜亂地林立著老舊的木造公寓、古老的香菸店、餐館、酒館，以及麻將館和日式糕點店等，走著走著，會陷入彷彿回到昭和時期的錯覺。也有許多房屋的大門前和屋簷下放著松葉菊、櫻草和紫露草等庶民的花的盆栽，有老街般的風情。最近似乎也有人尋求昭和時期的味道，在這一帶散步。但是，我討厭這種景象。甚至可以說是厭惡。我住的像是木賃宿的公寓在這條小巷的更內側，走路幾分鐘的距離。這條小巷周邊對我而言，是象徵落魄的地方。

結婚的時候，我住在小瀧橋的公寓。妻子在女兒兩歲時，決定將她托給這附近一家有名的托兒所。那是一家重視飲食教育的托兒所，蔬菜是在自家的田裡有機栽培、牛奶經過低溫殺菌、米使用發芽糙米等，從挑選食材到烹調，由專任的管理營養師負責。妻子任職於總公司在西雅圖的證券公司，有許多美國富裕階層的朋友，相信幼兒期的飲食非常重要，也會對成長後的精神活動造成影響這種說法。托兒所將維安交給保全公司，採取家長一定必須接送這種美式的體系，妻子也很中意這一點。我們輪流接送女兒，但是失業之後，成了閒得發慌的我的職責。持續過著每天早上送女兒去托兒所，然後去Hello Work（職業介紹所），覺得白忙一場，下午去接女兒的日子。久而久之，我不再去Hello Work，漫無目的地在托兒所周圍走來走去，直到接女兒的時間。我開始在寺院和神社內、公園和棒球場等打發時間，對這一帶的地理變得熟悉。偶然發現房租低於三萬圓這種令人難以置信的廉價公寓，防止自己淪落為遊民，以及能夠獲得象棋這種便宜的小娛樂，若是換個角度想，或許也要拜當時絕望的散步所賜。

但是，即使妻子和女兒去了西雅圖之後，我也每天在這一帶走來走去，在公園和神社內度過長時間，而且一定會去托兒所。處於快得精神病的狀態。我告訴自己「別去！已經看不見女兒的身影了」，但雙腿還是自然地朝托兒所的方向走去。那一陣子，我的模樣已經淪落到和遊民沒有兩樣，所以從蓋在隔壁的長期住宿型高樓飯店的植栽縫隙，持續地偷看托兒所幼童的身影。我對於這樣的自己感到可恥，受到無力感折磨，但是沒有其他事情可做，也無處可去。這條小巷會讓那種記憶復甦。

「搞什麼，是關口啊。」

經營象棋道場的堀切先生，以一如往常的冷淡語氣迎接我。平常日的下午，只有一組人在對弈。隔著象棋盤和堀切先生面對面的是，在韓國街擁有兩間電子遊戲場，悠閒自得的初老大叔。名字應該是森田。頭髮剃得很短，留著鬍子。年齡應該將近七十。身穿牛仔褲、有光澤的白色絲綢襯衫，戴著粗金鍊。堀切先生是這間道場進駐的三層樓大樓的屋主。地下室和一樓分別租給酒館和沾麵店，自己住在三樓。他留著一頭白色長髮，束在腦後，總是穿襯衫打領帶。似乎不是耍帥，而是對象棋的尊重。除了下排的整排假牙稍微從嘴巴露出來之外，他的長相堪稱端正。道場的空間是七坪半左右，沿著兩側的牆壁擺放七個象棋盤，附小廚房和一體成型浴室。凸窗上擺放修剪得宜的植栽，採光良好，房間的氣氛明亮。假如我曾遇見修復的照片中，看起來在笑的老人，只有在這個象棋道場。我沒有其他和老人相識的地方。而且，預告恐怖攻擊、自稱吉崎的老人，似乎說他和我是在象棋道場的朋友。我和堀切先生聊過，這裡的幾名常客從前是自由記者。

「這局馬上結束，你等一下。」

堀切先生盯著棋盤說道，伸出手臂用卒吃掉敵方的王將④之後，粗魯地按下蓋子掉了、露出電池的棋鐘。兩人下棋速度都非常快。森田自稱一級，堀切先生是業餘二段，但是下棋速度快和象棋的功力不太有關。因為兩人已經對弈幾百回，對於對方的戰術瞭若指掌。平常日的下午，總是只有幾名客人。經常像今天一樣，只有一名客人，而且常客幾乎就那幾個。所以對弈對手也有限，會熟知彼此的戰術。話說回來，象棋的人氣有點下降，而且自從對戰型的象棋遊戲在網路普及之後，市區付房租營業的象棋俱樂部接連倒閉。如今，能夠維持象棋俱樂部的，只有像堀切先生這種擁有整棟大樓的人。我曾經問過他一個月有多少營業額，他怒斥「別問那種問題！」之後，偷偷告訴我多少的時候，稍微超過十萬左右。

一面牆上有塊細長的板子，上頭掛著以毛筆寫的會員名牌。以段位區分，有幾十個名字，其中似乎也有人已經沒露臉超過十年以上。實際上，身為常客上門的，包含我在內，頂多十幾人。另外，沒有吉崎的名牌。然而，沒有笨蛋會報上本名，預告恐怖攻擊。這個道場到了傍晚，人就會變多。因為冰箱裡有能夠以原價喝到的冰啤酒。此外，能夠在公共場所抽菸，如今實屬罕見。兩人的對弈演變成雙方以王將殺入敵營為目標，互揭弱點，說是馬上結束，但是恐怕要花上一段時間。

「關口，你喝啤酒等吧。」

堀切先生如此對我說道，太陽還高掛天際，但是我口渴了，所以走向廚房。而當我看到神龕旁寫著

「大久保象棋道場歷代名人」的幾張裱框照片時，心臟用力地跳了一下，倒抽一口氣。我險些叫出聲來，趕緊摀住嘴巴。因為我在裱框照片中，發現了在那修復照片的影像中，看起來在笑的老人。相框旁邊寫著「第九代名人・太田浩之」。我指著那張照片，問：呃，堀切先生，這個人是誰？

「太田先生啊。他真的很強。可是，腎臟還是哪裡不好，已經六、七年沒來了。」

我問：「你知不知道他的聯絡方式？」堀切先生面無表情地說「怎麼可能知道」，搖了搖頭。這間道場的營運方式很隨便，基本上來者不拒，標榜會員制只是徒具形式，連名冊之類的東西也沒有。我拿出記事本，記下「太田浩之」這個名字。這個名字暫時成了唯一的線索。

我依照小川的要求，後來又寫了幾篇報導。分別以對於疑似犯人的年輕人的印象、火焰爆炸性地竄起時，大廳的細節、關於「突砍」的考察等為主題。但是，連一行也沒提到看起來在笑的老人。案件被所有媒體連日報導，但是調查遲遲沒有進展。疑似犯人的焦屍仍舊身分不明，而且不知是單獨犯案或組織性犯罪。老人預告恐怖攻擊的聲音都是來自東京都內的公共電話，不可能成為線索。打電話來的老人和年輕人之間的關係也是個謎，這件事也成為談話節目的好題材，網路上充斥著假資訊和臆測。也有有識之士推測，最近的年輕人太過幼稚，大概連預告犯罪都做不到，所以搞不好是祖父代為預告犯罪兼警

④譯註：類似中國象棋的「將」，能夠向八方移動一格。

告，聯絡各媒體。不過，最大的謎是動機，但也有許多人指出，應該沒有特別的動機。確實，「突砍」沒有計畫性。突然對周圍的人產生敵意和攻擊性。然而，沒有動機這種看法說不通。譬如犯人使用的可燃物。我和小川認識的軍事、武器宅男見面，請教他的意見，他只推測應該是接近凝固汽油彈的東西，詳細成分可能有各種組合，所以不清楚。無論如何，似乎是必須擁有關於氧化和燃燒、相當高度的化學知識，才製造得出來。

但是，動機在案發的六天後，以令人震驚的形式揭曉。三名年輕人留下「抱歉，我們是NHK恐怖攻擊的犯人集團」這種遺言，他們的自殺遺體在東京近郊的山區被人發現。遺書中詳細地寫到為何選擇NHK的動機。

★Weekly Webmagazine〈The Media〉

專題報導：NHK大量殺人案　第九篇

〈越來越錯綜複雜的謎團〉撰文／關口哲治

2018/4/23

「奇怪，哪裡不對勁。」這是接到案件第一手消息時，我心中真實的感想。山口修平（二十一歲）、富川治（二十二歲）、橫光愛子（二十四歲）這三名年輕人，留下「抱歉，我們是NHK恐怖攻擊的犯人集團」這種遺言，在輕型汽車內自殺。地點是奧多摩湖附近鮮少人走的山路，採用的是將廢氣引進車內這種在自殺網站等最為一般（？），一氧化碳中毒所致的自殺手法。山口和富川分別是東京和埼玉的私立大學學生，似乎從春假前就持續曠課。橫光在文京區內的烏龍麵連鎖店擔任副店長，從案發的一個月前左右起時常請假，店家方面考慮予以解雇。案發後，根據警方的調查，三人之間毫無交集。起碼他們並非朋友。或許連彼此的名字都不知道。這一點在近年來數量越來越多的自殺網站似乎並不稀奇。但奇怪的是，他們三人沒有連結至自殺網站的跡象。

毫無交集，但是有許多共通點。三人都和父母或親戚疏遠，沒有堪稱朋友的同學或同事。存在感淡薄、令人印象不深，成績也是中下，沒有參加社團活動等，國中和高中的級任導師都說：「我幾乎不記得他（她）是怎樣的學生。」遺書成為問題，但是如同已經報導的內容，那是最近罕見的「手寫遺書」。而且在A3的紙上，用筆以「隸書體」寫。根據專家所說，手寫的隸書體字非常罕見，遺書的字跡雖然稱不上漂亮，但是是花非常久的時間，一字一句仔細地寫。據說沒有錯字和漏字。推測寫遺書的人，是在駒込上書法課的橫光。

「抱歉，我們是NHK恐怖攻擊的犯人集團。可是，我們無法原諒NHK。應該有許多人看了二〇一五年成人日播放的《年輕人，別輸！》這個特輯節目。有一個單元介紹名人、文化人、中年人和老人等各種人給年輕人的話，其中，出現了一位超級登山家的老爺爺。那位老爺爺一年四季都上半身赤裸，而且幾乎是以跑步的方式，攀爬群馬的赤城山。他遠遠超過七十歲，新聞影像中，他真的上半身赤裸，而且下半身穿短褲，當然並沒有打赤腳，而是穿著登山鞋，但是他能夠身輕如燕地攀爬海拔超過一千公尺的山。他好像也擔任登山團體的導覽員，他說導覽時，必須慢慢攀爬，身體會冷，因此感到困擾。這位老爺爺引發話題，獲得稱讚，但是ＮＨＫ犯了致命的疏失。忘了登山的門外漢和初學者的老人崇拜超級登山家的老爺爺，而模仿他的危險性。沒有提醒『這位老爺爺是特殊案件，好老人不要模仿』這種必須注意事項。果不其然，先是一名上半身赤裸登山的六十多歲老人，在妙義山心臟病發作身亡。然後，共計八名老人在日本全國各地，以類似的方式去世。這是犯罪。我們數度，不，數十次打電話到ＮＨＫ抗議，要求謝罪，但是ＮＨＫ的回應是『一切都是個人要負責』，令人無法原諒。無論是誰，應該都會明白。假如ＮＨＫ沒有在節目中介紹超級登山家的老爺爺，或者只要有『好老人不要模仿』這種但書，就不會出現想要上半身赤裸攀爬一千公尺級高山的人。ＮＨＫ犯下的是殺人罪。然而，毫無反省或謝罪。我們決定給予懲罰。在ＮＨＫ的西側大門倒出『紅肉』點火的人，是我們的夥伴。他在集團中，為達目的而行使武力的作風引人矚目。因此，他獨自引發了案件，我們為了對他表示敬意，在此殉死。身為執行者的他是英雄；是我們的驕傲。我們還有其他夥伴。包含新血在內，人數可說是數不清。我們也持有武器。在ＮＨＫ使用的是名為『紅肉』的火攻用武器，還有威力更強大的『腹肉』、『前腹肉』，以及『粗壽司捲』等。今後也會攻擊以權威為盾牌，傷害、殺害人的個人和組織。敬請期待。我們決定祈願繼我們之後的同志奮戰，就此長眠。我們對這種世界毫無眷戀，父親、母親，敬請見諒。請原諒我們先走一步的不孝。請勿悲嘆。我們會成為和平與繁榮的基石，永遠長眠。晚安。永別了。」

為了讓各位讀者掌握氣氛，以文書處理機的「隸書體」這種字型，重現了遺書。當然，要以毛筆寫這種看不習慣的字並不簡單。該怎麼看待這封「遺書」才好呢?能夠採取各種看法,但是也有媒體報導釐清了對NHK的恐怖攻擊的動機,案件結案。但是,也有能夠解讀為預告今後的恐怖攻擊的記載內容,警方沒有放鬆警戒。以焦屍被發現的執行犯,身分也仍舊不明,聯合調查總部公布要縮小規模,持續進一步的調查。NHK在記者會中辯白,認為關於「超級登山者的老爺爺」的報導沒有問題。但是,「超級登山者的老爺爺」本人遭受媒體的採訪攻勢,變得精神衰弱,根據同居人所說,他似乎決定今後再也不要登山了。

謎團反倒該說是越來越錯綜複雜。確實,如同部分大型媒體和有識之士指出的,在這個不穩定的時代,無論發生什麼都不足為奇。即使一群毫無交集的年輕人在網路上認識,透過恐怖攻擊引發大量殺人案,或許也不值得大驚小怪。不過,記者實際在NHK西側大門遭遇恐怖攻擊,所感到的不對勁是更為具體的。譬如那個特殊的可燃物。山口和富川的主修都是經濟學,不可能具備化學的知識。橫光是短期大學的英文系畢業。從三人住的公寓和老家等,都沒有發現任何和可燃物有關的資料、材料或工具等。也有人指出,應該已經被丟棄,但是倘若如此,該如何看待以「腹肉」、「前腹肉」、「粗壽司捲」等隱語表現,疑似武器的東西,以及「我們還有其他夥伴」這種記載內容才好呢?而且,終究找不到特別交集的三人能否稱得上「夥伴」呢?而最大的謎是,他們是否為真正的犯人?

我開始定期地前往「電子報」的編輯部;坐在工作空間的邊緣,借電腦寫稿。其他投稿人是從自家或自己的辦公室線上寄送報導或照片，但是我的MacBook是極為初期的機種，而且公寓的網路環境和四分之一個世紀前一樣。連接網路不是透過八百年前的數據機，就是行動電話，費用不是一筆小數目。類比電話線的通訊速度慢，而且以手機的畫面瀏覽大量資訊，壓力太大。公寓對面有一棟古老的平房，住著應該是未亡人的妙齡女子。她的名字是桃子。我有一陣子偷翻郵件，調查她的生日，找到密碼，從她的AirMac使用無線網路，但是自從桃子四年前左右去世之後，連偷用她的網路也沒辦法了。撰寫色情店的網頁等雜文時，我也會利用網路咖啡店。但是，我不想在網路咖啡店寫這次的案件報導。我並非對網路咖啡店有偏見，也不討厭它獨特的放鬆感，但是在使用者們的自暴自棄和無力感像空氣般瀰漫、充斥的地方，產生不了挑戰什麼的意願。

我找小川討論這種事，他建議我使用編輯部的電腦。「電子報」編輯部所在的新公司大樓六樓，還進駐了繪本和攝影集的電子書製作室。但是，很少人進出，非常安靜。年輕員工們一面以智慧型手機聽音樂，一面持續敲打鍵盤，他們的服裝不分男女都很多樣，有人是花色樸素的套裝或西裝打領帶，也有人像松野一樣走牛仔褲和連帽外套這種風格。我這個身穿皺巴巴夾克的五十多歲大叔在他們之中，簡直是個異類，但意外的是，我輕易地融入了風景的一部分。他們並非認同我是報導記者。年輕員工個個都一樣，除了自己的工作之外，對於別人和外部的事物不太感興趣。

小川不待在這個樓層，而是待在七樓的董事室。而八樓有小川引以為傲的員工餐廳。那是一間模仿頂尖IT企業，五十個座位左右的小型餐廳。專任的廚師使用有機蔬菜和無添加的食材製作菜色，為了趕著用餐的人，也有吉野家的牛丼攤位，從前週刊雜誌時期，大家會各自訂外送，或者吃泡麵，但新社長的方針似乎是，留意盡量在一樣的時間，和各個部門的人圍著餐桌，一面交流，一面吃午餐。新社長本身除了出差或外出時之外，一定會在餐廳吃午餐。我只去過一次八樓，和松野他們一起吃兩百六十圓的牛丼。牛丼的味道還不錯，但是松野和他的同事都帶著手機，幾乎沒有對話，一面持續工作，一面吃著調味醬汁醃泡的有機蔬菜等。

「關口先生，你去了那三人自殺的現場嗎？」

在辦公室，只有松野有時會像是哪根筋想到了似的對我說話。我在像飛機翼形狀般細長的工作空間的邊緣，松野在另一邊。我說「不，我沒去」，他又問「為什麼呢？」，所以我回答「因為沒什麼意義」。松野輕輕地點了點頭，又繼續做自己的工作。他似乎對於我為什麼判斷為沒有意義不感興趣。我直覺地認為，自殺的三人和NHK的恐怖攻擊無關。所以我認為，現場沒有任何值得一看的東西。奧多摩湖畔的現場似乎是自殺網站上也有介紹的有名地點。

自殺的三人像是說好了似的，沒有留下人生的痕跡。首先，他們幾乎沒有照片。電視等將三人在學校拍的畢業團體照的周圍塗黑，修剪使用。山口的個子高，是九州熊本人，五官清楚，眉毛濃密，但是在集體照中並不顯眼。富川的皮膚白皙，身材肥胖，心臟有老毛病。他在不太鮮明的集體照中，也無力地垂著肩膀，雙手垂下，微微低頭地盯著鏡頭這邊，令人感受到他的脆弱。感覺他彷彿稍微推一下就會倒。橫光愛子雖然露出笑容，但是感覺不自然。表情僵硬，感覺甚至像是在畏怯。但是，不太顯眼這個特徵或許是如今所有年輕人的共通點。某位學校相關人士在電視上發表意見，說不顯眼對於學生而言，變得重要。而且，據說這種趨勢和霸凌沒有關係。

確實，在如今的日本突顯存在感，引人矚目應該沒有好處。對外顯示能量和活力，正從日本人的精神性中完全消失。三人顯示的恐怖攻擊動機之所以具有真實感，在網路上成為話題，也是因為類似的理由。電視的談話節目等，反覆介紹「超級登山家的老爺爺」全身散發熱氣，在陡峭的山路快步往上跑的影像，據說在YouTube創下了數百萬的點閱次數。「超級登山家的老爺爺」被較為好意地評論為愛出風頭但沒有罪的笨蛋，但是網路上，炮火集中於介紹這種人物，作為給年輕人的話的NHK。

「現在健康的人也有點不正常吧？我覺得積極地介紹這種人的媒體瘋了。」

松野看完我的報導之後，如此說道。接著，他問我：我對自殺的三人不感興趣，但是關口先生，你是否對於什麼感到在意？我老實地回答：是啊。

「那份遺書的文字，是隸書體的手寫字。」

在烏龍麵連鎖店擔任副店長的二十四歲女子學習書法，並非特別不自然。但是，書法和象棋一樣，算是老人喜愛的事物。比起遺書的內容，以隸書體這種罕見字體書寫更令我感到匪夷所思。我直覺地認為，橫光愛子是否透過書法，和在這次的恐怖攻擊背後忽隱忽現的老人們有什麼交集。

我離開編輯部，搭乘地下鐵前往池袋，轉乘山手線，在駒込下車。我在車站買了體育報，但是已經都沒有三人自殺相關的報導了。三人自殺之後才過了兩天，電視的談話節目等也縮小談論的篇幅。而三人自殺之後，之前有些過熱的ＮＨＫ恐怖攻擊案件相關的報導也急速降溫。因為犯人自殺了，所以轉變為案件已經結案這種語氣，不再是頭條新聞。變成無視於遺書中的「還有其他夥伴」、「持有武器」這些部分的情況。就各種層面來說，三人的自殺中和了恐怖攻擊案件的衝擊與不安。

知道犯人是誰，而且犯人自殺了。犯人留下詳細的遺書，包含動機在內，供認了犯罪。就連其動機也和意識型態等扯不上邊，像是作為酒館裡的話題，用來炒熱氣氛的小事。犯人是一群隨處可見的不顯眼年輕人，不足為懼。遺書中提到了夥伴及武器，但他們是和夥伴及武器這種字眼最無緣的那種人。這種人怎麼能製造特殊的可燃物呢？「紅肉」和「腹肉」這種奇特的隱語意謂著什麼呢？話說回來，如今仍然身分不明、被視為執行犯的年輕人和三人是在哪裡、如何認識的呢？謎多得是，但是被忽視了。

我來到駒込站的北口，在本鄉通步行一陣，左手邊出現霜降銀座商店街這個拱形的看板。那是一條寬三公尺左右的小巷，車開不進來。各種商店林立，明明是平常日的下午，但有不少購物客人，朝氣十足。入口附近有外帶壽司店、賣烤糯米糰和鯛魚燒的甜點店。每一家都是小店，但是被烤糯米和攪拌醋飯的香味籠罩，緊繃的情緒放鬆了。以漫畫和雜誌為主的書店、中華蕎麥麵店、烤雞肉串店、店頭的水桶裡裝著鮮花的花店、賣手工麵包的店，任何一家店頂多都只有幾坪至十坪左右，魚店的簷前擺著鋪滿冰塊的保麗龍盒，裡面裝著整隻的比目魚、鱸魚和沙丁魚，一旁有料理檯，依照客人的要求，切成生魚片或剁成魚塊。中氣十足的吆喝聲此起彼落，老闆和客人互開玩笑。這條小巷的居民和客人八成大多是朋友。看到這種景象，極為自然地感到懷念。我在東京郊外的社區，身為平凡上班族的長男生長，巨大的超級市場出現之前，到處都有類似的商店街。所以令我感到懷念。但是，如果不認識古老商店街的世代走在這條小巷，也會感到懷念嗎？商店街裡賣著魚、肉、麵包和蔬菜，以及鮮花、衣服、包包和雜貨。魚不是切塊，而是呈現整條魚的形狀，烤糯米糰是在眼前烤，炸肉餅是在眼前炸。衣服主要是適合中高齡者的家居服，完全和名牌等扯不上邊，化妝品、日用品和婦女用雜貨也不是時髦的進口貨，盡是平常生活中一般使用的物品。中產階級日本人的真實生活近在咫尺。

黃色的紙上以紅色油性麥克筆寫著「睡衣果然還是選GUNZE。布料、剪裁、穿起來的感覺最棒！」，我往舶來品店一看，從擺在店內的古董收音機，流瀉出令人感動的歌曲，我霎時囿於被拖回從前的感覺，險些當場跌坐在地。歌曲是中島美雪的〈離別之歌〉（わかれうた），幾年前反覆聽了幾十次。自由記者的工作被炒魷魚，生活荒蕪，妻子帶著女兒去了西雅圖之後，像是等候已久似的，發生了東日本大地震。我沒有稱得上實質損失的東西。我重新開始展開生活、像是木賃宿的公寓免於倒塌，而且之後長期使人們感到不安的福島核電廠外洩的輻射，我也毫不擔心。因為比起甲狀腺癌等，自己的精神狀態更為切身。但是，對於覆蓋東北和關東的輻射的恐懼與不安，對我起了複雜的作用。因為不安蔓延至許多人身上，變成了一般的事，使得我個人的悲傷和無可救藥變得更加鮮明。那一陣子，入夜後就把廉價酒當作水喝。而赫然回神，戴著耳機聽從前的歌謠和流行歌直到清晨，彷彿為了逃離飢餓而將食物塞入口中一樣，大音量地持續聽著。

不是聽各種歌曲，而是一遍又一遍地反覆聽同一首歌曲好幾小時。因為沒去看醫生，所以不知道病名，但是顯然有病。我不太記得自己怎麼重新振作起來。說不定根本沒有重新振作起來。假如「能夠設法和別人交流、能夠設法過社會生活」，這樣就是重新振作起來，那麼我重新振作起來了。但是，假如「每天有活力、充滿自信、過著充實的每一天、能夠肯定自我」，這樣才是重新振作起來，那麼我根本沒有重新振作起來。我聽了中島美雪的〈離別之歌〉三天三夜。持續聽的過程中，某個時刻忽然從酒醉清醒，受到想要現在馬上死去這種令人毛骨悚然的情緒襲擊，我再也不想聽那首歌曲，而尋找下一首歌

曲。〈離別之歌〉的上一首是荒井由實的〈回到那一天〉（あの日にかえりたい），下一首是石川瀨里（石川セリ）的〈八月濡濕的沙〉（八月の濡れた砂）。而最後，最長期持續聽的是The Peanuts的〈戀愛假期〉（恋のバカンス）。中島美雪和石川瀨里是在工作時聽。但是，〈戀愛假期〉應該是國中時，以放在老家的黑膠唱片聽的歌曲。我在iTunes Store以一百五十圓購買，但是聽了一千次以上，所以夠本了。

「喂，先生、先生，你沒事吧？先生。」

赫然回神，舶來品店的老闆娘拍著我的手臂。我回到現實，看到老闆娘的臉那一瞬間，感到輕微的暈眩，與此同時，在NHK西側大門看到的焦屍出現眼前，我差點大叫。我一面說「抱歉，沒什麼」，一面離開了店，但是心臟怦怦跳，像是要被什麼壓垮的不安湧上心頭，險些喪失真實感。我告訴自己：「怎麼了？振作點！」朝小巷內側緩步走去。我一面低喃「冷靜！再一會兒就會平息」，一面試圖做深呼吸，但是情況不見好轉。電影和電視中，常有陷入極度不安的人在做深呼吸的場景，但是根據我的經驗，要在接近恐慌的狀態下做深呼吸並不容易。因為能夠做深呼吸，是精神已經相當平靜了。若是試圖冷靜而勉強做深呼吸，也經常會變成過度呼吸。我決定放棄深呼吸，一面眺望周圍，一面慢慢走路。自從自由記者的工作被炒魷魚，妻子帶著女兒離去之後，抑鬱和不安感簡直像是水和空氣般熟悉，但是不曾像剛才一樣，出現鮮明而強烈的影像。焦屍的影像尚未消失。右手邊有一家洗衣店，左手邊有一家藥局。我看見藥局的玻璃門上貼著一張寫了「敬請務必試用NOV的護膚產品」的紙，但是焦屍撕裂現實的視野，宛如閃光般閃爍，忽隱忽現。

從哈密瓜麵包俱樂部這家甜點麵包店發出咖哩麵包的香味，它的對面有一家雞肉專賣店，正在店頭製作烤雞。腦海中浮現松野曾幾何時說過的話。

「關口先生，你目擊了那種殘酷的案件，小心別得了PTSD。」

案發之後，經過了一週以上，這是PTSD嗎？賣醬菜、魚乾和佃煮的店旁邊有一點空間，我在那裡掏出錢包，拿出放在零錢袋中的鎮靜劑，放入口中嚼碎，然後在米店店頭的自動販賣機買水，將粉碎的鎮靜劑灌入喉嚨。替色情店寫網頁的女生介紹時，非常愛管閒事的老闆給了我大量的處方藥。我沒有長期服用，只有產生強烈的抑鬱或不安時才會服用。需要二、三十分鐘才會產生藥效。我進入了掛著「紅茶和香草的店」這面招牌的茶館。店內販售應該是天然木材製成的木桌和木椅，擦得一塵不染的胡桃木地板，販售著標示「以有機棉製成」，設計樸素的襯衫。展示櫃裡陳列著手工司康餅，店內播放著古典樂，看似姐妹的兩名女性穿著有英國國旗的圍裙迎接我。沒有其他客人。我喝著甘菊茶的過程中，心情稍微平靜了下來，我和店裡的女性稍微對話。要拾回真實感，最好和別人交談。我說「這條商店街令人感到懷念，心情平靜」，女性告訴我「因為它打造於昭和三〇年代初期」。女性說：它曾在東京都的商店街獎中獲得第二名，獨特而溫暖的街景是大家的驕傲。我問「位於商店街盡頭的商業大樓中，似乎有間書法教室，妳知道嗎？」兩名女性說「不知道耶」，搖了搖頭。

我喝完一整壺甘菊茶，聽完莫札特的單簧管協奏曲時，鎮靜劑開始產生藥效，心跳平穩下來，焦屍的影像也消失了。色情店的老闆給我的鎮靜劑會讓心跳平穩下來，減輕不安，但是全身會有輕微的虛脫感，指尖有微微麻痺的感覺。我欲前往的大樓位於「紅茶和香草的店」的正對面。沿著稍微彎曲的小巷，蓋著五棟四層樓的大樓。大樓與大樓之間幾乎沒有縫隙，看起來像是顏色和形狀不統一的一棟建築物。每一棟大樓的一樓一致都是家庭用品或衣服的店鋪，樓上是牙科、皮膚科或眼科等診所、眼鏡行和藥局；會計師事務所、麻將館、針灸館和美容院等進駐。光源大樓是位於五棟大樓正中間的ㄇ字形建築物，凹進去的中央部分有玻璃帷幕的電梯。我尋找書法教室，但是入口沒有標示。「（財團法人）西原文化教室」這個文化中心在三樓，三〇二這個號碼的信箱上貼著手冊。介紹社交舞、陶藝、書法、珠算、吟詩、卡拉ＯＫ、古箏、穿和服等各種課程，記載著「源自於發現許多先土器、繩文・彌生時代的遺跡，大有來歷的地名——西原，大家的文化教室」這段短文。我重新環顧周圍，走在馬路上、進出大樓的幾乎都是老人，不見年輕人的身影。二十四歲的橫光愛子真的在這間文化教室學習書法嗎？

從門的對面傳來歌聲。我心想「應該是卡拉ＯＫ的教室」，門忽然開啟，傳來大音量的演歌，出現一名身穿和服、臉塗白的老婦人，以不輸給大音量的演歌的大嗓門說「歡迎光臨」，露出金牙笑了笑。

我不可思議地心想「為什麼知道我在門前呢？」，老婦人一臉得意的表情，指著設置在外牆的監視錄影機。我支支吾吾地說「呃，其實……」，試圖打招呼，但是老婦人抓住我的手，把我拖進裡面，朝房間的內側前進。屋內陰暗，天花板的鏡球旋轉，光的斑點在地板、牆壁和家具上移動，古裝劇裝扮的老人隨著激情的演歌，拿著劍在跳舞。異常的氣氛震懾了我，心想「來錯地方了」，想要逃走。

房間大小約莫五坪左右，充滿了如今罕見的香菸的煙。人們坐在沙發上，或者盤腿坐在地毯上，燈光只有鏡球，所以不知道究竟有幾人。替我帶路的老婦人將嘴巴湊近我的耳邊，大聲地說：完全隔音，所以不用擔心吵到鄰居。

有幾乎覆蓋一整面牆的電視螢幕，設置最新的通訊卡拉ＯＫ。耳邊傳來幕府末期、暴風雨、天守閣和白虎隊之類的歌詞，但是不知道是什麼歌名。在唱歌的是一名只穿男性和服外衣的老婦人，驚人的是，她沒有使用麥克風。喉嚨浮現粗血管，攤開雙手，嘹亮的聲音響徹雲霄。在跳舞的老人應該七、八十歲。個頭高大、背脊直挺，髮量也很豐沛。他使深藍色的褲裙下襬飛揚，滑動白色布襪，在地板移動。他的動作行雲流水，宛如能劇或太極拳般舒暢。

我一腳踏進來時不知道，但是房間縱深相當深，細長的矮桌配置成ㄇ字形，幾十名老人擺出各種姿勢，拎起外送的壽司吃，或者吃著盛裝在盤子裡的下酒菜、煎餅或餡餅等。明明外頭還日頭高掛，但是也有人將酒從一公升裝酒瓶倒進碗裡，大口喝酒。也有女性在喝罐裝啤酒。雖然也準備了烏龍茶和麥茶，但是在喝酒精飲料的人比較多。也有許多人在抽菸，陶器的菸灰缸裝滿了菸蒂。

引領我至房間的老婦人指著在跳舞的老人，在耳邊告訴我：九十歲。不久之後，我察覺到在跳舞的老人拿著的刀，反射鏡球的光線，綻放異常的光芒。老人沒有揮舞刀。他有時以雙手架於正前方，有時垂於一旁，有時高舉至頭上，就這樣靜止一會兒。刀看起來十分沉重。說不定是真刀。如此一想，背脊生寒，我霎時心想「或許離開房間比較好」，但是老婦人以尖銳宏亮的聲音說「大家～，這位是新人～」，老人們拍手歡迎，老婦人分配坐墊給我，從隔壁傳過來一個裝了日本酒的碗。我沒心情喝酒，但是淺呷了一口。我不知道身為新人，該以怎樣的態度面對這個場合才好，眺望了周圍好一陣子，久而久之，我發現根本沒人關注我。

演歌即將邁入尾聲，唱歌的人「啊～啊～」的粗厚嗓音響徹房間，手舞足蹈的老人還刀入鞘，做出仰天的動作同時，高舉雙手，面露恍惚的表情。於是，眾人略微欠身，手打拍子的同時，開始反覆喊「刈、谷、刈、谷、刈、谷」。八成是跳舞的老人的名字。老人停止跳舞，向前伸出右手，制止呼喊聲和拍手，像是在說「我知道了」似的頻頻點頭，手指房間一隅。響起「哦～」這種歡呼聲，一人站起身來，前往老人指示的地方，發出「嘿咻」的聲音，搬了什麼過來。那像是用於服裝店的人體模型，仿照人體上半身的人偶，脖子和臉的部分以捲成圓筒形的舊草蓆面固定，穿著下襬短的衣服。那是有立領、有光澤、顏色花稍的中國服裝，應該是稱為旗袍的衣服。
我有不好的預感。被稱為刈谷的老人，先是從腰帶拔刀，拿在右手，朝擺在牆壁的神龕行一鞠躬，然後也一樣向坐在位子上的眾人施行一禮。接著，雙手高舉刀，對刀本身表示敬意，再度還刀入鞘，將刀鞘插在腰帶。凝視前方，調整呼吸一會兒，倏地睜開雙眼，右腳踏步，朝右斜上方拔刀，削掉以舊草蓆面製成的人偶半張臉，直接將刀身往左邊轉動，架於上方，直接往左斜下方揮落，砍斷脖子。然後，彷彿在抖落附著的血似的，輕輕地揮了揮刀之後，採取不動的姿勢，還刀入鞘。
「似乎只要有登錄證，就能持有。」
我身旁遞給我罐裝啤酒的老人如此告訴我。語氣像是「現在是好季節，氣象說明天也是好天氣」這種感覺。砍殺人偶的表演似乎並非每次都有。據說觀眾的要求熱烈，興致來了的話，老人就會露一手。日本刀是真刀，然而看到身穿中國服裝的人偶被砍掉頭，我覺得渾身不舒服，跑去廁所，又嚼碎一顆鎮靜劑吞下。因為是糖衣錠，所以一嚼碎，藥效就快。我回到房間，喝了半罐啤酒將鎮靜劑灌入喉嚨，等到心情終於稍微平靜下來，我問坐在隔壁的老人：持有真刀真的沒問題嗎？
鏡球停止旋轉，設置於天花板的聚光燈照著一身學生制服的老人。響起舟木一夫的〈高三學生〉（高校三年生）的前奏，身穿水手服、拿著一束假花的女人單膝跪在他身旁，抬頭看著身穿學生制服的老人。

「細節可以直接問刈谷先生。」

隔壁的老人如此說道，從座位起身，帶著坐在對面桌、名叫刈谷的老人過來。個頭高大的老人端坐在我旁邊，說「歡迎光臨，敝姓刈谷」，深深一鞠躬。他的五官非常端正，像是戰前的演員，肌膚有彈性，實在看不出來九十歲。大概是因為表演流了汗，換穿和服外衣，從胸口露出印著「I♥PARIS」的T恤。刈谷先生喝烏龍茶，而不是酒。

「好美的刀。」

我看著一旁的刀，如此說道。刈谷先生道謝，對我行注目禮，說「這把刀雖然無銘，但據說是加州清光之作」，將刀身從刀鞘抽出十公分左右，然後娓娓道來：「它是帝國陸軍九八式軍刀。刀身二尺二寸，有血溝。因為是高級軍官用，所以刀鍔是鏤空型，刀鎺是鈍銀，如您所見，收納於纏著薄皮革的鐵鞘。我想您已知曉，我的拔刀道是戶山流，在陸軍戶山學校透過九一八事變以來的實戰經驗，組合成站立招數。」

我沒有日本刀相關的知識。心想「假裝知道的話就糟了」，一面誇獎「不過真的好美」，一面老實告知自己對刀劍一無所知。刈谷先生淺淺微笑，重重地點頭，針對持有日本刀簡單地說明：只要有登錄證，就不需要警方的許可或批准。似乎從古美術商等購買時，會發行登錄證，向記載的教育委員會辦理變更名義的手續，持有就會獲得認同。因為會當作美術品處理。但我心想：縱然是美術品，隨著卡拉OK跳舞之後，砍殺人偶大概是違法的；但是我當然沒說這種話。大致說明結束之後，刈谷先生又深深一鞠躬，說「請慢慢玩」，回去了原本的座位。我一面回禮，一面不可思議地心想：我連電話也沒打，突然跑進來，他為什麼會那麼輕易地接納我？也不問我的名字和來歷。再說，我也不知道這裡是誰在管理、入會需要辦理哪種手續？

刈谷先生人才剛走，老人就回到我隔壁，遞給我第二罐啤酒。我問他：

「關於剛才的拔刀術，為什麼人偶穿著中國服裝呢？」

使用有光澤布料的立領中國服裝，似乎從清朝之後變得普及。建立清朝的是滿洲人。我想起預告恐怖攻擊、自稱吉崎的老人說的「我是滿洲國的人」這句話，心想「或許有什麼關聯」。然而，老人的答案和滿洲國毫無關係，很實際。老人回答：因為有好幾個朋友被中國女人騙了。據說有許多老人為了續弦，前往中國本土結婚，結果被中國女人騙得團團轉，連住宅和存款等財產都被騙走。在北區和足立區的都營住宅，住著數不清的中國女人。想去中國續弦的人說可恥也可恥，但是請你想想看，儘管身邊有一小筆錢，但是世上有比上了年紀的單身男人更寂寞的嗎？說悲哀也很悲哀。像我沒錢去國外，所以連那種事也做不來。

「一定是中國服裝嗎？」

我這麼一問，老人說「最近很多」，邊喝啤酒邊點頭。但是，似乎也有人將政治人物的肖像畫，或者討厭的演員和歌手的照片貼在捲成圓筒的舊草蓆面上。老人靈巧地使用指尖，從裝著柿籽米果的盤子裡迅速地只抓取幾顆花生，拋入口中，一面發出聲音地嚼碎，一面喝啤酒。老人八成七十多歲，但是牙齒堅固，令人佩服。我從四十五、六歲就因為不養生和牙周病，臼齒開始搖晃，除了花生和烤年糕之外，最近連硬的肉也吃不動。搖晃的臼齒也對其他牙齒造成影響，醫生恐嚇我「這樣下去的話，遲早必須做好整口假牙的心理準備」，建議我進行植牙這種人工牙根手術，但是聽到費用是一顆起碼二十萬，立刻放棄了。對我而言，那跟太空旅行一樣，是跟我八竿子打不著的事。

「哎呀呀，我就是滿口假牙。」

我一提起牙齒的事，愛吃花生的老人如此說道，用手指扳開嘴唇，給我看牙齒。白皙牙齒不自然地均勻排列。我問：「滿口假牙也能吃花生嗎？」想到自己的牙齒，感到放心，老人說「這個人更厲害」，指著一旁正在用手打拍子、個頭矮小的老人，對他說：「安藤先生，可以過來一下嗎？」請他過來這邊。名叫安藤的人身穿斜紋軟呢的夾克和褲子這種極為普通的老人服裝，而不是和服或學生制服，所剩不多的頭髮服貼於側面。據說他九十三歲，沒半顆牙，討厭假牙，驚人的是，他以牙齦咀嚼所有食物。我問：「這種事情辦得到嗎？」他說「如果一直使用牙齦，牙齦就會被鍛鍊、變硬」，給我看變成灰黑色、看起來真的很硬的牙齦，表演吃東西。他指示眼前裝在盤子裡的烤雞肉串，拿起的是雞腿肉和蔥，而不是雞肉丸或雞肝，從竹籤上取下，並非上下咬，而是讓整個口腔不斷轉動之後，抖動喉嚨嚥下。簡直像是果汁機一樣。似乎沒有吃不了的東西。我心想「年糕和堅果類應該沒辦法吧」，但是據說他會讓它們充分泡濕之後，以堅硬的牙齦壓碎。名叫安藤的老人說「我明白了人若是活到這把歲數，各種事情都會變成可能」，愉快地笑了。

不知不覺間，〈高三學生〉唱完了。身穿學生制服的老人說「那麼應各位的要求，再唱一首」，開始唱的果然還是舟木一夫的〈校園廣場〉（学園広場）。根本沒有人要求，但是沒人對連唱兩首的老人抱怨。拿著一束假花、身穿水手服的老婦人在唱歌的老人周圍連蹦帶跳，不時害羞地彎腰，雙手抵在胸前，偏頭表現出戀慕之情。有人目不轉睛地盯著這兩人的表演，也有老人仰望天花板，默默地吃下酒菜，大口喝日本酒。還有一對身穿和服的老情侶不知道在說什麼八卦，用手肘頂對方，捧腹大笑。眾人的服裝各不相同，隨個人高興地吃喝喜愛的食物。我心想，或許這裡沒有限制或規定這種東西。也許只要不大叫、動粗、傷害別人，或者造成別人的困擾，要怎麼度過都是個人自由。有一種有點令人懷念的混沌氣氛。我生長的城鎮位於東京郊外，那裡有一家從戰前持續營業、叫做赤田屋的酒店，一群老年人從白天就喝杯裝酒、抽菸，大聲談話，有說有笑。換作如今，大概會被嫌不像樣或沒規矩，說成對健康和孩子的教育不好。

我問滿口假牙的老人：「這間教室沒有管理的人嗎？」但是他露出怪異的表情。或許是聽不懂這個問題的意思。我重新問：「主管這間文化教室的是誰呢？」他立刻回答：我們。似乎入會和退會都自由，不想表明姓名、地址、電話號碼等個人資訊的人，不必登記。喏，因為到了我們這個歲數，有隱情的人也很多。無論哪種課程，一個月只收取會費兩千圓，不夠的部分有社長、地主和大樓屋主等手頭寬裕的人在，他們會自掏腰包供應食物和酒。有時候也會出現鰻魚盒飯和高級壽司。沒酒的時候，只喝茶也行，總之，大家能夠愉快地度過就行了。滿口假牙的老人愉快地如此說道。我聽到會費兩千圓，從口袋裡掏出錢包，老人說：第一次是參觀，所以免費。總而言之，我們非常歡迎第一次來的人。

「非常自由耶。我在其他地方，沒有聽過這種地方。」

我對著滿口假牙的老人如此說道，正好是〈校園廣場〉這首歌結束，房間安靜下來時，所有人將目光投向我。我說「大家好、大家好」，再度向周圍的老人們點頭致意，接受他們拍手歡迎。我逐漸從剛才看到砍掉人偶頭的表演所受到的震驚恢復過來，打從心裡對於教室的營運方法感到佩服。我感覺到一開始對於臉塗白、身穿和服的老婦人，以及舞刀、穿著學生制服和水手服的老人們抱持的強烈違和感漸漸變淡了。連我自己也無法相信，但是我開始對教室的老人們抱持好感。

「哎呀，不是只有這裡啦。」

身穿學生制服的老人像是在地毯上爬似的靠過來，坐在旁邊，如此說道。他身穿學生制服，頭戴學生帽，模仿舟木一夫，畫眉毛還塗口紅，手背上也塗了白粉。雖然塗了厚厚的白粉，但是從深邃的皺紋研判，他應該超過八十歲。但是，聲音是嘹亮的男中音，舉手投足高雅有品。滿口假牙的老人趨身向前，告訴我：他是在附近經營運輸業的鈴木先生。
「這種休憩場所，在東京都內有十多個以上。埼玉和千葉也有。如同你所說，我們以盡量自由這個理念在營運，如果使用流行的說法，大概就是網絡吧。試圖以獨特的形式建立網絡。」

扮裝成舟木一夫、名叫鈴木的老人因為是現任經營者，所以用字遣詞和其他人不一樣。
「如果我這番話很自大，還請見諒。我至今活了八十年左右，這一陣子在想一些事，我在想，希望透過這種休憩，讓許多人知道，如果可以的話，希望獲得贊同。我們無關年齡，和外頭的世界、人們活在一起，或者應該說是活在人與人的關係之中。被外頭的世界和人們搞垮，正是不幸的真面目。設法妥協活下去是普通；讓外頭的世界和人們服從，或者在相處的過程中使其改變，獲得利益才是勝利、幸福。我想，或許也有這種風潮，但是隨著年齡增長，我寧可選擇普通，而不是勝利或幸福。也就是設法妥協活下去，我如今確信，這件事實際上具有更勝於普通的價值。說不定也勝過勝利和幸福。尤其我們這一個世代看過戰爭，所以或許會更加強烈地思考這種事情。」

從頭戴學生帽、臉塗白的老人口中聽到這種內容，我感到超現實，但是他氣勢十足又有說服力，我一面點頭，一面專心聽。我覺得名叫鈴木的老人說的是對的，總覺得傷口獲得了療癒。經歷被家人拋棄這種最糟的情況，罪惡感和自我厭惡總是糾纏著我。名叫鈴木的老人說：在和別人相處的過程中使其改變。自從妻子和女兒去了西雅圖之後，我才知道人生中最痛苦的事情是什麼。既非活在社會最底層、遭受別人的屈辱，也不是被世人當作空氣。最痛苦的是，成為無法對重要的人做任何事的人。所以，我內心有部分認定自己是個沒有生存價值的人，心情總是萎靡不振。老人簡直對我的狀況一清二楚似的，對我說「設法跟現實和別人妥協活下去，具有更勝於普通的價值」，令我感動。我一面眺望周圍的老人們，心想：這群人歷經戰爭和戰後這個艱困的時代，存活至今。

「呃，關於這間教室，手冊上說也能學習書法。」

約十年沒唱卡拉OK，高歌一曲之後，我對滿口假牙的老人如此問道。我唱的是中村雅俊的〈交流〉（ふれあい），引領我至教室、穿和服的老婦人隨著歌曲，一面擺動白色手帕，一面展現舞蹈，所有人替我鼓掌。

「書法嗎？書法的話，現在也在隔壁的教室上課。」

滿口假牙的老人如此說道，站起身來替我帶路，打開電視螢幕旁邊的門。門的對面垂下厚厚的黑色布幕。我心想「或許是隔音用的」，鑽過那片布幕，進入對面的房間時，霎時眼花。因為充滿了從窗戶照進來的陽光。那是一個約莫三坪左右的狹窄房間，一名女子面對桌子端坐映入眼簾。垂著一頭長髮，長相看不太清楚。

「打擾了。妳好。」

我一對她說，女子停筆，面向這邊，頭部稍微上下動了一下。說不上是點頭或點頭致意。動作僵硬，然後馬上再度面向白紙，開始動筆。如今罕見的烏黑直髮，長及腰部一帶。年齡應該是二十五、六歲。身穿印著小花的棕色系襯衫和牛仔褲，打扮樸素，臀部以下露出來的赤腳腳趾莫名性感。該怎麼對她說話才好呢？我遲疑了。因為她剛才看著這邊的眼神中，毫無力量。眼神空洞。乍看之下，她好像心無旁騖地專注於書法，但是感覺像是被誰命令，機械式地動著筆。我直覺地認為：要是被她採取警戒就玩完了。在週刊雜誌擔任自由記者時，主要接觸的是流氓和色情從業者，採訪了一大堆類似的人。一直生活在所有人都是敵人這種環境，沒有信賴這種概念。所以稍微激起戒心，他們就會逃走，再也不肯開口跟你說話。我想打聽據說曾在這裡學習書法的橫光愛子的事，但若胡亂發問，就不會產生溝通。

「那是楷書體吧？」

我測量距離，小心不要靠太近，悄悄地盯著她的手邊，如此問道。女子只是輕輕點頭，一語不發。但是，縱然只是點頭，只要有反應，就能維持溝通。不利的是，我沒有書法相關的知識。如果精通書法，就能想到令她解除戒心的問題，但是我連女子的功力如何都不知道。楷書體這個名稱也只是針對在奧多摩湖附近自殺的三人的遺書寫報導時，粗略地調查，記得隸書體、楷書體、行書體、草書體等。在大部分的書法教室，楷書體是標準字體。但是，為什麼這名女子獨自一人在練習呢？沒有老師嗎？

「妳總是一個人練習嗎？」

我如此問道，但她只是稍微偏頭，沒有回應。我不知道那是肯定或否定的動作。房間裡除了桌子和小摺疊椅之外，沒有其他家具。窗戶也沒有掛窗簾。來自對面大樓縫隙的陽光直接穿射進來，就是因為這個緣故。橫光愛子也是在這個房間學習書法的嗎？警方似乎是從她在文京區的烏龍店工作的同事，獲得她有來這間文化教室這個資訊。

「我也想練習書法，沒有老師嗎？」

我提出這種問題時，背後發出「有」這個聲音。身穿水手服的老婦人從垂幕探出頭來。她是老人唱〈高三學生〉時，拿著假花跳舞的老婦人。

「我在教。可是，書法總歸一句話，就是必須反覆地寫。其他教室大多採取姑且有個樣子就好這種教法，但是我們會先請學生磨練內心。其他技藝也是一樣。吟詩、陶藝、卡拉OK和古箏都一樣。重要的不是形式，而是要用感情。」

「抱歉。呃，前一陣子去世的橫光愛子這個人，也是在這裡學習書法的吧？」

我問老婦人。老婦人反問「你為什麼會知道橫光小姐？」露出詫異的表情。我說「我看報紙的」，老婦人說「原來如此」，點了點頭，然後又說「是啊」，邊搖頭邊露出悲傷的神情。

「沒想到會發生那種事。她是個木訥的好孩子，非常熱心。我還無法置信。她總是在那裡，像現在的葛城小姐一樣，心無旁騖地練習好幾小時。像那樣花大把時間，學習用感情，而不是形式。人會怎樣，真的是說不準。」

老婦人如此說道，身影又消失在垂幕的另一頭。我心想：「用真刀砍掉穿著中國服裝的人偶頭的表演中，哪裡有感情呢？」但是當然沒有這麼說。警方八成也來這間教室打聽過。但是，聽到看起來性情溫厚的老婦人說「人會怎樣，真的是說不準」，就沒有存疑的餘地。然而，姑且不論我忍不住抱持好感的這群老人中，是否實際上有和恐怖攻擊有關的人，這間文化教室肯定和橫光愛子的自殺有某種關係。

和老婦人之間的對話中，有了收穫。因為我知道了女子的名字。出現橫光愛子的話題時，名叫葛城的年輕女子目不轉睛地盯著我這邊看。我確信她知道什麼。然而，為了獲得回應所做的嘗試悉數失敗。我問「妳也會寫隸書體嗎？」但是她只是搖了搖頭。我問：「除了楷書體之外，妳還沒學其他字體嗎？」她只是慵懶地點了個頭；即使我問：「妳也去過其他書法教室嗎？」她也不置可否，含糊地偏頭；我問「妳從小就喜歡書法嗎？」她毫無反應。我採取微妙的時間間隔對她說話。若是接二連三地發問，她會覺得煩而有所警戒。但是間隔太久，沉默也會變成壓迫，令她產生戒心。我說到一半，停止發問，說「我也來這裡學習好了」，一面環顧周圍，一面像是自言自語似的小聲如此說道，但是完全被無視。我無計可施，心想：橫光愛子一定也是以這種感覺來這裡。孤獨、不擅長溝通的年輕人，大概會喜歡這間教室。倘若一個月兩千圓，這個金額連打工族也付得起，而且最棒的是，沒有多餘的干涉。只要房間有空，應該能夠在高興的時候待到高興為止，在高興的時候回去。

老人們唱卡拉OK的聲音流瀉過來。Frank永井的〈愛妳〉（君恋し）結束，變成〈雨中花〉（雨に咲く花）這首我忘了是誰唱的歌曲。我放棄了不會有結果的事，但是我深愛著那個人。令人揪心的悲傷旋律，讓我又想起了前妻和女兒，心想：「我在這種地方，面對什麼都不想說的女子做什麼呢？」心情蕩到谷底，然後心想「無所謂了」，心情變得自暴自棄，對名叫葛城的女子說：要不要喝杯茶？

「附近有一家香草茶很好喝的店。還有手工司康餅。」

於是，發生了令人無法置信的事。女子甩動一頭長髮面向我，發出了聲音。

「司康餅？」

她大聲說道。女子從正面一看，五官端正。肌膚雪白，眼睛細長，鼻梁直挺，嘴唇單薄，櫻桃小口。我心想：她簡直像是擺在陳列櫃的日本人偶。我囿於一種不可思議的感覺，彷彿忽然間，那個櫃子碎裂，人偶開始說起話來。我只是抱著姑且一試的心態邀她喝茶。她應該非但不會回應，而且會毫無反應地把我的話當作耳邊風，我下定了決心，屆時死心離去。所以才嚇了一跳，思緒陷入混亂，女子說出口的「司康餅」一詞失去了意義，在腦海中迴盪。我花了一小段時間，自行再度確認「那三個字是形容一種英國的麵包」。

「司康餅是大不列顛的那個司康餅嗎？」

女子像是在確認似的，又發出了聲音。聲音很輕，帶點鼻音，令人莫名心情平靜。我說「不是大不列顛，而是英國」，但那麼說也不奇怪。我說「與其說是英國，其實似乎是蘇格蘭」，女子說「我想吃」，雙目生輝。

「我從很久之前，就想吃一次看看。」

我說「那麼，香草茶和司康餅的店就在對面，我先去等妳」，名叫葛城的女子點了點頭。她的眼神不再像對司康餅一詞有反應時一樣閃閃發光。我不確定她是否真的會來。橫光愛子的資料來源除了這名女子之外，別無他人。而我沒來由地覺得，最好避免一起離開教室。眾人在大房間持續唱著卡拉OK，臉塗白的老婦人正在唱〈津輕海峽冬季景色〉（津軽海峡・冬景色）。我告訴滿口假牙的老人「其實我工作到一半，先告辭了，改天一定會再來」，對包含刈谷先生和鈴木先生在內的所有人行注目禮，從牆邊的衣架上拿回唱〈交流〉時脫掉的夾克，盡量看起來依依不捨地假笑，頻頻回首，反覆鞠躬，慢慢地離去。

我在「紅茶和香草的店」前面，等了將近一小時。幾度快要放棄，但是想起名叫葛城的女子問「司康餅？」的高亢語調，邊打發時間邊等。一直杵在店前面未免顯得奇怪，所以我一面確認文化教室進駐的大樓出入口，一面來來回回地在周邊徘徊，喝自動販賣機的茶，好久沒連抽四、五根菸了。然而，過了四十分鐘左右，一名女性從「紅茶和香草的店」探出頭來，將寫著「休息至傍晚六點」的牌子掛在門把上。我看到那面牌子，心情突然變得萎靡。遭受那群唱卡拉OK的老人荼毒而產生的疲勞一口氣湧現，我險些當場癱坐在地。我看了手錶一眼，下午快四點。我待在那個卡拉OK的大房間一小時半左右，大概是剛才震懾於異常的氣氛，沒有意識到自己非常緊張。喝啤酒的醉意也醒了，隨著時間經過，我心想：「那究竟是怎麼一回事？」徒勞感從體內深處湧現。我探尋夾克的內袋，試圖掏出手機。我心想：打電話到公司，跟小川或松野說什麼都好，如果說一說話，或許心情會平靜下來。

手指除了碰到手機，還一起碰到了像是名片或預付卡之類的東西。我不記得口袋裡裝了那種東西。一看之下，既非名片，也不是卡片，而是以厚紙板鑲邊的長方形紙條，以原子筆寫了簡短的訊息，訊息的旁邊貼著比郵票更小，像是塑膠的東西。我一開始以為是用手機掃描的QR碼，但不是。看了訊息內容，霎時一陣暈眩。因為寫著我的名字：致關口。

「致關口。歡迎來訪。我會給你獨家消息，再來採訪寫成報導！來西杉郎　PS．對了，小狗們停止哀號了。」

我前往隔壁小房間的過程中，有人寫下訊息，放進了夾克的內袋。待在那個大房間的所有老人都有可能這麼做。字跡非常漂亮，從文字無法辨別男女。我沒有告訴任何人名字。代表那群老人當中，有人認識我。我的呼吸變得紊亂，心跳開始加速。那群老人當中的某個人，或者幾個人，搞不好所有人都知道了我姓關口，遲早會造訪那間文化教室。其中沒有熟人。和大久保的象棋道場有什麼關係嗎？似乎是打電話來預告恐怖攻擊、名叫吉崎的老人知道我的名字，向小川指名我為採訪者。

來西杉郎該唸作Kitanishi Sugio，或者Kurunishi Sugio呢？我對這個名字沒有印象。應該不是本名，但是象棋道場裡也沒有這種名字的老人。紙條上寫到「獨家消息」，難不成又是恐怖攻擊的預告嗎？但是，沒有寫到任何具體的內容。不過話說回來，附啟語的「小狗們停止哀號了」是什麼意思呢？改編自湯瑪斯・哈里斯（Thomas Harris）的同名小說的電影《沉默的羔羊》（The Silence of the Lambs）中，有類似的台詞。身為精神科醫師，也是絕代殺人魔的萊克特（Hannibal Lecter）博士，在故事的最後對茱蒂・福斯特（Jodie Foster）飾演的FBI實習女幹員——克麗斯（Clarice Starling）說的台詞，成為原作和電影名稱的由來。克麗斯，小羊們停止哀號了。克麗斯有精神創傷，曾任警官的父親的死和幼兒期曾經聽到早晨被宰殺的小羊們的哀號，在潛意識重疊。萊克特博士看穿了這一點。但是，我既沒有飼養小狗，也沒有特別關於小狗的記憶。這是什麼的隱喻嗎？心跳沒有平息。

我心想，說不定小羊意謂著女兒。我辭去自由記者的工作，開始頹廢時，女兒說「爸爸一直在家的話，衛生紙很快就用完了」，我發飆怒吼：「區區衛生紙，沒了就沒了！」女兒嚇得哭了起來。假如小狗是指女兒，代表寫下這個訊息的人知道我的隱私。這種事情有可能嗎？我沒有清楚的記憶，但是說不定在象棋道場和眾人喝啤酒時，我隨口說過家人和離婚的事。

「呃……」

心跳遲遲沒有平息，開始感到痛苦，我想再服用一顆鎮靜劑時，有人對我說話。我回頭一看，名叫葛城的女子微微向右偏頭，站在我正後方。她提著一個印著calligraphy這個筆記體英文字、布料薄的包包。似乎是裝書法用具的包包。女子身穿在發展中國家常見的民俗藝品、以粗毛線編織的白色針織衫，腳穿布和軟木製成的樸素涼鞋。個子意外地高。大概一百七十公分左右。幾乎跟我一樣高，但是因為加上涼鞋的鞋跟，變成高我一截。

「抱歉，這間店似乎休息到傍晚。」

女子輪流看著我和店家，露出困惑的表情，低下了頭。一頭長髮披在臉上，她就這樣低著頭，久久不發一語，身體也像是僵住了似的一動也不動。接下來該怎麼做才好呢？不但遭受一群老人的茶毒，而且因為謎樣般的訊息，思緒更加混亂，我雖然不想和不太能溝通的女子在一起，但是心想「說不定會知道什麼關於橫光愛子的事」而專程來到駒込，身為小記者，不能錯失好不容易找到的資料來源。

「呃，如果妳願意的話，要不要去別家店？我知道其他有好吃司康餅的店，怎麼樣？不過前提是，假如妳願意的話。」

為了避免她產生戒心逃走，我留意盡量有禮貌，避免使用勉強人的語調對她說話，但是因為心情變得不穩定，所以聲音有些顫抖。我心想「糟了」，但是女子依舊站在近到幾乎互相觸到彼此手肘的地方，沒有反應。而且我撒了謊。我怎麼可能知道有好吃司康餅的店。我甚至不曾吃過司康餅。無論是司康餅、牛角麵包或貝果，我對那種東西完全沒興趣。我心想，待會兒再打電話到編輯部就好了。如果問松野或其他人，應該會上網查有好吃司康餅的店，然後告訴我。思考這種事情的過程中，躁動不安的神經一點一點地平靜了下來。

搭計程車去吧。我想，車程花不了多少時間。我一面心想「錢包裡有多少現金」，一面如此說道，想要朝商店街的出口慢慢地邁開步伐。女子抬起頭來，凝視著我。眼神毫無力氣。我以為她處於恍惚狀態，但是過一會兒，她回應：好。不過，我不是憑聲音，而是憑嘴形知道。而且是我邀約「搭計程車去吧」之後，過了將近一分鐘，她才說了「好」這一個字。我像是慢動作地慢慢走起路來。因為走得太慢，所以開始覺得自己變得像是夢遊患者，或者壞掉的機器人。女子依然緊挨著我地跟了上來。我們來到本鄉通，在馬路對面攬了計程車。司機問「到哪裡？」，我想說「先往新宿方向」，但是話還沒說出口，之前只會說「呃」或「好」的女子，以清晰的聲音告知去處。

「TERRACE。」

計程車司機語氣困惑地反問：TERRACE？我也不知道TERRACE是哪裡，話說回來，我連那是否意謂著地點都不知道。女子說完「TERRACE」之後，就此又閉上嘴巴。計程車開車了，但是我不知道該打電話到編輯部，詢問新宿一帶有好吃司康餅的店，還是問女子TERRACE的意思比較好。長髮的年輕司機問「請問，該去哪裡才好呢？」一臉嫌麻煩的表情，隔著照後鏡數度往後座看。我心想「傷腦筋啊」，女子抓住前座座椅，趨身向前，突然發出令人吃驚的尖銳聲音說：說TERRACE，自然就是TAMA PLAZA！司機確認「TAMA PLAZA是指田園都市線的TAMA PLAZA？」，女子說「對、對」，頻頻點頭。我心想「那裡有司康餅嗎？」對司機說：那麼，就請前往TAMA PLAZA。然而，雖然TAMA PLAZA這個專有名詞很耳熟，但是我不知道它確切地點在哪裡。司機問：「可以從初台南上首都高速公路，然後轉東名高速公路嗎？」我心想：「到底要去哪裡呢？計程車費付得出來嗎？」感到不安。我說：「假如要吃司餅康，用不著跑那麼遠，我想，在新宿一帶就有好吃的店，怎麼樣？」但是女子又說出了令人費解的話。

「司康餅？那是什麼？」

計程車司機隔著照後鏡，一臉詫異地看著後座。因為打扮不起眼的五十歲男人和二十多歲的女子進行著莫名其妙的對話。名叫葛城的女子整體樸素，沒有染的長髮是直髮，乍看之下，服裝也極為普通，一雙單眼皮的細長眼睛，長相意外地端正。女子明明說她想去TAMA PLAZA的TERRACE這個地方，但是五十歲男人說「在新宿不就好了」，試圖省錢了事。男人好像想請她吃司康餅，但是女子不同意，而且似乎對司康餅這種食物不感興趣，或者根本不知道司康餅。司機應該無法瞭解我們的對話。連我也覺得莫名其妙。

「請問，往TAMA PLAZA的方向開可以嗎？」

司機如此問道，女子堅決地說：對，TERRACE。司機邊說：「那麼，您說的TERRACE，就是位於TAMA PLAZA站的購物中心，是嗎？」邊用手指移動汽車導航的地圖畫面確認。女子說「對、對，那是非常受歡迎的購物中心唷」，開心地朝駕駛座趨身向前，問司機：你去過嗎？

「不，我很少去那邊。我是下町的人⑤。」

於是，女子陸續列舉介紹「TERRACE」的電視節目名稱和雜誌名稱，開始說起TAMA PLAZA的「TERRACE」這個購物中心多受歡迎。表情和剛才不一樣，語氣也很興奮。司機適度地隨聲附和，看在他眼裡，女子想必是個活潑開朗的二十多歲女性。

「然後，應該在六頻道的《Evening Good》這個節目中，介紹過幾次。還有、還有，雜誌的話，也刊登在《Marilyn》，還有、還有，也刊登在《Paprika》這份免費刊物。」

經過早稻田，行駛於山手通，從初台南上了首都高速公路。我終於察覺到名叫葛城的女子超出常軌。妻子和女兒離去，精神變得不穩定時，我有一陣子從頭到尾瀏覽針對精神疾病撰寫文章的網頁。我不知道名叫葛城的女子具體而言是什麼疾病。但是，八成長期服用藥效強的鎮靜劑。神志恍惚，四肢無力，眼神飄忽，不太關心周圍。但是，有時會對對方的話和態度過度反應。因為封印的記憶暫時復甦了。所以關於司康餅的事，她也並非說謊，試圖掩蓋什麼。在那個書法的小房間對於司康餅一詞的反應，在那個當下是真實的。哪天想吃看看司康餅這種欲望是從何而來呢？但是，隨著時間經過，司康餅一詞喚起的記憶又消失了。如今，吸引名叫葛城的女子的，是TAMA PLAZA的TERRACE這家購物中心。

平常日的下午，首都高速公路和東名高速公路的下行車道都空盪盪的，一會兒工夫就抵達了

⑤譯註：相較於稱為「上町」，大多是住宅區的山手，地勢較低、大多是工商業區的區域稱為「下町」，包含淺草、神田、日本橋等。

TAMA PLAZA。計程車奔馳於東名高速公路的期間，我的眼睛死盯著每十幾秒就跳一次表的數位計費表，一心只想著假如現金不夠的話怎麼辦。擔任自由記者時，我有美國運通的金卡等幾張信用卡，但是那種東西早就沒了。開始替電子報寫報導之後，我會在錢包裡放一萬圓紙鈔，之前鈔票隔層裡大多沒有紙鈔。如果口袋裡只有硬幣這種經濟狀態持續，價值觀就會改變。便利商店和超級市場的標價除了十位數之外，連一位數也會看個仔細。因為會在意一百二十圓和一百二十八圓的差異。對於這種狀況長期持續的我而言，超過一萬圓的計程車費幾乎是另一個世界的事。

「有些地方絕對不適合一個人，而且不想一個人去，不是嗎？像是迪士尼樂園、遊樂園。可是，我覺得其實是購物中心。女生絕對無法一個人去購物中心吧。」

奇蹟似的，錢包裡裝著兩張一萬圓紙鈔，付完計程車費之後，還剩下約七千圓。我一面領取收據，一面心想：不知能否作為採訪費報帳。這取決於是否能從女子口中問出什麼，但是大概不會有正常的對話。女子走在構造複雜的購物中心「TERRACE」，訴說購物中心和孤獨。令人無法置信的是，女子下了計程車之後，勾著我的手臂。這十幾年來，我不記得曾和女人勾手走路，但是對方並不尋常，所以沒有類似感慨的情緒。因為是平常日的下午，所以「TERRACE」盡是帶著孩子的家庭主婦和退休後的情侶。因為高級住宅區零星散布於周邊，所以時尚商品也很高雅。但是，身穿粗毛線編織的簡約白色針織衫、一頭黑色長髮隨風飄揚的高䠷女子，意外地融入了「TERRACE」。名叫葛城的女子莫名適合有機的食品和衣服、手工的麵包和甜點、天然化妝品和園藝專賣店等店家進駐，所謂走天然路線的購物中心。

總歸一句話，「TERRACE」很明亮。鋼管搭建的屋頂和牆壁為了採光，大量使用透明的強化塑膠和玻璃，像是米蘭或巴黎等在電影中看過的歐洲車站。分成幾個區，到處都有偌大的挑高空間。廣場和樓層裡鋪滿磁磚和磚瓦，所到之處擺著觀葉植物，無論是氣氛或販售商品都是健康、天然而環保，光是走在其中，都覺得自己變得潔淨。名叫葛城的女子勾著我的手臂，一會兒在香草茶的店試喝，一會兒在夏威夷雜貨專賣店觀賞鯨魚的擺飾，一會兒在襪子專賣店拿起有絨球的短襪，一會兒在帽子專賣店戴毛料的帽子，始終看起來很開心，我傻眼地看著她的樣子。十分不可思議。「TERRACE」充滿光線、綠意和天然。我心想，這裡沒有陰暗；是和卡拉OK那個大房間呈極端對比的世界。內心有陰暗的女子愉快地走在人工地消除陰暗的地方。

在「TERRACE」四處走了三十分鐘左右之後，女子露出了疲憊的表情，所以我們往正門的方向走回去，進入了pâtisserie的店。展示櫃裡陳列著各種蛋糕，室內有三十張左右的桌子，室外有張著白色遮陽傘的咖啡館露台。女子點了叫做Galette aux Griotte的櫻桃蛋糕。我受不了以南法普羅旺斯為概念的店內裝潢和氣氛，而且沒有食慾，只點了義式濃縮咖啡。看到一堆陌生的洋文，心情無法平靜。Taart Meli-melo、Clafouits aux Framboise、Galette aux Friuits、Gateau aux Fraises、Fromage Blanc，這些是蛋糕的名字，但是完全無法想像它們是怎樣的蛋糕。話說回來，我連pâtisserie的意思都不知道。似乎是使用麵粉製成的蛋糕類總稱。女子將烘餅上覆蓋櫻桃的蛋糕切成小塊，送入口中，但是過一會兒，皺起眉頭，手按著胸口一帶，面露痛苦的表情。感覺是嚼碎的蛋糕卡在喉嚨，無法順利吞嚥。我有不好的預感。她閉上眼睛，一面閉嘴咀嚼，一面像是嚥下唾液似的動了動喉嚨，然後抬起頭來。

「我曾經是狗。」

突然間，她以又大又清楚的聲音如此說道。店內的十幾名客人和女服務生嚇了一跳，一起望向這邊。我聽到「狗」，內心一陣騷動。我直覺地知道，這是一個不妙的話題。但是，我不知道該如何因應才好。我又不能站起來，堵住女子的嘴。

「我非常想辭掉那邊的工作。可是，我老實說了。因為工作地方的氣氛那樣，讓我想要辭職。」

我不知道她在說什麼。但是，幸好她的音量慢慢變小。我聽著她之後說的話，心想「要是被帶著孩子的家庭主婦們聽到這種話，情況不知會變得如何」，心裡捏了一把冷汗。

「我男友是個像孩子般純真的人，但是我背叛了他。原本是自稱博報堂行銷部部長的人說要替我簽日產的一年契約，我為了還去美容診所整形半年所花的錢，才去那裡工作的。店在五反田，所以我如今連山手線也不想搭。也有女生喜歡SM，或者喜歡性愛，但我並不是這樣，所以告訴自己要變成內心空洞的人偶，對陌生的男人抬起屁股，變成了狗。我從高中就嚮往成為賽車皇后，所以當他對我說『聽到日產的一年契約，任誰都會受騙上當』時，我很開心。可是，我其實根本沒有男友，但是這沒有關係，對吧？」

她徵求我的同意，所以雖然我不知道她指的是什麼，還是隨聲附和：是啊，沒有關係。我想問「對妳說『任誰都會受騙上當』的是誰呢」？但是按下不問。我不認為能夠進行打斷她的話，詢問不明之處，或者確認細節這種對話。名叫葛城的女性或許是在「TERRACE」散步，心情有了變化，或者服用鎮靜劑，它的藥效中斷了，或者藥效開始產生了，跟在書法的小房間裡時不一樣，情緒有些亢奮，持續說個不停。但是，說的內容很片斷，就像是在看時間順序亂七八糟的前衛電影一樣。

「總之，我雖然對用心拉拔我長大的人，以及自己身邊環境的一切感到過意不去，但是度過了地獄般的時間。我在陌生的男人面前，變成一條赤裸裸的狗搖屁股。我一直想死。我在網路和色情雜誌上，看到自己臉部打上馬賽克的裸照時，好想死。一般人會看自己打上馬賽克的照片嗎？」

我一面點頭，一面應道：我想，一般人不會看，嗯，但是妳看了，是嗎？名叫葛城的女子之前好像在色情的SM俱樂部上班。而對於這件事感到強烈的罪惡感。

「其實根本沒有用心拉拔我長大的人，但是或許有吧。他跟我說『只是妳沒有意識到，但是或許有那種人』時，我記得我大吃一驚哭了。我不笑，對吧？其實我能夠好好地笑。可是我不笑。我不是笑不出來。我是不笑。然後，你也說『妳能笑』。那些人說『妳總有一天，一定能笑』時，我真的獲救了。而且遇到那些人之後，我才知道原來獲得救贖是這麼一回事。」

我心想「『那些人』是誰呢？」時，女子露出像是忽然想起什麼似的表情，說「不好意思」，點頭致意，拿出錢包，拉開零錢袋的拉鍊，剝開裝了藥錠的錫箔包裝，將白色藥錠放入口中嚼碎，一面用舌頭舔取黏在牙齒和牙齦的碎片，一面吞下。她果然在服藥。應該是鎮靜劑。而且她以非常緩慢的動作，靜靜地喝水。或許她是試圖透過喝水這個行為，讓自己平靜下來。我也有類似的經驗。快要喪失真實感時，慢慢地拿起水，含在口中，花長時間喝水。喝水是最日常性的一般行為，經常透過這麼做，真實感就會恢復。

名叫葛城的女子停止說話，低著頭像是在隱忍什麼似的不再動。應該是在等藥效產生。我將視線從女子移向窗外。咖啡館露台的白色遮陽傘像帆船的帆般搖曳，鋪設格子狀乳白色和灰色磁磚的廣場中，擺著好幾個巨大花盆，零星散布的樹蔭形成抽象畫般的圖案。地上一塵不染。馬路對面有百貨公司，幾乎整面牆壁成了展示櫥窗。我心想，這是郊外型高級住宅區沿線特有的景色。但是，真實感淡薄。名叫葛城的女子緊閉雙眼，依舊像是在忍耐什麼似的低著頭。眼前有剩下一半，叫做Galette aux Griotte的蛋糕。我心想，Galette aux Griotte這個名稱象徵什麼呢？這種名稱的蛋糕在這世上是不可或缺的東西嗎？我失去了幾個不可或缺的東西。家人、工作，以及自尊。這些是無論如何都需要的事物。這個自白「我曾經是狗」，名叫葛城的女子又是如何呢？假如確實保有不可或缺的事物，或許就不必成為狗，也或許就不必服用鎮靜劑。我第一次同情名叫葛城的女子。比起這個站前的景色，我覺得名叫葛城的女子和她的自白更真實。這個充滿綠意和光線的景色對於失去不可或缺事物的人而言，太過明亮且不自然。

「呃……」

女子終於抬起頭來，看著我。

「你在看什麼呢？」

她以小歸小，但是清楚的聲音如此問道。我說「沒什麼，覺得這景色過分明亮而在看著」，女子說出令人意外的話。

「你的意思是，沒有陰暗嗎？」

她如此說道，微微一笑，所以我心頭一怔。沒有陰暗這句話和我的思緒同步，也令我嚇了一跳，但更令我吃驚的是，女子的微笑清新迷人。我霎時起了雞皮疙瘩，然後像是冰冷僵硬的肌肉放鬆似的，緊張消除，心情平靜了下來。

「那些人也常這麼說。」

名叫葛城的女子面露微笑地如此說道，又開始將剩下一半的蛋糕送入口中。那些人。她剛才也說了一樣的話。是誰呢？難道是待在那個大房間的老人嗎？

「從前的電影和照片的底片，跟如今的攝影機似乎完全不一樣。聽說從前的底片，陰暗的部分會確實變黑。來西（Kunishi）先生常說，攝影機無法呈現全黑的陰暗。」

我心想「原來陰暗是指底片和攝影機」，隔了好一段時間才意識到女子說的「來西」這個名字。我探尋內袋，取出名片大小的紙條，確認名字。來西杉郎。或許不是唸Kurunishi或Kitanishi，而是Kunishi。

「似乎跟那個一樣。跟攝影機拍不到陰暗一樣，這個世界也失去了陰暗，似乎是這麼一回事。不過，我們心中的陰暗不會消失，所以不會消失的陰暗，似乎會被便利商店的日光燈、摩天大樓的窗戶燈光、遊樂園的彩燈這些東西反彈，絕對不會被吸收，再度回到我們身上。陰暗啊，是會回來的。」

來西先生難不成是這個人？我忐忑不安地如此問道，將紙條遞給女子。於是，女子拿著紙條，嗤嗤地笑了起來。接著，又說了莫名其妙的話。

「來西先生不是一個人唷。有很多個。算是那些人的暱稱吧。喏，這個人，他是來西杉郎。那些人總是說。因為我們太過在意各種事情，所以決定把名字改成來西杉郎。意思是太過在意的人們。」

名叫葛城的女子也告訴了我，貼在紙條上像是方形塑膠的東西是什麼。據說是顯微膠片。大學時，我曾經待在圖書館資訊學的研究會，似乎學了透過顯微膠片搜尋資料。能夠在哪裡閱覽呢？名叫葛城的女子說：圖書館，還有大型的出版社和報社如今應該也有顯微膠片閱讀器。我決定回編輯部。我再度身為簽約員工隸屬的出版社，是日本第二大的。

但是在那之前，必須向女子確認重要的事。關於橫光愛子，以及來西杉郎的團體。待在那個卡拉OK的大房間的老人們當中，誰是來西杉郎呢？

「小愛嗎？」

我問：「關於橫光愛子，妳知道什麼？」女子以暱稱稱呼她。她們很親密吧。

「我們有幾次一起在教室裡，聊了很多。我們聊了各種事情，但是什麼也不記得了。」

名叫葛城的女子看著日暮時分的廣場，如此說道。不知不覺間，她將整個蛋糕吃完了。連餅皮的小碎屑也全部用叉子靈巧地抄起來，送入口中，盤子亮晶晶，幾乎令人以為是沒有用過的。不過話說回來，「聊了各種事情，但是什麼也不記得了」是怎麼一回事呢？

「因為只聊了無關緊要的事。」

女子將視線拉回店內，直盯著我的臉，如此說道。或許是鎮靜劑開始充分發揮藥效了，她的表情變得平靜。我心想，假如她的個性和言行正常的話，一定很受男人喜歡。因為嚮往成為賽車皇后，所以身高和身材比例無可挑剔。細長的眼睛、細緻的鼻梁、櫻桃小口、曲線圓滑的臉頰和下顎的線條，令我覺得她彷彿是從前黑白電影的女演員。只聊了無關緊要的事是指，沒有觸及隱私的意思嗎？

「小愛好像在烏龍麵店打工，我總覺得好像聽她說過，在那裡工作的人的人格和素養有多下流，但是大部分都忘記了。」

聊天的過程中，她沒有任何令人有預感，她會自殺的事嗎？可以對精神不穩定的人，使用自殺這種字眼嗎？我遲疑了，但是女子開始幾度看手錶，動作看起來像是想要回家，所以我開門見山地問了。橫光小姐自殺了，她有要尋短的感覺嗎？

「咦？」

女子露出有些驚訝的表情，然後略微扭曲嘴角，流露微笑，說：誰不都是一樣嗎？

「哪有人不考慮自殺。」

我一面通過TAMA PLAZA站的驗票口，一面問：「來西杉郎先生當時在那個卡拉OK的房間吧？」得到的答案是：沒有我認識的來西先生。在月台等上行的電車時，女子不安地數度低喃：我搭得了電車嗎？我問：「妳害怕搭電車嗎？」女子說：「我從來沒有恐慌過。」又露出淺淺的微笑，說「哪有人不害怕電車」，說了和剛才幾乎一樣的話。

在澀谷道別時，女子問我：所以，你會再跟我見面嗎？我說「會啊」，遞給她名片。名叫葛城的女子盯著名片看了約二十秒鐘之後，說「關、口、先、生」，慢慢地唸出我的名字，又一樣沒有抑揚頓挫地反覆一遍：「那麼，你會再跟我見面嗎？」然後消失在人群之中。女子消失之後，內心產生一種夾雜解放感和感傷般的奇妙情緒。我心想：至今從來沒有和第一次見面的人離別時，同時感到心安和寂寞。

「不是惡作劇嗎？這只是亂碼。」

我跟小川聯絡，說我獲得了重要資訊，在位於總公司地下室的資料室，將顯微膠片遞給公司內部似乎人稱「活字典」，六十五、六歲的白髮女性，請她以顯微膠片閱讀器讀取，再用掃描機掃描，列印出來。但是，出現的既不是文件，也不是圖式，只是一堆符號和數字。所謂的亂碼。

divlass=" mofixed" 9j4RW8RXhpZgAASUkqAAgAAAAMAAAABAwABAAAAAAM
AAAEBAwABAAAAAAQAAAIBAwADAAAAngAAAAYBAwABAAAAAgAAABIBA
wABAAAAAQAAABUBAwABAAAAAwAAABoBBQABAAAApAAAABsBBQABAAA
ArAAAACgBAwABAAAAAgAAADEBAgAcAAAAtAAAABIBAgAUAAAA0AAAAGm
HBAABAAAA5AAAABwBAAAAIAAgACACAAoAECcAA-ID8CgAQJwAAQWRvYmU
gUGhvdG9zaG9wIENTNSBXaW5kb3dzDIwMTE6MDkgMTc6NDA6NTgABAAAkAcAB
AAAADAyMjEBoAMAAQAAAPAAACoAQaaQaaaCwBAAADoAQAAQAAAAJABAAA
AAAAAAAGAAMBAwABAAAABgAAABoBBQABAAAAaGEAABsBBQABAAAAc
gEAACgBAwAB

只有這種文字羅列於幾張Ａ４紙。我從「活字典」手中接過掃描的資料和列印出來的紙，一面低喃「仔細想想，那種老頭子、老太婆不可能善於使用數位資訊」，一面離開了資料室。我究竟在期待什麼呢？我原本擅自認為，其中寫著下一次的恐怖攻擊資訊。

「獨家消息，再來採訪寫成報導！」這句話毫無意義嗎？只是單純的惡作劇嗎？小川一臉錯愕的表情說「你到底在做怎樣的採訪?!」回去了自己的辦公室。我沒有訴說在駒込和TAMA PLAZA的採訪細節。即使說了用真刀砍掉穿著中國服裝的人偶頭的老人，以及在pâtisserie（法式甜點）的店，突然大聲說「我曾經是狗」的女子，假如小川問：「這樣能寫成一篇報導嗎？」我也只能閉嘴。小川並沒有委託我寫關於一群古怪老人唱卡拉ＯＫ，以及精神有問題的年輕人的報導。而是在追查ＮＨＫ的恐怖攻擊案件。我既沒有掌握橫光愛子的資訊，也不知道來西杉郎是誰。我雖然對名叫葛城的女子說的話深感興趣，但是沒有和ＮＨＫ的恐怖攻擊直接連結的資訊。一想到從駒込到TERRACE的計程車費或許不能作為採訪費請款，內心就湧起一股徒勞感。

「怎麼了嗎？」

我順道前往編輯部，隨便找一張椅子一屁股坐下，松野問我。

「關口先生，你的臉色很糟。」

我大概露出了相當陰沉的表情。我夾雜嘆息地說「見了一堆怪人，累死我了」，松野問：「怎樣的人呢？」趨身向前，所以我針對駒込的卡拉ＯＫ和名叫葛城的女子，大致說了。最後，我說顯微膠片的資料只是亂碼，松野眨了眨又大又可愛的眼睛，露出深感興趣的表情，想看亂碼，我將列印出來的東西遞給他。

「這不只是亂碼。」

松野問我有沒有輸出資料，我將在資料室拿到的MS記憶卡遞給他。松野將資料移到自己的電腦，顯示在螢幕上，端詳許久，然後說：這是影像檔。

「這是電子郵件。電子郵件基本上只能處理文字列，所以影像和影片轉換成文字碼，嵌入郵件中，但是編碼的形式很多種，以接收方無法支援的形式轉換的文字碼，在郵件內容中就會變成一堆亂碼。」

松野一面如此說道，一面開啟網路的瀏覽器，連結至某個網站，在那個網頁內寫著「BASE64 decode」的空間，貼上亂碼。在副檔名的項目輸入「jpg」，點選轉換。於是，桌面上出現圖標，浮現像是小孩亂畫般幼稚而拙劣的圖畫。

「這是什麼？」

那一是幅令人毛骨悚然的圖畫。畫著螺旋槳之類的東西，它在旋轉，正要砍掉形狀看似人的脖子的部分。人騎在看似腳踏車的東西上面。頭和脖子的部分噴出淚滴形的血花，飄浮在半空中，其背後有一排寫得也非常幼稚而拙劣的文字。

「大田區池上柳橋商店街@二十六日傍晚。」

人臉的部分是單純的倒三角形，眼睛是兩個點，身體部分是像棍子的一般直線，手和腳像是支線般各兩條，朝兩旁和下方延伸。兩個車輪和像是彎曲手把般的東西連結，所以勉強能夠想像那應該是腳踏車。螺旋槳畫著四片像是花瓣的東西，像是要顯示正在旋轉似的，其中畫著幾條顯示動作的短圓弧。那是一個螺旋槳切斷人脖子的圖案。然而，為何有必要是這麼幼稚而拙劣的圖畫呢？

「我雖然不清楚對方的動機，但是畫得這麼糟糕，就看不出來是誰畫的。對方應該是不想讓人知道是誰畫的。」

松野如此說道，環顧周圍之後，從桌子底下拖出一個附滾輪的白色箱子。窗外完全日落，赫然回神，編輯部裡只剩下我和松野。一邊四十公分左右，立方的白色箱子是小型的冰箱。似乎是矽谷的嗜酒之徒所開發，標榜大小能夠隱藏在桌子底下的小型冰箱。

「已經沒人了，要不要喝一杯？」

松野淘氣地笑道，從個人專屬的冰箱拿出兩罐五百毫升的罐裝啤酒。聽說他被喜歡杯中物的父母養大，從小學高年級左右就開始喝日本酒。津輕人似乎大多內向，松野其實好像也不擅長和人來往，聽說在公司內有不順心的事情時，他就會將日本酒倒進塑膠容器偷偷喝，以免被人發現那是酒。但是，去年的健康檢查中，肝指數的數值沒過關，醫生似乎禁止他喝日本酒。據說少量的啤酒倒是無妨。我問：「五百毫升算少量嗎？」松野笑道：欸，這個就不要太嚴格了。他的笑容很爽朗。我心想，難怪我會對他抱持好感。不知為何，我基本上會對愛喝酒的人抱持好感。

我說「我去便利商店買點下酒菜來吧」，松野說「我有」，從個人專屬的冰箱拿出保鮮盒，指著深棕色的味噌說「這是家母寄給我的大蒜味噌」，遞給我。青森的大蒜很有名。大蒜味噌辛辣，也很營養。令人懷念的味道，讓我心情平靜。我針對ＮＨＫ的恐怖攻擊和老人們的團體，斷斷續續地開始對松野說起了目前為止獲得的資訊。

「關口先生，你覺得那些奇怪的老頭子在各處分成不同的團體，是嗎？然後，那個奇怪的女子說，來西杉郎這個老頭子有好幾個，是嗎？」

松野露出深感興趣的表情，如此問道，我點頭之後，將視線移到顯示在螢幕中，令人毛骨悚然、幼稚而拙劣的圖畫。松野說「因為畫得太糟，所以無法鎖定畫畫的人」，圖畫和指紋或DNA等不一樣，縱然畫得再棒，包含我們在內，連警方也無法鎖定對象。即使是指紋，基本上也僅限於曾遭逮捕和有前科的情況下，才能鎖定對象，而至於DNA，如果醫院、研究所和軍隊等沒有資料，就無法比對。更何況要從圖畫或文章推斷對象，無論優劣，應該都是不可能的事。我嘰嘰咕咕地如此低喃道，松野說「我不是那種意思」，搖了搖頭。

「關口先生，你記得蓋達（Al Qaeda）嗎？」

這兩個字聽起來令人懷念。而且是松野說出口，令人感到意外。我不認為松野對國際政治感興趣。再說，蓋達漸漸成為廢詞。伊斯蘭激進派的恐怖攻擊和暴動並沒有結束。在接納伊斯蘭裔移民的歐洲各國，幾乎每年都會發生暴動和恐怖攻擊。ISIS的勢力也沒有衰退。中國和俄羅斯的影響力在中東增長。而美國在經濟層面和軍事層面漸漸失去霸權。聯邦政府數度險些陷入債務不履行，幾個州實際上財政破產，發生了州兵出動的大規模暴動。不知是諷刺，或者理所當然，像是在配合美國的霸權衰退似的，蓋達變成了廢詞。

我說「沒想到你對蓋達有興趣」，他說：因為我在大學的主修是應用生命系統工程學這個領域，所以主要研究神經傳導物質和免疫機能之間的關係，當時也對社會學的組織論產生興趣，在課堂上提出了蓋達，作為個案研究。

「我覺得就組織而言，蓋達真的很獨特、很先進。就系統、組織論而言，組織的進化幾乎接近高等生物的生物系統是常識，但是蓋達並非上個世紀之前為主流的金字塔形，而是像阿米巴一樣，是獨立分散的小團體的集合體。有點類似免疫系統。」

松野一面慢慢地啜飲罐裝啤酒，一面閃爍一雙大眼訴說。看起來不像是不擅長與人來往的內向的人。我想起了在澀谷車站道別，名叫葛城的女子。她在變成狗之前，八成也很內向，不擅長與人來往。如今這個時代，有人擅長與人來往嗎？應該有人不以為苦。和別人溝通需要莫大的體力。自從妻子和女兒去了西雅圖之後，我也有一陣子懶得與人交談，害怕別人。並不是因為喪失了溝通能力。而是因為欠缺溝通所需的體力，也就是內心能量，不久之後枯竭了。

「當時，整個蓋達有對美國和美國人宣告死刑這個大原則，而如同阿米巴反覆增生、合體、分開和消滅，小團體共同計畫、執行恐怖攻擊。首先，分成擬定恐怖攻擊計畫和執行部隊，擬定計畫又細分成譬如擬定炸毀非洲某國的美國大使館這種基本計畫的團體；搜集資訊，決定攻擊國家的團體；決定炸彈種類、準備炸彈和人員部署的團體。執行部隊也進一步細分。提供基地的團體；負責運輸、人員移動的團體。還有獲得炸彈的材料、搬運和製造。電氣雷管尤其重要，所以最後由別的團體準備，再由別的團體搬運過來。炸彈完成之後，製造相關的團體從該國或地區離開。搬運完成的炸彈的是別的執行部隊。

而準備車輛，設置炸彈又是別的團體。因此，實際上殺入敵營，高喊Allahu Akbar（真主至大），闖進目標的是殉教者，不知道該車輛是在哪裡準備，以及炸彈是在哪裡由誰製造。這種分散型的組織假設恐怖攻擊在某個時間點被發覺，組織性的損害會減到最低，不至於全滅。而且，譬如在執行之前，能夠從警備狀況研判，立刻改變攻擊對象，具有這種靈活性，所以難以採取恐怖攻擊對策。這種先進的系統在那之後，應用於美國陸軍、全球企業的組織。現代的戰爭幾乎是巷戰，已經不可能像第二次世界大戰後期，幾千輛戰車在俄國的大平原上戰鬥。巷戰在附近有非戰鬥員的平民，所以分隊等小隊層級在現場的判斷變得重要。因此，分隊或小隊這種小組的領導者，必須具備能夠立刻變更戰術的能力。典型的阿米巴型組織。另外，企業也是，譬如假設有個世界性的消費財廠商。假設是製造洗髮精。這麼一來，因為亞洲的印度人和中國人的髮質微妙地不同，所以就要改變洗髮精的成分和香料。這種情況下，當地法人有決定權。幾年前銷售額驚人的UNIQLO，也將進貨和商品配置交給各店鋪的店長負責。」

松野比手畫腳，說得口沫橫飛，沒想到一罐啤酒下肚，人會變得如此之多。說到搬運炸彈時，他實際小心翼翼地抱著桌上的削鉛筆機，從椅子上站起來走了幾步，而講到自爆恐怖攻擊的執行犯那一段，他則擺出雙手握著方向盤的姿勢，小聲地仰天說：Allahu Akbar。但是，蓋達型的組織和收納於顯微膠片、幼稚又拙劣的圖畫有什麼關係呢？

「就算是一般畫得好的圖畫，我們也確實不知道是誰畫的。可是，假如是夥伴之間，又是如何呢？應該會知道。像是這個筆觸是誰的、從人臉的畫法來看，是那傢伙畫的，假如是夥伴就會知道。其實，蓋達會這麼做。像是攻擊目標的簡圖、特別的引爆裝置等，需要手畫的影像時，曾經畫成像是小孩畫的圖畫。」

總之，在像是阿米巴的分散型組織，為了無法特定是誰的計畫，經常故意使用非常幼稚而拙劣的圖畫。

「關口先生，請你想像一下。象棋道場是在大久保嗎？還有駒込的卡拉ＯＫ教室，身穿學生制服的老頭子說，類似的場所在東京都內和近郊有好幾個，對吧？老頭子們聚集在那裡。你認為擁有另一面的人應該潛藏在其中。其中的某個人計畫恐怖攻擊，必須描繪ＮＨＫ西側大門的配置簡圖，透過顯微膠片或其他媒體，寄送給執行團體。如果描繪一般的圖畫，就會被特定這是出自駒込的來西杉郎之手。可是，如果畫成像是幼兒園學童畫的圖案，就不知道是誰擬定計畫的了。」

松野說：資訊的寄送地點應該不只執行團體，而是有好幾個。

「ＮＨＫ恐怖攻擊之後，不是有老人混入愛湊熱鬧人士之中在笑嗎？那大概是負責確認受害狀況的人。除此之外，或許還有事先勘察現場、製造可燃物和武器，或者載送執行犯的別的團體，隨時備妥寫入必要資訊的顯微膠片。假如是這樣，也就能夠解開為何明明不知道你什麼時候會出現在駒込，但是能夠將紙條偷偷放進夾克這個謎了。」

我心想，松野的想像力真不得了。但是，莫名具有真實感。

「關口先生，要不要姑且去看看？」

松野的眼睛閃閃發亮，指著浮現在螢幕上的文字說：

「喏，這裡。大田區池上柳橋商店街@二十六日傍晚。二十六日是這個星期日。公司也放假，我們去看看吧。」

我找了一塊有點大的板子，靠在公寓的狹窄牆上，貼上列印出來、幼稚而拙劣的圖畫和文字。除此之外，還貼上了在NHK的西側大門混入愛湊熱鬧人士之中在笑的「太田浩之」的照片、駒込的文化教室的導覽手冊，以及NHK恐怖攻擊、橫光愛子和其他兩人自殺的報紙報導的剪報。我試著模仿常在電視上看到的美國重案組的做法，但是資料本身不足，而且沒有浮現關聯性。

警方的調查處於一籌莫展的狀態。NHK恐怖攻擊發生至今還不到兩週，但是電視和報紙都已經不再報導案件。當初在留言板和部落格等，「自殺的三人可能不是犯人，而是代罪羔羊」這種留言蜂擁而至，但是如今在網路上也沒有成為話題。既沒有新資訊，也沒有新發展，雖說是理所當然，但這是一起使用可燃物的恐怖攻擊，而且以就在NHK這個媒體大本營般的地方，出現十二名死者的大案件而言，未免太快就被人們遺忘。這一陣子，有有識之士在電視上怒吼「案件隨風而逝的速度異常地快」，我認為：沒有指出問題點和疑點，只能情緒性地報導犧牲者的葬禮和死者家屬的意見等的日本媒體罪孽深重。這個國家的媒體只會從犯人多麼惡劣和死者多麼可憐這兩個面向製作新聞。沒有「假如不採取任何對策的話，人會沒有底線地墮落，再惡劣的事情也做得出來」這種前提。週刊雜誌時期，會思考究竟是為什麼，但是不知不覺間，原因變得不重要了。總之，日本就是這樣的國家。

名叫葛城的女子開始傳來手機簡訊；沒有主題，也沒有我的名字，連自己的名字也沒有的獨特簡訊。

「你記得嗎？汪汪。你記得嗎？」

「今天天氣很好，也不是要拜託你事情。」

「只是告訴你一聲。電車行駛在我旁邊。」

「我想去遠方，連去附近也不行嗎？」

「抱歉這麼晚。你剛才在想事情嗎？」

「紫陽花寺嗎？我比較愛薰衣草。」

我適度地回覆「妳在那之後好嗎？」「我設法在做」「謝謝妳傳簡訊給我」等，有回跟沒回一樣的內容。但是，她對於我的回覆沒有反應，只是擅自寄來不太清楚意思的簡短簡訊。時段不是深夜，就是清晨，有時候一分鐘傳來好幾封簡訊，有時候一整天一封也沒傳。

「為什麼是這裡呢？」

松野身穿極為普通的牛仔褲、白色T恤、格子花紋的長袖襯衫，腳穿NIKE的運動鞋，在約了碰面的東急池上線池上站的入口附近等我。他的打扮和上班時一樣。來到池上通，往大森方向走。走到欲前往的商店街，是幾分鐘的距離。松野問：「為什麼是這裡呢？」比起NHK的西側大門，確實十分不起眼而平凡。駒込的霜降銀座反而比較適合高齡者，貫徹懷舊風格，尚有存在感。雖說是商店街，但是長度只有五十公尺左右，店鋪數量也少。而且似乎會進行路樹的修剪，割草機的引擎聲很吵。不過，因為是星期天又萬里無雲，所以應該也有許多人要前往本門寺公園或梅園公園散步，人行道相當擁擠。

「要喝咖啡嗎？」

在店前擺著寫了「現點現烘咖啡店」看板的咖啡館前面，松野一臉百無聊賴的表情問道。他一臉「我期待搞不好會發生恐怖攻擊才來的，搞什麼飛機」的表情。

我猶豫要不要進入咖啡館時，一輛腳踏車騎過來，也不減速，想要從松野的身旁鑽過。我下意識地抓住松野的手臂，將他往我這邊拉，腳踏車直接揚長而去。我說「真危險」，瞪著騎走的腳踏車，松野露出像是察覺到什麼的表情，靠近人行道邊緣，從包包拿出平板電腦搜尋什麼，然後說「就是這個」，給我看平板電腦。那是某個新聞網站上個月的報導，標題是「池上的商店街又發生腳踏車受害」，內容寫到「一名七十八歲的老人被騎在人行道的腳踏車撞死」。在商店街，禁止腳踏車騎進人行道，但是車道狹窄，而且路邊停車眾多，騎進人行道的腳踏車不絕於途，據說邁入今年之後，已經發生了三起意外。

我仔細眺望，確實有許多腳踏車穿梭在行人之間。那幅幼稚而拙劣的圖畫中，也畫了腳踏車，我心想：「螺旋槳是指什麼呢？」松野的目光停在什麼上頭，張大了嘴巴，露出驚訝的表情。我問：「怎麼了？」他說「那個」，搖搖晃晃地抬起右手，指著位於前方二十公尺左右，一棵高幾公尺的路樹。一把不鏽鋼製的對摺梯架在樹幹上，響著除草機的噪音。因為葉子繁茂，所以只能勉強看到修剪的人。

「咦，雖然很吵，但是樹枝和樹葉都沒有掉下。」

松野如此說道，我想起螺旋槳砍掉頭的圖畫，囿於周圍的風景突然為之一變的感覺。人潮看起來簡直像是一幕幕播放畫面的錄影帶影像。幾輛腳踏車從前方朝這邊騎過來，它們的動作看起來也像是慢動作。看似家庭主婦的女人騎在最前面的腳踏車，前面的籃子裡有幼童。接著是看似上班族的男人騎的登山車，然後是戴著帽子的中年女子。

「出現了。」

松野的臉因為恐懼而扭曲。割草機的前端從路樹的繁茂枝葉中出現，圓盤鋸刀伸向正要經過的腳踏車。但是沒有擊中脖子。只是掠過了家庭主婦的臉。然而，腳踏車猛地翻倒，幼童被拋向前方。行人還不知道發生了什麼事。覺得只是腳踏車摔倒了。割草機先是往上拉起，等到下一個目標出現，圓盤鋸刀再度陡然降下來，這次不偏不倚地擊中了看似上班族的男人脖子。和地面平行的圓盤鋸刀伸出來，男人的脖子毫無防備地被圓盤鋸刀拉過去。腳踏車沒有停下來或減速，繼續向前行，唯獨男人的頭忽然咕咚垂下，從視野中消失，下一秒鐘，血從變成只是圓柱的脖子湧出，男人的襯衫一轉眼染成了紅褐色。男人的脖子沒有完全被砍斷，頭以一層皮和脖子連著，無力地垂於斜後方，登山車直接滑向我們這邊而來。周圍的人看傻了眼，杵在原地，嘈雜聲已經止息。四周只響著割草機的引擎聲。

無頭的中年男人騎的腳踏車慣性地行進一陣子之後，重重地失去平衡，倒在我們的正前方。垂下的頭部像鐘擺般擺盪，撞上地面，以奇妙的角度扭曲。簡直像是俯臥的男人以不可能的角度轉頭，回顧後方。襯衫染成了紅褐色，但是臉部完好如初，糟的是，他的眼睛依舊張開。彷彿時間突然靜止了似的，人們呆立不動，既沒有發出尖叫，也聽不見說話聲。也有許多人嚇傻了似的張開嘴巴。正在通話的人也忘了掛掉手機，將手機抵在耳朵上注視著屍體。雖然想從屍體別過眼去，但是連閉上眼睛都做不到。我的身體也動彈不得。往旁邊一看，松野臉色蒼白，試圖用顫抖的手從後背包拿出什麼。一開始受到攻擊，臉部受傷跌倒的母親用爬的往被拋到地面的幼童前進，但是看到脖子扭曲的屍體，停止了動作。幼童側倒在人行道和車道的交界，沒有動作。卡車像是要掠過他的頭似的經過，但是沒有人伸手去救幼童。眾人不是冷淡，而是身體丟人地動不了。車子正常地在單邊一線道的車道上往來。好像沒有察覺到在人行道發生的事。透過割草機的攻擊毫無預警地突然展開，一瞬間出現了三名犧牲者。我囿於類似火焰在NHK的西側大門竄起，人在眼前被火焰包圍時的感覺。感覺很奇妙，彷彿時間的軸線偏移了。我不清楚發生的事是現實、過去的記憶，或者預測的影像。像是焦點晃動，或者錄影帶反覆快速播放、慢速播放和一幕幕播放畫面似的，視野也很奇怪。因為感覺拒絕認同現實。脖子扭曲的屍體倒在眼前，但是為了避免認為那是現實，大腦內側大概下了使感覺失常的指令。自從割草機從路樹的繁茂枝葉伸出來之後，不知道過了多久的時間。總之，案件在轉眼間發生。而且還沒結束。

割草機的引擎聲尚未停止。喧囂止息，四周變得安靜，我發現割草機的引擎聲微妙地變化。正好跟汽車或機車的油門一樣，在空轉狀態時，引擎聲較小，一旦齒輪咬合，刀刃開始高速旋轉，引擎聲就會變大。像是在瞄準下一個目標似的，旋轉的刀刃搖搖晃晃。但是，所有腳踏車已經停止動作，人們遠離了路樹。

「啊，下來了。」

松野在我身旁一面後退，一面如此低喃道。犯人的運動鞋從路樹的繁茂枝葉出現，慢慢地步下梯子。周圍的群眾閃得更遠，發出「哦～」這種驚呼聲，幾名女性同時發出尖銳的叫聲。驚人的是，松野正以iPod在拍攝影片。雖說是拍攝，但是他的眼神失焦，只是無力地將iPod舉在胸前，但是儘管如此，我還是覺得他冷靜得驚人。我看到他這樣，稍微拾回了真實感；決定從公事包拿出寶特瓶喝水。我想起了在ＮＨＫ西側大門，也從自動販售機買水喝。一開始，感覺喉嚨卡住而嗆到，一面告訴自己冷靜下來，一面喝下一口，終於發出聲音了。

「你在拍攝嗎？」

我這麼一說，松野聲音顫抖地回應：

「看來最好拍攝。」

一名年輕男子右手拿著割草機的長柄，左手抓著梯子的框下來了。他大概年近三十。中等身材，臉因為戴著針織帽而看不清楚。身穿一整套的黑色運動服，腳穿運動鞋。看起來像是背著背包，但其實是為了支撐割草機而繞過肩膀的背帶。男子爬下來站在地面，離開梯子，雙手重新握緊空轉狀態的割草機，緩緩地環顧周圍，這時，我看見了他的臉。一邊的臉頰有痘疤，尖下巴，但是長相隨處可見，毫無特徵。而且他面無表情，眼神無力。割草機的長柄長兩公尺左右，前端有旋轉鋸刀，尾端安裝小燃料槽和發動機，手邊安裝著扇形短把手。構造很簡單。大概誰都能買到。男子眺望倒在血泊中的屍體許久，但是這時的表情也沒有改變。松野依舊舉著iPod，問：怎麼辦？要逃嗎？群眾想要遠離年輕男子，像是終於回神似的大聲吶喊，跑了起來。車道上也擠滿了人，汽車塞住，喇叭聲響起。原本倒在人行道邊緣的幼童在不知不覺間不見了。應該是誰救走了他。母親也被人從兩邊腋下架起，抬往車道對面。我們後退，遠離年輕男子幾公尺。但是，我不認為他會進一步攻擊我們。

我聽見警車的警笛聲。好像有人報了警。幾個勇敢的男人因為塞車而從車上下來，試圖靠近犯人，但是看到倒地的屍體，發出「哇啊」的叫聲，和架著發出低鳴聲的割草機的年輕男子對峙，像是身體僵硬似的停止了動作。個頭高大的男人因為太急著想要上前壓制犯人，被倒地的屍體絆了一腳，險些向前摔倒，茫然地注視死不瞑目、以奇妙的角度扭曲的屍體的頭一陣子之後，嘔吐了。

「咦？」

松野稍微移動舉起的iPod，將耳朵轉向殺人的年輕男子。割草機的引擎聲和汽車的喇叭聲很吵，什麼也聽不見，但是他的嘴巴在動。好像在低喃什麼。過一陣子，年輕男子從口袋掏出紙條，高舉於眼前，開始出聲唸內容。但是，因為割草機的聲音和周圍的噪音，什麼也聽不見。不久之後，隨著警車靠近，堵住的汽車的喇叭聲停息，群眾的聲音也漸漸變小，像是配合這個似的，年輕男子操作割草機的把手部分，鬆開油門，引擎聲變小，聲音開始傳到我們身邊。斷斷續續地聽見腳踏車、危險、法律、無視、法治國家等詞彙。年輕男人察覺警車停車，警官朝這邊衝過來，進一步提高音量。但是，他的聲音沒有強弱或抑揚頓挫，詞彙一一斷開地照本宣科，感覺不到他的意志。感覺像是被誰命令，所以不得已地朗讀。割草機「嗡」的引擎聲簡直像是伴奏樂器似的，在詞彙之間的空檔響起，男子不自然地斷開詞彙，朗讀文章。我心想，那類似甲子園的高中棒球選手宣誓。

「我、向、依法律、及、條例、禁止、在人行道、騎、腳踏車、的人們、表示、抗議、宣告、並且、執行、死刑。現在、這個、社會、停止進步、與衰退、是因為、人們、不行動、所致。我、我、我、我、無法、無法、忍受、這樣。因此、宣告、不能、原諒、的人們、死刑，並且、執行，為了、負責，我、我、本身、也、選擇、死刑。」

「松野，別看！」

我忍不住叫道。我知道會發生什麼事。殺人的年輕男子為了讓朝他而去的警官們看見，叉著腿站立，轉緊油門，將刀刃的旋轉速度調到最快，右手拿著把手，左手拿著長柄前端，伸向自己的脖子。我想要閉上眼睛，但有一股像是全身肌肉萎縮的虛脫感，連動眼皮都辦不到。松野無力地低喃：不行、不行，怎麼可以那麼做？犯人用力地將高速旋轉的刀刃抵在自己的脖子上。如同騎腳踏車的中年男人一樣，犯人的頭部也一面噴出血，一面向後垂下。而不可思議的是，從脖子裂開的頭部向後垂下之後，犯人也沒有倒下地站著，而且依舊握緊割草機。

★Weekly Webmagazine〈The Media〉

2018/4/27

專題報導：〈新的恐怖攻擊發生?!〉撰文／關口哲治

我們的社會是否正在進行某種異常的事？「池上商店街腳踏車襲擊案件」令我如此確信。和之前的NHK西側大門大量殺人恐怖攻擊一樣，有電話預告，記者於案發當天傍晚，前往大田區池上柳橋商店街。眾所周知，自從NHK西側大門大量殺人案件以來，雖說透過打惡作劇電話至各媒體的恐怖攻擊預告有減少的趨勢，但是據說如今一天也有幾件。此外，根據警視廳指出，在網路留言的恐怖攻擊預告超過一千件，警方的出動次數也超過幾百次。警方在昨天的案發現場沒有管制或警戒。案發後，「是否該在有預告的當下，就事先封鎖商店街」這種批判排山倒海而來，記者認為，這種情況正是恐怖攻擊令人害怕的效果。也就是說，整個社會陷入「疑神疑鬼」，安定徹底動搖。

案件突然發生在假日和平的商店街。透過割草機攻擊這種殘忍至極的犯罪，除了日本之外，也對全世界造成了衝擊。因為某位目擊者以行動電話拍攝的案件影像，發布於網路的影片分享服務，被複製無數次，流傳於全世界。突然間，從路樹的繁茂枝葉伸出割草機的旋轉刀刃，攻擊經過的腳踏車這種犯罪，超出了我們的常識。不過，這次的案件中，網路上充斥著將犯人視為英雄，顯然錯誤的意見。犯人是瀧澤幸夫（二十七歲，犯罪後自殺），他於一年前因為祖母和腳踏車碰撞而喪生，產生了不合理的同情。確實，儘管強化了道路交通法的規定，但是騎腳踏車者蠻橫的行徑令人看不下去。尤其是在人行道上，和行人的碰撞意外層出不窮。但是在法治國家，無論任何情況下，也不容許報復。一人死亡，兩人身負重傷。被從腳踏車拋出去的幼童頭骨骨折，性命垂危，尚未恢復意識。坐在母親騎的腳踏車上的三歲幼童，究竟有什麼罪呢？

警方發表聲明指出，至今無法認定這起案件和NHK西側大門大量殺人案件有關。但是，記者碰巧在兩起案發現場，對於警方的這個見解感到不對勁。確實，瀧澤幸夫和自焚身亡、NHK西側大門大量殺人案件的犯人無關，與留下犯罪聲明和遺書、自殺的三名年輕人也無關。然而，請讀者回想一下。那三人的遺書中寫到「我們還有其他夥伴」。他們說的「夥伴」，或許概念和過去的激進派等不同。我們一接觸到恐怖攻擊，就容易想像到有名稱和命令系統、有領導者、有綱領這種「組織」。但是，現代的恐怖分子之間的連結說不定更鬆散。比較這種事情或許很亂來，但是蓋達也是如此。擁有「對美國和美國人宣告死刑」這個共通目的的小團體的集合，在現代成為一般的說法。

令人震驚的案件接連發生，犯人都在犯罪後自殺。我們無法想像的恐怖情況是否正在進行？只有記者感到莫可名狀的不安和恐懼嗎？在悲劇的現場感受是一件單純的事。有割草機這種機械，有騎腳踏車通行的人，他們脖子的皮膚和肌肉都很柔軟。只要不是恐怖片，割草機和人的脖子就不會連在一起。但是，那變成了現實。簡直像是惡夢在眼前具體現形了。人們茫然自失地喪失語言，杵在原地，也有人嘔吐。記者也像是被綁住似的，許久動彈不得。這不是恐怖片，而是現實。實際發生在我們的社會。

如同NHK西側大門大量殺人案件的時候一樣，這次也在寄送報導之前，和松野自動地去找警察報到，身為證人接受案情詢問，訴說所有目擊的事。我們不是去負責NHK案件的調查總部，而是去現場附近的池上署，松野將拍攝的影像複製在電腦之後，交出iPod。據說影片在網路流傳，在全世界創下數千萬瀏覽次數的紀錄，令人震驚的影像，不是松野，而是其他目擊者用行動電話拍的。松野以iPod拍攝的影像無論是角度或畫質，都比那好上許多，根本無法相提並論。去池上署之前，我們和小川討論幾小時，決定基本態度和供述。我們決定說成有內容含糊的預告電話打到編輯部，至於駒込的卡拉OK教室的事，包含顯微膠片和像是暗號的亂碼、幼稚而拙劣的影像在內，一概不提。那群老人當中，肯定有「來西杉郎」，或者相關的人。縱然告訴警方，警方進入卡拉OK教室調查，八成那群老人一句「我們什麼都不知道」就結束了。將貼著顯微膠片的紙條偷偷放進我的夾克的人，應該不是顯微膠片的製作者，而是另有中間人。搞不好「來西杉郎」們也假設了我將一切告訴警方，那種情況下，說不定會停止與我接觸。我不知道「來西杉郎」們為何接觸我。但是，我必須避免喪失資訊來源。如果失去和他們之間的交集，我就會失去工作。我只是因為某種緣故，才會出現在案發現場，所以能夠和其他媒體和寫手之間做到差異化，並非我的採訪和寫作能力卓越。不過，小川叮囑我：因為違反通報警方義務而產生問題的情況下，公司概不負責。

我和松野在池上署，也受到了有禮的對待。詢問案情不是在偵查室，而是在位於署長室旁邊的接待空間進行，也奉上了味道淡的日本茶。負責的是一名三十歲出頭的刑警，作風紳士，沒有警官特有的壓迫感和傲慢，我心想：應該是歷練所致。他從信封拿出案發現場的照片時，特地取得我們的同意：有些照片很駭人，不要緊吧？我說：如果可以的話，我不想看被害者的照片。案發後，我從原本視需要而服用鎮靜劑，變成了定期服用。PTSD似乎大多在遇到令人震驚的事情之後，過一陣子才會產生影響。

我儘管目擊了發生在NHK西側大門和池上柳橋商店街的兩起案件，身心因為受其衝擊而耗弱，還是主動找警察報到，協助調查，身為「善良的人民」，在池上署受到歡迎。實際上，我在案發後幾乎什麼也吃不下，夜不成眠，臉色也差，面容憔悴。我心想：洞察力再怎麼敏銳的刑警應該也很難看穿我隱瞞資訊來源，為了掩蓋這一點而來報到。再說，犯人自殺了。案件原則上結束了。詢問案情只是確認事實關係，三十分鐘左右就結束，最後變成了閒聊。刑警問：「最近的犯罪動機不明確，令人感到毛骨悚然，你身為記者，覺得如何？」我回答「政治人物不瞭解世道多麼陰暗，才是最大的悲劇」，刑警佩服地點了點頭。

「犯人好像服用了鎮靜劑。」

寄送報導之後，我和松野早退。近距離目擊了血腥的案件，小川和編輯部的所有同仁都同情我們，要我們早點回去休息。時間尚早，才傍晚時分，松野邀我到公司附近的韓國料理店。我說我沒有食慾，松野說：韓國料理意外地促進食慾。店似乎是旅日韓國人在經營。掛著「梁媽媽韓國家庭料理」這面招牌，有十幾種泡菜和涼拌菜，招牌菜是韓式什錦燒和韓國豆腐鍋，沒有烤肉。那是一家只有十席左右的吧檯座位和四張幾人坐的一般座位的小店，店內瀰漫著辣椒的香味，令我的心情平靜了下來。我喝了啤酒，吃了涼拌芥菜和豆腐鍋。案發後第一次好好吃一頓飯。

「嗯，那好像是藥效相當強的鎮靜劑。」

殺人的瀧澤幸夫常去看的身心科醫師，似乎開給了他抗憂鬱劑、安眠藥和抗焦慮劑。報紙和電視只報導了他因為憂鬱症而在服用藥物，但是在網路上詳細地公布了藥品名稱。瀧澤幸夫的運動服口袋裡，好像裝了抗憂鬱劑Luvox、安眠藥Vegetamin和Halcyon、抗焦慮劑Meilax。我在妻子和女兒離開家之後，精神上變得不穩定，喪失力氣以及對工作和別人的興趣，搬到廉價公寓之後，以泡麵和廉價酒果腹，恍惚地瀏覽網路，度過一整天。大部分是色情內容。我沒有加入收費網站，所以持續看所有免費網站的樣品影像和影片。我既不興奮，也不會自慰。只不過除了女人的裸體和性愛之外，我什麼都不想看到。我大致上記得當時的主要AV女優的長相和名字。我有幾個喜歡的女優，像是白鳥綾、如月忍、雨宮零、吉原靜香等。柔和的五官、個頭嬌小、乳房小、明眸大眼，如今回想起來，她們和離開家的妻子有幾分神似。久而久之，從乳房、臀部和性器的大小和形狀；指甲的長短、陰毛的生長情況、大腿的痣、背部和臀部的粉刺猜女優是誰，成了一項樂趣。為數眾多的女人演出，我只看她們看了一個月左右，就陷入了一種「是否全日本的所有女人都在AV中演出」的錯覺。不久之後，我厭倦了免費色情網站，開始瀏覽精神不穩定的人們的部落格，閱讀他們使用的藥品特徵和藥效的強弱、依賴度和藥效優劣，成了我的例行公事。我只要神志不清地閱讀「Lexotan的學名藥有Seniran，皆能使神經放鬆。具有非常強的抗焦慮作用，擁有鎮靜、催眠作用，以及緩和肌肉緊繃作用」這種描述，心情就會異常平靜。只要接觸到「服用藥效強的抗焦慮劑，任何焦慮都能平息」這種事實，光是因為世上除了自己之外，也有不少人畏怯焦慮地活著，就會令我稍微輕鬆一點。

「可是，憑鎮靜劑能夠做出那種事嗎？」

松野的額頭冒汗，一面吃著豆腐鍋，一面問道。他的疑問是，以割草機的刀刃砍掉人頭這種行為，是否需要興奮劑，而不是鎮靜劑。我說「我沒有服用過Lexotan，但鎮靜劑，或者抗焦慮劑如同字面上的意思，能夠擺脫焦慮情緒，讓心情平靜，所以也能變得大膽，似乎也有人在自殺前服用」，告訴他從前在部落格閱讀過的內容。

「原來是這樣啊。可是，他是個毫無特徵的人。」

瀧澤幸夫在神奈川縣小田原市生長，在東京的專科學校學習電腦，身為SE（系統工程師），任職於系統公司。但是，因為過勞而導致憂鬱症離職，住在京王線沿線的四疊半公寓，靠父母寄來的錢過日子。據說他過著只上網、看漫畫、打電動，形同宅男的生活。割草機是網路上購買，家庭成員有任職於小田原市公所的父親、家庭主婦的母親，以及在信用金庫當行政人員的姐姐，如同報導的內容，他的祖母和腳踏車碰撞而喪生。國高中的成績是中上，國中時期進入排球社，但是半年就退社。高中畢業紀念冊的「興趣」欄中寫著「電腦」、「喜歡的用語」欄中寫著「努力」。專科學校的同學沒人記得他。恐怕四百字就足以訴說瀧澤幸夫二十七年的人生。

「IT業界裡，有許多那種人。」

松野如此說道，將啤酒杯裡剩下的啤酒一口氣喝光。據說寫程式的系統工程師一直面對電腦，和人之間的交流極少。而且就現狀而言，系統工程師過剩。如果擁有創造性的高度技術，那就另當別論，但是大多即使能夠就職，也被迫過勞地工作。松野一面喝第二杯啤酒，一面斷斷續續地說：我有個朋友一週被迫免費加班超過四十小時，也是得了憂鬱症。他好像即使喝了啤酒也不會醉。我也一樣。豆腐鍋吃了一半左右，胃部一帶沉重，心情依舊沉鬱。頭部向後垂下的屍體時常像是閃光似的掠過腦海。不單單只是那個淒慘的影像恐怖而已。而是實際上發生那種事很嚇人。撰寫個人簡歷，四百字就足夠的平凡年輕人得了精神疾病，變得形同宅男，有一天突然購買割草機，前往商店街，不分幼童或女性，隨機殺人。未免太過簡單。殺傷別人，然後自己也自殺。畏怯於焦慮的年輕人唯有這麼做，才會將意識轉向外界。完全少了重要的事物。但是，我如今不知道那是什麼。

「關口先生，沒有寫到他的疾病。」

其他媒體強調犯人得了精神疾病，加以報導。因為得了精神疾病，所以也難怪會引發令人震驚的案件，簡直像是想要如此接受。

「畢竟，憂鬱症患者鮮少會變得具有攻擊性。」

我這麼一說，松野點了點頭。據說松野得了憂鬱症的朋友，也很體貼、個性溫和。容易得憂鬱症的是，責任感強、認真的人。將自己引發的不幸怪到別人或公司頭上，或者將責任推給別人這種厚臉皮的人，不容易得憂鬱症。因此，因為憂鬱症而引發令人震驚的案件這種邏輯是錯的，所以我在報導中，完全不想觸及犯人的疾病。

「得了憂鬱症的人非常多。」

松野如此說完之後，像是自言自語似的說：可是，如今只有笨蛋身心健康。如今只有笨蛋身心健康，我覺得他說得沒錯，但我心想：除了笨蛋之外，還有身心健康的人；想起了駒込的卡拉ＯＫ教室的老人們。

「我看了一百次砍頭影像。也看了報導。」

「你知道我是誰嗎？汪汪。你知道我是誰了嗎？」

「你想見我嗎？你不想見我嗎？想不想見我都可以。」

案發之後，過了一週左右，名叫葛城的女子傳來幾封簡訊。我每天都到編輯部露臉，也寫後續的報導，但是身心持續不適。沒有食慾，夜裡難以入睡，因為小事而煩躁。松野好像也狀況不佳，和訪客約碰面卻遲到，或者弄錯版面。我們兩個在一開始的兩、三天，一到傍晚就會想念桌子底下的小冰箱，但是久而久之，連酒也不再想喝。即使喝了啤酒，我們也不太會醉，喝了威士忌等烈酒之後，一定會身體不舒服。但是，我們既沒有被指責疏失，也沒有被鼓舞要打起精神來。因為我們目擊了慘無人道的案件，而遭人同情。名叫葛城的女子太過刺激，不適合在這種精神狀態下見面。我回了「謝謝妳看了報導，妳好像過得很好，我就放心了」這種內容無關緊要的簡訊，但是看到第N封簡訊，我倒抽了一口氣。

「瀧澤死了。認識的人死掉，感覺好落寞。」

我心想「非見她不可」，在那之前只是適度地回應，但我心想：出現瀧澤這個名字的當下，立刻說「我們見個面吧」，改變態度的話，說不定她會採取警戒。和葛城這種人相處時，若是被她稍微採取警戒就完了。她會消失無蹤，再也無法取得聯絡。關於她，我只知道手機的簡訊信箱，連電話號碼、地址和全名都不知道。葛城是否為本名也令人懷疑。

「我每天都莫名地感到落寞。」

我傳出這種簡訊，等待回應。

「我會在某個地方等你。」

隔天一大清早，收到這種簡訊，我心想：該在哪裡見面才好呢？她應該已經忘了司康餅的事，說不定也對購物中心失去了興趣。新宿或澀谷的咖啡店這種嘈雜的地方應該很糟，何況她說「哪有人不害怕電車」，所以車站的驗票口等根本不用說。飯店的大廳或咖啡館也很奇怪。越想越不知道該在哪裡見面才好，心想「是否這世上沒有一個適合和名叫葛城的女子碰面的地方」？心情變得絕望。但是，那一天下午，又發生了無法理解的事。

「我來了。我在你的公司前面等著你。」

我看到簡訊，立刻衝出編輯部，來到外面，一名頭戴大帽簷的黑色帽子、身材高挑的女子倚靠著公司的正門站著。我一對她說「葛城小姐」，女子就轉向我，微笑道：哎呀，關口先生，別來無恙。我的心臟噗通噗通跳，久久搞不懂「別來無恙」這四個字的意思。意識到那是老派的高雅問候語，說「妳好」，低頭致意。

「要不要喝杯茶？」

我這麼一問，名叫葛城的女子反問「要不要喝杯茶？」像是鸚鵡學舌地說了一樣的話，靦腆地低下了頭。

我帶著名叫葛城的女子，進入一家位於公司附近、常去的咖啡店。名叫葛城的女子極為自然地勾著我的手臂走路。她穿著高跟涼鞋，所以帽子在我頭頂上搖曳。咖啡店位於老舊的商業大樓一樓，取了「Rock West」這個像是西部片片名的店名，外觀和內裝都很平凡，並非使用有機豆，但咖啡是以從前的濾布大量沖泡，而拿坡里義大利麵是如今罕見，只以番茄醬調味，而且加了青椒和紅香腸。店內的採光不佳，觀葉植物快枯掉的葉子和紙屑掉在地上，沒有打掃過的跡象，無論是哪個座位都能吸菸。那是一家恍如穿越時空到三十年前的店，好像成為對Starbucks所代表的雅致咖啡館感冒的吸菸者的休憩場所，總是座無虛席。令人意外的是，年輕的女性客人也很多。

老闆是一個名叫岩西、對人愛理不理的老人，我們稱呼他為岩哥。「Rock West」這個店名純粹是「岩西」的英譯。我擔任自由記者的時候，岩哥才年近花甲，會去附近的拳擊館，以強悍作風聞名。他愛挖苦人又不親切，三不五時就喝醉酒，大聲怒斥客人，所以也有人對他感到不爽，但是和我合得來。他本人說，他二十多歲時在寫小說，但不知是真是假。因為他是商業大樓的第二代屋主，所以店好像是開好玩的。我重回編輯部，因為許久不曾露面，他一本正經地問：你還活著啊？實際上，週刊雜誌時期的幾名記者和編輯死了。岩哥說「三個死於肺癌，兩、三個死於肝硬化，還有幾個自殺了」，他的臉色也很差，一問下之，他說：糖尿病惡化，在打胰島素。

我帶著葛城進入店內，知道岩哥從吧檯對面一臉驚訝地看著我。我上週才邊喝波本威士忌，邊一把鼻涕、一把眼淚地坦白告訴他「我妻子和女兒離開家，現在在西雅圖」，所以和年輕女子，而且是勾著手出現，應該令他嚇了一跳。葛城無論在街上或店內都很醒目，因為她身材高眺，而且肌膚白皙，宛如透明，五官又端正。

「好棒的店。像動物園一樣。」

葛城說著莫名其妙的話，起身去廁所之後，岩哥靠了過來，瞪著我說：真的假的？然後又一臉想要說什麼的表情，杵在一旁，但是葛城一回來，他便像是嘴裡含著滷蛋似的，含糊不清地問：「要點什麼？」一定定地輪流望著我們。葛城坐在椅子上，脫下帽子，一頭柔順的烏黑長髮披垂於肩膀和背部，我知道岩哥吁了一口氣。葛城的五官宛如日本人偶，沒有染髮，也沒有塗指甲油。岩哥一臉感嘆的表情，望著葛城。

「這家店幾點開店，幾點關店呢？」

葛城看著只是將薄薄的B5紙裝進透明檔案夾的菜單，如此問道。岩哥立正站好地回答「看情況」，無視於我說熱咖啡，目不轉睛地盯著凝視菜單的葛城。

「我想吃點東西。」

葛城數度瀏覽菜單，但是食物只有咖哩飯、墨西哥式燴飯、拿坡里義大利麵和三明治這四種。岩哥說「我跟妳說，如果肚子餓的話，最好點大碗的咖哩飯」，指著菜單上的「咖哩飯」。葛城看了岩哥粗糙的食指一眼之後，低聲說：我怎麼可能肚子餓。岩哥說：「啊，不好意思，那麼，飲料要喝什麼？」緊張地清了清嗓子，但是葛城沉默許久，語氣不悅地問：墨西哥式燴飯到底是什麼呢？岩哥或許是察覺到葛城的個性很難搞，揚了揚下顎示意「交給你了」，一面往我這邊回頭，一面回去吧檯，再也沒有靠過來。

「這家店是怎樣的店呢？」

結果，葛城點了拿坡里義大利麵，一面以叉子插進紅香腸，舉在眼前，一點一點地用門牙啃，一面如此問道。我想獲得關於瀧澤幸夫的資訊，心癢難搔，但是決定在葛城主動提起之前，什麼也不問。葛城在精神上並沒有病到無法過日常生活的地步。但是，要跟她溝通並不簡單。她八成內心受了傷，十分恐懼什麼。我不是專家，不可能知道，但是因為歷經妻子和女兒離開家之後的嚴重精神狀態，所以多少能夠想像。把自己關在四疊半的廉價公寓，瀏覽色情網站那一陣子，我最厭惡的是厚臉皮的人。去便利商店買那賣剩的便當時，看到一群人一面嬉笑，一面占滿整個人行道走路的國高中生、在公園笨拙地演奏樂器的男子，或者在店內對著手機大聲喊叫的女子，我會差點發飆。我總覺得能夠明白煩躁地拿出刀子的人的心情。我認為，人的厚臉皮接近暴力。因為它會強行鑽進神經的縫隙，像是用指甲抓皮膚似的，傷害體內。

「這裡是我朋友的店。所以，讓人心情平靜。」

我如此答道，葛城像是鸚鵡學舌地說「這裡是我朋友的店」，以插著紅香腸的叉子，指著岩哥。我點了個頭，彷彿在說「沒錯，那個人就是我朋友」，緩緩地喝咖啡，等待她訴說重要的事。葛城撥開被番茄醬染紅的義大利麵，只挑紅香腸，插在叉子上啃。她吃了四根紅香腸，然後又一再地撥開義大利麵，確定只剩下麵、青椒和洋蔥之後，抬起頭來。

「你當時在那裡吧？」

她指的是池上商店街。我垂下視線，無力地點頭。葛城說她和瀧澤幸夫是朋友，我並非顧慮到她的心情而在演戲。光是腦海中浮現池上商店街這個地名，神經就會躁動不安。滿是鮮血的頭顱出現腦海中，快要被奪走真實感。我內心產生一股莫名的焦躁和不安：假如那個被砍斷的脖子是確切的事實，這個眼前的景象究竟是什麼呢？

「你在想什麼？」

葛城接著將青椒放在叉子上，開始從盤子上去除。我問：「妳討厭青椒？」她說「我怎麼可能有討厭的東西」，靦腆地微笑。我說：「那麼，妳現在想挪開青椒？」她說「對，沒錯、沒錯」，點了點頭，用叉子一一挑青椒，放在餐巾紙上。

「我不太會想事情。總之，我嚇了一跳。」

葛城如此說道，上挑青椒，拋入口中，像是在嚼口香糖似的慢慢咀嚼，忽然嗤嗤地笑了起來。她用左手摀住口，持續笑了一陣子，說：「我一直以為他是笨蛋，但是一般人哪想得到，他居然笨到那種地步，對吧？」望向我。她應該是指瀧澤幸夫。我不知道葛城是以怎樣的心情，說他是笨蛋。但是，我無暇顧及她的心情。滿是鮮血的頭顱從眼皮底下消失，神經依舊躁動不安。我無法推測葛城的真正用意，思考更適當的反應。

「我說，你不覺得他很笨嗎？」

我沉默不語，葛城進一步如此問我。我回答：我不太清楚。

「那個犯人好像在哭。」

我這麼一說，葛城停止了嗤嗤笑。

「我公司的同事跟我在一起，一直在我旁邊低喃：『不行，怎麼可以那麼做？』但是那個聲音沒有消失。結果，那個犯人自殺了。在我看來，他悲傷得不得了。他與其說是被逼上了絕路，倒不如說是沒有人對他說：你可以不用那麼做。當時，我沒有察覺到。如今，我知道了。被妳這麼一問，我如今才知道。當時，我那樣看待犯人。」

葛城目不轉睛地看著我。我第一次看到她的那種表情。不久之後，她露出像是下了某種決心的表情，重重地吁了一口氣，然後放下叉子，說：那麼，我們去看看吧。我問：「去哪裡？」她說「那還用說」，拿著帽子，站了起來。

「我和瀧澤認識的身心科診所，有來西杉郎在。我馬上預約。」

我們搭乘電車前往澀谷，爬上道玄坂。兩側擠滿了商業大樓。明明是平常日的下午，但是人潮洶湧。葛城停下腳步，說「This is it.」，指著一棟六層樓的商業大樓。我沒想到她會英文，她面無表情地說：只不過因為這句是麥可・傑克森（Michael Jackson）的電影名稱，所以我常用而已。商業大樓是平凡無奇的混凝土建築，牆壁上貼著一塊寫著「兒玉國際大樓」的髒牌子，一樓是美容院和指甲沙龍進駐。店內的所到之處都有鏡子，一道牆面綴以水沿著壁板流下來的裝飾。二樓是泰式按摩、三樓是代購國外商品業、四樓是專賣廉價機票的旅行社、五樓是有「治療手汗症」這個標示的民俗療館，而我們欲前往的身心科診所位於頂樓六樓。高掛寫著「秋月精神科診所」的招牌，幾乎覆蓋了六樓的窗玻璃。沒有來西這個名字。根據葛城所說，來西杉郎有好幾個。它似乎不是個人的專有名詞，而是表示為某個團體的成員、像是暗號的東西。

電梯空間狹窄，我快要和葛城的身體接觸而感到緊張。我覺得葛城按下6這個按鈕的食指細長，而且白皙漂亮。前妻是中等身材，長相勉強歸類於美女，但是手指粗糙，所以她也總說她討厭自己的手指。每當妻子如此說道，苦笑地望著自己的手指和手，我就會安慰她：沒有那回事。我並沒有說謊。因為我對女人的手指和手不太感興趣，不曾仔細看過，所以不清楚多粗、多長才算標準。但是，葛城的食指美麗，又長又細又白，和前妻一比，格外明顯。我想，那是一雙不用勞動的手。

乳白色的門上，畫著看似少女的符號，上頭點綴著太陽、愛心和笑容，有一塊標記診所名稱的小牌子。葛城打開門。有一間相當寬敞的候診室，並排著幾張沙發，大概是為了尊重造訪者的隱私，巧妙地以隔板隔開。整間診所以暖色系統一，配置數量不至於令人厭煩的觀葉植物，瀰漫著獨特的香味。葛城抽動鼻子嗅了嗅，「咦」了一聲，指著一個形狀像是小花瓶的加濕器。那是一個有透明感的乳白色加濕器，機體的顏色從紅變黃，然後從黃變藍，含有香味的水蒸氣定期地從前端細的開口噴出。

「哎呀，葛城小姐。」

一名待在櫃檯的女子，站了起來。她的聲音響亮，五官清楚，背脊直挺，短髮俐落，身穿緊貼身體的窄版套裝，所以我一開始以為她是二、三十歲，但是每走近一步，她就老了十歲。女子說「真的好久不見，這位就是妳在電話裡說的人吧」，對我伸出手來。我自我介紹「敝姓關口」，與她握手，從她手背的皺紋和濃妝來看，最後判斷她是七十多歲。

「醫生在診療室等候。現在這個時間，沒有其他患者，所以不要緊。」

葛城敲了敲門。從內側傳來「是，請進」這種溫和的聲音，門靜靜地開啟。

「歡迎，我等很久了。」

眼前站著一位身穿白色襯衫、感覺溫厚的紳士。身高幾乎和我一樣，但是身材結實，比例勻稱。根據葛城所說，這個名叫秋月的身心科醫師是七十出頭，但說他五十多歲也說得通。他的臉色紅潤、頭髮烏黑、聲音感性、說話方式圓滑，看起來肯定比我還健康。圓圓的臉上，和藹可親的笑容不斷，但是眼鏡底下的眼神銳利。

「你是關口先生吧？來，請拿著這本書。然後，請進入那個隔間。」

房間的氣氛與其說是診療室，倒更像書房，有沙發、桌子和觀葉植物，一整面牆的書櫃上，除了醫學書之外，還並排著各種領域的書。引人注意的是，非常多國內外的繪本，我還沒打完招呼，他就遞給我其中一本，要我進入位於房間內側的隔間。葛城將我介紹為朋友，說我想見醫生。她當然隻字不提我是想要透過採訪，獲得資訊。因此，醫生一定以為我是患者。無論如何，我不能問：請問你是稱為來西杉郎的神祕老人團體的一分子，和NHK西側大門及池上商店街的恐怖攻擊有關嗎？我拿著封面畫著熊和猿猴、看似翻譯書的繪本，按照指示進入了隔間。那是一個和公共電話亭差不多大小的狹窄隔間，有圓椅，門和左右的牆壁是霧面玻璃。外頭的光線流瀉進來，所以並不陰暗，但是身在對面的人只能看見模糊的輪廓。門上眼睛高度的位置，有個直徑五公分左右、像是小圓窗的東西。我心想「那是什麼呢？」感到不可思議，不久之後，從那個孔遞出一個提神飲料粗細的圓筒。

「我們透過這個對話吧。」

名叫秋月的醫師的輪廓接近霧面玻璃，語氣柔和地如此說道。我接住的圓筒是以竹子製成，中央連著線。

「請將線拉緊，把話筒抵在耳朵上。」

原來裝著線的竹筒是傳聲筒。看來這裡似乎是透過傳聲筒對話用的隔間。說到這個，我從前曾在某人的部落格閱讀過，因為有社交恐懼症，所以經常使用傳聲筒，作為療法。線的長度是三公尺左右，從圓孔能夠看見將竹筒抵在耳朵上、名叫秋月的醫師的身影，但不久之後，他以像是半圓形蓋子的東西，留下線通過的微小縫隙，從上下包夾似的關上了孔。

「首先，請聽一聽這首音樂。」

我心想「應該是要一面聽安靜的古典樂或環境音樂，一面朗讀繪本」，但並不是那麼一回事。從竹筒傳來熟悉的電吉他聲，我嚇了一跳。那是滾石樂園（Rolling Stones）的〈滿足〉（Satisfaction）的前奏。

「如何？」

從竹筒流瀉而來的音樂量先是降低，然後名叫秋月的醫師透過傳聲筒對我講話，我不懂「如何」這兩個字的意思。我不懂這個問題的真正用意，是訴說對於好久沒聽到的滾石樂團的歌曲，發表感想即可，或者該對〈滿足〉這個歌名或「我不滿足」這句歌詞說些什麼呢？

「關口老弟，仔細思考看看。你明白我讓你聽這首歌曲的用意嗎？如果在歌曲結束之前，你明白我的用意的話，我就稍微給你一點我知道的資訊。不過，應該很難，所以我給你暗示。這首歌曲在全世界大受歡迎時，你和我幾歲？這就是暗示。關口老弟，你能理解嗎？」

我全身起了雞皮疙瘩。名叫秋月的醫師並不是稱呼我「關口先生」，而是叫我「關口老弟」，因為他認識我。葛城打電話時，我在一旁。因此，葛城並沒有透露什麼。名叫秋月的醫師透過他們的網絡，事先知道了我和葛城一起造訪秋月精神科診所的理由和用意。打電話到編輯部預告NHK西側大門恐怖攻擊的老人，知道我的名字和工作，而如果那間駒込的文化教室裡有他們的夥伴，要知道葛城和我之間的關係很簡單。葛城在這家診所遇見了瀧澤幸夫。他們應該知道瀧澤幸夫在池上商店街執行了透過割草機的恐怖攻擊之後，我接觸葛城，知道這家診所的事，想要獲得資訊而上門。

我的心跳開始加速，拿著竹筒的手開始微微顫抖。來西杉郎的團體一分子現身這個衝擊，令我的腦袋變得一片空白。我接下來會變成怎樣呢？喉嚨乾渴。我想喝水，但是隔間裡沒有水。我告訴自己：冷靜下來，不會被殺害。來西杉郎的團體肯定參與了NHK西側大門和池上商店街的恐怖攻擊，但是他們沒有親自下手。如果我在這家診所被綁架或殺害，對於他們而言，也會變成一件麻煩事。連葛城也必須一起封口。說不定我告訴了編輯部，我要去秋月精神科診所採訪。因此，他們不會加害於我。我不知道名叫秋月的醫師有何陰謀，但是他說：我會稍微告訴你一點我知道的資訊。所以重要的是，思考透過傳聲筒傳來的〈滿足〉的涵義，而不是胡亂地害怕。

歌曲進入了「I can't get no, I can't get no,」這個最後的即興重複段。再一分鐘左右就會淡出。聽超有名的經典搖滾歌曲，有什麼意思呢？秋月說是暗示。這首歌曲大受歡迎時，我和秋月幾歲？〈滿足〉大受歡迎應該是在一九六五年。我一、兩歲。秋月幾歲呢？假設他現在七十歲，就是在十七歲時聽了〈滿足〉。不過話說回來，米克・傑格（Mick Jagger）的聲音很年輕。滾石樂團的成員如今年近八十，仍在從事表演活動，但米克・傑格的聲音終究開始衰老了。米克・傑格如今七十四歲。我總覺得稍微明白了秋月尋求的答案。問題不是歌曲，而是年齡。

「怎麼樣？知道了嗎？」

歌曲結束，透過傳聲筒聽見秋月的聲音。我知道了年齡是問題，但還說不出它意謂著什麼；決定賺取時間。

「我覺得我大概知道了，在那之前，我可以問一個問題嗎？」

我噘起嘴唇，塞進竹子製的傳聲筒裡，如此問道。因為嘴巴緊貼在竹筒上，所以發不出大聲音。變成接近嘰咕低喃的音量。我將竹筒從嘴巴移到耳朵，感覺秋月問「問題？」的柔和嗓音，黏乎乎地悄悄傳入耳裡。他像是要再確認一次似的說「問題啊」，接著我又聽見「瞭解，請說」。「請說」應該是「我說完了，你可以說了」的信號。說話時，必須將竹筒移到嘴巴，而聽話時，必須將竹筒移到耳朵。跟無線電對講機一樣，講完話之後，必須告訴對方移到耳朵準備聽。

「呃，為什麼要透過傳聲筒說話呢？呃，請說。」

「我總是用於治療，請說。」

我總覺得能夠理解，為什麼要將傳聲筒用於療法。因為和對方距離三公尺，而且隔著霧面玻璃門對話，所以沒有壓迫感。再說，將竹筒從耳朵移到嘴巴，再從嘴巴移到耳朵，這個動作不可思議地令人心情平靜。雖然是簡短的動作，但是會產生一點從容。

「我現在在被治療嗎？請說。」

我是透過葛城的介紹，造訪身心科的診所，所以秋月對我使用傳聲筒作為療法，也並不奇怪。但是，他沒有任何說明，突然就要我進入隔間，給我聽〈滿足〉，要我回答他的用意，這種療法很奇怪。

「你可以說你在被治療，可以說你在被警戒，也可以說你在被測試。明白了嗎？請說。」

治療是騙人的，警戒和測試應該是真的。將竹筒從耳朵移到嘴巴時，手肘總會碰到放在胸口內袋的採訪用錄音筆，我心想：警戒或許是指這個。它內建高感度的麥克風，除了接近喃喃細語的對話之外，如果使用附屬的對錄線，就能連接所有機種的電話錄音。然而，即使是最新的錄音筆，也錄不到傳聲筒的聲音。當然，如果將錄音筆的前端塞進竹筒裡，就能收音。但是那麼一來，我的耳朵就聽不到對方的聲音，而且會被秋月隔著霧面玻璃看到我的輪廓，所以會被發現我沒有將竹筒抵在耳朵。但是，我不能問：你在警戒我錄下對話嗎？因此，我說「我明白了」，但是在思考錄音筆的事時，不知道為什麼，我知道了一開始的問題的答案。我雖然不清楚秋月準確的年齡，但我清楚地知道，他和從前的老年人不一樣。

「我瞭解傳聲筒的事了。請說。」

我如此說道，將竹筒抵在耳朵，聽見：剛才的答案還沒想出來嗎？

「我不知道秋月醫生幾歲，但是我聽葛城小姐說，您應該是七十歲左右。如果單以七十歲這個年齡思考，該怎麼說才好呢，在文化上也有古代人的感覺。可是，您讓我聽滾石樂團的歌曲之後，我才意識到，〈滿足〉在全世界大受歡迎是於一九六五年，所以我想到當時，您十七歲。」

我將嘴唇嵌入竹筒，一面這麼說，一面心想：我至今沒有思考過這種事。有評論家指出：六〇年代之後到現代，文化上沒有產生任何重大的變化。流行音樂符合這個說法。這半個世紀沒有出現像是六〇年代的披頭四（The Beatles）和滾石這種樂團。七十歲的老頭子在各種層面會有老舊這種成見，但是秋月的世代聽著當紅的披頭四和滾石的歌曲，度過了青春時代。

「原來如此，幾乎答對了。那麼，依照約定，我也會給你一些資訊，或者應該說是暗示，你仔細聽好了。」

秋月沒有說「請說」。我依然將竹筒抵在耳朵，等待他接下來的話。

「頗久以前，我們的一個夥伴在寫電影的劇本。我忘了劇名，但是劇名不重要。因為重要的是劇情。某個老人的團體造訪美國。啟發創意的是一名演員。寫那個劇本的男人，是勝新太郎的朋友。你知道勝新太郎吧？請說。」

我回答：我當然知道。

「演出者的候選名單包含勝新太郎、若山富三郎、鶴田浩二、高倉健。他們個個都是大名鼎鼎的人物。他們飾演的老人原本是窮凶惡極的流氓，有一天痛改前非，加入基督教的某個教派。痛改前非之後，穿著動物的人偶裝，前往孤兒院慰問院童。而該教派在美國西岸舉辦大集會時，要求他們參加。他們是前流氓，因為該教派的教誨而洗心革面，如今是到孤兒院等慰問的模範老人，所以被要求參加。但是，這群人實際上沒有洗心革面，只是因為能夠保釋出獄，所以利用了宗教。可是，出獄之後，因為保釋期間會被監視，所以他們穿著動物的人偶裝到處走動。他們前往美國。而且滔滔不絕地訴說該教派的教誨有多棒，自己如何獲得救贖，博得滿堂彩。而他們如同在日本所做的，穿著動物的人偶裝，在洛杉磯的大型購物中心和邀請來的孩子們玩。然後，真正的恐怖分子入侵了那裡。恐怖分子以客人為人質，要求贖金。於是，這裡才是這個故事最重要的重點，他們和恐怖分子奮戰。簡直像是《終極警探》（Die Hard）的布魯斯・威利（Bruce Willis）一樣。他們以格鬥技打倒敵對的恐怖分子，搶奪武器作戰。若是追根究柢，其實這些前流氓不是一般的老年人。他們在戰爭時，是主要在支那方面從事活動，舊日本軍的特殊諜報員。

「也就是說，他們這群老人有不為人知的背景。這就是暗示。關口老弟，你明白了嗎？請說。」

我怎麼可能明白。高倉健、勝新太郎、若山富三郎、鶴田浩二，所有人都已不在世。他們是舊日本軍的特殊諜報員，穿著人偶裝，在洛杉磯的購物中心和恐怖分子作戰的電影，一定很有趣。至於為何有趣？哪裡是趣味的重點？如此一想，我總覺得明白了秋月所說的暗示。「他們八成不是一般的老年人」這一點很重要。

「我稍微明白了。請說。」

我這麼一說，耳邊傳來秋月的笑聲。笑聲不只是從傳聲筒，還從隔間的霧面玻璃對面傳來。我不知道他為什麼在笑。不久之後，其中也參雜了葛城的笑聲，令我嚇了一跳。因為自從在駒込的文化教室見面以來，我第一次聽到她發出那種宏亮的笑聲。

「關口老弟，稍微是指什麼？請說。」

笑聲持續，令我在意，但是我將嘴巴抵在竹筒，說「勝新太郎這些前流氓不是一般的老人這一點」，說出了剛才想到的答案。

「一般的老人這種說法有點奇怪，不過，算了。就老人而言，弱者無法成為老人。衰老就足以證明夠堅強。從前尤其是如此。雖然沒有留下統計資料，但是原始時代的平均壽命應該不到三十歲。在古代的中國和西元前的埃及，一旦達到五十歲就會被稱為長老，受人尊敬。你知道平均壽命短是什麼原因嗎？不是因為變成老人之前，人就相繼死去，而是因為嬰兒的死亡率高。從前的孩子，大多一出生就死亡。母親也經常在生產中死去。庶民的營養狀態差，生活環境也不乾淨，而且不是全民都有保險，再加上生了病沒錢請醫生，所以小孩子往往輕易死亡。開始上學之後，變成團體生活，所以這下換成容易得到感染症，我小時候，一旦暑假結束，就會有幾個人的桌上放著花。因為死於日本腦炎。日本腦炎是從一九六〇年代後期才開始減少，除了接種疫苗之外，鋁紗窗的普及也功不可沒。總之，從前非常多嬰兒和孩子死亡。長大成人之後，弱者也經常死亡。你明白了光是成為老人，就是堅強了嗎？請說。」

而這位名叫秋月的醫師的嗓音很獨特。說不定是音質透過線傳達時會改變，但是他的聲音非常圓滑、悅耳動聽。即使他說聽不懂的事，也令人心情愉悅，所以會忍不住聽。不過，秋月想說什麼呢？勝新太郎這些前流氓是舊日本軍的特殊諜報員這種設定也令人在意。我想起了預告ＮＨＫ西側大門的恐怖攻擊的老人說：我是滿洲國的人。秋月說要給我資訊，或者該說是暗示，他是打算讓我懷疑來西杉郎的夥伴中，有曾在滿洲從事活動的特殊諜報員嗎？

「我清楚地明白了。你們的夥伴中有老人，或者應該說是有一群在戰爭時，受過特別訓練的老人嗎？請說。」

我這麼一問，秋月又笑了起來。秋月的笑聲從隔間對面響起，葛城也一起笑。葛城覺得什麼好笑呢？還是說，並沒有特別好笑，而是秋月指示他自己笑的時候，她必須一起笑呢？但是，葛城的笑聲很自然，不像是在演戲。

「關口先生，你在說什麼呢？」

不是「關口老弟」，又變回了「關口先生」，使用尊稱。我總覺得自己被耍了，但是手中沒有主導權。既無法錄下對話，話說回來，這段對話根本無法獲得資訊。秋月應該說了要給我暗示，但是他只針對老人和平均壽命，單方面地說了一般論。然而，秋月是身心科醫師。他是心理戰的專家，不可能吃誘導訊問那一套。而且，他八成確切地掌握了我想要哪種資訊。

「我們的夥伴是指什麼？請說。」

「你剛才不是說了，我們的一個夥伴寫了劇本嗎？請說。」

「噢，你指那件事。那是指我的朋友。任誰應該都有夥伴，不是嗎？我們是熱愛電影的夥伴。那傢伙是有點名氣的當紅劇作家。挺久之前就退休了，但是如果製作人或導演拜託他，他如今還是會臨時寫劇本。我剛才說的，使用勝新太郎他們扮前流氓的劇本，厲害之處除了舊日本軍的特殊諜報員這一點之外，還有主角級的演員在購物中心的場景中，穿人偶裝這一點。如果穿著人偶裝，根本不知道誰在裡面。不見得非真正的演員不可，也可以是替身演員在裡面。總之，綁住演員的時間很短，所以勝新太郎和若山富三郎這對兄弟非常想演這部電影。不過，各個演員隸屬於不同的公司，而且時間是在廣場協議的前後，美日關係也很微妙，所以尋找製作公司似乎也很辛苦。而且那一陣子，鶴田浩二正好得了癌症，勝新太郎少了他就不想拍。所以，最後變成了束之高閣。」

我開始焦慮不安。假如只是被強迫接受用傳聲筒對話這種惡作劇，被耍得團團轉，無法獲得資訊的話，或許不要耍小把戲，試著開門見山地問想問的事情比較好。但是，這位名叫秋月的醫師相較於我在記者時期，接觸過待在色情、演藝和金融圈背後的世界裡的人，才智和知識的等級不一樣。一面試探，岔開話題，一面誘導對話，引出資訊這種方法行不通。再說，被試探、岔開話題的人反倒是我。

「秋月醫生，我可以問問題嗎？請說。」

秋月低聲地回應：關口老弟，我非常歡迎你發問。而且再度變成了隨便的口吻。

「我是某個網路媒體的記者，我從人在外頭的葛城小姐口中聽說，前幾天在池上商店街引發案件、名叫瀧澤的年輕人，在這家診所看病。這是事實嗎？請說。」

耳邊響起更低的聲音：這是事實。

「瀧澤是我的患者。那種年輕人居然會引發那種恐怖的案件，真是令人無法置信。關於那件事，我也已經向警方報告過了。所以關口老弟，你也能向警方確認我說過的話。請說。」

大概不是這位名叫秋月的醫師命令瀧澤幸夫進行恐怖攻擊。關於恐怖攻擊的計畫和執行，指示選擇割草機這種凶器和其購買處、地點和時間，以及具體的攻擊方式、事後處理等，八成分別另有其人。無論警方再怎麼調查，應該也無法獲得任何這家診所和恐怖攻擊的執行有關的證據和資訊。說不定這家診所負責尋找、物色恐怖攻擊的執行人員。

「瀧澤這個人是怎麼知道這家診所的呢？另外，他是怎樣的人呢？請說。」

耳邊傳來「哼」這種像是瞧不起人的冷笑聲，秋月久久沒有回應，然後我聽見了「啊～啊」這種嘆息聲。感覺像是在說：你是白痴嗎？在狹窄的隔間內受到看不見身影的對象如此對待，十分難受。心情像是被人推開、拋棄了。

「所有來看身心科的，都是走投無路的人。沒有人會抱著好玩的心態，試著來看一看，瞧一瞧身心科在做什麼。就這一點而言，我想，你應該也知道。因為這家診所位於澀谷這個地點，所以有許多年輕人。瀧澤也是其中之一，而葛城小姐也是一樣。瀧澤是怎樣的人？我希望你慎選你發問的用語。請說。」

我失敗了。秋月閃爍其詞的回答令我失去耐性，問題變得單純而愚蠢。瀧澤內心有怎樣的糾葛呢？

你覺得他的煩惱和痛苦有多深呢？他是因為怎樣的原委，將憤怒的矛頭指向社會呢？我應該提出這種問題。我不清楚秋月透過傳聲筒對話的真正用意，但可以確定的是，他在測試我。我知道他為何在測試我。此外，我也不清楚合格時，或者不合格時，有什麼等著我。但是，我肯定在被測試。

「抱歉。」

我坦然地道歉。

「你剛才的問題，思慮不周。瀧澤這個人，內心應該有很深的煩惱和糾葛。請說。」

秋月以粗魯的語氣說：你用不著道歉。從竹製的傳聲筒傳來的聲音很獨特，感覺語言直接在腦海中響起，而且因為看不到對方的表情，所以會對用語和語氣的變化變得敏感。

「瀧澤和其他大部分的患者一樣，說他失眠。一開始，他好像會看電影、看漫畫雜誌，或者打電動，但是久而久之，他什麼也不想做，造訪這裡時，似乎一整晚都在開開關關房間的燈。你明白嗎？一躺在床上，閉上眼睛，就會產生強烈的不安，所以起床，站在牆上的日光燈開關前面，反覆開開關關，直到累到癱倒為止。他說，白熾燈一下就會壞掉，所以他囤積了將近一百個。」

沒有「請說」的信號，聲音中斷了。秋月好像在跟葛城小聲地說話。從霧面玻璃對面傳來葛城的聲音：醫生，你說說你常說的話不就好了。葛城對秋月不使用敬語嗎？不過，他們以隨便的語氣，感覺直爽地進行心理諮詢的應答並不會顯得不自然。我被關在隔間，所以異常在意他們斷斷續續傳來的對話。

此外，秋月對我一會兒使用敬語，一會兒語氣隨便，也令我感到在意。

「關口老弟，你在最後一班電車發車之前，去過新宿車站的中央線月台嗎？」

被他這麼一問，我險些回答「當然」，但是沒有「請說」這個信號，秋月沒有間斷地繼續說：

「半夜一點左右，十六號線的月台上擠滿了人。凌晨一點左右，最後一班電車會進站，但是大多會晚十幾分鐘。因為在四谷和御茶水上下車會花時間，耽誤發車。從新宿發車更花時間。為數眾多的年輕人要搭乘。因為如果錯過最後一班電車，要花一筆不小的計程車費，而且膠囊旅館的空房也不多，所以大家拚了命也要擠上車。九成是男人，而且是年輕人。大部分都喝醉了，吐得到處都是，也有人喝太多而蹲坐在地，一動也不動。偶爾也有人大聲嚷嚷，但是太過醒目就會被可怕的人瞪。所以，所有人大致上都很安分。嗨過頭而不停止吵鬧時，如果運氣不好，會被他周圍某個焦躁的人推落鐵軌。四周十分擁擠，所以即使被推落，也絕對不知道犯人是誰。實際上，有許多被推入鐵軌的案件，而且越來越多。

「許多年輕人都在玩手機。幾百個年輕人像是說好了似的，在做一模一樣的動作，那景象很不自然。但是，他們本人當然不覺得不自然。像我這種年紀的老年人，在那種時段實在無法靠近新宿車站。就算被推落鐵軌，也沒有人會救我，而且電車一抵達，所有人就踩踏跌倒的人，衝向開啟的車門。沒有人落後。原本在吐的年輕人，還殘留形狀的馬鈴薯、烤雞肉或關東煮掛在嘴角搖晃，他們一面用西裝外套或襯衫的袖子擦拭，一面踩著蹣跚的腳步，走向電車，而原本蹲坐在月台，好像隨時會倒下的年輕人也像是用爬地上車。所以人上車要花非常久的時間，但是沒有人會落下。所有人都會趕上。他們規律的行動或許勝過軍隊。這麼說來，他們的服裝也類似軍隊。他們身穿在中國或越南大量製造、用廉價布料縫製而成，在量販店販售的衣服。當然，正確來說，他們表現出的並非軍人的行動規範，而是順從。如同奴隸一樣，如果採取脫軌的行動，就會遭受懲罰的順從。」

　我覺得最後一班電車發車之前，新宿車站的中央線月台，以及澀谷的東橫線月台都很類似，我當然也十分熟知。因為是看慣了的景象，原本以為稀鬆平常，但是經由秋月的聲音一描述，確實開始感到異常。異常的倒不是有大批醉客，或者嘔吐。而是擠滿月台的所有人即使嘔吐，仍舊沒有一人落下地擠進電車。這麼一說，前幾天在白天的山手線上，坐在對面座位的七、八個年輕人，所有人都用手機在打簡訊。所有人都低著頭，動作和表情幾乎一樣，不知道為什麼，我感到毛骨悚然。秋月簡直像是在分析我當時感覺到的不對勁似的，繼續訴說：

「我思考像他們這種人為什麼會誕生，到了近幾年，終於得到了答案。他們打從娘胎呱呱墜地時起就很不幸，無法擺脫困境。因為沒有人教他們。頗久以前，舊日本海軍航空隊的擊落王曾上討論戰爭的深夜談話節目。他是零式戰鬥機的飛行員，主要以拉包爾和萊城為基地，在所羅門群島進行空戰，擊落六十多架大大小小的敵機，揚名國內外。那位擊落王在談話節目中明說，比起之前的戰爭時，現代是更好的時代。他的理由也很簡單。戰爭時無法選擇生存方式，但是在現代能夠選擇生存方式。那是擊落王的想法。雖然正確，但是也有決定性的誤解。有人指出，無論哪一個時代，從原始時代到現代的所有時代中，能夠自行選擇自己生存方式的人，都只占了所有人的百分之幾，這種說法比較正確。

「並非所有人都能選擇生存方式。如果沒有居於上位的別人指示，就無法生存的年輕人占絕大多數，這從古至今都沒有改變。儘管如此，現在幾乎所有年輕人都被灌輸所有人都能選擇人生，在這種幻想之下成長。話雖如此，為了選擇人生，該怎麼做才好呢？沒有人教。大部分教導該選擇人生的大人，實際上只是身為奴隸，遵照別人的指示活到今天，所以根本無法教導任何具體的事，像是該怎麼做才能選擇人生、該以什麼為目標、必須具備哪種能力。因此，除了擁有優秀的頭腦、發覺才能，而且受惠於能夠活用它們的教育環境，要求自己訓練的百分之幾的年輕人之外，不可能能夠選擇生存方式，而且甚至不知道選擇生存方式是怎麼一回事。對於這種年輕人而言，人生勢必變得充滿痛苦。意識到痛苦的人引病上身，沒有意識到的人會養成不覺得痛苦是痛苦的思考方式和行動模式。寄身於類似境遇的人們形成的群體，從真相別過目光。

「不用說，引病上身的年輕人比較誠實。即使是沒有意識到的人，也經常在某個時刻，突然察覺真相。因為突然察覺所導致的痛苦難以忍受，所以也有許多人逃進新興宗教，意識到死亡而想死的人也不絕於途。不久之後，他們開始打從心裡認為，既然是只有痛苦的人生，不如死掉算了。因為死亡會從痛苦中獲得解放，所以他們不認為自殺有什麼，而且開始覺得殺害別人也是一種善行。他們毫不猶豫地執行『好事不宜遲』這句成語。他們變得能夠輕易自殺，也能輕易殺人。」

秋月的話有一種異常的魔力。令我陷入一種錯覺，彷彿日本的所有年輕人都集合於最後一班電車之前的新宿車站，想要自殺和殺人。這真的是治療嗎？秋月圓滑柔和的聲音餘韻在腦海中迴盪，總覺得像是接受了危險新興宗教的入會儀式。我不清楚自己身在何處、正在做什麼，聲音從某個遙遠、不存在這世上的地方傳來。我心想：我如果在這種狀態下，被這個聲音命令什麼，是否會像是中了催眠術一樣，意識和情緒受到控制。這位名叫秋月的醫師和他的夥伴們，是否像這樣操控突砍的年輕人呢？

沉默持續了好一陣子。但是，沒有「請說」這個信號，所以我不能主動說什麼，或者發問。一旦透過傳聲筒的對話中斷，就覺得將竹筒抵在耳朵這個行為有點滑稽且不真實，而被關在狹窄的隔間這種壓迫感突然變強。能夠隔著霧面玻璃，模糊地看見秋月和葛城的輪廓，但是他們從剛才就沒有明顯的動作。盲人似乎會專注於對方說的話。據說會透過動靜，或者應該說是對方的呼吸，知道對方的心情變化。在狹窄的隔間內，說不定會產生類似的感覺。因為能夠隔著霧面玻璃，模糊地看見對方的動作，所以說不定想像力會進一步受到刺激，感覺變得敏銳。我將竹筒抵在耳朵，心情漸漸變得不穩定，等候秋月對我說什麼。而連我自己也難以置信的是，類似「說不定這真的是治療」這種妄想的心情湧上心頭。

「這很悲哀。」

秋月終於發出了聲音。隨著深深的嘆息，傳來低沉的聲音。既像是誇張的演技，也像是打從心底感嘆。有點裝模作樣，但是演技高超。我想起了觸動心弦這種古老的措辭。我知道自己像是看到偏愛的演員終於出現在舞台而狂喜的觀眾，或者長時間等待之後，包含教誨和演說在內，對於教祖或獨裁者狂熱的信徒一樣，因為高興而在顫抖。

「我至今一直認為，年輕世代在各方面比較優異，其實現在也這麼認為。」

秋月分別使用「先生」和「老弟」。我總覺得他親密地對我說話時，使用「老弟」，而訴說客觀的內容時，使用「先生」，但是這種小事已經無關緊要。

「當然，年輕世代吸收新的技術和知識比較快，速度也不一樣。我開始聽披頭四的時候，他們來到日本。當時，代表日本的知名老作曲家批判：關掉電源就無法演奏的東西不是音樂。你能夠相信嗎？那位作曲家和披頭四創作的樂曲，哪一個留在歷史上呢？事實就擺在眼前。當時，我決定了。我下定了決心，自己變成老年人之後，也絕對不要不分青紅皂白地批判或否定年輕族群的想法或文化。但是，我察覺到了這種年輕人占優勢的前提，或許不適用於資源枯竭，國家沒有順利地進行資源重新分配，年輕族群成為其犧牲品的時代。若是觀察現狀，不僅是日本，幾乎在所有人稱先進國家的各國，除了極少部分、百分之幾出色的個人之外，一般年輕人的劣化是以看得見的形式在進行。他們無法接受符合時代狀況的教育和訓練，相對地劣化，在工作上，必須和發展中國家的年輕人競爭，就職也無法如願，薪資持續下降，每天吃銅板價的便當，在廉價的店家喝廉價酒，結不了婚也上不了床，一面看網路上的色情網站或給成人看的漫畫雜誌，一面自慰。對我而言，在這裡的葛城和死得令人遺憾的瀧澤失去精神穩定，都是極為理所當然的事。偶爾會產生無法成為出色的個人，而且拒絕一樣劣化的案例。那種情況下，他們當然會失衡。也就是說，無法成為出色的個人，而且拒絕參加一樣劣化的群體，或者遭到群體拒絕、逐出的情況下，人類這種生物沒有厚臉皮到在那種狀態下，也能維持精神性穩定的地步。」

簡直像是在聽莊嚴的歌劇的男中音獨唱。並沒有伴奏，也不可能有旋律，但講話是音樂性的。整體的論點、用語的選擇方式，以及抑揚頓挫和節奏都十分自然，悅耳動聽地傳入耳中。語言像是生物一樣，伴隨熱度、氣味和脈搏，經由連結於竹筒的線，滲透入大腦和身體。尤其是「人類這種生物沒有厚臉皮到……」這個最後一段，撼動了我的內心。並非常見的「人類這種生物沒有那麼強」，而是「沒有厚臉皮到……」這種說法。我自然地將這段話與自己連結。我總覺得他在對我說：你失去工作，和妻子、女兒分離之後，精神上變得不穩定，但那不是因為你軟弱，而是在那種痛苦的狀況下，你沒有厚臉皮到能夠維持平衡的地步。

「所以，我有時候會思考不可能的事。」

秋月的聲音持續響起。我兀自出神，聽得入迷。不可思議的是，我還清楚地保有一絲清醒的意識，知道這位身心科醫師肯定是像這樣在替年輕人洗腦。但是，在不同於這個意識的其他部分，我感到舒服。明明一開始覺得狹窄且氣悶，但是透過傳聲筒對話的微暗隔間變成了宛如母親胎內的平靜場所。我忘了是學者或作家的書中寫到，某種人的聲音具有魔力。從前的巫師和宗教家似乎擁有迷惑聽者的嗓音。

「有一個心理諮詢的原則是，人不可能救得了人。我們能夠替患者做的只是傾聽患者訴說、對話、理解問題，然後告訴患者，人具有自行恢復的能力。我雖然知道拯救是宗教的概念，而非精神醫學，但是經常抑制不了想要拯救患者這個願望。拯救是怎麼一回事呢？哪種情況下，能夠那麼做呢？我們在思考這一點。請說。」

最後，「我」變成「我們」，也聽見了「請說」這個信號。必須說點什麼才行。仔細想想，目前為止沒有獲得任何資訊。我被秋月的美妙嗓音和話術療癒了，但我並不是為了接受治療而來。該提出哪種問題才好呢？秋月說「我們」。他或許催促了我什麼。我還是覺得他在測試我。為何要測試我呢？葛城說要帶我來這裡，為何秋月要答應她的要求呢？既然他也因為瀧澤幸夫的事，和警方談過了，被我採訪應該沒有任何困擾才對。但是，他應該不必特地和我見面。

「我有問題，可以問嗎？請說。」

秋月以令人感覺從容的語調回應：當然，請說。

「小狗們停止哀號了，這句話是什麼意思？請說。」

秋月沉默許久之後，問：那是什麼？

「在駒込的卡拉ＯＫ教室，有人以來西杉郎這個名字遞給我的紙條上，寫著這句話。我聽葛城小姐說，秋月醫生是擁有來西杉郎這個名字的幾個人之一。另外，我可以問來西杉郎這個團體的目的、組成團體的理由之類的問題嗎？請說。」

秋月低喃「原來如此」，又沉默了。我心想：「我或許太過直接，是否該問得婉轉一點呢？」將竹筒抵在耳朵。

「首先，遞給你那張紙條的人不是我。但是，我知道《沉羔》裡，編排小狗們的哀號這句台詞的用意。《沉羔》是《沉默的羔羊》的簡稱。小狗們停止哀號了，這句話基本上和《沉默的羔羊》裡，羔羊們停止哀號了這句有名的台詞所暗示的內容一樣。也就是說，意謂著你能否從無力感獲得解放。所以，以你來說，應該意謂著你能否從西雅圖這件事重新振作起來。」

我霎時起了雞皮疙瘩，將竹筒移開耳朵。秋月確實說了西雅圖。那是前妻和女兒所在的地方。我的心跳開始加速，我想要服用鎮靜劑；拚命地告訴自己：要冷靜！說不定只是我從前在來西杉郎的夥伴在場的大久保的象棋道場，說了離婚的事，以及妻子和女兒身在西雅圖。無論如何，那是來西杉郎他們如果想調查，馬上就會知道的事。但是，秋月接著說了更恐怖的事。

「你的下一個問題是目的為何，簡單來說，就是將這個日本化為廢墟。從戰爭結束後到復興的期間，有巨大的需求。巨大的需求，這就是一切。廢墟什麼都沒有，相對地有巨大的需求。所以，要解決問題很簡單，除此之外，別無他法。就是再度回到那個時代。東北的太平洋沿岸因為大地震而毀滅了，但是政府和民間都沒有產生危機感。必須做得更徹底才行。該讓這個日本被野火燒光。歷代首相當中，有人開玩笑地說『日本是從廢墟出發，所以只要有從頭努力的心情，就能讓經濟重生』，明明沒有被野火燒光，怎麼可能產生那種心情。所以，其實該讓整個日本被野火燒光。這麼一來，所有問題就解決了。」

秋月簡直像個舞台劇演員。我知道的舞台劇演員有平幹二朗、仲代達矢和勞倫斯・奧立佛等。「該讓日本被野火燒光。」秋月聲音嘹亮地訴說。他訴說的內容很恐怖，而且具有真實感，但不可思議的是，聽著聽著，情緒亢奮了起來。因為是透過傳聲筒，所以聲音絕對不大。或許是因為宛如壓低音量的男中音，但是音質圓滑，有微妙的抑揚頓挫，而且聽起來裝模作樣，所以我聽得入迷，久而久之，神經躁動，興奮起來。出現西雅圖這個專有名詞時，我嚇了一跳，想要服用鎮靜劑，但是聽著秋月個人演出的過程中，不安漸漸淡去，一連串廢墟、巨大的需求、毀滅、被野火燒光等刺激的用語，隨著秋月越說越激動，一股亢奮感從腹部底層湧現。我將竹筒抵在右耳，但是從秋月說到一半起，女子的笑聲開始隔著隔間的霧面玻璃傳來。像是非常可笑那種宏亮的笑聲。應該是葛城發出來的。那位櫃檯的老奶奶就算進入診療室，也不可能在笑。然而，我是第一次聽到葛城發出如此愉快的笑聲。不過話說回來，究竟是什麼那麼好笑呢？

「夠了。」

簡直像是捉迷藏的信號似的，秋月以在開玩笑的感覺如此告知。我一開始搞不清楚什麼夠了，但是隔間的門開啟，面露微笑的秋月露臉。葛城在另一頭。她臉上還殘留著大笑之後的笑意；露出了樂不可支的表情。然而，我也差不多。被關在隔間，接連發生莫名其妙的事，終究笑不出來，但是熱血沸騰，或者應該說是全身籠罩在奇妙的亢奮之中。我當然在意西雅圖的事。但是，高亢的情緒猶勝於聽到秋月提起西雅圖時。

「呃，醫生。」

我的聲音變尖，而且說到一半破音了。葛城指著我，又發出了笑聲。她模仿我的語氣說「呃，醫生」，雙手摀住口笑著。我先問葛城：有什麼好笑的呢？

「因為，關口先生，你的聲音破音了。」

不久之後，葛城停止笑，在診療室的沙發上坐下來。秋月說「關口先生也請坐」，促請我坐下。那是一張三人座的布沙發，縱深很深，簡直像是單人床，若不淺坐，腳就會搆不到地。葛城的腳遠比我長，極為一般地坐著，悠閒地將身體靠在椅背上。我第一次看到這麼放鬆的葛城。她八成適應了這家診所。然而，在身心科的診所最放鬆是怎麼一回事呢？

「很好笑吧？其實秋月醫生也笑了吧？說要讓日本被野火燒光。太瞎了。」

我不認為葛城在撒謊。這個女子聽到秋月說要將日本化為廢墟，讓日本被野火燒光，是真的在興奮。然而，令人難以置信的是，我也一樣。聽秋月訴說的過程中，緩和了西雅圖這個專有名詞帶來的不安，情緒亢奮。讓日本被野火燒光，應該是意謂著執行更大規模的恐怖攻擊。難道這是在坦承，發生在NHK西側大門和池上商店街的恐怖攻擊，是他們操控的嗎？

「呃，秋月醫生。我可以發問嗎？」

為了避免聲音高八度，我做了一個深呼吸之後問道。

「當然，請問。任何事情請儘管問。因為小事是非常重要的。」

秋月一臉泰然自若的表情，小心不要糾結地捲回線，將兩個竹筒合起來，把傳聲筒收進專用的盒子。他露出了極為一般的表情，彷彿平常使用傳聲筒的心理治療結束了。實在不像是說完了令人震驚的內容之後的態度，那些內容依聽者的解讀，甚至會覺得他們身在恐怖攻擊執行犯的背後。我問：「剛才的內容究竟是怎麼一回事？」他一副裝傻的樣子，反問：剛才的內容？我也想問西雅圖的事，但是讓日本被野火燒光這件事最為震撼，所以我先問了這件事。
「秋月醫生，你們實際上打算讓日本被野火燒光吧？」
我心想「他會回答怎樣的答案呢？」心懷忐忑地如此問道。
「那當然。你覺得我在說不存在的事，或者撒謊嗎？」
秋月簡直像是舞台劇演員在亮相似的，停止將傳聲筒收進盒子，搖晃身體，動作誇張地回過頭來，直勾勾地瞪視我。於是，坐在沙發上的葛城看到他這個動作，擺動雙腿，非常開心。我已經什麼都搞不清楚了。秋月透過傳聲筒訴說的內容是事實嗎？或者全部都是一齣荒唐的戲劇呢？然而，若是冷靜地思考，實際上要讓日本被野火燒光是不可能的。那跟在NHK的西側大門潑灑可燃劑不可相提並論。除非發生駭人聽聞的事，像是美國或中國進行大規模的空襲，或者以核武攻擊，否則日本不會被野火燒光。
「不過具體而言，你到底打算怎麼做，讓日本被野火燒光呢？」
連我自己都覺得，這是一個多麼愚蠢的問題，但還是問了。我的語氣簡直像是在問：今天的晚餐，你打算吃義大利料理嗎？我懷疑這些傢伙是否真的純粹只是在調侃我為樂。他們是否只是取了「來西杉郎」這種耍人的名字，欺騙附近一帶無可救藥的年輕人，敲詐治療費而已呢？至於西雅圖的話題，倘若是我在象棋道場發了妻子和女兒的牢騷，這些傢伙知道也不足為奇。這些傢伙是否只是擁有閒閒沒事做的老頭子和老太婆的網絡，化濃妝唱卡拉OK，或者通知媒體蠢事，樂在其中而已呢？發生在NHK西側大門和池上商店街的恐怖攻擊，說不定並非一群自稱來西杉郎的老人在背後操控，純粹只是一群腦袋有問題的年輕人發作性地犯案。秋月的態度和表情光明磊落，冷靜到非常不自然，所以令我忍不住這麼想。我認為，那不是參與恐怖攻擊的人的態度和表情。但是，秋月的下一句話，又令我背脊發涼。

「關口老弟，你不知道日本的核電廠有幾座的管線快要損壞了吧？」

核電廠？這傢伙究竟又要說什麼？

「讓日本被野火燒光的方法，不是中國或美國空襲嗎？」

「美國和中國都不可能轟炸日本。不是那種時代了。他們只要偷偷摸摸地竊取日本所剩不多的技術和專利權就足夠了。只要收購日本的製造業和零售商，變成當地法人，那樣就夠了，要是轟炸的話，終究會遭受國際社會圍剿。我希望你別把我們跟那種無能的國家主義者混為一談。」

秋月淡淡地如此說道。沒有絲毫針對天下國家訴說時的氣勢，或者應該說是誇張。

「這很簡單。你應該知道有人指出，福島第一核電廠的事故，不是因為海嘯，而是老舊損壞的冷卻系統的管線因為大地震才會壞掉吧？管線變得老舊的，不只是冷卻系統。連直接連接核子反應爐的管線也大多變得老舊。假如它們破裂或脫落，或者即使只是產生裂縫，會怎麼樣？你能想像嗎？再說，渦輪機也相當老舊。假如來自渦輪機的蒸氣無法送到冷凝器的話，你覺得會怎樣？冷凝器堵住的話，冷卻系統就完蛋了，循環馬達故障的話也會完蛋，要是冷卻系統的管線斷裂，接下來就會直接引發大災難。這還沒完。日本各地似乎有儲存使用過的核燃料棒的水池。大致上都以幾千枝為單位儲存，當然，必須持續冷卻。說到幾千枝核燃料棒，據說差不多是十座核子反應爐的燃料體。可是啊，這些和核子反應爐不一樣，既沒有圍阻體，也沒堅固的防禦壁。周圍只覆蓋著薄薄的混凝土，所以區區幾百度的熱度就會造成崩坍。國外的媒體指出，萬一在那裡發生什麼事的話，該如何是好？假如危險的傢伙投擲幾顆黃色炸藥的話，會怎麼樣？砰～核燃料棒到處散落。我問你，假如這不是被野火燒光，究竟什麼是被野火燒光？」

秋月絕對沒有粗聲粗氣，而是露出「這傢伙怎麼連這種事情都不知道啊」這種有些錯愕的表情，嫌麻煩地如此說道。聲音依舊是圓滑的男中音，但是他說的內容令我受到衝擊，先前的亢奮感一下子煙消雲散，更加搞不清楚現在是什麼情況了。我原本是為了問瀧澤幸夫的事情而來，但是透過傳聲筒聽了〈滿足〉，接著話題變成勝新太郎和高倉健原本預定要演出的電影企劃，然後發展成持續劣化的年輕人這個主題，經救人這個話題，以及說明電影《沉默的羔羊》的台詞，忽然冒出西雅圖這個專有名詞，然後變成讓日本被野火燒光這種既恐怖又異想天開的話題，最後，秋月滔滔不絕地提及核電廠。我跟不上話題的發展。並非沒有邏輯性。秋月的各個話題都非常合乎邏輯。而且，話題既沒有不規則地變來變去，發展也沒有突然跳tone。仔細想想，秋月只是因應我的問題，每次挑選話題而已。變成核電廠的話題之後，笑容終究也從秋月的臉上消失了。

「那麼，你們在思考對核電廠進行恐怖攻擊嗎？」

我好像變得越來越笨了。立刻問了這種問題。譬如瀧澤幸夫的事，其實我該一一整理之後，再進入下一個話題，但是無論哪種話題，秋月說的話都有趣得要命，而且有邏輯性又有說服力，破壞了我的問題框架本身。因此，即使想不出有系統的問題，還是會說出當場想到的用語，變成像是綜藝節目的搞笑藝人的對話。自從進入這個診療室之後，一直如此反覆。

秋月將傳聲筒收進抽屜之後，深坐在椅子上。那是一張椅背形狀獨特的椅子。椅背的靠墊分成頭部和脖子，以及背部和腰部的部分，背部的部分再分成左右，各自以銀色的細金屬管連結，以微妙的角度面對面。大概是為了貼合背面的各部分而製作。秋月直盯著我的臉之後，偏頭問：咦？你剛才說什麼？

「你說恐怖攻擊怎麼了？」

他的聲音變大，皺起眉頭，像是在瞪視似的盯著我。他第一次露出這表情，令我忍不住渾身僵硬。

「關口先生，你不要亂說。我什麼時候說了恐怖攻擊的事呢？我是說在日本的幾座核電廠，除了冷卻系統之外，連管線也變得老舊。哪裡有出現恐怖攻擊這幾個字呢？」

秋月說得沒錯。我只是夾雜推測和臆測，擅自組合了他的用語。秋月在說明勝新太郎和高倉健原本預定要演出的電影企劃時，訴說他們和恐怖分子作戰這個劇情，唯獨當時，他使用了恐怖攻擊這幾個字。而且，那是電影中的內容。我心想「我不行了」，盡是天大的失敗。來到這家診所，已經過了兩小時以上，但是重要的事情一件也不知道。來西杉郎不可能輕易地坦誠說出祕密，我只會陷入混亂而已。不斷地聽他說一堆異想天開、激進，而且故弄玄虛的事情，我一味地焦慮，持續提出愚蠢的問題，沒有獲得任何正確的資訊。

「我是身心科醫師，關口先生，經由葛城小姐的介紹，我透過傳聲筒，對你提供了心理諮詢。僅止於此而已。我們聊了各種事情。我們聊了很多，但是，嗯～真正的祕密，還不能告訴你。」

秋月如此說道，淘氣地微笑，居然還拋了媚眼。我以為他肯定要說什麼重要的事情，全神戒備。但是，我又輕易地被耍了。

「好吧，拿你沒辦法，我就告訴你祕密好了。實不相瞞，我是個小演員。學生時代參加戲劇社，如今也偶爾透過劇作家朋友的介紹，站上舞台表演。我也在患者的劇團中，演過一、兩次有台詞的角色。不過，戲劇已經沒戲唱了。無論在任何國家，戲劇都是在近代化的暴風雨中發展，一旦社會成熟，它的任務就會結束。所以，如今是電影。或許也可以採取『還是電影』這種說法，終究是電影。而且不能在電視或電腦的螢幕看，要去電影院。我這把年紀了，還是常去歌舞伎町的電影院。你懂嗎？你懂我的意思嗎？歌舞伎町的電影院唷。歌舞伎町的，電影院唷。對了，3D的新片好像下週要上映。」

我聽到「小演員」時，覺得自己完全被當作白痴。那語氣簡直像是在說，目前為止訴說的全部都是在演戲。一股怒氣湧上心頭，但是我已經沒有頂撞秋月的力氣。我一心只想著：我想快點離開這個診療室。我一開口，險些道謝，連自己也心頭一驚。累到連從沙發起身都很辛苦，但我心想：最後必須詢問西雅圖的事。那關係著妻子和女兒。

「最後，我還有一件事情想問，可以嗎？」

我從沙發起身，一面扣夾克的釦子，一面如此問道。丟人的是，我的語氣和態度像是戰戰兢兢地請示。

「請問、請問，請儘管問。下一位患者好像在等，但不要緊。」

結果，秋月的態度從頭到尾一點都沒有改變。光明正大，沒有絲毫的鬆懈，散發著「我隱瞞著某種重要的事情，但是你不可能知道」這種氛圍，話中隨處穿插著引起我興趣的事情，但終究沒提半件重要的事情。我心想，他太難纏了。這種人有幾十人、幾百人，建立了網絡嗎？替精神上不穩定的年輕人洗腦對他們而言，是一件易如反掌的事嗎？

「你剛才說了我能夠從西雅圖這件事重新振作起來之類的事，其實我前妻和女兒身在西雅圖。為什麼你會知道這件事呢？」

秋月以低沉而柔和的聲音，像是在低喃似的說「我忘了聽誰說過」，輕輕地將右手放在我的肩膀。雖然含糊，卻是一個衝擊力十足的答案，恰似完全假設了我的問題之後所做的完美應答。

「關口先生，我只想先說這一件事。今後也歡迎你隨時來接受心理諮詢。此外，如果你想來這裡，可以隨時來。任誰都是如此，關口先生，任誰都是如此。如今是一個活著非常辛苦的時代。你至今很努力，也沒有對自己撒謊。這種人格外辛苦。你看一看身邊。盡是糟糕的事，盡是差勁的人。大家的內心都很混亂。你聽好了。活著很辛苦。難以生存。盡是發生壞事。既沒有錢，健康狀態也令人不安，而且距離幸福很遠。內心充滿不安，幾乎令人忘了幸福是什麼呢？曾經是什麼呢？而且，沒有人肯幫助自己，連誰是壞人也不知道。總覺得自己的才能和努力不足，也覺得是別人的錯，覺得社會有問題，政治人物全部都很惡劣。不知道該憎恨誰才好。所以總是焦慮，怒氣湧上心頭，但是不知道該將這股怒氣發洩在哪裡才好。焦慮和怒氣在自己心中持續累積，唯獨不安宛如泉水般從內心湧出，因為一個不小心就寂寞得要死、感到悲傷，或者想要破壞什麼。如今啊，這種情形絕非異常。所以如果你想來這裡，真的可以隨時來。我永遠等著你。」

「你的眼睛還紅紅的。」

被葛城這麼一說，我以手帕擦拭眼周。我們離開診所，從道玄坂穿越文化村通，進入了一家位於小巷裡的台灣料理店。我錯過吃午餐的時機，而葛城在「West Rock」除了紅香腸之外，義大利麵也幾乎都沒吃。雖然是下午四點半這個不早不晚的時段，但是店內有幾組客人。感覺客人是跑業務的業務員，以及上班前的女公關、服務生和性工作者。這是一家菜單上盡是漢字的道地台灣料理店，秋月似乎帶葛城來過這裡一次。在葛城的建議之下，我點了香腸和湯麵。被葛城指出我眼眶泛紅，多麼丟臉，我心想：我到底是怎麼了呢？聽到秋月說「如今任誰都活得很辛苦。如果你想來這裡，可以隨時來」，我不由得眼泛淚光。

「欸，總之吃吧。香腸配蔥一起吃，很好吃唷。」

葛城在安慰我。我在秋月的診所，心情混亂，在過程中連思考問題的力氣都喪失，臨別之際，秋月對我說了溫柔的話語，我簡直像個孩子似的哭了出來。秋月的話中，有一股令人難以抗拒的力量。說不定是心理諮詢的最後一定會對患者說的，代替打招呼的話語。秋月說：感到不安並非異常。不是「不必感到不安」，也不是「不能感到不安」。毫無充斥媒體的「你不是一個人」「明天一定會來到」「一起努力吧」「要抱持希望」這種虛偽的療癒或安慰，有一種直視現實，陰暗而理智的真實感，而且有一種自己的存在獲得認同的心安。

「香腸好吃嗎？關口先生，喝點啤酒怎麼樣？」

葛城問道，我點了點頭。可是，屈辱感沒有消失。我身為小記者，去找擁有來西杉朗這個別名的奇怪身心科醫師採訪資訊，卻只是像個幼童般輕易地任人擺布，臨別之際還哭了。我將濕毛巾抵在眼睛，一口氣將送上來的生啤酒喝掉一半，大發牢騷：這種事情是第一次，我從來沒有遭受過這種屈辱。

「沒有那回事啦。」

葛城又安慰我。

「不，這種情況叫做一敗塗地。老實說，我沒有見過那種人。好厲害，好恐怖。」

我這麼一說，葛城說「不對」，搖了搖頭。

「我第一次看到醫生像今天那樣。醫生平常不會說那麼多話，所以我想，醫生也針對你的事情想了很多。」

我心想：「是這樣的嗎？」抬起頭來。但是，我可以直接接受葛城說的話嗎？葛城是否被秋月他們的團體籠絡了呢？不過，倘若如此，我能做的事情就很有限。我沒有半點餘力，拐彎抹角地試探對方，一面誘導，一面獲得資訊。我借助啤酒的醉意，簡直像是朋友似的，對葛城說：妳說，秋月醫生的團體是不是命令瀧澤幸夫用割草機進行恐怖攻擊呢？

「醫生和他的朋友都不會命令誰做什麼。」

葛城一臉令我意外的表情，如此答道，我忽然意識到，有兩件令我在意的事情。第一件事情是，明明難過得要命，但還是覺得香腸好吃。我雖然完全震懾於秋月的話和分量，最後流淚，情緒紛亂，但是絲毫沒有食不下嚥的不安感，也不想服用鎮靜劑。第二件令我在意的事情是，我不太清楚。我在意秋月話中的某個部分，但是我想不起來那是什麼。我一面吃著清爽而夠味的湯麵，一面試著依序整理秋月說過的話。滾石樂團和老人的世代論、高倉健和勝新太郎的電影企劃、最後一班電車發車時的新宿車站和年輕人論、該讓日本被野火燒光這種號召和核電廠，以及最後的柔聲呼喚。不對。如今仍像是殘渣般黏在我身上的記者本能在意的，不是那種話題。這些話題雖然異想天開且具有衝擊性，但是自然而合乎邏輯。我覺得某個時候，秋月有點不自然，而且說著多餘的話，但我想不起那是哪種內容。

「不過，妳真能吃。」

葛城喝著烏龍茶，而不是啤酒，香腸吃光了一大半，湯麵也連湯都喝光了。她看起來不像是精神上不穩定的人。她在TAMA PLAZA的「TERRACE」和「West Rock」，簡直像是在苦修似的，將蛋糕和紅香腸送入口中。

「見了醫生之後，我總是這種感覺。」

不過話說回來，秋月在說讓日本被野火燒光時，為什麼妳笑得那麼大聲呢？

「我不是說過，太瞎了吧？就是這個原因。畢竟，醫生說的話亂七八糟，很有趣不是嗎？我想，不是只有我。大家都這麼想吧？想要破壞什麼，可能是物品，也可能是別人，或者自己，想要砍掉重練吧。所以，我聽到要讓日本被野火燒光，就覺得有趣得不得了。」

那麼，妳一見到秋月，就會變得有精神嗎？

「倒不是會變得有精神。而是不重要的事情會確實地變得無關緊要。」

秋月的夥伴具體而言，是哪種人呢？

「我見過的有四、五人。幾乎都是在喝酒，盡說蠢話。一開始，大多是誰的心臟不好、死了，因為他們上了年紀，所以大多是疾病、藥品的話題，但是一喝醉，幾乎都會變成不重要的性愛話題。有個人說他之前待在廣告公司，一定會炫耀他很年輕的時候，跟松田聖子上過床。可是，當然沒人看到，所以大家會說他在撒謊，叫他少鬼扯，氣氛相當熱鬧。盡是那種話題。」

難道平常不會說讓日本被野火燒光、進行恐怖攻擊、讓年輕人進行恐怖攻擊這種事情嗎？那種團體聚會的席間，瀧澤幸夫也在場嗎？

「我沒有在聚會的席間見過他，但是團體中似乎有個從前挺有名的劇作家，成員們說要讓他成為都知事，讓他在自己的土地上蓋賭場，欸，說到認真的話題，差不多就是這樣。瀧澤是男人，所以我想，他不曾被邀請參加聚會。醫生他們只會邀請女生。可是，他們非常有禮貌，不會硬逼人喝酒，說性愛話題時，也會說『啊，葛城小姐，抱歉，說這種下流的事情』之類的話，特地道歉。」

除了葛城之外，會邀請哪種女生呢？

「醜女好像免談。常去的女生除了我之外，還有兩個醫生的患者，然後是不太紅的女演員，我忘了是Vuitton還是Armani，某個名牌店的店長，也有JAL的空服員，以及那叫做基金經理人嗎？也有證券公司的人。啊，對了，你剛才問醫生他們都在聊哪種話題，我想起來了。大多是電影的話題。像是從前的電影、現在的電影，以及伊朗、南斯拉夫、芬蘭等我們不太熟悉的國家的電影話題，氣氛很熱烈。大家好像都喜愛電影。」

我聽到「電影」，突然想起來了。我知道什麼令我在意了。秋月說到要說真正的祕密，讓我緊張，然後說他其實是小演員，開始說起無聊的事情。我以為他又岔開話題而感到失望，然後，他說戲劇的時代老早結束，如今只有電影。但是，問題在於接下來的部分。他說「電影院」。電影不能在電視或電腦的螢幕看，而是必須在電影院看。他如今也會去歌舞伎町的電影院。

「你懂我的意思嗎？歌舞伎町的電影院唷。歌舞伎町的，電影院唷。」

為什麼有必要反覆說那種事情呢？我有一瞬間感到詫異，但是震懾於秋月的話和分量，而且筋疲力盡，所以馬上忘記了。秋月說不定想向我傳達什麼。

「對了，3D的新片好像下週要上映。」

我有幾年沒去歌舞伎町了呢？KOMA劇場被拆除，景象為之一變。KOMA劇場的遺址，蓋了東寶系統的影城。我們前往的是，位於它左手邊的新宿MILANO。從前是「MILANO座」，不知不覺間，正式名稱變成了「MILANO」。二〇一四年一度停止營業，後來被外資收購，於二〇一八年重新營業。內裝似乎幾乎沒變。我在大學時代和記者時代，三天兩頭往MILANO座跑。我記得《教父I》（The Godfather）、《外星人》（E.T.）、《印第安納瓊斯：水晶骷髏王國》（Indiana Jones and the Kingdom of the Crystal Skull）等話題片大多是在MILANO座看的。當時，位於KOMA劇場前面的廣場裡有噴水池，早稻田大學和慶應大學的棒球比賽之後，擠滿了早稻田大學的學生。噴水池後來變成了花圃。我和前妻在結婚之前，約會主要是看電影，也經常去MILANO座。它不同於銀座或有樂町的電影街，雜亂而庶民的風格，深得我心。看完電影之後，大多會在風林會館的地下街吃大阪燒。MILANO是一間充滿微苦回憶的電影院。

秋月反覆說「歌舞伎町的，電影院」，我直覺地認為，那是恐怖攻擊的預告。東急MILANO的大樓內，有MILANO 1、MILANO 2、MILANO 3，以及東急電影廣場進駐。當然，我不知道他們是否真的會執行恐怖攻擊，而且鐵定不要執行比較好，但是之前發生在ＮＨＫ西側大門和池上商店街的恐怖攻擊，也是我收到某種資訊，然後它變成了現實。我也考慮要報警，但即使說明原委，幾乎也沒有說服力。警方是否會為了警戒而實際行動令人懷疑。秋月沒有說「會在歌舞伎町的電影院進行恐怖攻擊」。他只說了「我常去歌舞伎町的電影院」。即使實際上發生恐怖攻擊，我向警方舉發秋月，秋月也不會遭到逮捕。何況ＮＨＫ西側大門和池上商店街的死傷案件之間的關聯性不明，我應該會被警方拘留，追根究柢地盤問。松野和葛城應該也會被警方找去。但是，沒有任何證據能夠證明秋月和他的夥伴們，以及駒込的卡拉OK教室的老人們和恐怖攻擊有關。那間卡拉OK教室的所有人並非都是恐怖攻擊組織的成員。其中，肯定有自稱來西杉郎的人。然而，要鎖定對象也是不可能的事。

「還有時間，要不要吃點什麼？」

同行的松野如此提議，葛城說「贊成」，舉起右手。要是在電影院真的發生恐怖攻擊，那可不是鬧著玩的，所以我應該一個人來。我一說「新片上映那一天，我要去新宿MILANO」，松野露出了意外的表情。秋月說的3D片是《AMAOU》這個片名的日本片，由同名的偶像團體主演。「AMAOU」是繼上上一個世代的早安少女組、上一個世代的AKB48之後，受到下一個世代喜愛的團體。福岡產的甜王草莓取鮮紅（Agai）、圓潤（Marui）、大顆（Ōkii）、美味（Umai）的首文字，與它同名，「AMAOU」出道之後，開始受到歡迎時，針對商標請求無效審判，結果雙方認同宣傳效果，達成和解。如今有人懷疑，是否連商標問題本身，也是用來提高「AMAOU」知名度的一種宣傳手法。

「AMAOU」是「業餘公主」（Amateur Ōjyosama）的簡稱，成為定論。是真是假不明，但是沒有人將這種事情當成問題。約五百名十三歲至十七歲的少女，在全國各地稱為「AMAOU城」的公寓過著一種寄宿生活，接受演戲、舞蹈、唱歌的課程，以及稱為「地位提升」的試鏡，在網路上公開這些過程。此外，也部分公開餐點、少女之間的對話，以及不違反公序良俗程度的泳裝、更衣。「AMAOU」是由前廣告公司的業務員一手推動，如今成為社會現象。雖然沒有出眾的明星，但是粉絲遍及男女老幼。據說孩童稱呼「AMAOU」的成員為「姐姐」；年輕男子視其為鄰家女孩，替她們加油；年輕女子將自己的夢想寄託在她們身上；中高齡人視其為「可愛的女孩」，給予聲援。AKB48會搭配簽名會和握手會的號碼牌，銷售寫真集和CD賺錢，而「AMAOU」則是採取著重於影片寄送服務，置入各種廣告的策略，進而獲得大量的粉絲。不過，若說粉絲們是否打從心底對「AMAOU」狂熱，仍是個疑問。我認為，雖非大眾操作這種誇張的手法，但是眾人隱約察覺到了是前廣告公司的能幹業務員籌劃的把戲。除了玩有些詭異的虛擬遊戲之外，對於許多人而言，沒有其他樂趣。

新宿MILANO的周邊開始聚集等待上映日首映的人們。因為「AMAOU」的電影上映，所以年輕人的身影也很醒目。但是無論現在或從前，歌舞伎町都不能說是受到年輕人喜愛。松野和葛城都說他們是第一次來歌舞伎町，心情緊張。年輕人們依照經濟能力，分別聚集於澀谷、原宿、青山、六本木、自由之丘、下北澤等。傳統上，聚集於歌舞伎町的是來自地方，從事特種行業或色情行業維生的貧窮年輕人們。有一陣子也有許多外國人，像是非洲裔的攬客人員，以及中國籍和韓國籍的女公關和調酒師等。但是，因為大地震後的核電廠事故，大部分回國，外國人的人數也銳減。松野剛才說，《AMAOU》刻意選擇感覺懷舊的歌舞伎町和新宿MILANO，作為搶先上映的電影院，而不是銀座、六本木或澀谷。

「早一點進入電影院比較好吧？」

松野一面大口咬醬燒雞肉堡，一面望向新宿MILANO，如此說道。我們在位於電影院旁邊的漢堡店。吃著炸蝦堡的葛城說「贊成」，舉起左手。

「那麼，快點吃吧。」

我輪流看著松野和葛城，吃著炸裡脊肉堡，配可樂吞嚥下肚。眼看著前往新宿MILANO的人確實明顯在增加。售票處開始形成人龍。新宿MILANO沒有指定席。如果不早點開票，說不定會無法入場。我說「不過，我沒想到會有這麼多人來」，葛城無面表情地低喃「因為是AMAOU的電影」，松野頻頻點頭。

松野一邊吃漢堡，一邊頻頻偷瞄葛城。松野和葛城今天是第一次見面。我自從和葛城去了秋月的診所之後，幾乎天天見面。她會白天來公司，我們共進午餐，或者下班後和她見面，或者假日一起去新宿御苑散步。我會收到她傳來「我現在過去」這種簡訊，決定碰面的地點見面，但是我仍然不知道葛城住在哪裡，也不知道她是否一個人生活。她會在平常日的下午突然來訪，所以一定沒有在工作。我只問過她一次：「妳住得遠嗎？」她回應「搭電車很快」這種莫名其妙的答案，之後我就停止探索隱私了。我一開始是因為想獲得來西杉郎這個團體的資訊而和她見面，但是久而久之，那變得不重要了。秋月和他的夥伴們八成以某種形式，參與了發生在NHK西側大門和池上商店街的案件。說不定葛城是為了監視我的動向，被來西杉郎他們派來的間諜，有這一層警戒確實很重要，但是和葛城見面，我切身明白到無法確認。

葛城每次見面，一定會勾著我的手臂走路。我一開始會害臊，但是過了幾天之後，開始覺得那是極為自然的事。習慣了她那麼做之後，我不再以和她在一起的時間為苦。因為不想說話，可以不說。當然，她不是會讓人心情愉悅、心情平靜，或者享受對話那種女子。雞同鴨講的情況也很常發生，但是我發現，和葛城一起度過的時光漸漸變成了一種樂趣。她的身材高眺，日式的美貌令男人們回頭，而最重要的是，她令我一直持續的孤獨感變淡了。說我對她沒有性慾是騙人的。但是，我們簡直像是很久以前的高中生似的，只是手勾手、手牽手而已。我不清楚葛城如何看待我，但是總覺得一旦有性關係，就會毀了什麼，因而害怕那麼做。

我、葛城和松野在靖國通旁的歌舞伎町入口這個十字路口碰面。松野遲到幾分鐘才出現，突然看到和我勾著手的葛城，圓滾滾的眼珠子瞪得更大，露出了目瞪口呆的表情。葛城身穿米白色的長褲和橘色的針織衫，在那一帶的女子之中，肯定是姿色最佳。葛城說「嗨」，舉起右手，像是美國的學生一樣打招呼，愣住的松野也說「嗨」，聲音顫抖地回應。我告訴過松野，葛城會來，但是我將她介紹為在駒込的文化教室學書法的女子，似乎形象差太多了。松野一面走向新宿MILANO，一面說「大美女耶」，我含糊其詞地說：欸，是啊。我在駒込遇見她，然後去了TAMA PLAZA的「TERRACE」，她的感覺跟當時改變了不少，服裝和妝容都變得高雅。有一次我提起這件事，她回答：因為要待在一大群老爺爺、老奶奶之中，所以去駒込的時候，我會特意留心要打扮樸素。

我在漢堡店問葛城對於松野的印象。我告訴過她「松野雖然年輕，但是個相處起來不會累的人，所以不用對他有所顧慮」，但是想要確定一下實際如何。松野不知道她會如何評價，一副緊張的樣子，但我有自信，他們兩人應該合得來。葛城吃完炸蝦堡，一面以餐巾紙擦拭嘴邊，一面說「植物、有精神、一般」，露出笑容。松野問：「剛才的話是什麼意思？」葛城回答「分類」，她似乎將人分別分類成「動物和植物」「有精神、病人和死人」「大叔、一般、大嬸」，組合這些用語，決定特徵。舉例來說，在池上商店街引發案件的瀧澤幸夫是「植物、死人、大嬸」。據說秋月是「動物、有精神、大叔」，而我則是「動物、病人、大叔」。就分類而言，隱約明白「動物、植物」和「有精神、病人、死人」，但是我和松野無法理解「大叔、一般、大嬸」。葛城開始說明：如果說成上了年紀的人，就很簡單易懂。

「似乎是年齡增長和荷爾蒙的關係，大多數的男人會逐漸變成大嬸吧？許多大叔適合穿上圍裙和煮飯時穿的罩衫。相對地，女人隨著年齡增長，變得厚臉皮、自以為了不起的人越來越多吧？那是變成大叔。可是，也有不少男人不管多老，也一直是大叔。最近，年輕男子也有很多人變成大嬸，而年輕女子也有很多人變成大叔吧？沒有變成大叔的年輕女子和沒有變成大嬸的年輕男子，就是一般這個種類。我嗎？我其實是動物、病人、一般。」

松野低喃：「我是植物嗎？」葛城安慰他：你或許很沮喪，但那不是壞事唷。

「因為如今，是動物的年輕男子，個個都是笨蛋。」

排隊二十分鐘左右，買了票。我無法相信有人會因為是熱門的店，為了吃拉麵而排隊。無論是拉麵、辦理登機報到手續，或者辦理飯店的住房手續，我從以前就討厭排隊。但是，五月放晴的星期六爽朗的下午，陽光和不時吹來的風都非常舒服，而且有松野和葛城相伴，不是一個人，所以排隊一點也不痛苦。松野和葛城針對「AMAOU」，愉快地聊著，像是沖繩的女生果然節奏感佳、有一個青森出身的女生是巫女的孫女、有一個團體是由因為東日本大地震而變成孤兒的女生擔任主唱。幾乎忘了恐怖攻擊。秋月不自然地反覆說「歌舞伎的電影院」，所以我認為那肯定是恐怖攻擊的預告，而來到了新宿MILANO，但是無論是在售票處、馬路上，或者卡拉OK、電子遊戲場和餐飲店進駐的周圍大樓，到處都沒有緊張感。我心想，沒有比這更不適合恐怖攻擊這四個字的景象了。我眺望排隊的年輕人，尋找有沒有看似突砍分子的人，但是看到的盡是為了「AMAOU」而來、一臉悠哉的表情。

進入電影院內，在稍微偏後方處，占了三個面向走道的座位。因為購票的隊伍變長，所以開場提早了四十分鐘以上，上映的三十分鐘前，票就賣光了。大批的人買不到首映票，馬上開始賣下一場的票，那也在轉眼間就售罄了。不過話說回來，好大的電影院。根據手冊，一般座位一千多個、情侶座位十六個，還有為了障礙人士所準備的輪椅空間，最多能夠容納一千零六十四人，似乎是如今日本最大的。開場之後過一陣子，座位幾乎都坐滿了。松野去買Häagen-Dazs（哈根達斯）的冰淇淋，我拜託葛城占座位，決定去確認緊急出口。左右和後方有將近十個緊急出口。後方的緊急出口是直接下階梯，連結至電影院的出入口，感覺能夠最快避難。面向銀幕，位於左右邊的緊急出口要經過像是小倉庫的空間，能夠來到西武新宿車站這一邊、膠囊旅館前面的道路。從右側的緊急出口也能夠來到歌舞伎町派出所所在的單行道。右邊的緊急出口內側，有通往地下樓層的水泥階梯，貼著寫了「非工作人員禁止進入」的紙張。我偷偷地下樓至地下樓層，發現擺著滅火器、繩索，以及古老的消防鉤等消防器材，再往內側走，有控制整棟大樓的空調、通風和供給熱水的機械室。有「嚴禁煙火，非工作人員禁止進入」這種告示牌，也看見了有「工作人員室」這種門牌的小房間，但是裡面沒半個人。擔任自由記者時採訪的高樓層飯店，地下一整個樓層是機械室，所有設置都以電腦控制，包含警衛在內，有數人常駐。我心想，這裡未免太沒有防備了。我能夠這麼輕易地進來，所以恐怖分子也一樣能夠入侵這個機械室。

「在這麼寬敞的地方，要怎麼做才能進行恐怖攻擊呢？」

松野買來了三人份的Häagen-Dazs冰淇淋。他自己的是焦糖核桃，葛城的是芒果，而我的是蘭姆葡萄口味。

「終究是用炸彈吧。」

葛城面無表情地如此道，但是我想，他們兩人都對恐怖攻擊沒有真實感。松野目擊的是透過割草機的犯罪。雖然是殘忍的手法，但是受害沒有遍及大範圍。松野和葛城都沒有看到NHK西側大門的恐怖攻擊。電影院裡的人們完全沒有想像過有人潑灑可燃劑這種情況。但是環顧四周，有許多人攜帶偏大的包包和附滾輪的小型行李箱。從相當久之前，趁假日到東京購物或遊玩的鄰近縣的人變多了。不知從何時開始，當地的商店街蕭條，變成唯獨東京的大型零售商和知名品牌賺錢。出現附滾輪的包包之後，除了旅行之外，所有人都開始極為一般地隨身攜帶。犯人在NHK西側大門，將裝了可燃劑的容器隱藏在攝影器材用的硬鋁製手提箱。要將容器藏在包包裡攜帶很簡單。

場內變暗，電影開始了，但是我在意周圍，心情平靜不下來。松野借給我3D眼鏡。最近似乎大部分的人都擁有自己的眼鏡。我看的第一部3D電影是《艦長》（Captain Eo）。由麥可・傑克森主演，導演是法蘭西斯・柯波拉（Francis Ford Coppola），那是迪士尼樂園的熱門表演節目。結婚之前，我曾和妻子一起去看。我記得我們買了名叫Fuzzball、像是有翅膀的猿猴的人物角色玩偶，妻子開心得像個孩子一樣。後來，《艦長》從表演節目中消失，麥可・傑克森於二〇〇九年去世之後，作為紀念碑地重新演出，正好那一陣子，我失去工作，對於家人而言最糟的期間持續，結果妻子帶著女兒去了西雅圖。當時的3D眼鏡鏡框是紙，貼上紅色和綠色玻璃紙的簡單製品。不過，松野借給我的眼鏡是流線形的樹脂製鏡框，和一般的眼鏡幾乎沒有差別。非常輕巧，鏡片也是透明的。但是，視野勢必縮小至只有鏡框的部分，所以我悄悄地摘下眼鏡，每隔幾分鐘就小心翼翼地環顧周圍。透過來自銀幕的光線反射和緊急照明燈，知道人的動靜。

電影的內容很糟。事先宣傳是以披頭四的《一夜狂歡》（A Hard Day's Night）為藍本的半紀錄片，介紹「AMAOU」為了成為藝人而持續訓練的日常生活，然後變成地位提升的試鏡那一天，女生為了購買母親的生日禮物而上街，不小心弄丟錢包而無法回到AMAOU城。因為攝影機在跟拍，所以肯定是做秀，但是松野和葛城都不覺得掃興，認真地盯著銀幕。我不曾仔細看過「AMAOU」唱歌、跳舞和演戲，但是沒想到糟成這樣。我覺得小學生的學習成果發表會，或者高中校慶的表演活動還比較好。我問葛城「這麼爛的唱歌、跳舞哪裡好」，她的回答是「因為爛，所以感覺親近，讓人抱持好感」。葛城說：畢竟如今，哪有人想聽唱得好的歌？不過，唱歌和跳舞的變化豐富。女生們從演歌到爵士樂、香頌；從日本舞蹈到古典芭蕾，乃至於佛朗明哥、肚皮舞，要練習所有曲風和舞蹈形式。訓練很嚴格，有女生哭出來，也有女生在芭蕾的課程中扭傷腳。唱歌和舞蹈並不令人感動，只是她們的熱情和努力中，具有劇情性而已。基本上，跟替奧運的馬拉松項目中，跑得上氣不接下氣，最後抵達終點的選手加油一樣。

一定是我的看法扭曲了。如今仍對六〇年代抱持憧憬、落伍的大叔，沒有穩定的工作，被妻女拋棄，對於將來也沒有特別的希望。今後和電子報的契約到期之後，會開倒車回到極度貧窮的生活，也沒有養老的準備和積蓄，所以必須一面對於淪落成遊民感到畏怯，一面生活。松野一邊吃著爆米花，一邊面露笑容，看著銀幕，而葛城好像也相當樂在其中。葛城無法好好融入社會，封閉心靈，但是我不一樣。看到一個女生扭傷腳，無法參加試鏡而哭出來，她的親友鼓勵她那一幕，葛城輕輕地替她鼓掌。但是，我心想「我豈會因為這種事情而感動」，繃緊神經。我認為，這部電影幾乎像是新興宗教。環顧周圍，不分男女老幼，許多人都流著淚。我心想「你們因為這種東西而感動嗎？」整個傻眼。

電影再三十分鐘左右就要結束。銀幕中，弄丟錢包的女生獲得當地商店街的大叔和大嬸協助，搭乘蔬果店的輕型汽車，前往會場，會場內正響起嘩啦啦的掌聲。葛城對著我低喃「太好了」時，瀰漫起一股異臭。那一瞬間，發生了奇妙的事。我在意那股異臭的同時，試圖告訴自己沒事。我試圖心想：雖然很像，但不一樣。然而，臭味顯然和在NHK西側大門聞到的味道一樣。硫酸、硫磺、燐、汽油等混合在一起的臭味。我的意識好像拒絕想像這個電影院變成一片火海。我以顫抖的聲音呼喚他們兩人：松野、葛城小姐。異臭從後方飄過來。要逃到外頭，走後方的緊急出口是最短的距離，但是不能往發出臭味的方向逃。

「我們馬上出去。」

我搖了搖他們兩人的肩膀，拉著葛城的手，屈身緩緩地走向左邊的緊急出口。說不定還有其他人察覺到異臭，而或許這一瞬間就會起火。恐怕我們一跑起來，電影院內就會陷入恐慌，觀眾蜂擁逃向緊急出口。松野問：「怎麼了嗎？」葛城害怕地說「好可怕」，儘管如此，我還是沒有試圖阻止自己告訴自己：這不是可燃劑的臭味，是我誤會了。NHK西側大門的燒焦屍體在腦海中復甦，我心想「那種事情絕對不可能在這裡發生」，神經顯示拒絕反應，大腦正在拒絕正常思考。因此，我的動作簡直像是一幕幕播放的影像。動作僵硬，無法順暢地步行，停止走路，呆立原地，差點蹲坐在地。葛城說「我好害怕」，或許是察覺到我的異常情況，感染了恐懼，緊握我的手，握到我的手痛。松野的身體也在顫抖。我們橫越中間的走道，來到顯示緊急出口的燈附近時，從後方發出「啊——」這種拉長的慘叫。幾個人在最後一排的座位附近站了起來，發出叫聲。「AMAOU」的歌聲從喇叭大音量地流瀉，慘叫斷斷續續地聽不見。大部分的觀眾都被銀幕奪走目光，沒有察覺到發出慘叫的人們。

「有人滾過來了。」

松野指著中間右方呈緩坡狀的階梯，聲音顫抖地如此說道。一名蜷縮身體的女性簡直像是岩石滾落似的，朝我們這邊滾下來。裙子掀起，雙腿彎曲成奇怪的形狀，不斷旋轉。究竟發生了什麼事呢？只有發出可燃劑的臭味，還沒有竄起火焰。

「那個人的腳很奇怪。」

葛城看到中間走道上，倒在我們身旁的女性，身體僵住了。有東西附著於女性的右小腿一帶。這時，電影變成音樂會的場景，銀幕變亮，清楚地看見了女性的腳。並沒有東西附著，而是形成了像是肉瘤的東西。肉瘤約莫棒球大小，看起來像是黏著年糕。女性伸長雙腿倒著，周圍的觀眾開始喧譁。

「她的腳是怎麼回事呢？」

松野問道。我想起擔任自由記者時採訪的毒氣專家。一旦發生無法置信的事，就會像是被綁住似的，身體僵硬。我想說「非逃不可」，但是說不出話來。

「是芥子氣，糜爛性毒氣。」

最後一排一帶產生毒氣。芥子氣比空氣重，所以應該會緩緩地飄向我們這邊。但是，如果火焰竄起，就會氣化，充滿電影院內。我心想「假如芥子氣流出，可燃劑劇烈燃燒的話……」險些暈了過去。

「別吸氣！直接逃走。」

我的聲音嘶啞，無法好好說話。芥子氣一旦附著，就會使皮膚糜爛，形成大水泡。而且一旦吸入，在氣管和肺部也會發生一樣的狀況。

「快逃！」

我對電影院內叫道，但是被電影的音量掩蓋了。我又扯開嗓門，大聲叫「快逃」時，在最後一排的座位附近看見了小火光。應該是打火機的火。有人試圖點燃可燃劑。我又對周圍叫了一次「快逃」之後，拉著松野和葛城的手，前往緊急出口。打開緊急出口的門那一瞬間，背後發出「砰」這種像是簡短的汽笛聲，我看見細長的橘色火焰竄起。

「燒起來了。」

松野回顧後方，一臉鐵青地說道。我一面說：「別說話！停止呼吸！」一面在走廊上奔跑，以電影開始之前事先查看過、西武新宿車站這一邊的出口為目標。該怎麼辦才好？我思緒混亂，什麼也無法思考。我在變成了倉庫的狹窄空間停下腳步，忍不住嘔吐了。葛城問：「你還好吧？」輕撫我的背部。

我搖搖晃晃地來到外頭。先從自動販賣機買飲料，灌入喉嚨。我胡亂地按按鈕，所以跑出來的是Oronamin C，但是我一口氣喝下。電影院內變成怎樣了呢？有人報警、通知消防隊了嗎？我們也中了芥子氣嗎？我試圖去想氣專家說過的話。他說他想出書而造訪編輯部，是個經歷奇特的人，我起先以為他腦袋有問題。他似乎在學生時代去中東旅行，被捲入兩伊戰爭，遭到伊朗的祕密警察拘留，對方一知道他是醫學生，馬上逼他進入軍隊的毒氣戰小組，結果在當地度過十二年，被迫調查對庫德人進行的各種毒氣攻擊的效果。關於芥子氣，那位專家說：假如附著於身上，總之，必須洗乾淨。假如吸入的話，似乎只能去醫院。雖然要清洗身體，但是該去哪裡才好呢？當我在想這種事情時，眼前的門開啟，一個身體左半邊燒焦的人滾了出來。

我們像是凍僵了似的，杵在原地，連聲音也發不出來。葛城和松野都張大了嘴巴，只是茫然地凝視被火燒得面目全非的人。看到令人無法置信的景象會尖叫是騙人的。若是看到慘不忍睹的景象，連尖叫的力氣都會喪失。但是，時間稍微經過之後，為了維持起碼的精神平衡，必須尖叫。葛城看到身體半邊燒焦的人，十幾秒後，發出像是警笛聲的叫聲，險些當場癱軟在地。我支撐住葛城的身體，數度對她大聲叫：葛城小姐！於是，透過如此呼喊，連我自己也終於得以拾回自己。身體半邊燒焦的人，衣服燒掉，幾乎形同裸體，看來是位女性。不知是襯衫或胸罩，燒熔的布的碎片貼在左邊的乳房上。她倚靠在緊急出口的門站立，抖動變成紅褐色的嘴唇，想要說什麼，但是隨即向前傾倒。松野「啊～」地發出奇妙的聲音，指著緊急出口的後面。門的對面出現了一群像是疊在一起似的，朝這邊而來的人。前方的幾人倒下，試圖跨越他們前進而被絆到腳，又有人倒下。無法區分男女，也看不出年齡。所有人的頭髮都被燒掉，像是燙了從前的髮型似的，縮成一團。一個人的手臂從緊急出口的縫隙伸出來。手肘以下熔化凝結，無法辨別手指等，像是前端尖銳的黑色棍子一樣。

「我們逃！」

我對他們兩人說道，松野依舊「啊～」地持續發出莫名其妙的聲音，指著燒焦的人們，手腳顫抖，陷入了恐慌。他八成基於本能地心想：必須設法做點什麼、必須救他們。但是，我們什麼也做不到。因為我們並非能夠救人的狀態。因為可燃劑而被燒傷的人們，不是看起來痛苦那種層次。所有人都無法說話，甚至有人臉的大部分都熔化了。

「快逃！」

我大聲喊道，但是思緒混亂，連自己也不知道為何必須逃。「三溫暖」這三個字突然浮現腦海。三溫暖？連我自己也不太清楚三溫暖怎麼了。我支撐住感覺隨時會倒下的葛城的身體，拉扯松野的手臂，試圖遠離緊急出口。三溫暖？我一面拖著兩人步行，一面思考，但是還不清楚那是什麼意思。對了，是芥子氣，犯人連同可燃劑一起散布了芥子氣。而三溫暖是那位毒氣專家在編輯部接受採訪時說過的話。感覺凶惡的芥子氣配搭三溫暖這種平靜的用語令人意外，讓我印象深刻。毒氣專家說：總之，必須沖洗掉。街上發生使用芥子氣的恐怖攻擊時，公共澡堂和三溫暖會變得非常重要。沖洗需要大量的水，而且必須丟棄所有芥子氣附著的衣服才行。被救護車送到醫院之前，必須洗淨。

我一面拖著他們兩人，往西武新宿方向走去，一面先尋找賣衣服的店。比起叫救護車前往醫院，當務之急是先到附近的三溫暖沖洗身體。也有可能吸入了芥子氣。但是那種情況下，是出現症狀的階段，先到三溫暖沖洗身體之後，再趕去醫院即可。內褲也必須脫下來丟棄。但是，沐浴後穿三溫暖準備的內褲，應該能夠將就一下。我在餐飲店林立的小巷裡，找到了二手商店。雖然種類有限，也有衣服。我叫葛城和松野挑選衣服，但是他們好像還處於茫然若失的狀態，只是目不轉睛地看著我，但是沒有反應。我心想「不過也難怪」，看開了。連我也只是因為有「必須執行聽毒氣專家說過的事」這種意識，知道該做的事，所以才能勉強保有自我。看到那種慘不忍睹的景象之後，不可能馬上拾回平常心。我隨手搜羅手邊的T恤、夾克、腰部是鬆緊帶的運動褲和運動服、海灘涼鞋，以及布製的後背包等，感覺心臟隨時會從嘴巴跳出來，連呼吸也很痛苦。但是，得趕緊才行。據說芥子氣造成的傷害會隨著接觸的時間呈正比加重。我將衣服搬到收銀檯，請店員計算價錢的期間，狠狠地甩松野的臉頰一巴掌。松野大喊「好痛～」，葛城眼神恍惚地看著我們。二手商店的店員也嚇了一跳，停止按電子計算機的手，我忍不住大聲吼道：不關你的事，快點算錢！我在標榜超便宜的二手商店，買了三人份的衣服和涼鞋，但是全部才花不到兩萬圓。不過，還有一件麻煩事。我必須盡量簡單易懂且迅速地向他們兩人說明接下來該做的事。

「我們現在去那邊那家三溫暖。」

我如此說道，指著位於小巷盡頭一棟商業大樓的「三溫暖&岩盤浴　有女性專用樓層」這面招牌。三溫暖？葛城發出了高八度的聲音。感覺像是在說「都這種時候了，我不懂你在說什麼」，彷彿隨時都會哭出來的聲音。

「呃，妳看到那個腳上形成像肉瘤一樣的腫瘤的人了？那個是皮膚因為芥子氣這種毒氣而糜爛。我們說不定也中了芥子氣，所以要在三溫暖脫光，沖洗身體。身上穿戴的東西，包括褲子、鞋子、內褲，連包包也全部都要丟掉。包包裡面的東西可以不用丟，所以換裝到這個後背包。然後，因為葛城小姐在另一個樓層，所以盡量趕緊沖洗全身，穿上這些衣服，穿上海涼，在店前面等。毒氣唷，現在馬上要把毒氣沖洗掉。」

我不知道葛城是否能夠理解，如此說道，但是松野問：「我可以不要進去三溫暖嗎？」我反問：

「你不要緊吧？」擔心了起來。葛城問：「海涼？」我指了指剛買的海涼，告訴她是這個。看來海涼這個詞沒人在用了。葛城複誦：脫光，沖洗身體。松野雖然意識還沒恢復正常，但是和我一起進入三溫暖，所以總有辦法搞定。我將衣服和外觀看起來粗製濫造的布製後背包遞給葛城，前往三溫暖店，小跑步地移動。

我讓蓮蓬頭對著松野的身體，讓他淋浴，自己正在沖洗時，員工進入淋浴處，大吼：附近好像發生了火災，請離開。我借了三溫暖店寬鬆的內褲，將剛才買的T恤從頭套進去，穿上運動服，套上黑色塑膠夾克，穿上涼鞋，離開位於四樓的三溫暖店，想要搭電梯，但是竟然滿載。警鈴響著，餐飲店等的員工也搭著電梯。每一張臉都很緊張。我聽見眾人竊竊私語：不是地震吧？附近是哪裡？消防隊好像對整棟大樓發出了撤離的通知。我們走逃生梯下樓。松野的嘴唇微微顫抖，還無法說半句話。在三溫暖脫光淋浴的過程中，他看起來稍微拾回了自我，大概是因為撤離的廣播，恐懼感復甦了。

我一身運動服、塑膠夾克和海灘涼鞋這種像是遊民的打扮，來到大樓外頭，尋找葛城。說好了在商業大樓的出口附近等，但是不見她的人影。每隔一定的時間，電梯抵達，就會有人從出口湧出。也有從緊急出口逃過來的人。附近發出消防隊和警察的警笛聲，從MILANO升起黑煙，氣氛異常。但是，從大樓出來的人們好像不知道該去哪裡才好，也沒有警察和消防隊在引導。大部分的人一面說：「電車正常行駛嗎？最好回家吧？」一面朝西武新宿的車站邁開步伐。松野抖動嘴唇，發出「葛、葛、葛、葛」這種聲音，想要說什麼。他八成是想說「葛城小姐」。我們在出口附近等了十幾分鐘，但是葛城沒有出現。

「你在這裡等著，我去找她。」

我如此說道，松野露出泫然欲泣的表情，發出了「我、我、我、我」的聲音。他應該是要說「我也一起去」。我拉著他的手臂，回到大樓裡。電梯停在一樓不動。大概是大樓內的人已經全部避難完畢了。女性三溫暖的樓層在五樓。我想要衝上逃生梯，但是呼吸突然變得痛苦。我無法順暢地吸到氣。松野一臉不安的表情看著我。我心想「八成是我太逞強了」，感到害怕。我看到燒焦的人，拖著他們兩人離開那裡，滿心焦急地在二手商店購買衣服，在三溫暖沖洗自己和松野的身體。體力和意志力幾乎用盡，恐慌就要發作。我回到電梯廳，從自動販賣機買水，拿出放在錢包裡的鎮靜劑，嚼碎服下。松野說「給、給、給」，指著藥錠，所以我把一顆塞進他嘴裡。慢慢地喝水，先緩緩地吐一口氣。快要陷入恐慌，呼吸變得痛苦時，大多會忘記吐氣。因為不安湧上心頭，所以感到氣悶，就像缺氧的金魚一樣急著想要吸氣，忘了吐氣。逃生梯看起來扭曲。從意識底層升起「我不想爬上這個樓梯，我想直接逃走，離得遠遠的」這種衝動。我把氣全部吐出，然後緩緩吸氣，呼吸的節奏慢慢地開始恢復了。

葛城整個人坐在五樓和四樓的樓梯間。她只穿著一隻海灘涼鞋，水滴從濕漉漉的頭髮滴下來。只穿著一身運動服，沒有穿夾克。大概是遺忘在三溫暖了。沒有時間去拿。我讓她穿上我的夾克，雙手伸進她的腋下，試圖讓她站起來，她一面發出「怎麼了、怎麼了、怎麼了」這種高八度的聲音，一面抱緊我。我在她耳邊低喃「沒事了、沒事了」，想要走逃生梯下樓。松野說「呃，這個」，不知從哪裡找到葛城的另一隻海灘涼鞋，遞到我們眼前。我讓葛城穿上海灘涼鞋，摟著精神恍惚的葛城，步下逃生梯。我心想「必須快點離開這棟大樓」，心情焦急，樓梯又開始看起來扭曲，呼吸變得痛苦。我告訴自己：不用著急。並不是真的呼吸痛苦，假如循環系統和呼吸系統真的遭到毒氣破壞，無法呼吸的話，遲早會失去意識。所以不是無法呼吸，只是受制於強烈的不安，陷入了無法呼吸的感覺而已。我如此告訴自己。之前經歷過幾次類似的事情。自從妻子和女兒去了西雅圖之後，經常突然變得不安，無法呼吸，遭到撕心裂肺般的恐懼襲擊。總之，只是因為無法控制情緒和心情，所以感到氣悶而已，感覺到數倍的痛苦，無法好好吐氣。因此變得更加痛苦、試圖多吸氣、沒有排出體外的二氧化碳增加，於是痛苦加倍，產生這種惡性循環。總覺得如果面對遼闊的高原或大海，肺部被新鮮的空氣填滿，呼吸就會變得輕鬆。但是離婚後，徘徊在恐慌症邊緣的過程中，我察覺到人能夠自然且輕鬆地呼吸的時候，其實反而比較少。

我們一階一階地下樓梯。葛城還無法一個人走。我支撐著她的身體，每「咚」一聲地步下樓梯，葛城濡濕的頭髮就會貼在我的臉上。從頭髮發出三溫暖備置的廉價洗髮精的味道。葛城確實地沖洗了身體嗎？我摟著她問：「妳有洗身體嗎？」她聲音嘶啞地回答：搓到快流血了。她說：我洗完頭髮，用蓮蓬頭沖水時，聽見「趕緊撤離」的聲音，以為這裡也發生了什麼事，陷入了恐慌。松野在我們前面，每下一階樓梯，就回頭望向我們，但是尚未從茫然自失中振作起來。說不定他現在連自己的名字都不知道。

我們來到了大樓外頭。四周一帶響著消防隊的警笛聲。面向西武新宿車站的馬路上，也停著消防車。不知道究竟有幾輛消防車。警笛聲此起彼落，感覺置身於聲音的洪流之中，更加挑起心中的不安。葛城環顧四周，用雙手摀住臉，差點蹲坐在地面。既然消防隊對整棟大樓下了撤離指示，我心想「無論是小巷或面向西武新宿車站的馬路，應該都沒有半個人」，但是驚人的是，行人反而比剛才更多了。聚集的人們一律踮起腳尖，眺望著MILANO。應該不只是從歌舞伎町，愛湊熱鬧人士從附近聚集而來。甚至有一群年輕人一面叫道「天啊、天啊，發生火災了」，一面跑向MILANO，但是終究被警官制止了。警察和消防隊大概沒有察覺到芥子氣。撤離的指示純粹是因為火災嗎？我該怎麼做呢？假如犯人大量散布芥子氣，它會從MILANO漏出擴散，為了慎重起見，最好離開這一帶。但是少量的芥子氣說不定已經因為可燃物造成的火災擴散了。

我把葛城交給松野，回到現場，內心產生了想要確認發生了什麼事這種欲望。煙只從MILANO一帶升起。好像沒有延燒至其他建築物。然而，無論量的多寡，犯人確實散布了芥子氣，所以該盡早從歌舞伎町離去。理智上清楚地知道。但是，內心產生了「如果再看一次現場，就能寫出稿子」這種不良企圖。我想說：「松野，你能不能帶著葛城小姐，離開新宿呢？」但是他們兩人簡直像是幼童似的，死纏著我，不肯離開。葛城光是站著就很勉強了，而松野的嘴唇和指尖仍在微微顫抖。他們兩人被宛如暴風雨的警笛聲捲入，陷入了不知是第幾次的恐慌。其實，我的精神狀態比起他們兩人也好不到裡去，但是心想：能否設法前往現場這種想法，會勉強讓我保有自我。某位戰場攝影師的傳記中寫到：如果架著攝影機，就能夠忍耐槍彈和轟炸的恐懼。與之相較顯得自抬身價，但或許和那有異曲同工之妙。

MILANO周邊應該被封鎖了，我一面心想：「該怎麼做才能靠近現場呢？」一面試圖帶著他們兩人，來到面向西武新宿車站的大馬路時，發出轟然巨響，霎時地面搖晃。風颳過眼前的大馬路，簡直像是動作片似的，人在地上翻滾，粉塵以駭人的速度湧過來，咖啡店和電子遊戲場的招牌被颳飛。我也險些因為衝擊而跌倒。松野向後一屁股跌坐在地。來到大馬路一看，也有消防人員和警官倒地不起。免於遭受暴風直擊的消防人員們開始對愛湊熱鬧人士大喊：撤離、撤離，你們在做什麼?!快點撤離！松野問：「地震嗎？」我回答：不是。肯定是爆炸。我們身在暴風颳過的大馬路前方幾公尺處，所以勉強逃過一劫。消防人員和警官扶起倒地的同事，以行動電話或無線電對講機互相聯絡。不知道是不是爆炸物。說不定是可燃物的火焰蔓延，MILANO的大樓鍋爐燃料起火。大馬路上有被暴風摺倒於地面的人，身在建築物和汽車後方、倖免於難的人受到恐懼感驅使，拔腿逃跑。「大概無法回MILANO採訪了」這種想法，老早就隨著橫飛的粉塵煙飛雲散了。不曉得接下來還會發生什麼事。必須盡早前往某處避難。

我想要前往西武新宿車站，但是位於車站前的飯店周邊聚集了許多人，耳邊傳來「電車停駛，車站也關閉了」這種聲音。葛城依舊緊抓著我，而松野也還是精神恍惚的狀態。松野住的公寓應該是在板橋，葛城不知道住在哪裡。不知從哪裡傳來「JR新宿車站也已經關閉了」這種傳言。無論如何，他們兩人不可能自行回家。我試著稍微從西武新宿車站往大高架橋移動，但是靖國通塞滿了緊急車輛，部分禁止通行。警車開道的救護車響著警笛，朝歌舞伎町駛去。沒有正在行駛的計程車，也沒有停下來的計程車。或許JR新宿車站被關閉了並非虛言。

我帶著他們兩人，想要再度回到西武新宿車站，但是警車並排於車站前的飯店一帶，已經禁止進入了。我決定先離開歌舞伎町再說，經由沒有被封鎖的人行道，穿越大高架橋，來到西口，馬上右轉，朝百人町的方向而去。從右側林立的大樓另一頭，MILANO所在的一帶，簡直像是狼煙似的升起黑煙，大批的人們不安地眺望著。我問一名初老的男子：「發生了什麼事嗎？」男子嘆著氣回答：MILANO似乎起火，炸垮了。新聞好像還報導芥子氣和恐怖攻擊。我們三人穿著一身廉價的運動服和塑膠夾克，腳穿海灘涼鞋，但是沒人注意到我們這種打扮。所有人的注意力都被升起的煙吸引。煙化為一縷輕煙，在高空隨風飄搖，彷彿象徵著危險的事物。

「要不要吃點什麼？」

我如此問道，他們兩人只是無力地搖了搖頭。漫無目的，所以我帶著他們兩人來到了我步行可至的公寓。葛城和松野進入四十年屋齡木造公寓的四疊半房間，好像終究吃了一驚。雖然有窗戶，但是坐南朝北，所以採光不佳，連淋浴間也沒有，廁所是共用，廚房非常狹窄，唯獨小到幾乎令人誤以為是碗公的一人用電子鍋異常醒目。說到家具，只有從大型垃圾集中場撿回來的矮桌和鐵製的書櫃。電視和冰箱是流當品，都是十年以上的古董貨。半路上，順道去便利商店一趟，買了水和罐裝啤酒，以及溫泉蛋、通心麵沙拉和馬鈴薯燉肉等簡單的熟食，還有紙杯和免洗筷等。我的房間裡沒有三人份的玻璃杯、盤子和碗。靠墊自是不用說，連坐墊也沒有，所以直接坐在舊榻榻米上，用紙杯喝水。

「真驚人。」

葛城喝了兩杯水之後，環顧房間，如此說道。她終於恢復了平常的語氣。我問：「什麼真驚人呢？」葛城說「好窄，而且有一股味道」，皺起眉頭。

「抱歉，大概是自來水水管堵塞，還有我的老人臭。」

我這麼一說，葛城點了點頭，又喝水，頻頻嘆氣。

「呃，我們不要緊吧？」

松野靠在牆壁，抱著膝蓋地坐著。不可思議的是，他們兩人進入這間像是木賃宿的破公寓房間之後，慢慢地拾回了平靜。我一開始不知道什麼不要緊，但他指的是芥子氣。我回答：我想，不要緊。喉嚨和胸口不會疼痛，而且皮膚也沒有糜爛。我不知道是因為在三溫暖沖洗了，或者在中毒氣之前逃走，但是以我對於芥子氣的有限知識判斷，我們幾乎沒有受害。

「不過，後來怎麼樣了呢？」

我打開電視，正好在播放民間電視台的新聞特別節目。螢幕中出現噴出黑煙的MILANO空拍影像，畫面下方持續從左到右地跑著「AMAOU的收費試映會發生超出六百名死者的重大事件」這種字幕。

「不行，關掉。」

葛城別過臉去，發出壓低的聲音，松野的嘴唇又開始顫抖，所以我連忙關掉了電視。他們確實還不是能夠自意外影像回復正常的精神狀態。然而，這個時候，該聊哪種話題才好呢？意外的話題會讓他們想起燒焦的人的身影。光是想到這個，連我的內心也會開始躁動不安。不過，聊完全無關的話題也很不自然，何況在這個狹窄的房間大眼瞪小眼，只是沉默也令人窒息。

「啊，對了。」

松野露出像是想起了什麼的表情，從布製的後背包拿出錢包，說：「買運動服和包包的錢，你全出了，多少錢呢？」想要抽出幾張千圓紙鈔。我說：「不用了，在二手商店買的，價錢便宜得跟不用錢一樣，之後再算就行了。」松野說：「這件衣服，穿起來非常不舒服。」拉起運動服的布料，面露苦笑。雖是苦笑，但是從離開MILANO的緊急出口之後，松野也是第一次展露笑容。

「呃，剛才買了啤酒吧？」

松野指著一直放在冰箱上面的罐裝啤酒。雖然買了半打大罐啤酒，但是我也還內心混亂，而且被葛城知道我住在這種骯髒、狹窄的房間，感到羞恥和焦躁，忘了把啤酒冰在冰箱。

「我可以喝一點嗎？」

松野如此問道，我將稍微退冰的罐裝啤酒遞給了他。我問：「葛城小姐，妳也要喝嗎？」遞出啤酒，她搖了搖頭。我心想「或許她在服用鎮靜劑，所以不能喝酒精飲料」，她說「說不定更烈的酒比較好」，望向只擺著一個電子鍋的廚房。

「有沒有像是威士忌之類的烈酒？」

葛城想喝威士忌，令我感到意外。

「有是有，但最好不要喝威士忌。」

葛城問：「為什麼？」從灰色的運動服褲管露出形狀姣好的赤腳，露出了詫異的表情。我說「我雖然懂妳想要喝醉的心情，但是我經常為了讓心情平靜下來，猛灌威士忌之後，痛苦得像是下地獄。」葛城點了點頭，低喃：是喔，關口先生，你知道得真多。我將角落的矮桌搬過來，把通心麵沙拉、溫泉蛋、馬鈴薯燉肉，以及紅香腸等倒在紙盤上。紅香腸是為了葛城而買的。因為我想起了她在「West Rock」，只吃拿坡里義大利麵的紅香腸。

「松野，你要不要再吃一顆鎮靜劑？」

我這麼一問，松野說「好」，伸出右手，我從錢包拿出一顆白色的圓形藥錠，「啪嗒」地放在他掌心。松野問：「配啤酒服用好嗎？」沒有馬上放入口中，仔細端詳了白色藥錠好一會兒。我說「其實好像不太好，但是今天情況特殊，所以如果你要那麼做，我也不反對」。然後像是在問「妳要吃嗎？」望向葛城。葛城說「我自己有」，從布製的後背包掏出塑膠的扁平藥盒，拿出藥錠嚼碎服下。

「剛才在三溫暖的時候……」

松野一面喝啤酒，慢慢吃馬鈴薯燉肉，一面說起了在沖洗身體的那家三溫暖裡，有個刺青的外國人。明明入口清楚地寫著「嚴正拒絕」，但是有三個白人，雙手的手臂上刺滿了像是蔓藤花紋、紅色和深藍色的刺青，似乎以俄語在交談。我也察覺到了身上有刺青的外國人，但是不知道他們說的是俄語。

我說「沒想到你很冷靜嘛」，松野說「除此之外，我什麼也不記得了」，微微一笑。

繼三溫暖的話題之後，話題轉為便利商店的熟食，松野極力主張「7-ELEVEN的通心麵沙拉就是好吃」，葛城說她偶爾會吃FamilyMart的馬鈴薯燉肉。雖然是無關緊要的話題，但是現在姑且只能說一些不痛不癢的話。而喝光兩罐啤酒之後，他們兩人也沒有要回家的意思。大概是不想變成一個人。不過話說回來，難不成他們想要在這種狹窄的房間過夜嗎？棉被、毛毯和枕頭都只有一個。葛城喝啤酒，有點醉了。好像鎮靜劑也開始發揮藥效了，她的眼神變得迷濛。我輕率地心想：假如葛城在這個房間過夜，松野回家的話，情況會變成怎樣呢？

「今晚怎麼辦？」

我把心一橫，詢問他們兩人。葛城和松野你看我、我看你，然後環顧房間，露出了困惑的表情。我問：「棉被只有一床，但是如果不嫌棄的話，要不要在這裡過夜？」他們兩人問：「可以嗎？」都點了個頭。

我們決定將墊被打橫，我躺中間，三人呈「川」字，直接穿著運動服睡覺。時間才九點，但是罐裝啤酒喝完，話題也聊光，除了睡覺之外，沒有其他事情可做。我在意MILANO變成怎樣，但是他們兩人應該不希望我以電視、手機或iPad確認，而且無法確認。根據剛才瞄一眼的特別節目，死者似乎超過六百人。有的人只是還沒被發現，死者應該會進一步增加。然而，秋月是否事先掌握了這麼大規模的恐怖攻擊行動呢？

「關口先生，你還醒著嗎？」

葛城像是在呢喃似的對我說。房間太過狹窄，我的肩膀和腰部一直觸碰著葛城的身體。心臟怦怦跳，怎麼可能睡得著。

「這種時候問這個也很奇怪，但你的名字是什麼？」

我回答「哲治，但是朋友大多叫我阿哲」，忽然間，我想起前妻呼喚「我說，阿哲」的聲音，內心微微騷動。

「阿哲、阿哲、阿哲，感覺不錯。」

葛城數度如此回覆。我心想：「要問一下葛城的名字嗎？」這時，她說了奇妙的話。

「改天，你要不要見一下我爺爺的朋友？」

我原本擔心會不會睡不著，但大概是累了，熟睡了幾小時。醒來時，做了一場莫名其妙的惡夢，險些叫出聲來，但是感覺到一旁的葛城的動靜，用手摀住了嘴巴。雖然想不起細節，但是個很糟的惡夢，我想服用鎮靜劑，悄悄地起身，發現牆邊有一個人影，差點嚇破膽。而且，那個人影只有臉的部分朦朧亮，簡直像是誤闖進了恐怖片中。人影是以雙手抱住膝蓋的姿勢，倚靠在牆上的松野。

「你怎麼了？」

我為了避免吵醒葛城，如此低喃道，輕輕搖了搖他的肩膀，松野嚇了一跳，全身抖了一下。他小聲地說：我不太清楚，但是非常害怕。外頭仍舊天黑，我看了一眼時鐘，是凌晨三點。

「呃，這個。」

松野遞出平板電腦。只朦朧照亮臉的，是電腦螢幕白森森的光線。畫面是共同通信社的網頁，也有照片。照片是從直升機上空拍照，冒出黑煙的新宿MILANO的遠景。終究沒有被害者的照片。我嚼碎兩顆鎮靜劑服下，也在松野的掌心放了兩顆。他問：「咬碎比較好嗎？」我告訴他：因為是糖衣錠，所以這樣比較快發揮藥效。

共同通信社的頭條新聞中，有一個令人無法相信的標題。

「犯人預告了前所未聞的恐怖攻擊」

犯人似乎寄送預告恐怖攻擊的信，給東寶、松竹、東映等電影公司，以及索尼影業、華納兄弟、角川映畫、GAGA、Theatres Cinema、東寶東和、東北新社等發行公司，內容是最近會在電影院進行大規模的恐怖攻擊，所以立即關閉日本全國的所有電影院。

「預定在電影院除了『紅肉』之外，還會使用『前腹肉』。」

字面上也使用了這種隱語。NHK西側大門的恐怖攻擊之後，在奧多摩湖附近的山路自殺的三名年輕人留下的隸書體遺書中，也記載了「紅肉」「腹肉」「前腹肉」「粗壽司捲」等隱語。「紅肉」是可燃劑，所以「前腹肉」應該是芥子氣。

預告恐怖攻擊的文件是剪貼新聞報導的文字，影印之後，放入牛皮紙信封這種幼稚的東西。再說，要立即封鎖日本全國的所有電影院是不可能的事，所以發行公司當中，好像也有公司報警了，但是據說大部分被判斷為應該是惡作劇，置之不理。《AMAOU》是由「二十三世紀映畫製作委員會」這家獨立系統的公司製作發行，雖然接收到預告恐怖攻擊的文件，但是沒有報警。

但是，共同通信社的報導中，沒有批判「二十三世紀映畫製作委員會」的語氣。也沒有對新宿MILANO的批判。預告文件中沒有指定目標，而且認為大悲劇的責任始終在於恐怖分子這一方，製作發行、公開上映電影這一方沒有責任，語調一副理所當然。新宿MILANO遭到恐怖攻擊，受害甚鉅，死者八百六十七名，若是包含重傷者，被害者超過一千人。報導中只寫到，犯人除了可燃劑之外，還散布某種毒氣，沒有記載芥子氣。遺體的損傷嚴重，確認身分似乎毫無進展。警方委託關東的牙科醫師會透過牙齒確認身分，但是一名牙科醫師一天只能確認幾人，精神負擔也很大，所以預料確認工作難以進展。人們訴說「家人、朋友可能在案發當天，前往新宿MILANO」的資訊蜂擁而至，警方好像忙於因應。

松野抖動嘴唇。我問：「你還好嗎？」他注視著眼前的黑暗，沒有回應。他剛才說「好恐怖」，意識因為失眠造成的疲勞和不安而動搖，馬上陷入了茫然自失。

我又問一次：「喂，松野，你真的從那之後，完全沒睡嗎？」他一副赫然回神的樣子，目不轉睛地盯著我的臉，好像不清楚我的問題的意思。呼吸紊亂，變得不規律。

「松野，你還好嗎？」

我為了避免吵醒葛城，小聲地在他耳邊又如此問道。我的心臟也一直跳得厲害，實在稱不上是正常的精神狀態，但是松野的狀態比我更慘，我心想「必須設法幫助他」，才得以稍微拾回平靜。

「你說什麼？」

松野眼神無力，如此反問。我悄悄地站起身來，去廚房拿出威雀蘇格蘭威士忌的酒瓶，倒進紙杯，先自己喝了一口，然後遞給松野。

「得喝慢一點。」

我如此提醒他，但是松野連手也在顫抖，把威士忌灑出來了一點，喝下之後，劇烈地咳個不停。我又去廚房拿水來，但糟糕的是，葛城醒了。

「你們在做什麼？」

葛城一開始睡得迷迷糊糊，環顧周圍，想起這裡是哪裡、為什麼在這裡睡覺的那一瞬間，表情僵硬，或許是險些叫出聲來，用雙手摀住了嘴巴。

「錢包、我的錢包，Depas、Depas、Depas。」

她變得恐慌，數度反覆鎮靜劑的名稱。我遞給她枕邊的錢包。她從放在零錢袋裡的小膠塑袋中，拿出一排錫箔包裝的鎮靜劑，取出兩顆嚼碎服下。房間依舊關著燈，一片漆黑。我甚至無法判斷是否開燈比較好；姑且關掉了松野的電腦電源。我心想：不能讓葛城看到共同通信社的報導和照片。

「你們兩個聽我說一下。」

我如此呼喚他們兩人。

「服用鎮靜劑，然後喝威士忌，今晚睡覺吧。」

他們兩人目不轉睛地盯著我的臉，頻頻點頭。但是，混亂的思緒沒有平息。這是當然的。假如我一個人在這個房間，應該也會精神崩潰。一閉上眼，腳上因為芥子氣形成腫瘤，從電影院樓梯滾下來的人，以及全身燒焦、手臂前端變得像是黑色棍子的人，就會在腦海中忽隱忽現。那些影像超出理解範圍和常理，神經逐漸喪失恆常性。頭頂上有一個燈泡。但是，一打開開關，它就會亮起，照亮周圍，讓我們清楚看見彼此的臉，但是我已無法好好掌握這一連串理所當然的流程。

「鎮靜劑開始發揮藥效之前，慢慢地小口小口喝威士忌。」

我必須示範；將裝了威士忌的紙杯高舉在眼前，拿到嘴邊，稍微傾斜。讓刺激性強的液體在口中稍微滾動，然後喝下肚。喝了兩、三口威士忌之後，也一定會喝水。

「昨天，我們看到了不得了的景象。所以思緒混亂，沒有人不會陷入混亂。所以反過來說，我們是正常的。因為我們看見了眼前無法理解的事物，所以像現在的我們一樣，神經受到影響才是正常。」

他們兩人各自拿著紙杯，一面反覆「拿到嘴邊，慢慢地一點一點灌入喉嚨，然後喝水」這種動作，一面認真聽我說話，一再地點頭。

「我想，我們一定馬上會想睡。可是，即使想睡，也不要心想『我要馬上睡著』比較好。我經常以為睡著就能逃避不安，而感到焦慮。焦慮是最不好的。一旦焦慮，不安就會變強。所以，反而最好心想：睡不著也沒關係，因為看了那種淒慘的事，所以睡不著，或者變得非常不安是理所當然的。」

我回想被妻女拋下之後，神經快要有問題時察覺到的事，以像是在告訴自己的感覺，對他們兩人說。強烈不安時，若是違抗不安，就會變得更加不安，產生惡性循環，然後不安變成恐慌。如今認為變得不安是理所當然的，很重要。

「那麼，我們躺下來吧。然後，如果你們願意的話，我想在這一帶散步。欸，雖然是平凡無奇的街道，但是有許多老舊的小巷，意外地令人心情平靜。有一家便宜又好吃的蕎麥麵店。那家店星期天也有開。喏，星期天有大量的人會來韓國街，所以這一帶的店連星期天也營業。」

我說著這種無關緊要的事情的過程中，強烈的睡意襲來。葛城一面反覆呢喃「睡不著也沒關係、睡不著也沒關係、睡不著也沒關係」，一面將身體貼近我。松野已經發出了鼻息聲。我隔著T恤感覺到葛城柔軟的胸部。我心想「她的胸部好像沒有很大，但是絕對也不小」，想著這種愚蠢的事，然後馬上感覺像是沉入水中，我入睡了。

「是不是去找警察報到比較好呢？」

松野一面走在大久保的小巷，一面如此問道。這件事也令我耿耿於懷。松野正好在恐怖攻擊的現場兩次，而我則多達三次，說不定連警方也會對我們抱持懷疑。但是，NHK西側大門的恐怖攻擊時，有來自奇妙老人的預告電話；池上商店街透過割草機的恐怖攻擊時，編輯部收到內容含糊的預告電話；乃至於這次的大規模恐怖攻擊，犯人也寄送了預告信至電影公司和發行公司，所以我們正好在現場，毫無不自然。實際上，我在NHK西側大門險遭火噬，而昨天中了芥子氣被燒死也不足為奇。

「嗯，找小川商量一下好了。我也無法判斷。」

我一面如此回應，一面看著走在前方兩公尺處的葛城，心想：人類這種生物，意外地堅強。葛城在附近的便利商店買了嘎哩嘎哩君剉冰棒，她一面舔冰棒，一面以極為普通的步伐走著。我們睡到將近中午，我第一個醒來，然後叫醒了他們兩人。葛城說她想淋浴，所以在新大久保的韓國街買了新的T恤和牛仔褲之後，前往附近的公共澡堂，然後進入古老的蕎麥麵店，吃蕎麥涼麵。我因為威士忌和鎮靜劑，頭昏昏沉沉的，沒什麼食慾，但是松野和葛城點了大盤的蕎麥涼麵，還喝了兩杯煮蕎麥麵的水。接著，我們並沒有做什麼，信步走在小巷，朝我的公寓而去，但是沒有像昨天那樣，產生迷失自我的強烈不安。不過，打死也不想靠近西武新宿車站或歌舞伎町。感覺只是一層薄如蟬翼的膜勉強覆蓋著傷口，真實感姑且恢復了。

「葛城小姐，接下來要怎麼辦？」

葛城在蕎麥麵店，告訴了我她的名字。她叫百合子。但是，我還無法直呼她的名字。

「有沒有公園什麼的呢？」

葛城回頭轉向我，如此問道。她在新大久保買了T恤、牛仔褲和粉紅色的塑膠夾克，但是說她不需要鞋子，依舊穿著海灘涼鞋。她穿著我在二手商店以三百圓買的海灘涼鞋，發出「吧嗒吧嗒」的聲音走著。松野碰巧腳的尺寸跟我一樣，所以我借了我的運動鞋給他。

「犯人好像有三人。」

松野邊看平板電腦邊說道。如果可以的話，我想避免恐怖攻擊的話題，但是實在很在意那之後怎麼樣了。回想起從新宿MILANO的緊急出口出來、燒焦人們的影像令人痛苦，吃了蕎麥麵之後，我們三人都服用了鎮靜劑。但是，憑意志的力量無法阻止自己的想像。若是隔絕在意的事，想像反而會變得活絡，最糟的影像變得更加鮮明地出現。這就跟越閉上眼睛，避免去看討厭的事物，討厭的影像越強烈地湧現一樣。

「犯人好像又寄送信封給媒體，夾鍊袋中裝了三個人的毛髮。警方從首都圈到東海，聚集鑑識人員，要求各種實驗室協助，拚命進行DNA鑑定，儘管如此，好像還是只完成一小部分，但是聽說確認出一人了。所以，其餘兩人恐怕是真正的執行犯。」

我們前往附近的寺院，而不是公園，坐在樹木中的鐘樓階梯。我低喃：「是喔，反正犯人一定又是年輕人吧？」松野說「二十八歲，無業」，然後關閉電腦。他從剛才就像是想到似的，反覆開啟電腦幾分鐘，然後關閉。我雖然在意恐怖攻擊的資訊，但是討厭的心情馬上又恢復了。我一直惦記著葛城昨晚睡前說過的話。她說：你要不要見一下我爺爺的朋友？「爺爺的朋友」究竟是誰呢？她為什麼唐突地說了那種話呢？葛城今天醒來之後，被問到什麼會回答，但是幾乎不會主動說話。她之前也不多話，而且經歷了慘不忍睹的事情，沉默寡言或許是理所當然的。連松野也除了傳達來自電腦的資訊之外，老是嘆氣，沉默不語。我一直猶豫，可不可以針對「爺爺的朋友」詢問。但意外的是，開口的人反倒是葛城。

她吃完嘎哩嘎哩君剉冰棒之後，也啣著木片，低著頭大大地呼了一口氣之後，開口說：意外地在這附近。

「什麼東西？」

我這麼一問，葛城目不轉睛地盯著嘎哩嘎哩君剉冰棒，自言自語地說「不管看幾遍，惠顧就是銘謝惠顧」，沉默許久。

「如果看到『能夠和嘎哩嘎哩君或嘎哩子兌換一枝』，就會產生幸福的心情。」

我心想：其實嘎哩嘎哩君剉冰棒是否中獎根本不重要，她應該在想什麼。葛城忽然站了起來，走到塑膠製的垃圾桶，扔進嘎哩嘎哩君剉冰棒的木片之後，緩緩地環顧四周。今天是星期日，但是這裡並非有名的寺院，所以院內沒有其他人影。

「我看起來像是平凡人嗎？」

葛城走回來，將身體貼近我，坐在石階上，如此問道。我回答「不像」，她說：「我一個人住，住在目黑區的透天厝，這樣好像不平凡，真的不平凡嗎？」說著莫名其妙的話。我心想：「是不是鎮靜劑的藥效沒了，她要像遇見時那樣，開始語無倫次地說話？」害怕了起來。假如她那樣說話的話，如今的我應付不來。我只是跟松野和葛城在一起，不時進行無關緊要的對話，勉強維持精神正常，如果獨自一人的話，我不知道自己會變成怎樣。因為實際遭遇這麼大規模的恐怖攻擊，如果替電子報寫報導，鐵定是超級的獨家消息，但是現在大概連一行也寫不了。再說，我壓根不想跟小川聯絡。如果告訴小川，他應該會興奮地叫我馬上寫報導，但是我連那種對話都不願去想。
「我有在買股票。但其實不是我在買，我交給日比野先生去操作。」
日比野究竟是誰呢？似乎是證券公司的負責人。葛城說了奇妙的話，但是表情和態度都很平靜。我第一次遇到她時，去了TAMA PLAZA的「TERRACE」，她當時的眼神很奇怪，動作和態度簡直都像機器人一樣僵硬。如今和當時不一樣。吃完蕎麥麵之後，服用了鎮靜劑。還過不到兩小時，鎮靜劑不可能藥效沒了。葛城八成想要傳達什麼。我盡量沉穩地隨聲附和「股票？沒想到妳會買股票」，心想：必須避免催促她說下去。
「我爸爸是設計技師，媽媽是舞者。爸爸在泰國或印度等國家興建水壩，媽媽離家出走了。媽媽之前也上過電視。像是紅白歌合戰和其他歌唱節目。她是在歌唱者背後跳舞的人。離家出走之後，她住在紐約，寄錢給我，經常叫我去紐約。她嗜藥成癮，變成了胡言亂語的人。她對我說『百合子，我接下來要去加勒比海，所以妳在這裡找brother，帶他來找我』，交給我錢，我尋找brother，帶他去了。」
松野問：「brother不是兄弟吧？」葛城說明：brother是非裔美國人的意思，也有炮友的意思。也就是說，葛城的母親讓女兒買黑人的床伴，然後帶他去加勒比海的某座島嶼。我一時之間難以置信，但是葛城如今沒必要撒那種複雜的謊。
「令堂身為舞者，在紐約成功了吧？」
我這麼一問，葛城反問：「為什麼？」露出了詫異的表情。

「畢竟，妳剛才說買brother，我是不太清楚，但是沒錢辦不到吧？」

我以「日本女性買黑人當作床伴，並非多麼異常的事，平常所有人都這麼做」這種語氣，又如此問道。但是，我心想：「真的有那種女人嗎？眼前的葛城是那種女人的女兒嗎？」內心混亂。松野張大了嘴，一臉目瞪口呆的表情，看著我們對話。

「不是的。我媽媽在紐約只是跳騷莎和探戈好玩而已。她沒有在工作。她出身於超級有錢的家庭，住在神奈川縣的葉山，一棟能夠俯看大海的大宅邸。我爺爺是各種公司的諮詢人員，該怎麼說呢？顧問？總之，他不用實際去公司，只要負責收錢、持有股票就好，是個很有錢的資產家。爺爺去世的時候，透過保險信託之類的做法，不用付多少稅金，媽媽是獨生女，所以變成有錢人，爸爸說她因此變得很奇怪，或許真的是這樣。爸爸後來也待在泰國不回來，媽媽離家出走，他們把我交給叔叔照顧，他人很好，但是個變態，我小學四年級左右就跟他肛交了。他說：這不是性交。而且不會懷孕，很安全，說我依然是處女。我升上國中之後，我也不是笨蛋，所以漸漸變得異常，也住院好幾次，我告訴媽媽這件事情之後，媽媽氣憤地說『我要拜託妳爺爺認識的老爺爺，殺掉妳叔叔』，她雖然腦袋有問題，但是個不會說謊的人，我害怕了起來，要她別那麼做，於是媽媽說『那請老爺爺砍掉妳叔叔的手臂』，叔叔後來真的手臂就不見了。後來，我請媽媽分一些股票給我，我將股票交給日比野先生操作，然後請他替我買了一棟目黑的透天厝，開始住在那裡，然後，我不知道剩下一隻手臂的叔叔怎麼調查地址的，他來找過我一次，又想要肛交，所以我提起爺爺認識的老爺爺，叔叔就再也沒來過了。後來，我和爺爺認識的老爺爺感情變得很好，經常請他買衣服給我，但是他老是叫我別買名牌的衣服。他說：樸素的衣服比較好。他總是說我適合白色，要我穿簡單、天然材質的衣服。他教了我許多事情，像是人一旦學會奢侈，就容易沒命，遲早會被人殺掉。爺爺認識的那位老爺爺似乎年紀比爺爺大上許多，但是老年人就算相差二十歲左右，也一樣是老年人，所以看起來年紀差不多。可是他現在已經臥病在床。他自己說他超過一百歲，我覺得他說的是真的。爺爺認識的那位老爺爺昨天打電話給我。他說非見面不可，要我過去一趟。他還叫我也帶關口先生去。所以，從這裡過去意外地近，我們現在去吧。」

電話是什麼時候打來的呢？

「在三溫暖的時候，他問我是不是去看了電影，我說對。他說死了很多人，很擔心我，我說託關口先生的福，撿回了一條命。他說幸好我沒事，很替我高興，要我盡快去他家。所以，我得快點去才行。」

葛城淡淡地訴說內容令人難以置信的過去經歷。她不時皺起眉頭，或者話梗在喉嚨，但是基本上表情也沒改變，像是在說別人的事情一樣訴說，始終很冷靜。松野大為震驚，心情動搖，聽到一半顯然失去平靜，從包包拿出平板電腦，想要開啟卻又罷手，又收進包包，馬上又拿出來，反覆這種動作好幾次。他試圖按下電腦開關的手指微微顫抖，感覺像是想要逃到某個地方，但是身體動不了。

「現在要去嗎？」

葛城如此說道，想要起身。我說「等一下」，觸碰她的肩膀，制止了她的動作。

「不管怎麼說，突然拜訪未免失禮。」

其實那種事情根本不重要。只不過是葛城的開誠布公令人震驚，我想要讓心情平靜下來的時間而已。內容也很驚人，但我覺得葛城幾乎面不改色地淡淡訴說，果然超出常軌，令我心生畏懼。她媽媽買黑人當作床伴這種逸聞就夠令人震驚，除此之外，像是小學四年級時，和叔叔肛交、那位叔叔被人砍掉一隻手臂，而且以少了一隻手臂的模樣找上門，又要求肛交，當她說到這些部分，已經遠遠超出我的理解範圍，令我只是越來越混亂。腋下開始冒冷汗，T恤貼在肌膚上，感覺不舒服。

「沒關係。他應該在等我們。」

葛城如此說道，微微一笑。

「是喔，不必聯絡一下，說我們現在過去嗎？」

我設法延後出發。我心想：「爺爺認識的老爺爺」或許像是俗話說的調停者那種人。我只有在電影和漫畫中看過，這種人在戰後的混亂中，累積富可敵國的財富，對政界擁有極大的影響力，參與商社、廣告公司、運輸公司、大型媒體和通信社等多家公司的經營，極機密地去向歷代的首相和閣員打招呼，一旁有大批身穿和服的美女服侍，住在東京都內數千坪的宅邸，餵在大池塘裡游池、一條幾百萬的錦鯉餌食。說到這個，一開始的恐怖攻擊預告中，神祕的老人似乎說：「我是滿洲國的人。」我雖然對滿洲國不清楚，但是起碼知道武器、鴉片、稀有金屬等糟糕的物資，以及一群幕後黑手在蠢動，莫大的資金和資源在流動。這種人如今還活著嗎？我身為小記者，本能地產生興趣，但是身為人，如果可以的話，我不想和他們扯上關係。縱然那個人超過一百歲，任誰也不想和若無其事砍掉別人一隻手臂的人見面。

葛城從在二手商店以六百五十圓買的布製包包拿出手機，以細長白皙的手指輕觸螢幕。

「我打通電話看看。」

「我是百合子，現在過去方便嗎？」

她如此說完之後，聽對方說了一陣子，臉色變了。她露出彷彿遙望遠方的茫然表情，差點弄掉了手機，連忙用雙手重新握住。接著，她按著通話口，目不轉睛地望向我，聲音顫抖地說：

「聽說秋月、秋月醫生他自殺了。」

我不明所以。葛城低喃：秋月自殺了。葛城低喃「秋月自殺了」，依舊將手機抵在耳朵上，茫然自失的杵在我眼前，我一開始搞不清楚秋月這個專有名詞是指誰。因為腦袋沒有正常運作。花了十幾秒才掌握秋月是上週造訪、位於澀谷的診所的身心科醫師。我雖然知道秋月是誰，但是那位儀表堂堂，使用傳聲筒這種孩子氣的道具，徹底把我玩弄於股掌之間的身心科醫師，和自殺給人的印象截然不同，加上葛城之前令人震驚的開誠布公，令我更加混亂。

「是，那麼，我現在過去。」

葛城如此說道，掛斷了電話。她說「非去不可」，一個人正要邁開步伐時，好像意識到了什麼似的望向我，皺起眉頭，像是在傾訴似的又說了一次：非去不可。我的腦袋依舊一片空白，跟在葛城身後，搖搖晃晃地走了起來，但是松野說「請問……」叫住了我。

「請問，我該怎麼辦才好？」

松野的姿勢很奇怪。他像是少女捧花似的，用雙手將平板電腦拿在胸口一帶，直立不動地站在鐘樓的階梯。葛城簡直把松野當作空氣似的，對我說：快點、快點來。她也慌了陣腳，沒有把松野看在眼裡。我問：「我們兩個人去嗎？」她張口結舌，露出了不知道我在說什麼的表情。我說：「哎呀，我是指，只有我和妳兩個人去妳爺爺認識的老爺爺家嗎？」又確認了一次，指著杵在原地的松野。

「噢，這個人。」

葛城嘟囔了一句，露出了困惑的表情。

「這個人進不了老爺爺家。」

她連松野這個名字都忘了。「進不了老爺爺家」是什麼意思呢？那裡應該果然是棟圍著黑色圍牆的日式宅邸，被身穿黑色衣服的警衛或特務守護，偌大的庭園池塘中，一條幾百萬的錦鯉成群，悠游其中。我討厭那種地方。不想去。總覺得那位葛城的爺爺認識的人的事，絕對無法寫成報導。雖然不清楚真偽，但是針對砍掉某個人一隻手臂的人寫報導，搞不好不是被砍掉一隻手臂就能了事。

「就是這麼一回事。再見。」

葛城以簡直像是小學生放學時打招呼的感覺，對松野舉起右手，牽著我的手想要邁開步伐。松野瞪大了原本就很大的眼睛，露出無法置信的表情，姿勢依舊像個少女，以高八度的聲音反覆了三次：請問、請問、請問……

「請問，我該怎麼辦才好呢？在這裡等嗎？」

我語氣柔和地說「等一下唷」，拉住葛城，試圖思考該怎麼辦才好，但是腦袋依舊一片空白。看來松野似乎不想變成一個人。但是，又不能在這種寺院內等待。我無法冷靜地判斷，所以八成不知道自己在說什麼。我像是在曉諭似的，慢慢地說：「松野，我們說不定不會回來這裡，你不行在這種地方等。」但是松野說：「那麼，我該怎麼辦才好呢？」露出了快哭出來的表情。他不打算回位於板橋的公寓嗎？再說，這種精神狀態下，明天能夠去公司上班嗎？說不定去公司，反而比較能夠分散注意力，但是當前的問題是，今天接下來該怎麼辦。我跟葛城商量：讓松野也一起去附近，讓他在咖啡店或某個地方等怎麼樣？

「咖啡店？」

葛城的眼神失焦，也沒有聽懂我說的話。目擊非比尋常的慘案，開誠布公異常的過去經歷，而且聽到秋月自殺而嚇傻，情緒混亂，迷失了自我。我心想：「和這種狀態下的葛城一起去見她爺爺的朋友，是否不妙？」感到不安。但是，葛城看到松野，說：這個人進不了老爺爺家。不能帶松野去她爺爺的朋友家，恐怕是真的。既然她爺爺的朋友叫她帶我一起去，所以應該熟知我的事。秋月、駒込的文化教室的來西杉郎，以及象棋道場的太田浩之，有好幾個老人知道我，而如果有足以若無其事地砍掉別人一隻手臂的力量，要獲得個人資訊就很簡單。實際上，秋月連我前妻和女兒在西雅圖都知道。別說是砍掉一隻手臂了，如果想要讓我從這世上消失，說不定也能輕易地辦到。但是，他大概不知道松野。和陌生人接觸具有某種風險，葛城八成知道這一點，所以說松野進不了她老爺爺家。

「松野，你不想回自己的公寓，是嗎？」

我這麼一問，松野反問「蛤？」又張大了嘴巴。接著，他嘆了一口氣，垂頭喪氣，以幾乎聽不見的音量低喃：我不太知道。

「我不太知道。譬如車站怎麼樣呢？有許多陌生人，對吧？不知道會發生什麼事，而計程車怎麼樣呢？有陌生人在開車。關口先生，你現在覺得陌生人怎麼樣呢？總之，不知道名字和長相的人，不曉得是怎樣的人。」

他的聲音在顫抖。我聽說在七年前的那場大地震之後，有不少人因為害怕地震，無法走出家門一步。我們昨天遭遇的不是天災。而是有人惡意縱火，燒焦的人在眼前疊在一起。我能夠理解松野為何害怕陌生人。

「你記得我的公寓在哪裡嗎？」

松野低著頭，點了點頭。點頭方式簡直像是人偶般不自然，我拿出鑰匙，一面塞進他的手裡，讓他握住，一面說：你可以進屋等我們嗎？松野說「好，我知道了」，一臉悲傷的表情，邁開腳步。他不是前往寺院的出口，而是搖搖晃晃地前往寺院內側，所以我說「不是那邊」，抓住他的肩膀，讓他轉向，一起走到馬路。

「關口先生，明天起……」

來到我的公寓所在的小巷，松野用力握緊我家的鑰匙，握得掌心都變白了，他停下腳步。

「明天，要去公司，對吧？」

姑且不論今天是否也要在我家過夜，他想必在意著明天是星期一，但是能否去公司上班？即使去公司上班，能否工作？我也不知道。我總覺得去公司上班，因為工作而分散注意力，總有辦法撐下去，但也說不定無法拾回平常心，和同事之間的溝通變得痛苦，無法工作。或許該去接受心理諮詢，而不是去公司。如果去公司上班，就會被小川找去。一旦說我當時在新宿MILANO的恐怖攻擊現場，他應該會叫我寫報導。遭遇令人震驚的案件時，我經常會透過寫報導，緩和精神性的衝擊。譬如因為地下鐵沙林毒氣案件而去現場，目睹被搬運的死傷者，受到嚴重的衝擊，但是能夠透過寫報導，漸漸地拾回冷靜。但是，這次不是在案發後去採訪，而是案件發生時在現場。我自己險些成為被害者。沙林毒氣的被害者令我震驚，但是昨天湧向新宿MILANO緊急出口的人們身影超出常軌，我簡直像是被拋進了恐怖片中。我一想起燒焦變得像黑色棍子的手臂前端，如今也會心跳加速，快要失去真實感。

我心想：我無法寫報導。我身為小記者，縱然那是再令人震驚的案件，確實有透過寫報導傳達，訴說其殘暴性，喚起輿論的職責。如果按照教科書的說法，是這樣沒錯，但是唯獨這次不一樣，不再是從大腦，而是從體內深處發送出本能的信號。我心想：「我可以以無視於死者家屬心情的形式，將被害者的事情寫成報導，獲得報酬嗎？」我感覺到的不只是道德性的罪惡感。當然，我是一名記者，但我更是一個人。我想，人為了身為人活下去，有類似原則的東西。世上有各種原則，不可以剝奪別人的生命、尊嚴或財產，應該是最一般的原則之一。儘管有死刑、內亂和戰爭等令人不樂見的例外，但是恐怖攻擊不是例外，而且作為破壞原則的手段，是最惡劣的行為。或許退一百步，有一種恐怖攻擊是有大義。在令人敬愛的切・格瓦拉（Che Guevara）主導的古巴革命中，作為受壓迫的弱者的反抗手段、最後剩下的手段，進行了恐怖攻擊。說不定連伊斯蘭原理主義的自爆恐怖攻擊看在激進派眼中，都有大義。但是，NHK的西側大門透過可燃劑的恐怖攻擊、池上商店街透過割草機的砍頭，以及昨天在新宿MILANO的大量殺戮，不管怎麼想，都沒有絲毫大義。我不管怎麼樣都是乖僻之人，而且是不折不扣的貧窮人、人生的失敗者。因此，意識型態不偏左也不偏右，非常討厭政治人物和企業家等擁有權力的人。不把人民當一回事，一心只想著政黨的利益和策略，以及自己的選舉、當選的政治人物；犧牲承攬業者和非正式員工，獨占、累積財富的企業幹部，我好幾百次想要殺掉他們。假如透過芥子氣和可燃劑的恐怖攻擊在國會發生，我一定會寫報導。然而，昨天在新宿MILANO，皮膚因為芥子氣而糜爛，身體因為可燃劑的火焰而燒傷的，是隨處可見、極為普通的人們。我感覺到的不是大義，而是惡意。根據剛才以松野的電腦看到的新聞，各媒體收到裝了毛髮的夾鍊袋，疑似來自犯人的信封。其中大概也包含犯罪聲明。即使有犯罪聲明，我也不想看、不想知道。倘若有許多引發這種案件的人，社會就不會形成。實際上，接下來應該也不會有人去電影院。全國的所有電影院說不定會被逼得關閉。又不能準備偵測器，警官常駐，檢查所有觀眾的隨身行李。

「今後若去看電影，要注意周圍的異常情況，假如發現可疑人士，就該報警。」不能寫這種報導。

我總覺得為了寫報導，必要的基礎被破壞了。我也無法針對那些燒焦、疊在一起的人們，進行描述或評論。我無從下筆。因此，我也沒有跟小川聯絡，不希望他打電話來，關掉了手機的電源。

「明天的事，之後再想吧。」

我頂多只能如此對松野說。松野說「好」，像個幼童似的點了個頭，杵在路上，目送我和葛城離去，直到我們在馬路轉彎，看不見身影為止。

「到早稻田。」

葛城在大久保通攔了一輛計程車，如此告知司機。司機問：「早稻田的哪一帶呢？」葛城說明：面影橋的前面。假如是早稻田，我也熟知地理。雖然我本身畢業於沒沒無聞的私立大學，但是有幾個念早稻田的朋友，經常去玩，而且擔任週刊雜誌的自由記者時，也曾身為聽講生，去聽知名記者的課。但是，我不記得面影橋的周邊有大宅邸。

計程車從大久保穿越高田馬場，在新目白通行駛一陣子。我心想「某個地方應該有長長綿延的黑色圍牆」，留神地眺望周圍，但是沒有那種東西。計程車度過神田川左轉，葛城說「啊，這裡停」，我們在雜亂住宅區的小巷下了計程車。這前面應該有一間冰川神社。

「這邊。」

葛城踩著海灘涼鞋，發出「吧嗒吧嗒」的聲音，帶路往前走。到處都沒有看似大宅邸的建築物。周圍密密麻麻的房屋都是又舊又小，行人也不多。附滾輪的助行器上掛著便利商店的塑膠袋，一面發出

「咯嗒咯嗒」的聲音，一面走路的老婦人；像是互相支撐彼此的身體似的依偎，牽著雜種狗在散步的老夫婦；一身運動服，雙手握著小型啞鈴，像是在走路似的慢慢跑步的初老男子，看到的盡是這種老人，小巷冷清。

「這裡，你等一下，好歹得告知一下你來了。」

葛城在一間面向小巷、小不啦嘰的兩層樓房屋前面，如此說道。八成五十年屋齡了，窗玻璃上釘著補強用的木板，二樓部分有看似加蓋的部分，看不太出來哪裡是和周圍房屋的交界線。玄關的拉門，格子狀的門框到處剝落，以封箱膠帶固定，葛城打開時，發出「哐噹哐噹」的聲音搖晃。我傻眼地站在玄關前面。原來不是黑色圍牆連綿不斷、大門旁有警官的值班室那種大宅邸。而是一間又小又舊，而且毫無特徵的房屋，融入街景之中，彷彿隨時都會消失不見。用地大小約莫三十坪左右，和鄰居之間的縫隙只有幾十公分，實在看起來不像是有庭院，感覺也沒有一條幾百萬的錦鯉游泳的池塘。

「進來。」

又發出「哐噹哐噹」的聲音，玄關的拉門開啟，葛城探出頭來叫我。因為採光差，所以玄關微暗，脫鞋處連一雙鞋子也沒有。開口大、邊緣波浪起伏，老派的金魚魚缸擺在鞋櫃上面，但是只有枯掉的水草黏在底部，既沒有魚，水也乾掉了。我心想：沒有錦鯉就算了，連金魚也沒有嗎？走廊擦得一塵不染，但是太過老舊，木板到處翹起，一走過去就會發出「嘎吱嘎吱」的傾軋聲。我心想「我不知道這裡住著誰，但是葛城說的話一定是在騙人」，稍微安心了。砍掉別人一隻手臂的黑道掌權者，不可能住在這種地方。

「歡迎，請進。」

位於走廊盡頭的房間紙拉門開啟，一名身穿黑色衣服的女性探出頭來。因為微暗，所以看不清楚她的容貌，但是靠近的過程中，我知道她非常高齡。我心想：我至今看過如此高齡的人嗎？她觸碰紙拉門的手指宛如枯木，而臉感覺是皮膚勉強貼在骨頭上，我想起了保存於某間寺院的木乃伊。不過，她的聲音宏亮，說得一口漂亮的東京腔調，彷彿很久以前，出現在小津安二郎或成瀨巳喜男的作品中的角色。

「您是關口先生吧？恭候多時。」

紙拉門對面是一間四坪左右大小的和室，燈熄著，擺著一床巨大的白色床鋪。床鋪幾乎占據了所有空間，除此之外，沒有其他家具和日用品。床鋪是在醫療方面的電視劇中，經常出現於加護病房的場景那種形狀複雜的擔架型，能夠自由地改變上半身的角度。床鋪的周圍擺著氧氣瓶、數個點滴架，以及好幾個不知道是什麼的儀器和螢幕。我一走進房間，躺在彎成「く」字形床鋪上的老人便抬起頭來看著我，稍微移動右手。大概是打算打招呼。管子插進他的鼻子和喉嚨，臉看不清楚，但他明明只是躺著，卻有一股奇妙的壓迫感，我忍不住深深一鞠躬。老人蓋著毛毯，所以我只能看見他的脖子以上，但是不想看見他的全身。因為毛毯的鼓起異常地小，我心想「搞不好胸部以下，什麼也沒有」，因而感到害怕。

「那麼，百合子，可以麻煩妳嗎？」

身穿黑色衣服的女性，如此對葛城說。葛城回應「好」，靠近躺著的老人，將耳朵靠近他的嘴邊。

身穿黑色衣服的女性目不轉睛地看著我，我們四目相交，她微微一笑。只是臉上的皺紋微妙地變化，但是我想，那大概是微笑。仔細一看，黑色衣服是令人誤以為是男裝的細條紋長褲套裝，套裝底下穿著米白色的高領薄毛衣。沒有穿襪子，也沒有穿拖鞋。我覺得她的腳趾好長。剛才互看一眼時，我震懾於她像是木乃伊的臉而沒有察覺，但是她的個子意外地高。年齡完全猜不到，但不是六、七十歲，應該是八、九十歲，說不定更老。總之，我不曾見過感覺如此枯槁的人。

「我叫近藤。」

葛城將耳朵靠近老人的嘴邊，開始傳話。因為比拇指還粗的管子插入喉嚨，所以老人無法發出聲音。他以氣音說話，音量比呢喃更低，我什麼也聽不見。

「或者佐野，我有各種名字。」

老人無法說長的音節。雖然使用氣音說話，但是從喉嚨的管子獲得氧氣，應該無法自行呼吸。我曾有同事因為心臟衰竭，導致肺浸潤，英年早逝；他以和老人一模一樣的樣子，躺在加護病房。

「也有人叫我吉村。」

我不知道該不該回應。實際上在說話的人是葛城，但是老人應該聽得見我的聲音。

「但是，我喜歡近藤。」

然而，他在這種狀態下，能夠一直說話嗎？安裝在喉嚨的是人工呼吸器，氣球塞住氣管，所以應該有麻醉。他是否遲早會失去意識呢？如果他說「近藤、佐野或吉村」等無關緊要的話的過程中失去意識，就無法進一步溝通了，但是我覺得那樣也無妨。我基於本能地不想聽這位老人開誠布公。再說，我也不知道他為什麼叫我來。葛城和這位老人有多親密呢？這位老人是來西杉郎這個團體的首腦嗎？一般來說，一般家庭裡不可能準備這種最尖端的醫療用床鋪和儀器。但是，擁有若無其事地砍掉別人手臂這種極大權力的人，為何沒有住進東大、慶應或順天堂等大學醫院的特別病房呢？話說回來，喉嚨插著人工呼吸用管子的人，不可能率領組織。我曾經看過一篇報導，記載一名中南美的販毒集團老大，一面住院洗腎，一面對組織下指示，但是他好像在病房裡被人投擲炸彈，給炸死了。

「秋月死了。」

葛城如此傳話時，身穿黑色套裝的女性「啊～」地發出悲痛的聲音。接著變成哭腔，低喃「Sensei⑥非常疼愛阿秋」之後，露出赫然回神的表情，說「非常抱歉」，對著床鋪深深一鞠躬道歉：我多嘴了，我絕對不會再犯。

「沒關係。」

葛城傳達老人的話時，望向我。我第一次看到葛城露出這種眼神。我沒有實際看過，但是聯想到恐山的女巫、通靈人或靈媒等。她感覺變成靈魂出竅的軀殼，只是集中精神聽老人的氣音，傳達給我。話說回來，這位老人是何方神聖呢？他真的是掌權者嗎？確實，他正在接受在一般家庭不可能有的治療，

⑥譯註：對教師、師傅、醫師、議員等具有學識或站在指導立場的人的敬稱。

但是倘若如此，這間房屋是怎樣？雖然不是貧民窟，但是住在沒有半間豪宅的淒涼街道上一間又舊又小的房屋，是怎麼一回事呢？我思考這種事情時，忽然想起了一部電影。我至今不知反覆看了幾遍法蘭西斯・柯波拉的《教父II》（The Godfather: Part II）。有一幕令我印象深刻。成為家族新教父的麥可・柯里昂（Michael Corleone），去見強勁的對手，猶太裔黑手黨的最高掌權者——海門・羅斯（Hyman Roth）那一幕。飾演麥可的是年輕時的艾爾・帕西諾（Al Pacino），而海門・羅斯這個角色，則是由曾為演員工作室（Actors Studio）這個美國最高表演指導機構的營運者——李・斯特拉斯堡（Lee Strasberg）飾演。海門・羅斯住在邁阿密算是貧窮族群住的地區的簡易平房。掌握猶太裔黑手黨的大人物坐在簡陋房屋的粗糙沙發上，穿著粗劣的衣服，挺著鮪魚肚，吃著現成的披薩。也就是說，住在豪宅反而容易被盯上。這位自稱近藤的老人也刻意住在不醒目的房屋嗎？

「沒時間了。」

我聽見表情像是靈媒的葛城的聲音。我不能問：你其實是擁有極大權力的掌權者，可是為了避免被敵人盯上，而住在這種小房屋，是嗎？沒時間了？這話是什麼意思？雖然秋月的自殺令我驚訝，但是總之，為何找我？假如是掌權者，不要說是政府、警方了，應該連自衛隊都能調動吧？

「我應該已經命不久矣。」

簡直像是老人的靈魂附身似的，葛城露出了悲壯的表情。即使在微暗之中，我也知道她的臉色變得鐵青。

「我有網絡。」

原來如此，這位老人果然是來西杉郎的頭目啊？

「我建立的。」

我想服用鎮靜劑。我完全搞不懂，為何要告訴我這種事情，但是我感到危險。如果可以的話，我不想聽。如果我說「那種事情跟我無關，我也沒有興趣，就此告辭」，逃走的話，會怎麼樣呢？

「你最好聽我說。」

不是「聽我說！」這種命令句，反而令人害怕。難道他看穿了我的心思，知道我想落跑嗎？還是他已經掌握所有資訊，對我瞭若指掌了呢？妻女身在西雅圖這件事，應該也是這位老人下令叫人調查的吧？我總覺得現在逃離這裡的話，大概會發生相當不妙的事。這間房屋裡只有葛城和像是木乃伊的高齡女性，但是我大概無法抵達自己的公寓。我從擔任自由記者時起，見過許多狠角色。有的是暴力團體相關人士，有的是職業小股東、極右派或私販者。他們發出的信號很獨特。我總是覺得，類似野生動物園。只要坐在巴士上，獅子就不會攻擊過來。但是，下了巴士的話，鐵定會被吃掉。有些人會從身體發出「如果你跨越或超出某條界線，就會輕易地葬送於黑暗之中」這種像是聲波的信號。從老人身上發出的聲波，是我至今不曾經歷過的。那無法以理性或常識判斷，跟殺氣也不一樣。感覺像是全身籠罩在無法逃走、沉悶而冰冷的霧中，我只能默默地繼續聽葛城的傳話。

「那是一個特殊的網絡。」

「有數不清的細胞。」
「我不清楚整體。」
「連我也不清楚。」
「它有些失控了。」
「違背我的本意。」
「秋月絕望了。」
「沒有留下遺書。」
「我沒有獲得任何報酬。」
「那是滿洲的教訓。」
「所有為了錢的人都死了。」
「如果國籍法立法通過，滿洲是理想的。」
「但是，無法完成。」
「鴉片是毒品。」
「但也是物資。」
「細胞會進一步失控。」
「是哪個細胞？」

「秋月應該知道了。」

「你去替我找。」

「不能找警方。」

「警方不能信賴。」

「也處理不了。」

「我調查過你了。」

「你有勇氣和採訪能力。」

「沒有東西會失去。」

「死神來接我了。」

「百合子拜託你了。」

「秋月是關鍵。」

「我希望你阻止細胞。」

「百合子拜託你了。」

「不會危及你。」

「建立團隊。」

「資金。」

「我準備好了。」

「百合子拜託你了。」

「百合子。」

「拜託你了。」

「拜託你了。」

老人數度反覆「百合子拜託你了」之後，停止說話。與其說是不再說話，倒不如說是意識模糊，無法說話了。原本微微抬起的頭，陷入了枕頭中，猛地乏力，轉向一旁。我心想：「他是不是斷氣了？」心頭一驚，但是並非如此。

「Sensei睡著了。」

身穿黑色套裝的女性如此說道，靠近老人，確認管子和螢幕的數值，像是在說「不要緊」似的望向葛城，點了點頭。老人失去意識，讓我放心了。因為我心想：雖然不清楚事情原委，但是這麼一來，能夠離開這裡了。雖然情況不是被一群凶神惡煞恐嚇，只有非常高齡的男女各一人，但是整棟建築物瀰漫著沉重的氣氛，有一股壓迫感。神經躁動不安，總覺得無法充分呼吸，胸口難受。我心想：我不想待在這裡，我想盡快到外頭，離開這棟建築物。話說回來，找我來的那位老人已經連話也不能說，所以我待在這裡應該也沒用。

我望向葛城，以眼色示意「我們回去吧」。葛城數度望向我，但是沒有反應。葛城替老人傳話，內容片斷。我能夠清楚理解的只有「百合子拜託你了」。總之，我想離開這裡。前幾天剛見面、名叫秋月的身心科醫師似乎自殺了，但是我對那種事情沒有興趣，而且最重要的是，跟我無關。我聽過幾次滿洲這個專有名詞，究竟滿州怎麼了呢？不是從前的傀儡國家嗎？說到滿洲，我只知道它擁有溥儀這個清朝最後的皇帝，以舊日本陸軍為主所打造的國家，在一夕之間瓦解。有一部電影叫做《末代皇帝》（The Last Emperor），內容冗長，一點也不有趣。

身穿黑色套裝的女性又緩緩地靠了過來。那張臉簡直像是薄薄的皮膚貼在骷髏上，看不太出表情。依看法而定，看起來像是在笑，也像是在生氣。我不曾見過這種令人毛骨悚然的人。如此心想時，手臂和脖子突然起了雞皮疙瘩，我感覺到像是在低喃「你不一樣吧」的東西，從自己體內湧上喉嚨一帶。我心想「哪裡不一樣？」試圖甩開像是低喃的東西，但是甩不開。那位老人片斷說的話有劇情，你應該知道。是我自己的低喃。別自欺欺人！你被捲入了麻煩事之中，而且滿洲、古老而莫名的歷史晦暗事物在它背後忽隱忽現，你最不想跟他們扯上關係的那種人在蠢動，我知道你想逃，但是現在自欺欺人，逃走的話，一定會發生更糟的事唷！

我知道力量逐漸從身體流失。然而，為何是我？老派的記者除了我之外，多得數不清。話說回來，我對於恐怖攻擊、老人們組成的網絡毫無興趣，而且利害也不一致。事情的開端只是我依照小川吩咐，前往NHK西側大門，碰巧遇到了恐怖攻擊。僅止於此。但是，據說打預告電話到編輯部的老人，提起了我的名字。從那時起，也就是從一開始，這個像是木乃伊的老人就知道我，盯上了我嗎？他想讓我背負某種任務嗎？倘若如此，葛城跟他也是一夥的嗎？我或許已經逃不掉了。對方是一群若無其事地砍掉別人的手臂，掩蓋那件事的人。我最好下定決心。這些事情在腦海中不斷打轉，我越來越喘不過氣，不知所措時，葛城靜靜地靠過來，將身體靠近我，近到我能夠感覺到她的氣息。

「拜託你。」

葛城如此說道，倚靠在我身上，將頭靠在我肩膀，握緊我的手。我心想「拜託我什麼？」但麻煩的是，實際上，我大致上理解了。只是感到害怕，在自欺欺人而已。這整棟建築物太過異常，明明昨天才剛遭遇那種淒慘的恐怖攻擊，神經受創而無法保持平常心，但像是木乃伊的老人卻說了我絕對不想聽的事情。那透過葛城的聲音傳達，是不連貫的隻字片語，但其實邏輯上能夠充分理解，有劇情，至今的經過也有整合性。我不願承認這件事，心想「老人的話應該已經說完了」，想要逃走。這也難怪。換作是平常，我會責備自己沒骨氣，陷入自我厭惡，但是如今沒有那種心情。

像是木乃伊的老人死期將近。本人也自覺到了。躺在尖端的醫療用床鋪上的身影，與其說是死期將近，倒不如說是一隻腳已經踏進了棺材這種形容更正確。老人建立了網絡。像是細胞分化的阿米巴一樣的組織，各細胞獨立。松野似乎主修應用生命系統工程學這門學問，他稱之為「蓋達型」的組織。這個組織的目的不明，但八成是要引發幾起恐怖攻擊，對社會敲響警鐘，或者將政治人物沒有解決問題能力的現代日本重設一次。雖然這麼做很亂來，但是包含我在內，產生共鳴的人是否意外地多呢？死去的秋月說「要讓日本被野火燒光」，暗示核電廠事故，但是我不明白他的本意。

於是，似乎一部分的組織失控了。那一定就是昨天發生在電影院的恐怖攻擊。失控是指，一開始沒有打算引發那種規模的大悲劇嗎？確實，和ＮＨＫ西側大門的恐怖攻擊有微妙的差異。相較於ＮＨＫ的員工，以及聚集到ＮＨＫ的人，來看AMAOU的電影的人們更為一般。差異在於ＮＨＫ和ＮＨＫ象徵的人，對於讓日本衰退要負某種負任，但是AMAOU的觀眾不一樣嗎？死者將近一千人這種情況，恐怕超出秋月他們的意圖，變成了單純的大屠殺，或許反而扭曲了重設這個動機。

秋月沒有留下遺書，代表他也有可能遭人殺害嗎？

後來，像是木乃伊的老人說起自己。他似乎擁有超乎我想像的力量，但是沒有從任何人身上獲得報酬，那似乎是滿洲的教訓。所有為了錢的人都死了，所以他不想要報酬，我之前曾在哪裡聽過類似的話。我忘了作者和書名，但是讀過世界的黑手黨列傳之類的書。那是一本眾人之敵悉數出現的書籍，從艾爾・卡彭（Al Capone）所代表的西西里組織，到黃金的三角地帶和阿富汗的山區栽種罌粟的民兵組織無所不包，但是內容十分有趣。黑手黨如今是受到譴責的犯罪組織，其起源大多是伴隨「如果不那麼做，就會活不下去」這種經濟行為的武裝，以及對中央政府的反抗，本質似乎是義賊。舉例來說，中南美的古柯鹼私販組織中，也有一群人在貧民窟興建學校和教堂，為了孩子打造足球場，替人謀職，廣受民眾的支持，他們許多人沒有個人的財產。世代交替，一旦展開組織之間的抗爭，就會開始雇用武裝的民兵，需要財產，但是據說累積鉅額資產的首領無一例外，都死得很淒慘。

滿洲也是如此嗎？戰爭結束的混亂中，包含舊滿洲在內，莫大的資產和資源似乎從戰前的占領地區被帶走了。那成為推動戰後的政治，或者各種事業的資金，但是沒有用於私利私慾，這似乎是在滿洲等為了獲得資金和資源，四處奔走之後，活在戰前戰後陰暗世界中的人們存活的鐵律。

老人也說了「國籍法立法完善」這種話，但我終究不明白這幾個字的意思。他還說了「鴉片」這個強烈的字眼。鴉片在戰前的中國，成為陸軍等的部分活動資金很有名。老人參與了鴉片的私販嗎？「鴉片是毒品，但也是物資」這句話令我印象深刻。它的意思是即使試圖從人道主義的觀點看舊滿洲，也看不出個所以然。然後，主題又回到網絡的細胞，老人預測部分的細胞今後會進一步失控，要我去尋找秋月知道的事。他說：警方不能信賴，而且處理不了。確實，倘若不是像奧姆真理教那種由上而下型的組織，而是阿米巴型的蓋達那種無數獨立小組織的集合體，日本的警方或許處理不了。恐怖攻擊八成是其中一個團體獨自計畫，而另有執行部隊，有數個命令系統，而且巧妙地分割，所以即使逮捕誰，也不可能一網打盡。不知道誰是領導者，也沒有總部。話說回來，老人就是為了不允許警方輕易地介入，才建立了網絡。

他說「我調查過你了」時，我心想「我已經逃不了了」，死了心，知道我變得面無血色。我不曉得誰如何調查，調查到了什麼地步，但是譬如在那間大久保的象棋道場，只要向幾個人打聽，就會大致知道我的事情。繼「你有勇氣和採訪能力」這句讚美之後，老人說「沒有東西會失去」，我害怕了起來。秋月提及我身在西雅圖的妻女，令我大吃一驚，但是他們老早就調查得一清二楚了。

老人告訴我他自覺到死期將近，數度反覆「百合子拜託你了」。「拜託」是怎麼一回事呢？意思是失控的細胞有可能襲擊葛城嗎？事情恐怕沒有那麼單純。老人說自殺的秋月掌握著線索，所以要我阻止那一群失控的人，他還說「不會危及你」。然後，團隊是怎麼一回事呢？

「可以告訴我一件事嗎？」

我對依舊倚靠在我身上的葛城如此問道。

「什麼事？」

葛城依舊將頭靠在我的肩膀，發出像是在撒嬌的聲音。我從她的頭髮聞到不同於洗髮精，而是頭皮發出的香味。

「我問妳，雖然或許是這種時候不該問的事情。妳是刻意接近我的嗎？」

我在葛城耳邊如此低喃道，她緩緩地抬起頭來，身體離開我，稍微使力地握住我的手，小聲地說：不是。

「畢竟，接近我的人是你。」

若是回溯事情經過，她說得確實沒錯。最重要的是，精神上不穩定的女子要刻意將我拖進網絡大概不可能，而且她在駒込的「文化教室」和TAMA PLAZA的「TERRACE」展現的精神錯亂，不可能是在演戲。假如那一切都是在演戲，其中也有吸引我之處，而且除此之外，還有一個關鍵性的主要原因。那就是我喜歡葛城這個女子。

再說，仔細想想，葛城是否從一開始就和老人們是一夥的，已經不重要了。雖說有老人指名我，但是一頭栽進從NHK西側大門開始的一連串案件的人是我。從頭來說，他們徹底調查我，預料到我會出現在駒込，湊和我和葛城認識，葛城在TAMA PLAZA的「TERRACE」一面服用鎮靜劑，一面假裝跟我約會，讓我感興趣，帶我去秋月的診所，設局讓我在新宿MILANO遭遇恐怖攻擊，最後帶我來像是木乃伊的老人身邊，指示任務。但是如今就算知道其中哪一些是他們設局，哪些是我的自由意志，也沒有什麼意義。我大概無法拒絕像是木乃伊的老人的委託。就算拒絕，也無法逃離危險，平靜的幸福也不會找上門。不過，資金和建立團隊是怎麼一回事呢？

「這邊請。」

身穿黑色套裝的女性從老人躺著的醫療用床鋪離開，從我前面橫越，來到走廊，以像是枯木的手指示另一個房間。瀰漫著線香的味道，比我的破公寓更狹窄的房間幾乎被氣派的佛龕占據。看似黑檀或紫檀那種貴得嚇人的材質製作的佛龕上，放著幾個人的照片。一群身穿老派的西裝、中國服裝或軍服的男人之中，夾雜著一名身穿復古晚禮服的女人。猥褻倒是其次，我感覺到齷齪的歷史陰影。我並非對於他們是怎樣的人不感興趣，但是總覺得不知為妙。

「他們是Sensei的朋友。」

身穿黑色套裝的女性瞇起眼睛，露出像是在懷念什麼的表情，如此說道。

「他們是Sensei一直照顧的人。可是，大家都過世了，唯獨年紀最大的Sensei還健在。人世無常，對吧？」

身穿黑色套裝的女性先端坐在佛龕前面，敲響鈴聲，點燃新的線香，雙手合十。身穿軍服的男人當中，有一個人和某位政治人物一模一樣。他應該是滿洲的官僚出身，據說是奠定戰後經濟高度成長和美日關係基礎的政治人物。但是，我不知道他是否真為本人，也不想詢問確認。舊滿洲的人脈除了政治、經濟之外，乃至於媒體，對於戰後的整個系統具有影響力，不僅擁有莫大的資金和資源，也是優秀人才的寶庫。我剛成為記者的時候，聽資深記者說才知道，譬如大型廣告公司——電通，以及通信社——共同通信社等，其母公司似乎都在滿洲。

用美麗字跡寫下「五族共和」裱框的墨寶掛在牆上。它很老舊，明信片左右大小，框也很樸素，感覺低調。葛城繼身穿黑色套裝的女性之後，面向佛龕，我也不明究理地上香、敲鈴。「叮～」這種聲音在狹窄的房間內一再響起，總覺得那像是某種信號，我的心臟慢半拍地開始加速。

「我也不會說政治等艱澀的話題，但是Sensei在滿洲為了擬定國籍相關的法律，竭盡心力。」

或許是因為年紀太大，所以容易疲憊，身穿黑色套裝的女性的聲音和遇見時截然不同，變得難以聽見。感覺像是聲帶的震動沒有迴響，直接傳過來，簡直像是在聽從前的晶體管收音機的聲音。女性概略地訴說關於像是木乃伊的老人的事，從前的滿洲國從頭到尾都沒有關於國籍的法律，因為不到人口百分之一的日本人強硬地反對，為了五族共和而努力取得滿洲國籍的團體被孤立，而且性命暴露於危險之中。不過，那個團體無論是在軍事當局、官僚體系、民間都有優秀的人才，在戰後的復興中也貢獻良多。被稱為Sensei、像是木乃伊的老人置身於該團體的中樞，在金融、培育產業，以及外交等各種重要的局面中，被要求下判斷，儘管在仲介和仲裁中發揮力量，但是絕對不會接受報酬。這是很了不起的事，所以才會住在這種又小又舊又樸素的房屋吧。既然如此，他為何說了資金的事呢？他最後確實說「我準備了資金」，意思是哪裡有錢嗎？不過，無論是那張醫療用床鋪，或者這個佛龕，都不是身無分文的人能夠取得的。

「資金會匯入百合子的帳戶。也準備了安全的住處。Sensei說，團隊最好五人，頂多六人。人選由你決定。」

「那間房屋安全嗎？」

離開像是木乃伊的老人家時，已經夜幕低垂。走出玄關時，我確認了一下，沒有門牌。看起來只像是靠微薄年金生活的獨居老人的貧窮住處。好像也沒有特別戒備的人，光靠那個像是將薄皮貼在骷髏上的女性一個人，假如遭受攻擊時，根本不堪一擊。

「他好像不會被襲擊。」

葛城依舊踩著海灘涼鞋，發出「吧嗒吧嗒」的聲音走著。因為老人家異常的壓迫感，而且聽了超出常軌的內容，我筋疲力盡，葛城好像也相當疲累。我們走在馬路上，等到老人的家看不見時，我開始覺得那像是惡質的惡作劇，或者白日夢。但是，像是將薄皮貼在頭蓋骨上的女人，她的模樣令人印象深刻，烙印在視網膜上，而且佛龕所在的房間的線香味道，以及「叮～」這種鈴聲在耳內迴盪。

「我也不太清楚，但是總之，他好像不會被襲擊。」

說不定沒有人想讓那位像是木乃伊的老人從這個世上消失。縱然有，考慮到會受到聽命於那位老人的人反擊，或許風險太大。我不太清楚。總之，我被委託奇妙的工作，而且接受了。工作內容好像是建立五、六人的團隊，首先要偵察秋月的死，以及他的周邊。雖說是團隊，但是究竟需要怎樣的人，憑我的關係找得到嗎？女性說會將資金匯入葛城的帳戶，但是多少金額呢？我問「妳知道帳戶會被匯入多少錢嗎？」，葛城回應：嗯，我聽東鄉小姐說了。身穿黑色套裝的女性的名字似乎是東鄉。葛城依舊一臉疲憊的表情，回應「姑且先匯十億」，令我險些暈倒。

十億不過是前面加上「姑且」這種前置詞的金額。我們來到大馬路，攔了一輛計程車，回松野在等的我的公寓的路上時，突然在意起周圍。無法想像那種金額自是不在話下，我囿於「忽然替人保管那麼大一筆錢，會被人盯上」這種心情。我現在手頭上並沒有十億的現金，而且也不可能有人知道十億圓會被匯入葛城的帳戶，而在附近走來走去，或者尾隨計程車。但是精神上非常不穩定，應該說是悲哀，或者身為貧窮階層必然如此，對於我自認為理智上清楚地知道這種事情，但是對於十億圓鉅款這個概念，我只能以「鐵定會被盯上」這種想法因應。腦海中瞬間浮現「跟葛城兩人帶著那十億，逃到國外」這種點子，但是我馬上拋開了這個念頭。

仔細一想，還真奇怪。有看起來價格不菲的醫療用床鋪，以及黑檀或紫檀的佛龕，但是房屋本身是和我的廉價公寓差不了多少的破房子。而且，像是木乃伊的老人明說他靠不求回報，保住性命。一路走來不求回報的人，為什麼能夠不費吹灰之力地準備十億圓呢？我小心不要脫口說出十億圓這三個字，在計程車上不動聲色地問葛城。

「我也不太清楚。」

葛城如此說道，目不轉睛地看著我的臉。因為她太過仔細端詳，所以我心想「我臉上應該沾到了什麼」，忍不住用手擦拭。葛城拉回視線，低喃「好可愛」，嗤嗤地笑。可愛是指我嗎？自從年幼之後，不曾有人這樣說過我。無論是外型或想法，應該沒有比我更不可愛的男人了。

「關口先生，你意外地無知。」

葛城補上一句「所以好可愛」，持續嗤嗤地笑。假如被其他人說，譬如小川之類的傢伙，我應該會覺得被調侃而火大，但是丟人的是，被葛城說「好可愛」，我雖然感到詫異，但是知道自己有點開心。不過，被評為「無知」，傷了我的自尊心。我心想：妳沒資格說我。長期服用鎮靜劑，清醒地訴說包含異常性經驗在內的坎坷成長過程的女子，憑什麼斷定我無知？

「我跟你說，其實金錢不是擁有或沒有擁有，而是在看不見的地方流動。不是來自於銀行、企業，有時候是政府之類的地方，不同於鈔票或硬幣的東西，不是實物的金錢有時候感覺只是單純地乘著電波，存摺的數字改變而已，只不過像是一下跑去那裡，一下跑來這裡。所以，Sensei告訴東鄉小姐，讓預定從某個地方跑去某個地方的，譬如五百億這個金額的一部分，稍微繞遠路跑來我的帳戶一下。金錢是信用，所以能夠運用的金額也會因為信用好而變大，對吧？」

我隱約明白，但那是指貪汙，或者盜用公款之類的事吧？

「金錢就像是許多河川一樣，一會兒分流，一會兒又匯流，不停地轉來轉去，對吧？就算從河裡舀一杯水，待在河流上游的人和下游的人也不會察覺，對吧？我想，如果舀一杯多摩川的水，半年後又將一杯水還回多摩川，不會有人覺得不好。如何？不過，譬如說，如果在咖啡館之類的地方，不打聲招呼就喝掉擺在某個人面前的玻璃杯裡的水，就會挨罵吧？我想，你說的是這種事情。」

我似懂非懂，覺得那是遙遠的世界的事情。那位像是木乃伊的老人，跟我一定是不同層次、類型，但是我之前擔任自由記者時，曾經採訪過在地下錢莊的世界裡，有一定知名度的人。他也是將近八十歲的高齡，聽說他運用將近兩千億的金錢。我問：「你是怎麼累積資金的呢？」他對於這個粗淺的問題，回答：我並沒有累積，只是抓住流動的東西而已。受到欲望驅使的人，反而無法靠放高利貸活下去。遲早會死，或者遭人殺害。而且，我不會借錢給貪婪的人。如果相信幾十萬的支票跳票，就只能全家自殺的人，借錢給他，那個人就會感謝我，拚了命地工作，無論花多少時間，也一定會還錢。我持續做這種事情幾十年，漸漸看見金流，沒有燙傷，也沒有凍傷，空手抓住了金錢。放高利貸的老人告訴我這種事情。或許很類似。但是，他在採訪的最後，一臉駭人的表情對我說：請你千萬不要問我，抓住了哪種金流的錢。關於像是木乃伊的老人準備的金錢，恐怕也最好不要問那十億究竟是誰的錢，打探應該也沒有意義。

「呃，我還是不太清楚，但是，不能，讓我，也加入那個團隊嗎？」

松野蜷縮在微暗房間的一隅，等待我們回來。他既沒有在看電視，也沒有在玩電腦或看書，總之，他什麼也沒做。雙臂抱著膝蓋，只是靜靜地等待。我們下計程車，回公寓之前，我問葛城：是不是不要告訴松野今天的事比較好呢？葛城偏頭說「不曉得」，反問：「你有多麼信賴他呢？」接著說：無論哪種事情，都不能告訴不信賴的人。我同時心想：「她說得對，為什麼這種女子會精神不穩定，長期服用鎮靜劑呢？」以及「或許因為是這種女子，才能看清事情的本質」。

結果，我告訴了松野大致的事情。從NHK西側大門的恐怖攻擊，到駒込的文化教室、池上商店街透過割草機的殺戮、來西杉郎這個老人們的團體，以及新宿MILANO的大規模恐怖攻擊、秋月的自殺，乃至於蓋達型的網絡一部分失控，像是木乃伊的老人要我建立團隊，針對它進行調查，阻止他們。但是關於像是木乃伊的老人和舊滿洲，我省略了細節。另外，我沒說出十億圓這個具體的數字，而是說像是木乃伊的老人提供充分的資金，我實在無法拒絕。

「你們走了之後，我思考過了，我做不到。哎呀，我是指上班，我想像了以我現在這種精神狀態，明天去公司上班，我做不到。最重要的是，我要怎麼對大家說呢？說當時，我也在新宿MILANO嗎？還是保持沉默呢？無論哪一種，我都做不到。假如說我當時在電影院，後來去了三溫暖沖掉毒氣，事情就大條了。假如不說的話，就必須假裝什麼都不知道，保持沉默，對吧？那是不可能的事。總之，我已經不能去公司上班了。」

我說「是喔」，這才意識到像是木乃伊的老人委託的事也有好處。十億圓當中，起碼應該包含了經費和生活費。如同松野所說，我也不想見到小川，而且不想去編輯部。無論何種形式，關於新宿MILANO的大規模恐怖攻擊，我都不想寫稿。再說，東鄉這名身穿黑色套裝的女性說：準備了安全的住處。我不知道所謂的安全住處有多舒適，但是再怎麼保守地思考，好歹也比這間破公寓適合住人。

但是撇開這個不談，可以讓松野加入團隊嗎？話說回來，雖說是團隊，但是和建立五人制足球的團隊不能相提並論。該思考哪種成員才好呢？

「關口先生、葛城小姐，呃，這種任務的情況下，我認為有值得參考的事情。」

松野一面吃泡麵，一面如此說道。白天，大家一起吃蕎麥麵之後，什麼也沒吃，所以我煮了三人份的辛辣泡麵。松野說的參考是什麼呢？

「電影或電視。大致上，就是要聚集各種領域的專家，不是嗎？我能夠使用ＩＴ。需要ＩＴ的專家吧？」

這麼一說，我還是孩子的時候，有一部熱門的美國電視劇叫做《虎膽妙算》。原文名稱是《Mission: Impossible》，翻拍成由湯姆•克魯斯（Tom Cruise）主演的電影，成為熱門片。原本的電視版中，有個接受國際謀略相關工作的隊長，然後是變裝的高手、精通機械的非裔美國人、擅長做體力活的硬漢，以及靠美色勾引目標，搜集資訊和拖延時間的妙齡美女等。但總之，那是娛樂性的電視劇，不值得參考。

「我相當會用ＩＴ。」

松野將平板電腦緊抱在胸前，一臉認真的樣子持續訴說。我說「我知道啦」，為了讓他安心，輕輕拍了拍他的肩膀。具體而言，我不知道在哪裡、如何需要ＩＴ，但是松野要從編輯部離職，我也不能不讓他加入成員。我也不想回去編輯部。我不想看到小川的臉。最重要的是，我也沒有寫報導的力氣。無論如何，只有接受那位像是木乃伊的老人的委託。因為要辭掉記者的工作，所以收入也會斷絕。只能依靠十億。更何況，拒絕委託的情況下，一定會發生我不願想像的事情。

「最好以認識的人建立團隊。」

葛城一面非常龜速地吃泡麵，一面如此說道。

「所以，最好讓這個人加入團隊。」

葛城說「這個人」，而不是名字，松野霎時露出了沮喪的表情，但是被葛城推舉為成員，馬上露出笑容，開心地頻頻點頭。我已經吃完泡麵，小口小口地啜飲罐裝啤酒。雖然被捲入了麻煩事，但不可思議的是，我不想喝威士忌。我並非下定了決心。我不可能有那種膽量。不過，別無選擇，所以或許沒有煩惱的必要。

葛城說：該以認識的人建立團隊。她說得確實沒錯。儘管有十億的鉅款，但也不能公開招募。但是，憑我們三人究竟能夠做什麼呢？被妻女拋棄的五十多歲男人；身材高䠷，擁有日式美貌，但是精神不穩定，擁有異常過去的女子；八成連一次和人互毆的架也沒打過，一開口就是ＩＴ的年輕人，不可能能夠和一群在電影院散布芥子氣和潑灑可燃劑，犯下大量殺人罪的人交鋒。我擔任記者時，一天到晚採訪，所以有許多黑社會的朋友，但是說到有沒有值得信賴的人，我沒有自信。

「明天要去秋月醫生的診所吧？」

葛城如此問道，我說「嗯，是啊」，含糊地回應，葛城打了電話。

「啊，小野小姐嗎？我是葛城。」

對方似乎是秋月的診所裡，那個看似七十多歲的櫃檯女子。因為是星期日，而且最重要的是，秋月自殺了，所以診所是否關閉了呢？我從葛城的手機，聽到女子語帶哭腔，斷斷續續地說傳聲筒、遺書、日記、警方等字眼。葛城幾乎沒有說話，一面說「是喔，這樣啊」，溫柔地隨聲附和，一面聽對方說。

「警方已經說他們不會再來了，所以你們可以隨時來。」

掛斷電話之後，葛城如此說道，嘆了一口氣。秋月似乎在診所服用大量藥物，像睡著了一樣死去。好像也有一說是，最近的睡眠導入劑大多是以Benzodiazepines這種成分製作，即使大量服用，也幾乎不會產生神經麻痺。聽說秋月大量服用了具有強烈藥效的典型安眠藥和抗憂鬱劑。小野是發現者。小野接到一名陌生女性來電聯絡，對方似乎說：秋月的樣子怪怪的，希望妳去診所看一下。葛城推測「堅決要死的秋月，告訴了像是木乃伊的老人什麼，那個身穿黑色套裝的老婦人跟名叫小野的女性聯絡」，她的推測八成是正確的。

「傳聲筒的線好像整齊地剪成五公分左右的長度，並排在地上。」

小野這名櫃檯女性叫了救護車，但是秋月好像呼吸停止過了幾個小時，已經死亡。原則上，他被送至醫院，因為死法可疑，所以報了警。診所的桌上有日記，最後一頁寫到「我本身累了，再也無法幫助患者」這種內容，警方斷定為自殺。聽說名叫小野的女性接受了案情詢問，但只是簡單詢問。她一說「關於診所的經營，我不太清楚，而且我不覺得醫生有那麼嚴重的精神問題」，警方便說「越真誠的人，往往煩惱越深」，安慰了她。

「明天葬禮就結束了，所以在那之後，隨時都可以。」

秋月單身，近親和朋友也不多，代替遺書的日記中，似乎也寫了指示，希望葬禮要盡量簡單。那位像是木乃伊的老人說：秋月是關鍵。但是，造訪秋月的診所，究竟要調查什麼才好呢？我知道需要資訊。但是，我不知道需要哪種資訊。

「我會調查一下電子郵件。」

松野如此說道，葛城說「沒有意義」，搖了搖頭。聽說秋月除了電腦之外，連行動電話也幾乎不使用。我心想：倘若失控的那群人是診所的患者，說不定病歷上會有名字。但是，根據葛城所說，秋月到最後都沒有將病歷電子化。而且，據說秋月原本就是優秀的身心科醫師，所以他仔細地記錄所有患者的身體疾患和精神疾患，病歷存放在診所內的保管庫，八成有十幾個瓦楞紙箱的量，或者更多。而且如同松野所說，假如來西杉郎的團體是蓋達型分散團體的集合體，在新宿MILANO執行大規模恐怖攻擊的那一群人，是秋月的患者的可能性應該就很低。在池上商店街揮舞割草機、名叫瀧澤的年輕人，是秋月的患者。倘若秋月以某種形式，參與了瀧澤的犯罪，新宿MILANO的恐怖攻擊的執行犯另有其人的機率就很高。然而，除了病歷之外，應該還有什麼。如此一想，無力感排山倒海而來。必須前往秋月的診所，但是不曉得該做什麼才好。電視新聞中看到的東京地檢特搜部，在搜尋嫌犯的住宅和公司時，出動幾十人，扣押了幾十個瓦楞紙箱。我們只有三人，而且是門外漢。我不知道需要哪種資訊，該怎麼做才能獲得它們。我懷疑一切都是惡作劇，快要失去真實感。操控滿洲人脈、像是木乃伊的老人、長相像是將薄薄的皮膚貼在頭蓋骨上的高齡女子、將原本用於診療的傳聲筒的線剪成一堆五公分的線段之後，自殺的身心科醫師，未免太異常了。我如今連這種人存在這世上，都還有點無法相信。我不可能能夠對付那一群失控的人。

「怎麼了？」

葛城看到我陷入沉默，搖了搖我的膝蓋。我說「哎呀，這或許很困難」，半放棄了。我說「需要專家」，葛城問「什麼專家？」又觸碰我的膝蓋一帶，做出像是在輕撫的動作。葛城還在繼續吃泡麵。她將麵一、兩條地捲在筷子上，送入口中。麵條已經完全糊掉，湯也乾了。

「嗯，搜集和分析資訊的專家。」

我的聲音變得像蚊子叫一樣。

「啊，這樣的話，有啊。」

葛城將掛著麵條的筷子停在嘴巴前面。究竟是誰？來西杉郎團體的人可不行唷。

「不是、不是。喏，猥褻還是小學生的我，被砍掉一隻手臂的人。那個人。」

那一晚，我們三人又睡在我的破公寓。松野不想回自己的公寓，葛城也像是童女般緊黏著我，不肯離開。那個身穿黑色套裝的女性，說準備了安全的住處。我想看一看是怎樣的住處，但是發生太多事情，我們所有人都累癱了，哪裡也不想去。我們莫名地同意：累到真實感動搖時，雜亂而狹窄，幾乎沒有家具和日用品，唯有有點髒的生活感，只能靜靜待在那裡的房間會令人心情平靜。雖然時間的感覺因為一連串異常的事情而變得奇怪，但是在新宿MILANO看到燒焦的人們就在眼前，是昨天的事。總覺得衝進三溫暖沖洗身體，已經是幾個月前的事。見了像是木乃伊的老人之後，才經過幾小時。譬如向小川說明可燃劑的被害者變得像是黑色棍子，燒焦的手臂前端；從三溫暖出來之後，在小巷發出轟然巨響的爆炸衝擊；管子插進身體，像是滿洲國亡魂的老人，能夠讓他相信嗎？

葛城手拿掛著完全糊掉的泡麵的筷子，她的提案簡直太讚了。侵犯還是小學生的葛城的後庭，像是木乃伊的老人下指示，砍掉他一隻手臂作為制裁的男人，是搜集資訊的專家，所以讓他加入團隊就行了。葛城如此說道。我含糊地回應「是喔，原來如此」，但是一開始，腦袋變得一片空白。我以為是爛笑話，但是葛城的表情很認真，感覺不像是試圖逗我笑，或者緩和現場氣氛。話說回來，葛城經常一本正經地訴說感覺只是玩笑話，或者假如是玩笑話還能理解這種莫名其妙的事情，所以她不像是會免費奉送玩笑話的女子。

葛城讀小學的時候，父親是建築相關的技師，駐在泰國，而身為舞者的母親待在紐約，時常買非裔美國人的小白臉，葛城本身被交給叔叔照顧，但是那位叔叔強迫她進行肛交。關於她叔叔，葛城沒有說他是何方神聖。不過，被砍掉一隻手臂之後，還跑來見她一次，令人無法置信的是，他似乎又要求肛交，但是葛城提起那位像是木乃伊的老人之後，她叔叔就沒有再現身了。

「我不太清楚，但是他好像在做某種顧問。」

我問她叔叔是何方神聖，葛城感覺嫌麻煩地如此答道。我又追問：「是經營的顧問嗎？」葛城好像不知道那是做什麼的。我方向錯誤地問：「妳為什麼會知道妳叔叔是搜集和分析資訊的專家呢？」葛城以完全感覺不到熱情的語氣說：因為他非常清楚哪一間公司很危險、哪一間公司接下來會賺錢，所以大概無論哪種資訊，他都搜集得到。她的表情和態度粗魯，彷彿在說：我說的話絕對不會錯，我不懂你為什麼要囉哩囉嗦地問那種無聊的事。

我決定聽從葛城的提案。她是我不曾想像過的層級的奇怪女子，而目前為止遇到的事、她的成長過程、來往的人們，也都超出我的理解範圍，但是從遇見她至今，她不曾撒謊。再說，我覺得她對於信賴這種概念，有一種獨特的嗅覺，或者應該說是類似直覺的東西。她八成沒有半個能夠稱之為朋友的人。我不清楚葛城姑且接納我，坦承祕密、介紹像是木乃伊的老人，是在哪個時間點，是在前往「TERRACE」之後、造訪秋月的診所之後，或者是在新宿MILANO一起遭遇恐怖攻擊時呢？但是我們之間產生了像是信賴的東西。葛城為何信賴我呢？一定是因為她知道，我是個沒有東西可失去的人。而且和我遭到妻女拋棄、沒有錢，工作也不穩定這種具體的資訊無關。葛城不擅長一般的溝通，或者應該說是毫無溝通的意願。她一樣也不想被第一次見面的人喜歡，或者和對方好好相處下去。但是，她八成基於本能察覺到有的人想要守護什麼，不想失去什麼、透過什麼維持精神穩定。

我決定見她叔叔。因為我最後問：「妳叔叔值得信賴嗎？」她的回答很完美。葛城說「當然」，點了個頭之後，補上一句：

「畢竟，我叔叔不會不聽我的話，假如背叛我的話，他會被砍掉另一隻手臂。」

隔天星期一，我和松野分別前往公司，向各自的上司傳達我們想要辭掉工作。身為正式員工的松野和身為短期簽約自由記者的我，頂頭上司不一樣。松野的直屬上司是總管「電子報」編輯部和電子書製作室的電子出版推動室長。我告訴了因為同情我而賞我工作的小川。小川待在七樓的董事室。

「既然這樣的話，那就沒辦法了，你能夠好好維生嗎？」

我和松野事先討論，決定除了我們曾在新宿MILANO的事情之外，大部分據實以告，表明無法繼續工作。也就是說，我們在池上商店街遭遇透過割草機的殺戮，受到打擊時，發生新宿MILANO的悲劇，精神上變得不穩定，對日常生活造成影響，實在不是能夠工作的狀態。這些句句屬實，而且我們實際上情緒低落，必須服用鎮靜劑，憔悴不堪，鬍子長長，頭髮蓬亂，一身無法更邋遢的服裝。我們終究沒有穿海灘涼鞋，但是直接穿著發生新宿MILANO的恐怖攻擊之後，在二手商店買的夾克和運動服，差點被新公司大樓的警衛趕出去，而且被其他員工們盯著看。

「我想，生活總有辦法過下去。」

我以有氣無力的聲音如此答道，小川低喃「傷腦筋啊」，語氣柔和地說「假如有困難，隨時要來找我商量喔」，彷彿在鼓舞似的輕輕拍了拍我的肩膀。

「哎呀，我也沒想到事情居然會變成這樣。唯獨這一點，你能夠諒解嗎？」

小川露出了非常沉重的表情。看來他身為上司，對於自己輕率地讓我採訪NHK西側大門的恐怖攻擊，感到要負責。新宿MILANO的大規模恐怖攻擊，對於整個社會造成了恐怖的衝擊。新聞播報政府考慮是否要封閉全國的電影院，疑心生暗鬼，許多地方政府也決定小學停課。如今仍有許多犧牲者的身分不明，網路上散布著焦黑屍體的影像，紐約時報寫了「東京中東化」這種報導。全日本陷入了恐慌。

「怎麼樣？」

離開公司，我問在地下鐵的入口會合的松野，他的上司果然深表同情，而且因為松野是正式員工，所以似乎不是離職，公司採取了留職停薪的處置。

「薪水似乎也會發半年半薪。上司還替我介紹了精神科的醫院。」

松野如此道，面露苦笑。

「可是，總覺得大家好像變得有點奇怪。」

松野的上司，以及「電子報」編輯部的所有人都跟小川一樣，表情陰沉，似乎看起來很不安。聽說有一名同事偷偷地告訴松野：我從昨天起在服用鎮靜劑。

「或許是心理作祟，我也沒來由地覺得這裡的所有人怪怪的。」

松野在地下鐵的車站，一面望向周圍，一面如此說道。從前令人懷念的一首搖滾歌曲中，有一句歌詞是：假如你是外國人，周圍人們的模樣看起來奇妙又冷淡。確實，等電車的人們看起來有點冷淡，心情浮動而焦躁。我也注意到情侶或一群人張望四處、不斷看手錶、面無表情地一直注視腳邊，或者不自然地高聲笑。不過，人們的樣子看起來奇怪，說不定是因為我和松野如今精神不穩定所致。我自己精神不穩定時，也會覺得周圍的景色和氣氛不穩定。

「或許奇怪是當然的，畢竟，不知道什麼時候，哪裡又會有人散布毒氣，或者發生火災。」

松野如此說道，給我看平板電腦的新聞報導。那是朝日新聞電子報的頭條，下了「毫無目的的恐怖攻擊，究竟是誰所為？」這個大標題。我們盡量避免去看新宿MILANO恐怖攻擊相關的新聞，但是街頭的大型螢幕、車站商店的體育報廣告，或者搜尋入口網站的話題欄，還是會自行躍入眼簾。松野想以電腦確認葛城在等我們的新居地點，連結至入口網站，但是畫面塞滿了新宿MILANO相關的特別發送新聞。

「因為跟地震等天災有點不一樣。」

松野說得確實沒錯。而且警方的調查沒有進展。嫌犯疑似在電影院內被燒死，聽說三人當中，其餘未確認的兩人透過DNA鑑定，也和跟犯罪聲明一起附在信內的毛髮吻合。但是，動機完全不明。我尚未閱讀犯罪聲明的全文，但是內容非常短，似乎寫到了「賜予偽善者死」這種意思的事情。我不知道偽善者是指誰。犯罪聲明中毫無說明，為什麼電影院內，AMAOU的粉絲觀眾是偽善者呢？所有嫌犯都和NHK西側大門及池上商店街一樣是年輕人，無職或自由工作者，彼此之間沒有關聯，和其他恐怖攻擊之間的關聯性也不清楚。最重要的是，這一連串的恐怖攻擊是否為組織性的行為也不曉得。假如弄清敵對關係，譬如像是伊斯蘭激進派和以色列，或許就能避開風險，像是不要靠近感覺危險的地方，或者不要搭乘被盯上的國家的航空公司。然而，明明是在白天的電影院出現將近一千名犧牲者的恐怖攻擊，但是不知道是哪種組織的犯罪，而且根本不清楚是否有組織，遑論動機，當然連目標也不曉得。或許是受到了來自政府的某種壓力，媒體罕見地避免煽動不安的報導，呼籲即使發生某種異常情況，也要冷靜行動，發現可疑人物或持有者不明的行李，就要報警。但是，除非是相當程度的笨蛋，否則應該會感到不安或恐懼。完全不知道恐怖攻擊會在何時、何地再度發生，誰會被盯上。攻擊目標未必只有電影院，說不定待在咖啡店或美式餐廳、走在馬路上、待在地下鐵的車站，或者搭乘電車，都會遭遇恐怖攻擊。

「這個人來了。」

我們前往像是木乃伊的老人準備的新居一看，有剛從家具行搬進來、還包著塑膠膜的北歐風沙發，一名身穿米白色西裝的男子坐著。上衣左邊的袖子軟軟地垂下。葛城在他身旁，介紹他：這位是永田先生。名叫永田的男子雙腿併攏地坐著，也稍微低著頭。葛城介紹他時，他站了起來，以微弱的聲音說「請多指教」，打了聲招呼。他中等身材，年紀大概和我差不多。頭髮仔細梳整，長相也很樸素，或者應該說是平凡，看起來實在不像是會侵犯小學四年級女生後庭的男子。

「我告訴他大致的事情了。」

葛城如此說道，名叫永田的男子說「不，我什麼也沒聽說」，面無表情地搖了搖頭。儘管是過去有過各種瓜葛的對象，葛城連杯茶也沒有端給名叫永田的男子。她沒有「客人上門的話，先奉上飲料」這種常識。新居有簡單的廚房，原本似乎是作為辦公室使用，並非居住用的構造。地點位於三軒茶屋和駒澤大學中間，二四六號國道旁的一棟八層樓大樓的四樓。整體相當寬敞，因為是設計作為辦公室用，所以房間數量不多。之前進駐的似乎是製作行動電話來電鈴聲和網頁的IT方面的公司，三年前倒閉，之後一直空著。大概是像木乃伊的老人下指示，身穿黑色套裝的老婦人趕緊準備的，屋內打掃得一塵不染，換貼新的壁紙，地上鋪著氣派的地毯。有淋浴間，但是沒有浴室。有三間會議室，那裡是寢室，葛城已經將床鋪搬進去了。

「這裡的房租感覺很高。」

松野一面眺望感覺足以容納排球場、作為起居室的室內，如此說道。我心想「就算房租再高，反正我們有十億，無所謂」，但是名叫永田的男子低著頭，像是自言自語似的低喃：不用房租。

「只要那個人一句話，這種等級的大樓要多少有多少，大概是為了避免太過顯眼，才決定這裡的。」

名叫永田的男子除了少了一隻手臂之外，外貌、服裝、髮型等，感覺一切都很平凡，沒有特別的特徵。

「這棟大樓的一樓、三樓、七樓，以及八樓有公司進駐，其他樓層空著。這一帶就地理位置而言是中上，入住率也非常普通。所以我想說的是，即使你們入住，也不會太顯眼。」

他很文靜，說話方式也很客氣。但是，不時會皺起眉頭，低頭露出痛苦的表情。因為讓導致他被砍掉一隻手臂的女子找來，所以不可能有趣，但是儘管如此，他獨特的苦悶表情，還是令人背脊發冷。

「我不知道葛城小姐說到哪裡，我也不知道該從何說起才好。」

我這麼一說，名叫永田的男子說「哎呀，沒關係」，搖了搖頭。

「不必全部說。我想，百合子只要說她有事拜託我，而關口先生你只要具體地說出有何請求就行了。」

我心想：只說想委託你的事，你也無法理解吧？我想先說「有幾個老人擁有來西杉郎這個名稱，他們基於某種動機，策劃恐怖攻擊，建立像是蓋達的分散型網絡，物色像是行屍走肉的年輕人，將他們訓練成執行犯，但是網絡的一部分開始失控，產生了前天新宿MILANO的大規模恐怖攻擊」，但是名叫永田的男子說「別說了」，搖了搖右手，拒絕聽。

「我不想聽，而且不聽細節，我應該也能派上用場。百合子好像把我介紹為顧問，但有微妙的出入。我不是經營顧問。此外，無論如何，你都沒必要信賴我。我和你，以及你身邊的年輕小伙子，一點都不親近，今後也不會變得親近。可是，你可以信賴我。因為我是不可能背叛你們的人。我聽說那個人撐不了多久了，但是那個人的背後，存在超乎我想像的一群人。假如我背叛你們的話，我就完了。無論如何，我都完了。百合子很清楚這一點。假如我背叛你們的話，我就完了。沒人救得了我。我想，如果你認知到這一點，就會明白信賴我也no problem。」

但是，真的只說具體的委託，就能獲得我們需要的東西嗎？

「我想，你指的是資訊，如果是資訊，我能夠弄到手，加以分析，進而提供你們需要的資訊。這我保證。我原本隸屬於證券方面的智庫，如今獨立門戶，仲介中小企業的M&A。」

M&A究竟是什麼呢？

「我仲介中小企業之間的合併、收購，以及經營整合。不是像日產汽車和Renault經營整合那種案件。而是年營業額幾億到幾十億的中小企業之間的合併案件。這種中小企業的股票沒有上市，所以合併、收購、經營整合時，整體需要十個瓦楞紙箱左右的資料。我會分析它們，並且進行會計、稅務，以及法務的監查。我會調查所有資訊，包含某鐵工廠的社長在銀座的俱樂部使用的收據等，確認他有沒有小三，是否提供那個小三公寓等。如果不這麼做，就無法進行中小企業的合併和收購，而且無法維持我身為仲介者的信譽。我能夠將公司或個人剝個精光，知道所有事情。所以，請務必只說具體的委託。」

我說：我想知道名叫秋月的身心科醫生在接觸怎樣的一群人。

名叫永田的男子爽快地說：好，我需要資料。他的說話方式簡直像是「去附近的便利商店寄宅配就行了吧？」沒有一絲窘迫的感覺，或者緊張的氣氛。

「作為參考的東西。」

他先如此說道，然後針對進行M&A時所需的資料，以有些憂鬱的表情，淡淡地列舉。

「首先，企業概要部分是公司導覽、公司簡介、工廠導覽、最新的章程、商業登記證影本，這些必須從法務局獲得所有最新的履歷項目的證明書。也需要股東名冊、股東大會、董事會、經營會議等的附錄資料。接著是財務資料，這也相當重要。決算書、期末的餘額試算表、會計科目細項的明細、法人稅、住民稅、事業稅、消費稅申報，這些起碼要三期。最近一期的折舊資產帳冊、按月的試算表、過去及預定的資金流量表、支付保險費和租稅公課明細，必須從法務局獲得所有最新的事項證明書。土地・建築物的登記證影本、地籍圖等事業計畫書、今後五期左右的預測營業額、利益、設備投資等。營業部分是產業和服務的型錄、店鋪、辦公室的概況、核算管理資料、營業額和進貨的明細。人事部分是……」

我說「請等一下」，打斷了他的話。名叫永田的男子接連羅列的經營相關術語中，有些我曾在哪裡聽過，但盡是我沒興趣也不關心的東西，從他說到一半，聽起來就像是外語或咒語。話說回來，秋月的診所不是製作商品，或者販售服務的公司。

「不，我知道。無論是公司或個人都一樣，但我只是想告訴你，如果有data，也就是資料的話，就能將調查對象剝個精光，沒有任何祕密。」

名叫永田的男子低著頭如此說道。不改憂鬱的表情，露出「今後不會發生任何好事在自己身上」這種表情。我莫名緊張，想要喝點什麼。但是，葛城坐在沙發上蹺腳，露出「你們的對話有夠無聊」這種表情，只是輪流望向我和名叫永田的男子。松野目不轉睛地看著我們，將平板電腦放在大腿上，以外接的鍵盤在敲打什麼。說不定他是在記錄我跟名叫永田的男子的對話。記錄這種對話也沒有意義，而且他們兩人一點都不貼心，壓根兒沒有準備飲料的意思。雖然有十億的資金，但是不可能能夠雇用泡茶小妹。葛城身穿白色的棉質家居服，但是下襬短得不得了。只要是男人，任誰應該都會將目光移向她白皙的大腿上，但是她對於這種事也不在意的樣子。實際上，名叫永田的男子羅列經營術語的時候，數度被葛城的腳奪走目光。要跟這種人組成團隊啊？不知不覺間，心情變得沉重。眾人像一盤散沙，不會體貼彼此。葛城擁有獨特的關係，絕非笨蛋，而松野擅長電腦，名叫永田的男子關於搜集資訊的知識和能力好像也靠得住，但是沒有向心力，今後也實在不可能產生那種東西。

「呃～永田先生，要不要喝點什麼？」

我如此說道，以催促的表情望向葛城和松野，但是他們兩人都沒有反應。

「啊，不用顧慮我。」

名叫永田的男子又望向葛城的赤腳，搖了搖頭。

「我受不了水分太多的東西。」

憂鬱的氛圍從名叫永田的男子身上消失，他臉上露出了類似笑容的表情。不過，我不清楚那是否真的是笑容。他揚起兩邊的嘴角，露出了牙齒，就常識思考，那是笑容，但是眼睛、眼周的皮膚和肌肉毫無變化，或許純粹只是扭曲嘴巴和臉頰而已。無論如何，我第一次目睹人的那種表情。不過話說回來，我明明是問飲料，他卻回答「我受不了水分多的東西」，這是怎麼一回事呢？有水分少的飲料嗎？

「所以，我不太在外頭喝東西。真要喝什麼的時候，我會在便利商店喝優酪乳這種東西。我會買它來喝。平常喝的是，混合百分之百的新鮮柳橙汁和番茄汁各三十CC，然後加入大量含山苦瓜的蔬菜汁，用攪拌棒仔細地、仔細地攪拌之後喝下。有時候想要營養價值，除了這些之外，我還會加入帝國飯店製的玉米濃湯，攪拌之後喝下。」

名叫永田的男子一說起含山苦瓜的蔬菜汁和帝國飯店製的玉米濃湯怎樣又怎樣，語氣突然變得生動流暢。先前坦承「假如我背叛你們的話，就會被砍掉另一隻手臂，我就完了」時，以及羅列經營術語，展現自己的知識時，異常淡淡地訴說，感覺憂鬱，但是針對水分少的飲料訴說時，則趨身向前，雙目生輝。

「不過，必須注意。」

名叫永田的男子一副「我接下來要說真正重要的事情」的樣子，進一步趨身向前，一面舔嘴唇，一面目不轉睛地凝視葛城的大腿之後，將只有一隻的手臂伸向我，露出了簡直沉醉於自己激情演說的革命家般的陶醉表情。

「如果等量地混合百分之百的新鮮柳橙汁和番茄汁，正好就會變成夏天晚霞的天空顏色。若加入含山苦瓜的蔬菜汁，顏色就會變得太過混濁，分不清那是綠色、黃色，或者咖啡色，變成簡直像是點描畫，五味雜陳的顏色，而如果將它潑灑或倒在白色的布或紙上，就會變成跟那個一模一樣的顏色。真的跟那個一模一樣，而且用喝的或用舔的都很棒。」

我震懾於名叫永田的男子像是激情演說的說話方式。我問：「那個是什麼呢？」葛城一面以厭煩的表情說「大便啦」，名叫永田的男子以像是小狗叫聲的奇妙聲音，開心地說「哎呀，百合子妳記得真清楚啊」，笑了出來。

「如果加入帝國飯店製的玉米濃湯，顏色會變成怎樣呢？」

松野原本在敲打平板電腦的外接鍵盤，等名叫永田的男子笑完，如此插嘴道。葛城說「你最好不要問這種事情」，語氣變得氣憤，松野說「好」，點了個頭。名叫永田的男子突然臉色一變，低下頭來，恢復成憂鬱的表情。

「呃，我想問一件事情。」

松野這麼一說，名叫永田的男子說：「是，什麼事情？」以和說含山苦瓜蔬菜汁的事時判若兩人的低沉嗓音回應。

「如同剛才所說，我想要的資訊是，名叫秋月的身心科醫生在和怎樣的人或團體聯絡，但是名叫秋月的醫生前幾天自殺了。」

名叫永田的男子簡直像是有憂鬱症一樣，露出十分憂鬱的表情，但是聽到自殺這兩個字，也完全面不改色。他小聲地回應：關於名叫秋月的醫生的診所，我聽百合子說了大致的事情。我因為有在意的事情，想要請教宣稱自己是搜集和分析資訊的專家的男子。那就是傳聲筒的事。我造訪診所時，經歷了使用傳聲筒的心理諮詢，那很獨特，秋月嘹亮的聲音也是原因之一，具有異常的衝擊性。那八成是秋月獨自發明的東西。如今這個時代，電子郵件和社群網站等成為主要的溝通工具，但是他刻意一對一，以隔秋月幾乎分毫不差地將傳聲筒的線剪成一堆五公分的線段，整齊地擺在地上，是否試圖留下某種暗示呢？常出現直接訊息。有時候遭人殺害的被害者，會以自己的鮮血在牆壁或地板，寫下關於犯人的資訊。秋月似乎將那個傳聲筒的線剪成一堆五公分左右的線段，整齊地擺在地上。在推理小說或犯罪片中，經著霧面玻璃，但是彼此非常近的距離，而且透過線來對話，具有直接但身體接觸性低這種絕妙的效果。

「那不是直接訊息。」

名叫永田的男子一口否定了我的推理。但是，假如不是訊息，秋月為什麼要那麼做呢？

「我不是心理學家，所以不清楚，但是應該沒有太大的意義。」

名叫永田的男子彷彿瞧不起人似的面露淺淺的笑，像是在說：這傢伙為什麼要問這種無聊的事情呢？葛城和松野一副事不關己的態度也火上加油，我漸漸地火大了起來。我說「將用於心理諮詢的重要道具——傳聲筒的線，幾乎分毫不差地剪成一堆五公分的線段，這是一種異常的行為，應該認為其中具有某種意義」，稍微提高了音量。

「異常的行為中，經常沒有太大的意義。」

名叫永田的男子依然一臉嫌無聊的表情，以難以聽見的音量，小聲地如此說道，但是不知為何，我從那句話中感到真實感，胸口一帶有壓迫感。因為忽然間，我想起了妻女去了西雅圖之後的自己。一身跟遊民沒什麼兩樣的打扮，在像是木賃宿的房間喝廉價酒，不斷地瀏覽色情網站，反覆聽著從前的歌謠。那肯定是一段異常的日子。但是，確實沒有意義。我只是單純感到寂寞。

「如同剛才所說，心理學相關事項不是我的強項，所以我不清楚。不過，處於異常精神狀態的人，意外地會想做單調的事。我想，那位醫生八成服用大量藥物之後，等待藥效出現之前的期間，沒有其他該做的事。忽然發現傳聲筒，拿起桌上的剪刀，開始將它仔細地剪成一樣的長度，慢慢地持續這種行為。」

經他這麼一說，我腦海中浮現絕望的秋月服用藥物之後，茫然地以剪刀剪傳聲筒的線的身影。我不得不心想：名叫永田的男子說得或許是對的。但是那麼一來，為了找到秋月在聯絡的那一群人，具體而言，接下來該怎麼做才好呢？

「病歷不需要。」

名叫永田的男子如此說道，一面以右手摸頭髮，一面瞄了葛城的大腿一眼。那完全是變態的眼神。

「診所應該有進行稅務申報，只要最近的收入、支出資料就好，請從跟診所簽約的稅務士那裡獲得。就這樣。」

診所裡沒有保存那種資料嗎？

「如果是個人經營的診所，除非是大型的美容整形外科，或者在做LASIK（雷射角膜內層重塑術）的眼科，否則大多沒有會計。而且幾乎都是藍色申報，收集收據之後，就交給稅務士處理。資料由稅務士製作、申報。十二月截止，但是應該會每個月寄送收據，所以稅務士手上會有四月之前的收據。規定必須保存資料七年，一般來說，收據等紙本資料在申報後，遲早會歸還客戶，但是開業醫師大多是年紀大的醫生，所以應該會嫌麻煩，大多會將收據等紙本資料一直交由稅務士保管。需要稅務士的電腦裡的申報資料，以及這一年的收據等紙本資料。」

稅務士事務所的地址應該問名叫小野的櫃檯小姐就會知道。但是，譬如我上門造訪，說「我想看秋月精神科診所的資料」，稅務士會提供給我嗎？

「不可能。稅務士不會給你看。」

名叫永田的男子面露淺淺的笑，搖了搖頭。

「得用偷的。」

「我們吃點什麼吧？」

到了晚上，我感到肚子餓，如此說道，葛城提議：「跟Pizza Hut（必勝客）訂披薩吧？」但是松野說「不行吃披薩」，予以反對。我問：「你討厭披薩嗎？」他似乎非常愛吃。松野之所以反對訂披薩，是因為一個莫名其妙的理由，有個有名的逸聞，據說九一一恐怖攻擊的執行犯——伊斯蘭激進派在佛羅里達盡吃披薩，如果訂外送披薩，計畫就會敗露。我說「我們又不是要進行恐怖攻擊，所以不要緊」，反覆說服他，他才說「那麼，我要海鮮總匯」，面露僵硬的笑容。

「誰要偷帳冊呢？」

葛城一面如此說道，一面用刀子將送來的披薩切碎，依舊花非常多時間慢慢吃。名叫永田的男子指示我們從和秋月精神科診所簽約的稅務士事務所偷資料之後，突然像是想起什麼似的，從沙發站了起來，也沒打聲招呼，像是「那麼，我要回去了」，或者「那麼，告辭了」，便從新居離去。

「我們等一下要去中野嗎？」

葛城打電話給秋月的診所名叫小野的櫃檯小姐，得知簽約的是位於中野站附近的大澤稅務士事務所。但是，我們三人不能去偷。已經晚上九點，稅務士事務所關門，我們又沒有打開上鎖的門的技術，而且門打開的瞬間，防盜器就會通報保全公司。簽約的稅務士事務所的出納冊大概收納於另一棟大樓的書庫，或者事務所內的櫃子。肯定上了鎖。縱然能夠設法打開，要從數量龐大的資料中，找出秋月精神科診所的資料也絕非易事。電腦內的資料如果沒有密碼，既看不到也無法取出。

「那麼，要拜託專家？」

葛城將切成約兩公分見方的海鮮總匯披薩一一拎起來，送入口中。吃泡麵時也是一條一條捲在筷子上吃，所以吃完所有泡爛的麵條要花一小時以上。

「當然需要專家，但是一般的小偷或竊賊不行。」

我一面心想「傷腦筋啊」，一面如此說道。松野吃完披薩之後，一直在操作平板電腦，一本正經地報告：果然任何一個Black site⑦都沒有刊載偷竊的專家。我問：「你誇下海口，說自己是IT的專家，譬如入侵大澤稅務士事務所的電腦，竊取資訊這種事，你做不到嗎？」他一臉歉疚地回答：駭入別人的電腦意外地一般，除此之外，據說還有很多種方法，像是利用電磁波洩漏竊取資訊，但其實最一般的方法是，翻那間公司或個人住宅的垃圾桶，設法獲得密碼。他又說「而且，要從經過碎紙機處理過的紙讀取文字資訊，相當花時間」，補上一句誰都知道的事情。

「請問，為何竊賊不行呢？」

松野問道，葛城回答：因為都一樣。

「畢竟，喏，剛才關口先生說過了。就算竊賊進去偷，也不知道秋月醫生的帳冊在哪裡，對吧？」

葛城說「開始有點變冷了」，剛才穿上了像是黑色護腳的東西。它以非常薄的布料製成，採取套在腳心的設計。那似乎不是護腳，而是踩腳內搭褲。腳踝的線條浮現，感覺比赤腳更性感，令人不知道該看哪裡才好。我心想：「為什麼男人偏偏在這種緊急的時候，眼睛會盯著女人的身體呢？」羞愧得無地自容。八成是因為專注於事物思考很痛苦，所以興趣忍不住轉向身邊唾手可得、迷人的事情。我們雖然有各自的房間，但是在新居，要和葛城在同一個屋簷下生活。我幻想擁有相同的目的，一起生活的過程中，未必不會產生超越連帶感的情愫，跨越一般關係。這種想像非常簡單易懂，成為男人單純的精力來源。那幾乎接近希望。我心想：「一切的希望是否都和性愛連結？」一面偷看葛城穿著踩腳內搭褲、形狀姣好的修長雙腿，一面想著那種蠢事。泡沫經濟瓦解之後，歷經東日本大地震，日本經濟一直衰退下

⑦譯註：美國設置於國外的祕密軍事設施。像是對恐怖攻擊犯施以水刑（Waterboarding）等，以進行殘酷的拷問而聞名。

去，平均家庭年收入持續降低，某知名經濟評論家發表了「希望是指，稍微提升勞工的薪資」這種論述考察。我覺得那是正確的主張。但是，薪資上漲，可分配所得增加時，我會想吃美食、買漂亮的衣服，或者去旅行，而美物、衣服當然也和性愛連結。但是，或許是葛城擁有特別的什麼，或者純粹是我上了年紀，我的腦海中並沒有冒出兩人裸體交纏這種直接而具體的影像。

「那麼，豈不是不可能用偷的嗎？」

松野開始收拾披薩，不知為何，他一面發出異常尖銳的笑聲，一面如此說道。他以無力的笑聲，問了「為何竊賊不行呢？」這種白痴也知道的事，被葛城以瞧不起的口吻糾正，所以他火大地鬧彆扭了。松野發出響徹新居的空洞笑聲之後，說「不行、不行，完全不行」，一面碎碎唸，一面將吃剩的披薩端到廚房。葛城只是面無表情地目送他離去，不想幫忙。她大概沒有做過家事。我無法想像葛城用平底鍋炒菜、洗盤子，或者晾衣服等。瓜子臉是如今罕見的日式容貌，而且五官端正、身材高䠷，但是言行古怪，不按牌理出牌，不食人間煙火。公司旁的古老咖啡店老闆看到葛城，嚇了一跳，彷彿在說「你什麼女人不好找，為什麼偏偏找這種女人？」我心想：也難怪老闆會大吃一驚。松野這個世代的人八成無法理解，葛城有一種像是從前黑白電影女主角的獨特氣質。我無法想像直接的性愛影像，或許也是因為這個緣故。

「幹嘛？」

我目不轉睛地注視葛城，被她這麼一說，我驚慌失措，想起了那家咖啡店的老闆看到葛城，也像這樣慌了陣腳。葛城來公司找我時，我們去了位於公司附近的「Rock West」這家咖啡店。老闆名叫岩西，是擁有岩哥這個暱稱、作風強悍的頑固老人，從我擔任自由記者時起，他莫名喜歡我。腦海中浮現他的臉，不知為何，遲遲不肯消失。我說「不，沒什麼，看妳漂亮」，對葛城辯解時，岩哥的臉更加鮮明地浮現。而浮現腦海的岩哥，感覺簡直像是想說什麼。

「關口先生，你一臉呆滯。看著我，想起什麼了？」

想起？被葛城這麼一說，我終於意識到了。受到小川請求，針對NHK西側大門的恐怖攻擊寫報導，重回編輯部時，我馬上到岩哥的店露臉。岩哥對我說：「你還活著啊？」告訴我從前的幾名自由記者夥伴死於癌症或肝硬化。從此之後，我在下班後就三不五時順道前往他的店。有一天晚上，岩哥因為糖尿病惡化，只能喝加熱水的燒酒，在他的勸誘之下，我暢飲波本威士忌，醜態畢露，一把鼻涕、一把眼淚地坦白告訴他：其實我妻女棄我而去了。岩哥從前每天都在拳擊館訓練，是眾所公認的硬漢，有男子氣概，但是他也陪著我一起哭了。接著，他說「關口，我懂、我懂」，緊握我的手，先說了句「說來丟臉」，然後說：糖尿病惡化，失明之前，我無論如何都想再活三年，也就是活到七十四歲。他一個大男人邊哭邊說：「我二十多歲時想要成為作家，但終究只是拖泥帶水地寫自我感覺良好的拙文。我帶著寫好的稿子去幾家出版社，但是編輯不屑一顧，我知道自己沒有天分，馬上死心，我的稿子無人過目，作家夢就此結束，但是如今，我有無論如何都想寫的題材。」

「因為某個男人在。」

岩哥一面以青筋暴露、布滿皺紋的手拭淚，一面如此說道。

「他是我有生以來，第一次覺得了不起的傢伙。我不知道該從何說起才好，那傢伙的父親是伊朗人，母親是日本人。喏，不是有個有名的棒球選手嗎？就跟那傢伙一樣。」

達比修有？

「沒錯。可是，達比修有人長得帥，個子又高，但是那傢伙異常地矮，國字臉又不帥。但是，和那種事情無關，該怎麼說呢，他比日本人更像日本男兒，已經沒人這麼說了，他感覺像是從前我喜歡的俠義世界中的，男人中的男人。我正好得了糖尿病，想要停止練拳擊時見到他，請他吃了幾次飯。那一陣子，我話很多。他父親是在伊朗的，該怎麼說呢，有不同於正規軍的另一支軍隊吧？」

革命防衛隊？

「大概是那個。其中似乎有進行破壞活動的部門。」

應該是聖城部隊（al Quds）吧？

「哎呀，正確的名稱不重要，那位軍官在印尼和馬來西亞做了什麼，發生了某種類似背叛的事情，我不太清楚這部分的事，總之，他被本國的上司視為間諜，於是，哪裡來著，汶萊吧，從那裡搭乘油輪偷渡回國，趁油輪停泊於千葉外海時，游泳抵達日本。你問我什麼時候？我得了糖尿病是在千禧年左右，那傢伙和我在拳擊館遇見時，應該是十五、六歲，倒算的話，應該是一九八三年左右。畢竟，他父親是特殊部隊的軍官，所以在東京都內的伊朗人團體中，欸，幹了不少糟糕的事，爬上高位，和日本女人有一腿，所以才生下了那傢伙。可是，他父親在他出生不久就死了。偽造護照時，資訊走漏，似乎被另一個伊朗人的團體殺了。喏，不是有個日本人翻譯某本不該譯的書而遭人殺害嗎？」

那是筑波大學的副教授。

「沒錯，伊朗人的團體很複雜，狗屁倒灶的事情好像到處都是。他日本籍的母親似乎也被刺中了某個地方，那傢伙還是小鬼，差點被殺，拚命地逃命。於是，即使遭遇那種處境，他也不能告訴警方。他勉強取得了國籍，欸，也能夠上學，世上會有這種事嗎？他父親似乎個頭很高，母親就日本人而言，似乎也算是個子高的，但是那傢伙在小時候看到父親遭人殺害，因為這個打擊，在一百五十公分左右就停止成長了。他說，他在國中二年級停止成長。哎呀，搞不好他連一百五十公分都不到。非常矮小。可是，該怎麼說呢，他的個性很駭人。簡直是鬥志和憎恨的化身。無論是打斷別人的鼻梁，或者鼻梁被別人打斷，他也完全面不改色。總之，他很勤奮練習。所以，他的拳擊技術也真的很了得。他的上鉤拳可厲害了。我曾經和他進行過一次拳擊練習，只是手套掠過而已，皮膚就裂開了。他的橫擊快得看不見。他十六歲左右，就輕而易舉地擊敗了六回合比賽的少年職業拳擊手。於是，他說他想去美國，拳擊館的老闆推薦他，去了哪裡呢，聖地牙哥或舊金山吧，跟他母親一起渡海去了美國。聽說他在美國簽了職業拳擊手的契約，連戰連勝。他雖然是蠅量級，但是上鉤拳像是中量級一樣沉重，而且快得看不見，所以勝利也大多是KO。他的排名在轉眼間上升，再過一年的話，參加世界大賽也不是夢想時，發生了那起防不勝防的恐怖攻擊。九、一、一。迫害似乎不是鬧著玩的。你想想看！身高不到一百五十公分的中東裔矮東瓜打倒美國人，所以受到迫害。他終究不太肯說這個部分的事情。那傢伙和母親一起回到日本，但是該怎麼說呢，因為他父親遭人殺害，所以恨死了伊朗和伊斯蘭，而且遭受原本憧憬的美國無情的對待，那傢伙變得自暴自棄也不足為奇，但是他說要守護他母親，開始工作。一開始，他幫忙黑道幫派經營的鬥陣俱樂部。我也去看過一次，他以一記上鉤拳，粉碎了前相撲力士的下巴，那一拳強到爆。那個鬥陣俱樂部在那之後不久被人舉發，但是那傢伙在黑道幫派中受人崇拜。所以，他逃離幫派，沒有遭到逮捕。你不覺得他很厲害嗎？我想寫那傢伙的事跡。我覺得我該寫。咦？現在？你問我他在做什麼？簡單來說，就是恐嚇之類的事，他父親是軍官，所以他也是個聰明人。他絕對不會殺人，而且很少傷害人，和黑道幫派也始終關係良好，具體來說，我不太清楚他怎麼做，但是只要出錢，他什麼都能搶到手，在黑道似乎極受器重。」

我在被分配的新居單調無味的房間裡，無所事事地眺望著天花板。我剛才告訴葛城和松野：我明天打算去「Rock West」一趟。我避重就輕地說明日伊混血的男子，適度地說岩哥這位老闆熟悉黑社會的內情。新居的廚房裡有相當氣派的大冰箱、餐具櫃，以及烹調器具等，生活必需品幾乎一應俱全，但是沒有酒。松野從附近的便利商店替我買了罐裝啤酒回來，但是才喝完一罐，就渾身疲乏沉重，我對他們兩人說「我要休息了」，進入了自己的房間。才晚上不到十點，但是疲勞感強烈。松野也說「那麼，我也要回房了」，抱著平板電腦，跑進了自己的房間，唯獨葛城一面慢慢喝啤酒，一面在沙發上剪腳趾甲。

我的房間五坪左右，有一扇玻璃窗，能夠俯看外頭的馬路。窗戶上安裝顏色沉穩的窗簾。房內有單人床、木桌、有頭枕的網椅、小型電視、書櫃等，側桌擺放個人用的義式濃縮咖啡機，甚至還有小冰箱。床鋪是極簡的設計，但是床墊有適度的彈性，枕頭好像使用形狀記憶材料，似乎是羽絨被的薄蓋被套著全新的白色被套，發出新寢具特有的香味。我心想：差太多了。昨天之前，廉價公寓的棉被潮濕，而且有股臭味。

我坐在椅子上，點亮燈臂能夠隨意伸長或彎曲、設計雅致的桌燈，馬上又關掉了。電腦決定由松野替所有人一起買新的。雖說是辦公室格局，但是房間潔淨，家具和寢具都無可挑剔。像是木乃伊的老人下指示，那個身穿黑色套裝的老婦人準備的。但是，那個老婦人不可能親自前往家具店，所以是某個人接受「趕快將某間空辦公室弄得能夠住人」這種委託，實際在短時間內準備了地毯和窗簾等。秋月自殺是在前天。聽到這個通知之後，要準備好這些並不簡單。這證明了那位像是木乃伊的老人擁有多麼強大的權勢和廣泛的關係。

我進入房間之後，馬上打電話到「Rock West」，告訴岩哥：我有重要的事情，明天過去一趟。岩哥詫異地問「怎麼了？居然會打電話到店裡」，但是聲音沒有精神。我說「因為有點事」，岩哥以難以聽見的聲音回應：我每晚都在這裡，你隨時可以來。我問「你還好吧？感覺聲音很消沉」，岩哥苦笑道：因為上了年紀和糖尿病，晚上幾乎都是這樣。

「我忘了說。」

松野敲門之後，探出頭來，只說「明天好像要先去銀行，開我跟你的新帳戶」，又關上了門。那個身穿黑色套裝的老婦人，在我的帳戶裡準備了多少錢呢？十億除以三人，大致上是三億圓，應該是這種金額吧，何況金額太高會被懷疑，而且基本上，管理資金似乎是葛城的職責，所以大概是幾百萬，或者幾十萬左右。我躺在床上，無所事事地思考這種事，內心隨即變得空虛。並非獲得了能夠自由運用的錢。那不是用來買車或手錶，去旅行的錢。我心想：我第一次產生這種心情。要致力於麻煩事，但是一點幹勁也沒有。滿洲國的亡魂、疑似在執行恐怖攻擊的蓋達型老人組織，似乎遭到利用的年輕人們，全都關我屁事，我無法對此產生興趣。我跟那些國中生不一樣。一群國中生在本世紀初期，擁戴小砰這位領導者，在他的指導之下集體不上學，展開商務在北海道建立半獨立國。我從他們身上，感覺到之前沒有、類似前兆的東西，產生共鳴。我對他們表示敬意，暫時感覺到希望。但是，這次的案件完全是另一回事。對於不時閃現「來西杉郎」這個要人名稱的一群人，我只感到怪異和不悅。我不知道那一群人希望怎樣的變化，話說回來，他們想要改變什麼呢？我總覺得他們純粹想要結束什麼，只是令人作嘔。尤其是那位像是木乃伊的老人超乎想像。我確實和葛城一起前往他的住處，親眼看見了他異常的身影。但是，記憶非常模糊。就連身穿黑色套裝的老婦人和名叫永田的男子，感覺也像是出現在惡夢中的人，缺乏真實感。

如果可以的話，我不想和那種人扯上關係。這間房間比我像是木賃宿的廉價公寓寬敞、潔淨許多，簡直無法相提並論，但是令人心情平靜不下來。住起來不舒服，我甚至感到自己變得不是自己這種不安。話說回來，我沒有自由。只能依照指示行動，不知道哪種結果等著自己。我試著問自己：「這樣的話，在那間廉價公寓一面喝威士忌，一面寫雜文的生活比較好吧？」但是沒有得到答案，只是嘆了一口氣。沒有人想要回到那種悲慘的生活。

「關口先生，你睡了嗎？」

耳邊傳來葛城的聲音，我打開一條門縫。各個房間能夠從內側上鎖，但是沒有這個必要，所以我沒鎖門。

「不，我還醒著。」

我一面從床上挺起身體，一面如此應道。葛城探出頭來，一面低喃「我可以進去嗎？」一面靠了過來，站在床邊。那大概是睡衣吧，上半身是T恤，下半身是先前穿上的踩腳內搭褲。她卸了妝，頭髮盤在腦後。肌膚雪白，感覺更加襯托出她的端正容貌，我開始心跳加速。她的胸部沒有很大，但是，能夠看見乳頭在T恤形成小小的凸起。

「什麼事？怎麼了嗎？」

我如此問道，話說到一半，聲音破音了。

「事情變得麻煩了。」

葛城一面如此說道，一面在床上坐下。她想說什麼呢？試圖安慰我嗎？假如她脫掉T恤，鑽進被窩的話，我該怎麼辦才好呢？我已經好幾年沒做過愛了。雖然沒有忘記要怎麼做，但是身心莫名疲憊，而且說不定會以身為男人丟臉的方式結束。

「我跟你說。秋月醫生不是壞人。瀧澤也總是說醫生救了他，我也是一樣的心情。醫生常對我們說『不必打起精神』，或許是這句話救了我們。醫生會說『不必打起精神，也不必精神奕奕，這世上沒有人不會感到不安』之類的話。他雖然經常對於政治等各種事情發怒，也會說些激進的話，但是他不是會做出新宿MILANO恐怖攻擊那種殘忍的事的人。我不太認識醫生的夥伴。他們盡是胡說八道的人，但是不可能真的殺人，不過我只見過他們兩、三次，而且不太認識他們。可是，秋月醫生不是會利用別人的人，而且應該不會做出那種殘忍的事。」

我說：我知道了。秋月在新宿MILANO計畫著什麼，應該是事實。實際上，他催促我去新宿MILANO一趟。但是，什麼失控了。假如他實際計畫那種恐怖攻擊和執行的話，就不可能自殺。

「你明白了嗎?」

葛城再次確認，我又說了一次「我明白了」，她在我的額頭吻了一下。

「明天，我也一起去『Rock West』。」

葛城如此說道，站了起來，緩步從房間離去。我覺得她的走路方式很優雅。我心想「她並不是想做愛」，有些失望，但是相反地，也感到鬆了一口氣。無論如何，男人是一種單純的生物，我因此得以認為自己還是男人。因為她雖然只是在我的額頭淺淺一吻，就令我內心湧現了幹勁。

「噢，那傢伙的事啊。」

我們前往銀行開戶之後，松野去專賣店採購電腦和必需的周邊器材，我和葛城兩人前往「Rock West」。我一提起日伊混血的格鬥家，岩哥的表情一沉。岩哥原本想要成為小說家，揚言要寫那個男人的事跡，但是八成連一行都沒寫。他似乎因為糖尿病，身體總是疲倦，這種說法很苛刻，但無論是事業家或作家，真正下定決心的人往往不會喝醉了酒，對別人嘰哩呱啦說一大堆。

「所以，你有什麼事？」

岩哥微微垂下目光，一面頻頻偷瞄葛城，一面問道。葛城身穿有花紋的土黃色連身裙，套了一件以偏粗的毛線編織的針織衫，一頭長髮盤在腦後，以鑲嵌珍珠和珠寶的名牌髮飾固定。她的穿著風格和平常不一樣，我指出這一點，她回答：我今後想改成一般的感覺。但是，並不一般。美麗出眾。岩哥露出參雜「她是你的女朋友嗎？」這種驚訝與嫉妒的表情，無法和葛城正面對上眼。

「我想委託他一件小工作。」

正好中午，我點了豬肉咖哩飯，葛城又點了加入紅香腸的老派義大利麵。她按照慣例，將紅香腸插在叉子上，一點一點地啃。但是，葛城的態度和上次來這家店時不一樣。那一次是池上商店街透過割草機的恐怖攻擊之後。葛城第一次和岩哥見面，說「好棒的店。像動物園一樣」，或者說「我想吃點東西」之後，語氣不悅地說「我怎麼可能肚子餓」，持續前言不對後語的對話。我一直以為她是精神不穩定，面對第一次見面的對象特別緊張，而且無法進行正常的對話，但是我開始覺得她不只是如此。我不知道她是否有自覺地那麼做，但是她或許會試探對方，或者應該說是測試對方，確認可以展現何種程度的真正的自己。她和我去TAMA PLAZA的「TERRACE」時也是如此。她不是在演戲。而是自然地選擇了那種態度和對話。我並沒有向名叫永田的男子確認，所以不清楚這是否為事實，但是小學時被強迫肛交的人，恐怕有超乎我們理解範圍的心理。但是無論如何，葛城今天對岩哥說「你好，前一陣子不好意思」，好好地打招呼，而且以極為一般的語氣說「我有事情要拜託你，關於那件事，關口先生會向你說明，請多指教」，點頭致意。

「我可以問是哪種工作嗎？」

我回答：詳情我不能說。岩哥不可能向警方告密，但是酒醉時向朋友洩漏的風險很高。

「那傢伙很貴唷。」

岩哥目不轉睛地盯著我的舊夾克說道。葛城原本就有很多衣服，但是我身穿平常穿舊了的夾克。

「錢no problem。」

葛城一面啃紅香腸，一面應道。語氣中帶有「廢話少說，快點跟日伊混血的男子聯絡！」這種口吻。岩哥露出了自尊心受傷的表情，葛城說「拜託你了」，將嘴巴移開紅香腸，點頭行了個禮，發出可愛的聲音，所以岩哥一轉眼放鬆了臉部線條。接著，岩哥輪流看著我和葛城，彷彿在說：你是怎麼認識這種女人的？葛城有一雙單眼皮的細長眼睛，鼻梁直挺，櫻桃小口，一頭黑髮，身材高眺。雖然不是現代的五官，但是具有一股類似昭和電影女星的老派魅力。看在岩哥眼中，她應該綻放著耀眼的光芒。

「我跟你說，關口，在本人面前說這種話不太好，但是你跟她，這個，該怎麼說呢，假如你是為了跟她好好交往，而要把她前男友怎麼樣的話，你最好別這麼做。」

岩哥抱著胳臂，身體向後仰，極力試圖展現威嚴地如此說道。葛城聞言，噗嗤笑了出來，放下叉子，勾住我的手臂，問：為什麼呢？

「我告訴妳，男人大多是悲哀的生物。」

岩哥從口袋掏出MILD SEVEN，說：「我可以抽菸嗎？」徵詢葛城的意見之後才點菸。

「像妳這麼漂亮的女人，我想，男人個個終究會為妳盡心盡力。但是天底下沒有完美的人，所以或許也有缺點，像是令妳不滿的點。再說，關口就階級而言，是無產階級，而就年齡而言，即將成為老頭子，雖然人老體衰，但確實是時下難得一見、懂義氣的男人。我也不是不懂妳為何看上他，但妳的前男友原本就是悲哀的生物，我無法贊成你們找人痛扁他。妳有錢是吧？既然如此，能不能用錢解決呢？能夠用錢解決的事情，最好用錢解決。」

岩哥刻意擠出不滿的表情，像是在曉諭似的如此說道，葛城一面將身體貼近我，一面露出漂亮的齒列笑道「這個人，超、有、趣」，以一本正經的表情問：前男友是哪一國話？前男友，也就是之前的男朋友，如今並非沒人在用。但是葛城這個女子，真的不知道那種通俗的用語。我無法想像葛城看電視的談話節目、在美容院看女性週刊雜誌、和一群人在居酒屋喧鬧，或者在三溫暖或健身房流汗。她是被滿洲國的亡魂，一隻腳踏進了棺材卻擁有極大權勢的人疼愛，在老人隨著卡拉OK的演唱，以日本刀砍掉人偶頭的地方學習書法的女子。岩哥困惑不解，目不轉睛地看著我們，我頻頻搖頭，彷彿在說：不是要恐嚇她的前男友。

「不然是什麼，更糟糕的事嗎？」

岩哥皺起眉頭，如此問道時，葛城間不容髮地說「你不要知道比較好」，發出令人背脊發冷的聲音，打斷了他的話。我第一次聽到葛城的那種聲音。並不大聲，也不尖銳，當然也不是威嚇人的那種語調。而是所有人都能認同她告知了事實，斬釘截鐵、低沉而冰冷的聲音。我心想：她簡直像是告知「你得了癌症」的醫生，或者宣告「我宣判你死刑」的法官一樣。葛城除此之外，沒有多說一句。但是已經足夠。岩哥震懾於葛城的唯一一句話，屈服於她的分量和聲音。葛城的一句話中，濃縮著什麼。我想，是葛城的生活方式。除此之外，別無其他。那一句話真實而冷酷，彷彿像是在嘲笑隨著經濟高度成長長大，在泡沫經濟中醉生夢死的我們的過去和現實。比起在天堂玩了一趟回來的人，在地獄掙扎，重獲新生的人的話更具有力量。岩哥像是凍僵了似的，身體僵硬，從葛城身上別開視線，沉默了一陣子之後，以幾乎聽不見的聲音說：我知道了。

「他希望你今天凌晨一點來這裡。」

岩哥打電話給日伊混血的男子，進行簡短的對話之後，給我一張記載地址和某種號碼的字條。地址是南青山的公寓，八位數的號碼好像是用來進入那間房屋的密碼，除了日伊混血的男子在那裡之外，岩哥似乎什麼都不知道。

「然後，他有個條件。」

條件？什麼條件？

「他說，他要兩百萬現金，還有帶著女人去。」

我聽到岩哥這麼說，和葛城互看一眼。錢應該是工作的訂金，但是為什麼有帶著女人這種條件呢？

「我也不清楚，總之，如果你不帶著女人，你就進不去。」

我回應「我知道了」，岩哥說：去買好一點的西裝和領帶穿去。那裡似乎是有錢人聚集的地方。那麼，日伊混血的男子叫做什麼名字呢？

「阿壞。」

岩哥如此告訴我。

「本名是壞一，但是大家都叫他阿壞。」

南青山的根津美術館附近，有一條服裝店林立的馬路，那棟高樓層公寓位於其周邊錯綜複雜的小巷一隅。只是從大馬路拐進一條小巷，便別有一番風情，完全不同於人來人往、車水馬龍的青山通的喧囂。建築物的門廳一律種植尤加利、相思樹或橄欖樹，那棟公寓的入口也悄然靜謐，並不顯眼。我在入口旁的門鈴，按下岩哥給我的字條上的房間號碼，說出他告訴我的密碼，告知「我是阿壞的朋友」，霧面玻璃門開啟，出現了挑高的玄關大廳。幾層樓建築呢？複雜組合玻璃和鋼筋的細長空洞不斷地在頭頂上延伸，大廳的中央擺著蓄水、漂浮水草的象牙色浴缸，到處都是觀葉植物，令人聯想到熱帶雨林。不知道是最尖端的室內設計，或者單純是惡搞，無論如何，我第一次見識到這種建築物，心生畏怯。

我透過浴缸的水面，看了一下穿上剛買的西裝的自己。我不知道適不適合。只是布料柔滑，穿起來很舒服。我想在唯一熟悉的「青木西裝」購買西裝，但是葛城帶我去新宿伊勢丹的男士館，在「COMME des GARÇONS」這個品牌，買了灰色的西裝、藍色的條紋襯衫、深藍的素色領帶，然後去了另一家有名的名牌店，替我挑選了襪子、手帕、腰帶。西裝要價二十二萬圓，領帶也是一條接近兩萬圓。西裝的胸口一帶有些鼓脹。那是在銀行提領的兩百萬圓紙鈔。

葛城好像對於玄關大廳的設計和裝飾絲毫不感興趣。無視浴缸的水槽等，迅速地搭乘電梯，按下了「12」這個按鈕。

「你是剛才的人吧？」

我按響門鈴之後，門開啟，眼前站著一名中年女子。年齡約莫五十出頭，身穿深紅色的連身裙，短髮中戴著玫瑰的髮飾。

「你們是阿壞的朋友吧？我聽說了。請進、請進。」

女子帶頭走在從玄關連通至客廳的短廊，走到一半停下腳步，目不轉睛地注視葛城，問：我是不是在哪裡見過妳？葛城說「不，我們是第一次見面」，搖了搖頭。但是，女子在那之後也深感興趣地頻頻回頭望向葛城。

「請隨便坐。」

客廳相當寬敞，擺著ㄇ字形的沙發，坐著十幾名男女。並非所有人都是情侶，女子的人數較多。採用間接照明，而且亮度調暗，坐在沙發上的人們只能看見輪廓。客廳走極簡風格，除了沙發、厚實的木桌，以及嵌在牆壁的大型電視螢幕之外，幾乎沒有家具。我們尋找被稱為阿壞的男子，但是好像沒有看似他的人。

「妳好年輕。」

我們坐在沙發上，女子將香檳杯放在我們面前，對著葛城如此說道。因為光線昏暗，所以只能以臉的輪廓、髮型和服裝判斷，但是女子個個都有一定的年紀，沒有像葛城這種年輕女子。男子的年齡各不相同，有像是少年的年輕人，而其中也參雜著看似年紀比我大的初老男子。

「那麼，可以跟你收取入會費和名片嗎？」

女子如此說道，我一開始不知道她指的是什麼，遲疑了一下，但是基於本能地判斷「萬一說了或問了奇怪的事，被懷疑可就糟了」，從西裝外套的內袋取出裝了兩百萬的信封，遞給女子。至於名片，錢包裡剩下幾張小川替我印製的名片。

「哎呀，記者先生。文化人很受歡迎唷。今後也請多多指教。」

我和葛城坐在沙發上，稍微喝了一點感覺貴得要命的香檳，但是不太清楚這是一個怎樣的聚會。而且，要我準備的兩百萬圓不是要給阿壞的訂金，而是入會費。因為是阿壞的朋友，所以女子大概認為我們瞭解一切而參加，沒有做任何說明。氣氛很神祕，而且收取兩百萬這種相當高額的入會費，所以姑且不論是否違法，應該不是單純的嗜好聚會。但是，除了輪盤桌之外，連卡片專用桌也沒有，所以感覺不是賭博，而且感覺也不是性愛，譬如雜交派對之類的聚會。我不曾參加過雜交派對，但是曾經採訪過愛好人士。聽說在雜交派對中，男女都會品頭論足、深感興趣地觀察其他參加者。但是在這個客廳裡，沒有人關注葛城。倘若試圖物色、選擇對象，姿色出眾、年輕的葛城不可能不引人注意。看來在這裡，男女都對其他客人沒有興趣。

「我不喜歡這裡。」

葛城在我耳邊如此低喃道。她的臉色沉鬱。她在伊勢丹服用了一顆鎮靜劑，然後吃三明治，打發時間時又服用了一顆，但是她原本就不喜歡去有陌生人的陌生地方。她大概一心想要查明秋月自殺的原因，順著滿洲國的亡魂——老人的意思，而忍耐著這種奇怪的氣氛。我也是一樣。這棟建築物、這間客廳、像是櫃檯小姐的女子、聚集在此的一群人，全部都很詭異。感覺既不是賭博，也不是雜交派對，但是待在客廳的，是一群穿戴看似昂貴的衣服和飾品、感覺有些高雅的女子，以及一群圍著她們的男子。女子們不管從什麼角度看都是有錢人，但是大概不是暴發戶。她們看起來不像是銀座俱樂部的媽媽桑，或者色情店經營者。男子略有不同。有的男子看似極為一般、人生勝利組的上班族；有的男子像是畫家或音樂家那種自由業人士；有的男子一副退休的公司經營者的樣子；有的男子一頭短髮，像是日式料理的師傅。不過，男子們的共通點是尊敬女性，一會兒有禮貌地替女子倒香檳，一會兒將開胃小菜送至女子口中，不斷微笑地聽女子說話，穩重地隨聲附和，始終體貼用心。氣氛寧靜，完全聽不到大笑聲。突然間，大型的電視螢幕變亮，出現「壹番」這兩個字，然後是看似相當久之前的粗糙影像，開始播放足球比賽。似乎是從前日本職業足球聯賽的比賽，但是沒有特寫的影像，不知道隊名。不久之後，一名選手從罰球區外射門，特寫他的臉，出現了「他是不折不扣的明星」這種字幕。我不太熟悉足球，但他應該是隸屬於千葉的隊伍、相當有名的中鋒，數度以日本代表選手的身分踢球。

「OK。」

一名女子出聲說道，高舉手中的香檳杯。女子八成年近六十，部分頭髮染成酒紅色，坐在沙發上蹺腳，她的雙腿異常修長，完美地穿著名牌連身裙，讓像是師傅的中年男子隨侍在側。她的長相有點眼熟。或許是名人。於是，引領我們、像是櫃檯小姐的女子靠了過去，暫停畫面，跪在沙發前面，指示像是夾著文件的夾紙板的東西。酒紅色頭髮的女子感覺像是在說「拿來」，對像是師傅的男子伸出手，接過他恭敬遞出的筆，在夾紙板的文件上簽了名。像是櫃檯小姐的女子確認簽名之後，將固定在夾紙板邊緣的信封遞給像是師傅的男子。

「啊，對了，那個人是……」

葛城把話說出口，在她身邊的初老男子靜靜地回過頭來，將食指抵在嘴唇上，示意「不能說」。葛城好像想起了那個酒紅色頭髮的女子是誰，但是似乎在這個客廳裡，說出其他參加者的名字是個禁忌。

「成交。謝謝。」

像是櫃檯小姐的女子深深一鞠躬之後，酒紅色頭髮的女子從沙發上起身。像是師傅的男子以簡直像是傭人或管家的動作，也站了起來，兩人朝出口邁開腳步，酒紅色頭髮的女子比走在前頭的短髮男子高了一個頭。我心想「她大概是前模特兒」，想起了擔任自由記者時聽過的事情。告訴我這件事的人，不是流氓、地下錢莊或色情店老闆等黑社會的人，而是主要拍攝足球主題的自由攝影師。他因為父親工作的關係，生長於巴拉圭，精通西班牙文，我當時採訪的主題不是足球，而是中南美的古柯鹼販毒集團和日本的私販組織之間的關係，但是莫名臭味相投，除此之外，他還告訴了我許多事情。他先說「這是題外話」，告訴我關於退休後的足球選手的事。職業足球是一種非常嚴酷的運動，而且經常必須持續和其他選手競爭、交手，所以退休後，身心失衡的情況很常見。

其典型的例子是一名英格蘭的前代表選手，我忘了這名前衛叫做什麼名字，他似乎原本就個性粗暴，嗜酒成性，透過身為選手在運動場上奮戰，維持身心平衡，但是過了全盛期，遭到國內大聯盟解雇，下放小聯盟，然後在中東的隊伍踢球三年左右，年近四十時換至中國的隊伍，身心千瘡百孔，憂鬱症發作，最後聽說住進了療養設施。

那名攝影師說：雖然不多，但是日本選手當中也有人這樣。退休後，完全沒有食慾，體重一下子掉了二十公斤左右的選手多得是，有人沉溺於酒精，也有選手精神崩潰。而這個是我聽說的，似乎有一些人會買這種前職業選手的肉體。

「關口先生，你看那邊。」

葛城對我說道，令我回過神來，我望向她指示的方向。我看見昏暗客廳的角落，有個抱著胳膊的男子。他理光頭，個子矮到令人以為他是孩子。間接照明下，他精悍的臉浮現在朦朧的燈光中，T恤快被他鍛鍊得鼓脹的肌肉撐破。

他肯定是名叫阿壞的男子。但是，他好像沒有察覺到我們。他八成是受雇於主辦者，肩負私人保鏢之類的差事。他環顧周圍，確認有無異常情況。我們該怎麼告訴他「我們不是客人，而是透過岩哥的介紹來見你的」才好呢？在昏暗的客廳，又開始播放影片。眾人在沙發上放鬆地喝著香檳，沒有人站起來，或者到處走動。如果靠近名叫阿壞的男子，馬上就會被人看見，繼而起疑。這場祕密的聚會需要高額的入會費，著實精心策劃，主辦者的背後，肯定有黑社會的人。我總覺得假如無視聚會的進行，擅自對名叫阿壞的男子說話，不是離場就能了事。說不定會被調查身分和目的，也會對滿洲國的亡魂委託的任務造成影響。葛城不悅地皺起眉頭，目不轉睛地看著我。

「我想離開這裡。」

葛城再度如此說道。巨大螢幕上出現的是相撲力士。正確來說，是前相撲力士，我也熟知的面孔。他是學生相撲出身，因為敏捷的動作和在相撲場邊緣的堅韌，而在短時期內受到歡迎，應該升至小結或關脇⑧，但是不知不覺間消失無蹤。我原本就對相撲不怎麼感興趣，所以不知道他是多久之前退休的。

⑧譯註：相撲力士位階，由上而下依序爲横綱、大關、關脇、小結、前頭、幕下、三段目、序二段、序口。

我不清楚是誰主辦這個下流的聚會，但是大型的媒體相關者應該插了一腳。螢幕的影像巧妙地編輯了前力士在學生相撲中獲得冠軍之後的經歷。畫質清晰，不是翻攝自網站影片。舉例來說，像是和電視台有關係，能夠連結至檔案庫、透過體育報等，和相撲協會之間有親密的管道，盡是若非站在這種立場，就無法獲得的影像。

「我說，要不要離開？」

即使在昏暗中，也看得出來葛城的臉色鐵青，而且她的額頭上布滿汗水。客廳裡的空調強勁，並不熱。可見她精神上變得不穩定。認識的攝影師說：有一群人會買前職業運動選手的肉體。這裡是那種人聚集的「拍賣」會場嗎？因為要買肉體，所以肯定會扯上性愛。出現在螢幕中的前職業運動選手，盡是男性。男子不太可能買前職業運動選手的女性，而且女子的職業運動項目有限。我想到的頂多是網球、桌球、高爾夫球，以及足球。倘若如此，在場的男子們是什麼身分呢？一定是單純的陪同者吧。有男子陪同中高齡女子們買影片中介紹、前職業運動選手的肉體也是一件奇妙的事，但我也覺得能夠理解。有陪同的男子，也會淡化買前職業運動選手的女子們的空虛和寂寞。

整個客廳瀰漫著一股像是某種東西熟透，即將腐爛時的異常氛圍。我想，那是因為出現在影像中的前職業運動選手除了賣肉體之外，也在賣自尊心。我在採訪色情從業者時，經常聽到「賣自尊心」這種婉轉的說法。郊區沒有舞蹈技能的脫衣舞孃在賣自尊心，她們不是在露性器官，而是為了錢，必須露性器官。有位色情評論家如此說道，我心想：原來如此。賣自尊心是令人討厭的說法。說到這個，葛城曾經坦承自己是狗。她似乎曾在色情店工作。八成是SM俱樂部。當時，她說她在色情店工作是為了支付美容整形的錢。但是，她的臉看起來不像是動過美容整形手術，而且就動過豐胸手術的胸部而言，太小了。而且葛城住在透天厝，受到擁有極大權勢、滿洲國的亡魂——老人疼愛。她不可能為錢所苦。因此，說不定她為了美容整形的錢所苦，曾在色情店工作是騙人的。但我心想：或許她曾在色情店工作是真的。我長期採訪色情從業者，知道也有一些女人不是為了錢。她們並非有異常的性需求。而是不擅長一般的溝通，透過在色情店賣肉體，維持精神平衡。她們雖然有程度之差，但是在幼兒期都有精神創傷，大多數的情況下，和父親有關。而她們賣的，表面上是肉體，本質卻是自尊心。葛城在小學時，被名叫永田的叔叔強迫肛交，她的開誠布公聽起來不是謊言。縱然多少有點加油添醋，但是足以造成精神創傷。

「我要離開。」

葛城用力握住我的手，試圖站起來。

「好，我知道了，慢一點。我們慢慢地離開。」

我不想引人注目，但像是櫃檯小姐的女子馬上察覺到了我們的動靜。她引導我們到客廳角落，問：怎麼了嗎？

「呃，這對她好像太刺激了一點。我想，我們今晚就到此為止，想要悄悄地告辭。」

我小聲地辯解，以免引起周圍的人的注意。像是櫃檯小姐的女子目不轉睛地看著額頭布滿汗水、臉色變得鐵青的葛城，苦笑道「沒想到妳這麼清純」，說明無論任何情況下，都無法退還入會費。她說「兩百萬的入會費為半年有效，我們會寄送下一次活動的導覽，請告知電郵地址」，我告訴她出版社給的電郵地址。

「喂。」

當我們悄悄離場，正要離開客廳時，聽見來自背後的聲音。名叫阿壞的男子雙臂環胸站立，看著我們。他一身白色T恤搭皮褲，慢慢地朝我們靠了過來。近距離一看，感覺他的身高更矮。粗糙的光頭在葛城的胸口一帶。但是，手臂和肩膀的肌肉結實，臉上毫無表情。唯獨淡藍色的瞳孔顯示他是母親和外國人生下的混血兒，鼻子不怎麼挺，或許是因為拳擊的緣故，一邊塌了。他是典型的我不想靠近的人，假如這種人在白天迎面而來，我一定會避開他。我感受到葛城在微微顫抖。她不曾看過那種人。我也不曾看過。葛城的臉色蒼白，我彷彿能夠聽見她的心跳。我輕輕地拍了拍她的背，彷彿在說「不要緊」，但是我的腳也開始顫抖。名叫阿壞的男子只是面無表情地注視我們，什麼話也沒說。他不時將頭往一旁略微傾斜，過一陣子，做出了將雙手稍微往左右攤開的動作。那動作意謂著：「到底怎麼了？為何要回去？」八成其他人都是常客，所以他說不定從一開始就察覺到了新來的我們是透過岩哥的委託人。我試圖辯解「呃，其實……」，但是喉嚨乾渴，無法順利地發出聲音。

「我們要回去。」

發出聲音的是葛城。她直視名叫阿壞的男子，雖然聲音微微顫抖，但是以能夠清楚聽見的聲音，如此說道。名叫阿壞的男子聞言，點了個頭，想要折返，但像是想到了什麼似的，又轉向我們，再度和剛才一樣，對我們左右攤開雙手。他在問：你們為什麼要回去？確實，特地支付兩百萬入會費來見他，但是話也沒說就回去，並不一般。假如兩百萬是自己的錢，我就算壓制住葛城，應該也會想要留下來。

「我討厭那裡。」

葛城以視線指示走廊另一頭的昏暗客廳，又發出了清楚的聲音。名叫阿壞的男子目不轉睛地看著葛城，點了個頭，像是在說：是喔。接著，他又靠了過來，超越我們地繞到前方，像是在說「跟我來」似的揚了揚下顎之後，緩緩地邁開腳步，在通往玄關的走廊途中，於牆壁前面停下腳步。我仔細一看，有一扇幾乎和牆壁分辨不出來的小門。與其說是小門，其實只是切割出長方形的缺口，然後貼上一樣的壁紙，所以若不注意就看不出來。進屋時，我沒有察覺。而且門上沒有把手。名叫阿壞的男子從口袋掏了一個像是薄卡片的東西，以拇指對長方形缺口的邊緣按了幾下。耳邊傳來「嗶～」這種電子聲，然後鎖滑開，發出開鎖的金屬聲，門朝內側開啟。

那是一個四坪左右的房間，也是昏暗。天花板和牆壁的交界處有細長的凹槽，亮著像是聚光燈的微弱間接照明。名叫阿壞的男子以下顎指示擺在房間中央的藤編貴妃椅。應該是「坐下！」的意思。投影機布幕幾乎覆蓋正前方的整面牆壁。跟前放置著小型冰箱大小的機器，從連接著麥克風來看，好像是一體成形的營業用卡拉OK機。牆壁的四個角落也設置著黑亮的圓柱形揚聲器。貴妃椅是兩人坐的，說不定這裡是買方的女子召來競標到手的前職業運動選手，度過歡樂的祕密時光的地方。我和葛城並肩坐在貴妃椅上。名叫阿壞的男子依舊雙臂環胸，站在我們眼前。伊朗人是波斯的後裔，所以整體來說，身高應該相當高。岩哥說「那傢伙看到父親遭人殺害，因為這個打擊，身高停止成長了」，真有其事嗎？

名叫阿壞的男子伸出了右手。似乎是要我們將什麼東西交給他。變成在這個房間交涉，要我交給他委託工作的內容，或者突然要求報酬嗎？我困惑不解，他說「名片」，發出了嘶啞的聲音。錢包裡還剩下四張記載出版社名稱的名片，我說「請多指教」，一面說愚蠢的話，一面遞出名片，名叫阿壞的男子感覺完全不感興趣，只是瞥了一眼，便收進皮褲的口袋，又目不轉睛地看著葛城。葛城也沒有別過眼去。不可思議的是，葛城比離開那個拍賣的客廳時稍微平靜了些。

「啊，我沒有名片。」

我總覺得名叫阿壞的男子聽到葛城如此說道，表情霎時變得柔和。接著，他問我：所以呢？我聽到他冷淡地問「所以呢？」而驚慌失措。我不知道他指什麼。因為感覺像是我們說了什麼，他反問下文、理由或真正的意思。

「我們找他的事情啊。」

葛城如此說道。即使名叫阿壞的男子注視著她，她也沒有別開目光。名叫阿壞的男子目前為止只發出三次聲音，分別說了「喂」「名片」「所以呢？」他說的話也是如此，給人的感覺像是精神和身體都削掉了多餘的部分。他肌肉健壯，但是不像健身者那樣肌肉肥大。說不定葛城開始對名叫阿壞的男子抱持好感。她並非中意他猙獰的容貌或暴力的氣氛，八成是他的溝通方式不會令她感到疲累。

葛城告訴我他指的是我們找他的事情，我從位於中野的稅務士事務所開始說明，但丟人的是，聲音還在顫抖。我告訴自己「不准多說一句不必要的話」，只告訴他：我們希望你拿到秋月精神科診所的帳冊。名叫阿壞的男子依舊雙臂環胸，像是在眺望某種稀奇動物似的，看著我們，不用說回應了，連隨聲附和也沒有，他並沒有點頭，也不清楚他是否認真地在聽我說。而我說完之後，他也沒有任何堪稱反應的動作。既沒說他接不接受委託，也不曉得他是否理解了我說的話。我心想「難道問題是報酬的金額嗎？」差點說：「該付多少？」葛城撞我的肩膀，制止了我那麼做。

「抱歉。」

葛城小聲地道歉。縱然再緊張，明明還不知道對方是否接受工作，就想問報酬的金額，險些犯下不像是我會犯的疏失。名叫阿壞的男子像是想起什麼似的抬起頭來，輪流目不轉睛地注視著我和葛城，低喃：是喔。然而，跟先前一樣，我不知道那是什麼意思。他不只是沉默寡言。拍賣的參加者都是常客，他應該知道新來的我們是透過岩哥的委託人，所以叫住想要回去的我們，引領我們至這個卡拉OK室。但是，他不僅幾乎不肯說話，我甚至不曉得他是否有溝通的意願。很久以前，我立志成為記者時，曾在研討會中聽過一堂課，講述囚犯通訊這個有名的溝通論。內容大致上是關在單人房的囚犯禁止對話，會以耐酸鋁的餐具敲鐵柵欄或牆壁。雖然無法傳達具體的資訊，但是能夠表示自己想和某人溝通這種意願。但是，名叫阿壞的男子卻連這一點也沒有清楚表示。姑且不論他是否肯接受委託，我連他有沒有說話、詢問的意願都不曉得。

能夠和這種對象交涉嗎？究竟該怎麼做才好呢？一旁的葛城和束手無策的我相反，進一步拾回了平靜。她的額頭沒有冒汗，臉色也變好了。我總覺得自己一點一點地瞭解葛城，但是我知道自己太天真了。我非常厭惡那個奇怪的拍賣會場的氣氛，但是起碼我不害怕。然而，我害怕跟名叫阿壞的男子一起待在這個卡拉ＯＫ室。名叫阿壞的男子抬起頭時，我霎時看見他的藍色瞳孔。只有那一對瞳孔的顏色，顯現出日伊混血兒的容貌。但或許是因為他的眼睛細長，藍色的瞳孔有時會像是透明彈珠一樣失去光芒，隱藏在眼皮底下而看不見。那種時候，名叫阿壞的男子的臉簡直像是能面具一樣，表情完全消失。全身散發出宛如凶器的氣場，臉上簡直沒有表情，完全不曉得他在思考什麼。面對這種人，有人不害怕嗎？然而，葛城在拍賣會場緊張得直冒汗，卻沒有從名叫阿壞的男子身上別開目光，漸漸地恢復平常心。我心想：「她到底有什麼毛病呢？」目不轉睛地注視著她的側臉時，她緩緩地望向我，低喃：不要著急。

當我思考「不要著急」是什麼意思時，名叫阿壞的男子靠近葛城，偏頭露出像是看見稀奇事物的眼神，說：妳……他的聲音還是嘶啞，但是和之前微妙地有所不同。那是能夠感覺到溝通意圖的口吻。

「妳不會笑耶。」

名叫阿壞的男子如此說道。確實，葛城平常幾乎不會笑。所以在秋月的診所，我透過傳聲筒接受心理諮詢時，聽見她的笑聲，嚇了一跳。她會微笑，但也很少。說到這個，在那個進行拍賣的客廳，我始終聽見壓低的笑聲。陪同的男子一評論影片中前職業運動選手的身體，竊竊私語，女子就會一面搖晃手中的香檳杯，一面嬌嗔地說：「討厭啦～」發出壓低的笑聲。為了掩蓋情慾的笑聲不絕於耳。

「因為沒有好笑的事。」

葛城沒有別開目光，清楚地告訴他。於是，發生了令人無法置信的事。名叫阿壞的男子揚起嘴角，擠出笑容。僵硬得不得了，但那肯定是笑容。不過，他大概不習慣擠出笑容。嘴角回到下方時，臉頰的肉抖了一下。

「是喔。」

名叫阿壞的男子如此說完之後，說「原來如此」，自己隨聲附和。

「沒有好笑的事時，不要笑比較好。討厭的地方最好離開。」

他像是在自言自語地如此低喃道，對葛城招了招手，開啟顯示歌名和歌手名稱等的小螢幕。葛城一面微笑，一面對名叫阿壞的男子說：我不擅長唱卡拉ＯＫ。我聽見「我也是」這種聲音，目瞪口呆地看著眼前的景象，然後意識到自己像個呆瓜一樣嘴巴張得大大的，花了相當長一段時間，才掌握了情況為什麼會如此演變。我一開始不正經地亂想「八成是目擊父親遭人殺害的日伊混血兒，和小學時被親戚侵犯後庭的女子，心情有共通之處」，但是看著正在選曲的兩人，意識到實際上更為簡單。葛城說「因為是討厭的地方，所以我想回去、因為沒有好笑的事，所以我不笑」，就邏輯而言，她說的話是極為理所當然，但是不僅限於日本，這是一般難以被容許的社會行為。大多數的人因為工作、有事情，或者講情面，即使是討厭的地方，也不能擅自離開那裡。此外，假如別人一起笑、上司和長輩講緩和現場氣氛的話，或者第一次見面的人為了拉近彼此之間的距離而對你笑，明明並不想笑，也會忍不住笑。當然，這不是壞事。像是潤滑劑一樣。然而，極端不擅長這麼做的人，會被說成自目或缺乏社交性，不得不接受孤立。

螢幕變亮，隨即歌曲開始。名叫阿壞的男子一手拿著麥克風，另一隻手操作通信卡拉OK的機器。我在前奏中聽見吉他和高音薩克斯風的伴奏。相當久之前的歌謠。螢幕上出現了歌名。

〈雨中花〉

歌詞部分的旋律已經流瀉而出，名叫阿壞的男子只是握著麥克風，沒有開口唱歌。螢幕上出現「未竟之事　我已看開」這種歌詞。旋律很耳熟。

未竟之事　我已看開
但我依然眷戀　那個人啊
若能如願　我想再次
見他一面　哪怕是一眼也好

或許是這首歌中有回憶，名叫阿壞的男子垂下拿著麥克風的手，低頭靜靜地聽著旋律。雖然有間奏，但是沒有過門的部分，歌曲馬上就結束了，不過名叫阿壞的男子又馬上播放同一首歌。這是誰的歌呢？名叫阿壞的男子後來也一直低著頭，反覆重播歌曲。大音量地反覆播放從前的歌謠，我開始忐忑不安。有一種可能會發生某種異常事情的不好預感。說話回來，被引領至卡拉OK室，一般都會認為是要暗地裡討論委託的工作。但是幾乎不算進行對話的狀態持續，不知為何，唯獨葛城被接納，開始響起卡拉ＯＫ，關鍵人物——名叫阿壞的男子一直低著頭，像是僵住了似的一動也不動。

「好歌。」

葛城如此低喃道，接近名叫阿壞的男子伸出手。她指著麥克風說話，我憑嘴巴的動作知道她說：那個給我。

想起離別之人　悲從中來
縱然出聲呼喚　那人遠在天涯
任憑雨水拍打　依舊綻放
難道花就如我的戀情　崎嶇坎坷
不過是一場空夢罷了
難以忘懷的　那個人啊
淚水在窗上　譜成小夜曲
獨自哭泣　哽咽落淚

葛城一共唱了四次〈雨中花〉。因為葛城說她不擅長唱卡拉ＯＫ，所以唱得不能算好，但是好歹音準正確，而且聲音好聽。她沒有激情演唱，簡直像是在唱童謠的兒童一樣，淡淡地追著旋律和歌詞，令人產生好感。

「這是我母親的歌。」

名叫阿壞的男子停止卡拉OK，如此嘀咕說道。

「我父親去世之後，我母親總是哼著這首歌。而在那之後，我不願想起，一直沒有聽，但是在科羅拉多一個小鎮的電影院，我聽到了這首歌。」

葛城知道那部電影。導演是亞倫・帕克（Alan Parker），那部電影的主題似乎是第二次大戰時，所有日裔移民被關進收容所的悲劇。聽說〈雨中花〉是它的主題曲。葛城知道那部電影，令名叫阿壞的男子大吃一驚。似乎目前為止，他身邊沒有半個日本人知道那部電影。聽說是葛城的祖父說「這部電影絕對要看」，送給她DVD。

「妳……」

葛城唱完歌，回到貴妃椅，名叫阿壞的男子靠了過來，呼喚她。他露出想要真心和葛城交談的表情，像是在直勾勾地瞪視似的望向我，我自然地站起身來，將貴妃椅的位子讓給他。我說「請坐」，以手指示空位，但是和我的那個動作無關，名叫阿壞的男子感覺畏畏縮縮地淺坐在葛城身旁。他的態度和動作像是完全沒把我看在眼裡，我感到不是滋味，而且心想：「要是情況演變成他挑逗葛城的話，我該怎麼辦才好？」因而感到不安。根據岩哥所說，他是在鬥陣俱樂部這種地方，一拳粉碎前相撲選手下顎的傢伙。我不願想像自己和這種男人爭奪葛城。

「妳怎麼看待這部電影？」

名叫阿壞的男子如此問道，葛城「嗯～」地低聲沉吟，托腮回答：它是一部關於愛的電影。
「內容在講愛人的人、被愛的人不會輸。」
名叫阿壞的男子好像對這個答案感到滿意，頻頻點頭。完全沒有我表現的機會。不過，我既沒看過那部電影，也不知道〈雨中花〉是它的主題曲。
「不會輸？輸給什麼？」
名叫阿壞的男子好像對那部電影有感情。
「很多東西。像是法律。」
或許是因為我在嫉妒，葛城看起來也樂於和名叫阿壞的男子對話。
「我看了那部電影，感到汗顏。」
「為什麼？」
「那部電影該由日本人拍攝吧？因為離開日本的日本人遭遇苦難，所以必須由日本人拍攝。除了導演之外，明明連演員也該由日本人擔任，但是卻沒有日本人。演員幾乎都是移民第二代或第三代，日文很爛。可是，那種爛日文非常棒。雖然結結巴巴，但是很好，很可愛，而且我感覺到他們非常努力練習。」
葛城如此說完之後，名叫阿壞的男子低下頭，沉默許久。然後，他的表情變得痛苦，低聲啐道：國家就是這樣。

「任何一個國家都是一樣。冷漠地對待離開國家的人，拋棄他們。甚至經常殺害他們。」

「準備五百萬給我。」

臨別之際，名叫阿壞的男子對葛城，而不是對我如此說道。感覺他們完全打成一片，他好像很中意葛城，我原本心想「他說不定會便宜地接受委託」，但是我的期待落空了。我心想「光是從稅務士事務所偷出帳冊，就要收取五百萬嗎？太貴了吧」，但是葛城立刻答應了。她問「要用銀行匯款，或者以現金交付」？名叫阿壞的男子回答「現金」，恢復完全沒有表情的臉，說：如果明天上午準備好的話，我兩小時後就會交給你們帳冊。

「那傢伙，叫做阿壞的傢伙，好像很中意妳。」

從南青山回去的計程車上，我忍不住如此說道。已經過了凌晨兩點，我又累又餓，目睹名叫阿壞的男子半無視我地和葛城對話，心裡不舒服。我提議：「明天要在哪裡交付五百萬的費用？電車內、車站的月台或站內、百貨公司、公園，是不是混在人群當中，不顯眼比較好？」名叫阿壞的男子像是無視我的提議似的，說：哪裡都可以。結果，基於最省事這個單純的理由，決定在中野的稅務士事業所進駐的大樓前面碰面。名叫阿壞的男子以像是寄送宅配的事務性口吻，補上一句：這麼一來，能夠馬上交付帳冊，而且你們可以在附近等我。我姑且一說：「不過，那裡似乎是商業大樓，有人進進出出，而且交付五百萬這麼大筆錢，是否有風險？」他四兩撥千斤地說：假如是五億，就需要行李箱，但是才五百萬，用大一點的信封就夠了。

「你說他中意我嗎？」

葛城側靠在計程車的座椅上，以覺得我在說蠢話的眼神看著我。

「那種人才不會中意任何人。」

可是，我顯然被他無視，他只想跟葛城說話。

「我對那個人沒興趣，那個人當然也對我沒興趣。不過因為這樣，我信任那個人。」

沒興趣？如果沒興趣，為什麼他要和葛城談論報酬的金額和交付的地點呢？我含糊其詞，假裝不在意地如此詢問，葛城說「關口先生，你果然是個幸福的人」，將視線移向窗外。

「有的人如果可以的話，想要現在馬上殺掉全世界的人。這種人如果有感興趣的對象，首先想的是，我想先殺掉這傢伙再說。欸，他不是笨蛋，而且一直和自己的憤怒相處至今的人，反而非常小心謹慎，所以他不會實際殺掉我。不知道為什麼，他對我沒有興趣。我不覺得我是他想要殺掉的人。我想，他因此信任我。」

我們回到三軒茶屋，我喝了一點威士忌，躺在床上，但是遲遲無法入睡。抵達新居是在凌晨三點，松野已經睡了，沒有露臉，而葛城說「我今天非常累」，馬上跑進了自己的房間。確實是漫長的一天。發生太多事情了。始於委託岩哥，看了中高齡女子買前職業運動選手這種異常的拍賣之後，見了光是他待在眼前，就令人恐懼得顫抖、名叫阿壞的男子。不累才奇怪。虧我能夠維持神經正常。我連自己在哪裡服用了幾顆鎮靜劑都記不清楚了。但是，睡不著的原因不是岩哥、參加拍賣的女子們，也不是名叫阿壞的男子。

而是葛城。正確來說，是葛城在計程車上說的話。她說「關口先生，你果然是個幸福的人」，我沮喪得渾身乏力。她面露像是輕蔑的微笑，如此說道。無論從哪個角度看、看在誰眼中，我都不是幸福的人。超過五十歲、不起眼的糟老頭，沒有正當的工作，被妻女拋棄，長年住在像是木賃宿的廉價公寓，而且被捲入麻煩的案件和人之中，動彈不得。葛城完全清楚這些事情，說我是個幸福的人。我總覺得被她瞧不起，但是更令我震驚的是，我從葛城接著說的話，感覺到了真實感。名叫阿壞的男子對我沒有興趣。葛城淡淡地說：有的人想要現在馬上殺掉全世界的人、對於感興趣的對象，首先想的是，我想先殺掉這傢伙再說。他對我沒有興趣，他因此信任我。

我不曾想像過那種事情，而且也不曾見過極為理所當然地訴說那種事情的人。如果能夠心想「她是個胡說八道的女子」，那就好了，但好死不死的是，我能夠理解。葛城說的話超出我的常識，但是就邏輯而言，很合理，感覺就像是味道和香味都很嗆，但是極為上等的酒滑入喉嚨，進入胃裡。我知道這個女子在說正確的事。或許是因為我擔任自由記者時，採訪了幾十個反社會的人的緣故。我採訪的色情店老闆、流氓、職業小股東和放高利貸的人，全部都是壞蛋，也有許多不折不扣的犯罪者。從他們口中聽到的事情，像是殘渣般堆積在我心中，或許是它們使我對葛城的邏輯有所反應，下了她說的是正確的這種判斷。一想到「那個女子深不可測」，疲憊的神經就變得更加不穩定。但奇妙的是，這種不穩定的感覺並不討厭。那不是自己遭人否定、被重要的人拒絕那種平常的不穩定感。

「那麼，你們在那間咖啡店等我。我十五分鐘就回來。」

名叫阿壞的男子如此說道，將裝了五百萬現金、像是磚塊一樣厚的信封夾在腋下，進入了六層樓建築的老舊建築物。稅務士事務所位於那棟建築物的三樓。出了JR中野站的北口，在鐵軌旁的小馬路左側步行一陣之後，那一帶小的商業大樓和公寓林立，人潮相當大。我想不透他要怎麼以十五分鐘偷出帳冊，但是我和葛城決定馬上離開那裡，在他指定的咖啡店等候。相隔幾間房屋，有一間名叫「白色之家」的咖啡專賣店。

「好明亮的地方啊。」

我點了綜合咖啡，不禁如此低喃道。那是一間只有擺著虹吸式咖啡壺的吧檯，和三張桌子的小咖啡店，面向馬路的窗戶很大，初夏的陽光照至店的內側。或許因為是上午不早不晚的時間，沒有其他客人。

「我說、我說。」

葛城把臉靠過來，低喃「這裡是同志的店耶」，發出輕輕的笑聲。明明是一間小店，但是包含看似店長的男子在內，還有三名服務生。三人都身穿深藍色的褲子，上搭白色襯衫，理平頭，古銅色的皮膚。店長年近五十，但是其他店員都很年輕，長得像是從前的韓流偶像。我和葛城進入店內，他們高喊

「歡迎光臨」，以開朗到不自然的笑容迎接我們。從白色襯衫露出粗的金項鍊和感覺要價不菲的名牌手錶。

「你看？我沒說錯吧？」

葛城又如此低喃道，淘氣地笑了笑。確實，他們看起來肯定是同志，但我心想：現在不是覺得那種事情有趣的時候吧。如今，名叫阿壞的男子正在前面相隔幾間房屋的大樓偷竊，或者應該說是搶奪帳冊，總之是正在執行抵觸法律的事情。我滿腦子想著：「萬一耳邊傳來警車的警笛聲，該怎麼辦才好呢？」但是眼前的葛城老神在在，這究竟是怎麼一回事呢？我一面掩蓋自己的不安，一面以含糊的說法那麼問道，她依舊一臉柔和的表情，冷淡地嘟囔：畢竟，只能相信他地等待。這又是正確的主張。根據岩哥所說，名叫阿壞的男子似乎不曾搞砸被委託的工作。確實，除了等待之外，我們沒有能做的事。

葛城的態度是所謂的有膽量，還是缺乏危機意識呢？不過話說回來，跟她一開始給我的印象截然不同。第一次在那間駒込的文化教室遇見時，她幾乎不開口說話，而在TAMA PLAZA的「TERRACE」，她焦躁不安，嚼碎鎮靜劑服下。如今簡直像是另一個人。我又佯裝若無其事地試著問了那件事，她的回答是：我如今也在服用鎮靜劑，而且目的清楚，所以現在相對輕鬆。

這麼說來，在位於初台的銀行提領五百萬圓時，她也光明正大。那是一家舊財閥旗下的銀行，像是木乃伊的老人似乎對它具有影響力，我們被請到接待室，分行經理遞給我們裝了五百萬的信封。女行員恭敬地端來日式糕點和茶水，我當然不曾受過這種待遇，大吃一驚，但是葛城一派從容地收下厚厚的信封，說「真好吃」，一面微笑，一面吃日式糕點。「她是個深不可測的女子」這個念頭益發加深。但是，我不會感到厭惡。事到如今，我不被允許和葛城分開，但是我也不想和她分開。即使和她在一起，也不覺得痛苦，反而心情有些開心。

「快要十五分鐘了。」

我看了一眼手錶，如此低喃時，名叫阿壞的男子出現在窗外，靜靜地開門，緩緩地進入店內。他的樣子既不著急，感覺也不緊張。看起來不像是大白天闖入稅務士事務所，搶奪帳冊而來。或許是因為他個子極端矮小，但是肌肉隆起，像是要將褲子的腰圍和T恤的袖子撐開的緣故，同志的店長和店員們露出了瞠目結舌的表情。年輕店員畏畏縮縮又深感興趣地說：「您要點什麼呢？」靠過來詢問點餐。名叫阿壞的男子說「氣泡水和萊姆」，店員說「是，好的」，聲音有點顫抖。

「這個。」

名叫阿壞的男子將MS記憶卡遞給葛城。帳冊只有正本，影印要花時間，所以他似乎將資料從電腦移至記憶媒體。我心想「快點離開店比較好」，感到緊張。因為我不知道他是以怎樣的方法執行，但總之，他是搶奪來的。說不定稅務士事務所已經報警了。然而，名叫阿壞的男子自行將Perrier（沛綠雅）倒進玻璃杯，以拇指和食指靈巧地擠萊姆，慢慢地喝。

「不逃走沒關係嗎？」

或許終究感到在意，葛城如此問道，但是名叫阿壞的男子搖了搖頭，彷彿在說：沒有必要。

「我也讓他們寫了這個。」

他如此說道，從褲子的口袋掏出細長的紙條給葛城看。那竟然是五百萬圓的收據。上頭確切地寫了「大澤稅務士事務所　大澤紀之」這種署名，蓋了正式印章，而且貼著收入印花。但是，面值五百萬圓，等於名叫阿壤的男子將我們交給他的全額支付給稅務士事務所，自己沒有收取半毛報酬。葛城詢問這一點，名叫阿壤的男子回答「因為受到了葛城小姐的照顧」之後，靦腆地笑了。他的笑容很僵硬，但是換個角度看，感覺也像是幼童一樣純樸。

「相對地……」

名叫阿壤的男子低下頭，露出更害羞的表情，抬起頭來看著葛城，小聲地說：隨時都可以。

「妳可以再唱那首歌給我聽嗎？哎呀，真的隨時都可以。妳應該討厭那間公寓，所以哪裡都可以，附近一般的卡拉OK也行。」

他如此說完之後，注視葛城好一會兒，然後緊抿嘴唇，又別開視線，眺望窗外。

「〈雨中花〉？好啊。我隨時唱給你聽。」

葛城隨著微笑如此說道，他脫口說出「moke」或「shake」之類聽不懂的話。葛城又問：「咦？你說什麼？」他以日文又小聲地低喃：謝謝。剛才的「moke」或「shake」之類聽不懂的話是波斯語，似乎是「謝謝」的意思。不過話說回來，他是怎麼獲得帳冊的資料呢？以五百萬圓買的嗎？五百萬確實是一筆鉅款，但是稅務士事務所應該有保守客戶隱私的義務。

「這個我收下了。」
名叫阿壞的男子又將收據收進褲子的口袋，說：我們離開這家店吧。
「呃，所以，這個資料是用買的嗎？」
前往中野站的半路上，葛城如此詢問，名叫阿壞的男子說「不是」，搖了搖頭，回答：我讓他們選的。「我從以前就擅長刺拳。」
他如此說道，忽然停下腳步，擺出戰鬥姿勢，右手朝我的臉做出向上揮的動作。那簡直是快到看不見的動作，我不曉得究竟發生了什麼事，顴骨一帶感覺到輕微的刺激。名叫阿壞的男子的拳頭，大概以不知有沒有碰到的微妙程度，碰到了我的臉頰，感覺簡直像是刀尖以極快的速度掠過臉頰，我霎時一陣暈眩，然後腋下狂冒冷汗，感覺到起了雞皮疙瘩。
「我以刺拳劃破一人的臉頰。然後採取了讓對方選，看是要被粉碎下巴、打斷牙齒和鼻梁，還是收下五百萬這種做法。」
葛城問：「你讓對方受傷了嗎？」似乎只是稍微劃破了臉頰。
「貼OK繃就OK。」
名叫阿壞的男子說「有什麼事的話，跟我聯絡，我也會偶爾跟你們聯絡，偶爾聯絡」，從車站前搭上計程車。

「這幹得漂亮。」

從喇叭傳來有點黏膩的聲音。是名叫永田的男子發出的。松野將MS記憶卡的資料附在電子郵件寄送。聯絡名叫永田的男子，通知他「資料到手了」，他便說要過來這裡。然而，葛城面露不悅，而我也不想見到他。

「我可以問，你們是怎麼弄到手的嗎？」

葛城說「不行」，以冷淡的語氣拒絕，名叫永田的男子「哼～」地發出不悅的聲音，然後沉默了。好像破壞了他的心情。葛城一面輕輕地觸摸我的臉頰，一面說：還紅紅的。名叫阿壞的男子拳頭掠過的一帶，過一陣子之後變紅了。並沒有腫。我想：不是內出血，而是銳利的刺激造成皮膚過度反應了。假如那一記刺拳再深一釐米的話，皮膚應該就裂開了。假如再深入一公分的話，說不定顴骨就骨折了。名叫阿壞的男子說，他劃破了稅務士事務所的一人臉頰。似乎事務所的所有人都目擊了那一幕。一般人大概沒有實際挨過職業拳擊手的拳頭。我受到不知有沒有碰到皮膚這種極淺的刺拳，冒冷汗，起了雞皮疙瘩。倘若刺拳能夠劃破臉頰的皮膚，應該任誰都會切身感覺到，換作直拳或上鉤拳，下顎就會被粉碎。而且，他並非恐嚇交出錢來，反而是說要支付五百萬圓。再說，他要求的是醫師自殺的開業診所的帳冊，被閱覽了也不會造成任何人的困擾，而且正本還留著，所以萬一警方調查，也不會被發覺。假如我是稅務士，應該也會毫不猶豫地交出資料。稅務士被迫寫了收據，所以不可能報警。

葛城並沒有催促名叫永田的男子說話，算是以無視他的態度，一會兒將手機移開耳朵，一會兒又貼近，舒適地坐在沙發上。今晚就五月而言，有點悶熱，她一身偏大的白色T恤和短褲的打扮。形狀姣好的修長雙腿在我眼前，松野也目不轉睛地注視著呈現不可思議曲線的小腿。

「妳看過收據了嗎？」

名叫永田的男子清了清嗓子之後，又說起話來。葛城以不感興趣的口吻回應：看過了。帳冊是以表格計算軟體製成，但是掃描的收據是以PDF附上。不過，學會等出差經費、醫師之間的聚餐明細、看似用於聯絡患者和同業醫師的機車快遞，以及宅配等，找不到和恐怖攻擊有關的東西。

「是機車快遞。」

名叫永田的男子以裝模作樣的沉重語氣，如此說道。但是葛城說「啊，是喔」，態度依舊愛理不理。感覺甚至冷淡。雖然不知真假，但對方是小學時侵犯她後庭的人，所以她如今仍對他心懷怒氣或恨意也不足為奇，但葛城沒有那麼單純。說不定她知道，要從名叫永田的男子口中套出話來，愛理不理的冷淡態度反而有效。

「畢竟，秋月醫生會使用機車快遞，聯絡患者。我也經常用於寄書或DVD。」

葛城像是在說「你到底想說什麼」？刻意以自暴自棄的語氣訴說。名叫永田的男子身上散發著性異常者的氛圍，但是似乎對自己的專業領域相當有自信，而且感覺自尊心強。前幾天見面時，他也冗長地持續說些無關緊要的事，像是將蔬菜汁混入果汁，就會變成大便顏色，裝模作樣，一旦提及重要的事，就遲遲不肯說。有一種人是一旦對方表現出興趣，就會捨不得拿出資訊，沉默以對，而一旦被無視，就會變得饒舌。這種人大多有陰暗的過去，個性扭曲。

「關於機車快遞的收據，有的是跟送貨單在一起，有的是另外開立。從去年的十月左右開始，使用機車快遞的頻率突然增加，妳發現了嗎？」

葛城說：「不，我沒發現，那又怎樣？」不改佯裝漠不關心的態度。

「我大致數了一下，名叫秋月的醫生在這一年來，使用了一百三十七次機車快遞，但是去年九月之前，只有二十四次。其餘的一百一十三次集中在這半年，尤其是最近的三個月，使用了多達七十九次。」

葛城冷淡地回應「會不會是因為很忙？醫生說：患者在春季會增加」，對松野做出轉動手指的動作。意思是有沒有確實錄到音？松野將葛城的手機連接至電腦監視。以頭戴式耳機檢查錄音狀態，雙手彎曲，在頭頂上合攏，比了大大的圈，做出從前的ＯＫ手勢。

「不是。我跟妳說，不是那樣。」

名叫永田的男子如此說道，以「啊啦啦啦啦啦啦啦啦」這種像是漱口的奇怪聲音笑了。他的笑聲從喇叭響起，很刺耳，惹毛了我，但是葛城大概習慣了，沒有失去冷靜，耐著性子等待他講重點。

「確實，他經常使用機車快遞，寄東西給患者和同業的醫生。不過，那些是寄給個人、醫院、診所、綜合醫院，以及大學的研究室等，完全沒有問題。有問題的是其他幾個寄給企業，或者應該說是法人的。我大致看了一下，有些莫名其妙的公司名稱，像是Career Garage，或者Aqua Sky。Career Garage是人力派遣。我調查它去年度的營業額，大約是三十億，就派遣業來說，差不多是主要企業，在評價網站的排行榜中，也擠進相當前面的名次。Aqua Sky是從國外進口作為寵物的爬蟲類和兩棲類的公司，因為業務型態的關係，營業額不怎麼樣。除此之外，還有Saitō Pleasure集團，這是專門賣麵的餐廳連鎖店。它賣義大利麵、烏龍麵、蕎麥麵、拉麵、河粉、米粉等，現在開店數停止增加了，但是標榜能夠吃到各種麵，兩年左右之前，快速成長。這家的年營業額約一百億左右。除此之外，還有幾家公司。有一家叫做新光興產的老進口業公司，它如今成為控股公司，剛才列舉的人力派遣、進口烏龜和蛇的公司，總之，它們全部都在它的體系之下。」

葛城說「原來如此，你果然有兩把刷子」，這才誇獎他。她大概是感覺到他的話接近重點了。其實，我們也大致看了帳冊和收據，發現了機車快遞的數量很多。寄送地址除了個人的患者、同業的醫生之外，也看到了有幾家公司，在能力所及的範圍內調查了一下。Aqua Sky和Career Garage有網址，所以松野調查了。但是，如果是販售武器、彈藥或化學武器，不可能有公司會在網頁上介紹，所以仔細想想，這是理所當然的事，但是找不到任何和恐怖攻擊有關的事物。身為身心科醫師的秋月，為什麼有必要使用機車快遞，寄東西給進口烏龜、蛇和蜥蜴的公司呢？這的確是個謎，但是輕率地認為，那家公司的經營者應該曾是患者。當然，我們對這些公司的營業額不感興趣，更何況這些公司是同一個體系，我們根本無法想像。

「寄東西給這些公司的機車快遞，是從去年的八月左右開始慢慢出現，如同我剛才說，從去年十月開始突然開始增加。而且，關於送貨單的品名，以及收據的書信處理內容，妳看到了那個不可思議的名稱嗎？」

葛城說「不，我沒看那麼仔細」，重新在沙發上坐好。或許是因為名叫永田的男子的資訊開始慢慢帶有具體性，她的雙眼閃閃發亮。我也開始興奮，而葛城從短褲延伸而出的修長雙腿也充分造成了刺激。我和正在進行電話錄音的松野不一樣，無事可做，所以目光忍不住望向她的雙腿。不過話說回來，我之前沒意識到葛城的雙腿長這樣。我覺得她不是會花時間保養身體的那種人，但是她的雙腿白皙無瑕，毫無色斑、粉刺或暗沉的部分，細毛和毛孔一點也不明顯。簡直像是人體模型，我心想：「摸起來是怎樣的觸感呢？肌膚是不是會像是吸附在手上呢？」稍微聽漏了名叫永田的男子的後續。

「從去年十月左右開始，寄給公司的品名當然基本上是文件。欸，這是當然的。不過，像是備註、處理注意事項，以及文件標題等欄位中，隱約記載了像是奇妙的暗號。妳注意到了嗎？」

葛城說「我沒有注意到，而且看不太清楚」，像是認輸了似的嘆了一口氣。

「沒錯，像是鬼畫符一樣，以片假名或平假名所寫，如果不仔細看就看不出來，重要的資訊不可能記載成『這是十分重要的資訊』這種樣子。越重要的資訊，往往越輕描淡寫，讓它不顯眼。就像是因為雜草叢生而看不清楚的路標一樣。」

葛城說「原來是這樣」，發出佩服的聲音，但是用手摀住通話口之後，說「他說雜草叢生的路標」，傻眼地淺笑。

「首先，從去年十月到十一月，品名的後面加註了コウホネ（kōhone）這個像是暗號的片假名。到了十二月，ハルノオガワ（harunoogawa）這個有名的童謠歌名，也寫在幾個備註欄中。我想是童謠吧？咦？妳不覺得是童謠嗎？」

葛城坦誠地說：「嗯，我想，確實是童謠，不是嗎？」等待名叫永田的男子接著說。我們在幾個備註欄中，注意到記載了「ハルノオガワ」，但是真的以為那是童謠的CD，或者樂譜之類的東西，沒有特別留意。

「那ウダガワ（utagawa）和ジンナン（jinnan）怎麼樣？」

名叫永田的男子如此說道，我忍不住將視線從葛城的雙腿移至喇叭。ウダガワ和ジンナン這種名稱，直接連結悲慘的記憶。宇田川（ウダガワ）、神南（ジンナン）這種專有名詞，讓我想起了NHK和它的西側大門。

「沒錯，如今沒有宇田川（ウダガワ）這條河流，但是從前有。而且有河骨川這條支流，似乎成為童謠〈春天的小溪〉（ハルノオガワ）的題材。然後，十二月的下半個月左右，開始出現ミネマチ（minemachi）、ウノキ（unoki）這種名稱。妳知道嗎？它們是池上柳橋商店街附近的地名。然後啊，進入今年一月之後，終於開始出現ツノハズ（tsunohazu）這個名稱。ツノハズ在戰後也用了一陣子，如今也偶爾會看見。歌舞伎町一帶從前叫做ツノハズ。妳知道嗎？」

葛城的臉色鐵青。松野聽到池上柳橋商店街，八成想起了透過割草機的恐怖攻擊，嘴巴張得大大的，露出了畏怯的表情。澀谷NHK、池上柳橋商店街，以及歌舞伎町，光是這樣就夠了。葛城皺起眉頭，失去平靜，把手伸向桌子，從錢包拿出鎮靜劑嚼碎。但是，永田的資訊分析並未結束，他接著說起了令人無法置信的事情。

「可是啊，ツノハズ這個名稱在二月上旬，馬上就沒有出現了。好像從兩個月到半年前，就會結束用來準備的聯絡。然後，欸，關於這個，我想是惡作劇。地名還是會以片假名出現。因此，直到最近這一陣子為止，機車快遞中都記載著這些地名。妳聽好了。像是ウワ（uwa）、ノト（noto）、アリウラ（ariura）、オマエザキ（omaezaki）等。除此之外，還有幾個。這妳知道嗎？」

葛城說「我不知道」，聲音在顫抖。總覺得這些地名很耳熟。我基於本能，不想知道這些地名的共通點，但是聽到オマエザキ這個地名，心跳開始加速。而名叫永田的男子重重地吁了一口氣之後，說：

「全部都是有核電廠的地方。」

核電廠？我囿於一種討厭的感覺，像是吞下了某種又硬又重的東西。那不是不安或恐懼，而是生理性的不對勁。葛城將貼在耳朵的手機放在桌上，一臉陰鬱，輪流看著松野和我。

「哎呀，但我想是惡作劇就是了。」

從喇叭聽見名叫永田的男子在說跟剛才一樣的話，令人更加焦躁。雖然他喋喋不休，感覺輕浮，但是我感受到他在掩蓋情緒。NHK西側大門、池上柳橋商店街，以及歌舞伎町的新宿MILANO都不是在開玩笑。唯獨核電廠，沒有根據證明，這肯定是惡作劇。松野說「是啊，這終究是開玩笑」，聲音高八度地脫口如此說道，但是眼神渙散，表情僵硬。葛城露出茫然的複雜表情，注視著自己的腳尖。秋月說，要讓日本被野火燒光，不需要戰爭或空襲等，突然說起了核電廠。他的話具有真實感，令人害怕。我也清楚地記得。

你知道核電廠有幾座的管線快要損壞了吧？也有人指出，大地震後的福島第一核電廠的事故，不是因為海嘯，而是老舊損壞的冷卻系統的管線因為大地震而壞掉。不只是冷卻系統的管線變得老舊，連直接連接核子反應爐的管線也大多變得老舊。假如它們破裂，或者即使只是產生裂縫，會怎麼樣？渦輪機也相當老舊。冷凝器堵住、循環馬達故障的話也會完蛋，要是冷卻系統的管線斷裂，接下來就會直接引發大災難。除此之外，日本各地有儲存使用過的核燃料棒的水池，大致上都以幾千枝為單位儲存，必須持續冷卻。幾千枝核燃料棒差不多是十座核子反應爐的燃料體，而且這些和核子反應爐不一樣，既沒有圍阻體，也沒有堅固的防禦壁。只覆有薄薄的混凝土牆壁，所以幾百度的熱度就會造成崩坍。光是危險的傢伙投擲幾顆黃色炸藥，核燃料棒就會到處散落。假如這種狀態不是被野火燒光，究竟什麼是被野火燒光？秋月淡淡地如此說道。

不過，我不清楚來西杉郎他們的網絡內，發生了什麼事。秋月自殺了。而給予我們任務、像是木乃伊的老人，說網絡中出現了一群失控的人。秋月的自殺是在新宿MILANO的大規模恐怖攻擊之後。搞不好秋月、像是木乃伊的老人率領的團體和那一群失控的人之間，在某個時間點產生了意見分歧。

「核電廠是那個核電廠吧？」

葛城像是自言自語似的低喃道，名叫永田的男子毫無回應。從設成擴音模式的手機，只有不時流瀉出說不上是嘆息或清嗓子的細微聲音。名叫永田的男子沒有反應是當然的。被問到「是那個核電廠吧？」也無從反應起。哪有什麼這個核電廠、那個核電廠，發音為核電廠的三個字指的，只有核能發電廠。松野依舊失去平靜，一雙大眼睛四處張望，輪流看著我和葛城。他大概難以忍受沉悶的沉默，想要說些什麼，但是說不出話來。

「是喔，果然是核電廠。」

葛城感覺自暴自棄地如此說道，我心想：她一定是想起了七年前。核電廠不是鬧著玩的。那場大地震之後，福島第一核電廠陷入危機的狀況，「除了東北之外，連關東也很危險」這種謠言滿天飛，外國人的身影幾乎從街角消失。不只是美國和歐洲的派駐人員和商務人士，連從亞洲來工作賺錢的人們也逃回自己的國家。我失去工作，被妻子和女兒拋棄之後，變得自暴自棄，而且上了年紀，心想：「輻射性物質飛過來就飛過來，又能怎樣？」不把這件事放在眼裡。但儘管如此，那種沉悶的心情依舊難以忘懷。異常的氣氛像是發生了某種無可挽回的事，原本堅信固若磐石的事物輕易地崩塌，整個景象扭曲了。我心想：雖然有程度之差，但是任誰都是類似的心情。有專家說「關東、東京不要緊」，但也有宗教家在街頭訴說：必須逃到地球的另一端才行。大多數的人都隱忍不安地生活，光是從淨水場檢測出微量的銫，寶特瓶裝的水就會從超市和便利商店被搶光。

全部都是有核電廠的地方。名叫永田的男子如此說道，一想到那種事情又會重複上演，全身就乏力了。我囿於一種壓迫感，彷彿某種又大又重的東西壓在頭上。

「可是啊，為什麼使用機車快遞？除此之外，應該還有很多種聯絡方法。使用機車快遞，說不定會被誰看見，而且也有可能遺失。使用機車快遞聯絡重要的事情，我覺得很奇怪。」

葛城如此說道，從喇叭傳來名叫永田的男子的嘆息。葛城目不轉睛地注視著我，彷彿在說：對吧？你也這麼覺得吧？她像是在徵求我的同意。我心想：她下意識地想要逃離核電廠這三個字產生的沉悶。我也差不多，從剛才心裡就感到不對勁，頻頻想要打斷他們的對話。我想要認為：那不過是區區機車快遞，而且是備註欄、注意事項和文件標題的事情，有必要那麼嚴肅嗎？

「機車快遞確實是極致的老派做法，但實際上，它最安全。」

令人意外的是，如此反駁的人不是名叫永田的男子，而是松野。他露出悲傷的眼神，說：如果使用雲端服務，反而不知道資訊會在哪裡被人提取。

「像是國際性商務、政府間的交流，還有犯罪和恐怖攻擊的組織，其實重要的資訊都不是經由網路，似乎由人直接運送成了常識。尤其是用於炸彈的電氣雷管等，聽說一定會由人運送至現場。」

葛城說「哇～原來是這樣」，像是覺得怎樣都無所謂似的如此低喃道，八成她自己也早就知道了。只是不願接受核電廠這種字眼而已。我一開始也心想：在這種電子時代，為何要使用機車快遞？但是，我馬上憑直覺感覺到：這一群人肯定是真正的恐怖分子。我不知道他們運送了哪種資訊。但是，在那間駒込的文化教室，我的夾克裡被塞進了訊息，那張紙條上貼著極小的顯微膠片。松野解讀它，浮現了池上柳橋商店街這幾個字。來西杉郎的團體擅長資訊技術。並不是因為不能使用網路，所以使用機車快遞。使用機車快遞運送的資訊，肯定動了各種手腳，以便縱然遺失，或者被誰看見，也不知道它是什麼。葛城應該起碼也知道這種程度的事。

「然後，其實還有別的。」

從喇叭又傳來名叫永田的男子的聲音，葛城冷淡地回應：咦？什麼？她顯然感到焦躁。

「關於數字。」

因為不是核電廠這一個詞，所以心情稍微變得輕鬆。葛城說：「數字？」似乎也鬆了一口氣，一面重重地吁了一口氣，一面在沙發上重新蹺好修長的雙腿。白得宛如透明的小腿皮膚上，細細地浮現藍色的血管。我愚蠢地心想：女人的美腿具有力量。自從聽到核電廠這三個字之後，糾纏著身體的沉悶消失了一秒鐘。令人難以置信的是，我差點起了生理反應。某個人的書中提到，身心的危機會透過興奮傳導物質，刺激性慾。那或許是對的。雖然不清楚真假，但是外公說他在空襲時，在防空洞「做人成功」。

「妳沒有發現嗎？」

發現什麼？數字？

「沒錯。有九張送貨單的備註欄中，記載了88。」

葛城說「那個有看到」，看著我和松野，點了個頭。確實，有幾個寫著「88」或「八八」的數字。

但是，那也是像鬼畫符的潦草字跡，我們以為應該是單純的日期、重量或長度之類的東西。

「這不是日期，也不是重量或分類的數字。」

那麼，是什麼呢？

「哎呀，我不知道。我想，是暗號。如果是資產管理目錄或資產負債表，我就知道，但是我不是暗號的專家，能不能請你們調查呢？」

松野說「我來調查」，指著自己的胸口。他指示放在大腿上的電腦，說：我想，搜尋一下就會知道。

「不用調查秋月使用機車快遞，寄東西的公司嗎？」

我對著喇叭，問名叫永田的男子。沒有必要監視Career Garage、Aqua Sky、Saitō Pleasure集團，以及總管它們、叫做新光興產的持股公司，有沒有奇怪的動作嗎？然而，若要監視，就很麻煩。監視需要人手，而且說不定會被對方察覺。

「就算調查，大概也查不出個所以然。因為就公司的業務而言，它們不是在進行恐怖攻擊。就算偷竊帳冊，或者二十四小時監視，應該也不會有任何斬獲。」

或許他說得確實沒錯。新光興產和其集團企業的總公司都在品川，自從創立以來，持續家族經營，股票未上市，但無論是合併結算或單獨結算，一次也不曾出現虧損。似乎是模範生般的優良企業。話說回來，如果整家公司策劃恐怖攻擊，資訊一定會從某個地方洩漏。知道祕密的人越少，風險越小。

說到這個，曾幾何時，松野對我說過蓋達型的組織論，但是來西杉郎的團體和其網絡似乎不是擁有垂直方向命令系統的金字塔形組織，而是幾個獨立的細胞有機地互相連結，各細胞的成員也不知道整個團體的全貌。新光興產應該是開始失控的主要細胞不會錯。但是，事情應該不單純，譬如將員工訓練成恐怖攻擊的執行犯。恐怖攻擊的執行犯大概是秋月以私人一對一的形式獲得，而準備可燃物和芥子氣的恐怕是另外的團體。

新光興產的經營者是創立者的兒子，名字叫做光石幸司，似乎幾乎不和其他經濟人來往或交朋友，也完全沒有出現在媒體。網頁的公司概要中，也沒有社長的照片。只介紹了「我們的職責是改善社會，有助於人們獲得幸福」這種簡短的公司經營方針。根據名叫永田的男子所說，光石幸司的年齡是七十五、六歲，似乎是老派的獨裁經營者，為人敦厚的紳士。聽說他熱中於貢獻社會，尤其是長年雇用殘障人士，數度獲得東京都和厚生勞動省表揚。但是，置身於失控的細胞核心，和大規模恐怖攻擊有關的，是經營新光興產的光石。其他經營陣營的成員和屬下們不可能拋開光石，企圖進行恐怖攻擊。事業計畫和資金流向等資訊，彙集於高層。其他人不可能隱瞞光石，策劃什麼。

「總之，資訊很少。不過，這個名叫光石的老頭子做了許多社會貢獻，檯面上的資訊只有和這些相關的事情。雇用殘障人士，以及捐款給在柬埔寨、寮國、中美洲等清除地雷的活動，而且參與為了保護非洲象而禁止使用象牙的活動、禁止為了取魚鰭而獵捕鯊魚等各種慈善活動。所以，經營型態很保守，譬如集團的麵類連鎖店的開店速度也非常緩慢。當然，他不貸款經營，公司債的信用評等總是維持在最高等級。不過，太過無可挑剔，反而讓我覺得有點異常。」

名叫永田的男子說：那個像是木乃伊的老人，或許知道些什麼。

「我想，他知道。企業沿革中稍微提到，這個老頭子的父親，也就是創立者，名叫光石洋二郎，是從滿洲撤回的僑民。」

「如何？」

葛城盯著螢幕。松野正以「88」這個數字搜尋。若是只以「88」搜尋，會出現數量龐大的網站、報導和部落格。譬如原子序88是鐳；88歲是米壽；整個天空的星座數量是88；平台鋼琴的琴鍵，黑鍵有36個，白鍵有52個，合計數量是88；業餘無線電中，對女性道別的招呼語是88；從前的個人電腦8800系列是88，俗稱hachihachi；88代天皇是後嵯峨天皇；第88屆內閣總理大臣是小泉純一郎。松野增加關鍵字，進一步搜尋。但是，以「88　武器」也不行，「88　炸藥」或「88　化學武器」也沒有成果，頂多是以「88　軍火」搜尋時，出現韓國第一款國產坦克KI。KI似乎被稱為88（paruparu）。中國軍也有88式坦克。但是，韓國或中國的坦克攻擊核電廠並非現實的。再怎麼樣也不可能進口軍火。

接著，松野終於以「88　核電廠」搜尋。目前為止，他好像沒來由地猶豫。我和葛城都覺得「或許會弄清某種關鍵性的事情」，心裡不舒服。然而，搜尋結果是事故的一年後，福島第一核電廠的二號機，壓力容器下部的溫度從八十八度上升至約一百六十度、一九八八年，隸屬於普天間基地的美軍直升機幾乎在伊萬核電廠的正上方劇烈碰撞、每天檢查鈽的外部輻射值的NPO機關雜誌第88號，盡是這種東西，找不到和恐怖攻擊有關的東西，我與其說是失望，倒不如說是鬆了一口氣。以「88　核電廠　恐怖攻擊」這種關鍵字搜尋，也沒有出現任何東西。

我直覺地認為：假如要以核電廠為下手目標，會不會讓執行犯身為作業員溜進去呢？要帶進黃色炸藥應該終究不可能，秋月說：只是讓變得老舊的管線斷裂或產生裂縫，就會直接引發大災難。暴力團體和仲介核電廠作業員有關這種傳言也不斷。要將突砍的年輕人送進核電廠當作業員並不怎麼困難。但是，我有點難以想像突砍的年輕人揮舞鐵錘，破壞核電廠管線。單獨一人能做的事情有限。光是高舉鐵鎚，應該就會被身邊的人制伏。此外，送進許多人的話，應該會被起疑，而且未必所有人都隸屬於同一個工作場所。再說，應該只有極少數的技術人員才知道和核子反應爐直接連結的管線詳情。電視等介紹的影像中，核子反應爐周邊的管線非常複雜，而且感覺堅固。接合部分是以粗螺栓確實地固定。不可能用鐵鎚敲一敲就會斷裂。

「88是否果然沒有任何關係呢？」

松野和搜尋引擎奮戰了一晚。結果，我和葛城也陪到最後。不過，我們並非認為「88」這個數字中應該隱藏著什麼，而拚命地努力破解它。我們只是囿於無力感，無計可施，而且沒有其他事情可做。

「引進機器了。」

從連結電腦的喇叭系統，傳來機械的聲音。那是連結電腦和電腦的視訊通話。像是木乃伊的老人躺在擔架型的床上，而模樣像只是將皮膚貼在頭蓋骨上、身穿黑色套裝的女性挨在他身旁，支撐著香菸盒大小的機器的手臂部分。機器似乎是讀取嘴唇的動作，轉換成聲音的裝置。我和葛城造訪老人家時，沒有那種東西。當時，葛城將耳朵靠在像是木乃伊的老人嘴邊傳話。

「這是跟你們聯絡用的。」

耳邊傳來來自像是木乃伊的老人的人工聲音訊息，身穿黑色套裝的女性問：聲音這樣可以嗎？女性是不清楚幾歲的老年人，但是相較於人工聲音，人自然的聲音聽起來感性多了。聲音轉換裝置是高價的最新機種，除了音量之外，像是音質和音調，以及說話速度等，似乎能夠進行各種轉換。我還在念高中時，有位叔叔因為動了喉癌的手術，以人工聲帶說話，但像是從馬達擠出來的人工聲音，非常難聽懂。像是木乃伊的老人的人工聲音音質非常清晰，聲音圓滑地連結。像是木乃伊的老人說「德國製的」，說出這幾個字之後，看起來稍微放鬆了臉頰。我雖然沒有根據，但是沒來由地心想：他一定喜歡德國。兩者的年齡加起來，恐怕超過兩百歲。我忽然心想：「是誰安裝電腦、設置視訊通話機器的呢？」但是想起不能對那位像是木乃伊的老人抱持疑問，決定不想多餘的事。

「光石啊。」

繼人工聲音之後，流瀉出深深的嘆息。

「果然是光石啊。」

像是木乃伊的老人說了兩次「光石」之後，沉默許久。通話用的攝影機好像不是內建於電腦，而是固定在擔架型床鋪旁的某個地方。有些俯瞰地映照出像是木乃伊老人的上半身，以及身穿黑色套裝的女性的背影。我們是從電腦內建的攝影機傳送影像。所以三人必須把臉貼在一起，盯著螢幕。我知道現在不是想入非非的時候，但是每當葛城柔軟白皙的臉頰觸碰到自己的臉頰，內心就會產生一陣感動，感覺到久久不曾感受到的那種幸福感。

「我們曾是好友。」

「同志。」

「他很優秀。」

「而且廉潔。」

「連結ㄌㄧㄢˊㄐㄧㄝˊ」這個人工發音有點難聽懂。像是木乃伊的老人好像實際發出了「ㄐㄧㄝˊ」這個字的爆破音⑨。松野在耳邊小小聲地告訴我：嘴唇的動作在完全不發出聲音時和實際發出聲音時，似乎會有微妙的差異，反覆幾次之後，電腦會學習，但是第一次的時候，會產生困惑的狀況。曾是他好友兼同志的光石，是如今的新光興產經營者的父親。像是木乃伊的老人應該也認識他兒子。而最大的問題是核電廠，以及88這個數字之謎。名叫永田的男子說，那個老人應該知道。但是，根據名叫永田的男子所說，光石洋二郎相當久之前過世了。他兒子如何呢？葛城將臉湊近攝影機，緩緩地如此問道。

「當、然，當然。」

像是木乃伊的老人說了兩次「當然」，第一次的時候，人工聲音有些延遲地傳來。松野又替我解說：嘴唇的動作看起來像是在說「黨然」，讀取裝置大概是花了一點時間才察覺沒有那種登錄單字。

「認、識。」

為了讓讀取裝置能夠更正確地辨別，像是木乃伊的老人斷開音節地說話。我心想「他明明臥病在床，全身插著管子，無法靠自己發出聲音，但是居然會注意到這種地方」，感到驚訝。他的身體接近木乃伊，但是大腦仍在活動。

「他是個、出色的男人。」

嘴唇的動作又停止了一陣子。葛城問：「Sensei，您還好吧？」身穿黑色套裝的女性在攝影機前面探出頭來，說「不要緊」，頻頻點頭，傳來「不是非休息不可的狀態」這種聲音。好像不是體力快要用完了。因為老人躺著，所以根本看不清楚，而且分不清是皮膚、皺紋，還是骨頭，無法清楚辨別他臉上的表情等，但是感覺他說話有點痛苦。或許是說起光石的事很痛苦。

葛城問：「Sensei，關於88這個數字，您是否知道些什麼？」感覺像是木乃伊的老人的呼吸有些紊亂。

「我希望？你們、注意聽。」

「許多、軍人、文職人員、民間人士，」

---

⑨ 譯註：日文發音爲keppaku。

「從滿洲、帶回了、」

「各種東西。」

「金塊、」

「珠寶、」

「礦物、資源、」

「鈾、等。」

「我、反對。」

「我、什麼也、」

「沒帶回來。」

「我聽說，」

「光石、分解、」

「三門、為了、」

「對俄、戰爭，」

「特別、配備、的、」

「德國製、」

「88釐米、高射炮、」

「運回來了。」

「ㄔㄥˊㄒㄧㄥˊ、ㄓㄨㄤ　ㄧㄠˋ彈、」

「一〇〇發。」

「真相、我也、」

「不知道。」

「但是，威力、」

「不可小覷。」

「轉用、為、」

「反、坦克、陣地戰。」

「能夠、破壞、」

「坦克的、裝甲、」

「碉堡。」

像是木乃伊的老人呼吸變得更加急促，先停止說話。或許是心理作用，他看起來也像是臉部扭曲，正在擠出吃奶的力氣。松野用平板電腦，以「德軍　88釐米　高射炮」搜尋，給我們看那個高大的機械武器的影像。搭載於感覺堅固、像是卡車的車輛，炮身非常長。新光興產的創立者似乎有可能拆解它，帶回日本。松野將「ㄔㄥˊㄒㄧㄥˊ ㄓㄨㄤ　ㄧㄠˋ彈」轉換成「成形裝藥彈」這個漢字搜尋，報告：透過金屬射流，為了貫穿坦克裝甲和水泥碉堡而製作的炮彈、彈頭。將88釐米高射炮轉用為反坦克炮的情況下，似乎對地目標有效射程約一萬四千公尺。我不太清楚金屬射流是什麼，但是聽到它是用來貫穿坦克裝甲和水泥碉堡，馬上心想：「它是否能夠貫穿核子反應爐建築物？」囿於一種差勁透頂的感覺，像是一堆小蟲子在背部和脖子爬來爬去。

「光石是、理想、主義者。」

「沒有、私人的、欲望。」

「唯有、社會、正義。」

「警方、不行。」

「找某個、政治家、官僚。」

「我、認識的人、不行。」

「找值得、信賴的、某個人。」

「找那個人、商量。」

從像是木乃伊的老人嘴巴動作看得出來，他開始省略助詞。說不定他因為光石和88釐米高射炮的話題，消耗精神，喪失了力氣。像是木乃伊的老人好像在說：不可以拜託警方，找他擁有的網絡之外、值得信賴的政治家或官僚商量。他似乎不清楚名叫光石的男子是否真的擁有88釐米反坦克炮。我直覺地認為：光石肯定擁有。因為最糟的預感，一定會成真。

身穿黑色套裝的女性盯著攝影機，說：差不多該結束對話了。像是木乃伊的老人好像呼吸開始紊亂，要動嘴巴或嘴唇也變得困難。不過話說回來，身穿黑色套裝的女性的臉靠近攝影機，變成特寫，她的臉很嚇人。剛才精神集中於像是木乃伊的老人和他說的話，女性出現在攝影機前面只有一瞬間，所以沒有看清楚，但是這次變成了塞滿我們這邊螢幕畫面的大特寫。有一對曾是國民偶像的超高齡雙胞胎老奶奶，她們兩人感覺全身縮水，臉上刻劃著數不清的皺紋。但是身穿黑色套裝的女性皺紋很少。有些高齡者，主要是男性，紅潤的皮膚緊繃，臉部異常光滑。但是，女性的臉部跟那種容貌也不一樣。高級的家具木材中，有一種質地堅硬的木材，即使燒焦之後，也會保留形狀。女性的臉部就像是將半透明的保鮮膜貼在以那種木材造型的頭蓋骨上。但是，造型完整。雖然如今是枯木，但是她幾十年前應該有一張漂亮的瓜子臉。

「改天再跟你們聯絡。」

身穿黑色套裝的女性如此說道，葛城回應：好。我說：「不好意思，能不能確認一件事？」我心想：必須針對警方，進行確認。為何警方不行呢？如果核電廠和88釐米反坦克炮具有真實感，我們就無法對抗。我們雖然有一名能夠一拳粉碎對方下顎的協助者，但是和反坦克炮是不同的層次。

「你們、」

「想、」

「辦、」

「法、」

「處、」

「理！」

人工聲音變得斷斷續續，身穿黑色套裝的女性說「這次真的要結束對話了」，影像從螢幕消失，也沒有發出聲音了。像是木乃伊的老人說的最後一句話是：你們想辦法處理。警方無法處理是怎麼一回事呢？

「是不是要找自衛隊才行的意思？」

松野一面從電腦拆卸通信裝置，一面如此說道。他的臉色比從名叫永田的男子口中聽到核電廠時好，臉上也恢復了開朗的表情。葛城也從剛才不斷地嘆氣，但是沉悶的感覺消失。然而，並非從像是木乃伊的老人獲得各種資訊，令人安心，改善了心情。松野給我看影像，那是炮身高大的武器，一點也不熟悉，我也無法想像有日本人擁有這種東西。情勢超乎想像，真實感變淡了。使用奇妙的機器，和乍看之下，甚至無法判斷他是否活著、像是木乃伊的老人通話；假如孩子看到的話，一定以為她不是人類，而是恐怖片中的角色，外貌異常的超高齡女性，光是如此就快要令人失去真實感。除此之外，像是德軍的88釐米反坦克炮、將三門88釐米反坦克炮拆解，跟成形裝藥彈這種特別的炮彈一起運至日本，一連串異想天開的話題。太過跳tone，反倒是核電廠恐怖攻擊的迫切感變淡了。假如聽到明天核電廠會爆炸，就會因為不安和恐懼而思緒混亂，但是假如聽到明天火星人要攻擊地球，應該就會覺得是開玩笑而鬆了一口氣。舊滿洲、88釐米反坦克炮對於我們而言，跟火星人襲擊地球差不了多少。

「畢竟，警方面對恐怖攻擊的情況下，會對抗炸藥和小型槍械。所以基本上，恐怖分子會偷偷地進行破壞活動。九一一也是，他們佯裝成一般旅客，對吧？所以，譬如九一一的情況下，假如幾十架戰鬥機和轟炸機從某處飛來攻擊貿易中心，那就不是恐怖攻擊，而是戰爭了。假如恐怖分子假扮作業員，拿著小型槍械搭小型船從海上靠近核電廠，警方應該能夠處理，但是換作88釐米反坦克炮，你們剛才也看見了吧？你們看一下這個。這不是恐怖攻擊的道具，是軍隊的武器。所以，警方不行吧？」

松野如此說道，在影片網站找出德蘇的有名坦克戰，給我們看88反坦克炮實際發射，舊蘇聯軍的T34這種坦克燃燒起來的影像。那是史達林格勒保衛戰（Battle of Stalingrad）的紀錄影像，除了88釐米反坦克炮之外，還展開激烈的巷戰，葛城看到因為機關槍和機槍掃射，士兵相繼倒下的場景，低喃「總覺得好像電玩一樣」，看得入神。

松野在大學主修應用生命系統工程學，而且將蓋達作為個案研究，學習了社會學的組織論，所以他多少具有關於恐怖攻擊和軍事的知識。然而，我基於本能地覺得事情不是如此。警方無法處理的意思，是否意外地更加單純呢？

「然後，關於核電廠，自從大地震之後，政府好像也致力於恐怖攻擊對策。」

松野一面看警視廳和原子能委員會的網站，一面說起：似乎就算客機墜落也不要緊。

「嗯～這個啊，是柏崎刈羽核電廠的情況。首先，將燒結鈾燃料的芯塊密閉於被覆管中，那是在厚十六公分的合金鋼製的壓力容器中，然後再放進厚約三公分的鋼鐵製圍阻體中，其周圍有厚六十六公分的生物屏蔽牆，再包覆於厚一．九公尺的鋼筋混凝土製的核子反應爐建築物的屏蔽牆。因此，一般認為即使像九一一那樣，客機衝撞進去，受害也不會及於核子反應爐的中心。這好像不用擔心。」

聽著這種內容的過程中，我漸漸地焦躁起來。於是，我大聲地說：你們知道坦克的前面裝甲幾公分嗎？葛城一臉複雜的表情看著我。

「咦？你說什麼？」

松野聲音高八度地反問，葛城以自暴自棄的語氣說：他說坦克的裝甲。

「行車⑩是指，速度嗎？」

不是，我是指戰車的炮塔一帶，用來防禦的鐵板，它的厚度。我壓抑焦躁的情緒，平靜地應道。

「噢，那個裝甲啊。如果是歷史上留名的史達林坦克3型，它的炮塔正面最厚的部分約二十二公分。車身正面裝甲是十一公分，而納粹德國的虎Ⅱ坦克，炮塔正面裝甲是十八公分，車身正面裝甲是十五公分。可是，如果是坦克，因為是傾斜裝甲或曲面形狀的裝甲，所以好像可以認為它具有實際厚度兩倍的強度。也就是說，如果是最大且有名的虎Ⅱ坦克，可以認為炮塔正面有三十六公分的厚度。」

所以啊，我也不太清楚就是了，但是88釐米反坦克炮是不是可以打穿那種厚度的裝甲呢？我留心要盡量以沉穩的語氣訴說。你說三十六公分，欸，單純地比較這種事情也沒用，但是圍阻體的金屬部分才三公分吧？就算它的外側有混凝土的牆壁，我也不知道它堅不堅固。就算是兩公尺的鋼筋混凝土製的核子反應爐建築物，福島第一核電廠的牆壁也因為氫氣爆炸，輕易地崩塌了。所以，我不知道。

「是啊。不知道。誰也不知道。我和你都不知道。」

才下午四點多，葛城就開始喝啤酒，一面撥起頭髮，一面如此低喃道。她深坐在沙發上，像是自由式的踢腳似的不斷搖晃雙腿。

「不過，核電廠的警備，近年來強化了。聽說裝備機關槍的警視廳槍械對策部隊，二十四小時常駐於核電廠。」

松野又如此說道，但是我插嘴：「可是，假如恐怖分子以射程距離十公里以上的反坦克炮，發射好幾發的話，會怎麼樣呢？」他就此沉默。而且在那之後，他試圖進一步搜尋什麼，最後停止了動作。他將手移開鍵盤，說「確實不知道」，抬起頭來，擠出僵硬的笑容。我們在公司相遇，從桌子底下的小型冰箱拿出啤酒一起喝，他替我解讀變成亂碼的暗號時，我很感動，但是狀況變得遠比那一陣子更嚴重，而且複雜。松野依舊失去冷靜，看起來非常不可靠。

葛城說「怎樣都無所謂，要不要吃披薩？」忽然像是自言自語似的低喃道。她的態度看在我眼中，像是對任務本身失去了興趣。但是，葛城只是很老實。像是木乃伊的老人說的話距離現實太遠，我心想：她是認為我們處理不了這種情勢，半放棄了。光是88釐米反坦克炮，究竟該怎麼面對它才好呢？被

---

⑩譯註：「行車」在日文和「裝甲」同音。

納粹德國傳說中的武器挑起鬥志，幹勁十足地試圖處理，這樣反而不自然。葛城剛才看到史達林格勒保衛戰的巷戰影像，說：好像電玩一樣。我心想：那是老實的反應。納粹德國的士兵從傾圮的石造建築物，一副拚了命的樣子，以重機關槍持續射擊，戰死者互相堆疊地倒在四周。那是黑白的粗糙影像，很難覺得那是過去實際發生過的事。葛城說「好像電玩一樣」，我很明白她的心情。就親身感受而言，我無法理解人為了殺害別人而拚命。我們認為，在歌舞伎町的新宿MILANO潑灑可燃劑、散布芥子氣的那一群人，是喪失正常精神、腦袋有問題的人。如果不這麼想，自己的腦袋也會變得有問題。一副拚了命的樣子、以重機關槍持續射擊的士兵傾全力試圖殺死更多敵人，但是我不認為因為那是戰爭，所以那麼做是當然的。因為「不認為因為那是戰爭，以重機關槍持續射擊的士兵的腦袋正常」，因此葛城低喃：好像電玩一樣。

但是光憑我們，究竟能夠做到什麼呢？光靠我們三人，終究什麼也做不到的情況下，警方還是唯一的選項吧？假如要告訴警方，該讓松野和葛城同行嗎？我無法想像葛城待在警察署的偵訊室。她應該無法忍受被詢問案情。我也沒有自信。警方會相信眼前一面嚼碎鎮靜劑，一面和自己面對面的人嗎？名叫永田的男子比起他們兩人，還算成熟。但是我不可能帶他一起去找警方。而且最重要的是，我總覺得不能告訴警方那位像是木乃伊的老人的事。他清楚地說：警方不行。他雖然是一隻腳踏進了棺材的狀態，但是輕易地準備十億的鉅款，能夠下指示砍掉某個人的手臂。我不願去想，假如說出這種人的事，我會落得怎樣的下場。再說，我連他的名字也不知道。聽說別人稱他為吉村、佐野、近藤，而他最中意近藤。如果我告訴警方這種事，警方鐵定會以為我頭殼壞掉。

話說回來，證據也等於沒有。我不管怎麼做也無法出示自稱是NHK西側大門的恐怖攻擊執行犯、自殺的三名年輕人，和來西杉郎的團體之間的關係。池上柳橋商店街透過割草機的恐怖攻擊犯人——瀧澤幸夫，是秋月的患者，但是因為他表現出憂鬱症，所以去診所也不會顯得不自然。假如給警方看弄到手的秋月精神科診所的帳冊資料，出示記載於機車快遞的備註欄和處理注意事項等，像是筆記的東西，說這些和發生恐怖攻擊的地點之間有關的話，如何呢？姑且不論警方是否會相信這些，首先會問我是怎麼獲得那些帳冊資料。如果說出來源，警方從中野的稅務士事務所採證，大概會抖出名叫阿壞的男子。名叫阿壞的男子說不定會逃走，也或許會被逮捕，但是我的下顎遲早一定會被他一拳粉碎。隱瞞像是木乃伊的老人的事，其實有人趁戰爭結束後的混亂，將原本為了對俄戰爭而配備於舊滿洲的納粹德國88釐米反坦克炮拆解，運至日本。那個人的兒子好像在計畫核電廠的恐怖攻擊。假如我是警方，也不會相信這種話。像是木乃伊的老人之所以說警方不行，說不定是這種意思，為了保險起見，而曉諭我們。

我不知道為什麼，從剛才就一直像是在玩味似的，數度想起一群國中生的叛亂。

那一群國中生的活動是開放的。跟不知潛藏於何處、不肯現身的來西杉郎這一群人正好呈對比。領導者光明正大地因應國會的關係人邀請，它的一部分始終以反將政治人物或媒體一軍的形式，向全世界發送資訊。而最重要的是，能夠與他們對話。他們沒有抑鬱感或封閉感。來西杉郎這一群人絕對不肯現身，若無其事地殺害大批的人，不會弄髒自己的手。利用精神有問題的年輕人，訓練成恐怖攻擊的執行犯，而且讓他們自殺。狡猾、卑鄙。我被捲入要和這種人對峙的情況，而且冒出核電廠恐怖攻擊、舊滿洲的餘黨、舊納粹的武器等，狀況越來越偏離現實，此外，我身邊只有迷人且充滿謎團、但是精神上不穩定的女子，以及除了以電腦搜尋之外，一無是處的男子。

從前，我有妻子、有上司、有一大群記者夥伴，還有後藤這個在南美成長的後進。除此之外，我還有幾個能夠商量事情的人。我嘆氣時，知道有什麼在我心中蠢動。我想起了我認識的官僚。他是舊文部省的官僚。他將國中生的領導者找到國會時，我和那位文部省官僚交談過。沒錯，他應該叫做山方。像是木乃伊的老人說：找某個值得信賴的政治人物或官僚商量。

「松野。」

我一口氣喝光剩下的罐裝啤酒，說：

「你能不能替我以『前文部省官僚　山方』搜尋？我忘了他的名字。」

外頭天色尚亮，但是酒吧人擠人。那是一間有名的酒吧，經常刊載於專攻政商名流的雜誌，位於西新宿的摩天飯店內。寬敞的空間內，以寬大的間隔擺著皮革沙發和椅子，以及使用大理石和玻璃的桌子。幾乎接近客滿，但是氣氛寧靜。簡直像是在偷偷享受特權的娛樂似的，客人們享用高價的酒，享受平穩而刺激的對話。家具等稍微改裝了，但是室內裝潢和氣氛依舊。

「你們之前見面的時候，也是在這裡嗎？」

葛城如此問道，我點了個頭。我原本猶豫要不要帶葛城來，結果決定讓她同行。因為我心想：這件事太過異常，所以有異常且具有不可思議特質的葛城在場，說不定反而具有真實感。

「你記得那個人的長相嗎？」

葛城如此問道，我含糊地點了點頭。他中等身材，身體結實，十分適合穿西裝。長相無法清楚地想起，但是他沒有戴眼鏡，而且不是典型的官僚長相。我總覺得他濃眉，感覺精悍。松野搜尋到他如今任職單位的網站中，也沒有刊載照片。

室內裝潢、照片，以及調酒師的態度等，那是一間對我而言，門檻很高的酒吧，但是進入店內時、點飲料時，葛城都毫無怯意。她身穿設計高雅、有花紋的連身裙，套了一件深藍色的針織衫，一頭長髮在腦後綰成髮髻，點著名叫Kir Royal的飲料。它是香檳中加入某種利口酒的飲料，我不知道那種調酒。連身裙的長度稍微露出膝蓋，因為葛城身材高䠷，容貌典雅，所以基本上穿什麼都好看。

「我來遲了。關口先生，好久不見。」

山方現身，我一開始以為他是別人。因為他的長相、體型都變了。他變得瘦削，整個人小了一圈。頭髮只有頭頂剩下稀疏的髮量，或許是連眼睛也變差了，戴著淺色的太陽眼鏡。西裝終究是感覺高級的布料和設計，但或許是因為瘦了的緣故，看起來寒酸。

「嚇了你一跳吧？因為我動了大手術。」

十年前左右，他似乎因為一己之見，辭去官職，拒絕空降民間企業，成為某飯店／餐廳連鎖店的顧問。主要是位於溫泉區的日式酒店，住宿費高得令人眼珠子掉下來。實務的經營是由經驗豐富的飯店人員負責，但老闆是中國裔美國籍女資產家，她之前在東京下町經營高級妓女戶。山方也是她的顧客之一，妓女戶被舉發時，他當然被捲入了醜聞之中，但是因為政府需要他留學德國所學會的社會教育和職業訓練的知識，所以勉強身為官僚，延續了政治生命。據說山方無論是對警方或媒體，都聲稱「中國裔美國籍女性只是被暴力團體的色情業者欺騙，提供資金而已」，持續採取擁護她的態度。我當然不曾見過那位中國裔美國籍女性。但是，根據松野搜尋獲得的資訊，她是和蔣介石有遠親關係的家族的資產家，對日本非常眷戀，雖然因為賣春案件遭受緩刑的有罪判決，但是沒有被驅逐出境，持續經營事業。除了日式酒店之外，她手上還有烹調、飯店和婚禮相關的專科學校，而山方也兼那所學校的顧問。

「我已經光顧這家酒吧將近四十年，它的氣氛沉穩，我如今也常來。」

山方一面如此說道，一面點了Perrier，而不是酒。之前見面時，他總是大口大口地喝加冰塊的干邑白蘭地名酒，但是據說因為癌症，胃幾乎摘除，所以戒酒了。但是，他從口袋裡掏出MILD SEVEN，說：「不介意吧？」向我和葛城打了聲招呼，苦笑道「唯獨這個，我戒不掉」，點燃香菸。

「不過話說回來，你打電話給我，令我好生懷念。虧你認得出我。」

以「前文部省官僚　山方」搜尋之後，出現了從中國裔美國籍女性經營的專科學校畢業的某廚師的部落格。廚師將山方的名字列為尊敬的人。我跳至專科學校的網站，在經營陣營的網頁中，找到「顧問山方吾郎」這個名字，打了電話。

「對了，你說找我有什麼事？你在電話中，好像說發生了什麼天大的事情，但是如今的我，不知道是否派得上用場。」

我花了將近一小時，說明目前為止的來龍去脈。我隱瞞了像是木乃伊的老人、名叫永田的男子，以及名叫阿壤的男子相關的詳情，至於其他的事情，告訴了他大致的內容。山方在我說話的過程中，沒有發問，也沒有打斷我的話，對於來西杉郎、NHK西側大門和新宿MILANO的大規模恐怖攻擊、核電廠、舊滿洲、88釐米反坦克炮等異想天開的事情，也沒有露出驚訝的樣子，雙臂環胸，不時閉上眼睛，靜靜地喝Perrier，一面持續抽菸，一面仔細聆聽。

「原來如此。」

我說完之後，山方點燃第八根MILD SEVEN，像是在說「嗯、嗯」似的頻頻點頭。

「可是，為什麼找我呢？」

他如此問道，我回答：因為事情太過離奇，警方應該不會相信，而且光憑我們實在束手無策，我想，如果是你的話，或許能夠想到某種對策。我沒有提及像是木乃伊的老人指示：假如認識的人當中，有值得信任的政治人物或官僚，就找他商量。

「這件事很有趣。」

山方如此低喃道，摘下太陽眼鏡，淺淺微笑。接著，他說了令人意外的話。

「關口先生，哎呀，真是有趣啊。我甚至想要加入那個叫做來西杉郎的團體。」

有趣？我說的話哪裡有趣了呢？大批的人死於可燃劑、割草機和芥子氣，來西杉郎的團體似乎甚至計畫了核電廠恐怖攻擊。這種事情哪裡有趣了呢？山方甚至說：我甚至想要加入那個叫做來西杉郎的團體。

「有趣嗎？」

葛城八成也感到類似的不對勁。她重新蹺好形狀姣好的修長雙腿，正面面對山方，如此問道。山方瞄了葛城的腿一眼，又馬上將視線拉回我身上，說「嗯，我覺得非常有趣」，然後感覺像是無法抗拒地嘆了一口氣，再度望向葛城的腿。山方應該大我十歲左右，所以是六十五、六歲。我們這一輩的人看女人時，除了看臉蛋，也一樣在意腿。有個色情店老闆告訴我：年輕時，除了女人的臉之外，當然注意力也會被胸部和臀部吸引，但是漸漸上了年紀之後，會開始在意腿，這也就是加入了老頭子的行列。我心想：他說得或許沒錯。而那位色情店老闆補充道：一個女人的年齡、不幸和辛勞的程度不會顯現在眼角的皺紋等，而是顯現在腿，尤其是膝蓋一帶。確實，膝蓋一帶的皮膚鬆弛或色素沉澱很難掩蓋。我們老頭子下意識，或者不自覺地看了女人的腿幾十年，所以對於這種事情很敏感。葛城年近三十，但是該怎麼說呢，一雙腿幾乎完美無瑕。她因為坎坷的成長過程，長期服用鎮靜劑，那種事情八成和年齡增長、不幸和辛勞是不同的層次。膝蓋和其周邊的皮膚也很緊繃，純白到令人以為是剛下的初雪，簡直像是有血有肉的假人模特兒一樣。

讓葛城在場是正確的。並非能夠對山方占優勢，而是葛城的修長美腿單純地緩和了現場氣氛。山方也瘦了一些，但是用字遣詞和表情保留了從前的銳利。不過氣質，或者應該說是整體的特質，和從前截然不同。那差異是避免不了的。我也一樣，總之，講白了就是老了。所以悲哀的是，葛城的美腿非常有效。為了持續對話，她的美腿發揮了像是磁力的作用。

「有趣的是……」

山方如此說道，又點燃香菸。菸灰缸已經充滿菸蒂。服務生來換了一個新的。因為胃癌，接受了摘除手術，所以八成是醫生禁止他抽菸。山方不是個意志軟弱的男人。恐怕精神上不穩定。我也只有偶爾會抽菸，但是妻女去了西雅圖之後，我抽得很凶。

「總之，有趣的是，呃，來西杉郎這群老人維持著憤怒。據說有數據顯示，罹癌的人大部分都有憂鬱的症狀，我也是如此。我看了許多書。此外，我開始寫文章。不知道為什麼，我有點異常地懷念待在德國時的事，經常寫像是回憶的紀錄，然後以電子郵件寄給認識的人。我如今也清楚地記得，我在電子郵件的最後，總會寫的一句話，那句話是『感謝這世上的萬事萬物』，當時，我真的那麼認為。我是無神論者，所以不會感謝神明，或者造物主。不過，一旦想要感謝什麼，心情就會變得平靜。覺得不像自己的同時，憂鬱症狀緩和，所以我每天早晚，會像是在唸咒語似的唸誦：感恩、感恩。如今回想起來，那並沒有錯。可是，手術日越來越近，不安又開始增加，而手術之後，因為飢餓、疼痛和不安而睡不著時，我覺得感謝這兩個字，或者應該說是概念，非常不自然。無論如何，它無法讓我撐下去。憑感謝的念頭，無法忍受疼痛、飢餓和不安。於是，我選擇了憤怒。不是『那個混蛋、我要殺了他』這種情緒性、一次性的憤怒，而是『我絕對無法原諒』這種寧靜的憤怒。那種憤怒會持續好一陣子。我覺得有助於恢復。不過，它和感謝互不相容，手術後過了一段日子，寧靜的憤怒隨即減弱，最後消失，即使在內心深處探索，也已經找不到了。」

山方緩緩地，而且平穩地持續訴說。他的語氣圓滑，但是沒有情緒亢奮得一會兒聲音高八度，一會兒速度變快，一會兒比手畫腳。雖然他變得有點瘦削，整個人小了一圈，令人不忍卒睹，但是低沉的聲音中有力量。驚人的是，不知不覺間，葛城停止蹺腳，雙膝併攏，端正姿勢地專注聽著山方說。我第一次看到這樣的葛城。

「要不要續杯呢？」

山方先是停止說話，如此詢問葛城，指示她已經空了的玻璃杯。葛城說「是啊，再來一杯好了」，尋找服務生，山方制止了她，高高舉起手，彈了一下響指。於是，服務生不知從哪裡靠了過來，馬上端來一杯新的Kir Royal。從服務生的態度感覺到，山方在這家有格調的酒吧，依然受人尊敬。

「葛城小姐，妳和來西杉郎的團體有關，他們不曾問妳，要不要試著執行恐怖活動嗎？」

我心頭一怔。那是我至今一直耿耿於懷，但是無法直問的事。在關於秋月的話題中，曾有「妳跟他是哪種交情？」這種含糊的對話。當時，葛城說：秋月和他的老人夥伴們都不會命令誰做什麼。但是，來西杉郎的團體說不定不是命令恐怖攻擊，而是唆使年輕人親自前往進行恐怖攻擊。山方在問，有沒有這種事情？確實，葛城不是單純的患者。她和那位像是木乃伊的老人之間，關係親密。但是，有一群人以無視像是木乃伊的老人的形式，在過程中開始失控，關於有沒有受到他們引誘進行恐怖攻擊，葛城還隻字未提。

「恐怖攻擊，沒有。他們不曾說過那種事情。」

葛城一面倒抽一口氣，一面答道。連身裙的胸口一帶大幅起伏。我擔心她精神上是否承受得住，但是葛城筆直地注視著山方的眼睛，沒有向我求助的動靜。

「是嘛。哎呀，我想也是。」

山方一面點頭，一面又點燃新的香菸。我意識到喉嚨乾渴，一口氣喝完玻璃杯裡剩下的啤酒。山方緩緩地抽菸，以Perrier潤喉，沉默許久。葛城也一語不發。我覺得她是個厲害的女子。一般人應該會在意，想問：你為什麼那麼認為呢？然而，如果那樣問的話，對話的主導權就會一直握在山方手中。「你為什麼那麼認為呢？」這種問題，是一種依賴，就跟問「你為什麼沉默呢？你為什麼什麼都不告訴我呢？」一樣。葛城沒有移開視線，等待山方接下來的話。

「因為妳不依賴任何人。」

山方如此說道，又微笑了。那是表示體貼和敬意的自然微笑，一點也沒有像是在圓場的虛偽。葛城聽到「因為妳不依賴任何人」，霎時露出了像是吃驚的表情，但是大概是接受這句話，不久之後，滿意地回以淺淺微笑。我心想：「她明明長期服用鎮靜劑，為什麼能夠進行這種緊張的對話呢？」感到不可思議，但是葛城不擅長的應該是隱藏本質性且迫切的事情，進行只是配合現場氣氛的表面溝通。

「恐怖攻擊的執行犯和寧靜的憤怒無緣。衝動性地以刀子刺殺行人的人，有的是依賴。當然，他們也有憤怒這種情緒。不過，不是寧靜的憤怒，而是現實不如意這種幼童的憤怒。這種人總是在尋找能夠依賴的對象。無法控制自己。此外，不知道問題是什麼，不願正視、承認問題。所以，認定現實不如意不是自己的緣故，而是社會或別人害的，想要依賴誰、服從誰、被誰命令。如今，社會中充斥著這種人，所以要找出他們，替他們洗腦，或者應該說是誘導，應該不是太困難的事。當今世上，知道什麼很困難、該著重什麼的人少得可憐。這種情況下，首先要徹底地批判、痛罵他們。邏輯性地否定，罵到他們人格崩潰。沒有人喜歡你，你至今應該遭人忽視，那是當然的，因為你沒有任何能力和魅力，你沒有活著的價值，你死了也沒有人會悲傷，你應該比任何人都更清楚這件事，至今沒有發生任何好事，今後也不會發生。但是，大家都一樣，這世上沒有特別的人，所以有方法，有受到大家矚目、稱讚的機會，你知道特攻隊為何美好嗎？他們年紀輕輕，才二十郎當，為了保衛國家、故鄉，以及心愛的人們，心甘情願地成為犧牲者。他們在七十年後的今天，也受人尊敬，身為英雄被人崇拜，他們的犧牲崇高、偉大，你知道那多麼美好、了不起嗎？

「被人這樣洗腦，感覺很棒。對於某種人而言，感覺極棒，棒到令人無法相信。既不必自行思考，也不必因為無法控制自己而感到痛苦、不安。將身心委託給誰、依賴誰、被誰控制、成為犧牲者，殺人或死都不足為懼，相對地，殺人雖然是極端的行為，但是帶有崇高的使命時，那不僅被允許，而且還能拯救世界，世界充滿了矛盾和不公不義，殺掉盲目地接受這種世界的人們，是破壞矛盾和不公不義。而你如果下定決心要死，所有煩惱、不安和恐懼都會消失，變得多麼平靜啊，喏，我想，你應該已經明白了。這種洗腦，在認為依賴是理所當然的人的眾多社會中，會產生宗教性且恐怖的效果。」

山方訴說洗腦者的用語，表演給我們看。他說到一半，我回顧妻女去了西雅圖之後的自己，感到輕微的暈眩，感到害怕。當時，我在像是木賃宿的破公寓酗酒，過著接近遊民的生活。我想要向誰報復，但是我做不到，所以對自己報復。我知道對社會報復是正確的、有價值的事，成為崇高的犧牲者有多麼了不起。假如被剛才的山方那種邏輯勸說，說不定會意外輕易地被洗腦。葛城像是在防守胸口一帶似的雙手交疊，數度進行深吸呼。我心想：「為什麼這個變得有點瘦削的前官僚如此清楚洗腦者呢？」我霎時想像荒唐的事。我懷疑山方是不是來西杉郎的團體的一分子。但是，山方的下一句話，讓我知道我誤會了。

「我說這一連串的內容很有趣。有趣的重點有好幾個，當然，它們各自相關。首先，主導的是高齡者。如今的日本，光是有一群人維持寧靜的憤怒，擁有參與社會這種欲望，就是令人感到新鮮的驚訝，而且偏偏是高齡者。而那個高齡者的組織，或者應該說是網絡的中樞中，似乎有經歷過戰爭的人。疑似擁有88釐米反坦克炮這種像是在開玩笑的武器、名叫光石的人的父親，曾經待在舊滿洲。當然，我也已經是個老人，但是比起我，老二十歲以上的世代中，有一些人在戰場上經歷過戰鬥。戰場上的經歷變成了他們人生基礎的一部分。當然，這種人不只日本有。我在德國留學時，一名教授在第二次世界大戰中，待在有名的裝甲軍團，似乎是坦克兵，在宴席中，一旦變成那種話題，知道有人想聽過去的事，他並不會討厭，當然也不是炫耀，而是幾乎面無表情，淡淡地訴說事實。話說，那是發生在庫斯科的事，我搭乘的豹式坦克正要行經某個小村子，踩到地雷，一邊的履帶被炸毀，當場原地打轉，但是這樣下去也不是辦法，於是基於隊長的判斷，我們逃出坦克，跳到坦克外面，打算改搭友方的坦克，但是被狙擊了，兩人在轉眼間倒下，我也被擊中了。第一發掠過肩膀，第二發擊中了鋼盔。狙擊來福槍的威力驚人，我頭暈眼花，實在吃不消。

「我聽到這件事時，說來失禮，我忍不住笑了出來。明明如果沒有鋼盔，就會當場死亡，但是教授卻淡淡地說：我頭暈眼花，實在吃不消。日本也有這種人。有位上司在社會教育課中，替我捍衛買春醜聞，聽說他曾經搭乘驅逐艦，在瓜達康納爾島外海遭到敵軍潛艦攻擊，和夥伴一起漂流兩天兩夜。他為了避開鯊魚，解開兜襠布，綁在腳踝上，像是飄帶似的漂浮於後方海面，緊抓住碎木片，等待友方的船艦救助的過程中，原本一百名左右的戰友用盡力氣，或者被鯊魚吃下肚，陸續在眼前沉入水中。那位上司在第二天晚上，左腿被鯊魚咬掉一塊，但是之後友方的運輸船奇蹟似的經過而獲救。他也淡淡地訴說：幸虧鯊魚咬掉腳踝的傷口工整，簡直像是用雷射俐落地切割，才沒有造成重大損傷。經歷過戰爭的人當中，也有這種人。來西杉郎這個老人們的網絡，以及其中失控的次團體，那個次團體在新宿的電影街進行大規模的恐怖攻擊，現在盯上了核電廠，對吧？這裡有幾個重點。首先，他們否絕人道主義。他們殺人，而且不弄髒自己的手，將洗腦的年輕人作為執行部隊，當作用過即丟的棋子。可是，他們今後遲早打算親自行事。這種策略也很有趣。」

我忍不住問：親自行事？山方的話令人深感興趣，但是話題也東跳西跳。然而，包含狙擊的槍彈擊中鋼盔的教授的事情在內，他提出的實例恰當，不知為何，我感到不悅，彷彿被暴露出了自己的無知。所以，我以打斷他的話的形式發問，但是語氣變得有些焦躁。然而，葛城好像很喜歡山方說的話和說話方式。他的話因為我發問而中斷，葛城露出像是忽然想起了什麼的淘氣表情，模仿山方舉起右手，彈了一下響指，招來服務生，想要再續一杯Kir Royal。葛城彈了一下修長的手指，發出「啪」的清脆聲響，服務生馬上過來，問山方：Perrier嗎？山方說「不，似乎是這位小姐要續杯」，開心地注視葛城，笑著提議「小姐，請讓我請妳喝適合妳的香檳」，指示服務生開一瓶名叫KRUG的名酒，而不是杯售的香檳。

「或許已經沒人記得了，但是英國從前有位名叫黛安娜的王妃，這是相傳她和王儲在新婚初夜喝的香檳。」

「山方先生，你說他們要親自行事。那是什麼意思呢？」

他沒有回應，以及葛城和他感覺良好地相視微笑，令我更加焦躁。山方說「請等一下」，依舊將視線對著葛城，冷淡地打了聲招呼，拿起酒瓶，確認是否充分冰鎮之後，揮了揮手，趕走等著倒酒的服務生，親自替葛城的玻璃杯倒香檳。這種氣氛像是我的問題無關緊要，我總覺得他在敷衍我，重點是，葛城對山方說的話和態度抱持好感，令我不爽。但我並不認為山方是透過無視我，向葛城展現我倆的知識和知性的差異。或許是因為我置身於案件的漩渦之中，所以無法俯瞰地觀看局勢。而且無法冷靜地思考今後的預測。山方以「你連這種事情也不知道嗎？」這種露骨的表情，指出了這一點。

「這是個人，而且純粹是常識性的見解。」

山方一面勸請我也喝據說黛安娜王妃在新婚初夜喝的香檳，一面如此開口說道。我拒絕香檳，又點了啤酒。

「目前為止，疑似來西杉郎的團體計畫的恐怖攻擊，和預料透過反坦克炮對核電廠的攻擊，在性格上相去甚遠。我不是軍事的專家，對於武器也不熟悉。因此，我不知道那個88釐米反坦克炮是怎樣的武器。不過，即使不是88釐米這種大口徑，如果沒有某種程度的訓練，應該無法發射大炮。平日的維修、搬運、瞄準、裝填、發射等，被洗腦的年輕人能否做到這種事情，令人懷疑。在NHK西側大門只是潑灑可燃劑點火而已。在大田區的商店街，只是以安裝旋轉刀刃的機械殺傷人，而在新宿的電影街使用了毒氣，但基本上和NHK西側大門一樣。只要點火，或者從容器倒出來，那樣就搞定了。如何？不曾當過兵的年輕人，能夠操作88釐米反坦克炮這種奇怪的武器嗎？當然，並非完全想不出方法。最近似乎有不少前自衛隊員的年輕人在國外成為傭兵，如果有心尋找，應該也不是沒有。但是，要洗腦、誘導前自衛隊，或者曾在國外當過傭兵的年輕人，不是不可能，但是是否有風險？所以我認為，要驅動反坦克炮時，他們應該會親自動手。」

他說得確實沒錯。我一面聽，一面自慚形穢。山方並不想對葛城展現優越性，只是意識到了極為理所當然的事。突砍的年輕人不可能會操作擁有高大炮身的傳說武器。一旦承認自己一無所知，腦海中再度湧現幾個疑問。

那似乎是納粹德國的武器，過了這麼長的時間，它還能使用嗎？

「畢竟是德國製的。應該製作得很仔細，所以如果保存狀態良好，應該足以使用。grease，也就是機油，我好像在哪裡看過，如果妥善地使用它，連第一次世界大戰時的槍械也照樣能夠使用。聽說現代的武器好像部分零件使用樹脂，所以使用油反而可能劣化。那個時代只有鐵，所以只要好好保養，就該視為能夠使用。只是，關於炮彈，我就不太清楚了。不過，之前哪裡也寫到：近代的炸藥多樣化，進步神速。如果像硝酸甘油一樣，因為一點衝擊就爆炸的話，就很難使用。好像有許多高性能炸藥不易對衝擊和熱產生反應，或者應該說是遲鈍，而且毒性弱，不易產生化學性分解。他們之中，恐怕有專家，所以最好認為他們的存放萬無一失。保管是問題，但是如果有專家，就該視為足以使用。」

不過，就射程距離思考，我覺得要命中核子反應爐未免異想天開，那種事情有可能，真的能夠破壞核子反應爐嗎？

「這是個棘手的問題。說到什麼棘手，因為不必是核子反應爐也沒關係。青森縣的六所村裡，有使用過的核燃料的儲存設施。如今，除了儲存水池之外，好像也透過核廢料桶，進行存放。我只有電視的報導節目程度的知識，但是在某個特別節目中介紹的儲存設施，巨大得超乎想像。使用過的核燃料裝在金屬製的圓桶容器，堆積起來，然後應該是以厚五十公分左右的混凝土覆蓋。總之，非常巨大。如果崩塌就糟了，所以不怎麼高，但是放眼望去，是一整片無邊無際的混凝土儲存設施。那有多大呢？不是東京巨蛋那種層次。我不曾看過那麼巨大，或者應該說是遼闊的建築物。那個設施應該相當考慮到了地震和海嘯。可是，是否假設了被反坦克用的穿甲彈擊中呢？這一點令人懷疑。所以，要命中一點都不困難。畢竟，目標非常大，假如是五十公分的混凝土，如何？反坦克用的穿甲彈會貫穿吧。貫穿之後，情況就相當糟糕。因為貫穿後，會在內部爆炸，碎片以令人無法置信的速度飛散，我不願思考情況會變成怎樣。」

山方如此說完之後低下頭，以右手的手指按著眼睛一帶，做出像是在揉眼睛的動作。他累了嗎？山方說「抱歉」，抬起頭來，無力地低喃：我好像有點說太多了。

「無論如何，寧靜的憤怒有一些特徵，那需要計畫。透過擬定能夠維持強烈幹勁的綿密計畫，會維持寧靜的憤怒。反過來說，有效且實效性高的計畫中，從一開始就暗藏著思考方式和系統的變革。若是換個說法，為了改變什麼的計畫，需要寧靜的憤怒。感謝的念頭非常重要。但是，往往會助長維持現狀，不會形成用來變革的計畫。」

山方如此說完之後，有些重心不穩地站起身來。

「突然告辭，不好意思，但我真的累了。小姐，如果不嫌棄的話，請和關口先生喝完香檳之後再回去。」

我開始每晚喝相當大量的威士忌。而且，我在心中描繪不知長相和真面目、名叫光石的男子，咒罵他。除此之外，無事可做。因為我不想動。要怎麼對付擁有88釐米反坦克炮，以核電廠為目標的那一群人呢？我不可能知道。我一面吐出有酒臭味的氣息，一面低喃：「別鬧了！」但是這種行為不可能有效果，到了早上，以最糟的感覺醒來，啃掉半片葛城烤的吐司，然後馬上嚼碎鎮靜劑，以牛奶和咖啡灌入喉嚨。白天沒有產生做任何事的意願，也不知道該做什麼才好。也沒有能夠商量的人。然而用餐時，在客廳碰面的時候，我數度佯裝平靜地問葛城：為何來西杉郎要選擇像我這種毫無能力的人呢？葛城一開始會適度地隨聲附和「真的，越想越不懂」，但是久而久之，她變得只說：天曉得。

因為服用加倍的鎮靜劑，所以我搖搖晃晃地外出，也去了岩哥的店，也曾想過一五一十地和盤托出算了，但是即使說了至今的事，內容太過離奇，也不知道能不能讓他相信，明白別指望能夠獲得有效的建議，於是直接折返。

三餐也漸漸變得隨便亂吃。我們三人原本就不煮飯。葛城曾說：我從出生之後，一次也沒握過菜刀。八成是真的。我心想：她不要使用菜刀比較好。如果是咖哩飯或燴飯，我倒是煮過，但是被妻子拋棄之後，我就變成專吃泡麵了。光是如此，就相當足以證明我會替自己煮飯。松野從青森來東京之後，應該是獨自生活，大學時代熬夜操作電腦之後，似乎也是叫外送或吃泡麵為主。所以，我們三人一起住之後，不是去外面吃，就是叫披薩、咖哩飯或三明治的外送。但是，我自從聽到像是一隻腳踏進了棺材的老人的話之後，喪失食慾，不知不覺間，連外出的力氣也沒了。葛城心血來潮的時候，會叫外送，或者去附近的手工麵包店，購買大量的甜點麵包，大家一起吃。葛城叫外送時，一定會叫三人份，但是不曾問過我和松野要吃什麼。不久之後，松野不再跟我們一起用餐。他會去便利商店買便當、熟食和泡麵回來，一個人在自己的房間吃。到此地步，大概是因為我們不再收拾，吃剩的食物到處散亂，所以開始瀰漫著異臭。葛城不可能像個管家婆地說「要丟垃圾」「要打掃」，我因為令人不愉快的臭味，精神狀況雪上加霜，但是連提醒松野，或者去看一看他房間的力氣也已經喪失了。

我設法忍耐已到了臨界點，但是過一陣子之後，松野到了極限。他幾乎不再說話，只是搖搖晃晃地去便利商店買東西，再把自己關在房間。話說回來，松野如果不是遇見我，也不會在池上和歌舞伎町遭遇恐怖攻擊，應該是身為大型出版社的正式員工，過著平穩的日子。他大概是看到把他拖下水的我意志消沉，因為服用鎮靜劑而神情恍惚，只是一動也不動地注視著牆壁的樣子，身心的力量急劇地被奪走，終於內心的某條神經「啪嚓」斷裂了。

葛城原本就對別人沒興趣。她對松野也不會稱呼名字，而是稱他為「這個人」「那個人」。所以，她不可能顧慮到松野，結果松野被人棄置不理。

「我說，松野，你怎麼了嗎？」

雨一直下個不停，西日本已經進入了梅雨季。一切都令人鬱悶。外出的松野拎著便利商店的塑膠袋回來了，想要進入自己的房間，但是不知道為什麼，在房門前面停下腳步，就這樣低著頭不動了。他的樣子有異，我感到忐忑不安，忍不住對他說話。但是，他沒有回應。我問坐在沙發上的葛城：「他怎麼了嗎？」葛城低喃「不曉得」，搖了搖頭。我沒有餘力顧慮到松野，但是葛城不一樣。她是無視於他的存在。我暗中找葛城討論過幾次，問她「松野到底怎麼了呢？」但她還是只說：不曉得。唯獨葛城沒有顯著的變化。她不會把自己關在房間，而且會一身輕鬆的打扮，坐在客廳的沙發上看雜誌、喝加入香草的茶、修剪手腳指甲，或者看《斯堪地那維亞的庭園》、《南印度動物紀行》、《狼的樂園——落磯山脈》等有線電視的節目，和之前一樣平淡地度日。我心想：葛城並不是沒有感到不安。但是，對於葛城而言，不安八成是恆常的事物，所以習慣了。

「我去便利商店回來了。」

過一陣子，松野緩緩地回頭望向我，露出奇妙的表情，以像是幼兒園孩童唸繪本的語氣，如此說道。簡直像是突砍的年輕人，令我毛骨悚然。我直覺地認為，他已經不行了。他的表情很奇怪。試圖微笑也皮笑肉不笑，笑到一半，表情就僵硬，變得令人發毛的表情。而且，他像是駝背地弓著背部，脖子像是陷入雙肩之間似的縮著，掛在指尖的便利商店白色塑膠袋微微搖晃。

「是喔。你去便利商店回來了啊。買了什麼回來呢？」

我不知道該怎麼因應才好，情緒緊張，忍不住又如此問道，但是變成了像是在對幼兒園孩童說話的不自然語氣。

「我去便利商店回來了。」

松野反覆同一句話，又試圖擠出微笑，但是過程中失敗了。我心想「他會不會永遠反覆說同一句話」，感到害怕。原本在沙發上翻閱雜誌的葛城輪流看著我和松野，搖了搖頭，像是在說：你最好不要對他說話。

「我買了肉包和燉牛肉回來，想跟大家一起吃。」

松野一面如此說道，一面踩著像是從前Honda（本田）製造的有名人形機器人一樣的僵硬步伐靠過來。葛城停止看雜誌，像是在警戒似的，正面面對靠過來的松野，重新坐好。松野身心耗弱，我無法想像他施暴，但是葛城基於本能地全神戒備。松野站在我們前面，高舉便利商店的袋子，不久之後，開始將裡面的東西一一拿出來，擺放在桌子上。

「喏，肉包。」

松野說買回來要跟大家一起吃，但是肉包只有一個。簡直像是在執行儀式似的，松野緩緩地撕開包裝紙，低喃「你～看」，包子完全涼掉，變得扁平，他將表面形成皺紋的肉包給我們看，又說了一次：肉包。

「關口先生，你要吃肉包嗎？」

松野將像是老婆婆的白皙乳房一樣的肉包，放在手掌上給我看。我不知道該怎麼做才好。我該吃嗎？但是，便利商店的袋子變得空空如也，裡面的東西全部都在桌子上，不管怎麼看，也沒有其他肉包。或許是因為松野像是在說「請用」似的，將肉包高舉在眼前，但是我沒有反應，他露出了悲傷的表情。不知道為什麼，我突然感到一陣心痛的難過心情，說「謝啦，松野」，接下了肉包。肉包果然冷掉變硬了。便利商店隔著馬路，幾乎在這棟建築物的正對面。不是剛買的肉包會冷掉的距離。松野一定是在便利商店買完東西之後，沒有馬上回來，他在肉包冷掉變硬的期間，大概在哪裡徘徊。我又說了一次「松野，謝啦」，咬了一口肉包的邊緣。簡直像是在吃瓦楞紙一樣。不僅沒有食慾，而且目睹明顯變得異常的松野，我的思緒更加混亂了。

「葛城小姐要不要吃？」

松野如此問道，葛城以平穩的語氣回應：吃什麼？

「哎呀，肉包。妳不吃嗎？」

葛城沒有道破肉包只有一個，而且入了我的口，以柔和的語氣回應：抱歉，我不喜歡肉包。她大概基於直覺，認為最好盡量不要刺激他。松野說「這樣啊」，目不轉睛地看著葛城，頻頻點頭，低喃「對喔，妳不喜歡肉包」，拿起放在桌上的燉牛肉塊的盒子。葛城並不討厭肉包。雖然她不愛，但是之前曾經買二十個回來，我們三人一起吃。看來松野的記憶和資訊混亂了。

「那麼，我們吃燉牛肉吧。」

松野拿著描繪「特樂口燉牛肉塊　8人份」的盒子，對她輕輕地搖了搖。我粗略數了一下，盒子有十個以上。不過，只有燉牛肉塊，沒有牛肉和蔬菜。

「我來煮燉牛肉。」

松野如此說道，拿起幾盒燉牛肉塊，想要去廚房，所以葛城說「喂，等一下」，制止了他。

「呃，冰箱裡沒有牛肉。」

葛城如此說道，松野回過頭來，尖銳地「蛤？」了一聲。

「冰箱裡沒有牛肉、紅蘿蔔，什麼都沒有，所以沒辦法煮燉牛肉。」

「什麼意思？」

「要煮燉牛肉，除了你手上的燉牛肉塊之外，還需要牛肉吧？最近沒去採買，所以現在啊，冰箱裡只有三瓶優酪乳，還有寶礦力水得跟啤酒。你想煮燉牛肉吧？」

「燉牛肉。」

「我說，所以，你不覺得沒有牛肉，煮不出燉牛肉嗎？」

葛城以十分溫柔的語氣，如此說道，松野仰起頭來，好像在思考什麼，但是隨即微笑道「對吼，哎呀，說得也是」，露出靦腆的表情，搔了搔頭。

「那麼，這個怎麼辦？這個也不要了嗎？」

松野一面如此說道，一面將燉牛肉塊的盒子放回桌上，用右手的手指拎起一旁的粉紅色塑膠手套。加上那個，就是原本裝在便利商店袋子裡的所有東西。也就是說，有一個肉包、十二個盒裝的燉牛肉塊，以及塑膠手套。

「你，我說，松野先生。」

葛城以名字稱呼他「松野先生」。根據我的記憶，這是第一次。目前為止，葛城只會說「這個人」「那個人」，面對面叫他時，則以「你」相稱。她不是討厭松野，或者不認同他是團隊的一分子。葛城之所以不叫名字，應該有她的理由。以名字稱呼，和對方之間的距離感就會有所不同。離去的妻子稱呼我為「阿哲」。葛城則是叫我「關口先生」。距離感各不相同。「這個人」「那個人」這種稱呼方式，表示葛城沒有敞開心胸接納你。而如今，葛城不知道為什麼，以名字稱呼他「松野先生」。松野也意識到這一點，露出了不可思議的表情。

「是，葛城小姐，什麼事呢？」

或許是心理作用，松野的臉色稍微恢復了。

「你手上的塑膠手套，一定是為了那個吧？你想煮燉牛肉，和我們一起吃完之後，戴上它洗盤子吧？」

葛城改變了語氣。雖然一樣冷淡，但不再像是照稿唸台詞的語氣，彷彿故意告訴對方：我對你毫無興趣。

「是的。我原本想和大家一起吃完燉牛肉之後，洗盤子。這是為了那麼做而買的塑膠手套。」

「喂，這裡。坐下。」

葛城輕輕地拍了拍沙發，讓松野坐在自己旁邊。這種事情也是第一次。她不曾對我說過「坐這裡」。平常的話，或許我會嫉妒，但是身心衰弱，無力嫉妒，而且現在不是產生嫉妒的狀況。葛城和松野並不對等。感覺像是資深的保母試圖讓抽抽噎噎哭泣的幼兒平靜下來。

「沒有牛肉，就沒辦法煮燉牛肉。」

「是啊。畢竟是燉牛肉。如果沒有牛肉，就絕對煮不出燉牛肉。」

「就是啊。可是，這是誰都會有的事。我想，所有人都經常犯這種錯，或者應該說是疏失。」

「是嗎？大家都是這樣嗎？」

「任誰應該都有腦海中存在某種又大又重的東西，或者應該說是被它占據腦海的時候。我也曾經這樣，所以我知道。因為這種時候，難以察覺許多事情，就連必要的東西，也不會覺得必要。」

葛城以輕鬆的感覺，如此說時，松野露出了痛苦的表情。連在一旁聽的我，也心頭一驚。葛城簡直像是心理諮詢師。她持續燉牛肉的話題一陣子，然後突然切入重點。

「任誰都有又大又重的東西，對吧？我從以前，不知道為什麼，好像非常討厭又大又重的東西，喜歡又小又輕的東西。像是大岩石、大鐵塊、水泥塊，我光看就喘不過氣，感到不安，或者感到恐懼。相反地，我喜歡又小又輕的東西。你知道彼得潘（Peter Pan）吧？你也知道總是跟彼得潘在一起的小精靈吧？她叫做叮噹（Tinker Bell）。說不定我全世界最喜歡的東西，就是那個小精靈。我也喜歡小鳥和蝴蝶。還有輕飄飄地隨風飛舞的花瓣、蒲公英，我都喜歡。」

葛城的話具有說服力。雖然是之前沒有聽過的話題，但是討厭又大又重的東西，喜歡又小又輕的東西，一定是真的。

「這樣啊。」

「你討厭又大又重的東西吧？」

「是啊。我討厭。」
「那是什麼？」
「咦？」
「我是指，你腦中的東西。又大又重的東西。那是什麼？」
葛城如此問道，松野低下頭，皺起眉頭，表情扭曲，呼吸變得急促。葛城對我說：拿點冷飲過來。我問：「寶礦力水得可以嗎？」她露出不悅的眼神，揚了揚下顎，指示廚房，彷彿在說：什麼都可以，快點拿來。
「不要緊。我聽你說。」
我聽見葛城的聲音。拿著裝了寶礦力水得的玻璃杯回來，松野正在啜泣。我遞給松野裝了寶礦力水得的玻璃杯，他語帶鼻音地說「啊，謝謝」，喝了幾口。葛城沉默不語，直到松野哭完為止。
「呃……」
松野一面用手揉眼睛，一面想說什麼，但是不出口，又哭了起來。
「我覺得很諷刺。」
松野又持續哭了幾分鐘之後，終於開始說話。
「我覺得很諷刺，我和關口先生、葛城小姐組成團隊之後，我才知道。我知道你們不需要我。我原本擅自以為，組成團隊需要我的ＩＴ技術，但是搜尋資料的話，任誰都做得到。然後，出現各種人，每次有人出現，我就清楚地知道你們不需要我。那個名叫永田的人，一眼都沒看過我。而且，我沒有見到那個拳擊手，如今也會夢見池上的商店街、新宿的電影院，而事實上，我很害怕。我一直、一直感到害怕。我自己也不知道該怎麼辦才好，不是煩惱之類的情緒，而是非常害怕，但是你們不需要我，令我感到不知所措。」

葛城一直傾聽，最後說了關鍵性的話。

「松野先生，你最好去或回到自己確實被需要的地方一趟。而不是待在這裡。」

葛城身穿非常樸素的喪服，舒適地坐在包租車的後座。她一身略帶光澤的黑色連身裙和夾克、網狀的黑色手套，以及附著叫做tulle的面紗的帽子，我覺得那簡直像是一九五〇年代好萊塢電影的服裝。我說「妳有真多種衣服」，感到佩服，她面無表情地低喃：這是我媽媽的衣服。

松野離開住處的三天後，那位像是木乃伊的老人辭世。名叫東鄉、身穿黑色套裝的女性跟葛城聯絡，據說要遵照老人的遺囑，不進行守靈、告別式和納骨儀式，只是送他出殯，所以希望葛城來向他進行最後的道別。身穿黑色套裝的女性似乎說：關於百合子你們的活動，Sensei吩咐我負責接手，所以不要擔心。葛城接到告知老人死訊的電話時，看起來也不像是受到了打擊。她淡淡地回應：我知道了。老人之前不只是臥病在床，而且全身插滿管子，連發出聲音都不能隨心所欲，只是勉強殘留意識的狀態，或許葛城相當坦然地接受了老人的死。但是，實情如何不得而知。葛城幾乎不會將感情表露於外，而且我也不太清楚她的真面目。我們在駒込的文化教室遇見，前往TAMA PLAZA「TERRACE」時，她的感覺明顯異常。但我心想：八成遇見不久的時候，她在測量和我之間的距離感。從一起去秋月的診所那一陣子開始，她變得能夠進行比較正常的對話，反而在台灣料理店，安慰因為心理諮詢而思緒混亂的我。她獲得了名叫阿壤的殘暴男子的信賴，面對身心極度耗弱的松野，簡直像是真正的心理諮詢師一樣。我看不見她的真正身影，也不知道她的底細。所以，她即使知道像是木乃伊的老人死訊，表面上也保持冷靜，但是不知道內心如何。反倒是我，聽到老人的死訊時，總覺得失去了靠山，感到不知所措。身穿黑色套裝的女性似乎會繼續支援，但是她也超高齡。

她指的是松野。松野和葛城聊過之後，把自己關在房間兩天左右，然後打包行李，出現在客廳，一臉平靜地說「中途落跑，非常抱歉，但是我要脫離團隊」，就此離去。我什麼也沒有被告知，他似乎好歹有對葛城表明，他打算回青森。松野說「那麼，葛城小姐、關口先生，再見」，離開建築物。我看到他拖著附滾輪的小行李箱，漸行漸遠的身影，囿於落寞和罪惡感，但是葛城冷淡的話解救了我。她說：人經常突然離去，不是因為其他人的緣故。

「這世上還有巫女嗎？」

我漠不關心地如此應道，葛城好像已經不想說松野的事了。

進入早稻田的冰川神社前方，擠滿小型透天厝和公寓的狹窄小巷，司機說「好像只能在這裡下車」，停下了車。七、八輛黑頭包租車在轎車勉強能夠會車的狹窄馬路上停成一排。沒有正式的守夜和告別式，但因為是對財政界也有極大影響力的人過世，所以當然有弔唁者前來。聽到像是木乃伊的老人去世時，我心想：一定會在日本武道館這種地方舉辦告別式。

下了包租車，走向眼熟的兩層樓房屋，從其他車輛後方出現一名個子高的男子，他向我們揮手，對我們微笑，點頭致意。我轉向身後。他是個不認識的人，我以為他是在對我身後的某個人打招呼。但是，男子一直注視著我，靠了過來，要求握手。他的體格高大，年紀約莫六十多歲。伸出手來，力道強勁地握緊我的手。但是，聽到他的自我介紹，我的心臟差點停止跳動。

「初次見面。敝姓光石。」

我感到一陣暈眩。感覺血液逆流，霎時不曉得自己身在何方。車上出現松野的話題時，我心想：「他為什麼不告訴我，他要回故鄉呢？」對此感到在意，考慮是否應該跟他聯絡比較好，但是這種事情全部從腦海中消失了。我說「啊，是，你好」，精神恍惚地應道，心想：「為什麼我沒有暈倒呢？」連自己也感到不可思議。光石應該七十五、六歲。然而，眼前的初老男子髮量豐盈，臉色紅潤，肌膚有光澤，個頭高大，但是全身上下沒有一絲贅肉，隔著一件喪服也看得出來他的身材結實。應該沒有人會認為他七十五、六歲。搞不好憔悴的我看起來反而比較老。光石跟我握手之後，一面和藹地微笑，一面開朗地對我說：哎呀呀，我想遲早能夠見到你，這下終於見到了。我心想：「為何他知道我會來這裡呢？」感到懷疑，思緒因此更加混亂。我害怕他是否一直在監視我。然而，我轉念一想，光石要知道像是木乃伊的老人去世，或許很簡單。老人死亡似乎只告訴了幾個非常親近的人。我不知道身穿黑色套裝的女性是否通知了光石。若是思考生前的老人的言行，不告訴光石的機率很大。但是，光石的網絡難以估量。

「我熟知關口先生的事。呃，是NHK的西側大門嗎？發生了可怕的恐怖攻擊。我拜讀了電子報的報導，覺得你真了不起。你當時在現場吧？一般來說，遇見那種淒慘的案件，無法寫出那種冷靜的報導。後來，我也從佐野Sensei口中，聽說了你的事。佐野Sensei給予你非常高的評價。」

佐野Sensei應該是指，那位像是木乃伊的老人。說到這個，老人似乎被人以近藤、佐野、吉村等各種名字稱呼。我記得他好像說過，他最中意近藤，但是佐野是本名嗎？老人跟光石說過我的事嗎？我不清楚那種事情，而且事到如今，怎樣都變得不重要了。重要的是，光石知道我的事。

「妳是百合子小姐吧？我常聽Sensei提起妳。妳想必很難過。不過，Sensei的表情非常安詳。請去打聲招呼。東鄉小姐也在等妳。」

光石以十分自然的語氣和動作，指向像是木乃伊的老人的住處。他的個子比我高一個頭，貼身的黑色西裝很適合他，和我短了些的喪服打扮呈對比。因為事發突然，沒有時間去買黑色西裝，從有寄送服務的出租店借了這身喪服，但是尺寸微妙地小了一點。

「關口先生，請你也去打聲招呼。然後，我有一點話要跟你說，我可以在這裡等你嗎？」

我想大喊「哎呀，讓你等怎麼好意思，我希望你快點離開這裡，再也不要跟我接觸」，但是從嘴裡說出的卻是「是，好」這種窩囊的話，而且聲音似有若無，像是蚊子叫一樣。

玄關擺著感覺十分昂貴的黑色男性皮鞋。門口包含光石的出租車在內，停了七、八輛，所以弔唁者有將近十人。我和其中的幾人在狹窄的走廊擦肩而過。因為光線昏暗，所以看不清楚長相，但是所有人都相當高齡，而且是另一個世界的人們。我至今不曾見過那種老人們，也不曾在雜誌或電視上看過。他們看起來是財界人士，但不像是會出席經濟團體聯合會的一月例行會議的人。他們不是單純的有錢人，也不是單純的企業經營者。不是政治人物，也不是舊華族⑪，當然不是黑社會人士。他們是一群散發出絕對不會出現在檯面上的獨特氣場的男人。有一種略顯慵懶的特質。其中一人察覺到葛城，以嘶啞的聲音「嗨～」地打招呼。葛城也點頭致意，我悄悄地問：「他是誰？」葛城回答：擁有幾家公司的人。在走廊盡頭附近，有三名中年男子看似弔唁者的陪同者，他們恭敬有禮地點頭致意，迎接葛城，但是把我當作空氣。

「百合子小姐，妳來啦？」

名叫東鄉、身穿黑色套裝的女性，在感覺上安置著遺體的房間門口。不知她身上穿的是平常的黑色套裝，或者是喪服。她一定沉浸在悲傷之中，但是臉部像只是將皮膚貼在頭蓋骨上，所以看不太出表情。葛城小聲地告訴她：「呃，在門口，有個叫做光石的人。」身穿黑色套裝的女性說「沒辦法啊」，像是束手無策似的頻頻搖頭。有位財界人士無論如何都必須通知他老人死亡，那位人士突然缺席會議，光石或許是因此察覺到了。那是一場除非天塌下來的事，否則無法缺席、政府主辦的會議，光石聽到那項通知，打電話向身穿黑色套裝的女性確認，她不能撒謊。

房間裡還有幾名男子。全部都是老人，其中兩人拄著拐杖，一人坐輪椅。中央有個以厚原木製成的台座，上頭放著簡樸的棺材，除此之外，沒有祭壇、燒香台或花圈。男子們手拿念珠，一味地祈禱，其中也有人嗚咽。耳邊反覆傳來小聲呼喊「Sensei」的聲音。葛城一靠近棺材，就有兩名老人挪動身體，騰出空間。其中一人輕輕地觸碰葛城的肩膀，彷彿在說：妳不要太難過。

「Sensei，我是百合子。」

葛城盯著棺材，如此打招呼，周圍的嗚咽變大聲了。我忽然心想：葛城說像是木乃伊的老人是爺爺的朋友，但他們是否其實有血緣關係呢？葛城全身充滿了謎，無論發生什麼事也不足為奇，而且她身上散發著藏也藏不住的高雅氣質、對於服裝的品味等，我總覺得那些和擁有我無法想像的權勢的老人之間，有相仿之處。話說回來，有人會交給純粹是朋友的孫女十億的鉅款嗎？不過事到如今，那種事情都已變得不重要了。我跟著葛城一面對棺材雙手合十，一面如此心想。名叫光石的男子在門口等著我。他是擁有三門88釐米反坦克炮的男子。他說他有話要跟我說。我不知道是哪種話，但是我不想知道那種事情，如果可以的話，我想謝絕聽他說話這種事情本身。他自稱「敝姓光石」時，我的心跳加速，如今也持續怦怦跳。喉嚨乾渴，但是甚至沒有空閒喝點什麼。最重要的是，我也不能逃走，那個基地八成也被

---

⑪ 譯註：擁有公、侯、伯、子、男的爵位者。

他找到了。我不出聲地如此低喃時，聽見了另一個我的聲音說：不，說不定未必如此。

我心想：「聽光石說完之後，不思考逃走這個選項是否奇怪？」內心同時湧現「沒錯，逃走吧，非逃不可」這種焦躁，以及「那麼一來，說不定各種事情就會解決」這種心安，心跳一會兒變得更快，一會兒瞬間緩和下來。無論如何，我都快要陷入恐慌，我強烈地自覺到這一點。我感到輕微的暈眩，胃部一帶變得沉重，自覺到想要嘔吐。我告訴自己「冷靜下來，焦慮的話，無法面對接下來要發生的事情」，像是接收到這句話似的，我又聽見另一個我的呢喃：該逃走。你仔細想想，至今之所以沒有考慮逃走，是因為不知道現在眼前變得一動也不動、像是木乃伊的老人會對你做什麼，對此感到害怕。名叫永田的男子因為像是木乃伊的老人指示，被砍掉左手臂。因為你心想：老人親自拜託你照顧百合子、阻止失控的那一群人，假如以無視他委託的形式逃走，說不定不是被砍掉一條左手臂就能了事。這個想法並沒有錯。然而，狀況大幅改變了。像是木乃伊的老人實際上變成了木乃伊狀態。老人本身不會向誰下指示。確實還剩下身穿黑色套裝的女性，她好像說她會繼承老人的意志，但是影響力應該會顯著下降。就算名叫光石的男子在門口守著，難不成他能夠在眾目睽睽之下，做出綁架之類的事嗎？

另一個我繼續呢喃：且慢。光是避免待在沒人的地方或許不夠。名叫光石的男子是若無其事地替年輕人洗腦，煽動他們，命令他們潑灑可燃劑、散布芥子氣，以割草機砍掉人頭的傢伙。縱然我身在人群中，他下手也不可能有所猶豫。但是正因如此。正因如此，且慢。且慢、且慢，冷靜地思考一下，不可以忘記十億這筆鉅款。老人準備的十億幾乎尚未使用。假如逃到國外，雖然應該依國家和地點而定，但縱然是光石，也不可能真的追來。倘若是國外，哪裡都可以。不，越遠越好。如果有十億，無論是地球另一端，或者極地，應該都能輕鬆前往。說不定也能搭乘俄羅斯的太空船，逃到宇宙。雖然我外文一竅不通，但畢竟我的預算是十億。應該能夠輕易地雇用幾名口譯。不，小心駛得萬年船，我要慎重再慎重地思考。前往機場的途中，應該不會被光石抓到、綁架。不會，不用擔心。我該隨時思考十億這筆鉅款擁有的無限可能性。我應該能夠雇用任何人。別說是偵探或保鏢了，說不定還能從國外找來武裝的傭兵。沒錯，還有拜託那個名叫阿壞的男子這個選項。名叫阿壞的男子有希望。這種時候，他肯定靠得住。他擁有光是拳頭掠過，就能造成割傷的臂力。應該沒有人比他更可靠了。名叫阿壞的男子說不定有其他夥伴。如果有十億，即使雇用他們所有人，也能輕鬆支付。

我想試著聯絡名叫阿壞的男子時，意識到關鍵性的事，響起另一個我的聲音說「不行」，樂觀的計畫在轉眼間瓦解。堆積起來的影像發出聲響坍塌。首先最重要的是，名叫阿壞的男子不會接受我的委託。那傢伙之所以前往稅務士事務所，是因為中意葛城，而不是我。問題在於葛城。如果葛城說她想要逃到國外，拜託名叫阿壞的男子保護她，情況會變成怎樣呢？不不不，假如更本質性地說「跟我一起逃到國外」，葛城會採取怎樣的態度呢？不，話說回來，我真的能對葛城說「我想要逃到國外」嗎？說不定她會意外爽快地說：啊，是喔，慢走。假如我懇求她：「我好歹在新宿MILANO協助妳逃難，能夠分我十億的一半，不，五分之一，或者十分之一就好，當作至今的報酬嗎？」會怎麼樣呢？我不知道葛城會做出哪種反應。但是，問題不是這種事情。假如我開口說：「不好意思，名叫光石的男子出現，我非常害怕，所以我不玩了，所以能不能給我一些錢？」不知道葛城會動怒，或者溫柔地原諒我，但是她肯定會失望。不知第幾個我又發出聲音說：不，且慢。又不知道她會不會失望，搞不好葛城意外地受夠了和這起案件扯上關係，樂於抽手。

「我們回去吧。」

葛城分開原本合十的雙手，如此低喃道，我回過神來。我不知道像是木乃伊的老人是否其實是她的親屬，但是心想：是不是都不重要。在門口等我的光石很可怕。他說他有話要說，他要說的話也很可怕。我想逃走。假如我說我想逃走，葛城說不定會原諒我，也說不定會失望。問題不在於此。我意識到某件事，死心了。我是真的想要落跑。如今也心臟狂跳，腳微微地顫抖。我覺得自己不會被殺害。假如光石打算殺我，我應該老早就被幹掉了。換個角度想，今後應該會發生更麻煩的事，搞不好被殺掉還比較好。所以，我想落跑是真心話中的真心話、比真心話更真心的真心話。但是，本質性的問題不在於此。我不想對葛城說：其實我想逃走。假如我提出「我再也不想和這起案件有所瓜葛」，被葛城輕蔑，令她失望的話，那還算好。這我大概能夠忍受。更恐怖的是，葛城說「啊，是喔，慢走」，一把將我推開。假如葛城說「好」，從十億中交給我為數不少的現金，說「關口先生，再見，保重」，然後離開我，等於我對她而言，是個不必要的人。我的心臟狂跳，顫抖不止，以快要陷入恐慌的神經反覆鬼打牆，最後，我意識到了真相。比起名叫光石的男人，我更害怕和葛城分離。

「嗨～我等了好久。」

光石看著自己的手錶，如此說道，上前迎接從老人的家走出來的我和葛城。

「關口先生、百合子小姐，我十分清楚在這種令人哀慟的時候，提出這種要求很冒昧，但其實，我希望二位務必跟我一起去一個地方。」

葛城說：「請問，那是哪裡呢？」目不轉睛地盯著光石，沒有從他身上移開目光地問道。

「靜岡，過幾天也無妨，能不能請二位陪我幾小時呢？」

葛城說：「可是，我和關口先生都是剛才才和你見面，這樣不太好吧？」她真的很沉著。葛城應該掌握了名叫光石的男子是何許人也，但是毫不膽怯。

「妳說得確實沒錯。我也深知自己的要求很失禮。因此，當然不是現在馬上去，我會等到二位撥出時間為止。不過，如果可以的話，請在這一週左右之內，我會感激不盡。啊，然後，如果二位接受我的要求，最好盡量避免週六和週日。能不能請二位考慮一下呢？」

我鼓起勇氣，問：為什麼週六和週日不行呢？

「因為我想帶二位去的地方，是靜岡某個有名的漁港旁邊。然後，那個漁港有家既不高級又不起眼的小餐館。它是位於漁業合作社市場內的餐館，生魩仔魚非常好吃。除此之外，現在這個時期，是鰹魚。還有星鰻也非常美味。當然，請二位在那家餐館一起用餐，不是我的主要目的。包含用餐在內，我想跟二位借點時間，首先，作為拉近距離的象徵，我想請二位在那家餐廳享用新鮮的魚。然後，那家餐館週六和週日客人非常多。不是能夠預約的高檔店，所以明知我提出的是無理的要求，但是希望盡量平常日去。說到這個，佐野sensei身子還硬朗時，我也曾帶他去過幾次。當初是家父帶我去，而家父過世之後，我帶Sensei去。Sensei討厭高級的料亭等，非常中意那家餐館。總之，那裡的生魩仔魚在其他地方絕對吃不到。」

葛城偏頭問「魩仔魚」，附在帽子上的tulle（薄紗）搖晃。優雅的動作令人感受到，她完美地駕馭了純樸時代的服裝。

「是的。生的魩仔魚。」

光石開心地如此答道，只是靜靜地微笑，絕對不會提高音量笑。話說回來，我們是在弔唁時遇見，他的語氣和態度充滿顧慮到了葛城和去世、像是木乃伊的老人之間，關係非常親密。當然，他並不會畏縮、異常客氣，或者不自然地顧慮。他光明正大，始終謙虛，以堅定的口吻說話，令人感受到他對於葛城的悲傷感同身受。他的身高遠遠超過一百八十公分，一身像是田徑短跑選手的健壯肌肉，不會令人感到壓力或壓迫感，反而散發著溫馨的包容力。

「那是鯨魚吧？要吃生的鯨魚嗎？」

或許是誤會了什麼，葛城如此問道，光石說「不，不是鯨魚」，靜靜地搖了搖頭。

「不是嗎？有隻叫做魩仔什麼鯨的有名鯨魚，我以為是鯨魚。」

「我想，妳講的是藍鯨⑫。牠是體型最大的鯨魚。魩仔魚正好相反，在海產中，恐怕是最小的。因為身體小，所以容易損傷。因此，現撈現吃最美味。」

葛城說「我知道了」，露出有些難為情的笑容，問：後天怎麼樣？後天是星期五。

「這個嘛。如果可以的話，最好再過幾天。多少要準備一下。下週的星期二，或者星期三怎麼樣？」

葛城回應「都可以」，於是決定下週二去靜岡。但是，如此輕易地接受光石提出的要求好嗎？確實，他的外表、風度、語氣、態度都是無可挑剔的紳士。然而，根據目前為止搜集的資訊，光石是來西杉郎的網絡內，開始失控的那一群人的領導者。不過，如果拒絕他提出的要求，情況會變得怎麼樣呢？他不可能會接受，說「好，我知道了，真遺憾，但我瞭解了」，然後離去，從此不找我們麻煩。我恍惚地思考這種事，但是葛城最後問了一個令周圍的氣氛為之一變的問題。

「請問，秋月醫生為什麼自殺了呢？」

我嚇了一跳，險些暈倒，但是光石面不改色。他臉上的柔和微笑依舊，平穩的語氣也毫無改變。

「這個嘛。我當然認識秋月醫生。不過，我們的關係不怎麼親近。所以，我不知道詳情。假如是我個人的推測，我能夠告訴妳。秋月醫生為了某個目標，在尋找某種，該怎麼說呢，人才。他在尋找人才，而且是多個人才。我曾經透過傳聞，聽說他網羅到了幾個理想的人才。所以，或許是那些人才犯下了意想不到的重大錯誤，這也是我聽某個人說的。我的推測是，他或許要為那種事情負責。」

---

⑫譯註：魩仔魚、鯨魚和藍鯨的日文發音分別爲「shirasu」、「kujira」、「shironagasukujira」。

葛城低喃「是這樣的嗎？」沒有從光石身上別開目光，又問了令我站著感到暈眩的關鍵性問題。

「那是因為那個嗎？發生在歌舞伎町的新宿MILANO的事嗎？」

光石終究沒有馬上回答。但是，他的表情沒有改變。他目不轉睛地看著葛城，接著也觀察我的表情之後，不改平穩的語氣回答：妳說得沒錯。

「我從佐野Sensei口中，聽到了大致的事情。沒錯。秋月醫生找出來的人，該怎麼說呢，我不知道培育這種說法是否恰當，總之，他指導的人才不遵守指示，可以說是失控了。」

我們和光石道別，從弔唁回來，一如往常地叫了外送的披薩。葛城換穿寬鬆的T恤、灰色的短裙，以及像是黑色緊身褲的內搭褲。外頭天色尚亮，但是我們在喝罐裝啤酒，只勉強吃了一片披薩。我沒有食慾，而葛城的臉上也顯現疲態。我們久久一語不發，喝著啤酒，葛城像是想起來似的，問我光石的事。我說「我不知道」，含糊地應道。我真的不知道。他應該是持有88釐米反坦克炮，開始在來西杉郎的網絡內失控的團體領導者，但是沒有一絲暴力的氣味，也沒有危險的感覺。反倒是名叫阿壞的男子遠比他更危險而暴力。

「妳覺得那個人是壞人？」

「總覺得他人滿好的？」

葛城一臉複雜的表情，一面啃已經冷掉的披薩，一面如此說道。我無力地應道：確實。光石從頭到尾，感覺都不差。他很紳士，而且不會令人感到壓力。如果狀況不同的話，肯定會對他抱持好感。不，我實際上失去恐懼感，差點對他抱持好感，我對這一點感到驚訝。這是一種斯德哥爾摩症候群，跟人質一心想要獲救，而對犯人抱持好感一樣。因為持續感到恐懼很痛苦，所以差點忍不住抱持好感而已，因此必須避免喪失危機感。我必須告訴自己這一點。

「那或許是個問題。」

葛城把一小片披薩放回盒子，將啤酒灌入喉嚨。我事到如今才驚覺：多麼敏銳的女子啊。葛城指出了問題在於光石不管怎麼看，看起來都不像是壞人，以及見到他的人，應該個個都會對他抱持好感。乍看之下是壞人的傢伙，沒什麼大不了。令人感到壓力、大搖大擺的人，是如果不那麼做，就無法維持權威的冒牌貨。見到光石，我想起了遭到美軍殺害、蓋達的前領導者——奧薩瑪．賓．拉登（Osama bin Laden）。他出身自沙烏地阿拉伯的超級富豪家族，為人敦厚，說話方式也穩重。他似乎很有聲望，不只是基本教義派，而且在伊斯蘭，譬如巴基斯坦等，亦深受一般民眾歡迎。搞出天理難容的事情的組織領導者，大概都是這種人。

「關口先生，你怎麼樣？跟那個人一起去靜岡，你不害怕嗎？」

我不能說：我害怕，而且想落跑，但是我更害怕和妳分離。我說「我有點害怕，但是，欸，畢竟受託於Sensei，而且我知道真相」，竭盡所能地虛張聲勢。葛城聽到Sensei這個字，表情沉了下來。我不知道他們是不是親屬；在從弔唁回來的車上，若無其事地問：老人過世，妳一定很傷心吧？葛城說「那對我的打擊很大」，低下了頭，然後說：但是比起打擊，更覺得鬆了一口氣。我聽東鄉小姐說過，Sensei對待恐怖的人，好像非常恐怖，但是對待和善的人，會和善到令人感到困擾的地步，所以對待我很和善，和善到我不知道該怎麼辦才好。Sensei喜歡讓他想和善對待的人開心、獲得幸福，相反地，最討厭讓他想和善對待的人失望，所以變成那種狀態之後，Sensei好像常說：我已經不久人世了，所以無可奈何，但是不能使出全力，令我非常不甘心，雖然我感謝身體變成這樣也還活著，但是悲傷得不得了。曾幾何時，我聽說也有許多人願意在Sensei過世之後，和他一起死，可是也有一樣多的人希望他死。

我也不知道Sensei究竟幾歲，而且曾幾何時聽說，別說是同一個世代的人了，連他下一個世代的人也幾乎所剩無幾，他不該如此異常地長壽。所以，我有時候會想，說不定Sensei會永遠活下去，這個想法對我而言是希望，也令我感到非常痛苦。所以，非常不可思議，聽到東鄉小姐說Sensei過世了，我心中沒有產生悲傷，反而產生了有點鬆了一口氣的心情。我明明應該尊敬著他，明明總是非常喜歡他，但是有點驚訝，連眼淚也流不出來。

我是個冷酷無情的人。可是，我對待不想冷酷對待的人並不冷酷，所以我也覺得，我是不是精神上怎麼了，但是Sensei過世之後不久，我心想「噢，這就是鬆了一口氣」，我明白了這就是鬆了一口氣的感覺。我明白了Sensei再也不用感到悲傷不已。

「我覺得非常不可思議。」

晚上，我們回到各自的房間之後，不一會兒，我聽見敲門聲，葛城身穿代替睡衣的T恤，進來了。

「我一直認為，我不想和任何人見面，也不想和任何人說話，假如全世界只有我一個人的話，那該有多好，但是緊貼著那種心情，感覺真的是跟那種心情重疊，有另一個自己覺得如果沒有人在身邊，好像就會發瘋。所以可以嗎？唯獨今晚，躺在旁邊跟你一起睡，可以嗎？」

我坐在床邊，一面嚼碎睡眠導入劑，一面喝威士忌，葛城突如其來地問道，我不知道該如何回應才好。葛城問：我可以在旁邊跟你一起睡嗎？不，說不定她的要求超出同床共枕。伊斯蘭激進主義的恐怖攻擊執行者似乎被告知，自爆恐怖攻擊之後，會身為殉教者被召喚至天堂，賜予七十二名處女。我本身是無神論者，但是我心想：因為面對最糟的不吉事情，所以神明一定會賜予一般情況下，絕對無法獲得的事物。我盡量以輕鬆的感覺回答「嗯，可以啊」，儘管只有短短四個字，但是我說到一半，聲音變了調。

「妳可以睡這裡。我睡底下的地板。」

我如此說道，指示床上，葛城說「那樣不行」，鑽進我的旁邊。

我不禁從床上站了起來，讓出空間，望著葛城將蓋被拉過去。我不知道該怎麼做才好，心跳又開始加速了。我心想：「心臟不要緊吧？」擔心了起來。今天心臟幾乎狂跳了一整天。當我心想「一天終於結束」，鬆了一口氣，邊喝威士忌邊嚼碎睡眠導入劑時，又發生了意想不到的情況。因為光石的事，我心想「這種時候不能感冒」，關掉了空調。從被分配到這個房間時，床上就準備了薄羽毛被，但或許是因為熱，葛城露出了膝蓋以下。

該怎麼辦才好呢？我調暗房間的燈光，悄悄地脫下牛仔褲，換穿睡衣。但是睡衣有汗臭味。我試圖想起上次洗是什麼時候，但是意識到那種事不是大問題。問題是我要穿著這件睡衣睡覺，還是脫掉呢？床鋪大小介於單人床和加大單人床之間，若是並排睡，身體勢必會互相觸碰。葛城鑽進被窩，當然是有所期待，或者應該說是預料到會發生什麼而做出的行為。她從小學就被親戚——名叫永田的男子侵犯後庭，雖然不知真假，但是也聽她坦承自己曾在色情店工作，全身赤裸地擺出狗的姿勢。她並非純真無瑕。但不可思議的是，從葛城身上沒有發出性的氣味。不過，她又不同於神聖不可侵犯、像是天使一樣的女子。從她身上感覺不到渴望。我曾經聽過幾個色情店老闆說：色情店的女子當然想要金錢，但是更渴望愛情。所以，聽說她們對於男人索求她們的身體，因為自己的身體而興奮、滿足，會感到喜悅。葛城完全沒有這個部分。她一點想要金錢的樣子也沒有，至於愛情，她不可能滿足，但是也沒有渴望的樣子。說不定在精神深處，她很渴望，但是她的成長過程、言行和背景充滿了謎，所以對於愛情的渴望等，感覺那種事情大概對她而言，可有可無。

「你不睡覺嗎？」

葛城背對著我，變成陰暗的輪廓，我聽見她的聲音，心臟用力地跳了一下。我說「不，差不多該睡了」，突然使用敬語，心想：「為什麼我變得這麼緊張呢？」感到羞恥，感覺臉頰發燙了。而忽然間，我發現我忘記了某個日常的行為。我還沒刷牙。我的牙齒爛得一塌糊塗，又是牙套，又是牙橋，接受過複雜而廉價的修補，真牙不到整體的一半。年近五十之後，就像是發生根腐病的樹木一樣，一顆顆地鬆脫。這是不好好刷牙所造成的典型牙周病。我擔任自由記者時，過著住在編輯部，熬夜寫稿，寫到一個段落就吃泡麵、喝酒，然後小睡片刻的生活，幾乎沒有刷牙。牙科醫師建議我植牙，但是我已經失去工作，所以不可能有那種錢。

「我去刷牙。」

我心想「如果現在馬上鑽進葛城的身旁，就能和她身體接觸了」，感到失望，但又同時心想「這樣終於能夠離開令人緊張和心跳加速的源頭」，感到鬆了一口氣，如此說道。葛城以愛睏的聲音回應：好。一想像葛城雪白的肌膚，覺得刷牙根本是微不足道的無聊行為，但是我也在意口臭。口臭自己聞不到。然而，身為自由記者，過著亂七八糟的生活時，妻子曾經問我：你有好好刷牙嗎？八成是因為口臭。也就是說，如今八成也有口臭。我在意這一點，假如弄清葛城也有那個意思，姑且不論是在脫光之前，或者脫光之後，大概會接吻。到時候有口臭的話，說不定會毀了一切。

「妳可以先睡。」

我走出房門時，不禁說出了這句話。我心想「你是白痴嗎？」感到後悔，但是聽見葛城愛睏的聲音說：嗯，好。我一面告訴自己「冷靜下來」，一面前往浴室，面對鏡子刷牙。我花比平常多將近一倍的時間，還使用牙間刷，以漱口藥水漱口的過程中，覺得「拜託妳，別睡，等我」這種要求不符合身分。

鏡子裡的自己的臉，以及一口爛牙，發出「你老了」這種信號。眼睛底下鬆弛、暗沉，脖子的皮膚失去彈性，有無數的皺紋。人會慢慢地老去，但是某一刻，突然發現自己老了。自覺到衰老，是將過去絕對無法挽回這個事實擺在眼前。無從抗拒。只能接受。不知道為什麼，內心湧現「我至今究竟做了什麼？」這種難受的心情，不禁茫然，不自覺地眼角泛淚。妻子和女兒離去之後，這幾年算什麼？不清楚自己是活著，還是死了，再悲哀也不過的人生。說要跟我一起睡，鑽進被窩的葛城，暴露出了這一點。

接下來會變得怎樣呢？我一面擦拭眼角，一面如此心想時，腦海中浮現那一群在駒込的文化教室，熱中於劍舞和卡拉ＯＫ，樂在其中的老人。當時，我覺得身穿高中生制服，唱著從前歌謠的老人很悲哀，有點瞧不起他們。但是，來西杉郎這個團體的一分子八成身在其中。腦海中也浮現名叫秋月的醫生，以及光石的臉。而他們做過的事、接下來想做的事的意義，並非透過邏輯，而是像皮膚的感覺，以像是被人用針刺某個地方的感覺，我開始感受到了。無法抗拒衰老。有年逾七十的老年人覺得自己還很硬朗，以還不會輸給年輕人的感覺衝上山，也有年逾八十的老年人挑戰艱辛的登山，但他們只是試著進行毫無意義的反抗的笨蛋。衰老是絕對的事實，會產生看開、自我厭惡和憤怒。看開會讓老人譬如從事嗜好，而自我厭惡則是邁向疾病和隱居。年紀老邁，為了逃避看開和自我厭惡，或許只能活用憤怒。光石和來西杉郎的團體的憤怒就社會性而言，是完全的惡，我不清楚他們是刻意或不自覺，是否試圖讓憤怒具有方向性和目的呢？光石的魁梧體格和光明正大的態度，或許不完全單純是與生俱來的。

我踩著無力的步伐，回到房間，悄悄地鑽進葛城的身旁。聽見她小聲地說「歡迎回來」，她還沒睡著，將身體面向我，探尋我的手。我像是握手似的握住她的手，她問：「可以這樣牽著手睡嗎？」我回應「當然可以」，語氣變得像是在照稿唸台詞。葛城的手冰涼柔軟，過一陣子，耳邊傳來鼻息聲，我感覺到一直狂跳不已的心臟逐漸平息。以威士忌灌下的睡眠導入劑也發揮藥效，我覺得葛城浮現在微光中的臉龐多麼美麗，感到一股莫名的平靜，被拖進了夢鄉。

隔天早上，我先起床。為了避免吵醒還在睡的葛城，我悄悄地溜出被窩，一如往常地以過濾式咖啡壺煮咖啡。我一面心想「結果，什麼也沒發生」，一面在客廳喝咖啡時，葛城說「早安」，也現身了。我問「要不要喝？」指示馬克杯，她搖了搖頭，前往淋浴間。我半夜數度轉醒，一會兒去廁所，一會兒去喝水，每次都必須重新認知到自己和葛城躺在同一張床上。接吻、觸摸乳房和美腿、讓她脫掉T恤和底褲等影像掠過腦海，但是我沒有那種能量和勇氣，又悄悄地鑽進被窩，握住葛城的手，聽著她的鼻息聲。

「要去吃東西嗎？」

葛城換穿有花紋的無袖連身裙，如此問道，我詫異地心想：究竟怎麼了呢?我們兩人平常早上什麼也不吃。起床之後的兩、三小時，大多身體不舒服，沒有食慾。一起配咖啡服下鎮靜劑，東摸西摸地混到中午過後，然後叫烤雞或披薩的外送，是目前為止的習慣。

「要不要去對面的咖啡館吃叫做morning的東西呢？」

我一看時鐘，將近上午十點，懷疑還有沒有提供morning，但是決定先外出再說。

「關口先生，你吃過早餐嗎？」

過馬路時，葛城如此問我，我心想：說到這個，我有好長一段時間，除了咖啡店的早餐之外，連午餐也沒吃了。我說「從前常吃啊」，葛城微笑道：我從出生之後，一次也沒吃過。

「早餐應該是breakfast吧？morning明明是早上的意思，但其實是指早餐，我一直想要吃一次看看，但是沒有那種機會。」

遺憾的是，咖啡館沒有morning了。那是一家以手工的蛋糕和糕點為主打，在路邊擺放遮陽傘和桌椅的歐式的店，據說如果是叫做croque-madame，放上起司烤的吐司倒是有。

「早餐好好吃，對身體好吧？」

croque-madame是在吐司上面放起司，以及荷包蛋。如果是法國的咖啡館，似乎是每一家店都有的早餐。沒有放荷包蛋的，似乎叫做croque-monsieur。

「我曾經在巴黎，還有某個有名的城堡所在的郊外城市吃過。」

葛城跟平常一樣，以不知道好不好吃的感覺，一面緩緩地將吐司撕碎，送入口中，一面如此說完之後，問我：你去過法國嗎？我一面回答「沒有」，一面心想：說不定這是我們第一次聊一般的私生活話題。第一次見面時，我在TAMA PLAZA的「TERRACE」，聽到她曾在色情店工作，全身赤裸地擺出像是狗的姿勢這件事。新宿MILANO的大規模恐怖攻擊之後，出門去散步，葛城在寺院坦承了小學時，被名叫永田的男子侵犯後庭。盡是異常的故事。不是忽然洩漏內心世界，或者敞開心扉，閒聊微不足道的事。或許是上午柔和陽光的緣故，我總覺得葛城的表情和之前略有不同。自從遇見之後，總覺得她一直像是戴著假面具，講好聽是神祕，講難聽是心不在焉。她身上散發著一種氣場，絕對不會說出自己是個怎樣的人、至今過著怎樣的生活、現在在思考什麼。

「那麼，關口先生，你喜歡國外的哪裡呢？」

葛城如此問我，我回答「我很少出國，沒有到喜歡哪裡的地步」。她問：「去過的國家當中，你喜歡哪裡？」一面坐在木製的椅子上，蹺起修長的腿搖晃，一面對我微笑。葛城身穿有花紋的連身裙，套了一件深藍色的針織衫，頭髮在腦後束成馬尾，赤腳穿著帆布的涼鞋，遮陽傘的陰影正好覆蓋住半張臉。這裡似乎是熱門的咖啡館，再加上穩定的晴朗天氣，擺放的桌子幾乎座無虛席，但是其他客人大多是住在附近的大嬸們。雖說是大嬸，這一帶就住宅區而言，是黃金地段，所以打扮得相當漂亮，氣質也文雅脫俗。但是，葛城美貌出眾。路過的男人們眼中只有看到葛城，經過之後，還有幾人特地停下腳步，回頭看她。他們以「為何這種女人和這種男人在一起？」這種眼神看我。我一身在量販店買的牛仔褲和POLO衫，以及橡膠人字拖的打扮，今天早上還忘了刮鬍子。無關乎年齡的差距，而是服裝、容貌和氣質實在太不匹配。

「巴基斯坦吧。哎呀，其實我原本是打算去巴基斯坦而出遠門的，但是只去了曼谷。可是，我透過影像，反覆看了巴基斯坦的西北邊境州一帶，印象非常深刻。」

我如此答道，葛城複誦「巴基斯坦」，露出了深感興趣的表情。我原本就是懶得出門的人，而且擔任自由記者時，幾乎沒有像是休假的休假，出國的經驗少到數得出來。而且，蜜月旅行去澳洲，其他盡是台灣、韓國和關島等鄰近的國家。十多年前，那一群國中生開始集體不上學時，我為了採訪而前往巴基斯坦，但是因為某個緣故，在曼谷止步，然後折返。那一陣子，在巴基斯坦的西北邊境州，之後以「生麥」這個暱稱聲名大噪的日本年輕人，住在普什圖（Pashtun）人的村落，清除地雷。「電視大肆報導那位生麥，但是日本連個屁也沒有」這個具有真實感的衝擊性發言，成了那一群國中生集體不上學的契機。

「巴基斯坦是怎樣的地方？」

葛城如此問我，我回答：只看得見岩山和沙地，總之就是熱得要命，那一帶像是雜貨店的地方，販售大量的武器。我在新聞影像中看過好幾次，總覺得自己實際去過。

「是喔～巴基斯坦啊。」

哎呀，不過我沒有實際去過就是了。

「我去的都是平凡的地方。像是巴黎、羅馬、紐約、邁阿密，都是那種地方。」

可是，每一個地方都很有名。

「其實啊，我想去沒什麼人去的地方。像是柬埔寨、印度、沙烏地阿拉伯、尼泊爾、塞爾維亞、玻利維亞、古巴。」

我說「妳還年輕，今後還能去許多地方」，想像和葛城手挽著手，一起走在柬埔寨的吳哥窟和印度的泰姬瑪哈陵，但是心情馬上變得陰鬱，被拖回了現實。因為我想起了光石。五天後，要去靜岡。我不知道他的目的為何、會發生什麼事，但是不可能有好事等著。我想，不會被殺害。假如他打算殺害我們，應該早就下手了。但是，和光石前往靜岡，不是鬱悶或麻煩這種層次。現在想要馬上落跑去某個地方。我沒有餘力思考在那之後的事情。但是，葛城難得進行一般的對話，我忍不住得意忘形，想像我們兩人在泰姬瑪哈陵散步。

「關口先生。」

葛城看到我沉默，發出了愉快的聲音。

「昨天謝謝你。」

她似乎是在感謝我昨天陪她一起睡。果然嗎？或者她的意思是，你做出更大膽的事情也無妨。我依然不清楚她的意思為何，但是原本想起光石的事，心情down到谷底的我，因而開心得渾身顫抖，驚人的是，我又差點眼眶泛淚了。

一成不變的日子持續。和之前不一樣的是，我們變得經常外出。而且，變得稍微早一點睡，相對地早起。以morning有名的懷舊咖啡店位於笹塚，我們會搭乘電車前往。我也去看了一百零一次電影。因為新宿MILANO的事，我們兩人都擔心或許電影院成了精神創傷，而那部電影是使用大量動畫的無聊好萊塢科幻片，一看完馬上就忘記劇情的爛片，總之，我們看完了它。除此之外，我們也去購物了兩次，我買了葛城替我挑選的夏季夾克、褲子，以及印著企鵝的睡衣。

而到了晚上，我們會像是從很久之前就那麼做似的，牽著手睡覺。葛城總是穿一件T恤，而我則是穿企鵝的睡衣。喝威士忌的量時多時少，而睡眠導入劑則是有時候睡前服用，有時候睡到一半醒來時服用，雖然有微不足道的變化，但是心情總是一樣。平靜而失望。一起睡之後的第四天，我想起「不食嗟來食」這個無聊的警句，心想「一個二十多歲的迷人女子，身上只穿T恤和底褲睡在一旁，如果錯失時機，那一瞬間就再也不會來臨」，興起後悔的念頭，囿於落寞的情緒，像是犯了某種無可挽回的天大錯誤。但是這時，葛城也牽著我的手，睡在一旁，雖然感到寂寥，但是精神平靜得不可思議。不過話說回來，性愛令人費解。葛城接近赤裸的狀態，而且沒有發出拒絕信號的情況下，如果不堅決進行，之後門檻就會變得異常地高。關乎保留物種，身為人類，理所當然且重要而神聖的行為，會變質為非常不自然且奇怪的事。基本上，赤身裸體，彼此露出性器官，張開雙腿，或者彎曲身體，壓在對方身上，除了被醫師診斷出有某種疾病的時候之外，不但會互相觸碰平常不會暴露在異性眼中的部位，或者應該說是器官，而且會插入、分泌奇妙的液體，射出不同於小便，不會日常性排放的體液。我心中產生了微妙情感和心情，彷彿世上沒有比這更不自然的事物。尤其我是五十多歲，堪稱初老的人，假如是動物，老早被年輕的雄性奪走領導權和雌性們，尋求死亡之所，徘徊在荒涼的草原那種年齡。假如毫無防備的女子睡在一旁，管她是醜女、胖子或歐巴桑，都會騎到她身上，忍不住射精這種年輕時期，早已遠去。

最後一次和女人互相觸碰身體，上床做愛，已經是將近十年前的事，對方是性工作者。我和妻子之間已經變得沒有性生活。而儘管和我一直覺得很迷人的女子互相觸碰身體，卻沒有性行為，也沒有接吻，只是牽著手睡著，是有生以來頭一遭。值得安慰的是，內心變得平靜，以及葛城的態度毫無改變。假如她是想做愛，或者認為做愛也無所謂，鑽進被窩的話，我會擔心說不定傷了她的心，讓她以為自己沒有那種魅力，但是葛城完全沒有展現那種態度。而且，假如她受傷的話，是否之後就不會再一起睡同一張床了呢？我也可以如此作想。此外，最重要的是，在和光石約定的日子之前的期間，我之所以能夠忍受「被他帶去靜岡，不知道會發生什麼事」這種恐懼和不安，是因為晚上和葛城牽著手一起睡覺。

「請上車。或許有點窄就是了。」

光石依照約定，準時上午九點將車停在大馬路上等候。天氣晴朗，白色車身反射陽光，令人目眩。因此，令我懷疑自己的眼睛，光石的車是白色的Corolla。或許是因為要載我們而用了心，有重新洗車和打蠟的痕跡，保養得宜，雖然年型很新，但肯定是Corolla沒錯。弔唁像是木乃伊的老人時，光石搭乘的是附司機的包租車，而我當然預料他開的會是黑頭的大型車。像是BMW、Benz（賓士）或LEXUS之類的車種。當然，即使是Rolls-Royce（勞斯萊斯）也不會顯得不自然，而如果是自己開車來，我想像到的是Ferrari（法拉利）或Porsche（保時捷）那種跑車。不，即使不是車，而是哪裡備有私人直升機或私人噴射機，我應該也不會覺得不對勁。

「不好意思。二位平常應該是坐更大、更舒適，而且跑得快的車。」

光石察覺到我一臉驚訝的表情，眺望著Corolla，一臉像是在說「傷腦筋啊」的表情，如此說道。

葛城微笑道：你是身分高貴的人，我以為你平常都坐包租車。

「上週因為弔唁，到Sensei府上打擾時，因為是工作途中經過，所以使用公司的車。假如包租車比較好的話，我現在馬上叫車過來，如何？我叫車過來吧。」

光石掏出手機，想要打電話，但是葛城拒絕包租車，笑著說「這輛車很可愛，我喜歡」，迅速地坐上了副駕駛座。光石打開後座的車門，說「請」，促請我上車，我也坐上了Corolla。

「抱歉，我有點睡過頭，而且路上塞車，我起床也沒梳理就來了。」

光石的感覺和上週見面時不一樣。就七十多歲而言，他的髮量異常豐盈，沒有梳頭，頭髮蓬亂，一身POLO衫、褲子、針織衫、半統靴的休閒打扮，距離高雅相當遙遠。白色POLO衫的袖口和胸口有灰色的飾邊，褲子是橘色、紅色和淡藍色的線條交叉的彩色格紋，針織衫是看似螢光色的鮮艷黃色，半統靴是相當久之前流行的款式，鞋尖異常地尖。上週因為是弔唁，他完美地穿著黑色西裝，簡直判若兩人。感覺像是非常熱愛高爾夫球和酒館的鄉下中小企業社長，而且車子是Corolla，我原本心想「不知道會發生什麼事」，全神戒備，因此失望，不禁流露笑容。戒心降低了。我無法察覺到這就是光石的目的。

「要聽音樂嗎？」

Corolla從用賀上了高速公路。過了橫濱交流道之後，四周的景色變得開闊，我的心情也變得開朗。葛城問：「你喜歡哪種音樂呢？」光石回應「什麼都聽」，輕觸螢幕上的「種類」這個圖標。確實地分類為爵士、節奏藍調（R&B）、搖滾、古典、輕音樂、原聲帶等，顯示各種專輯和樂曲。葛城問我「關口先生，你想聽哪種音樂？」我含糊地回應：哎呀，什麼都好。我不擅長音樂，或者應該說是跟音樂不太熟。從懂事至今，我只是隨意聽一聽時下流行的歌曲，不會收集喜愛歌手的CD、研究音響，或者去聽演唱會。至於古典樂，我也不太清楚貝多芬和舒伯特的區別。離我而去的妻子喜歡古典樂，常邀我去聽演奏會，但是我無法產生興趣，數度拒絕的過程中，不知不覺間，她不再邀我了。妻子和女兒去了西雅圖，生活頹廢時，我喝得爛醉，反覆聽The Peanuts的〈戀愛假期〉等從前的熱門歌曲，只是沉浸於感傷，並非對那些音樂有感情。說到這個，我不曾和葛城聊到音樂的話題。她喜歡哪種音樂呢？

「天氣晴朗，聽莫札特可以嗎？」

光石如此提議，葛城看著螢幕，低喃「難不成是單簧管，或者低音管的協奏曲？我在晴天也常聽」，露出了開心的表情。

「欸，莫札特的單簧管或低音管的協奏曲，可說是晴天的必聽曲子。」

光石如此說道，感覺輕盈的古典樂以適當的音量流瀉而來。我覺得那是感覺舒服的音樂。

「不好意思，這輛車跑很慢。」

Corolla以時速一百公里上下，行駛於東名高速公路左側的慢車道，不斷被其他車輛超越。葛城說「完全不要緊」，以手指搖晃懸掛在照後鏡上、呈淚滴形狀的半透明裝飾品。感覺她心情很好。葛城指著裝飾品，問光石：這個是那個吧？會招來幸福的水晶。光石說「是的」，露出了靦腆的表情。

「我很少討那種吉利的東西，是內人喜歡，擅自那樣替我掛的。」

我心想「內人應該是指妻子，光石結婚了嗎？有小孩嗎？」產生了興趣，但是興趣馬上消失了。我告訴戒心歸零的自己：那種事情不重要。天氣很好，周圍的景色中綠意盎然，令人心情平靜，而且意外的是，光石開著庶民的車，一身令人忍不住對他抱持好感的服裝現身。而車內持續流瀉著舒服的音樂。但是，我們並不是為了加深友誼，而陪同前往靜岡。

「我要下高速公路。」

Corolla在相良牧之原交流道下高速公路，改走一般道路。幾乎沒有交會的車，恬靜的風景綿延。不久之後，出現「御前崎」這個標誌，心臟重重地跳了一下，忽然間，籠罩在強烈的不安之中，彷彿被什麼附身了。我一開始完全不知道發生了什麼事。「御前崎」這個地名標示在腦海中閃爍幾十次，我終於意識到它的意思，愕然失色。我隨著心驚肉跳，想起了御前崎的附近有核電廠。是濱岡核電廠。

光石的Corolla駛向御前崎。御前崎、濱岡核電廠、光石這三個詞在腦海中重疊。於是，發生了奇妙的事。忽然間，周圍的情景蒙上一層半透明的薄膜，坐在前座的光石和葛城之間的對話夾雜雜音遠去，感覺腦海中的某個地方形成疙瘩變硬，然後總覺得耳朵內側響起了某種東西「啪嚓」斷裂的聲音。我想起了秋月的傳聲筒。感覺像是那個傳聲筒的線斷裂了，然後「怎樣都無所謂」這種自己的聲音在腦海中響起，像是神經鬆弛了似的，真的所有事情都變得無所謂，我被籠罩在解放感之中。如今確實是朝御前崎方向前進，附近有濱岡核電廠，我們和光石在一起，但是那種事情無所謂了。那肯定是無關緊要的事，不知道為什麼，萌生這種意識，心情變得非常輕鬆。

「咦？關口先生，你喜歡Bossa Nova嗎？」

葛城回過頭來，如此問道。原來不知不覺間，我隨著從汽車音響流瀉、拉丁風格的輕鬆音樂哼著。那似乎是叫做Bossa Nova的節奏，名叫什麼裘賓的人的歌曲。當然，我不知道那種歌手，也並非喜歡Bossa Nova。大概是因為我突然哼起歌，所以葛城感到意外。我回答：嗯，喜歡啊。我真的認為「是啊，我非常喜歡這種輕鬆俏皮的音樂」，連自己也感到驚訝，但是這份驚訝的情緒也馬上消失了。我思考「會發生什麼事呢？」突然感到氣悶，轉換著心想「怎樣都無所謂」，呼吸變得輕鬆。我一面心想「對了，眺望景色吧，饒富情趣，而且這景色令人感到有點懷念」，一面環顧周圍，低喃：真是個好地方啊。這種話極為自然地脫口而出。

「是吧。這一帶還保留著未開發的大自然。似乎經常會出現山豬。」

光石一面笑，一面如此說道。我說「山豬」，回味光石的話，心想「因為會出現山豬，所以令人感到懷念是理所當然的」，感覺心情變得更加輕鬆、平靜。Corolla行駛在右手邊是森林綿延，左手邊是一片平緩坡地的彎道。初夏的陽光灑落，綠意令人目眩，景色向後方流逝，令人感到舒服。我想起了從前小時候，經常以這種感覺兜風。父親是平凡的上班族，但是喜歡車子，每到星期日，就會漫無目的地開車到近郊兜風。上午出發，在沿路的得來速或拉麵店等隨便吃個午餐，然後又回到家，那是沒什麼大不了的出遊，不久之後，母親阻止我同行，我雖然也不覺得愉快，但是回想起來，心想「那或許是相當美好的回憶」，面露微笑。

「關口先生，你好像很中意這片景色。」

光石透過照後鏡看著我，如此說道。他察覺到我一面眺望周圍，一面微笑。我依舊面露微笑，回應：因為沒來由地感到懷念。光石一臉滿意的表情，對我頻頻點頭之後，說「哎呀，葛城小姐，我並不是特別喜歡輕音樂」，回到了從剛才一直持續、和葛城之間的對話。葛城說「古典樂和Bossa Nova雖然不同，但是風格類似」，然後兩人針對音樂談論。

「說到這個，莫札特是個怎樣的人呢？」

葛城對光石如此問道。她八成覺得和光石對話很有趣。

「從前，有一部電影叫做《阿瑪迪斯》（Amadeus），但是實情不得而知。不過，有個音樂家要參加革命，或者應該說是實際參加了。」

葛城問：「革命嗎？」露出了詫異的表情。確實，從音樂的話題冒出革命這兩個字，也令人感到唐突，但是我不以為意。景色好美，我感到懷念，心情好久沒有這麼平靜。這樣就夠了。我連什麼時候服用了幾顆鎮靜劑都忘了。

「是的。革命。有名的是蕭邦。他參加波蘭的革命運動，實際上，也創作了後來命名為〈革命〉的練習曲。華格納也實際參與德國革命，逃亡國外。我能夠理解參加革命的音樂家，或者應該說是，我想支持他們。音樂確實是藝術，但是本質上常常令人覺得比較接近數學。有完美的組合和排列，情緒性的韻味應該反而是結果。我認為，以完美的排列為目標的感覺，或者應該說是意思，譬如對於政治的失衡，應該會產生憤怒。」

葛城說「我第一次聽到這種事」，直勾勾地看著光石。她雖然依舊一臉詫異的表情，但是那看起來不是無法理解光石說的話，而是對於話題唐突地變了感到不對勁。為什麼會從音樂的話題中，冒出數學或革命這種字眼呢？我也感到意外，但或許是因為心情平靜的緣故，我覺得那種事也無所謂。不過，我從剛才就莫名地擔心著什麼。感覺是風平浪靜的海上漂浮著某種小東西，但是不知道那是什麼。我心想「欸，景色也很優美，總之，不知道心情有幾年沒有這麼平靜了」，決定不要在意。但是，如此下決定的當下，感覺到心情不舒服，彷彿漂浮在風平浪靜的海上的什麼稍微變大了。

「所以音樂家，或者文學家或藝術家參與革命，是極為自然的事情。」

光石的語氣微妙地變化了。總覺得略帶激情。葛城或許也意識到了，停止隨聲附和。

「因為無論是文學，或者其他藝術，若說到底，終究是數學。舉例來說，做好身為政治犯被逮捕的心理準備，針對獨裁政權，創作批判性作品的小說家或畫家，人們常以『有勇氣』之類的話稱讚他們，但需要的不是勇氣。文學家、藝術家需要的不是勇氣，而是資訊、知識，以及最重要的技術。就算有勇氣，如果沒有技術，也無法創作出有價值的作品。比起再怎麼人道的戰後文學，也比不上《浮雲》這部電影。如果看過成瀨巳喜男導演的《浮雲》這部電影，就會明白一切，像是戰爭為何、它在戰後如何變質了。這就是才能，才能的百分之九十九是技術。」

葛城低喃「浮雲啊」，抬頭看天空。她好像不知道《浮雲》這部電影。那是一部有名的電影，我知道片名，但是沒有實際看過。然而，光石為什麼要突然改變話題呢？他原本一直持續無關緊要的話題，但是突然改變了。隨著光石說的話帶有激情，總覺得我在意的什麼也漸漸地變大、變重。

「我不能忍受的是，文學家或藝術家這類的人，提起社會的幸福、平等，或者對於那種事情有貢獻之類的話。話說回來，他們活在投機的世界，無論就任何角度、任何狀況下，他們都不該說社會貢獻。無論是從社會幸福的角度，或者不幸的角度來看，正因為自由，所以能夠建構數學上稱為嚴格的虛構，或者應該說是足以和地球或宇宙匹敵的小世界，誤會這一點的人，我真的認為該殺了他們。」

光石使用「抹殺」這一個詞，葛城在座椅上身體僵硬。光石說的話絕非語無倫次或空談，但是相較於之前，明顯異常，原本像是寧靜大海的心情起了漣漪。然後，我在意的事情忽然現身，受到像是被人潑一桶冷水的打擊，陷入了茫然自失。是山豬。光石剛才還正常地對話時，山豬出現在話題中。他說「這一帶還保留著未開發的大自然，似乎經常會出現山豬」，我心想「假如會出現山豬，景色令人感到懷念是理所當然的」，予以接受。但是，我不知道。山、豬這一連串的發音在我心中失去了意義。山豬是什麼？我沒有發出聲音地低喃道，腦袋裡一下子變得亂七八糟。山豬是什麼？我能夠理解山豬這一個詞，但是無法想像。我心想「牠大概是動物」，好歹知道這一點，但是無法想起牠的身形。我並非不瞭解山豬。連小孩也知道山豬，我也當然應該知道，但是想不起來牠是怎樣的動物。而我明明無法想像牠的身形，卻心想：因為會出現山豬，所以令人感到懷念是理所當然的。強風吹拂寧靜的大海，海面簡直像是颱風一樣起浪，山豬這一個詞在腦海中驟然膨脹，我感到莫名的恐懼，一面小心避免讓光石察覺，一面從夾克的口袋探尋錢包，試圖取出鎮靜劑。

「文學家或藝術家的職責不是那種東西。如果少了革命，就不該參與社會。更何況是對人們的幸福有貢獻？讓社會變得幸福？對社會有貢獻？開什麼玩笑。他們的工作是擴大精神的自由度，揭露在社會蔓延的謊言，僅止於此。」

光石的語氣漸漸改變。聲音中充滿激情。他並沒有提高音量，或者粗聲粗氣，表情也幾乎沒有改變，所以反而顯得很不對勁。我試圖從錢包取出鎮靜劑，透過照後鏡和光石四目相交，險些弄掉鎮靜劑。在車上服藥並非異常的行為，但是我心想「光石會不會看穿我服用的不是胃腸藥或暈車藥，而是鎮靜劑」，感到害怕。我故意讓錢包掉在地板上，假裝撿拾，將鎮靜劑放入口中嚼碎。我心想：「搞什麼，我究竟怎麼了？」明明剛才之前心情平靜，連自己也感到驚訝，為什麼因為區區「山豬」兩個字，就突然變得如此不穩定？險些失去自我。我開始心悸，心想：「光石是否會感受到我的心跳變得劇烈？」想著那種蠢事，內心變得更加痛苦。

「回歸正題，剛才說到即使是音樂家，也和他從事的活動無關吧？莫札特並不是思考社會的幸福，創作了作品。他是為了錢，或者資助他的貴族，以及為了他染指的女人、他想要染指的女人而作曲，但是因為旋律與和聲太美，所以結果，我感到幸福，心情獲得療癒，覺得如果這種音樂存在，活著也無妨。無關。沒有關係，而且我們如果想要讓誰幸福，或者想要從誰身上獲得幸福，那才是完了。進一步來說，不需要獲得幸福。比幸福更重要的東西多到數不清。或許所有的事物都比幸福更重要。」

光石如此說完之後，霎時露出回過神來的表情，清了清嗓子，然後沉默了。葛城問：譬如說？譬如說，哪種東西比幸福更重要呢？

「啊，這個嘛。首先，是在現在和明天活下去。吃飯、睡覺、活著。避免死亡、避免遭人殺害，存活下去。如果以幸福為第一優先思考，人有時候甚至不會意識到會遭人殺害。」

葛城說「確實」，目不轉睛地看著光石，靜靜地同意。光石說的話沒有錯。不過，只是因為話題突然改變，他的語氣帶有激情，所以顯得很不對勁而已。但是，我覺得這個男人莫名其妙。而且如此心想的當下，感到強烈的惡寒，彷彿有無數的蟲子在背脊爬來爬去，我又嚼碎一顆鎮靜劑。我終於明白了山豬意謂著什麼。我毫無自覺地切斷了思緒。光石說「這一帶還保留著會出現山豬的大自然」，我心想「如果會出現山豬，令人感到懷念也是理所當然的」，像是扯線人偶似的反應了。我沒有想像山豬這種動物，立刻回應了。我之所以感覺到像是傳聲筒的線斷了，是因為我實際上自己切斷了思緒，原因是恐懼。從御前崎、濱岡核電廠、山豬這些詞的組合所產生的恐懼太大，我停止了思考。目前為止，一次也沒有發生過這種事，所以我不知道自己怎麼了。

「開始出現了。」

光石指示左前方。道路變成平緩的下坡，視野豁然開朗，出現海岸線和港口。我尋找看似核電廠的東西，但是找不到。一直保持切斷思緒的狀態比較好嗎？接通思考的契機是山豬。我該感謝山豬嗎？還是該恨牠呢？如今能夠清楚地描繪山豬這種動物的身形。看來思緒幾乎完全接通了。相對地，恐懼襲來。我被籠罩在坐立難安的恐懼之中，為了維持意識，我必須咬緊牙根。

「果然平常日很空，太好了。」

光石將Corolla駛入御前崎港的停車場，環顧周圍，感覺很滿意。眼前是一片大海，標記為漁業合作社中心的建築物，以及倉庫林立。港灣的另一頭好像有一個叫做Marine Park的公園。

「怎麼樣？從東京不到三小時車程，竟然有這種地方，意外地沒什麼人知道。是不是很純樸？關口先生，對吧？」

我說「是，真的，令人感到懷念」，擠出笑容如此應道。我心跳得厲害，步伐不穩，像是耳鳴似的，「核電廠、核電廠、核電廠」這三個字在腦海中反覆，幾乎看不到周圍的景色，但我居然能夠妥善應答，連我自己也感到不可思議。我曾聽從前採訪的精神科醫師說：人真的思緒混亂，失去自我的話，除了無法進行正常的溝通之外，有時候會當場昏倒。我想要大叫，從這個地方跑走，但是姑且進行溝通。這代表我還有餘力嗎？從這裡看不見濱岡核電廠。它八成在海角的另一頭，但是我不能問光石：它在哪裡呢？

「希望有生魩仔魚。海上波濤洶湧時不會出海捕魚，所以沒有生魩仔魚。」

我回應「是喔」，因為思緒混亂，所以不太清楚生魩仔魚是什麼，而且也不知道自己在說什麼。感覺像是自動應答的機器人，一切都心不在焉。這傢伙究竟打算在濱岡核電廠的附近做什麼呢？他想把我怎麼樣嗎？思緒接通之後，唯獨這一點隨著痛苦被放大，腦袋快要當機。葛城察覺到我的狀況，悄聲問我：「你還好吧？」我只是「嗯」了一聲，發出像是烏鴉叫的走調聲音。眼神渙散，步伐不穩，忐忑不安地張望四周，聲音無力。無論是誰看到我，都會覺得我的樣子很奇怪。光石應該也早就察覺到了。但是，他已經不必在意我的不安。他成功地帶我們來到這裡，我不可能帶著葛城逃跑。我除了告訴自己「不要緊，我們不會被他殺害，而且剛才服下的雙倍鎮靜劑馬上就會發揮藥效」之外，束手無策。

我們橫越空盪盪的停車場，接近掛著「Nabura市場」這面看板的平房建築物。那是一棟簡直像是預製住宅，好像是附近人們共同興建的簡單建築物。面對它，左手邊是叫做「海遊館」的名產街，我們要前往的餐館，似乎是位於右手邊的「食遊館」內。「海遊館」和「食遊館」都有樸素的手工感，跟六本木之丘或東京中城等建築物正好相反。假如我的精神狀態正常，我應該會對它們抱持好感。那家餐館位於「食遊館」的入口附近，有一面寫著「日式餐廳」的看板。它的對面有壽司店和蕎麥麵店，內側有似乎是團體用、較大的餐廳，但或許是因為客人少，或者是上午，店沒開。

我們在光石的帶頭之下，進入了懸掛著「本日有生魩仔魚」這張紙的餐館。店內空盪盪，廚房有個看似師傅的男子，三名感覺是從附近來幫忙、身穿便服的中年女性。店內空空盪盪，客人只有坐在中央桌子的一名老人。那名老人說「噢，意外地早」，對我們招了招手，我看見他的臉，差點停止呼吸。

「這位是太田先生。他在我的公司擔任顧問。」

那張臉好眼熟。我心想：我在最不想遇見的地方和狀況下，遇見了絕對不想遇見的人。對於應該馬上會發揮藥效的鎮靜劑的期待，以及告訴自己「我們不會被他殺害」的念頭，在一瞬間消失了。光石介紹為大田先生的，是在大久保的象棋道場，寫著「第九代名人　太田浩之」的裱框照片中的人。而太田浩之也在我在NHK西側大門的恐怖攻擊現場，拍的愛湊熱鬧人士照片之中。那是松野替我修正的愛湊熱鬧人士照片。那張照片中，名叫太田的老人眺望燒死十二人的恐怖攻擊現場，看起來像是在笑。我記得那張在笑的臉，因為我造訪大久保的象棋道場，發現了裱框的大頭照。我同時感到「為何那個老人在這裡？」這種驚訝，以及「他在這裡是理所當然的」這種接受和看開的心情。

「關口，你的象棋進步了嗎？堀切好像提醒過你好幾次，其實比起居飛車⑬，振飛車⑭更趨於守勢，堀切好像提醒過你好幾次了。最近過得怎樣？」

太田如此問我，我的喉嚨乾渴，發不出聲音。我心想：「要是被他發現我的腳在顫抖就糟了」，抓住摺疊椅的椅背，緩緩地坐了下來。明明才上午，但是太田就以玻璃杯在喝日本酒，臉已經通紅。葛城問：「認識的人？」太田說「小姐，象棋啦」，高聲笑了。

「我也在下棋，和關口同一個象棋道場。所以，我知道他的名字。不過，我們待在象棋道場的期間

⑬譯註：飛車類似中國象棋的「車」，能夠前後左右直行，不限格數。居飛車是一開始，飛車一直居於己方右邊的戰法。
⑭譯註：一開始，飛車移至中路或左邊的戰法。

有點錯開，所以沒有直接對弈過。對吧？沒有吧？」

我說「是」，點了個頭，但是聲音在顫抖，看開地心想：我撐不住了。遇見太田之前，我原本抱持一縷希望。我隱隱心想：雖然來到了濱岡核電廠附近的御前崎，但是光石說不定是為了安慰因為那位像是木乃伊的老人過世而傷心的葛城，純粹想請我們品嘗生魩仔魚的絕妙滋味。但是，因為名叫太田的老人在場，使得那種可能性變零了。

「關口，要不要喝一杯？」

太田將玻璃杯遞給我。光石站了起來，走向廚房，隔著吧檯，點了生魩仔魚、炙燒鰹魚、炸星鰻和棒壽司等。我說「好，那我就不客氣了」，接下了太田遞出的玻璃杯。只好喝了。想像接下來會發生的事情，應該盡量不喝酒比較好，但是顧不了那麼多了。我也考慮去廁所，再服用鎮靜劑，但是酒更立即見效。就算喝醉，判斷力變差，也總比因為恐懼而暈倒好。

「哦～是喔。我一直想跟關口喝一杯。對吧？光石先生。」

光石說「是啊，你一直這麼說」，邊微笑邊點頭。太田也勸請光石喝日本酒，但是拿著酒瓶的手伸到一半，縮了回去，說：「你開車吧？」以「妳要不要喝？」這種表情，望向葛城。葛城看到我一口氣將倒滿玻璃杯的酒喝掉一半左右，八成是察覺到了什麼，以可愛的聲音說：我可以喝啤酒嗎？

「挺豪邁的喝相。雖然你象棋好像下得很差。」

太田應該年近八十，但是和光石一樣，頭髮茂密，臉色紅潤，大概是有在鍛鍊身體，隔著一件襯衫，看得出來胸部和肩膀的肌肉隆起。大久保的象棋道場雖然是以業餘人士為對象，但是太田取得名人地位，所以腦袋應該也很靈光，而且長相不怒而威。濃眉，眼神銳利，鼻梁直挺。不過話說回來，白天的熱酒很有效。恐懼並沒有消失，但是我心想「管他去死」，雖然當然是自暴自棄，但是心情多少平靜了下來。葛城吃了生鮒仔魚和炙燒鰹魚，稱讚「好吃」，但是我食不知味。

「你們是老交情嗎？」

葛城一面夾起長將近二十公分的炸星鰻，一面輪流看著太田和光石，如此問道。葛城不知道太田的真面目。應該頂多只能想像到，他是來西杉郎的團體的一分子。我也只知道太田是街區象棋道場的前名人，在恐怖攻擊的現場眺望著死傷者笑，除此之外，一無所知。但是，這樣就夠了。看著燒焦倒下的死傷者笑的老人，和光石在一起，附近有核電廠，我不想進一步知道任何事情。

「是光石先生救了我。這已經是相當久之前的事了。我原本在經營一家鎮上的小工廠，但是泡沫經濟之後，因為一堆有的沒的事，遭受波及而危在旦夕。他以令人無法置信的條件，幫助了我。如今給我顧問這種偉大的職務，欸，很照顧我。多謝。」

名叫太田的老人雙手合十，對光石做出叩拜的動作，如此說道。他的酒力異常地強。並非大口灌酒，而是以悠然的速度將酒杯就口。桌上已經擺著三瓶喝光的二合⑮酒瓶。他的臉紅通通，但是語氣正

⑮譯註：一合爲十分之一公升。

常，背脊總是直挺，也沒有搖搖晃晃。他真的是年近八十嗎？光石將這種像是怪物的老人聚集到身邊嗎？光石說「不不不，沒有那回事」，搖了搖頭。

「關口先生，太田先生的公司有卓越的技術。」

光石如此對我說道，我回應「是嘛」，感覺到腦袋一陣天旋地轉。我心想：說不定到極限了。思緒非常混亂之後，服用加倍的鎮靜劑，喝了一杯半的熱酒。要是倒在這裡的話，怎麼辦？話說回來，光石為何帶我和葛城來御前崎呢？

「太田先生是四國人，從祖父那一代開始製造製麵機。」

葛城問：「洗臉盆？」⑯太田笑著說：不，是製麵機，製作麵條的東西，欸，跟洗臉盆差不了多少就是了。

「沒那回事。」

光石說「那是很了不起的機器」，一面吃棒壽司，一面又用力地搖頭。

「原本是專門製作讚岐烏龍麵，但是到了太田先生接手，一再改良，變成能夠製作拉麵、蕎麥麵、義大利麵、義大利寬扁麵等所有種類的麵條。從極細麵到寬大的麵條都能製作，而且不只是麵粉，也能以蕎麥粉製作，是一種奇蹟式的製麵技術。我擁有專門賣麵的店，知道太田先生的公司，馬上協助了他。被幫忙的人，反而是我。」

太田說「哎呀呀，光石先生，在這樣年輕又漂亮的小姐面前，互相誇獎也沒用」，替葛城倒啤酒，說「我們的相遇是更粗俗而有趣」，露出了十分開心的表情。葛城因為喝了啤酒，臉頰微微染上紅暈，深感興趣地問：怎麼個粗俗而有趣法？我知道葛城對名叫太田的老人抱持好感。他直爽、開朗、有話直說、豪邁，而且不會酩酊大醉，有一種十分謹慎有禮的韻味。太田大概會受到任何人喜歡。但是，問題不在於他是不是老好人。太田和能否對他抱持好感這種範疇無關。因為他是眺望恐怖攻擊的慘狀在笑的人。

「那個不方便在年輕的小姐面前說，因為是小便。」

葛城愉快地說：小便？我不介意。我葷腥不忌。

「是嘛。那麼，這可是我壓箱寶的話題，我就說了。」

太田面露淘氣的笑容，如此說道，光石說「糗了」，邊搔頭邊微笑。這時，一名老人從入口探出頭來，朝我們這邊說：搞什麼，太田也來啦。一開始，因為他的臉部背光，看不太清楚，但是當他走過來打招呼，說「好久不見」，我差點弄掉手裡的酒杯。他是在那間駒込的文化教室揮舞真劍，砍掉穿中國服裝的人偶頭的老人。名字應該是叫做刈谷。

我想起在那間駒込的文化教室，看到劍舞和人偶頭被砍掉的情景，險些將胃裡的生魩仔魚和含在口中的日本酒一起吐出來。

⑯譯註：製麵機和「洗臉盆」的日文發音分別爲「seimenki」和「seumeuki」

「哎呀，刈谷先生，你好。」

葛城似乎偶爾會在文化教室和他碰面，如此打招呼道，刈谷靜靜地行注目禮。

「刈谷先生，今天有生魩仔魚，要不要吃？」

臉頰紅通通的太田如此問道，名叫刈谷的老人說「不，不用了」，搖了搖頭，說「我稍微吃點壽司好了」，挺直背脊，把手伸向盛裝棒壽司的盤子。光石的夥伴，或者應該說團體的成員一定很多人，他將其中的太田和刈谷找來這裡，想要向我傳達什麼嗎？這種想法霎時掠過腦海。於是，一種腦袋快要炸開的感覺襲來，我看見刈谷像是相機忽然對焦的取景器似的，瞪視著我，我以連自己也聽不見的音量，小聲地低喃「不好意思」，將玻璃杯中剩下一半左右的日本酒一飲而盡。我只好喝醉。

「對了，還沒說小便的事。」

太田將炸星鰻啣在嘴角，如此說道。

「我因為小便，而和光石先生搭檔。」

太田強調小便這兩個字，光石以下顎指示葛城。他的表情像是在說：在女性面前，最好不要說太下流的事。葛城說「我不在意」，太田對他大大地攤開雙手，彷彿在說「看吧，她說沒關係」，光石一面笑道「真是的，拿你沒辦法」，一面將棒壽司放入口中。太田替我的玻璃杯斟滿日本酒。刈谷依舊瞪視著我。饒是沒拿日本刀，他的眼神還是異常嚇人。我或許是第一次看到眼神如此銳利的人。他應該說過，他九十歲了。然而，光石為什麼讓太田和刈谷在場呢？我感覺手腳麻痺，難以控制身體，但儘管如此，要逃離排山倒海而來的恐懼，唯有喝醉。我一口氣喝掉半杯左右的日本酒，或許是酒跑進氣管，嗆得我不住咳嗽，但是我將剩下的酒全部灌入喉嚨。馬上開始頭暈眼花。太田說著小便的事。他說「我養成了只要東京都內高級健身房的室內游泳池有臭屁的小鬼，我一定會小便，在不能小便的地方小便的習慣，後來在港區的外資高級飯店的製冰機，將冰塊裝入冰桶之後，對著取冰口小便，這麼一來，遲早會在眾目睽睽的地方小便，擔心自己肯定會遭到逮捕時，遇見光石，我們一面對酌，我一面坦承小便的事，他說『有比這種無聊的遊戲更刺激的事』，邀我加入團體」，但是他說到一半，我已經只能斷斷續續地聽見。雖然恐懼減少了，但是看來無法維持意識。天花板開始不斷旋轉，我心想「原來喪失意識，眼前真的會變成一片漆黑」這種愚蠢的事，不知不覺間，連葛城喊我「關口先生、關口先生」的聲音也遠去，我感到胸悶，感覺嘔吐了，但是不知道是否真的吐了。不久之後，連支撐身體也辦不到，靠在桌上，發出玻璃杯打翻，倒在地上碎裂的聲音，我就此失去了意識。

回過神來，有人將手指插進我嘴裡。有人從兩邊腋下支撐我，我勉強站著，是在廁所裡嗎？我彎腰面向洗臉台，聽見有人說「好了，吐在這裡」的聲音，抬起頭來，鏡子裡映出我嘴裡含著兩根粗糙的男人手指的模樣。意識還很朦朧。我不太清楚周圍的狀況。酸酸的東西從胃部湧上來，我馬上意識到刈谷在左邊，心跳又開始加速，嘔吐停止了。看來在右邊，把手指插入我嘴裡催吐的是太田。太田說：關口先生，你恢復意識了嗎？吐一吐會比較輕鬆。他的氣息呼在我臉上。雖然有酒臭味，但是我沒有心生不悅。某個地方麻痺了。體內還殘留著鎮靜劑和日本酒的醉意。但是，麻痺的原因不只是酒醉。我無法直視刈谷的臉。日本刀的影像復甦，身體像是被綁住似的僵硬，彷彿全身上下被人用冰塊抵著似的變得冰冷，從背部一路麻到脖子，然後從太陽穴麻到腦袋。我大概不想維持精神正常。被手指插入的喉嚨很痛苦，胃痙攣的感覺持續，但是臉色發青的同時，嘔吐物回到胃部，身體又無力地傾倒。

「真是敗給這傢伙了。」

我聽見太田的聲音，他將手指從我嘴裡抽出來，相對地，讓我的上半身靠近水龍頭，水數度淋在我臉上。意識又稍微恢復。前面的鏡子中，有我窩囊到令人想哭的臉。水滴滴答答地從頭髮滴落，我心想：濡濕的臉簡直像是在訴說這樣死去比較好。我拚命地告訴自己：「死去比較好」這種想法是錯的。我就是因為不想死，恐懼才會像這樣排山倒海而來。我告訴自己「正確來說，我只是心想：我想要逃離恐懼，為了做到這一點，變得意識模糊比較輕鬆」，但是我察覺到鏡子裡，映照著刈谷以完全無法看出表情、冰冷銳利的眼神，目不轉睛地看著我，腦海中又馬上浮現真劍的刀刃影像，它具有一種既非銀色，也不是白色或灰色的光芒，萬念俱灰。

「夠了，就這樣帶他走吧。」

從背後傳來光石的聲音。

「可是，這傢伙弱爆了。」

太田一面將手臂插進我的腋下，一面如此說道，刈谷說：「光石，真的要讓這傢伙去做嗎？」盯著我的臉。

「我是這麼打算。」

光石也靠近我，抓住領口，讓我挺起上半身，說：我覺得軟弱的人反而好。我的意識模糊，不太清楚這段對話的意思，但是情勢肯定接近最糟。

「哎呀呀，關口先生，你還好吧？」

葛城看到我被拋上車，如此對我說道。我試圖回應「我還好」，但是感覺舌頭綿軟無力，口齒不清，只能發出「啊」或「嗚」這種聲音。車子不是光石的Corolla，座椅硬得要命，空間很大。我設法挺起上半身，看到方向盤才知道，原來是Benz。太田和光石從兩邊腋下支撐著我，離開建築物，直接將我拖上車。我思緒渙散地心想：這輛大車的顏色應該是綠色，不是Corolla，再說，光石的Corolla顏色是白色。刈谷不知從哪裡拿來報紙，扔在靠在座椅上的我的胸口一帶，以發自丹田的低沉嗓音說：吐在這裡！他一面低喃「要是吐在我的賓士，我可饒不了你」，一面坐在駕駛座。葛城坐在副駕駛座。太田似乎搭乘光石的Corolla。刈谷發動引擎。巨大的引擎聲簡直像是賽車，無法估計排氣量有多大。八成是古董車，應該是從前的搖滾明星會開的車。刈谷究竟從事哪種工作呢？他是有錢人嗎？倘若如此，他為何去駒込的那種文化教室呢？聚集在那裡的老人們看起來不像是富裕階層。但是，刈谷是不是有錢人並不重要。雖然不清楚真假，但是他似乎年逾九十。仔細想想，比起開古典的Benz，九十歲還開車更罕見。Benz發出轟然引擎聲，急速前進，我的頭狠狠地撞在後座的椅背上。醉意還殘留著，不覺得疼痛。酸酸的東西又湧了上來，但是我沒有吐。或許是連嘔吐的力量也不剩了。

「刈谷先生，要去哪裡呢？」

葛城問道。

「太田的工廠。製麵機的修理工廠。」

修理工廠？

「沒錯。大家聚集而來。」

大家是指誰呢？

「夥伴。」

葛城問：「是來西杉郎的團體嗎？」刈谷說「來西杉郎啊」，笑了出來。刈谷的頭髮豐盈，臉部的皮膚也不鬆弛，眉毛濃密，根根分明又長，鼻梁直挺，嘴角緊實，說話方式不像滿口假牙的老人，常常會漏風。最重要的是，他的眼神異常銳利。他八成是擔心我會弄髒他的愛車座椅，不時透過照後鏡看我。我一和他對上眼，心跳就開始加速。他明明不是惡狠狠地瞪視我，但是我會忍不住夾住雙腿。葛城或許是因為在文化教室認識他，所以沒有畏縮，極為普通地和他對話。

「真令人懷念。曾經有過那種東西。」

葛城仰望開始漸漸西傾的太陽，又問：「已經沒有了嗎？」她大概是試圖問出光石他們的動向，以及聚集夥伴的目的。即使問出來，情勢也不會有所好轉，但是我一面以手背擦拭從唇角流下來的口水，一面聽著兩人的對話，神情恍惚地心想：葛城好像不是光石的團體派來的內奸。那位像是木乃伊的老人拜託葛城和我去調查秋月的死。我心想：當時，我基本上接受葛城不是來西杉郎的同夥，而且我們險些在新宿MILANO中了芥子氣被燒死，所以無論他們是再怎麼無情無義的一群人，也不可能讓團體的成員遭遇那種處境。然而，葛城是深藏不露，或者應該說是不太清楚她在想什麼的那種人，所以我心中一直殘留著些許懷疑，說不定她是為了把我捲入這起案件，利用我而接近我。但是，我已經被綁架了。我猜不透她要怎麼利用我，而且害怕得連推測的心情也沒有，假如葛城是他們派來的內奸，在我面前已經不必演戲。因為她應該知道接下來要去哪裡，所以不必問刈谷：要去哪裡呢？

「那種東西已經沒有了。來西杉郎這個名稱，是那個醫生取的。那種名稱對我們而言不重要。」

葛城以像是要舉辦烤肉派對之類的活動的輕快語調，又問：你說大家聚集在一起，接下來要開始做什麼嗎？刈谷說「沒錯」，只是點了個頭，沒有具體地說要做什麼。我心想：幸好刈谷沒有說他們打算做什麼。假如聽到，說不定我又會迷失自我。

「下車！到了。」

耳邊響起刈谷的聲音，我醒了過來。我說「是」，不禁發出了丟人的畏怯聲音。我果然在餐館或廁所稍微嘔吐了，襯衫的胸口一帶有黃色的汙漬，口水的痕跡一路綿延至脖子。醉意依舊殘留，鎮靜劑也還在發揮藥效，下車時重心不穩，刈谷支撐著我。被樹木茂盛的森林包圍的偌大用地內，有足以停放二十多輛卡車的停車場，以及兩棟有進出貨用的長平台的大倉庫，一旁毗鄰像是汽車修理工廠、石棉瓦屋頂的建築物。工廠掛著寫了「太田製麵」的木製看板。就外觀而言，是地方的馬路旁常見、極為普通的工廠和倉庫。我在Benz上睡了一覺，所以不知道距離御前崎的漁港有多遠。工廠位於高地上，但是周圍被樹木包圍，視野受限，看不見海。從太陽的位置估計時間經過，我心想：應該距離御前崎十幾公里左右。停車場內並排十輛左右轎車、廂型車和卡車，吸引人目光的是巨大的貨櫃車。它有兩輛，大到令人懷疑假如駛進小房屋，會正好卡住，黃色的車身上以黑色的粗字體寫著「SHINKOSAN」。

「刈谷先生，你飆太快了。」

Corolla隨後駛進停車場，光石和太田邊笑邊朝我們走過來。

「在那條彎路上，就算想追上調整過引擎的Benz，也是不可能的事。」

太田輕輕地敲了敲綠色的Benz車身，如此說道，刈谷依舊一臉像是在生氣的嚴肅表情，嘟囔了一句「他們已經開始動手了」，朝倉庫走去。倉庫平台的門部分開啟，其中可見幾個人影。

「光石，所有人還沒到齊，怎麼辦？要開始嗎？」

刈谷回頭轉向我們，如此問道，光石回應「還不急，原則上，我想到日落再說」，又說「休息一下吧」，引領葛城和我往工廠走去。葛城對搖搖晃晃前進的我說：「關口先生，你還好吧？」牽起我的手。我雖然重心不穩，但是不至於倒下。隨著醉意消退，不想待在這種地方的恐懼感復甦，我試圖回應「我還好」，但是感覺喉嚨像是塞著破布之類的東西，發不出聲音。我從下車之後，就一心想著我要補一顆鎮靜劑。錢包裡應該還有十多顆。配酒也好。縱然失去意識也無所謂，我想要大口喝威士忌。清醒令人害怕。我一直處於酩酊狀態，但是不知道為什麼，唯獨光石他們的對話殘留在耳裡。他們帶我去廁所時，刈谷問：「真的要讓這傢伙去做嗎？」光石回應：我是這麼打算。總之，我會被迫做什麼。我不願思考那是什麼，但是這件事從剛才就在我的腦海中不停打轉。

「雖然不太乾淨，但是暫且在辦公室休息吧。」

光石指示位於工廠入口、預製住宅的建築物，太田一面從口袋裡掏出一串鑰匙，一面笑道：沒禮貌的傢伙，我為了今天仔細打掃，而且還裝飾了花。我心想：「搞什麼鬼？」被葛城牽著手，搖搖晃晃地走著，火上心頭。這些傢伙到底在搞什麼鬼？肯定是想在核電廠的附近，做出某種不是鬧著玩的事情。在NHK西側大門、池上柳橋的商店街，以及新宿MILANO隨機殺人的主謀，是這些人。

說不定他們在準備比那一連串恐怖攻擊更糟糕的事。儘管如此，從他們身上看不出緊張或悲壯感，毫無內心糾結的樣子。太田總是嘿嘿傻笑，而光石漠然地面不改色。氣氛像是接下來要舉辦一場夥伴之間的聯歡會。而這件事使我的恐懼感增加了。我不知道他們想要做什麼。但是，他們並非內心糾結地堅決進行，而是正要以平常心執行從一開始就預定好、決定了的事情。

「有紅茶，要喝嗎？唐寧（TWININGS）的伯爵茶。」

太田又嘿嘿傻笑地對葛城和我如此說道，在十坪左右的寬敞辦公室，開始以瓦斯爐煮熱水。葛城說「好」，點頭回應。我說：「沒有啤酒吧？」以微弱的聲音提出要求。

「喔，啤酒啊？當然有。」

太田正要打開冰箱時，光石說：「太田先生，喝啤酒不好吧？」搖了搖頭。太田注視著光石的臉好一陣子，低喃「說得也是」，將已經拿在手上的罐裝啤酒放回冰箱。我心想「明明差不多傍晚了，為什麼不能喝啤酒？」但是氣氛不容許我說，而且我不想問為何不能讓我喝啤酒的理由。但是，光石若無其事地說：

「抱歉。換作平常，我會想讓你開懷暢飲，但是現在如果不讓你腦袋清楚，我會有點傷腦筋。」

腦袋清楚？我數度玩味這四個字。總覺得照進了一道曙光。我隱隱將自己與那些身為恐怖攻擊的執行犯死去的年輕人重疊。說到這個，我和那些年輕人不只是年紀，連立場也不一樣。我心想「說不定我要被迫做的，不是單純地擔任恐怖攻擊的執行犯這種犯人的角色」，霎時鬆了一口氣。但是，真的只是一瞬間。「那麼，我要被迫做什麼？」這種疑問馬上又膨脹，我心想「這世上比被迫擔任恐怖攻擊的執行犯更恐怕的事情，多到數不清」，感到害怕，打了聲招呼，借用辦公室的廁所，嚼碎兩顆鎮靜劑服下。

工廠的辦公室單調無味。只有擺放老舊的不鏽鋼桌和椅子，角落有簡單的供熱水設備，以及靠背和扶手套著白色椅套的接待沙發組，窗戶很小，而且沒有窗簾。不過，打掃得一塵不染，整理得整整齊齊，如同太田所說，接待沙發組的茶几上，擺著廉價的玻璃花瓶，其中插著應該是在附近一帶的空地摘的百日菊。但奇妙的是，明明是平常日，卻沒有半個員工。仔細一看，不鏽鋼桌也沒有使用的跡象。牆邊有跟其他不一樣，現代設計的原木桌。上頭擺著最新款的筆記型電腦和螢幕。說不定工廠沒有在運作。

「請問，我可以問幾個問題嗎？」

鎮靜劑開始發揮藥效，而且不見面無表情、令人害怕的刈谷的身影，我稍微拾回了平靜。光石、太田和刈谷在核電廠的附近齊聚一堂，我或許是有點習慣了這個麻煩到令人無法置信的糟糕狀況。當然，儘管習慣了，但是情勢好轉的可能性是零。光石正在牆邊的桌子，操作電腦。他使用起鍵盤和滑鼠，遠比我更巧妙，螢幕中出現像是複雜圖式的東西，他沒有休息地持續敲打鍵盤。我和葛城跟太田一起坐在接待沙發組，沙發不是皮革，而是塑膠製的，到處裂開，露出白色海綿。

「問題？」

太田一面以描繪迪士尼角色的馬克杯喝紅茶，一面發出開朗的聲音，說「你儘管問，反正沒有什麼好隱瞞的」，又發出了笑聲。

「呃，關於ＮＨＫ西側大門的案件，有一通預告電話打到我從前工作的職場。難不成打電話的人是你嗎？」

我借助鎮靜劑的力量，如此問道。太田在沙發上端正姿勢，光石也望向我們。除此之外，我還有許多想問的事。最想知道的是，他們打算對我怎麼樣，但是害怕聽到答案，而且太過直接，我實在問不出口。我心想「如果選擇安全而自然的問題，說不定能夠試探出一些線索」，而且我還想：身為被虜之身，我不會因為問了奇怪的問題，馬上就被處理掉。再說，如果不以某種對話分散注意力，總覺得我會想像最糟的事情，又馬上迷失自我。所以，我試著問了最不會惹來麻煩的問題，也就是一開始連結這群人和我、打到編輯部的那通電話。太田只是賊賊地笑了笑，一開始沉默，但是光石望向我們，像是在說「但說無妨」似的點了個頭，太田就爽快地回應：是啊。

「我是打了電話。那又怎樣？」

我說「不，沒什麼」，先是含糊其詞，然後又問：那是什麼意思呢？太田問：「那是指什麼？」從沙發趨身向前。

「如果我沒記錯的話，你應該說了『我們是滿洲國的人』，我不懂那是什麼意思。」

我一發問，感覺心情稍微平靜了下來。若是選擇用語發問，等待回答，就不用想像最糟的事。

「啊，那由我來回答。」

光石停止敲打鍵盤的手，開口說道。

「那意外地單純。我們的核心成員，我想想，應該有三十人左右吧？太田先生。」

太田隨聲附和道：是啊，差不多是這個數字。

「他們所有人的父親的血脈都是來自滿洲國。因此，包含那位佐野Sensei在內，我們的父親、軍人、政府的人，以及滿鐵和昭和製鋼，還有滿洲電電等的民間人士，該怎麼說才好呢，欸，大致上來說，是一群以滿洲獨立為目標，或者應該說是討厭成為關東軍的傀儡的人。所以，其中也有人處於相當危險的狀況。如果不知道當時滿洲的狀況，應該會聽不懂這段話的意思，但是簡單來說，就是那麼一回事。」

光石如此對我說道，但是我無法清楚地理解。太田難得露出正經的表情，說：「刈谷先生是現役軍人唷。」

「是的，刈谷先生在十八歲進入軍官學校就讀。聽說他的頂頭上司是白善燁。」

白善燁？

「日後成為韓國陸軍的參謀總長。討伐游擊隊的專家。」

我聽了他們的說明，越聽越糊塗。大概是當時滿洲國的反主流派。說到這個，我記得那位像是木乃伊的老人，也說了滿洲國的國籍法如何又如何。無論如何，沒有足夠知識的我無法理解。

「光石，你過來。太陽快下山了，所以要準備。」

辦公室的拉門開啟，刈谷探出頭來，如此說道。光石說「我知道了」，站了起來，和太田一起出去外頭。

「關口也來嘛。小姐也請。」

太田回頭望向我們，呼喚我和葛城。門口的停車場已經微暗，車子的數量增加。爬上短階梯，從平台進入倉庫。或許是製麵機，並排著輕型卡車大小的機械，中央有像是走道、相當寬敞的空間。有多少人呢？看到的盡是老人，光石一現身，所有人笑容滿面地打招呼。

「那麼，讓它出場吧。」

光石如此說道，有人打開開關，天花板的日光燈點亮，倉庫內變得亮如白晝。從內側響起機械聲，我看見什麼東西升了上來。似乎是油壓式的升降裝置。視野的深處，出現像是黑漆漆的煙囪的東西。葛城說：「咦，那是什麼？」發出夾雜不安與感興趣的聲音，將身體倚靠在我身上。像是煙囪的東西露出全貌，接著開始出現包圍它的鐵塊和測量儀器。葛城又問了一次：我說，那是什麼？我一面死心地忍耐恐懼，回答：

「88釐米反坦克炮。」

外頭薄暮，我沒有時間的感覺。六月日照長。依這個亮度來看，大約是七點左右。腦袋昏沉，步伐依舊不穩，令人難以置信的是，我沒有力氣抬起左手臂看手錶。我曾經聽說過，憂鬱症患者早上起床想要洗臉，才發現自己沒有力氣轉開水龍頭。不是心情低落那種層次的事情。而是力氣和體力一點也不留地被奪走。我連待在工廠的辦公室多久也不清楚。抵達那家提供生魩仔魚的餐館是中午左右。然後，太田和刈谷出現，我變得精神不穩定，身體不舒服，被扶進廁所，從那時候開始，腦袋裡變得亂七八糟。連待在提供生魩仔魚的餐館多久也搞不清楚。總覺得是三十分鐘左右，但說不定是三小時。坐上刈谷的Benz好像是三十分鐘前，也好像是三天前。我察覺到精神一混亂，時間的感覺就會變得亂七八糟，但是如今察覺到這種事情也毫無意義。

「好驚人。」

葛城一面目不轉睛地眺望88釐米反坦克炮，一面如此低喃道。那確實是驚人的東西。看著看著，感覺惡夢完全成真了。令人有些聯想到精密機械、複雜而奇怪的巨大武器，在偏白而冰冷的日光燈照射下浮現。我的臉色發青。囿於像是形狀怪異的鐵塊重壓過來，熟悉的世界分崩離析的感覺。彷彿有人對我說，真正的現實就是這麼一回事，你明白了嗎？光石、太田、刈谷、其他老人們、88釐米反坦克炮，以及位在附近的核電廠，這下演員和舞台全部到齊了。我好像一直隱隱認為，這種事情不可能。不是不希望發生這種事，而是隱隱抱持「無法發生、不可能發生」這種樂觀的預期。不祥而奇怪，而且使用黑亮的鐵，宛如現代藝術的武器底部安裝車輪，老人們全員出動，將它往前推。光石也以身體向前傾的姿勢，握住側面像是扶手的部分，往平台的方向推過來。反坦克炮往我和葛城的方向靠過來。四方各安裝兩個車輪，緩緩地轉動，因為是橡膠製，所以沒有發出聲音。

「好驚人。」

葛城隨著吁氣，又如此脫口而出。我深受震撼，思考著「它好像什麼，但是像什麼呢？」這種蠢事。整體的感覺像是小時候看過的蒸氣火車，但是轉念心想：炮身長長延伸，還是不像任何東西。我呈現痴呆狀態。不過話說回來，令人害怕的是，從老人們身上看不到亢奮和興奮。這些傢伙應該打算實際擊發反坦克炮。或者他們三天兩頭在進行這種公開表演呢？我忽然產生一個愚蠢的推測，說不定他們只是搬出這種奇怪的武器，換穿滿洲國時代的服裝，拍紀念照而已，但是這推測轉眼間粉碎了。

「光石，要拿炮彈過來嗎？」

太田對光石如此說道。光石回應「佐貫先生他們應該已經在搬運了」，將原本掛在脖子上、附麥克風的頭戴式耳機抵在嘴邊，操作香菸盒大小的機器之後，問「你們那邊如何？」，然後說「我知道了」，點了個頭。

「已經過來了。」

光石以下顎指示剛才使反坦克炮現身的升降裝置的方向。三名老人簡直像是登上舞台的演員或歌手似的升了上來，他們旁邊有個手推車，上頭放著小型冰箱大小的不鏽鋼製箱子。炮彈當然是指反坦克炮的炮彈。但是，我聽說88釐米反坦克炮趁戰爭結束前後的混亂，偷偷地從舊滿洲國被運進日本。當然，炮彈應該也在當時一起運過來了。已經是七十多年前的事了。它還能用嗎？會不會腐蝕，或者火藥潮濕，不能用了呢？

「佐貫先生，辛苦了。」

光石如此說道，名叫佐貫的老人說「哎呀，差點閃到腰」，露出笑容。他說：我們三人合力將它搬上手推車的，二十五發榴彈果然很重。

「是啊。哎呀，真的辛苦了。」

光石靠近箱子，打開蓋子，一面發出「嘿咻」的聲音，一面取出一顆炮彈，夾在腋下，回來我們這邊。

「關口先生，如何？要拿看看嗎？」

他一派輕鬆的語調，如此說道，我說「好」，發出了愚蠢的聲音。

「來，請。」

光石簡直像是讓我抱嬰兒似的，讓我拿著炮彈。頂端部分閃爍銀色的光芒，彈身是暗金黃色，長度大約是網球拍左右，寬度約莫大瓶的啤酒。我伸出雙手，肩膀以下明顯看得出來在顫抖。光石說「不要緊」，像是在安慰我似的說道。

「反正掉下去也不會爆炸。」

太田和其他老人們忍不住失笑，連我自己也感到意外的是，我竟然生氣地嘟嘴說：我才不會弄掉。而我接過炮彈之後才發現，它遠比我想像中更重，丟人地身體搖晃，光石立刻抓住我的腋下，支撐住我。

「關口，你還好吧？看來你不只是象棋很弱而已。」

太田嗤之以鼻，我又氣到腦充血，搖搖晃晃地說：「這種老古董，真的能夠擊發嗎？」看到包含光石在內，太田、刈谷，以及周圍的老人們露出正經的表情，後悔自己為什麼脫口說出這種話。太田開口說「你真的是白痴嗎？炮彈或火藥，只要好好保養就能擊發」，但是光石以右手制止了他，以平靜的語氣說：

「關口先生，你看了就知道。」

倉庫內大部分的日光燈熄滅。老人們將反坦克炮搬運至平台，卸下安裝於主體的舷外浮木底座，然後固定。剛才看到的兩輛大型貨櫃車，移動至平台的正前方。大概是為了遮掩反坦克炮，以免被人從眼前的馬路看到。但是，行駛於山路的車原本就極少，而且整個倉庫陰暗，所以大概誰也不會察覺到巨大的武器。因為有倉庫和工廠，所以就算看見不知道是什麼的機械，也不會顯得不自然。再說，恐怕沒有半個日本人親眼看過88釐米反坦克炮這種特別的武器。幾乎也沒有人知道。甚至應該無法想像這種武器擺在製麵機工廠。儘管如此，這些傢伙還是以貨櫃車遮住外界的視野。我心想：他們是認真的。這些傢伙簡直像是日常工作似的，淡然地行動，他們真的打算擊發。

老人們的作業很順暢。對全體下指令的，好像是刈谷。根據光石所說，刈谷似乎出身自舊滿洲國的軍官學校。其他老人們也確認測量儀器，或者擦拭炮彈，手腳俐落地行動。八成是一再地進行了預演。然而，是否曾經實際射擊過呢？

「我說我說，他們真的打算擊發那個？」

葛城倚靠在我身上，如此問道。我們在平台的角落，眺望著老人們的作業。太田說「喏，坐著看」，替我們拿來了摺疊椅。老人們沒有人坐著。刈谷坐在安裝於炮塔旁的裝卸式炮手席，操作兩個像是把手的東西。潛水艇上有用來開關艙口閥的圓形鐵把手，有類似那個、垂直方向和水平方向的東西。

「我覺得德國真了不起。」

太田站在我旁邊，一面抽菸，一面如此說道。我心想：這傢伙也抽菸嗎？喝酒像是在喝水，可是唯獨這傢伙，應該和生病無緣。葛城仰望太田，問：德國的什麼了不起呢？

「這個嘛。很多東西。舉例來說，像是那個Acht-Acht，一一以螺栓固定測量儀器、瞄準器、附屬物。譬如美國的話，就會焊接。我不是機械工程師，所以不懂，但是我也會焊接。」

葛城說：「Acht-Acht?」玩味奇妙的字眼。

「它是八、八的德語。那門反坦克炮也經常被人這麼稱呼。所以，如果不焊接，以螺栓固定，構造勢必就會變得複雜，只有德國會這麼做。美國更講求效率，而俄羅斯的想法，或者應該說是民族性更不一樣。之前的大戰中，最棒的坦克就性能來說，應該是德國的虎Ⅱ坦克，但是構造太過精密，不適合大量生產。俄羅斯製造簡單，適合大量生產的坦克。卡拉什尼科夫步槍也是如此，但以坦克來說，則是T34。雖然性能普通，但是構造簡單，所以能夠大量生產。德蘇的坦克戰中，德國重視質，蘇聯以量取勝，打贏了戰爭。但是，如果要討論哪一方的技術比較厲害，舉例來說，看汽車也可以知道。你們瞧瞧德國。刈谷先生開的賓士是七一年款，似乎跑了十二萬公里，但是如果維修，就跟新車一樣。你們坐過，應該知道。它的速度快，而且跑起來，該怎麼說呢，具有藝術感。保時捷更是特別，而BMW和奧迪（Audi）也是名車。假如是小型車，找遍全世界也沒有車比得上福斯（Volkswagen）。俄羅斯如何？他們有拉達（Lada）。你們知道拉達嗎？不是駱駝（rakuda）唷。它是舊蘇聯的國產車。似乎一下雨就會停下來。笑死人了。拉達無法成為T34。因為汽車如果只適合大量生產，根本沒用。Acht-

Acht不是隨便焊接，所以如今也能拆解，進行檢查和維修。我每次看到它的身影，就會感到佩服，覺得德國製造了了不起的東西。」

葛城說「哇～，那麼了不起啊」，露出佩服的表情，注視著前方的反坦克炮。我鼓起勇氣，問了太田我最在意的事情。真的要擊發那個嗎？

「嗯，等一下會擊發。」

太田以「嗯，等一下會下雨」這種語氣說道。從他身上完全感覺不到緊張、亢奮，以及像是氣勢的東西，格外具有真實感。我心想：他不是在虛張聲勢。我尋思：「他們果然要攻擊核電廠吧？」但是害怕得不敢問。再說，我似乎仍然沒有捨棄樂觀的期望。我隱隱寧可心想：攻擊核電廠超乎想像，那種事情不可能。也就是說，我隱隱仍然認為：說不定只是太田的製麵機工廠位於這塊土地，適合偷偷持有88釐米反坦克炮而已，附近有濱岡核電廠是巧合。但是，葛城爽快地問「果然要攻擊核電廠嗎？」太田也爽快地回答：嗯，是啊。

「我們從相當久以前就開始計畫了。」

太田淡然地、一般地說道。既沒有「接下來要告訴你一個天大的祕密」這種緊張的氣氛，也沒有「終於要執行計畫了」這種亢奮。

「核電廠從一開始就是我們的目標。自從濱岡核電廠完工之後，我想想，七、八年後吧，我們就在這裡蓋了工廠。當時，光石的老爸還活著，所以馬上就決定了。不過，光石下決定也很快就是了。」

葛城若無其事地問：我們會因為輻射而死掉嗎？我心想「為何她能夠問那種糟糕的事？」感到愕然。她到底有什麼毛病呢？她應該不是不怕死。實際上，她因為新宿MILANO的恐怖攻擊而陷入恐慌，也跟我們一起拚命地逃。

「不，這倒不會。不用擔心。」

太田一面微笑，一面如此說道，輕輕地拍了拍我和葛城的肩膀。

「畢竟，如果你們死了，我們也會死。我們下定了決心，什麼時候死都無所謂，但不是現在。」

葛城又問：可是，攻擊核電廠的話，輻射會跑出來吧？我覺得她像是在問「攻擊蜂窩的話，會被蜜蜂攻擊吧？」的小學生一樣。但是，或許是因為話題糟糕，我的心臟狂跳，所以我沒有察覺到，不知不覺間，葛城用力握著我的手。而且掌心因為汗水而濡濕。我這才知道，原來葛城雖然表情正常，但是她也在緊張。

「今天不會攻擊核子反應爐或冷卻水槽。現在聚集的夥伴當中，有一個男人叫做榊村，喏，現在給刈谷先生看電腦的傢伙。」

因為關掉了大部分的日光燈，所以看不太清楚長相，但是確實有個男人一面指示平板電腦，一面在跟坐在炮手席的刈谷說著什麼。他的個子高，戴著眼鏡，身穿皮夾克。刈谷一面確認平板電腦的螢幕，一面旋轉水平方向和垂直方向的兩個把手，上下左右地緩緩移動炮身。大概是在瞄準。為了支撐高大的炮身，它的上下橫向並排兩個長約炮身一半的鐵製筒子。我不知道那是什麼。

「那傢伙很久以前，寫了有名的程式，我對那方面不清楚，所以不知道是怎樣的東西，但是如今似乎使用於衛星或火箭。他原本是學者，所以沒有賣給企業，而是在網路上作為開放資源，所以似乎完全沒有賺到錢，光石總是說：假如他拿去發展商務，如今就成了幾千億身價的有錢人。所以，榊村負責Acht-Acht的模擬。不會發生不小心擊中核子反應爐之類的事。從這裡到濱岡核電廠大約八、九公里左右，根據榊村的計算，能夠輕鬆攻擊目標的方圓三十公尺內的範圍。」

葛城稍微放鬆原本握緊的手，問：那麼，要攻擊什麼呢？

「這個不、能、告、訴、妳。」

太田夾雜動作，以開玩笑的口吻，如此說道，高聲笑了，令聚集在炮塔附近的光石他們望向我們這邊。太田說「哎呀呀，我正在告訴這兩個傢伙很多事情」，像是在說「抱歉」似的，將右手高舉到面前，做出道歉的動作。刈谷以低沉可怕的聲音說：「太田，你別得意忘形，說了不該說的話！」太田說「是是，我當然知道」，又鞠了個躬。葛城聽到他們不會攻擊核子反應爐和冷卻水槽，或許是稍微放心了，放開我的手，「呼～」地吁氣，一面擺動修長的雙腿，一面問：什麼時候要攻擊呢？

「嗯，快了。」

太田斂起笑容，如此說完之後，對我們說：要不要吃飯？

「還需要做一點準備，在那之前，我們吃飯吧。我想讓你們吃用我家工廠機器製造的調理包蕎麥麵，但是準備碗公很麻煩，所以只有飯糰就是了。」

「圓木還沒好嗎？」

刈谷一面大口吃飯糰，一面對光石如此問道。

「我想快好了，刈谷先生，不要用圓木這個說法比較好吧？」

吃完五個飯糰的光石如此說道，刈谷道歉：對喔，抱歉，忍不住說成習慣了。葛城低喃：圓木？我們在稍微遠離老人們的地方，吃著太田拿給我們的飯糰。飯糰很好吃。不是便利商店的飯糰，製作得很用心，一起端給我們的焙茶也不是瓶裝茶，而是裝在不鏽鋼保溫瓶。我的身體依舊不舒服得要命，但不可思議的是食慾恢復，吃了兩個飯糰。人似乎無論在哪種狀況下，都會慢慢習慣。另外，說不定聽到不是要攻擊核子反應爐和冷卻水槽也有影響。

「圓木。」

葛城停止吃飯糰，再次如此低喃道，露出了不悅的表情。葛城避免讓老人們聽見，小聲地說：我曾經聽說過。似乎是在秋月的診所聽到的。聽說秋月和誰在講電話，和光石一樣說了「不要用圓木這個說法比較好」這句話。葛城還說：我想，被稱為圓木的應該是瀧澤。葛城在我耳邊呢喃：秋月一臉悲傷的表情說，圓木是指從前在中國，被用於人體實驗的人，他不清楚是真是假，但傷腦筋的是，還有人採取那種稱呼方式。我終於理解了，原來圓木是指受試者。我擔任自由記者時，看過一本小說中提到：有一說是戰爭時，有個被稱為731部隊或石井部隊、像是舊陸軍研究機關的地方，使用俘虜進行人體實驗，以圓木這個暗號稱呼受試者。瀧澤是指瀧澤幸夫，在池上柳橋商店街使用割草機，砍掉騎腳踏車者人頭的那個年輕人。

「啊，好像來了。」

太田指著馬路的方向，我看見一輛深藍色的廂型車駛入停車場。幾名老人在光石的帶頭之下，靠近廂型車。一名身穿灰色夾克、身材瘦削的老人下車，一名看似四十出頭的中年男子一起出現。

「怎麼樣？」

「兩個在車上睡覺。」

「這個人呢？」

「他說他不想睡。」

「沒問題吧？」

「這個人沒問題。我替他打了鎮靜劑。」

我聽見這種對話聲音。不知道他們指的是什麼。

「噢，來了啊。搞什麼，那傢伙好老。」

太田來到我們身邊，如此說道。光石一面拍打中年男子的肩膀，一面對他說了什麼。男子低垂著頭，簡直像是在道歉似的，數度深深點頭。光石問：「要喝咖啡嗎？」男子回答「好」，口齒不清，聲音很奇妙。接著，光石帶著男子，靠近我們這邊。

我們坐在摺疊椅上，光石一面在我們面前，遞出裝了咖啡的紙杯，一面對男子如此問道。但是，男子只是眼神呆滯地望向光石，一臉惴惴不安的表情環顧周圍，一語不發，拿著紙杯，沒有就口。開廂型車來的瘦削老人一面說「他是米原啦，米原」，一面靠了過來。一頭白髮整齊地向後梳攏，身穿深藍色的褲子、藍色的細條紋襯衫，雖然沒有打領帶，但是服裝搭配有品味，五官深邃，散發出像是學者的氣質。

「呃～你叫？」

「米原是吧，你來得好，我替你介紹一下，這個人是關口先生。他在寫你們的事。」

光石如此說道，介紹了我。我在寫？這究竟是怎麼一回事呢？

「持田醫生，他就是那個人。」

身材瘦削、打扮瀟灑的老人說「原來如此，請多指教」，向我要求握手。他說：敝姓持田，是埼玉的開業醫師。從持田身上，飄來高雅的古龍水香味。

「說自己是開業醫師，總是那麼謙虛。關口先生，醫生長年在德國研究，而且累積了臨床經驗，在我國是頂尖中的頂尖精神科醫師。啊，對了，葛城小姐，其實醫生是那位秋月醫生的恩師，或者應該說是資深前輩。醫生，是在德國哪裡？」

光石誇大地說明道。

「萊比錫，欸，那種事情不重要。總之，現在在大宮經營診所，所以真的是開業醫師。這位是葛城小姐吧？說我是秋月醫生的恩師，有點太誇張。他只是跟我一起在德國工作了幾年而已。請多指教。」

持田一面微笑，一面向葛城要求握手。葛城聽到秋月這個名字，露出複雜的表情，然後將視線移到名叫米原的中年男子，目不轉睛地注視他。男子無論是衣著、長相或態度，都很異常。不但微胖、個子矮，而且駝背，姿勢不佳，所以整體看起來像是縮成一團。倉庫的日光燈關掉了大部分，但是停車場的路燈照得到我們所在的一帶，所以我清楚地看見了男子的臉。他長得呆頭呆腦，五官令人聯想到牛，眼神毫無力氣，不知道在看哪裡。嘴巴半開，不時從鼻子發出像是打鼾的聲音。茫然自失，彷彿隨時都會倒下。頭頂光禿，在這個悶熱的季節穿著厚毛衣，身穿膝蓋破洞的燈芯絨褲子，腳穿橡膠涼鞋，渾身發出汗臭味。

「米原，你應該也看過關口先生寫的報導。尤其是關於成為我們英雄的瀧澤的報導，令人感動。不同於其他媒體一味指責的報導。關口先生會寫你們的事。當然，也會寫我們的事。你懂了嗎？」

光石像是在激勵似的，一面拍米原的肩膀，一面如此說道。名叫米原的男子說「是、是」，以奇妙的聲音回應道。感覺像是舌頭從嘴唇露出來，仔細一看，口水也流下來了。

「那麼，在車上待命吧。招呼也打過了。持田醫生，麻煩你。」

光石將米原輕輕地推向名叫持田的醫生。持田說「好，米原，走吧」，帶著他往廂型車的方向走回去。結果，名叫米原的男子一口咖啡也沒喝。

「那個是什麼呢？」
葛城露出嚴厲的表情，望向光石。
「那個是指？」
光石完全面不改色。態度冷靜，聲音和語氣也都沒有改變。
「那個人。叫做米原的人是做什麼的？」
葛城好像在生氣。名叫米原的男子在停車場，在名叫持田的醫生的催促之下，坐上了廂型車。我在後座看見癱軟的人影。他們八成是這次恐怖攻擊的執行者。我不清楚擊發反坦克炮之後，是怎樣的劇情，但是米原他們應該是犯人，而且會死。
「噢，他啊。英雄啊。支持我們的大義。」
光石如此說道，葛城咬住嘴唇，靜靜地問：你們在想什麼呢？
「重要的是我們會教他們什麼，而我們本身也將這一點銘記在心。秋月醫生也是個出色的人，而持田醫生也是如此。我們沒有做洗腦之類卑鄙的事，也沒有逼迫他們。葛城小姐，妳熟知秋月先生的為人，應該知道這種事。」
可是，你們會殺掉那些人吧？
「這也有點出入。因為大家想死。不，大家指的不是我們，而是他們。大家想死。而且，他們不知道為了避免死亡，該做什麼才好。所以，我們告訴他們活著時，最重要的事。那就是持續身為自己。一直做自己非常困難，沒有人告訴他們這一點。當今世上，唯獨令人忘記『身為自己有多重要』這個事實的事物橫行。宗教、媒體、電視、從電視劇到娛樂節目、歌曲和戲劇、求職和公司的工作及業務，可說全部都是如此。唯有身為自己，活出真正的自我這個事實，令人非常痛苦。只有蒙蔽這一點的事物受到歡迎，也會成為生意。我們無法容許這種蒙蔽的行為。無法容許的情況下，只好破壞。」

破壞？破壞什麼呢？

「妳遲早會知道。再過兩小時，妳應該就會知道一部分。你們即將見證歷史。說到歷史，大部分的日本人都只知道教科書中的歷史。但是，歷史既不是年號，也不是過去發生的事。而是世上的軸心改變。我想，你們在今晚會稍微瞭解這一點。然後，關口先生。」

我「蛤？」了一聲，又發出了愚蠢的回應，望向一直咬著嘴唇的葛城，我不禁感到羞恥。

「你要記錄、公布歷史。」

我「咦？」了一聲，又發出了像是白痴一樣的聲音。

「身為記者，沒有比這更榮譽的事了吧。你會成為歷史的證人。我並不是叫你造假。我希望你寫事實。寫下英雄們的事，以及我們的事。我希望你告訴世人。你可以寫出我們的真面目、本名，一切的一切。請你全部寫出來。這就是你的任務。」

我一開始完全不知道光石在說什麼。首先，因為記者這兩個字而思緒非常混亂。最近很少聽到，因為對我而言，那個職業名稱是特別的。我從高中就很憧憬，後來雖然是自由記者，但是從事知名出版社、知名週刊雜誌的記者工作，我引以為傲。而且我在心裡發誓，將來有一天，我要成為跟華盛頓郵報揭發水門案的鮑伯・伍華德（Bob Woodward）和卡爾・伯恩斯坦（Carl Bernstein）一樣的真正記者。資深記者們數度告訴我：在歐洲，比起電視的新聞團隊，人們更尊敬報紙和雜誌的記者。我聽到「他們就算被獨裁政權盯上，也搏命寫報導，有時候甚至會扳倒政府」，二十多歲的我亢奮得渾身顫抖。記者是一個特別的詞。妻子和女兒離去，我過著接近遊民的生活時，每當聽到或看到這兩個字，我就會被無力感襲擊，想要尋短。這兩個字令我一心嚮往，結果遭遇挫折，讓我認清自己是人生的輸家。

「你被選中了。」

光石依舊淡淡地說道。這傢伙究竟想說什麼呢？我被選中了？又是新興宗教的傳教嗎？這是騙人的。「身為記者被選中」這種事，不可能發生在我身上。

「因為我們只知道你。」

光石露出了面帶愁容的表情。

「你可以不相信，也可以認為我們的事是在撒謊。不過，你有留下紀錄的使命。」

他在試圖說服我嗎？然而，看來我不會被殺害。

「我不相信這個國家的所有事物。政治、經濟、社會體系。但是，最令我不相信的是媒體。你怎麼想？他們聲稱正義。說他們批判掌權者，站在弱者這一方。但是，日本平均來說，獲得最高薪資的是媒體人。據說富士電視台的員工薪資是全世界第一。最愛以窮忙族和孤獨死等貧窮和孤獨為主題，製作特別節目的日本放送協會，也就是NHK，平均年收入遠遠超過一千萬，接近上班族平均值的三倍。朝日新聞、日本經濟新聞等也是一樣。講談社和小學館等出版社也是一樣。所有媒體都沒有資格擁護弱者，批判權力。不不不，關口先生，我希望你別誤會。並不是不能賺錢。我們也在賺錢。我的意思不是說他們媒體是偽善者，也不是說他們在報導假象，更沒有說他們隱蔽掌權者這一方事實的意思。純粹只是他們沒有能力。他們沒有報導事實的能力。明明全世界的思維模式在改變，但是他們卻無法察覺。你知道原因嗎？你應該知道。」

我說「不，我不可能知道那種事情」，感覺很奇妙，好像不是自己的聲音。

「你應該知道。」

光石像是在安慰我似的，或者像是在鼓勵我似的，輕輕地拍了拍我的肩膀，反覆說：你應該知道。葛城目不轉睛地看著我。不知不覺間，一股莫名的情緒湧上心頭。週刊雜誌停刊，記者的工作被開除，被妻子和女兒拋棄，持續過著像是遊民的生活，那段期間一直累積在肚子裡的東西，像是嘔吐物一樣湧至喉嚨。「該不該說？如果一吐為快，會產生哪種結果？」這種疑問掠過腦海，但是赫然回神，我吐露了情緒。

「是的。那些人不曾否定過自己，也不會懷疑自己，極度自信地認為自己無所不知。以知道這個前提製作節目。不過，大部分的事情都不知道。因為有無所不知這份驕傲，所以絕對無法貼近弱者。吃屎啦！」

這是我一直積壓在肚子裡的話。感覺像是敗犬的遠吠，實際上也有這種部分，所以我沒有對任何人說。但是，過著社會底層的生活，我明白了。對於毫無希望的人而言，電視、報紙和雜誌只是憎惡的對象。尤其像是強調「我們站在窮人和弱者這一方」的論調和內容，更會增添憎惡的程度。儘管製作節目或寫報導，也不會改變什麼。真正的弱者十分清楚，政府不可能能夠依靠。大部分的報導只是為了給予一般人「有人遠比自己更不幸」這種安心感所做。而最令人火大的是，媒體人自詡真的是為了拯救窮人和弱者，而寫報導、製作節目。但是，沒有危機感的人當然不懂有危機感的人。最大的問題是，他們認為自己知道、理解。不是因為高年收入，也不是因為自尊心、傲慢這種問題。因為弱者會產生「說不定自己一無所知」這種懷疑、不安，時而產生恐懼，所以基本上過著和不安、恐懼無緣的生活的人，沒有耐性。

「完全正確。就是這麼一回事。」

光石儘管獲得我的認同，但是沒有像是「深得我心」似的亢奮，也沒有改變語氣或表情，而是以低沉、平靜的嗓音反覆同一句話，頻頻點頭。「我說了無可挽回的話」這種念頭，以及「這傢伙理解我」這種類似共鳴的東西，在我的心中交錯。我勉強試圖告訴自己：「對這種人產生共鳴幹嘛？他想要利用你唷！」但是我知道一再累積的自卑感和憤怒獲得療癒，產生一種無法抗拒的舒適感。我思緒混亂，但也確實產生了一絲絲被感動的心情。我告訴自己「他想要利用我，不能被騙」，心想「我不可能身為記者被選中」，但是無法阻止這幾年累積的憤恨和淒慘獲得療癒。

「我再說一次，關口先生，我完全沒有拜託你吹噓、強迫你造假。請你寫出所有的真相，像是你遭遇過的事、經歷過的事，以及在這裡看過、聽過的事，當然，還有那位傳奇人物——佐野先生的事，以及秋月醫生的死。我們懇求你。」

八成一切都是經過精心算計。但是，光石不改和引誘、挑釁、鼓舞或煽動完全扯不上邊的柔和語氣。我開始改變心意。光是叫我寫出真相，我有什麼拒絕的理由呢？我說：有沒有筆記本或記事本，或者一般的紙也可以，能不能連筆一起借我？姑且不論我會不會寫報導，在那之前，我想採訪你。看來我的心意確實正在動搖，但是我想弄清一些事情。最大的疑問是，為何是我？遭到出版社或雜誌社開除，窮困潦倒的小記者到處都是。為何是我？而且，假如選擇了我，為何要讓我在NHK西側大門和新宿MILANO遭遇不小心就會沒命的狀況？話說回來，倘若核電廠是目標，從一開始就攻擊核電廠即可。儘管如此，為什麼執行了三次零星的恐怖攻擊呢？

「哦？採訪啊？那麼，你願意寫報導嗎？」

太田從辦公室拿來明信片大小的記事本和原子筆，遞給我。

「不過，請在十五分鐘左右之內結束。這邊已經準備就緒，接下來只剩下擊發而已。」

太田面露微笑地看著我。我說「我有幾件事情想問」，翻開記事本，為了確認原子筆能寫，稍微試寫了一下。許久沒有的亢奮感，以及「不想進行這種採訪」這種心情，又在心中交錯。

「是。請儘管問。啊，對了，反正你會問到，我想實際給你看一看，拿手榴彈，還有雖然重了一點，把Deg也拿來給你看吧。」

光石坐在摺疊椅上，太田、刈谷，以及幾名老人深感興趣地在他背後看熱鬧。其中兩人往倉庫內側的方向離去。

「首先，這是我一開始的疑問，假如我寫報導，你們一定會遭到逮捕。你們沒有清楚瞭解到這一點。」

光石稍微低頭，嗤嗤地笑了。接著，他說「我不打算被逮捕」，指示從倉庫內側的陰暗處朝我們這邊走過來的兩名老人。他們是剛才依照光石的吩咐，不知去了哪裡的兩人。他們倆以右手抱著看似槍身非常長的武器的東西，左手提著附把手、像是麥克風的東西。

「因為如果不實際給你看，你不會相信。我請他們從武器庫拿來了。這是舊蘇聯製的手榴彈，以及名叫Degtyarev的反坦克來福槍。我的父親他們將在滿洲奪取的武器，在戰爭結束前運進了日本。包含迫擊炮等在內，有大量的輕機關槍、步槍和手槍等武器。之所以拿來Deg，只是因為要試射，它位於最容易拿出來的地方這個單純的理由，除此之外，我們還有一大堆小型槍械、炮彈、槍彈，而且保養得很好，也請刈谷先生訓練了大家。就預定計畫表來說，要先請你寫報導。接著，廣為世人所知之後，對核電廠展開致命的炮擊。然後呢，假如警方或自衛隊攻擊過來，我們不會偷偷逃走，打算開戰。不過，如果威脅對方，我們要進一步炮擊其他核子反應爐和使用過的核燃料棒儲存槽，對方應該不會攻擊我們。無論如何，戰爭已經展開了，我們不打算苟且偷生。我們要給予打擊，如果遭到攻擊就反擊，而即使對方沒有反擊，我們也會繼續攻擊。」

光石說完之後，抱著反坦克來福槍的老人靠了過來，讓我摸它異常長的槍身，以及手榴彈，說：「喏，明白了嗎？」又搬去倉庫內側。我有生以來第一次觸摸真正的武器，感到緊張，聽到他說「明白了嗎？」我不知道他的意思是明白了什麼，不禁又像個笨蛋一樣，愚蠢地回應：是。我心想：用不著讓我看、觸摸武器，那些也一定是真的武器，保養得宜，足以使用，而且也真的進行了射擊等訓練。雖然攻擊或戰爭等偏離一般常識的用語令人有點掃興，但唯一確定的是，這些人不可能是為了虛張聲勢，而給我看假的武器、無法使用的武器。我有許多疑問，但是時間有限。我決定依序詢問我想知道的事情。

「我從秋月醫生的事情開始問，我隱約知道了，你們原本的目標是核電廠。既然如此，為什麼必須在NHK的西側大門，以及其他兩個地方，也就是池上和歌舞伎町，進行恐怖攻擊呢？如果從一開始就以那個反坦克炮攻擊核電廠，不是那樣就了事了嗎？」

光石回頭轉向他身後的太田，左右攤開雙手，縮了縮脖子，彷彿在說：他居然問這種擺明了的事情。太田上前一步，難得一臉正經的表情，說：那有幾個確切的理由。

「首先，我們必須自行確認，我們是認真的，不是鬧著玩，或者因為耍帥而這麼做。許多老年人會借酒壯膽，在酒席間胡說八道。如今的老年人盡是在聚會中喝醉，說要橫貫南極、搭熱氣球去阿拉斯加，或者一大把年紀了，說要參加巴黎達卡越野賽（Paris-Dakar Rally）。我們想要確認我們不是那樣，是認真的。」

我問：只因為這個理由嗎？下一句是「就殺了那麼多人嗎」？但是我害怕得不敢問。

「不，有個老頭子像是我朋友的朋友，那傢伙喜歡跑步和爬山。他模仿那個ＮＨＫ在特別節目中介紹、上半身赤裸地在高山跑步的老頭子，死於心臟衰竭。那真令人火大。俗話說，老人自不量力。老年人不該在寒冬游泳。身子不必特別硬朗，也不必逞強。更何況是國營電視台介紹上半身赤裸地攀爬高山的特別老頭子，怎麼可以發生這種事。老年人只要靜靜地生活，然後進行恐怖攻擊，改變歷史就行了。」

老人們中的一人低喃「哦，說得好」，發出笑聲。我心想：「這些傢伙究竟是怎樣？」另一方面心想：「我有幾年沒做採訪筆記了呢？」一股懷念之情湧上心頭。

我問出除了當事人之外，沒有任何人知道的事實。有一股情緒不斷地從腹部低層湧上來。我意識到那是什麼時，愕然失色。因為那是身為記者的喜悅。

「所以，我當時待在那個ＮＨＫ西側大門的現場。」

太田粗魯地說：廢話，因為我指名你。

「如果我被燒死的話，你們打算怎麼做呢？該不會有一大堆跟我類似的候選名單吧？」

老人們中有人說：原來如此，好問題。老人們的表情認真，感覺不是在開玩笑。我心想「情況不妙，別放鬆」，維持戒心，但是被稱讚「好問題」，我倒是不會感到不舒服。我肯定是被光石他們操縱了。但是，隨著「問出了尚未有人知道的真相」這種身為記者的喜悅，對光石和太田他們的厭惡感漸漸淡去，我無法阻止這種情況。

「是我推薦了你。有幾個候選名單，我提供資訊給所有人，但是實際去現場的，關口，只有你。我知道依狀況而定，你說不定會死掉，但是這種事情，到時候再打算。不過，你很頑強。沒有死掉。所以，我拜託刈谷先生他們，設局讓你也在池上的現場。」

我問：「那起案件也有過類似的事嗎？也就是說，有人在人行道上騎腳踏車，遇上了意外嗎？」聽見有人清了清嗓子，一名老人垂下肩膀，低下了頭，一旁的老人像是在安慰他似的，輕輕地搖了搖他的肩膀。

「別問那種事。」

太田將視線移至低垂著頭的老人身上。低垂著頭的老人說「不，沒關係」，抬起頭來，說：「我叫阿明，母親在那裡的商店街被腳踏車撞到，從此之後變成了植物人。」我說「是喔，原來是報復啊」，做了筆記，太田說：「笨蛋，你相信了嗎？」發出笑聲，其他老人們也愉快地笑了出來。

「我們沒有幼稚到因為私利私欲，或者個人怨恨而引發事端。」

既然如此，NHK的西側大門又是如何？我心想「你不是說，是因為朋友的朋友模仿出現在節目中的老頭子嗎？」但是無法說出口。不過，或許是看到我的表情察覺到了，光石低喃：NHK是掌權者的爪牙。

「必須徹底地懲戒NHK。而且實際上，太田先生的朋友的朋友死了也是事實。至於池上的腳踏車，實際上也出現了犧牲者，但是，欸，那是象徵。除了自己的事情之外，什麼也不思考地活著的人的象徵，所以我們決定砍掉他們的腦袋。然後，關口先生，已經沒什麼時間了，所以我回答你最大的疑問吧。不好意思，搶你的話說，關於新宿MILANO的那起恐怖攻擊。那是因為一點聯絡失誤，毒氣和可燃劑的量太多了。於是，佐野Sensei也誤以為我們開始失控了。最重要的是，我們不可能刻意讓佐野Sensei疼愛的葛城小姐，遭遇那種危險的處境。」

葛城聽到光石如此道，代表我發問：那麼，秋月醫生為什麼自殺了呢？她說得確實沒錯。像是木乃伊的老人曾說：因為網絡的一部分開始失控，所以秋月選擇了死。

「光石，沒時間了，而且解釋很麻煩，我就說出真相吧。」

太田看了一眼手錶。

「我跟你說。抱歉，聯絡失誤是騙你的。總之，我們無法饒恕AMAOU那種笨蛋，以及利用那種笨蛋欺騙社會，欺騙善良人們的那一群人。我們甚至想要連那個電影院整個炸毀。確實，我們不忍讓你和這位小姐暴露在危險之中，不，其實事情進行到一半，我們認為『假如你們死了，到時候再打算』，怎樣都無所謂了。當務之急是破壞，欸，就是那麼一回事。之後管他三七二十一，怎樣都無所謂了。那個當下，抱歉，我們沒有考慮到你們。如果說那是失控，那確實是失控。我們所有人都很尊敬佐野Sensei，而且沒想到會令他難過，但是比起像是秋月這種懦夫，我們反而徹底繼承了Sensei的精神。忍受清貧，堅守信義，並且與掌權者對峙，奮戰到底，這是佐野Sensei的原則。光石是代表日本的企業家，但是車子開Corolla，飛機坐經濟艙，連新幹線也不搭商務艙。就連攻擊核電廠，也是因為不希望超高齡的佐野Sensei袖手旁觀，或者輸給人道主義而出手干預，所以刻意瞞著他，但是心底認為，他會贊成。而且Sensei不知道我們的計畫。」

太田說的話有矛盾，缺乏整合性。他雖說清貧，但是刈谷開的是經典的Benz。我險些接受：計畫、執行攻擊核電廠這種荒唐事情的一群人，或許真如太田所說。

「沒有時間了。到此為止可以吧？」

太田一面看著手錶，一面催促。我還有幾個重要的疑問。我問：我聽說從滿洲運進了三門88釐米反坦克炮。還有兩門在哪裡呢？果然是藏在核電廠的旁邊嗎？哪座核電廠呢？

「關口先生，唯獨這個，我不能說。請別逼我說。我只能說，跟這裡一樣，在一座核電廠附近。」

88釐米反坦克炮還有兩門，假如都被藏在核電廠的旁邊，代表還有別的團體嗎？

「不好意思，這件事也不能說。這是我們最後的堡壘，或者應該說是保命符。所以，我不能說。」

光石如此道，我基於直覺地心想：沒有其他團體，只有這些傢伙。我從那位像是木乃伊的老人口中聽說，從滿洲運了三門88釐米反坦克炮。但是，不清楚真偽，而且一面維修，一面隱藏三門這種大得不像話又複雜的武器，需要莫大的資金和勞力。就連組織，要另外湊到這麼多成員也並不實際。像是光石這種男人也不太可能有很多個。

「差不多該結束了吧。你應該知道大致的事情了。不清楚的地方在撰稿時問，我會確實地回答。」

光石也看了一眼手錶。另一群老人一面說「差不多要把這些傢伙拿出去了」，一面將類似很久以前的真空管收音機、形狀奇妙的東西，裝上那個名叫米原的犧牲品搭乘的廂型車後車廂。因為只是從遠處看，所以看不清楚。葛城問光石：那是什麼？

「炸彈。」

光石嫌麻煩地如此答道。

「能夠以行動電話透過遙控引爆。他們是英雄，已經寫好遺書了。遺書的內容是：『能夠趁白天溜進去，輕易地裝設炸彈。核電廠內的警備森嚴，但是對我們而言不算什麼，我們決定炸毀這棟建築物。』接下來，我們要將他們的遺書發布於網路。你聽好了，關口先生，請也寫他們的事。我希望你寫出真相，告訴世人他們是棋子，他們的背後有我們存在。」

然而，為何需要如此精心策劃呢？既然做好了一死的心理準備，根本不必準備棋子，提出犯罪聲明就了事了。

「笨蛋。真實性。因為是攻擊核電廠，所以準備棋子，或者越精心策劃，越代表具有計畫能力、資金，以及執行能力的組織存在。」

我一面看著筆記，一面說：再一會兒，再兩分鐘，不，一分鐘就好。我剛才在筆記中寫下了「為什麼是我？」太田說因為在象棋道場，知道了我的事，但假如是擁有如此強大網絡的一群人，就能使用更具有影響力的真正記者。不，實際上，這些老人當中，應該有人在廣告公司、出版社或電視台吃得開。

譬如電通，我曾經聽說過，它的根源在舊滿洲。為何選擇我呢？最後，我想請你告訴我這麼做的理由。

「關口先生，你還沒理解。我反覆說過好幾次了。這個國家的大眾媒體沒有能力，正在墮落。你既不是敗犬，也不是輸家，而是正統。所以，你才會被那家大型出版社開除。」

騙人。事實終究不是如此。自由記者的工作之所以被開除，並非因為我是正統。純粹是因為週刊雜誌的銷售量下降，產生虧損，結果停刊。

「光石，已經夠了吧。別跟他扯一大堆，告訴他大型團體基於祕密保護法，不能寫報導，也不能報導。關口，你聽好了，你被選中是真的。並不是誰都可以。總之，你很適合。朝日新聞不能寫出有組織以88釐米反坦克炮瞄準核電廠吧？他們終究輸給了祕密保護法。那些傢伙不會寫成報導，而是向內閣府報告。內閣府也不是笨蛋，所以會下封口令。假如把我們的事情寫成報導，如今日本國唯一的希望——東京奧運肯定會停辦。連福島的輻射水也在全世界出名，甚至是使用過的核燃料，全世界也都知道儲存地點已經滿載，無法放置於任何地方。除了你之外，沒有人會寫出我們要以88釐米反坦克炮攻擊核電廠。最重要的是，你知道所有細節，而且這是最重要的事，你別忘了。你的文筆相當好。」

我心想「原來是這麼一回事啊」，隨著虛脫感，接受了這種說法。祕密保護法經過一番爭論之後，還是實施了。各民營電視台一起報導自由攝影記者採訪宣告「要將東京奧運作為攻擊目標，不惜潛入核電廠」、看似恐怖分子的團體，導致政府擴大解釋法律，以及要求媒體自主規範。採訪草率，只是眼睛上黑條地介紹看似伊朗人的簡陋犯罪團體，採訪影像和煞有介事的採訪透過網路影片發送功能流傳，因為涉及核電廠，所以成為國際性的問題，IOC（國際奧林匹克委員會）公布也考慮停止在東京舉辦奧運，陸續出現表明即使舉辦也不參加的國家。這個法律原本是禁止公務員洩漏國家性的恐怖攻擊相關的資訊，但是出現了可能停辦奧運這種最糟的情況，引爆人民的怒火，媒體一蹶不振，結果輸了。他們辯解「不是屈服於掌權者，只是遵從民意」，無論任何一個時代、或者哪一個國家，媒體都一定屈服於民粹主義，被掌權者利用。

「已經夠了吧？」

太田如此問道，我點了個頭。思緒持續混亂，我不太清楚「什麼已經夠了吧」，但是只好點頭。葛城在一旁問我：「所以，關口先生，你要寫嗎？」我無法肯定或否定。他們肯定試圖利用我。沒有什麼狗屁記者的驕傲。只不過我是有利於他們的寫手罷了。但是，過去累積的自卑感、徒勞感，以及絕望感被晃動，獨家這個令人懷念的輝煌用語在腦海中響起，我無法壓抑亢奮的情緒湧上心頭。我快被撕裂。我知道「讓這些人利用好嗎？」這種自己的聲音，被「有什麼理由不能寫？寫就是了」這種自己的聲音掩蓋。我回答葛城「不，我不知道」，她粗魯地回應：幹嘛不寫？葛城說：「幹嘛不寫那些人的事？」以下顎指示名叫米原的男子他們搭載的廂型車出發了。另一輛轎車追上廂型車，兩輛車馬上就看不見了。

「裝填。」

耳邊傳來刈谷的聲音。光石說「這個」，遞出像是小圓筒形海綿的東西。葛城問：「那是什麼？」

太田手指自己的耳朵。那似乎是耳塞。葛城依照光石所說，將海綿塞進耳朵。我恍惚地注視羅列著雜亂文字的記事本，無法妥善掌握現狀。我一直用手指拎著海綿。過一陣子，光石取出電腦，確認什麼，告訴刈谷：持田醫生他們好像離開現場了。

「發射。」

刈谷發出信號，88釐米反坦克炮高大的炮身從暗處突出，簡直像是恐龍暴怒地搖頭一樣滑動。從炮口發出閃光，炮聲響起，整個平台搖晃，我因為衝擊而從摺疊椅跌到地上。比起爆炸聲，更接近火箭的發射聲。炮身以異常快速的間隔持續滑動。為什麼能夠做到這種快速射擊呢？耳朵內側好痛。像是大腦被碾碎一樣的疼痛。我連忙尋找耳塞，但是似乎倒下時弄掉了而找不到。炮聲在周圍的群山之間迴響，感覺像是漩渦一樣。我摀住耳朵，當場蹲了下來。

炮擊轟隆隆聲，整個平台都在震動，我站不起來。我將手抵在耳朵上，試圖摀住耳朵，但是發射聲像是撬開我的手指似的鑽入耳裡，壓迫太陽穴一帶，地板的震動沿著內臟，升至喉嚨。我被聲音和震動搖晃，感到下腹部被人翻攪般的疼痛，有一種像是某種黏稠的東西從全身的孔漏出來的感覺。不知不覺間，我嘔吐，尿失禁了。不久之後，我連情況變得怎樣、自己身在哪裡都不太清楚。我心想「必須睜開眼睛看周圍」，但是無法對焦，一切看起來模糊。淚水、鼻水、口水和汗水，不清楚是什麼的東西混在一起，臉部變得濕淋淋。我在滿地打滾嗎？蹲著顫抖嗎？還是躺著像是被綁住了似的，全身僵硬呢？我連手腳變成何種狀態也不清楚。假如這種狀態持續，我會失去正常。不自覺的情況下，我好像開始吶喊。而回過神來，不知不覺間，聲音和震動停止，只聽見了我的呻吟聲。

「回去嘍。」

有人在我的耳邊如此大聲說道，抓住我的領口，試圖讓我站起來。耳朵怪怪的。發出「嗡～」的耳鳴聲，聽不清楚。我先被迫跪在地上，然後有人從兩側將手臂插進腋下，抬起我的身體。眼睛尚未對焦。我要先沖一沖這傢伙的小便跟嘔吐物。好像是太田的聲音。他在咆哮。看來炮擊似乎結束了。我無法估計炮擊持續了多久。總覺得持續了幾小時，也好像一瞬間就結束了。時間的感覺已經消失在某個遙遠的彼方。我覺得自己還維持正常很不可思議，但是話說回來，我連正常是怎樣的狀態也不清楚。我聽見水流動的聲音。好像是太田在沖洗我的嘔吐物和小便。耳鳴聲慢慢變小了。我做好了被太田罵「你竟然閃尿」「有夠肉咖」的心理準備，但是他什麼也沒說。我的全身還在顫抖。原本地板因為炮擊而搖晃，那個震動還殘留在身體裡。

「關口先生，要換衣服嗎？」

是光石的聲音。我夾克上有嘔吐物，褲子因為小便而髒得一塌糊塗。但是，我無法對「換衣服」這三個字有反應。我沒有褲子濕掉，覺得不舒服這種感覺。換衣服是什麼意思、哪種行為呢？關口先生，我們回去吧。葛城的臉在眼前，看起來朦朧。她頭髮紊亂，臉上有淚痕，但是衣服沒弄髒。只有我嘔吐、尿失禁。葛城對我說「大家正在準備回去，我們也回去吧」，我環顧周圍。眼睛尚未對焦。老人們變成不清楚的輪廓，動來動去，但是看起來不像是慌張，或者焦急。所有人在跑，或者快步走。明明做了接近戰爭的事，這些傢伙為什麼沒有連忙撤退呢？理由恐怕只有一個。因為他們數度這麼做過，習以為常了。或許是實際炮擊過哪裡，或者反覆訓練，無論如何，對於這些傢伙而言，炮擊不是特別的情況。驀地，我望向包圍工廠用地的群山。因為經過那麼猛烈的炮擊，所以應該有某處火紅地燃燒，升起黑煙。我說：「呃，哪裡呢？」但是並非對誰說話，而是依舊茫然地，像是無法忍受而嘔吐或尿失禁一樣，發出了孱弱而顫抖的聲音。

「什麼？什麼哪裡？」

太田雙手捧著像是浴巾或毛毯的東西，如此問道。我問：「攻擊了哪裡呢？」左右張望群山的另一側。

太田一面遞給我紅白格紋的毛毯，一面說道。

「目標超過十公里，怎麼可能看得見。」

「你是白痴嗎？」

像是視野扭曲一樣的異常感覺越來越強烈。我一面用毛毯裹住穿著骯髒衣服的身體，一面心想：這是什麼玩意兒？光石和太田他們並不異常。我拚命維持正常，臉部、身體和衣服因為淚水、鼻水、嘔吐物和小便，變得黏糊糊的，但是他們的態度、說話方式和表情都看不出變化。和炮擊之前沒有改變。我看見88釐米反坦克炮的高大炮身再度動了起來。與此同時，兩輛巨大的拖車緩緩地從平台駛離。刈谷已經從炮手席下來，和其他老人們一起推著反坦克炮向後滾動，使它後退至倉庫的內側。他們身上沒有一絲興奮等情緒。也沒有亢奮、悲壯感、疲勞的痕跡。感覺像是町內會⑰的聚會，稍微打掃一下公園。炮擊了哪裡呢？我擅自想像「因為擊發了大炮，所以應該會看見遭到破壞的建築物、火焰和黑煙」，但是十公里大約是品川至上野左右的距離，從品川不可能看得見在上野發生的火災，而且這周邊被森林包圍。

不知不覺間，反坦克炮看不見了。大概又搭乘電梯，隱藏在像是武器庫的地方了。老人們一個接一個回來，開始坐上各自的車。

「喂，光石，我們要回去嘍。」

刈谷如此說道，一面喝瓶裝茶，一面坐上流線型的Benz。沒有半個人著急的樣子。三三兩兩地一面靜靜地談笑，一面從工廠離開。漸漸地，甚至連是否真的有過炮擊，在我心中都開始變得不明確。嘔吐物和小便算是證據，但是老人們太過平靜且一般，所以鞋子裡因為小便而濡濕的我反而顯得異常。身體的細微顫抖尚未停止。

「我送二位。」

光石替我們打開Corolla的車門。和來的時候一樣，葛城坐上副駕駛座，我坐上後座。我為了避免

⑰譯註：町內的當地居民組成的自治組織，處理當地居民的所有生活大小事。

排泄物弄髒座椅，挪動毛毯，引擎發動的Corolla面板的時鐘映入眼簾。八點三十二分。我大致上知道炮擊持續了多久。被稱為圓木的那三人搭乘的車發車時，我下意識地看了一眼手錶。應該是八點二十幾分。在那之後不久，展開炮擊，加上進行到剛才為止的善後時間。等於炮擊在轉眼間結束。兩、三分鐘，頂多幾分鐘。

「那麼，我們回去吧。」

Corolla駛出停車場時，我看見正在拉下倉庫鐵捲門的太田朝我們搖手。感覺像是負責看守倉庫的和藹老爺爺在說：再來玩唷。但是，進行火力那麼強大的炮擊，警方不會趕到製麵機工廠嗎？疑問接二連三地湧現，但是要恢復發言的力氣，需要一段時間。

「抱歉。」

我先道歉。

「為什麼要抱歉？」

光石以和來的時候一模一樣的表情開Corolla，聽著音樂。古典樂，而且旋律很熟悉，似乎是蕭邦的夜曲。

「果然好像弄髒了座椅。抱歉。」

夜曲的旋律跟嘔吐物和小便的臭味不搭軋。

「沒辦法。因為你第一次經歷那個。而且你沒塞耳塞。我想，你嚇了一跳。」

然而，這傢伙為什麼如此淡定，隨著夜曲哼著旋律呢？我不知道他們炮擊了哪裡，但是至少被稱為圓木的三人死了吧？對哪裡發射了多少炮彈呢？我可以問這件事吧？光石叫我寫報導，但是我仍然無法決定要不要寫。他應該會允許我問幾個問題吧。

「請問，你們擊發了幾發呢？」

光石沉默了一陣子，我心想：「不能問嗎？」感到緊張。葛城代表光石回答：二十五發。妳在那種狀況下，數了嗎？葛城補上一句：因為如果不數的話，恐怕會瘋掉。聽說炮擊所需的時間是一分鐘不到，約四十秒左右。然而，進行火力那麼強大的炮擊，破壞了某個地方，所以會不會被警方盤問呢？道路會不會被封鎖呢？我想要問這種事情，但是按下不問。因為在炮擊之後，像這樣跟光石對話，總覺得好像我認同他們，被他們攏絡了。於是，或許也在思考一樣的事情，葛城一面用手帕擦臉，一面以爽快的語氣問：警方不會過問嗎？

「嗯～不曉得。」

光石一面不自然地扭動脖子，一面觸碰汽車音響的面板，停止蕭邦的音樂，打開收音機。

「再次報導，距離濱岡核能發電廠約一公里的參觀設施『濱岡核能館』附近，好像發生了爆炸。目前還不清楚詳情。警方和消防隊正前往現場。不過，根據中部電力指出，不會對停止運轉的核子反應爐造成影響。重複一遍。距離靜岡縣濱岡核能發電廠一公里左右的參觀設施附近，好像發生了爆炸。接到附近居民通報，警方和消防隊正前往現場。中部電力公布，不會對核子反應爐造成影響。」

我心想「那果然是現實」，聽到收音機中的播報員有些亢奮的聲音，我又臉色發青，但是葛城面不改色地低喃：原來如此。葛城無論任何時候，幾乎都面不改色，所以我不知道她受到了何種程度的衝擊。不過話說回來，「原來如此」是怎麼一回事呢？

「事情變成了爆炸啊？」

葛城對光石如此說完之後，回頭望向我，彷彿在說：明白了嗎？我還不太清楚她指的是什麼事。

「是啊。」

光石點了個頭。

「應該很難想像有人擊發大炮吧。」

我終於理解了。大概無論是NHK，或者收音機的新聞也報導為爆炸。目前不清楚哪裡遭受災害。新聞中說：爆炸地點距離核電廠一公里。是建築物嗎？停車場之類的地方嗎？因為被二十五發88釐米炮彈射進去，假如是建築物，應該會化為瓦礫，而假如是地面，應該形成了無數的深洞。但是，警方和消防隊是否無法想像是從距離十公里以上的地點，以88釐米反坦克炮炮擊了呢？在這個日本，只有自衛隊擁有那種武器。就連暴力團體，擁有的也頂多是日本刀或手槍之類的槍械，而極鴿派、極鷹派和新興宗教組織用於恐怖攻擊的，只有手製炸彈、可燃劑或沙林毒氣等，據說是比較容易製造的化學武器。所以，警方不認為犯人的團體會從容不迫地開車逃走。最重要的是，無論是這輛Corolla，或者刈谷的Benz，就算被盤問也找不到任何東西。那門88釐米反坦克炮應該一直藏在那個工廠的倉庫。或者挑選機會，以那輛巨大的拖車移動它。

「新的消息進來了。發生爆炸的，好像是距離濱岡核電廠約一公里的濱岡核能館這個參觀設施。警方好像禁止一般民眾進入周圍三公里。爆炸的原因不明，目前處於連消防隊也還無法靠近的狀態。重複一遍，中部電力公布，停止運轉的核子反應爐，以及使用過的燃料槽和冷卻裝置等沒有發現異常。核電廠用地內的輻射濃度也沒有發現變化。控制中心的測量儀器、監視器等一切正常運作。警方、消防隊，以及周邊地區的地方政府都沒有發出避難指示。重複一遍。這次的爆炸不會造成包含輻射能和輻射性物質的冷卻水等從濱岡核電廠外洩。各位附近的居民請冷靜行動。」

光石微微偏頭，關掉收音機，繼續播放蕭邦。按照慣例，表情毫無改變。我接下來會怎麼樣呢？光石說：我送二位。我能夠和葛城一起回到那間位於三軒茶屋的住處嗎？他叫我寫報導時，我以為自己會被監禁於某個地方。給我電腦，監視我，檢查我寫的稿子，完成之後，譬如投稿至《Weekly Webmagazine》等，直到刊載之前，不會讓我自由。我聽到光石說要開Corolla送我們時，也心想「大概是要被帶去監禁地點」，隱隱看開了。但是，Corolla從外環道進入東名高速公路，駛向東京方向。

「請問……」

葛城又像是代替我提出疑問似的問道。

「我們要去哪裡呢？」

認為光石給我們看了那種東西之後，會放我們走才奇怪。我們並非只參觀了88釐米反坦克炮這種罕見的武器，而是實際看了它發射炮彈。也和活祭品，或者應該說是犧牲者見了面。我不清楚被稱為圓木的那三人是否暴露在炮擊之中，但是無論如何，應該被裝置於卡車上的炸彈給炸死了。炸彈的威力應該不是蓋的。他們三人被訓練成裝置爆炸物，使其爆炸的犯人，所以車上的炸彈威力也必須與其相當。這些傢伙不可能在那種事情上犯錯。他們三人肯定被炸得粉身碎骨，無法辨識身分。我和葛城知道了所有這些事情。

「什麼哪裡？」

光石停止哼蕭邦的夜曲，詫異地望向葛城。葛城又問了一次：要去哪裡呢？

「哎呀，三軒茶屋啊。」

光石一臉不可思議的表情，如此說完之後，說「啊，對喔」，調低了汽車音響的音量。

「去吃點什麼吧。抱歉，我真粗心。畢竟剛才只吃了飯糰。」

葛城說「他說要去吃點什麼」，蹙眉望向我。Corolla過了東名高速公路的橫濱青葉交流道，即將進入首都高速公路。我確認身體的微微顫抖終於停止，憑藉稍微湧上心頭的憤怒，問光石：我們可以回家嗎？不過，從口中發出的是小到丟臉的聲音，話中明顯殘留著顫抖，而且我在吸鼻涕，所以好像是在邊哭邊說。

「可以。我是打算送你們到三軒茶屋，但是，呃～不要送你們到家，去別的地方比較好嗎？」

所以，我們是自由的嗎？沒有人監視我們嗎？

光石透過照後鏡，對我微笑。

「我們不是同志嗎？」

「稿子寫好之後，請跟我聯絡。我信賴你的文筆，描述的順序等，交給你了，請寫出事實。記者不可以寫違反事實的事。」

光石一面如此說道，一面在三軒茶屋的住處前面放我們下車，就此揚長而去。我以目光追著它，茫然地杵在原地許久，聽到葛城說「關口先生，該進屋了」，因為她的聲音而意識到自己異常的模樣。一個五十多歲男人一臉髒兮兮，身上裹著紅白格紋的毛毯，比遊民更異常。幸好幾乎沒有行人，因為我全身大概散發出惡臭。

「累了吧？關口先生，先去沖個澡怎麼樣？」

進屋之後，葛城如此說道，我也想換件衣服，進入了自己的房間。葛城一不見，我頓時感到像是從頭到脖子被嵌入鉛塊一樣的沉悶，失去平衡，險些一個重心不穩跌倒，撐住放在玄關前面的櫃子，勉強支撐身體，等待頭暈消失。像是炮擊之後一樣，身體又開始微微顫抖，心跳快到令我懷疑心臟和血管會破裂，不知怎的差點哭出來，酸酸的東西湧了上來，我嘔吐了，但是為了避免讓葛城發現，用毛毯摀住嘴巴。不久之後，頭暈減緩，但是得抓住東西才能走路。我沿著櫃子，移動至傘架，拿出兩把葛城的陽傘，代替拐杖。距離淋浴間只有幾公尺，但是走到一半又頭暈，停下腳步一陣子，做深呼吸，想起錢包裡還有剩下鎮靜劑，嚼碎加倍的量服下。放在褲子前面口袋的皮革錢包的一部分還濕濕的，心想「我究竟漏了多少量的小便呢？」而可憐自己。於是，淚流不止。看來不是自我厭惡。講得誇張點，是一種歷劫生還的安心感。此外，好像湧現了「居然維持了正常」這種自我憐憫之情。

我勉強調整呼吸，左右手各握緊一把陽傘，代替拐杖，一面保持平衡，一面進入淋浴間，數度重心不穩地脫掉了衣服。衣服沒有丟進洗衣籃，而是以太田給我的紅白格紋毛毯包裹，決定等一下丟掉。我一絲不掛地進入淋浴隔間，馬上一屁股坐在地上。我一面以手指滑過淋浴隔間的玻璃，一面出聲說：搞什麼鬼。因為明明是這輩子目前為止，身心恐怕都最糟糕的狀態，但腦海中莫名浮現了最不願想起的事情。人就是這種生物，最討厭的事、如果可以的話，恨不得想要立刻忘掉的事、不想扯上關係的事，會從因為疲勞、不安、恐懼而備受煎熬的身心裂縫中，像是亡魂一樣出現。光石的最後一句話重現。稿子寫好之後，請跟我聯絡。口吻像是一直一起工作的雜誌主任。一副對我寫的稿子有信心的表情。所以，我打算怎麼做呢？身體如此殘破不堪，精神上處於毀壞狀態時，不可能能夠判斷。我伸手開水，熱水從蓮蓬頭跑出來。接近開水溫度的水花一下子從頭上灑下來，我發出像是被侵犯的人妖一樣的慘叫，稍微彎腰，關掉熱水。皮膚變紅，我害怕心臟是否真的會出問題，但是稍微過一會兒，心跳也漸漸平息，頭暈，或者應該說是無法站立、頭和脖子被人勒緊的感覺稍微減輕了。我心想「再淋一次像是開水的熱水的話，應該會進一步改善」，思考愚蠢的事情，蹲坐在淋浴隔間的地上，意識縹緲遠去。

「關口先生、關口先生，你還好吧？」

我因為葛城的聲音而醒來，試圖回應「我沒事」，但是發不出聲音。

「我可以開門進去嗎？」

我心想「要是被她看到這副模樣，不如死了算了」，說「我沒事」，發出了像是蟋蟀一樣細小而丟人的聲音。

「我隨便挑了更換的衣服拿過來，放在門這邊。」

我說「噢，謝謝」，明明腦袋昏沉，不，或許是因為昏昏沉沉的緣故，意識到自己一心思考著光石的事。實際展開炮擊之前，光石委託我寫報導時，記者這兩個字挑起了我的自尊心。我並非想寫，或者清楚地覺得我該寫。然而，內心動搖了。只有我知道沒有人知道的事實、值得傳達的事實，而且我擁有傳達的方法，我心想「這種時候，是否可以毫不猶豫地傳達」，無法斷然拒絕。但是，炮擊展開的當下，想法或心情等事物都消失殆盡。那個88釐米反坦克炮的炮擊聲和地面的震動，趕走了身為記者的使命、自尊心等平穩的概念。唯獨「這就是真實的現實，你有幹勁嗎？」這種問題，像是鉛塊一樣沉重地在腦海中縈繞不去。

「關口先生，喂，狀況如何？我也想沖個澡。」

我回應葛城「好，我要出去了」，抓住四個角落的鋼管，站了起來，確認溫度的刻度，簡單地沖了個澡。唯獨感覺被嘔吐物和小便弄髒的地方，仔細地沖洗。然後擦拭身體，輕輕地打開門，把替換的衣服拉過來，抱著塞滿髒衣服的毛毯，走出淋浴間。身穿白色T恤的葛城站著，一臉極為普通的表情說：

「要不要明天再想？畢竟，我們相當疲憊了。」

我說，要不要明天再想？

我心想「明天再想是個好主意」，接收了她的提議，又嚼碎鎮靜劑，把手伸向威士忌的酒瓶，但是嘔吐感尚未消失，於是決定不喝酒。躺在床上，閉著眼睛心想「在葛城來之前睡著吧，要是在這種狀態下肌膚接觸，無法控制情緒，不知道會做出什麼事來」，忽然間，腦海中浮現擔任自由記者時，自己對資訊提供者說過的話。你啊，就是因為像那樣一個人攬著消息，才必須那麼害怕。對方是個地下錢莊的下流小弟，替舊大藏省⑱的官員仲介妓女，這種一般的勸說意外見效。要share一下啊，share你懂吧？分享，或者應該說是共有，這樣壓力就會變輕。你就是一個人攬著，才會像笨蛋一樣那麼害怕。結果，地下錢莊的小弟把成為獨家的資訊全部向我透露，但是換作是我，我會怎麼樣呢？我會一個人攬著天大的資訊。我有誰能夠分享呢？分享意謂著，我要告訴某個人光石他們的事。警方怎麼樣呢？我該去找警察嗎？光石他們說，假如會被警方逮捕的話，就展開戰爭。我不知道真偽。但是話說回來，警方會相信我說的話嗎？最重要的是，我該從何說起才好呢？思考這種事情的過程中，意識又漸漸變得迷濛。我感覺到葛城悄悄地將身體滑到身旁，但是我連抬起手臂的力氣也不剩。

「你不覺得這個有點奇怪？」

葛城躺在床上，手指平板電腦，如此說道。我數度醒來，每次都嚼碎睡眠導入劑，設法睡幾小時。葛城指的是，能夠在網路上播放的新聞影片。那似乎是ＮＨＫ早上的新聞。主播和有前警視廳恐怖攻擊因應小組組員這個頭銜的有識之士在對談。

「然而，發生了多起恐怖的案件。之前是發生在新宿的電影院。」

「確實如此。不過我想，欸，就各種層面而言，必須冷靜地因應。」

「這話怎麼說？什麼意思呢？」

「如果換個角度看，可說是證明了我國核能發電廠的警備大幅改善、進步了。」

「這話怎麼說？」

「犯人這次使用的爆炸物，和之前的恐怖攻擊不一樣。之前是可燃劑和舊式的毒氣，但是昨晚，破壞濱岡核能館的是炸彈。而且幾乎毫無痕跡地被破壞了，所以能夠想像炸彈的量、威力相當大。犯人是如何獲得這些炸彈的呢？能否明白這一點，要靠警方今後的調查，但是我想，多少有跟國際性的恐怖攻

⑱ 譯註：相當於我國的財政部。

擊組織之間的合作，或者獲得北韓等，對我國表示敵意的國家的支援。」

「原來如此，所以和您剛才說的，核能發電廠的警備改善有什麼關聯呢？」

「我告訴你，這可說是具有相當強大的組織能力、執行能力的團體。犯人他們應該是組織的一部分。就某個層面而言，自爆這個事實也可說是證明了這一點。這是一個大規模的組織，而且犯罪後，或者犯罪時，有自爆的成員。不過，就連這種組織，也無法入侵核子反應爐和冷卻裝置，甚至是核能發電廠的用地內。自爆的犯人團體承認了這一點，所以我認為，這次反而突顯出了核電廠的高度警備能力。我跟你說，請你不要誤會，我的意思並不是可以放心，應該具有危機感。不過，就連能夠準備那種強大炸彈的團體都無法靠近核電廠，或許能夠向國內外宣傳，我國重要地區的治安、警備體制多麼穩固。」

我懷疑自己的耳朵。被稱為有識之士的人的這種反應，應該正中了光石他們的下懷。

「這個人是白痴吧？」

葛城手指畫面中的有識之士。我不知道他是真的沒有危機感，還是雖然自覺到危機，但是想要刻意強調恐怖分子無法入侵核電廠內。我聽見了自己無聲的吶喊：喂，不對唷！接著，我總覺得彷彿聽見了光石的話。

「關口先生，除了你寫之外，沒有其他方法了。」

目擊炮擊之後，過了五天。我持續處於白天服用鎮靜劑，晚上依賴威士忌和睡眠導入劑的淒慘狀態。感覺神經處處寸斷，無法徹底思考事情，但是受到一種像是被逼得走投無路、必須馬上做點什麼的焦躁感折磨。不過，空有焦急的心情，我卻不知道該做什麼才好，而且完全不看新聞。一開始，我腦袋放空，恍惚地看著新聞，葛城先說「不行，頭好痛」，不看新聞，不久之後，我也覺得看這種東西，思緒會加倍混亂，停止看了。而除了電視之外，連網路也不瀏覽了。炮擊的記憶鮮明，我起先對於哪裡遭受到何種程度的破壞感興趣。不過話說回來，88釐米反坦克炮的破壞力驚人。濱岡核能館完全消失，徹底炸毀，毫無痕跡，連瓦礫也不剩。唯有到處留下形狀像是蟻獅挖的洞，變成了空地。距離核能館幾十公尺的停車場也是類似的狀況，被稱為圓木的那三人搭乘的車消失得無影無蹤。建築物因為一開始的幾發炮彈，化為一堆瓦礫，剩下的炮彈將它們炸得灰飛煙滅。建築物的殘骸向四面八方飛散，據說在距離五公里的地點，也發現了水泥和鐵的碎片。但是，大型媒體反覆強調，即使是如此威力強大的爆炸，核子反應爐也紋風不動。除了警方之外，自衛隊，以及駐日美軍也協助調查，也有有識之士發表評論，認為爆炸的規模足以和透過大型轟炸機的空襲匹敵、應該起碼裝設了十個以上使用高性能炸藥的強力爆炸物、這種恐怖攻擊不可能是以包含女性在內的三名民間人士執行，背後肯定存在北韓或中國這種敵對國。

我不看新聞，葛城也幾乎閉門不出時，光石只打了一次電話過來。我害怕他會問：「開始寫報導了嗎？進展狀況如何？」但是光石問：「二位的心情稍微平靜下來了嗎？」擔心我和葛城，只說了一些安慰的話，關於寫報導，沒有提到半個字，就掛斷了電話。反而令我感到莫大的壓力。他完全沒問「你開始寫報導了嗎？話說回來，你有要寫報導的意思嗎？」代表他相信我會寫報導。不，或許他實際上在懷疑，但是隻字不提那種事，試圖傳達「我相信你會寫」這種訊息。

我無法下定決心。心情動搖倒是其次，用來決定什麼事情的身心能量為零，而且沒有食慾，即使偶爾感到肚子餓，也沒有產生吃東西的力氣。心想「這樣下去，只會越來越衰弱」，感到害怕，將一小撮淋上食用辣油的調理包白飯，或者泡爛的泡麵放入口中，慢慢咀嚼，竭盡心力吞嚥下肚。吃一頓飯、一碗泡麵，花了很長的時間。葛城跟我不一樣。她在炮擊之後，話變少了，除了一起睡覺時之外，和我碰面的時間減少，三餐也正常吃，而且打掃、出門購物，看起來過著和之前幾乎沒有兩樣的日常生活。但是，葛城並非單純地試圖從炮擊的衝擊振作起來，恢復日常生活。我逃避要不要寫報導這個問題，畏怯於不安，只是呆呆地度過時間，而葛城在觀察我的這種樣子。

「我說，怎麼辦？」

接近中午起床，威士忌的酒力未退，感覺像是戴了一頂鐵製的安全帽，當我在刷牙時，葛城從背後對我說道。我依舊將牙刷塞在嘴裡，回應：「什麼怎麼辦？」我其實非常清楚葛城在問什麼。我裝傻地回應，所以她或許心想「這樣不行」，對我死心了，搖了搖頭，想要回去自己的房間。我說「等一下」，連忙叫住了她。嘴裡還有刷牙的水，水流了出來，弄濕了睡衣。葛城目不轉睛地盯著睡衣上形成的水漬。我低喃「好糗」，羞愧得無地自容。葛城柔聲地說「不要緊」，用毛巾替我擦拭下顎和脖子一帶，拿來換穿的T恤。我說「不好意思」，眼淚真的險些奪眶而出。我心想「好丟臉」，連我自己也覺得真的好丟臉，這種話差點脫口而出，但是拚了命地自我克制。被葛城看到懦弱的一面，我還能容許，但是我心想：必須避免依賴她。自嘲「好丟臉」，是一種依賴。

「我還無法決定要怎麼辦。」

我脫下胸前濡濕的睡衣，換穿T恤，坦白地如此說道。目擊炮擊之後，我第一次弄清了自己無法決定要不要寫這種心情。葛城一身寬鬆的白色T恤搭窄管褲的打扮，一面坐在沙發上，一面點頭。

「總之，關口先生，坐下來再說吧？」

葛城一面如此說道，一面輕輕地拍了拍沙發。我依然踩著像是夢遊患者的步伐，依言坐在她身旁。她問我：「要不要喝點什麼？」我先是拒絕，但是突然意識到口渴，於是低喃「我想喝茶」，葛城說：「不喝威士忌嗎？」淘氣地微笑。

「我白天不喝酒。」

我如此說道，葛城說「我知道」，隨口回應了一句之後，端了香草茶過來。

「所以，不必現在馬上決定要不要將光石先生他們的事情寫成報導吧？我是這麼認為。畢竟，對你而言，或者對我而言，乃至於對整個日本而言，這應該是非常重要的一件事。不該急著下決定。」

葛城安慰我，但是我也認為：如果不趕緊下決定，說不定反而神經會撐不下去。我不知道葛城是以怎樣的心情，對我訴說安慰的話語。說不定她是想要透過說「不必現在馬上決定」，緩和我的心情，鼓舞我下定決心。狀況和事實擺在眼前。我遲早必須決定要不要寫，而且無法永遠懸而不決地拖延回應。不過，我目前為止沒有力氣思考要不要寫，如今也不清楚自己有沒有那種力氣。但是，我沒有選擇。我總覺得，儘管不寫報導，也不會被光石他們殺害。無論我寫不寫報導，光石他們應該都會攻擊核電廠。因為祕密保護法而受到束縛的大眾媒體或許會沉默，而無論如何，光石他們的想法和行動都不會廣泛地為人所知。縱然光石本身發出犯罪聲明，揭露事實，有誰會相信反社會的老人的團體以在戰爭結束前後，從舊滿洲運進來的88反坦克炮攻擊了核電廠這種異想天開的事呢？如果不是經由別人之口，就會被人懷疑是自導自演的謊言。

「我在思考，我的職責是什麼。」

香草茶發出柑橘香氣，滋潤喉嚨。

「這樣說好像很青澀，但我覺得是傳達事實。我不好意思說自己是記者，而是身為一個小寫手。」

青澀？什麼意思？像蔬菜一樣，沒有衝擊嗎？葛城輕輕地將手放在我的大腿上。她好像不知道青澀這個字。

「不是，該怎麼說呢，類似孩子氣，或者憨直。」

葛城說「我不太懂」，態度冷淡。

「我不怎麼討厭光石先生他們。關口先生，你討厭他們嗎？」

這個問題很單純，直接地問到重點。光石他們是不折不扣的犯罪者。殺了大批的人。我們也在新宿

MILANO遭受牽連，險些遭到殺害，還有被強迫在場目睹炮擊，全身沾滿小便和嘔吐物。一般來說，應該會對這種人心生厭惡，但不可思議的是，我沒有產生討厭這種情感。如果可以的話，我絕對不想和他們扯上關係，但不是討厭、憎恨，或者輕蔑這種情感。

「對吧？不是討厭、輕蔑這種情感。可是，我覺得他們有一部分無法原諒。他們若無其事地利用軟弱的人。」

葛城指的是那個被稱為圓木的米原，以及在池上柳橋商店街透過割草機、進行恐怖擊的犯人——瀧澤。米原被帶到太田的製麵機工廠時，罕見地露出了憤怒的表情。但是，我覺得可怕的是：光石的辯白具有真實感。光石說「我們沒有替他們洗腦，而且他們倒不是想被殺害，而是想死」，雖然邏輯上、道德上亂七八糟，但是具有幾分說服力。不是正確或錯誤，而是感到了真實感。秋月訴說擠上最後一班電車的年輕人的事時，也有類似的真實感。我不認為經濟上不受惠的年輕人個個都想死。但是，從他們身上感覺不到想要存活這種意識和態度的年輕人，如今多得數不清。沒有想要活下去這種意識和態度，是否等於想死呢？我一定是這麼認為的。包含自殺前的秋月在內，光石他們物色年輕人，不是用暴力，而是用語言將他們訓練成犧牲者。我接受秋月的心理諮詢之後哭了。妻子和女兒離去之後，假如我遇見秋月和光石的話，不知道變成了怎麼樣。除了年輕人之外，如今任何人都依狀況而定，有可能變成圓木。內心絕望，沒有一絲存活的意思，沒有剩下一滴試圖脫離人生谷底的力氣時，人該怎麼拒絕變成圓木才好呢？

「我不清楚，但我認為是回憶。」

葛城一面將手在我的大腿上微妙地移動，一面如此說道。葛城的手指動作有點不妙。指甲沒有塗指甲油或做美甲、細長白皙的手指，在我的膝蓋滑動。她本人應該只是下意識地隨意移動手指，沒有絲毫奇妙的念頭。我的心情變得嚴肅而沉重，「如果可以的話，我想要忘掉那種心情、想要逃到某個不同的狀況」這種類似本能的東西在蠢動，心想：假如葛城的手指從膝蓋進一步往上滑，我八成會勃起。雖然現在不是勃起的時候，但是唯獨那種時候，本能會莫名地被喚醒。我一面低喃「回憶啊」，一面為了讓葛城的手指離開我，要求續一杯香草茶。

「所以假如過去有過愉快的事，或者開心的事，就會隱隱想要再感受一次那種事情，所以覺得某個人犧牲死了也無所謂。我想，換作是我，我不會這麼想。」

香草茶從柑橘變成了薄荷。我稍微遠離葛城，重新坐好，將注意力從葛城的手指移開。不過話說回來，為什麼葛城能夠如此直接地說出我遲遲難以察覺的事情呢？她說得一點也沒錯。倘若如此，包含瀧澤在內，那些圓木們過去毫無愉快的事或開心的事嗎？

「我想，沒有那回事，但是討厭的事比較多，然後如果討厭的事沉重到快要壓垮自己，說不定好事就會消失在某個地方。」

葛城一臉凝視遠方某處的表情，又說了合理的主張。新宿的恐怖攻擊之後，葛城曾經向我和松野坦承，她小時候受過性虐待。我不知道那件事是真是假。想起和我遇見時的葛城，總覺得那或許是事實，而譬如想到她和光石他們之間的冷靜對話，就實在難以相信她有那種精神創傷。但是，如今不是思考葛城的坦承內容是否屬實的時候。問題在於我。葛城說：假如過去有過愉快的事和開心的事，就能拒絕變成圓木。當時，妻子和女兒離去，我過著接近遊民的糟糕生活時，為什麼沒有自殺呢？實際上，我幾乎每天考慮輕生。尤其是醒來時，最為悲慘，有時候想死的念頭持續幾小時。妻子和女兒回來的可能性是零，能夠復職的可能性、將來有愉快的事或開心的事等著我的可能性也是零。我為何沒死呢？思考這件事的過程中，我又不自覺地開始眼眶泛淚。

「你怎麼了？」

葛城察覺到，遞給我面紙。我說「最近變得愛哭」，嘆了一口氣，葛城說「最近發生了很多事，沒辦法」，又安慰我。我再度確認自己沒有自殺的理由，所以眼淚跑出來了。當時，我深知那種事情是不可能的，但是內心隱隱認為：說不定有一天，又會有像是在擔任週刊雜誌記者時那種充實感。說不定有一天，又會思考消息來源、採訪、寫報導，一面和夥伴們鬼扯淡，一面吃吃喝喝。但是，假如死了的話，就絕對不會再有那種時光。我並沒有說出口，告訴自己，但是這件事在腦海中的一隅，像是黑暗中極小的唯一光亮似的，微微發光。我沒有半點確信，能夠再次做當時那種工作、寫報導，而且自覺到這種希望很痛苦，所以不能有所期待，而且心想「誰要期待?!」在意識中全盤否定，但是隱隱依賴著那一點微弱的光芒。所以，我能夠忍受絕望和自暴自棄，而且沒有自殺。我有一句、沒一句地告訴了葛城那種事情。話說到一半，數度需要面紙。雖然是丟臉的事，但是哭一哭，舒服多了。我心想「我絕對不會依賴別人」，一味地逞強，但是不知道坦然地依賴別人，竟是如此舒服。

「這樣啊。」

葛城一面頻頻點頭，一面聽著中年男人丟臉的內心話。我不好意思地笑著說「這件事很丟臉吧」，葛城說「沒那回事」，重新面向我。

「這件事不丟臉。我之前覺得，我對你一無所知。嗯，一無所知。」

我如今正以異常的形式，面對唯一微微希望的事。忽然心想：或許不要沒完沒了地思考，寫出光石他們的事就好了。不過，要寫並不簡單。雖說事實比小說更離奇，但不是那種層次。最重要的是，光是那位像是木乃伊的老人的事，要讓它具有真實感就難如登天。就算拙劣地寫得滑稽，應該也沒有人會相信。如果依照事發順序寫，字數會變得非常多。而且要刊載於哪裡呢？假如是小川的公司電子報，我有用來留言的密碼，所以能夠自行上傳報導。或許會馬上被刪除，但是一旦上傳，應該就會有數不清的愛湊熱鬧人士複製、貼上。為何猶豫呢？我唯一希望的事情即將實現，而且叫我寫的當然是當事人——光石他們。警方應該會採取行動。起碼我應該會被祕密地拘留，被迫確認事實。說不定這會成為阻止光石他們今後攻擊核電廠的契機。我不是在助長犯罪，說不定能夠阻止犯罪。為什麼我要如此躊躇呢？

「趕緊寫就好了吧？」

我一面擦拭殘留在眼角的淚水，一面對葛城如此問道。

「我覺得，你可以寫。」

葛城以清楚的語氣，直視著我如此說道。

「最重要的是，不會造成任何人的困擾，就算你寫出所有事實，那也不是犯罪。」

我心想「是嘛」，心情動搖了，但是葛城說「可是」，露出複雜的表情，偏了偏頭。可是什麼呢？

「可是，有什麼怪怪的。」

什麼怪怪的呢？

「我不知道，我不知道什麼怪怪的，哪裡怪怪的，但就是不對勁。」

葛城說「不對勁」，我莫名地接受了。確實有什麼怪怪的。光石他們的計畫超出常軌，但是關於希望我寫報導這個委託，還算說得過去。雖然光石他們能夠以88釐米反坦克炮攻擊核電廠，但是他們的主張，或者應該說是動機，恐怕不會公諸於世。即使在網路上發出犯罪聲明，刊載88釐米反坦克炮的影像，大概也沒有人會相信。所有人都知道，無論哪種影像，都能無止境地加工、偽造。說不定會被嫁禍於北韓或中國。應該會變成國家性的恐怖攻擊，和這兩國之間的緊張情勢升高，但是政府實際上會掌握到不是北韓或中國的恐怖攻擊，所以應該會避免戰爭這種關鍵性的衝突，一定會委託美國居中調解，試圖讓事情不了了之。如果濱岡核電廠被破壞，應該會對東海地區造成莫大打擊，依風向而定，說不定東京也很慘。但是，濱岡核電廠如今無法重新運轉。因為停止運轉，而且各地的核電廠自從福島第一核電廠的事故以來，花費莫大的費用配置層層的緊急用電源和冷卻裝置，核子反應爐建築物的外牆也覆蓋了厚厚的混凝土。說不定會造成東京奧運停辦這種衝擊。但是未必不會發生光石他們的目標「讓日本再度成為廢墟」，像是整個東海地方變得無法住人，或者必須從東京和神奈川避難。所以，光石他們為了達成「對日本人敲響警鐘」這個原本的目的，需要我的報導。究竟是哪裡不對勁呢？

「不太清楚時，只好找人討論。」

葛城如此道。她說得確實沒錯。

「原來如此。實際上發生了這種事啊？」

山方的聲音從免持聽筒電話傳來，顯得有氣無力。雖說是討論，但是能夠委託的對象只有一個人。如果是山方，已經針對光石他們的團體，告訴他某種程度的內容，而且感覺他能夠進行客觀的判斷。但是不知道為什麼，電話遲遲沒有接通。數度傳送簡訊，兩天後的深夜，山方打電話來，這才知道他住院了。據說手術後，體重也持續下降，最近再次檢查，發現癌細胞轉移至多個淋巴結。他在電話中苦笑道：醫生診斷剩下三個月生命。

「家人現在正好外出，所以我才能像這樣打電話。」

我心想「不能讓他疲勞」，簡單扼要地說明，儘管如此，還是花了不少時間，說到一半，山方的呼吸變得急促，數度必須中斷說話。

「關口先生，政治上如同你的推測，他們說的話中，沒有不自然的地方。」

山方一面喘氣，一面說話，令人於心不忍。葛城從沙發趨身向前，像是為了避免錯過任何一句話似的，將耳邊湊近免持聽筒電話。

「政治上是如此。我也覺得哪裡怪怪的，確實有什麼不對勁。不過，那或許不是政治性的事。八成會因為你寫報導，而發生某種關鍵性的事。大概不是因為他們的主張公諸於世這種理由。抱歉，我處於這種狀態，也無法充分思考。」

如果不是政治性的事情，會是什麼呢？

「我不確定，但是你想不想和某位值得信賴，熟知金融經濟的人討論呢？不能是隨便的經濟學家，或者大學教授。銀行、證券之類的，如果可以的話，外資方面的最好。因為第一線勢必是外資。然而，因為是令人一時之間難以相信的事情，所以對方不知道會不會聽你說。」

山方如此說完之後，說「抱歉，好像撐不下去了」，一面喘氣，一面掛斷了電話。我陷入茫然自失的狀態，心跳開始加速。

「你怎麼了嗎？」

葛城不安地看著我。山方說：熟知金融經濟、外資方面的實務者。我只有一個這種朋友。由美子。

「關口先生。你感覺很痛苦。你怎麼了嗎？」

和山方講完電話之後，我久久一語不發，葛城擔心地盯著我的臉，又拿起面紙盒。我說「不是」，搖了搖頭。我確實也想哭，但是既不悲傷，也不痛苦。葛城透過免持聽筒電話，聽到了山方說「該找金融實務者討論」，但是我半個字也沒提過由美子，所以她不知道。

我下定了決心。我沒有理由不能對葛城說由美子的事，而且我並不覺得被妻女拋棄很丟臉。我心想「葛城知道由美子的事，說不定會嫉妒，心情不好」，思考那種愚蠢的事。

「關於山方說的事。」

「你是指，金融相關的人嗎？」

我以連自己都傻眼的沉重表情，點了個頭。我心想：「為什麼這麼麻煩的事情會接二連三地發生呢？」想要詛咒命運，或者一連串的巧合。

「嗯。然後，我想到了一個人，對方是我熟識的人。但是我不太會說我們之間的關係，我們之間的關係相當麻煩，或者應該說是相處得不融洽。」

我一定露出了彷彿一個人背負著全世界的苦惱的表情。葛城目不轉睛地看著我的臉，爽快地說：

「難不成是前妻？」

我感覺像是心臟停止跳動了。為什麼她會知道那種事呢？還是適度地推測，然後說出口呢？我嘴巴張得大大的，像個呆瓜一樣看著葛城。

「我猜中了嗎？」

葛城的語氣很輕鬆。我只是發出「啊，欸」這種不置可否的聲音，甚至無法點頭。

「那麼，不是正好合適嗎？」

葛城以感覺在說「恭喜」之類的話的語氣，如此說道。可是，她為什麼知道是我妻子呢？

「畢竟，你有相當的年紀了，有妻子也不奇怪。如今一直跟我在一起，好像也沒有跟對方聯絡，所以應該是離婚了吧？」

我說「是那樣沒錯」，察覺到自己的心情變得比剛才更輕鬆了。或許是因為葛城的態度太過一般。

「既然這樣，得跟她聯絡才行。」

葛城想要遞給我我的手機。我說「問題沒有那麼簡單，很麻煩」，她這下變成正經的表情，問：是比有一群人以大炮瞄準核電廠更麻煩的問題嗎？我辯解「我們離婚幾年了，總之，她帶著女兒逃離我，事到如今，要跟她聯絡，令人心情沉重」。葛城手摀著嘴，笑了出來。我說了什麼好笑的話嗎？

「好白痴。」

她一面笑，一面如此說道，令我火上心頭。我心想：「妳懂被妻女拋棄的男人的心情嗎？」最重要的是，我只知道前妻任職的公司名稱，以及她在西雅圖。由美子個人的手機號碼和電郵地址應該老早就換了。葛城聽到由美子這個名字和公司名稱，用筆記下來，說：「在這家公司工作，待在西雅圖的人是嗎？」打開電腦，搜尋公司的網頁，看了時鐘一眼，確認時差。令人無法相信的是，她馬上打了電話，而且是以流暢的英文溝通。我的英文很破，但是聽到了「當記者的前夫」「我有重要的事情非說不可」「關於核能發電廠的事」之類的片斷句子。葛城一面做筆記，一面和幾個不同的對象說了幾分鐘，講完電話之後，「呼～」大大地吁了一口氣。我問：「妳會說英文啊？」刻意問了不太相關的問題。

「跟遊戲人間的媽媽學的。」

葛城一副「別問那種無關緊要的事情」的表情，目不轉睛地凝視便條紙，然後看著我說：

「我請她打電話給我，所以我想，她會打過來。不過……」

不過什麼？

「前提是，如果和你離婚的尊夫人還信賴你。」

我陷入了恐慌。葛城沒來由地覺得「尊夫人」這種老派的說法很有趣，而且我一副事不關己的樣子，聽著她以英文跟人對話。我對於眼前的現實，心不在焉。對我而言，跟由美子聯絡、由美子跟我聯絡，是不可能的事，而且是不能發生的事。我無法正常地因應，思緒中斷，只是像個笨蛋一樣，茫然地聽著葛城流暢的英文。因為和由美子離婚而承受的疲勞，像是疙瘩一樣一直累積在肚子裡的後悔和憂鬱，以及像是尚未結痂的傷口一樣伴隨疼痛的感傷，它們一口氣湧現，我忍不住對葛城大聲咆哮：瞧妳幹了什麼好事?!

「什麼意思？」

葛城一臉莫名其妙的表情，看著電話一結束就陷入恐慌、驚慌失措的我。她不懂。自從由美子帶著女兒離去之後，我大概想像了幾千次，問了自己幾萬次。今後還會聽到由美子的聲音嗎？能夠再跟她聯絡，講得上話嗎？當然，這些問題的答案都是no，每次確認到這一點，我的手就會伸向鎮靜劑和威士忌。我想要聽到由美子、女兒的聲音，向她們道歉、和她們講話，擁有這種欲望本身，是一個嚴肅的禁忌。但是，我越是避免去想、捨棄愚蠢的期待，由美子和女兒的身影就會在我心中變得越來越大。由美子留下一句「我不想看到這樣的你，也不想讓女兒看到」，離去之後，過了七年的歲月，但是記憶絕對沒有淡去，傷痛也沒有減輕。在我心中，由美子的事化為原罪，所有負面情緒以它為基點持續湧現。我開始覺得過完一天就偷笑了，知道進一步奢望只會徒增痛苦。所以，從那一陣子開始，我一直籠罩在光是想像和由美子聯絡，就難以忍受的痛苦之中。葛城不可能能夠理解這種事情。她以冷淡的語氣和表情說「什麼意思？」令我更加焦躁。我說「哎呀，抱歉，我不該大小聲」，先拚命地道歉，斷斷續續地坦承：離婚對我造成了多麼大的傷痛，如今也活在傷痛的陰影之下。說到一半，淚水差點奪眶而出，我緊閉雙眼，咬牙忍耐。

「我懂。」

葛城又爽快地如此說道。我懷著心如刀絞的心情開誠布公，但是她似乎沒有理解。我險些又大聲吼道：妳怎麼可能懂?!別說得那麼簡單！

「我懂啊。」

葛城又反覆說了一遍。

「譬如媽媽或爸爸說不定等一下會跟我聯絡，要是陷入這種困境，我大概也會慌。」

葛城停止說話許久，低下了頭，露出落寞的表情。根據新宿MILANO的恐怖攻擊之後，她在附近的寺院內所說的內容，她父親是設計技師，母親是舞者，度過和父母生離的少女時期，直到今日。看著葛城落寞的表情，我對於自己露骨地表現出焦躁，感到丟臉。葛城說：我懂。說不定並非隨口說出的話。

「我懂。我應該再也無法見到他們，不想跟他們說話，也不想看到他們，可是內心隱隱有一種非常想要見到他們的心情。」

我好一陣子說不出任何話。目不轉睛地注視著我的葛城，看起來像是年幼的少女，也好像又回到了在駒込的文化教室，第一次遇見她時的表情。原來受傷的人不止我一個。葛城一句話也不說。我想對她說話，但是什麼話也說不出口。在一陣令人難過、尷尬的沉默之中，我玩味葛城的話，心想「葛城打電話去西雅圖之後，有一句話莫名地令我耿耿於懷」，試圖想起它。在那之前，葛城說「不過……」我說「不過什麼？」像是要反唇相譏似的催促她往下說。然後，我好奇由美子的姓氏是否變成了英文，下意識地將葛城的話趕出腦海。我低喃「不過、不過」幾次的過程中，終於想起來了。是「如果離婚的尊夫人還信賴你」。如果由美子還信賴我，應該就會打電話來。葛城如此說道。信賴這兩個字很新鮮，或者應該說是令人感到意外，所以令我印象深刻。男女關係中，常用的字眼是愛情，很少聽到信賴。

「剛才啊。」

我抬起頭來，坦然地問道。

「剛才妳說，如果內人如今還信賴我，對吧？」

葛城以「那又怎麼樣？」這種眼神看著我。

「所以呢？」

她終於開口了。我說：「和由美子一起生活時，我從來不曾思考過，她是否信賴我。所以，我如今也認為被她信賴這種事情無關緊要。信賴和愛情一定是兩回事，但是我不太能理解那種事情。」葛城以「這個人是個什麼也不懂的可憐人」這種眼神看著我，搖了搖頭。

「關口先生，和你離婚的尊夫人已經不愛你了。」

由美子好像說：你死了最好。我自認為老早就知道了，但是一定不願承認，而且不想被別人宣告。說來丟臉，但是眼前變得一片漆黑，心情糟到不能再糟，彷彿心中某處微微剩下的某個重要事物被粉碎了。

「具體來說，我不太知道愛情是怎樣的東西。可是，我大概知道沒有愛情的人會做什麼。會消失。愛情這種東西大概能夠以量測量，所以一旦變成零或負的，對方大多會消失。」

然而，葛城為什麼能夠如此簡單易懂地訴說這麼簡單、正確，而且殘酷的事情呢？愛情是一種量，真是個巧妙的說法，我無法否定，而且讓我體認到自己至今多麼自欺欺人地活著。我早已對由美子死心了。我一直以為自己「不抱任何期待、心情整理好了」，但是不然。我內心充滿了眷戀。否則的話，我的情緒應該不會因為這種狀況、葛城的話而動搖。因為愛情變成零，或者負的，所以由美子離去了。她對我也不可能有信賴。然而，葛城先說「我也不太清楚就是了」，然後說：或許信賴也有別的種類。

「信賴無法以量測量，感覺應該像是線。就算愛情的量變成零，如果剩下一條信賴這種連結彼此的線，是否就有可能溝通呢？以我來說，怎樣都無所謂，反正媽媽和爸爸都消失了，媽媽會叫我買brother，帶去給她，亂七八糟，但是他們兩人都不會說謊。他們不會騙我，說『我會一直待在妳身邊』，結果消失，而是確實地說『我要走了』，然後消失，雖然這種行為一點意義也沒有就是了。所以我會認為，我們之間還剩下像是細線一樣的東西。雖然聯絡方式好像知道，又好像不知道，不太可靠，但是他們兩人真的偶爾會跟我聯絡。不是問我『過得好嗎？』爸爸會說：我現在待在非常熱的地方，被奇怪的蟲子咬了，身體不舒服，所以想聽一聽妳的聲音。媽媽只會說『二樓房間的衣櫃抽屜裡有一個貓眼石的戒指，寄給我』，但是他們兩人平均兩年會跟我聯絡一次。還是三年左右呢？反正他們會擅自跟我聯絡。欸，我不知道那種事情是不是信賴，但是覺得信賴或許就是那種東西。然後我在想，雖然溝通很可怕，但是比起不溝通，溝通好像比較好。我問了他們兩人『你要離開家了嗎？』也問了：為什麼要離開？他們兩人都說：因為工作，或者要做自己喜歡的事，所以不能待在這裡，妳一個人應該能夠生活。所以我心想：無論知道再悲傷的事情，不要溝通比較好。畢竟，我會想：『如果不知道這種事就好了』是單純地痛苦，但是如果沒有聽到對方心裡想的事情，就必須進行各種想像，持續思考一輩子。那不只是痛苦，而且會後悔，或者應該說像是待在地獄一樣。」

葛城的眼中隱隱浮現淚光。她父母都離開家了是真的。那麼，被那個名叫永田的男子性虐待也是真的嗎？我恍惚地思考這種事情時，葛城的電話響了。顯示的電話號碼應該不是日本的。葛城以英文接聽，然後馬上說「是，我是」，變成了日文。是從西雅圖打來的嗎？我感覺心臟快要停止跳動了。葛城說「拿去」，將智慧型手機遞給我。

「好像是和你離婚的尊夫人。」

「喂。」

令人意外的是，我確實地發出了聲音。

「真的是阿哲嗎？」

我一面說「是的，不好意思，突然打電話給妳」，一面因為令人懷念的聲音而感到暈眩，快要哭出來，但是拚命忍住。我想，這件事說來有點長，沒關係嗎？

「沒關係。我正在出差。人在車上。好像是糟糕的事情？我上司說：似乎是恐怖攻擊、核電廠之類異常而重要的事情。剛才接聽電話的是，我現在的上司。」

正在出差啊？說到這個，我隱隱聽到好幾個引擎聲，以及不時響起的喇叭聲。然而，可以比上司晚上班嗎？

「喏，這裡可以送孩子去上學之後再去上班。」

她不是說明日奈這個名字，而是說孩子。明日奈應該是十三歲。那是必須送到學校的年紀嗎？我不清楚美國的教育情況。或者是和誰之間新生下的孩子吧？我的心跳加速，妄想在腦海中打轉，但是心想

「現在不是胡思亂想的時候」，設法轉換心情。總之，該從何說起才好呢？如果不有條有理地訴說，不可能能夠讓她理解。

「妳知道日本發生了恐怖攻擊嗎？」

「電影院的那個？」

「在那之前，在NHK的西側大門也發生了。犯人潑灑可燃劑。」

「好像有聽過。」

我思考訴說的順序，實際說明的過程中，感覺自己慢慢平靜了下來。好像如果有其他必須專注的事情，紛亂的情緒就會平息。

「我當時因為工作，待在那個現場。」

「哎呀，你沒事吧？討厭啦，我真是的。就是因為沒事，才會像這樣在講電話。」

「哎呀」這個獨特的用語和抑揚頓挫，讓我感覺被拖回了從前。我抑制可能接二連三地浮現腦海的回憶。但是，由美子完全沒說「你找到工作了啊？」這種話。我覺得感謝，也感到落寞。

「是啊。然後，之後在新宿的MILANO座也發生恐怖攻擊，這也很淒慘。犯人除了可燃劑之外，還使用了毒氣。」

「不會吧。你當時也待在電影院嗎？」

「嗯。有點慘。」

葛城目不轉睛地看著我。她的表情變得平靜；做出高舉雙手，然後將手掌往下推的動作，要我別太急於說明。

「我持續針對恐怖攻擊採訪，然後和恐怖分子們接觸了。」

「哎呀，討厭啦。infiltration？我忘了日文怎麼說。也就是說，你潛入了，沒錯，潛入了恐怖分子的組織，對吧？」

「不，不是那樣。是對方來接觸我。」

「這邊的媒體好像說，電影院的恐怖攻擊的犯人是絕望的年輕人，他們來接觸你？」

「不完全是。這個部分很重要，總之，我希望妳仔細聽，那些年輕人是誘餌，或者應該說是替死鬼。真正的犯人，該怎麼說呢，是一群老人。」

「老人？」

「沒錯。個個都有相當的年紀，也有社會地位。所以，他們全部都是思想犯，或者應該說是政治犯。」

「等一下。恐怖分子是一群老人嗎？」

「是的。」

「所以是老人恐怖分子？」

「沒錯。他們的網絡穩固，也有資金。是一群棘手的人。」

「目的是什麼呢？哎呀，討厭啦。該不會是核電廠？」

或許我太急於說明了。但是，感覺好像可以省略那位像是木乃伊的老人。滿洲怎麼樣呢？該說嗎？不，該說的不是滿洲人脈，訴說他們生長的時代和思想就好了。

「由美子。」

我第一次呼喚她的名字。一股感傷襲上心頭，但是現在不是感傷的時候。

「我跟妳說。最近，靜岡的核電廠、像是資料館一樣的地方被爆炸物破壞，在你們那邊有沒有成為新聞？」

汗水從額頭和太陽穴流下，我的手掌也濕透了，智慧型手機濡濕，我先將它移開耳朵，以袖口輕輕地擦拭。

「那是最近吧？電視上也有播，所以我記得。不過，日本的新聞很少。別說是新聞了，也沒什麼成為話題。」

這樣啊。因為在核電廠附近發生了大爆炸，所以日本的媒體報導，連在國外也成了話題，但是並非如此嗎？

「嗯~喏，結果，中國和韓國因為核電廠似乎很危險，惡意刁難，像是也不參加奧運，關係會糟到極點吧？美國因為日本是同盟國，已經受夠了。美國自己無論是經濟上或政治上，都處於惡劣的狀態，不希望其他同盟國發生爭執。尤其是中國，大量持有美國國債，所以不想把事情鬧大。中國真的是個麻煩的國家，所以美國並沒有要求日本和中國和睦相處，可是從很久以前就一直說『不要故意讓問題複雜化』，但是日本反而一直刺激美國的敏感神經，這幾年持續一觸即發的狀態。那在這邊反覆成為話題，這對於日本和美國共通的最大敵人——中國共產黨而言，是拍手叫好的事。美國本身如果置之不理，就會導致內部崩解的問題堆積如山，並不會因為人民的不滿轉向國外而感到開心。所以，這邊的媒體也希望日本適可而止，不再大篇幅地報導日本的新聞。」

由美子有點岔題了，但是我心情平靜。我想起了從前，她也經常像這樣針對世界經濟高談闊論。由美子說的內容，日本人也大致上瞭解。不，政府應該也知道，但是不能走回頭路，進退兩難。日本政府應該也沒有想過，當財經界強烈反彈，財政即將破產時，要跟中國斷交、開戰。然而，因為中產階層的沒落而持續擴大的經濟落差、加稅、即將破產的年金、社會保險等，導致人民的怒火即將爆發，日本政府和中國共產黨一樣，至今一直利用中國，作為人民的怒火矛頭指向的對象。事到如今，無法輕易地改變其方向。但是，如今必須讓由美子理解的不是這種政治情勢。

「是喔。欸，大概是那種感覺吧。爆炸非同小可唷。」

「不會吧。阿哲，你當時也待在現場嗎？」

由美子沉默半晌，重重地吁了一口氣之後，如此問道。

「其實，是的。我和當恐怖分子的老頭子在一起，但是問題不在於此。正確來說，那不是爆炸，而是炮擊。」

由美子「咦？」了一聲，發出簡短的聲音，又沉默了。她好像無法馬上回應「炮擊」這兩個字。

「炮擊？」

「就是炮擊。不是爆炸物，而是大炮，不，正確來說是以舊德軍的、叫做88釐米反坦克炮的巨大大炮攻擊的。」

「等一下。」

由美子大概是跟不上我說的話了。聽到舊德軍、88釐米反坦克炮，任誰都會感到不對勁、產生疑心。而這正好證明了光石他們需要我。

「那是什麼？」

「哎呀，那是舊德軍的強力反坦克炮，他們擁有那個。我親眼看到了炮擊，破壞力驚人，嚇得我差點漏尿。」

其實，我真的尿失禁了，但是不能說。

「老人恐怖分子們為什麼擁有那種武器呢？阿哲，你該不會是在耍我吧？」

「他們不是一般的老頭子。領導者是年營業額一百億左右的實業家，而且那個身為領導者的老頭子，似乎擁有舊滿洲人脈，或者應該說是在滿洲擁有特權。他們當中，有個年紀超過九十歲、名叫刈谷的傢伙，那傢伙實際上曾經身為童兵，待在舊滿洲。所以，那些傢伙趁戰爭結束前的混亂，從德軍手中接手了用於和蘇聯戰鬥的武器。似乎拆解那個破壞力強大的反坦克炮，以船運來了日本。除此之外，當然還運來了炮彈，以及機關槍等各種武器，藏了起來。我親眼看到了那個離譜的反坦克炮。那是不折不扣的真大炮。」

果然不說滿洲的事情不行。但是，滿洲這個專有名詞太過偏離現實，從話中奪走真實感。我透過電話，感受到由美子感到困惑。

「我一時之間無法相信，但是那些老人恐怖分子的目的是什麼？」

這是個困難的問題。因為目的超出常軌。但是，如果不先說明，就無法詢問由美子的意見。

「如果借用某個成員的話，那似乎是再次讓日本被野火燒光，或者應該說是恢復成廢墟。也就是先重設成殘破不堪的日本。」

由美子又低喃「哎呀」，沉默許久，然後說「老人恐怖分子們……」發出感覺像是說給自己聽的低沉聲音。

「老人恐怖分子們真的那麼說了嗎？」

「是啊。我確實聽到了。」

「所以他們很生氣吧？」

「好像是。」

「那很真實。」

由美子說出了令人意外的話。為什麼重設日本很真實呢？

「如今，這邊也有這種人。不過，他們不是中東，或者非洲的伊斯蘭激進派，而是在歐洲的先進國家，有這種人。他們不是右翼，或者國家主義者，而是相當有名的經濟學家或哲學家，有些人說了類似的話。大部分的先進國家財政吃緊，社會保險即將破產，但是唯獨大銀行，或者金融界，還有部分企業賺大錢，失業和貧窮的情況極度擴大，施政上綁手綁腳，所以有勢力認為『該重設一次』，主張『該從頭重新打造體系』。」

我不知道這種事情。自從由美子和女兒離去之後，我連書也不太看。雖然知道其他國家或地區也有想要將整個社會重設的勢力，但是除了經濟學家或哲學家之外，就連先進國家的右翼或國家主義者，應該都沒有88釐米反坦克炮。

「老人恐怖分子們是知識分子吧？」

「是的。而且不是半吊子。我實際見了實業家和精神科醫師。八成也有醫師、律師和會計師。我憑直覺，覺得沒有靠年金省吃儉用過日子那種老頭子。不是因為貧窮，快要餓死，所以要求世上的不公平或不平等消失。」

由美子像是在自言自語似的說「嗯，我大概知道了」，又沉默許久，然後說「阿哲、你、該不會……」斷斷續續地發出小小的聲音。

「我不是老人恐怖分子的一分子。」

這是個令人窮於回答的問題。我如果含糊地回答，由美子應該會思緒混亂。

「我不是他們的一分子，也不是他們的夥伴。不過，他們要我寫出他們瞄準核電廠，至今的一連串案件，或者應該說是我和他們接觸，待在現場，我所知道的事情。」

「什麼意思？我不太懂。」

難以瞭解是當然的。任誰都會認為：假如想讓日本被野火燒光，立刻攻擊核電廠，然後發出犯罪聲明就好了。我簡單地提及祕密保護法，盡量簡單易懂地說明縱然核電廠被破壞，極端來說，也會被視為中國或北韓的恐怖攻擊，因為他們的主張或許不會公諸於世。

「也就是說，如果你寫關於老人恐怖分子的報導，因為你是小記者，所以他們的主張會被發表？」

「沒錯。因為我不是大型媒體，而是三流以下的前週刊雜誌記者，所以反而具有真實感。從以前到現在，譬如核電廠作業員的報導，比起大型媒體、網路記者，或者接近業餘人士的無名記者更受到信賴，感覺就跟那個類似。」

「你要寫嗎？」

「我還在猶豫，但是妳記得那個山方嗎？小砰在國會作證時，有個替我從中介紹的前文部省官僚，對吧？他說他不太清楚哪裡怪怪的，但就是莫名覺得不對勁，所以叫我去問熟悉經濟的人。老實說，令人害怕的是，我內心隱隱和當恐怖分子的老頭子們產生共鳴，或者應該說是有點贊同他們，而且還能身為小記者，寫這麼大的獨家報導，所以我也想寫看看。可是，嗯～該怎麼說呢，總覺得有點不對勁。有什麼怪怪的。」

「警方呢？」

「因為我站在相當為難的立場，一想到盤問，我就不知道自己能不能受得了，而且他們說要跟警方交戰，最後，他們的主張應該會葬送於黑暗之中。或許去找警察報到才是正確的。我不太會說，不知道該說是違背心意，或者不划算，總之，我心裡總覺得不太對勁，真的連我自己也搞不清楚。」

由美子又大大地吁了一口氣，停止說話。過一陣子，忽然聽見其他車的喇叭聲，由美子說：唉唷，糟了。

「抱歉，我在思考，險些開進對向車道。所以，你對於那些老人恐怖分子，是否對於真的要以那個什麼來著的大炮，攻擊核子反應爐沒有疑問，或者應該說是懷疑囉？」

「不，他們不是那種人。至今決定要做的事，他們一定都會執行。」

「可是，假如你寫報導的話，核子反應爐就幾乎沒有關係了。」

由美子在說什麼呢？

「我確認一下，老人恐怖分子想要重設日本，對吧？」

「沒錯。」

「攻擊核子反應爐是他們的手段，不是目的，對吧？」

「我想是這樣沒錯。」

「我跟你說，阿哲。你寫報導，流傳到網路上的那一瞬間，日圓會暴跌。如今，日圓也隨時差一點就會暴跌，只要有風吹草動，幾乎所有投資者都會將資金從日本撤走。這麼一來，具體來說，不少企業會被中國收購，而且說不定幾個月內，原油，或者糧食也會斷絕。或許誰也無法想像那種事情，但是結果，感覺會變得類似戰後被野火燒光。我想，老人恐怖分子之所以讓你寫報導，八成就是為了這個目的。」

我雖然驚訝，但是沒來由地接受了。光石他們若無其事地將被稱為圓木的年輕人作為犧牲者，也不惜潑灑可燃劑、散布芥子氣，殺害以百人為單位的人們，而且破壞核電廠的資料館。但是，攻擊核子反應爐，散布輻射性物質這種想像伴隨些許違和感。當然，他們並非人道主義者。以88釐米反坦克炮攻擊核子反應爐很誇張，而且感覺是經過千錘百鍊的恐怖分子，但或許我隱隱認為，那種做法不適合光石冷靜且清晰的思考方式。

「我該怎麼做才好呢？決定不寫就好了嗎？」

由美子又沉默了一陣子之後，咕嘀了一句：

「不，如果你說你不寫的話，大概會被殺掉。」

由美子說「會被殺掉」。我能夠理解由美子在此之前說的所有內容。然而，我對「如果你說你不寫的話，大概會被殺掉」這個意見感到不對勁。如果我告訴光石「我不寫」的話，說不定真的會被殺害。但是，我總覺得光石不是那種人。由美子和之前一模一樣，冷靜、敏銳、邏輯清楚。她並非冷淡，而是不流於情緒化。離婚時，她也冷靜地放棄了我。在美國工作起來，一定比較得心應手。由美子分析：

「如果我寫報導，日圓就會暴跌；那就是光石真正的目的；這比起一、兩個核電廠遭受破壞，對於日本的打擊更大；而且沒有確切的證據證明，反坦克炮能夠破壞核電廠。」邏輯上我能夠理解，但是總覺得不對。或許我只是不願被殺害，避免正視事實，以樂觀的預期在判斷。但是，我的直覺告訴我不是如此。而且，雖然我個人非常在意自己是否會被殺害，但那不是第一優先的問題。姑且不論如果我告訴光石「我不寫」的話，是否會被殺害，光石他們應該會攻擊核電廠。這樣也無所謂嗎？我說不定必須一輩子背負罪惡感活下去。事情會變成我不寫報導，也不試圖阻止光石他們攻擊核電廠，而且不願參加攻擊。縱然再窮途潦倒，別說是身為記者了，身為人也是最糟的。

「比起我寫不寫報導，有沒有其他方法呢？」

我如此問道，由美子說「可是，你無能為力」，嘆了一口氣。面對光石他們，我確實無能為力。

「無能為力的時候……」

由美子如此說道，沉默半晌。我透過電話聽見輪胎的煞車聲。好像正在急轉彎。我忽然想起，尋找葛城，但是不知不覺間，她的身影從客廳消失了。我拚命對由美子說明，看不見周圍。我將智慧型手機設成擴音模式。葛城說不定是因為我在跟前妻講電話，有所顧慮而離席了，但是我希望她在我身邊。

「只能找人討論。」

由美子的聲音在客廳裡迴盪，不久之後，葛城端著冰水出現，一面低喃「你冷靜下來了啊」，一面將玻璃杯遞給我，我小聲地說「謝謝」，喝了一口，這才感覺到喉嚨乾渴。太陽穴和腋下流汗。我處於非常緊張的狀態。我緊張到沒有察覺自己在緊張。但是，即使由美子叫我找人討論，我也想不到該找誰討論才好。警方很麻煩，是否信任我也令人懷疑。如果警方是因為我提供的資訊而展開行動，光石他們感覺自己說不定會被逮捕，應該會馬上攻擊核電廠。那位像是木乃伊的老人說：警方無法處理。即使我坦承一切，警方如果沒有採證，就無法申請搜索票和拘票。除了那老恐怖分子製麵機修理工廠內的反坦克炮等武器之外，等於沒有物證。

「有位擅長經濟的年輕內閣府副大臣這一陣子來到這邊，他怎麼樣？他叫做西木，我想，他才五十出頭。和我的上司，好像是這邊的大學同學，所以說不定能夠省略詳情，請上司替我介紹。」

內閣府副大臣？要和那種人見面嗎？前一陣子還過著接近遊民生活的我，要和副大臣見面？我感覺不到真實感。話說回來，見面之後，我究竟該怎麼做呢？

「然後，我還不太清楚該怎麼做才好，你想怎麼做？」

由美子彷彿看穿了我的內心，如此問道。她好像也有點焦躁。她說得沒錯，我究竟想怎麼做呢？我想逮捕光石他們，並且也破壞反坦克炮，阻止他們想讓日本再度被野火燒光這種計畫嗎？

「你該不會認為，讓老人恐怖分子們破壞核電廠算了吧？」

這個問題戳到了我的痛處。我隱隱對光石他們產生共鳴。而且，這個想法既卑鄙又含糊。我希望他們撕裂，或者應該說是撼動如今的日本，震撼沒有危機感的政治人士和媒體，但是儘管如此，我不希望引發大災害，造成大批的人死亡。

「既然如此，寫報導呢？」

她說得沒錯。但是，我沒有想寫報導這個清楚的念頭。即使日圓暴跌，也不會撫平我的傷痛。

「那麼，你想讓他們破壞核電廠嗎？」

我就是想要設法阻止這件事，才會像這樣找妳討論，答案很清楚。如果我不寫報導、不阻止光石他們攻擊核電廠，就必須借助能夠物理性地阻止他們的力量，或者應該說是提供資訊給掌權者，委託他想辦法。我不是站在猶豫，或者煩惱的立場。我沒有煩惱這種選項。就某種層面來說，煩惱是一種奢侈。需要有一定的力量。弱者和弱小國家在交涉上，只能對對方唯命是從。我沒有一丁點主導權。除了和副大臣見面之外，我束手無策。我摀住電話，告訴葛城：我要和副大臣見面。葛城一臉「只能這麼做了」的表情，點了點頭。我雖然不喜歡政府、掌權者，但是不能繼續含糊且卑鄙地躊躇下去。步驟似乎是由美子傳簡訊給我，內容是先由由美子的上司和副大臣聯絡，如果可以的話，約見面的時間，然後我直接寄送確認的電子郵件給副大臣。

然而，我心中一直有一個疑問。為何由美子能夠相信如此異想天開的事情是事實，而且冷靜到令人錯愕地因應呢？大部分的人說不定從一開始就覺得愚不可及，根本不理我。我內心湧現淡淡的期待，或許是因為我跟她聯絡。

「當然，你好久沒有跟我聯絡，所以應該是相當特別的事，而且不只如此，我剛才也說過了，這種人在全世界越來越多。雖然方法五花八門，但是想要從根本改變體系的人，多到有點異常。啊，你等一下。喏，是爸爸，要不要跟他說話？」

我的心臟差點停止跳動。明日奈在旁邊嗎？為何剛才之前都不說話呢？

「因為這孩子總是在車上睡覺。剛才才醒。」

由美子好像也將手機設成擴音模式，我聽見她的聲音在車內迴盪。

「你是誰？」

我聽見變成十三歲的明日奈的聲音。我喘不過氣，什麼話也說不出來。

「你是誰？爸爸？」

「明日奈嗎？嗯，我是爸爸。」

我心想「由美子將我介紹為爸爸，代表明日奈沒有新的爸爸嗎？」問：「妳好嗎？」聲音變了調。

「我很好。」

明日奈如此說道，就此沉默。我也因為突然要跟女兒說話而緊張，找不到話說。如果實際見面，就能說「妳長大了」之類的常用句，但因為是講電話，所以不知道該說什麼才好。

「爸爸也好嗎？」

被明日奈如此問道，我回答「好啊」時，心中原本壓抑的情緒潰堤，淚水奪眶而出。

「是喔。那麼，換媽媽聽。」

我想說「等一下」，但是恐怕會語帶哭腔，什麼也說不出口。

「喂，那麼，就這樣。」

由美子提醒明日奈「快要到了，準備一下」，想要掛斷電話，說「啊，對了」，像是想起來似的問：

「剛才接電話的是你女友嗎？」

由美子指的是葛城。我為了掩蓋哽咽，像是在呢喃似的回應：不，不是妳想的那樣。

「拜拜。我會傳簡訊給你。」

通話結束了。由美子到最後一刻都很冷靜，甚至問我葛城是你女友嗎？我幾乎沒辦法和明日奈說上話。只說一句：妳好嗎？葛城目不轉睛地看著我。我一面哭，一面將智慧型手機遞給她。雖然丟臉，但是淚流不止。

「太好了。」

葛城如此說道，我總覺得她在調侃我。我一面流鼻水，一面說：「什麼太好了呢？由美子簡直像是在談公事似的，終始冷靜地對話，而我像個笨蛋一樣抽抽噎噎地哭泣。明日奈只說了兩、三句話。我想和女兒再多說些話。」我因為落寞而感到心痛，希望葛城抱緊我。

「因為她是孩子。」

葛城如此說道，靠近我，摟住我的肩膀。

「因為孩子的變化劇烈，而且會重視現在更甚於從前地活著，所以那是自然的。」

葛城如此說道，抱緊我。

「可是，關口先生，和你離婚的尊夫人應該信賴你。如果她不信賴你，就不會打電話，也不會聽你說話，更不會替你介紹誰。」

和由美子講完電話之後，我哭了半小時以上，淚水才止住，然後陷入虛脫狀態，什麼事也不做，無法思考任何事情。好久沒聽到她的聲音，但是為什麼由美子能夠那麼冷靜，極為一般地說話呢？這最令我在意，而且最令我痛苦。即使聽到老人們的恐怖分子團體、攻擊核電廠、我在歌舞伎町的電影院遭遇恐怖攻擊，她也只是有點驚訝，沒有迷失自我，或者失去理智的樣子，也沒有驚慌失措。反倒是我，手掌、太陽穴和腋下滿是汗水，連喉嚨乾渴也沒察覺，心臟持續狂跳，最後和明日奈講話，哭了出來。我也猶豫要不要服用鎮靜劑。由美子應該沒有在服用鎮靜劑。我心想「她應該會直接送明日奈去學校，像平常一樣去上班，笑著對上司和同事們說『Hello』，打招呼」，覺得需要鎮靜劑的自己十分悲慘。但是，除了鎮靜劑之外，我沒有其他可以依靠的事物。

「你還好吧？」

葛城替我泡了香草茶。她先讓我一個人靜一靜，過一陣子之後，看到我姿勢難看地一屁股跌坐在地，還在抽吸鼻子，嚼碎鎮靜劑服下，對我說道。即使她問我「你還好吧？」我也無從回答。我知道我會發出差勁的牢騷，但是赫然回神，我已經對葛城說：「那傢伙為什麼那麼冷靜呢？」吐露了心聲。

「因為和你離婚的尊夫人很冷靜，所以你受傷了？」

我心想：「她為何說話總是那麼一針見血呢？」火上心頭。受傷倒是其次，突然弄清原本不想知道的事，內心變得像是被拔掉羽毛的雞一樣赤裸裸的。已經無論怎麼掙扎，也沒救了。講完電話之後，我明白了。我完全從由美子和明日奈的生活中，被割除了。

「可是啊，我不懂。」

不懂什麼呢？雖然葛城在身邊對我講話，令我感到痛苦，但是她顧慮到我，走去別的地方，我變成一個人，更令我難以忍受。和葛城說話，能夠勉強分散注意力。

「妳說妳不懂，是什麼意思？」

我如此問道，用葛城遞給我的面紙擤鼻涕。我目不轉睛地注視著附著於面紙的骯髒黏稠液體的過程中，悲傷排山倒海而來，我用力咬住嘴唇，設法止住快要奪眶而出的淚水。

「因為我光聽你的聲音，聽起來也意外地冷靜。」

沒有那回事吧。我的聲音應該在顫抖，而且最後哭了。

「說不定和你離婚的尊夫人反而心想，這個人為什麼這麼冷靜呢？」

是嗎？是否只是我沒有感覺到，其實由美子的情緒也很激動。

「妳那麼覺得嗎？我覺得由美子的聲音、說話方式非常一般，或者應該說是十分冷靜。」

我如此說道，以像是在求救的眼神望向葛城。我希望她說：我想，和你離婚的尊夫人情緒也很激動。葛城先是低下頭，然後露出像是在思考該怎麼回應的表情，拋出一句：嗯，你說得沒錯。

「我跟你說，她一直很冷靜。我按照順序告訴你。我要求她回電，傳達有相當重大的事情，於是，她確實回電了。這令我也有點嚇了一跳。因為我心想，說不定她不會回電。然後，和你離婚的尊夫人正在開車。」

沒錯。由美子在去公司上班的途中。說到這個，為何她沒有從家裡打電話來呢？她家裡果然有美國籍的新丈夫嗎？

「這我不知道，而且有新丈夫又何妨？她是否再婚，不是什麼大不了的問題。」

開什麼玩笑。再婚代表她被別的男人搶走了。也就是說，我完全無法給由美子和明日奈幸福，參與她們的人生了。

「關口先生。」

葛城又大大地嘆了一口氣之後，柔聲對我說道。

「我想，她之所以從車上打電話來，是因為早上要做早餐，幫忙孩子準備上學，有很多事情要忙，儘管如此，她還打電話來，你不覺得這就是證明了嗎？」

證明？證明什麼呢？妳剛才說：她打電話來，令妳有點嚇了一跳。

「我想，在她打電話來之前，我也說過了，我重說一遍，我跟和你離婚的尊夫人聯絡時，你相當緊張吧？我想，你的心情很不安。跟和你離婚的尊夫人聯絡感到不安，代表你對她還有感情。我不知道和你離婚的尊夫人是以怎樣的心情打電話來，但是假如她和你一樣感到不安，我想，她就不會那麼快打電話來。」

確實，或許葛城說得沒錯。假如由美子對我仍有男女之情，說不定會猶豫要不要打電話。

「因為你好久沒有打電話給她，她說不定心想『你有相當重要的事情』，擔心你，才會那麼快打電話來。但是假如身為女人，對你有喜歡或討厭那種情感，我想，反而會陷入沉思。哎呀，我不知道啦。說不定她是鼓起勇氣打電話的。可是，我不那麼認為。她之所以打電話來，應該是認為『既然前夫說有重大的事情要討論，那就聽他說吧』。最重要的是，假如身為女人，對你還有感覺的話，先接電話的人是我，她不會若無其事地問：那是你女友？結果，你也沒辦法問她：妳再婚了嗎？」

葛城是對的。事到如今，我還有所眷戀。我不願承認我的眷戀是自作多情。

「所以，你應該很落寞，但是必須思考下一步。和你離婚的尊夫人一定會傳簡訊來，所以得先準備才行。」

雖說準備，但是我完全不知道該做什麼才好。話說回來，我對於和副大臣見面也沒有真實感。內閣府副大臣真的會想和我這種人見面嗎？由美子說：我會省略大部分內容和細節，請上司只傳達重點。確實，這可說是國家存亡的危機，但是內閣府副大臣會相信像我這種沒沒無名、貧窮又不俊美的五十多歲男人掌握重大的資訊嗎？

「我不知道他會不會相信。」

葛城或許是擔心我，不肯離開我身邊。和由美子講完電話之後，過了相當長的時間。她問我：「要吃點什麼嗎？」我無力地搖了搖頭，感覺我一直一動也不動地盯著地板的一點。我好像時不時像是自言自語似的，下意識地嘀嘀咕咕。葛城回應我的低喃：我不知道他會不會相信。她並沒有回應我的所有低喃。只有認為重要時，她才會回話。我依舊注視著地板，以像是在發牢騷的丟人語氣說：假如不知道他會不會相信，他說不定不會跟我聯絡。

「沒錯。說不定他不會跟你聯絡。可是美國的大學，同學之間的連結好像很強大。我不清楚就是了。曾經何時，我媽媽說過。尤其是好大學，有像是社團的團體，大家幾乎都會出人頭地，所以好像會互相幫忙。」

我一開始不知道葛城想說什麼。過一陣子，我才意識到她是在說：由美子的上司和名叫西木的副大臣是大學同學。她說得應該沒錯，那是跟畢業於東京的爛私立大學的我無緣的事。我忽然抬起頭來，葛城目不轉睛地看著我，小聲地說「差不多該看開了」，面露柔和的微笑。看開是什麼意思呢？

「和你離婚的尊夫人的事。」

我已經沒有在思考那種事了。我心想「和副大臣見面這種事情本身沒有真實感，而且不知道今後該怎麼做才好」，只是手足無措而已。

「不是吧？」

葛城遞出不知第幾杯香草茶，盯著我的臉。

「呃，我就直截了當地說了。又要重複一遍，因為關口先生，你好像還不懂。和你離婚的尊夫人跟你不一樣，她在消失時，就跟你一刀兩斷了。她問了自己幾十次、幾百次自己是否還對你有感情，然後自行找出答案，去了美國。這你懂吧？這就是堅強。她已經不會情緒性地煩惱。所以，前夫說有重要的事情要討論，她才能非常迅速地回應，也仔細地聽你說，冷靜地對你說，而且確實地確認了你對於光石先生他們的心情。雖然我不知道那會不會成為解決方案，但是她好歹替你思考了應該是最佳的方法。最後，她還讓你跟孩子說話，我真佩服她。」

我又下意識地低喃：「佩服？佩服什麼？」不得不承認自己幾乎徹底輸了。

「你有遲遲無法放棄的事情，或者應該說，你是個堅強而溫柔的人。所以，差不多該承認了。」

我不斷追問：「是嘛，承認什麼？」但是告訴自己：關鍵時刻接下來即將來臨。

「和你離婚的尊夫人已經不把你當作男人看待。因為知道這一點，所以只能放棄、看開。」

和由美子講完電話之後，過了整整一天，但是還沒有收到關於和名叫西木的內閣府副大臣聯絡的簡訊。因為案件事關重大，所以說不定內閣府方面正在進行某種事先調查，或者說不定純粹是由美子上司繁忙，尚未和副大臣聯絡。無論如何，我持續著行屍走肉般的狀態。葛城說「你得吃點東西才行」，我遵照她的建議，稍微將外送的披薩、泡麵，或者便利商店的飯糰放入口中，但簡直像是在咬破布一樣，食不知味。但是，我對於食不知味這件事，絲毫不會感到不對勁。我認為這是理所當然的。相反地，我心想「居然只是食不知味而已」，對於自己，或者應該說是人類的神經，感到莫名地佩服。神經殘破不堪是理所當然的。光是想起這幾天發生了什麼事，就足以令人精神異常。我被光石他們柔性地綁架，看到88釐米反坦克炮的炮擊而嘔吐、尿失禁。突然落得要和由美子說話的窘境，也聽到了明日奈的聲音。明日奈稱呼我為爸爸，只是互相問好，簡單地打了招呼而已。葛城安慰我「過了幾年之後，孩子就會變一個人」，我也體認到由美子對我已經沒有身為女人的感情了。

我好像一面自欺欺人，一面在傷口覆上極薄的結痂，而它被人用力撕下，還塗滿了鹽。確實，一切都是不承認自己有所眷戀，自欺欺人的我的錯。然而，重要的人離去，被留下來的人大多是這樣吧？應該沒有人能夠堅強地承認已經完全結束，重新出發。我心想：這種人是經濟上寬裕，擁有充實的工作，受人尊敬，在社會上也處於重要的地位，而且有許多新的邂逅。雖然不過是牢騷，但是自從由美子帶著女兒離去之後，我淪落到接近遊民的生活。沒有力量面對現實。但是，我聽到由美子的聲音，意識到如果不面對現實，承認痛苦的事實，自欺欺人地生活，一定會有報應。

而且是天大的報應。被捲入光石他們的恐怖攻擊計畫可說是意外一般的事情，我還能看開，覺得那是因為運氣不好。但是，和由美子對話之後，令人難以忍受真相擺在眼前。對於自己認為重要的人，因為痛苦而必須放棄溝通。由美子帶著明日奈離去之前，我變得自暴自棄，拒絕對話。當然，我並沒有對她施暴，但我持續說：反正我是個沒用的人，求求妳，別管我。由美子留下一句「我不想看到這樣的你，也不想讓女兒看到」，離我而去。事到如今，我終於切身理解了說「反正我是個沒用的人，求求妳，別管我」這種話，是最差勁的態度。那不是自我厭惡，或者自卑，純粹是依賴。我心想：有時候依賴比暴力更棘手。如果是暴力，或許還有某種方法對抗，像是面對、躲避，或者請某個人協助，但是依賴只能接受，或者拋棄。而且，經常會自責無法因應對方的依賴而受傷。由美子是反覆忍受這種事情之後，放棄我了。她為了對我死心，必須忍耐到對身為男人的我的感情歸零。她確認歸零之後，離開我了。

和由美子進行意想不到的對話之後，襲擊我的是後悔。也許天底下沒有比後悔更令人害怕的東西。如果是感傷或絕望，雖然並不容易，但是總覺得會有習慣、恢復的可能。後悔就不同了。它一輩子也不會消失。無論是服用鎮靜劑時，或者將威士忌灌入喉嚨時，內心顯露的後悔會像鉛塊一樣，重重地壓在全身。

不久之後，鎮靜劑的量變成了三倍。如果不做點什麼事，我恐怕真的會發瘋。葛城總是溫柔地對我說話，也會替我準備食物、泡香草茶，但只要忽然想起由美子和明日奈的聲音，我就崩潰了。而且隨著時間經過，感覺心情越來越惡化。

「不跟那個人報告可以嗎？」

和由美子講電話的兩天後，葛城如此說道。我嚼碎鎮靜劑服下，前一晚的威士忌還殘留在下腹部，我心想：是不是死了還比較好？那個人是指誰呢？

她指的是山方。確實，是他建議我找熟悉經濟實務的人討論。應該跟他報告我和由美子之間的對話，而且說不定他認識名叫西木的副大臣。

「喏，前官僚。」

我打電話到他手機，馬上接通了，但接電話的不是山方，耳邊傳來女人的聲音。我隨著不好的預感，問：敝姓關口，請問這是山方先生的手機嗎？

「是，這是山方的手機。山方昨天發生心臟衰竭，過世了。非常抱歉，現在很忙，能不能請您改天再來電？」

我感到不可思議。雖然和山方不是多麼親近，而且從他本人口中聽說癌症惡化得很快，但是既不感到驚訝，也不覺得悲傷。只是雖然對過世的山方和他的家屬過意不去，但是我莫名感到獲救。我缺乏同理心地心想：無論處於再糟的精神狀態，縱然痛苦得覺得死了比較好，但是總比真的死亡還好。

而得知山方的死之後，過一陣子，收到了由美子傳給葛城的簡訊。

「和西木副大臣聯絡上了。聽說他想馬上見你。」

據說副大臣想馬上見我，希望我和他聯絡。由美子傳來的簡訊中，記載著副大臣的電郵地址。不過，他似乎希望我完全不要寫到事情的內容，只討論面談的時間。我又猶豫了。葛城想要馬上寄電子郵件給副大臣，但是我說「等一下」，制止了她。然而，葛城為什麼馬上反射動作地反應了呢？我仍舊無法想像和內閣府副大臣聯絡。最重要的是，真的可以直接和他聯絡嗎？而不是透過祕書、屬下之類的人？

「他不是說他希望你直接和他聯絡嗎？」

葛城如此說道，輕觸副大臣本人的電子郵件，開始寫信。內容是：我是關口，什麼時候見面呢？我傻眼的時候，她已經寄出信了。

「啊。」

葛城望向電腦。

「好快。已經回覆了。」

葛城將寫完信的電腦放在沙發上的剎那，對方回信了。葛城朗讀字面：越快越好。

「越快越好，我想和你見面。決定時間之前，希望你告訴我該團體的領導者名字，以及他經營的公司名稱。怎麼辦？」

說到這個，我雖然告訴了由美子，某企業家就是領導者，但是沒有說出他的姓名和公司名稱。我對於告訴副大臣，光石的姓名和他的公司名稱，感到愧疚。葛城也說過類似的話，我似乎並不憎恨，或者討厭光石。所以，葛城問我：怎麼辦？

「到此打住？」

葛城爽快地說道。但是，如果到此打住的話，一切又會走回頭路。落得我猶豫要不要寫，鬼打牆的下場。而且不能再和由美子聯絡。我心想「已經沒有退路」，下定了決心。我告訴葛城：光石幸司，新光興產。她說不會寫漢字，所以我寫在紙上。葛城完全沒有多寫廢話，馬上只寄送了姓名和公司名稱。

「又來了。」

過不到一分鐘，收到了副大臣的回覆。

「他說：光石幸司，新光興產。請確認是否無誤。」

沒錯。葛城又寄送了簡短的內容。我心想「馬上又會收到回覆」而等待，但是這次久久沒有回覆。確認沒有來信半小時左右，葛城點了外送的披薩作為午餐，我感到某種不祥的預感，心跳開始加速，服用了鎮靜劑。我心想：副大臣會不會知道光石的姓名和公司名稱，跟警方聯絡，讓警方逮捕他？後來又過了半小時，披薩送到了，但是還沒收到回覆。我拿起加了四種起司和番茄乾的披薩，但是不想吃。披薩鬆軟地垂下，融化的起司滴落，差點弄髒褲子，我連忙將披薩捲在手裡，放入口中，但是沒有味道。好像在嚼面紙。副大臣會不會想要逮捕光石呢？

「不可能。」

葛城一面吃披薩、喝可樂，一面搖頭。

「畢竟，和你離婚的尊夫人清楚地說了，除了他之外，還有一堆人。就算逮捕光石先生一個人，刈谷先生等人擊發大炮的話，豈不是很傷腦筋嗎？」

葛城說得確實沒錯。副大臣不太可能指示警方，逮捕光石。既然如此，明明先前馬上回覆，為什麼這次這麼久的時間沒有聯絡呢？

「說久也不久，才過了一小時多一點。他一定是在調查光石先生的事。」

葛城又說對了。光石雇用殘障人士，熱中於貢獻社會，數度獲得東京都和厚生勞動省表揚。副大臣當然想要掌握這種事情。那個名叫永田的男子說：他不貸款經營，公司債的信用評等總是維持在最高等級。那種人真的是大規模恐怖攻擊的主謀，企圖攻擊核電廠的團體的領導者嗎？副大臣應該在尋找其可能性。當我提出光石幸司，以及新光興產這個公司名稱時，副大臣要求我確認是否真的無誤。他應該正在傾內閣府這個最高權力機關之力，搜集資訊。然而，我為什麼連這種理所當然的事情也沒有察覺，心想「他會不會想要逮捕光石？」像個笨蛋一樣焦急、不安呢？

「你是不是在擔心光石先生？因為我也在擔心他。」

擔心？我以夾雜焦躁的聲音，鸚鵡學舌地反問，但是葛城一面大口吃披薩，一面冷淡地說：對，擔心。我不知道擔心這兩個字是否恰當，但是顯然我不是平心靜氣。我並不贊同光石執行過的事，以及接下來想做的事，而且對於他把我捲入其中，感到憤怒，覺得麻煩得要命。但是，感情上也確實想要支持他。光石對這個國家和社會所抱持的憤怒，是許多人們共通的。而最重要的是，其他多數人不知道，也沒有思考該將那股憤怒的矛頭指向哪裡，展開何種行動才好，但是光石他們縱然方法和手段錯誤，卻明確地自覺到該做什麼，已經付諸執行。我正要將國家權力賣給那種人。已經無法挽回，但是我沒有在做正確的事這種真實感。所以，光是副大臣的回覆慢了一點，我就想像：「他是否正在採取行動，要讓警方逮捕光石？」囿於自我厭惡，心跳加速。心臟一直狂跳，披薩也吃不下。我能夠以這種游移不定的心情，和副大臣見面嗎？話說回來，見面之後，我想怎麼做呢？我又開始鬼打牆地問自己，但是無論如何，已經無法走回頭路了。除此之外，別無選擇。

「來了。」

我聽見收到新郵件的音效從葛城的電腦傳來，距離最後一封電子郵件，過了將近三小時，太陽開始稍微西傾。

「他說：請在一小時半後來內閣府本府。」

今天馬上嗎？

「他說：請趕緊告訴車輛號碼。」

車輛號碼？

「好像得搭附司機的車去才行。」

該怎麼辦才好呢？哪裡有附司機的車呢？

「啊，這拜託東鄉小姐就行了。對了，車輛號碼是什麼？」

記載於車牌的號碼。我一開始不曉得東鄉是誰，後來才想起她是服侍那位像是木乃伊的老人，身穿黑色套裝的老婦人。

「那麼，麻煩妳了。是，謝謝。」

葛城馬上跟身穿黑色套裝的老婦人聯絡，然後老婦人回電，告知包租車的司機姓名、手機的電話號碼，以及車輛號碼。葛城將那個號碼寄送給副大臣。於是，副大臣傳來了十三位數的入府號碼。指示我告訴門衛，關口這個名字，以及那個十三位數的號碼。我煩惱了半天，最後寄送了希望允許葛城陪同的電子郵件。信中補充道：她是除了我之外，唯一知道一切的人，也是目擊光石他們炮擊核電廠資料館的人。副大臣同意葛城陪同，寄來了另一個入府號碼。

葛城在內閣府本府的電梯前面，在意服裝。我身穿去見名叫阿壤的前拳擊手時買的西裝，葛城從她擁有的衣服中，挑了一套本人說是最樸素的灰色迷你裙套裝，夾克底下是素色的白襯衫。沒有時間整理頭髮，纏繞之後，在腦後綰成髮髻，以鑲嵌珍珠的髮飾固定。我說「無懈可擊」，在大廳走來走去的內閣府男員工們，無一例外地望向葛城的修長雙腿。

「穿這樣好嗎？」

我們搭乘包租車進入霞關，政府大樓在周圍林立，路障和警備的警官零星散布，一身套裝的男女熙來攘往。身在太過格格不入的地方，我反而不會緊張。因為擔任自由記者時，採訪對象主要是色情和地下錢莊相關的人，所以和官僚們的根據地無緣。然而，幸好拜託那個身穿黑色套裝的老婦人安排包租車。雖然也有官僚攬計程車，但是幾乎沒有看到有人搭計程車到各政府大樓。從正門進入的，大多是黑頭的包租車。若是換個角度看，只要搭乘包租車，就不顯眼，也不會被人起疑。內閣府進駐的大樓是四平八穩的長方體，除了就建築物而言，相當巨大之外，沒有其他任何特徵。

「你查了副大臣的辦公室在哪裡了嗎？」

門衛確認我們兩人的姓名、各自的入府號碼，以及車輛號碼之後，以客氣的態度和用語說「請」，讓我們通行。安全檢查也只要以在櫃檯領取的入府卡片，感應閘門的感應器。我原本想像會被人使用金屬探測器等檢查身體，但是仔細一想，沒有和官僚約定見面的時間，也就是沒有持有入府號碼的訪客，就無法抵達大廳。因為無法通過大門。

大廳沒有任何出來迎接的人、替我們導覽的人。電梯旁的板子上，記載著各樓層的辦公室號碼、姓名和官職。西木副大臣的辦公室是位於六樓的6012這個房間。似乎是叫我們自行上樓。我四處張望，葛城叫我適可而止。從搭乘包租車，前往霞關時起，不，從離開住處時起，我就心想：「光石他們是否在監視？我們是否被跟蹤了？」簡直像個逃亡者似的環顧周圍，令葛城感到錯愕。她問我：「為什麼光石他們得監視我們呢？」我像是在辯解似的小聲回答「譬如警戒我跑去找警察」，結果被她告戒：就是因為去找警察也沒用，我們接下來才要去內閣府所在的地方。確實，縱然告訴警方我目擊到的事情，因為沒有物證，所以別說是逮捕令了，說不定連搜查令都拿不到。察覺到警方動作的光石他們，只要趁這個時候朝核電廠擊發88釐米反坦克炮就行了。原來像是木乃伊的老人說「警方無法處理」，指的就是這麼一回事。

「請稍等。」

我們想要進入房間時，一名待在入口附近、看似祕書的女性如此對我們說道。房間的走廊邊，擺放像是飯店會議室裡會有的那種俗氣椅子，她要我們坐在那裡等候。我們依照約定的時間準時抵達，但是副大臣室內有十幾個人，房間外的椅子上也坐著三名中年男子。三人背對著彼此坐著，正在瀏覽厚厚的文件。我心想：明明那麼迅速且頻繁地寄來電子郵件，催促我們一小時半後過來，卻要我們等一陣子，究竟是搞什麼鬼？副大臣室的門一直敞開，祕書們一會兒端茶，一會兒影印文件，一會兒敲打電腦的鍵盤，氣氛悠閒。那個細長的房間左側，有一扇厚重的門，副大臣的辦公室好像就在它的內側。

「他不著急嗎？」

葛城坐在椅子上蹺腳，如此說道。因為是迷你裙，所以露出白皙的膝蓋和大腿的一部分，經過走廊的人，以及坐在椅子上的三人都不時瞄向葛城。我心想「雖說是內閣府本府，但男人就是男人」，對此莫名接受時，一名身穿深藍色的西裝、人高馬大的外國人出現。他是白人，年紀不清楚，約莫四十出頭，一頭金髮非常短，隔著西裝也看得出來胸肌厚實，腹部結實，身強體壯。他的背後，跟著兩名一樣體格、看似屬下的男人。我心想：他們大概是軍人。他們的目光沒有盯著葛城的雙腿，魯莽地進入副大臣室，但是那一瞬間，我感受到祕書們一陣緊張。一名祕書敲了敲辦公室厚重的門，打開入內。過一陣子，幾個男人從辦公室出來，最後出現一名頭髮有點稀疏，個子矮小的中年男子，說「那麼，談到一半非常抱歉，各位之後跟祕書聯絡，就會瞭解一切」，目送男人們離去。

「啊，那個人。」

葛城告訴我，那個個子矮小的男人就是西木副大臣。我也事先在網上搜尋大頭照，看過了照片，但照片應該是幾年前拍的，頭髮還沒有變稀疏。而且，那是只有上半身的照片，所以也不知道他個子矮小。人高馬大，看似上司的外國人進入辦公室，兩名屬下來到走廊，沒有坐在椅子上，稍微張開雙腿，雙手背在身後，採取稍息的動作。他們兩人都身穿亮色的西裝，但是不管怎麼看都是軍人。

「關口先生、關口先生。」

年長的女祕書呼喚我的名字。

「我不想夾雜口譯，所以我說英文，你聽得懂嗎？」

西木副大臣確認端茶進來的祕書離開辦公室之後，首先如此說道。辦公室內有辦公桌、書櫃、相當大的視訊系統，以及能坐八名大人還綽綽有餘的皮革沙發。書櫃上夾雜著英文書和高品味的裝飾品，擺放幾個啣著鮭魚的木雕熊，我想起了西木是北海道人。大概是支持者送的禮物。沙發上除了我和葛城之外，還坐著剛才的外國人、副大臣，以及電視上常看到的初老男人，一共五人。初老男人在我和葛城進入辦公室之後，馬上進來了。他的頭髮也很稀疏，年紀遠比西木更老。他問西木：「是這些人嗎？」露出非常憂鬱的表情，嘆了一口氣。他名叫吉永，是內閣官房長官⑲。

我回應：她懂英文，會替我口譯。不知道為什麼，我不覺得緊張。感覺也不是毫無緊張的餘地，八成是看開了。反正已經無處可逃，而且無路可退。人似乎一旦來到不必煩惱或猶豫的地步，就會豁出去了。

「光石、新光興產的光石幸司，對吧？」

西木的英文說得並不流暢，但是樸實而正確。令我想到德蕾莎修女，或者南非的曼德拉說的應該是這種英文。葛城在我耳邊翻譯，但因為是簡單的英文，所以我能夠理解，回答：是的，Yes。但是，之後的內容越來越複雜，我就需要葛城的口譯了。

「關於他的組織，有多少人呢？」

前幾天聚集在濱岡核電廠附近的，是二、三十人左右。

「這張照片中的工廠，對吧？」

西木給我看照片。那是從正上方看到的太田的製麵機修理工廠。原來是因為調查光石的周邊，甚至拍了這種照片，所以當時回覆電子郵件才遲了。照片是從衛星拍的。

「我從結論說。我希望讓光石他們再次聚集於這個工廠。有可能嗎？」

西木如此問我，我輪流看著西木、外國人和官房長官。我不知道這話是什麼意思。我知道他問的內容，但是不知道為何要讓光石的團體再次聚集於太田的工廠。我以日文問：「聚集他們，是怎麼一回事呢？」官房長官一面撥開稀疏的頭髮，一面以日文說：就是聚集他們。語氣像是在壓抑焦躁。我小聲地以日文對葛城說：「能不能告訴我理由呢？」葛城以英文反覆一遍。

「如果可以的話，你最好不要知道，怎麼樣？你無論如何都想知道嗎？」

我說：不知道理由，要聚集他們是不可能的。我被他們綁架了。我沒有能力聚集他們。不過，只要知道理由，說不定能夠想出某個方法。

「不，如果你知道理由的話，說不定聚集他們會變得更加困難。」

葛城一開始以日文，然後以英文問：聚集他們，然後逮捕所有人，是嗎？對吧？

「在回答這個問題之前，我們有一個非常重要的問題。」

西木清了清嗓子，低下頭，然後馬上抬起頭來，像是在瞪視似的望向我和葛城。

「他們持有的反坦克炮，只有在那個修理工廠的一門吧？」

我間不容髮地回答：是的，只有一門。那位像是木乃伊的老人說：光石的父親他們從舊滿洲帶回來的88釐米反坦克炮有三門。資料館被炮擊之前，我問了光石這件事。另外兩門在哪裡呢？果然是藏在其他的核電廠附近嗎？光石說「唯獨這個，請別逼我說」，補充道：因為那件事是我們最後的堡壘，或者應該說是保命符。當時，我心想：沒有其他88釐米反坦克炮。因為隱藏這種大得不像話的武器，需要莫

⑲譯註：相當於總統府祕書長加發言人。

大的資金和勞力，而且人才上，也不太可能還有其他像是光石他們這種團體。但是，對於西木的問題，我之所以立刻回答「88釐米反坦克炮只有一門」，並非基於當時的推測。我心中隱隱覺得：希望光石他們除此之外，還持有、隱藏了其他88釐米反坦克炮就好了。

「沒辦法聚集他們嗎？」

官房長官原本就憂鬱的表情變得更加沉鬱，如此問道。因為是簡單易懂的英文，所以我不等葛城口譯，回答：No, sir。我心想「sir是多餘的」，感到羞恥，現在不是恭敬回話的時候。

「為了慎重起見，我醜話說在前頭。」

西木露出了柔和的表情。我做好了心理準備，這傢伙接下來要說對我們而言，最糟的話。無論是告知「你被開除了」的經營者、宣告死刑判決的法官，或者將短刀或手槍抵在對方身上的流氓，全都一樣，在宣告最糟的事時，都會露出柔和的表情。

「如果發現你們在撒謊，或者不說一聲就逃亡，以及刻意拒絕合作，你們就會遭到逮捕。」

葛城替我翻譯，我心想「欸，大概是那麼一回事」，下定了決心，反而問：「我們的嫌疑是什麼呢？」但是我們好像找錯對象了。既然官房長官出現，肯定知會了總理大臣。如同字面上的意思，他是最高權力者。我們沒有任何能夠與之抗衡的資訊和力量。那位像是木乃伊的老人在政經界擁有許多人脈，擁有足以委託某個人，砍掉別人手臂的力量，但是他死了，而且縱然他還活著，也不可能具有威脅內閣總理大臣的力量。而且異常強壯的外國人也在場。他肌肉發達，一臉嚴肅的表情，絕對不會露出笑容、文風不動的姿勢、剃到後腦勺的短髮，鐵定是軍人。
「嫌疑是什麼都無所謂。像是和恐怖組織共謀，什麼都可以。你們會被判無期徒刑。」
葛城說「他說，我們會被判無期徒刑」，嘆了一口氣。到時候，我就變成了老太婆。
「呃，我們不會撒謊，也不會逃走或躲起來。不過，要讓他們再次聚集於那個工廠，非常困難。我找不到方法。沒辦法逮捕，或者拘留光石他們嗎？」
我如此問道，西木和官房長官面面相覷。外國人，八成是美國籍的軍人瞥了以英文口譯的葛城的臉一眼，但是表情絲毫沒變。
「你知道光石幸司這號人物吧？」
我說「我聽說，他數度因為貢獻社會而獲得表揚，是個了不起的經營者」，西木像是大傷腦筋似的，撥起稀疏的頭髮，搖了搖頭。
「他是個棘手的人。不過，因為他太過棘手，所以我反而相信你說的話。光石幸司不是一般的經營者。我不能說出他們的名字，但是他的親戚朋友中，有許多響噹噹的大人物。最重要的是，他的父親是戰後成立的中日貿易推動會議中，最年輕的成員，主動對中日邦交正常化盡一份心力的人。而且，第一線的政治人物中，有人和光石幸司有親戚關係。所以，這起案件也不能在內閣會議中討論，只有極少數的人知情。」
葛城出聲說：有點太困難了。西木以日文又說了同一句話。

「而且，除了擁有製麵機修理工廠的太田這個人之外，不知道其他成員的姓名、住址。我使用各種方法，調查了光石幸司的周邊，但是沒有查出半個人。」

我問：「名叫刈谷的九十歲老人怎麼樣？啊，對了，名叫持田的精神科醫師怎麼樣？還有一個名叫榊村、似乎精通電腦的老人，怎麼樣呢？」但是西木只是又搖了搖頭。

「那些都是假名。搞不好他們不知道彼此的本名和詳細的來歷。既沒有通話紀錄，也沒有傳真，當然也沒有互傳簡訊。完全猜不透他們是怎麼互相聯絡。」

我想起了之前和松野聊過的事。關於蓋達型組織的話題。因為不是命令、指示系統清楚的金字塔形組織，而是少人數的團體分散，鬆散地合作，所以縱然鎖定一部分，也無法一網打盡。名叫永田的男子也是從秋月的帳冊中的機車快遞收據，推斷出光石。機車快遞是超級老派的做法，就像是信使一樣。光石他們為了徹底避免被人弄清組織的全貌，應該採取了各種方法。

「欸，雖然那種事情是不可能的，要是有團體的紀念照之類的東西就好了，但是不可能有吧。」

葛城聽到官房長官如此說道，忘了翻譯，低喃：對了。我小聲地確認：「妳想到什麼了？」她又低喃：紀念照。如果你寫報導時，說「我想和那個大炮一起拍張紀念照，能不能請大家再聚集一次」，怎麼樣？因為那些人意外地淘氣。

「淘氣？」

西木皺起眉頭。葛城以英文對外國人說「他們很淘氣」，軍人只是輕輕地點點頭，表情絲毫沒變。

我對於葛城的點子感到佩服，心想：原來如此。譬如刈谷，我不知道他是否說得上淘氣，但是他們該怎麼說呢，看起來十分愉快。從準備、炮擊到撤收，毫無悲壯感，簡直像是為了烤肉或釣魚大會而聚集的老人一樣，興高采烈地行動。我說「說不定這個點子意外地可行」，西木和官房長官互看彼此，沉默許久，然後以英文低喃：沒辦法，就這麼試試看吧。

「你能夠馬上聚集他們嗎？」

西木如此問我，我回答：馬上應該沒辦法。我並不是在裝模作樣，而是純粹在思考，模仿西木的語氣回答「如果考慮到他們的聯絡網，希望你給我一週」，然後說「對了，這位是？」指示軍人。

「在回答問題之前，我先問你，光石他們聚集時，你會參加嗎？」

我說：「我不去的話，戲就唱不下去了，我沒辦法叫他們自己拍紀念照，然後寄給我。」西木以英文對軍人說：他也會跟他們在一起。軍人使用我聽不太懂的單字，簡短地回應。我問葛城：「他說了什麼？」她說「會穿辨識服裝？我不太懂」，搖了搖頭。

「似乎有織入細螢光管的背心。打開開關，就會發亮。我要二位穿上那個。」

為何得穿那種玩意兒呢？我感到危險的氣氛。

「因為要攻擊。我會下指示，不能攻擊身穿辨識服裝的人。」

軍人以非常簡單的英文，如此說道。

「雖然有風險，但是我希望你們接受這個任務。」

西木如此說道，對我和葛城微微鞠躬。
「他是海軍陸戰隊某個部隊的指揮官。他聽了你說的內容，認為SAT應付不了，而且自衛隊的特作也沒有實戰經驗。」
葛城問：「SAT？」搖了搖頭。
「警方的特種突襲部隊。」
接著換我問：特作？
「它是指陸上自衛隊的特殊作戰群。」
那麼，要殺了他們嗎？沒有什麼嫌疑不嫌疑的。我忍不住提高了音量。
「除此之外，沒有其他方法。如果採用其他方法，光石幸司會使用所有手段反擊。」
確實，即使拘留、暗殺光石，組織也還存在。如果少了光石，應該會削弱組織，但是那些傢伙肯定會反擊。不過，因為能夠鎖定太田的製麵機修理工廠，所以即使成員沒有聚集，只要襲擊修理工廠，奪下88釐米反坦克炮就好了，不是嗎？起碼能夠阻止他們攻擊核電廠。
「沒有確切的證據證明所有武器都聚集於那個工廠。」
官房長官以焦躁的語氣，如此說道，從西裝外套的口袋掏出香菸，想要點火，但是美國籍的軍人皺起眉頭，說「No」，搖手制止了他。官房長官說「啊，我真粗心」，低頭行禮致歉，一面苦笑，一面將香菸收了起來。我不清楚體格像是摔角選手的美國人是哪個層級的人，但是無論如何，我知道了他們的權力關係。他是能夠若無其事地對官房長官說「No」的人。

「可是，除了那個大得不像話的大炮之外，其他武器的威力應該沒什麼大不了吧？」

我的心情變得莫名輕鬆，以輕鬆的口吻，如此問道。雖說是官房長官，但也不過是美國的軍人叫他別抽菸，就低頭致歉的人。最重要的是，他給人的印象不深。西木感覺腦袋相當靈光，但是官房長官的氣質，或者應該說是樣貌，和那些快要倒閉的中小企業老闆沒兩樣。雖然身穿深藍色的西裝，但是感覺比較適合連身的工作服。

「如果有一門迫擊砲，就能破壞儲存使用過的核燃料棒的水池。聽說他們有反坦克來福槍，福島的汙染水槽破了洞，用它就夠了。」

美國軍人選擇用語，靜靜地如此說道。

「所以，必須避免留下成員。」

原來是這麼一回事啊，所以想要聚集所有人，悉數殲滅。然而，真的除了委託美軍之外，沒有其他方法了嗎？「你們沒有身為日本人的自尊心嗎？」這種話，我實在說不出口，但是感到火大。我想說：「讓美國的特種部隊殺害日本人，豈不卑鄙？」但是採取了稍微婉轉一點的說法。

「也就是說，要讓美國的特種部隊殺害一群日本的老人嗎？」

我如此說道，官房長官吊起眼梢，臉色漲紅。他又想掏出香菸，但是作罷，瞪著我說：你別說蠢話！西木一面拍了拍官房長官的肩膀，彷彿在說「好啦好啦，冷靜下來」，一面輪流看著我和葛城，以日文說：正好相反。

「警方和自衛隊都很優秀。不過，正如同你所說的，彼此都是日本人，所以說不定下手會遲疑。更何況對方是老人。另外，你說得好像事不關己，但是我希望你要有危機意識。假如遭受攻擊，他們應該會認為你出賣了他們。展開攻擊之前，會讓你的手機響兩聲。接著，就會展開戰鬥，雖然請你們穿上織入螢光管的背心，但是不保證你們安全。怎麼樣？女性可以不必同行。」

葛城聽到西木如此問道，回答：不，我要一起去。

「只有關口先生去的話，說不定他們不會相信。」

西木說「是嘛」，嘆了一口氣，美國的軍人不知道為什麼，聽到葛城以英文發言，頻頻點頭。或許認為她是個有勇氣的女人。但是，我和葛城並沒有勇氣。我們只是無法想像工廠裡會發生的事而已。

「雖然不太記得過程，但是我們真的去了那個叫做內閣府的地方。」

我們搭乘在內閣府的用地內等候的包租車，回來三軒茶屋，但是在車上幾乎沒有對話。換完衣服之後，我們兩人沒來由地肚子餓了，所以決定又叫外送的披薩。我說「我們老是吃披薩」，葛城一臉心不在焉的表情，一面將海鮮總匯送入口中，一面數度低喃：去內閣府的記憶好淡。她說得沒錯。在內閣府的那間副大臣室待了快一小時。官房長官在話快說完時，便迅速離席了。西木以簡直像是在委託出席派對或聚會的輕鬆語氣，說「那麼，就這樣，請你和光石他們聯絡」，暗示地催促我們離開，然後小聲地和美國軍人仔細地談什麼。唯獨美國軍人對正要離開辦公室的我們說：Hey！他說「當天見」，驚人的是，他揮了揮右手，對我們微微露出了微笑。

披薩吃起來確實有味道，情緒穩定得連我自己都感到驚訝，因為那件事，反而感到不對勁。的確，待在內閣府的記憶，或者說是印象很淡。雖然記得對話，但是待在內閣府的真實感很淡。

「關口先生，姑且不論美國人，你記得那兩人露出了怎樣的表情嗎？」

葛城如此問我，我一面回答「他們兩人的頭髮很少」，一面意識到我無法清楚地想起他們的長相。不只是他們兩人的長相。連在那個副大臣室工作、看似祕書的人們的長相和氣質也完全沒有令人留下印象。

「不可思議。光石先生，或者太田先生，以及刈谷先生，他們的長相都令人絕對忘不了，對吧？但我覺得那兩人不一樣。」

確實如此。光石他們無論是長相、氣質、氛圍，都異常地濃厚，讓人想忘也忘不了。西木和官房長官像空氣一樣的存在感，究竟是怎麼一回事呢？對話內容非常嚴肅，是要將光石他們聚集於工廠，派遣美軍的特種部隊殺掉他們，但是為何在內閣府的記憶這麼淡呢？違和感漸漸地變大。

「我不太清楚，但是，喏，那個人不是說了要穿某種會發光的背心嗎？那是怎麼一回事呢？如果穿上會發光的背心，就很醒目，避免美軍攻擊我們嗎？」

我回應「欸，應該是那麼一回事吧」，但是違和感更加膨脹。織入細螢光管的背心，似乎會以一般的宅配寄來這裡。美國籍的軍人說：穿法和一般的背心一樣簡單，如果開啟胸口一帶的按鈕式小開關，幾秒後就會發光。

「然後，那件背心該在哪裡、什麼時候穿上呢？」

哪裡？當然是那個工廠吧。

「話是沒錯，但是要從一開始就穿嗎？」

不能從一開始就穿。光石他們為了拍紀念照而所有人聚集時，如果穿著織入螢光管的背心，會被追問那到底是什麼，而且察覺到有攻擊。所以，西木說會讓手機響兩聲，當作信號。

「確實。那個人這麼說了。可是到時候，光石先生他們在一旁，對吧？」

是啊。拍完紀念照之後，他們應該會跟上次一樣，三三兩兩地開始回去，但是我們八成在他們的附近。如此一想，違和感忽然大幅脹大，快要炸開。

「他們不會問我們，為什麼穿那種東西嗎？」

違和感終於炸開了。光石他們不會問那種事。他們看到背心的瞬間，就會看穿一切，說不定我們會被刈谷用日本刀砍殺。

「難不成我們兩個要去廁所穿嗎？」

我說「別再說了」，舉起右手，制止了葛城。葛城也明白了。為什麼事情會變成這樣呢？我輕易地接受了西木的委託嗎？我思緒混亂，搞不清楚狀況了。依照事情的先後順序思考一下吧。

「事情的先後順序很清楚。我們束手無策，找和你離婚的尊夫人討論。她介紹了副大臣。然後，我們跟他聯絡，馬上有了回覆，我們搭乘包租車，前往內閣府。於是，副大臣希望我們聚集光石先生他們所有人。一開始好像沒辦法，但是我說：拍紀念照怎麼樣？你說『說不定意外地可行』，然後，那個身材高大的美國人說『要是不小心誤擊你們就糟了』，所以要我們穿上會發光的背心。先後順序就是這樣，有哪裡說錯了嗎？」

葛城說得沒錯。不可能會錯。饒是光石他們，如果受到美國海軍陸戰隊的特種部隊襲擊，應該所有人都會被殺。我沒有問：「善後要怎麼辦呢？要怎麼隱瞞呢？」但是處理屍體很簡單，藉口也多得是，譬如殲滅了某個國家計畫攻擊核電廠的恐怖分子團體。因為是扯上核電廠和國際恐怖分子的案件，所以已經沒有媒體會試圖暴露真相。不，也可以說是原本就沒有那種媒體。當然，對於媒體本身，以及不利人民的事情，在不知不覺間漸漸地不會被揭露。美國無論是金融、軍事和外交，都逐漸失去霸權，許多人意識到依賴和美國之間的同盟關係有多大的風險，並且指出了這一點。中國身為亞洲的霸權國家，和印度、俄羅斯及伊朗聯手，影響力越來越大，和中國交涉太過麻煩，所以政治人士、人民和媒體都選擇了停止思考。人、組織和國家的體質越弱、危機越大，越不願面對問題的本質，選擇最簡單且輕鬆的一條路。從前，希臘或某個國家的賢者說「正確答案就在最困難的方法和選擇中」，但是沒有人會選擇那種路。尚有餘力的時候，才有可能那麼做。對於譬如由美子這種擁有冷靜觀點的人而言，日本在還有經濟實力，中國的勢力真正抬頭之前，該研擬對策是常識，但是為時已晚。

「可是，那些人威脅了我們吧？他們說『會把我們關到死』，不知道真的假的。我討厭和那些人待在那個房間，假如我們說『沒辦法將光石他們聚集於工廠』，我們會直接被關進監獄嗎？」

我不知道。說不定只有我們和光石之間有關係，能夠祕密地和他接觸，所以即使拒絕委託，應該也不會馬上遭到逮捕。既然如此，我為什麼輕易地答應了委託呢？

「我不太懂。」

葛城大口吃第三片披薩。不，說不定是第四片。那是一個四、五人份的大披薩，但是所剩不多。我吃了幾片呢？情緒穩定且有食慾，而且披薩吃起來確實有味道，這是在自欺欺人。我說「妳會不會吃太多了呢？」葛城忽然臉色一變，說「我有點怪怪的」，將咬了前端的披薩扔在盤子。

「我不想待在那裡。從進入房間時開始，我就想要即刻離開那裡。所以，我聽了那些人的委託，居然還說了紀念照，有夠白痴。」

葛城一面如此說道，一面簡直像是小女孩似的，突然哭了起來。我深切地明白她的心情。結果，我們出賣了光石。而且不是害他被逮捕，接受審判，而是害他被美軍殺害。我差點吐出披薩，以可樂將胃腸藥灌入喉嚨，然後嚼碎鎮靜劑服下。

「光石先生他們會被殺。都是我們害的。」

葛城語帶哭腔地如此說道，站了起來，進入自己的房間。哭聲隔著一扇門，持續傳來了好一陣子。

那一晚，我們決定各睡各的。葛城哭出來之後，一句話也不說，也不和我碰面。我心想「事情嚴重了」，但是不知道該在哪裡踩煞車才好？除此之外，是否還有哪種方法？打電話給由美子之後，事情直線發展。我沒有餘力思考或猶豫，而且最重要的是，在那之前已經一直猶豫到受夠了的地步。我感覺睡不著，但是不知為何，不想喝威士忌。我服用了加倍的睡眠導入劑，儘管如此，還是遲遲無法入睡。當我仰躺在床上，好像有東西壓在身上，令我喘不過氣。我無法想像，出賣光石他們會如此痛苦。不，我大概是不願想像。由美子說：假如我寫報導，光石他們不必攻擊核電廠，就能達成目的。國債、日圓暴跌，總之，會經濟破產。我心想「光石他們要做這種狂妄的事」，那確實也令人害怕。光石說：身為記者，應該沒有如此名譽的事了。或許也有記者如此認為。假如我不是潦倒的前記者，而是大報社，或者主要電視台的新聞組記者，我會怎麼樣呢？無論是工作上或運勢上，我一路走來都很坎坷，而且被妻女拋棄，我是不折不扣的敗犬。我是否討厭被日本社會抹殺的敗犬報復這種形式呢？如果是大報社的記者，就光明正大地揭露真相，將獨家消息寫成報導，即使之後受到掌權者壓迫，被關進監獄，應該也能驕傲地認為，自己身為記者，善盡了使命。這種假設毫無意義，但是我承認自己是敗犬，多少影響了要不要寫報導。總之，我沒有自尊心。有的是「像我這種男人，可以將日本逼得經濟破產嗎？」這種扭曲的自卑感。

但是，不只是如此。我對光石他們的情感扭曲了。如同葛城常說的，我並非單純地討厭光石他們，而是對他們產生共鳴。他們擁有將日本恢復成廢墟這個明確的目標，正在試圖執行。就我所知，除了他們之外，沒有這種人。大家只會從安全的地方批判、沒完沒了地發牢騷，或者請願，要求讓生活更輕鬆、讓景氣恢復。即使批判、請願，這三十多年來，什麼也沒有改變。衰退靜靜地展開，然後加速，變成常態。幾乎所有日本人都察覺到了思考方法、體系都不適合現狀，但是只會發牢騷。也沒有發生大規模的罷工或遊行。久而久之，衰退顯而易見，非但看不見出口，也沒有人試圖尋找出口，然後甚至放棄了思考出口。光石他們不會請願。他們徹底知道請願也沒用。所以，他們執行恐怖攻擊，使用舊滿洲的人脈和武器彈藥，瞄準了核電廠。我肯定對光石他們抱持著接近崇拜的情感。

然而，與此同時，ＮＨＫ西側大門的燒焦屍體，以及從新宿MILANO緊急出口跑出來的人們軟軟垂下的黑色手臂浮現眼前。這時，我的內心又被撕裂。無論目的再怎麼崇高，他們的所作所為也不被允許。

應該只有大腦陷入功能不全的人，或者童年遭受虐待、內心殘留強烈精神創傷的人，才會傷害別人而感到喜悅，但是光石他們不是那種人。他們並不是想要盲目地傷害、殺害任何人。因為他們不是虐待狂。他們只是為了自己的目的，毫不猶豫地犧牲人們。他們並不是認為，為了完成目的，不得不做某種程度的犧牲，或者為了大義，有時候違反人道的事情是被允許的。光石他們認為，假如為了殺害製作不能容許的節目製作人，別人被燒死也是理所當然的。毫無猶豫或躊躇。我做不到那種事情。光是看到燒焦的屍體，心情就不舒服。太田來確認ＮＨＫ西側大門的恐怖攻擊現場，看到淒慘的景象，面露笑容。

即使退一百步，我對光石他們的尊敬大於違和感，寫報導也不是我的意思。我認為，這或許是令我猶豫要不要寫的最大因素。因為我被利用了。我無法容許這一點。但是儘管如此，我終究出賣了光石他們這種罪惡感沒有消失。我應該不是第一次近距離地看葛城哭泣。她說得沒錯。我們想要即刻逃離那間副大臣室。除了他以「你們會被拘留，判無期徒刑」威脅我們之外，總之，我們想要結束這一切。我最後自以為是地說：「你不顧嫌疑是什麼，要殺了他們嗎？」但是他說「除此之外，沒有其他方法，如果採用其他方法，光石會反擊」，被他反將一軍，我沉默了。

我服用了三顆睡眠導入劑，但是無法入睡，神志不清地抱著威士忌，回到客廳。我一打開燈，發現葛城低著頭，坐在沙發上。

「你怎麼了嗎？」

她一臉悲傷的表情，如此問我，我回答「睡不著」，她說「可是，無計可施」，又露出了泫然欲泣的表情。我說「我有事要跟妳商量」，她無力地點了點頭，目不轉睛地看著我。

「商量？現在嗎？」

我說：「妳逃走！我們將幾百萬用在了叫做阿壞的男子身上，但是那十億幾乎都還沒用到。大概已經有人在監視我們了，但是如果有十億，應該有方法。」

「要逃去哪裡呢？」

妳母親不是在美國嗎？也可以拜託由美子。

「我想，我根本出不了國。那些人不可能讓我出國。」

可是，我覺得那樣比較好。

「你呢？你要怎麼辦？」

我以因為睡眠導入劑而昏昏沉沉的腦袋，一面反覆思來想去，一面決定認為這是命運。一開始，前往NHK西側大門採訪是命運、認識葛城是命運，被光石他們盯上也是命運。我決定這麼想。我不想寫報導。儘管如此，我也無法忍受協助要殺害光石他們的那一群人。我不想被拘留，也不願想像被判無期徒刑，但是沒辦法。在某個時間點就決定了事情會變成這樣。

「你不覺得，那樣要帥耍過了頭嗎？」

確實，我因為睡眠導入劑和威士忌而酒醉，沒有思考拘留或無期徒刑有多痛苦，或許只是在自欺欺人。但是，我意識到了某件事。變成敗犬也無所謂。反正我已經跌落到人生的谷底，不會更慘了。我剛才一面在床上翻身了兩百次左右，一面一心思考：人生中最糟的是什麼呢？

「是什麼呢？」

是後悔。我這麼一說，葛城露出了不太懂的表情。看起來也像是「恍然大悟」的表情，又像是「搞什麼，那麼平凡的事啊」這種反應。不過，不是感到意外，或者驚訝之類的情緒。她以淡淡的語氣問：要不要喝香草茶？我說「不要，免了」，指示威士忌的酒瓶，搖了搖頭。

「這種時候，最好別喝太多酒。」

我說「我知道，可是，我並不是想要借助酒力」，但是實際上，我直接大口喝威士忌，所以沒有說服力。我意識朦朧。說不定連自己的出生年月日都說不出來。但是，因為處於這種狀態，所以我才能意識到一件事。自從週刊雜誌停刊，被開除以來，我的人生是一連串的後悔，所以反而沒有意識到。我假裝視而不見。和由美子講完電話之後，我終於自覺到沒有比後悔更可怕的東西。要將光石他們出賣給政府嗎？還是站在光石他們這一邊，寫報導呢？不管怎麼思考，都想不出答案。既然如此，只能採取感覺不會後悔的方法。無論是寫報導，或者出賣光石他們，我都會後悔。所以，告訴那位副大臣「沒辦法將光石他們聚集於工廠」吧。雖然不知道之後會變成怎樣，但是只能這麼做。

「所以，你要我逃嗎？」

我不能把妳捲進來。

「所以，我不能逃。就算我拜託東鄉小姐，我也逃不了。」

可是，下次去內閣府，我一個人去。話說回來，從一開始讓妳在場就錯了。

「為何？因為我提出了紀念照之類的點子嗎？」

不是那樣。我只是不想一個人去，所以詢問西木：可不可以讓妳伴同？我沒有思考「會將妳拉進漩渦中」這種風險。

「可是，那些人應該也調查了我的事，所以結果是一樣的，總之，不是我不想一個人逃，而是那種事情辦不到。」

那麼，該怎麼辦？該怎麼辦才好？

「關口先生，我想，今晚最好先睡再說。這種時候無法聯絡副大臣，而且明天再想就好了吧？」

我從葛城的語氣中，感覺到了該明天再清醒地思考一次這種含意。她說得沒錯，坦白說，我很害怕。我已經搖搖晃晃，失去了一半的意識。我應該能夠入睡，但是睡到一半醒來時，以及早上醒來時，心情八成會像是身在地獄。自從在NHK西側大門遭遇恐怖攻擊以來，發生的盡是我不願想起的事情，但是如今肯定是最糟的。一覺醒來，我說不定會以像是破布一樣的腦袋，顛覆決心。這最令我感到害怕。

「關口先生，你到底怎麼了呢？」

起床的葛城如此對我說道，我這才意識到自己穿著西裝、打領帶。上床前，我為了保險起見，又嚼碎一顆睡眠導入劑服下，大口喝下玻璃杯裡剩下兩公分高左右的威士忌之後睡覺，但是三小時後醒來了。藥效和酒力都還確實殘留，感覺腦袋麻痺，但是搖搖晃晃地起床淋浴。當時是早上，但是不記得正確是幾點。淋浴之後，光著身體到處走動了一陣子，然後心想「必須穿衣服」，但是不記得自己穿西裝、打領帶。腦袋麻痺的過程中，好像一心想著：必須快點和西木聯絡，去見他才行。清醒之後，說不定決心就會改變，這令人恐懼。我看了時鐘一眼，才七點。葛城起床想上廁所，看到我的模樣，嚇了一跳，似乎對我說話了。

「你有好好睡覺嗎？」

我想回答「當然」，但是喉嚨梗住，發不出聲音。當我反覆清嗓子，酸酸的東西開始從胃的底部湧上來，險些嘔吐，慢慢地喝葛城拿來給我的冰水。

「真可憐。」

葛城坐在一旁，替我擦拭像口水一樣從嘴角流下來的水之後，抱緊了我。我試圖說什麼，但是她說「沒關係，什麼都不用說」，先將手指抵在我的嘴唇，然後輕輕一吻。我大吃一驚，但是因為腦袋麻痺，所以沒有唇瓣交疊了這種感動。

「你最好再睡一下。」

葛城依舊抱緊我，一起靠在沙發上。

「不要緊。不要緊，你得再睡一下。我會一直在旁邊。」

葛城反覆如此低喃道，數度親吻我。我不知道為什麼，微微泛淚。

「關口先生，起床。」

睡在沙發上的我，被葛城叫醒。我依舊穿著西裝，但是少了領帶，似乎是葛城替我卸下了。到底怎麼了呢？葛城露出了異常緊張的表情。

「電話。」

葛城將手機高舉在我眼前。

「光石先生打來的。」

我像是被淋了一盆冷水，感覺全身一震。我不想接電話，但是赫然回神，葛城將手機抵在我的耳朵。我「喂」了一聲，勉強發出了聲音，但是心跳聲更大。

「關口先生？早安。你好像起床了，不好意思。」

光石以一如往常的低沉嗓音，如此說道。我說「不，沒關係」，思緒混亂地含糊回應，但是聽到光石接下來說的話，我險些暈過去。

「其實，大家下週想再聚集於太田先生的工廠。想要所有人拍張紀念照。」

我說：「咦？什麼？你說什麼？」我一面心想「好像自動答覆的機器聲」，一面反問。與其說是無法相信，倒不如說是因為事情太過突兀，險些失去真實感。

「不好意思，下週，在太田先生的工廠。二位應該也會來。確實，你的報導中，有我們聚集在一起的照片應該比較好，所以大家決定要拍張紀念照。怎麼樣？下週三可以嗎？」

我心想：「現在到底是什麼情形？」身體開始顫抖。彷彿置身於惡夢之中。我猶豫要不要跟光石聯絡，問：「我想拍張紀念照，能不能請大家聚集於太田先生的工廠呢？」猶豫到快發瘋，結果自覺到自己不願將光石他們出賣給政府，剛決定要停止可能會令自己後悔的事。光石應該一直在監視我們。不，縱然如此，應該也無法追蹤到內閣府的內部。更何況，他不可能能夠竊聽副大臣室的對話。

「喂，關口先生，怎麼樣呢？」

我試圖「喂」地回應，但是喉嚨乾渴，發不出聲音。喉嚨數度發出「ㄏㄧ」的聲音，葛城讓我喝水。

「好，我知道了。」

知道什麼了呢？連我自己也完全不知道，就如此答道。頭部發燙，太陽穴快要炸開，但是不可思議的是，心臟沒有狂跳，反而覺得心臟冰冷，害怕這樣下去的話，心跳會不會停止。

「下週三，你方便嗎？我覺得拍照還是要趁天亮比較好，所以想大概中午過後去接你。」

不行，莫名其妙。實在不可能是現實。原本是我要提議：要不要所有人拍張紀念照呢？我剛決定要拒絕西木副大臣，說「還是沒辦法」，但是當事人——光石卻打電話來聯絡，說想拍紀念照。

「喂，關口先生，週三可以嗎？」

我回應「好，當然可以」，但是「什麼當然可以呢」？我連「當然」這兩個字的意思都搞不清楚了。

「太好了。那麼，下週見。」

太好了，他終於掛斷電話了，要是繼續這樣對話，我恐怕會發瘋。我大概在掛斷電話之後，也持續了莫名其妙的狀態，嚼碎相當大量的鎮靜劑，總之，我不想持續對話。但是，光石最後真的說了令我心臟差點停止跳動的話。

「對了。你有某種作為記號的東西吧？請一定要把它帶來。那是記號。」

「現在是什麼情況呢？」

我掛斷電話之後，茫然自失，葛城如此對我說道。葛城透過設成擴音模式的手機，聽到了我和光石之間的對話。

「你的臉色鐵青。」

我心想「臉色鐵青算什麼，居然沒有心臟痲痺」，將手抵在胸口。發生什麼事了呢？我確定的是，光石掌握了我們的動向，然後主動對我說：為了拍紀念照，所以要聚集團體所有人。「他竊聽了那間副大臣室的對話嗎？」這種疑問數度掠過腦海。西木說「光石和第一線的政治人物之間也有關係」，但終究無法在內閣府內竊聽吧？西木說：襲擊光石他們這起案件也不能在內閣會議中討論。假如「美國海軍陸戰隊的特種部隊要襲擊瞄準核電廠的日本老人們的團體」這種資訊走漏風聲，無關乎祕密保護法，內閣就會垮台。內閣府內應該也只有極少數的人知道對光石他們的作戰行動。

「所以，要告訴那個副大臣，光石先生說的話嗎？」

葛城如此問道。對了，這正是問題所在。

「可是，光石先生為什麼會知道紀念照的事呢？我雖然不清楚這一點，但是總覺得他非常顧慮我們。」

顧慮我們是什麼意思？

「畢竟，你從昨天就煩惱得要命，不是嗎？」

這件事和光石跟我們聯絡有什麼關係呢？

「光石先生主動跟我們聯絡，所以你再也不用思考出賣光石先生他們的事了。如果你說『我希望所有人拍張紀念照，請聚集大家』，就欺騙了光石先生他們，所以你才煩惱了老半天。」

就結論而言，是這麼一回事。我不明白理由。光石為何要顧慮我們呢？而且，我不清楚他是否某種程度知道了內閣府內的對話，但是所有人聚集時，美國海軍陸戰隊的特種部隊會展開攻擊。他應該知道這一點吧。

「我不曉得，但是只能認為他知道了。因為他連紀念照的事情都知道了，所以應該也知道那個美國籍軍人的事。」

知道會被攻擊，為何特地聚集所有人呢？

「所以，我不清楚這一點。雖然不太清楚，但是光石先生自己決定了。所以，問題在於要不要告訴那個副大臣這件事。」

西木八成在監視我們。即使隱瞞光石他們要聚集於太田的工廠，也會察覺到我們搭乘光石的車出發，然後追蹤，知道其他成員也聚集而來的話，應該就會攻擊。那種情況下，我們大概也會被殺。

「光石先生的用語好像怪怪的。你察覺到了嗎？」

我怎麼可能沒有察覺到那種事。我嚇得以為心臟要停止跳動了。

「聽起來是決定在週三聚集。而且，他問了『週三可以嗎？』對吧？」

我們確實進行了那種對話。但是，那又怎麼樣呢？

「嗯～或許是我想太多了，但是他的語氣可以解讀成，你事先提過『我想拍張紀念照』這種要求，不是嗎？」

光石為何必須考慮到那種事呢？

「我想，光石先生說不定想到了我的這支電話可能被人竊聽。」

行動電話被人竊聽嗎？

「我曾經聽說過，通信公司能夠竊聽。我不知道副大臣會不會做出那種事情，但是如果想那麼做，或許做得到。因為他是非常有地位的人。所以我想，光石先生剛才或許是以『接受你的要求，要將大家聚集於工廠』這種語氣在說話。」

然而，為什麼必須那麼做呢？

「所以我不是說了嗎？他很顧慮我們。」

我不太清楚葛城想說什麼。

「這是我的推測。我完全不清楚實情。不過，副大臣相信你。然後，光石先生最後說的記號，我想是那個會發光的背心，但是如果採取那種說話方式，就算被竊聽，也不知道是指什麼。」

可是，我沒有跟光石聯絡。假如有人在竊聽，是否也知道這件事呢？

「那很難說。我想，光石先生一定使用無法竊聽的電話。然後，我有兩支手機，如果包含平板電腦是三支。你有一支，除此之外，還有室內電話，電腦如果包含那個回去青森有女巫地方的人在內，有三台，副大臣或許會猜是從哪一個行動裝置寄送電子郵件。但是有公共電話，還有網咖，所以就算是副大臣，也不會知道我們對外的聯絡。」

網咖是什麼？

「網路咖啡店。」

和葛城說話的過程中，混亂的思緒慢慢平息了下來。

「我想，光石先生一定有什麼想法。」

我想問是哪種想法，但是作罷。如同葛城反覆說的，不清楚光石的真正用意，只能推測。雖然不清楚理由，但或許他很顧慮我們是事實。他主動說：我決定將大家聚集於太田的工廠。他或許有什麼策略，總之，我獲救了。問題在於是否要告訴西木，下週三的事。

「隱瞞也會被拆穿。」

葛城說得沒錯。西木應該做好了萬全的準備，無論所有人拍紀念照何時實現，都能因應。他也有從衛星拍攝的太田的工廠照片。如果有大批的人進出工廠，他應該馬上就會知道。

「收到了。」

我又被葛城叫起來。我不知道自己身在何處。好像熟睡了。醒來之前，我忘了細節，但是夢見了認識葛城之前，好久以前的事，看到眼前的葛城，心想：「這個女人是誰？」無法馬上回到現實，那種感覺好舒服。我意識到「噢，是葛城」，隨著意識漸漸清晰，腦袋和身體一下子變得沉重。我心想：假如能夠回到幾年前，不，半年前就好，假如能夠回到前往NHK西側大門之前，該有多好。

「收到嘍。」

葛城指示宅配包裹。內容物裝在茶色的大信封，揉成一團，然後以封箱膠帶固定，包裝草率，整體約莫半打大罐啤酒的大小。如今的我們收到宅配包裹非常稀奇。另外，寄送公司是佐川，極為普通的宅配公司。

「寄送人寫的是美利堅合眾國海軍橫須賀基地。」

我打開看似適度地塞進手邊的紙袋，急忙寄來的包裹，裡頭裝著兩件布料粗糙而薄的背心。並沒有包著塑膠袋，不管怎麼看都不是新的。暗橘色，左邊胸口有鼓起的口袋，上方像是蓋子似的，以魔鬼氈固定。口袋內有圓筒形、口紅大小和粗細、像是塑膠開關的東西，有英文的字條指示要裝三號電池。

「這就是那個背心嗎？」

葛城裝入電池，按下側面的按鈕。過了幾秒，背心的兩面開始條紋形地發光。它相當亮，花幾秒鐘達到最大的亮度。在暗處相當顯眼，但是不會閃爍，假如在有陽光的戶外，會是如何呢？據說穿著它，就不會被海軍陸戰隊的特種部隊攻擊，但是如果不在室內，說不定就派不上用場。

「對了。」

葛城一面摺疊背心，一面像是想起來似的說道。

「光石先生說，不要忘了帶它來。喏，他說，你應該有作為記號的東西，不要忘了帶它來。」光石確實說了那種話。既然如此，代表他知道有襲擊。我心想：「他是怎麼獲得那種資訊的呢？」內心又湧現疑問，但是反正不會知道，所以決定不去想。

「可是，寄送人光明正大地寫美國海軍橫須賀基地，不要緊嗎？寄送公司是佐川，而且是一般的大叔拿來的。」

葛城偏了偏頭。確實，我以為會參雜於其他貨物之中，或者以更祕密的感覺寄來，但是仔細一想，沒有人會懷疑。應該是從美軍高層對駐日美軍基地下指示，在基地服勤的士兵一般地委託佐川宅配。無論是駐日美軍的士兵，或者佐川的集貨配送負責人，都不可能思考海軍陸戰隊的特種部隊要進行極機密的襲擊，為了避免擊中兩名線人，而讓他們穿上這兩件背心。

「帶著備用電池去比較好吧？因為是一顆三號電池，所以先放在這個口袋裡就好了吧？」

葛城分別將兩顆三號電池塞進口袋。我看到螢光管，萌生類似看開的心情，心想「想也沒用」，決定下定決心。不必深入思考。即使襲擊者們弄錯人，或者沒有察覺到螢光管背心，擊中我們，也不會有人感到困擾。反而能夠守住祕密。我心想「我們八成會被殺掉」，但奇妙的是，我沒有感到恐懼。大概是因為無法想像被擊中，產生了「除此之外，怎樣都無所謂」這種達觀。或許人這種生物，能夠維持不安、恐懼和懷疑的時間有限。

「電話什麼時候打來的呢？」

西木首先問了這件事。我回答「今天上午」，他說「原來如此」，嘆了一口氣，反覆確認：下週三，是嗎？

「你們也會一起去，是嗎？」

似乎和上次一樣，光石會來接我們。

「光石有沒有任何起疑的地方？」

怎麼可能起疑，如果他覺得有陷阱，就不會同意聚集所有成員。

「然後，除了週三的下午拍紀念照比較方便這件事之外，他還說了什麼其他的事嗎？」

其他的事是什麼意思呢？

「哎呀，就是事先做什麼之類的事。」

我向西木說明：我昨天深夜透過簡訊，告訴光石紀念照的事，他本人打電話來回覆。從西木的語氣中，感覺不到懷疑。所以，我不知道他是否竊聽了電話。

「我完全沒有聽說那種事。」

我如此答道，他又說「原來如此」，發出了憂鬱的聲音。

「這樣啊。哎呀，從昨天起，有幾輛車進出太田的工廠。」

那又怎樣？光石他們決定了下週三要拍紀念照，所以說不定事要先準備什麼。

「哎呀，我知道了。謝謝。再聯絡。」

西木說「再聯絡」，但是沒有收到他的來電或電子郵件。同樣地，光石在那之後也沒有消息。不知道為什麼，我和葛城異常平靜，散步到之前發生在新宿MILANO恐怖攻擊之後造訪的寺院，回程吃蕎麥麵、一面在附近的咖啡館喝香草茶，一面眺望走在路上的人、整理和打掃住處，恬淡地度日。我心想：大概是猶豫和煩惱消失了。我原本就不知道葛城在想什麼，而且她不會將煩惱表現在臉上或態度上。和西木他們見面，因為想拍紀念照而要聚集光石和他的成員時，葛城因為我的緣故，說「我們會害光石先生他們被殺掉」，哭了出來。那是異常的事，我知道葛城也相當痛苦，但是我想，因為光石本人後來主動打電話來，所以減輕了她的罪惡感。

我也一樣。沒有半個能夠樂觀的因素這種狀況沒有改變。不可能清楚知道接下來什麼事情等著，而且甚至無法想像，但是肯定會朝糟糕的方向發展。不過，我和葛城都已經束手無策。我也想過「跟光石聯絡，跟他說『不要將大家聚集於太田的工廠比較好』」，但是馬上知道了那麼做沒有意義。因為光石知道了西木他們的計畫。我不曉得他怎麼知道、知道多少。他應該知道美國海軍陸戰隊的特種部隊要襲擊他們。明明知道，還聚集所有成員，應該是有什麼想法。若要列舉疑問，會沒完沒了。我也想過「光石是否先說要聚集所有人，然後以某種方法欺騙西木？」但是一切都不過是想像和推測，所以思考本身沒有意義。如果思考沒有意義，似乎打從心底接受，就會變得輕鬆。不知道什麼會變成怎樣，奇妙地度過平穩的日子。

而那一天來了。雖然是下小雨的討厭天氣，我反而心情平靜，因為不是去郊遊。光石親自開黑色的Benz，而不是上次的白色Corolla來。驚人的是，太田坐在副駕駛座。

「好久不見。你的臉色好糟。」

太田難得身穿深藍色的西裝，打著花稍的紅色領帶。光石也身穿深色西裝。

「你們兩位今天都穿得很帥氣。」

葛城坐上後座時，如此說道，光石依舊沉默，只是微微地面露笑容。大概是感覺到某種異常，葛城露出不安的表情，以輕鬆的語氣低喃：而且車子是Benz。

「原則上，是防彈的。」

太田沒有回頭，面向前方如此嘟囔了一句。光石為什麼擁有那種車呢？我記得上次聽他說過，白色的Corolla是他的愛車。

「新買的。」

光石這才開口說道。我問：「有賣安裝防彈玻璃的賓士嗎？」但是光石和太田都沒有回答。

「那種事情不重要，倒是你們獲得了什麼東西吧？」

太田回頭轉向我。獲得了什麼東西？

「某種醒目的東西。大多是加入螢光材質的夾克或背心。你們沒有獲得那種東西嗎？」

光石果然連我們在副大臣室的對話都掌握了。否則的話，不可能知道寄來了螢光背心。葛城說「這個」？從紙袋拿出螢光背心給他們兩人看。

「穿上！」

太田一臉正經的表情，如此說道。葛城說：「現在穿嗎？」露出了詫異的表情。

「我想，半路上不會發生任何事，但是為了保險起見，你們最好穿著。」

光石的語調不一樣。雖然低沉而平靜的語氣沒變，但是不時深呼吸，令我感受到他的緊張。他也不想播放音樂。我一面將手臂穿過螢光背心，一面問：我可以發問嗎？

「你要問什麼？」

太田回應了。光石一面遵守速限，一面開車。他大概不想因為超速而被警察攔下來。我問：「呃，你們在監視我們嗎？」太田冷哼一聲。

「怎麼可能有閒工夫一一監視你們。我們可是很忙的。」

既然如此，你們為什麼連我們在內閣府的對話都掌握了呢？

「你們在副大臣室的對話？不，那倒是不知道。」

光石發出聲音笑了。既然如此，為什麼連紀念照、螢光背心的事情都知道呢？

「我在內閣府有許多朋友。」

光石停止笑，透過照後鏡望向我。

「我不知道關口先生認識西木。但是，我馬上就會知道你拜訪了西木，也知道誰在場。官房長官在場，代表內閣要決定什麼事。美國海軍陸戰隊的幹部也在。他是第一海兵遠征軍的前指揮官，如今成為共和黨的上院議員。波蘭裔，名叫Yemchuk什麼的。光是如此，就知道他們想做什麼了吧。」

光石露出了憂鬱的表情。我聽著他說的話，心想「等一下是否會被殺」，感到害怕。結果，我沒有遵照光石的指示，沒有寫報導，把資訊流給了內閣副大臣。光石怒上心頭也不足為奇。但是，道歉、辯解也無濟於事。假如光石因為我背叛而想要將我處死，就算我哀求、再怎麼辯白，他應該也會毫不猶豫地殺了我。

「關口，我們接下來會把你交給刈谷先生。你做好心理準備吧。」

或許是察覺到我的心情，太田看著我，一面面露冷笑，一面如此說道。太田看到我的臉在抽搐，說「白痴」，手指螢光背心。

「假如我們打算讓刈谷先生砍死你，會叫你穿上那種東西嗎？你真笨啊。」

然而，假如沒有聽到我們在副大臣室的對話，為什麼會知道紀念照的事呢？

「是我。」

太田又露出笑容，驕傲地說道。

「他們想要聚集我們。他們應該幾乎沒有成員的資訊，所以將所有人聚集在一個地方最省事。用來聚集所有人的藉口是什麼呢？這很困難。我們聯絡所有人，所有人一起思考了。可是，我想起了小學的時候。於是，單純地思考。什麼時候會聚集兒童呢？朝會、運動會、全校打掃、遠足和校外教學、入學儀式和畢業典禮，但是大人沒有那種東西。大人也有的是什麼呢？我想到了紀念照。只有這個。」

太田的手機響起，開始和某個人說話。

「是喔。我和光石現在剛上東名，所以應該再兩小時左右會抵達。你等一下。光石說了什麼。」

光石說了屋頂這兩個字。他的聲音很小，我聽不見全部。

「他叫你先把屋頂打開。對了，屋頂似乎已經可以打開了。」

太田一面說「光石，Acht-Acht似乎已經準備好了」，一面掛斷了電話。Acht-Acht很耳熟。它是八、八的德語，指的是那個88釐米反坦克炮。

「所有人從一開始就做好了一死的心理準備。」

下了東名高速公路，行駛於山區蜿蜒的道路，光石突然如此說道。

「所以，我們也能夠殺人。我們跟口口聲聲叫別人身為特攻隊員，英勇赴死，但是自己在戰後苟延殘喘的人不一樣。問題是在哪裡、怎麼死。要襲擊我們的，八成是Force Recon。它是海軍陸戰隊的武器偵察部隊。因為從美國的特種作戰部隊獨立，直接隸屬於海軍陸戰隊，所以不易洩漏資訊。」

光石淡淡地訴說。確實，我記得西木也沒說是特種部隊。他說：某個部隊。

「喂，光石，你聽見了嗎？」

太田如此道，隔著擋風玻璃，仰望天空。

「聽見了。請告訴刈谷先生，看到機身就攻擊。」

聽見什麼呢？即將抵達太田的製麵機修理工廠。

「果然開Stallion來了。開直升機突襲，未免太蠢了吧。」

耳邊傳來「啪噠啪噠啪噠啪噠」這種聲音，抬頭一看，形狀奇怪的直升機在高空懸停。

「刈谷先生，光石說攻擊。」

太田以電話告知，光石在路肩的空地緊急停車，下車到外頭。太田隨後，我們也下了車。

「蠢斃了。」

太田抱著胳膊，低喃道。

「Acht-Acht原本是高射炮。他們不知道嗎？擊落那種直升機，就跟打死蒼蠅一樣。」

太田的製麵機修理工廠的屋頂，簡直像是圓頂球場一樣，像是裂開一樣，開了一個大洞，稍微凸出像是黑漆漆的煙囪的炮身。不曉得從懸停的直升機，能不能看見炮身。工廠的停車廠內，聚集著十幾名老人。忽然間，轟然響起類似火箭發射聲的炮聲，一道光朝直升機而去。但是，炮彈在距離直升機遙遠的上方爆炸，像是沖天炮炸得火花四射似的，黑煙呈放射狀散開。

「因為是高射炮吧。距離太近了嗎？」

太田一面用雙眼望遠鏡眺望，一面低喃道。直升機察覺到攻擊，急轉彎試圖遠離。

「真是蠢到家了。如果急速下降攻擊的話，我們也束手無策了。」

太田如此說道，光石說「哎呀，他們應該在等所有人為了拍紀念照而聚集」，不改冷靜的表情。反坦克炮微妙地改變角度和方向，開始連射。炮聲轟轟，我差點當場蹲坐在地。炮彈接連爆炸，不知第幾發炮彈炸掉了直升機的螺旋槳。

直升機重重地搖晃一下，像是斷了線的扯線人偶一樣，失去控制，朝彼方的山坡墜落。我看見幾名機組員立刻跳機，但是大概沒有降落傘，筆直地消失在杉樹林中。我突然遇見像是電影的景象，大吃一驚，但是更覺得失望。不是美國海軍陸戰隊的精銳部隊嗎？應該也不能以導彈，或者大型轟炸機攻擊，作為報復吧。總之，應該是光石他們的勝利。我一面問：「這樣就結束了嗎？」一面坐上車，太田啐了一句：你白痴啊。

「這代表資訊戰的勝利，讓我們打贏了第一場仗。」

太田一反常態，一臉嚴肅的表情說道。葛城問坐在前座的兩人：資訊戰？那是什麼呢？光石和太田輪流誇張且嫌麻煩地說明。他們似乎真的沒有監視我們。至於理由，太田之前說過了。單純是因為沒有那種閒工夫監視，之所以知道我和葛城前往內閣府，是因為那個身穿黑色套裝的老婦人——東鄉，叫的包租車隸屬於光石的集團公司。因為被問到車輛號碼，所以知道我們要去見政府相關人士，目的地是位於霞關的內閣府。光石聯絡待在內閣府的朋友或同志，鎖定成員，獲得「召開了內閣會議」這個資訊。如果有人在櫃檯出示入府號碼，因為光石的朋友或同志是在內閣府內負責安全性相關的人，所以能夠輕易地知道預約見面的對象是誰。光石他們得知官房長官和美軍的前幹部聚集於副大臣室，預測了他們的戰略和戰術。光石他們從一開始就知道他們的目的是殲滅自己，而且思考聚集的成員，選項有限，所以因應也不困難。總之，光石他們獲得資訊，做了準備，但是西木他們沒有想像到這件事。而最後，光石說了令人驚訝的話。

「附帶一提的是，西木，或者應該說是日本政府，並沒有要求美軍攻擊我們。」

這是怎麼一回事呢？

「美國絕對不會提供政治上、軍事上的資訊，但是對於日本政府的資訊一清二楚。有時候也會毫不掩飾地竊聽，內閣的祕密會議對於美國而言，也不是什麼祕密。自衛隊的資訊也和美軍共有，但是美軍的資訊不會告訴自衛隊。下指示動用Force Recon的是美國。如果日本因為核電廠恐怖攻擊而完蛋，東亞的權力平衡會失衡。中國的勢力會進一步抬頭，事情變得棘手。全部的事情都是美國決定的。」

「不過，以直升機攻擊我們，並沒有錯。」

光石將Benz停在製麵機修理工廠的停車場角落，一面朝聚集的刈谷他們揮手打招呼，一面如此說道。光石的表情依舊嚴厲。包含刈谷在內，老人們對於擊落海軍陸戰隊的精英搭乘的直升機，沒有感到高興，或者興奮。

「如果趁我們拍團體照的時候，以直升機掃射，一般來說就搞定了。然後，只要由Force Recon處理剩下的人就行了。但是，他們不知道我們在伺機反擊，而且也沒有考慮到這個可能性。純粹就是這麼一回事。」

老人們將車開到倉庫的前面靠邊，使停車場成為沒有遮蔽物的狀態。此外，在刈谷的指揮之下，以手推車將沙包從倉庫搬運過來，開始堆積在平台的正前方。接下來會發生什麼事呢？

「地面部隊會來。戰鬥在晚上。」

為什麼知道是晚上呢？光石沒有回答，加入了堆積沙包的作業。太田一面說「我腰有老毛病，不能搬重物」，一面站在平台上，對我呼喊：關口。

「你稍微動一動大腦，看一看周圍！」

被他這麼一說，我四處張望，但是完全不知道他指的是什麼。

「我們並不是想這麼做，而蓋工廠和倉庫的，這裡可說是天然要塞。」

襯衫外面穿著螢光背心的葛城問：天然要塞是什麼意思？然而，我深深地覺得她是個不可思議的女子。連螢光背心也異常適合她。但是，我一面看著適合穿螢光背心的葛城，一面再度意識到了一件事。老人恐怖分子中沒有女性。雖然不清楚正確的人數，但是如今聚集了約莫三十幾人。即使撇開超過九十歲的刈谷不論，所有人也盡是年紀相當大的老年人，所以應該也有許多和妻子死別的老人。但是，沒有半個女性。老婦人確實不適合當恐怖分子，但是清一色都是男人，應該有某種理由。再說，是否也有結了婚的老人呢？光石說：所有人從一開始就做好了一死的心理準備。假如他說的是真的，代表有人要留下妻子，自己去死。

「首先，這裡位於高地。而且，面向道路，道路的視野遼闊。然後，道路底下另一側是相當陡的斜坡，灌木叢生。爬上來很辛苦，而且靠近的話，憑聲音就會發現。然後，後方，也就是背後，工廠和倉庫的背後是山。你瞧瞧，豈止是陡坡，幾乎是懸崖。而且岩石表面，樹林茂密。海軍陸戰隊的那些人，無論如何，只能將車輛停在相當遠的地方，步行前往這裡。假如是真正的戰爭，應該會先空襲，但是終究不可能派出轟炸機。而且我們有Acht-Acht，倉庫的地下挖了超過三十公尺，又深又大的空間，比從前的日本防空洞更堅固。因為能夠隱藏Acht-Acht，所以你應該大概想像得到有多大。然後，坦克或裝甲車不可能從那條道路開過來。因為他們不是陸軍的機甲步兵部隊，而是海軍陸戰隊。他們應該深知不能使用直升機，究竟要怎麼靠近這裡呢？從道路明目張膽地走過來嗎？又沒有遮蔽物。就算像電影一樣，把臉塗得烏漆抹黑，也會被看見。你知道嗎？今天是滿月的前一天，天氣預報是晴天。光石之所以決定今天，是經過了各種盤算。我這麼說好像是在老王賣瓜，但他是個了不起的傢伙。實際上，假如是戰爭時，他應該成了厲害的指揮官。欸，如果不是這種傢伙，身為企業家也不會那麼成功。」

地形上，確實如同太田所說，但因為是海軍陸戰隊的武裝偵察部隊，所以是否能夠在灌木叢生的斜坡上移動呢？他們是否接受了那種訓練呢？

「你是笨蛋。也難怪你不知道在日本的山林有多麼難以移動，戰鬥多麼困難。從前，有個人叫做石原莞爾，身為偉大的參謀，奠定了滿洲國的基礎。哎呀，你不知道也無所謂。連我也是光石和刈谷先生告訴我，我才知道的，所以沒資格說大話。石原莞爾先生不進行無條件投降，認為即使聯軍登陸，如果在日本的中部山岳地帶進行游擊戰，就能以有利的條件停戰。他很聰明。日本的山岳地帶不但樹木叢生，而且很多陡坡，比越南的叢林戰更不利於作戰。最重要的是，如果是陡坡，因為立足處不穩定，所以光是開槍也不容易。」

太陽開始下山。四周一片寧靜，無法想像戰鬥即將展開。但是，所有車輛移動至邊緣，連對於戰爭和戰鬥毫無知識的我，也一面隔著沙包，恍惚地眺望變得空盪盪的停車場，一面心想：說不定要襲擊這裡確實很困難。從眼前的斜坡爬上來的敵人，必須橫越沒有遮蔽物的寬敞停車場，靠近這裡。照亮整個停車場的幾盞燈已經點亮，縱然破壞它們，身影在月光下也無所遁形。太田說：「後方是陡坡，山林緊挨著倉庫的牆壁和屋頂，敵人只能跳到倉庫的屋頂上。屋頂鋪的是舊式的薄石棉瓦，身著重裝備的士兵如果跳到屋頂上，石棉瓦應該就會破裂。」他說，就算抵達倉庫的屋頂，毗鄰的工廠屋頂上，配置著持槍人員，而且朝山林設置感應器，一旦有人的動靜，就會傳送信號到每個人身上的智慧型手機。

光石他們在沙包後方，吃著飯糰，步槍豎立在一旁，以便能夠隨時拿取，此外，瓦楞紙箱中裝著形狀像是棍棒、看似手榴彈的東西。幾枝機關槍幾乎以等間隔配置，裝著子彈的細長金屬盒到處放置。然而，明明武器準備好了，但是戰鬥的氣氛，應該說是感覺淡薄，倒不只是因為我不習慣這種狀況。不知道為什麼，所有人依舊一身西裝打扮。連刈谷也穿著西裝。也有許多人打領帶。光石打著品味高雅的紅色領帶，說戰鬥會在晚上展開。不用換穿戰鬥服或軍服之類的衣服嗎？

太田也拿著裝在免洗紙餐盤的飯糰來給我和葛城，說了和上次一樣的話。

「其實我想讓你們吃用我家的製麵機製造的烏龍麵，但是準備容器很麻煩。」

葛城一面大口吃包著海苔的飯糰，一面說：挺好吃的。她身穿貼身的橘色緊身褲，白色的襯衫外面套著那件螢光背心，難得穿著裙子。她應該是認為要穿方便行動的服裝。我也選擇了鞋底的橡膠磨損、從前的運動鞋，身穿牛仔褲搭白色襯衫。光石他們不時從沙包後方用雙眼望遠鏡眺望外頭，但是極為一般地進行著對話。終究沒有人大聲笑，但是我實在沒有戰鬥即將展開這種真實感。

「對了，這個飯糰是太田先生做的嗎？」

葛城如此問道，太田回答「不是，是我老婆」，令我大吃一驚。太田結婚了嗎？

「我連孫子都有了。」

太田一臉「這怎麼了嗎？」的表情，淡淡地說道。根據太田所說，光石和妻子死別，沒有孩子，但是其他人大多有家庭。刈谷似乎有七個曾孫。光石說：所有人做好了一死的心理準備。我心想：「留下家人，自己去死，不會太過痛苦嗎？」但是問不出口。於是，或許是察覺到我的疑問，太田若無其事地說：我寫好遺書了。

「我告訴你。我們當中，沒有人是因為家庭，或者工作有什麼問題才參加的。欸，我沒資格說大話，畢竟我一度差點搞垮公司，獲得光石幫忙，但我只是資金上被逼得走投無路，我這麼說好像是在老王賣瓜，但是商品堅固耐用。光石不會讓家庭失和，工作也失敗的人參加。沒有半個人對私生活感到不滿。那種人不行，或者應該說是很糟。因為動機淺，所以決心也不夠堅定，而且會若無其事地背叛。」

我試著問了另一個疑問。為何成員中沒有女性呢？

「你白痴啊？怎麼能讓女性參與戰爭？」

太田一面微笑，一面如此說道，然後說「而且啊」，當他要繼續說下去時，到處傳來像是蜜蜂振翅的聲音。太田問「什麼聲音？」從沙包探出頭來，額頭一帶浮現像是雷射筆發出的小光點，下一秒鐘，耳邊傳來像是汽水猛烈噴出的聲音，太田的臉的上半部在我的眼前炸掉了。我不知道發生了什麼事。頂上一起開始響起「噗咻」這種聲音，我聽見有人大叫「是無人機」的聲音。光石沿著沙包爬了過來，在我耳邊大吼：「打開開關！」刈谷他們在另一頭拿起步槍，或者「空捎機」開始朝斜前方的微暗天空射擊。我搞不清楚什麼是什麼，連開關是指什麼也不知道。赫然回神，滿臉黏著什麼，用手一摸才發現是太田碎裂的臉上半部的殘骸。它變得血肉模糊，不知道是皮膚、肉，還是血。太田的身體因為槍擊而改變方向，以和對我們說話時一樣的姿勢，靠在沙包上，但是鼻子以上消失。不是被人用刀「唰」地平整砍斷，傷口，或應該說是剩餘的臉的斷面，像是被挖掉似的，呈鋸齒狀地凹陷。事情發生得太過突然，而且太不真實，我既不感到驚嚇，也不感到恐懼。血和肉片散落四周，我和沒了臉的上半部的太田面對面。然而，沒有真實感。不是淡薄，而是完全沒有真實感。

「那是什麼？」

葛城一面從口袋掏出開關，點亮螢光背心，一面仰望停車場的高空。她也替我打開了開關。原來光石是叫我打開開關，我恍惚地思考著這種蠢事時，隨著尖銳的聲音，燈光全部消失了。那是玻璃破裂的聲音，原來燈被破壞了。

「咦，機器人？為什麼飄浮在天空呢？」

葛城如此說道。她即使看到太田的屍體，表情也沒有改變。因為她跟我一樣，感覺麻痺了。薄暮中，一開始看到它時，以為是葫蘆飄浮在天空。因為是沒有看過的物體，所以無法掌握距離感，也不清楚大小。收窄的部分有兩片看似螺旋槳的東西，凸起的底下部分凸出像是棘一樣的東西，它的前端火花四射。

「移動到地下、移動到地下！」

有人叫道。是光石嗎？還是刈谷呢？我不知道是誰在叫。我無法從臉的上半部被炸掉的太田的臉移開目光。忽然看了高空一眼，像是葫蘆的東西朝我靠近。它與其說是葫蘆，倒不如說是形狀呈數字8的機器人。整體的大小約莫鐵桶。光石屈著身體，衝了過來。接著，他抓住我的領口，牽起葛城的手，想要把我們拖向倉庫內側時，我被令人眩目的光線籠罩，身體搖晃，意識中斷了。好像是什麼爆炸了，但是聽不見它的聲音。模糊的視野中，葛城摀著耳朵大叫，但是我聽不見她的聲音，彷彿熔化的金屬灌入了耳朵、眼睛和大腦。在倉庫的邊緣，又發生了爆炸。閃光炸開，我以為眼睛瞎了。甚至不知道是睜開眼睛，或者閉著眼睛。我不是因為爆炸衝擊波，而是因為聲音，整個人被重重地摔在水泥地上，失去了意識。

瀰漫著強烈的阿摩尼亞的臭味。我只感覺到尖銳的耳鳴聲，睜開了眼睛。我好像一直失去意識。或者，我已經死了？

「聽得見嗎？」

像是撥開耳鳴似的，我微微聽見葛城的聲音，但是視野灰濛混濁，變形扭曲，也無法對焦。總之，沒有半個清晰的影像。相對地，上半部的臉被炸掉的太田的臉，如今仍在眼皮內側閃爍。好像每當他的臉出現，我就會發出叫聲。阿摩尼亞的臭味再度刺鼻。太陽穴和眼睛痛得像是火在燒，我想大吼「住手！」但是發不出聲音。我想要撥掉摀住我的臉的某個人的手，但是身體動不了。不久之後，我聞到另一種異常的臭味，耳邊斷斷續續地聽見一個急迫的聲音在喊：「起來！」有人抓住我的肩膀，搖晃我的身體。臀部和雙腿濡濕。我大概又尿失禁了吧？不，不是小便，而是汽油。為何臀部被汽油弄濕了呢？

「關口先生，快逃！」

是光石的聲音。我看見了搖晃我肩膀的光石的臉。葛城在他身旁，眼角餘光瞄到了刈谷上半身赤裸地靠坐在牆上的身影。刈谷拿著日本刀，但是脖子彎曲成奇怪的角度，一動也不動。因為機器人，以及之後的海軍陸戰隊的攻擊，老人們幾乎都被殺了。保住性命的人包含光石在內，僅僅七人，而且大部分受了傷。這裡似乎是倉庫地下的最深處。幾道筒狀的光線從頭頂上穿射進來，眼睛刺痛。這裡被水泥的牆壁和天花板包圍，是相當寬敞的地下室。牆邊有巨大的電梯，但是電纜被切斷，構造簡單的升降機場落，88釐米反坦克炮橫倒。炮身向前傾倒，前端部分淹沒。地上累積的不是水，而是汽油。

「你醒來了嗎？」

光石的西裝和襯衫染著血。我記得他打著紅色領帶，但是分不清血和領帶。你為什麼穿著西裝呢？我終於發出聲音，這是個非常愚蠢的問題，但是光石一臉正經的表情回答：因為我是民眾。聽說刈谷被逼到這個地下室，電梯被破壞，他一知道被海軍陸戰隊包圍，便想拔日本刀切腹。光石試圖阻止他，但是他似乎被海軍陸戰隊用探照燈照到日本刀，遭到射殺。為什麼只有刈谷被擊斃呢？光石說：因為美軍對日本刀，有一種出自本能的厭惡。倉庫內應該有武器庫，但是已經沒有人試圖抵抗。光石也沒有拿著任何武器。天花板有一個一公尺見方的升降口，以及電梯被破壞所形成的大洞，雖然設置了幾盞探照燈，但是看不見應該在上方的敵人身影。就算以步槍和機關槍射擊也沒有意義，而且投擲手榴彈也丟不到。最重要的是，保住性命的老人們並非處於能夠戰鬥的狀態。然而，照理說能夠馬上輕易地射殺這個地下室裡的所有人，為什麼海軍陸戰隊不攻擊呢？

「他們打算連同反坦克炮和其他武器，把我們燒成灰燼。」

茫然沒有表情的葛城，以及還站不起來的我身上，穿著微微發光的背心。我心想：簡直像是垂死的螢火蟲。

「關口先生，你聽我說！」

光石反覆叫我逃離這裡。我問：「逃走也會被擊斃吧？」他在我耳邊大吼：我跟某個人聯絡過了，所以你不會被擊斃。他是個西木也熟知的人，影響力非常大。光石事先委託他介入和交涉了。那個政治人士以「殲滅光石他們的團體也無妨」這個條件，和西木達成了交易。也就是說，我和葛城不會被擊斃，也不會被逮捕。光石不逃走嗎？

「我們不是被擊斃，就是被逮捕。」

光石如此說道。肯定會被殺。據說萬一沒有被殺，遭到逮捕，無關乎核電廠，而是身為NHK和電影院的恐怖攻擊的犯人，遭受制裁。核電廠恐怖攻擊沒有發生，今後也不會發生。事實會被塵封。

「是我的疏失。」

光石露出了痛苦的表情，使出吃奶的力氣，讓我站起來。他的肩膀一帶持續流血，但是眼神還有力氣。他沒有料到無人機這種無人武器會攻擊過來。團體在轉眼間死的死、傷的傷。一半以上的人被無人機的機關槍擊斃，被閃光彈弄瞎、弄聾，然後海軍陸戰隊馬上出現，這麼多人逃進地下室，但是電梯被破壞、被包圍，被逼迫在灌入汽油，點火之前投降。我問：「可是，要怎麼從這裡逃走呢？」光石以下顎指示電梯旁的鐵製升降梯。

「爬那個上去。他們說，再過幾分鐘就要點火。」

可是，居然要灌入汽油點火，他們有什麼毛病嗎？地下室沒有遮蔽物，所以槍擊就行了，而且投擲炸彈的話，就能輕易地殺死所有人。

「這是那些傢伙的手法。跟硫磺島一樣。以汽油和火焰噴射槍，燒死地下隧道的日本兵。讓敵人心生恐懼。威脅要灌入汽油點火。這樣比較會迫使人產生恐懼，所以敵人應該會投降。」

光石和其他保住性命的老人恐怖分子們做好了被燒死的心理準備嗎？

「我不是說過了嗎？我們做好了一死的心理準備。問題是在哪裡、怎麼死。被機器人擺了一道令人心有不甘，但是和海軍陸戰隊交戰，所以，欸，算是差強人意。」

我聽到機器人，想起了被炸掉半張臉的太田，身體開始顫抖。光石問：「你怎麼了？」我說：「太田死在我眼前」的過程中，淚水奪眶而出。太田先生話說到一半，臉就被炸掉了。我簡直像個幼童似的，哭了出來。

「是喔。」

光石讓我扶著他的肩膀，牽起葛城的手，浸泡在深及膝蓋的汽油中，走向梯子。葛城的眼神渙散，毫無表情。

「太田先生在思考死時要說的話。但是他來不及說。」

死的時候要說的話是什麼？

「他老是說，我死的時候要說『噢，真有趣』，那是他的口頭禪。」

我知道我為何身體顫抖，哭出來了。因為憤怒。不是對西木、美國的海軍陸戰隊，或者光石他們的敵人的憤怒。光石他們在NHK西側大門和新宿MILANO殺了大批的人，所以他們下定決心要死，遭受攻擊，實際上步入死亡，或許是無可奈何的事。但是，我能夠理解光石他們抱持的憎惡。在如今的日本，任誰應該都或多或少抱持類似的憎惡。這個事實令我憤慨。血仍從光石的肩頭湧出。但是，光石的雙眼熠熠生輝，沒有半點陰鬱。我不曾見過這種人。

「關口先生。」

光石先將葛城的手腳引導至梯子，然後呼喚我。

「邊哭邊投降不太妙。最好別讓海軍陸戰隊看到眼淚。」

我回應「我知道了」，以黏著太田的血和肉的袖口擦拭臉，光石以輕鬆的語氣說「然後那件事，就麻煩你了」，微微一笑。

「拜託你寫！」

他是指報導的事嗎？

「你是真正的記者。我從一開始就認為，如果我不賭上性命拜託你，你應該不會寫。所以，關口先生，我選擇了你。希望你千萬不要忘記這一點。」

我啞口無言。我想要說點什麼，但是心情紛亂，發不出聲音。

「沒關係。什麼都不必說。倒是注意別讓百合子小姐一腳踏空，慢慢地爬上去。那些傢伙應該會以感應器感應到那件背心，所以你們不會被擊斃。」

我依照光石的吩咐，一面看著葛城的腳邊，一面抓住梯子，將身體往上拉。梯子因為汽油、某個人的血，以及像是油的東西而濡濕，若不牢牢抓住，就會打滑。頭頂上漸漸出現了盯著我們的海軍陸戰隊。往上爬了多久呢？忽然往下一看，雙臂環胸站立的光石，以及他的夥伴們抬頭仰望我們。或許是察覺到了我的視線，光石鬆開雙臂，以右手比了個勝利手勢。他身邊的老人也使用右手，做出指示什麼的動作。手臂前端因為從這裡望過去是死角而看不見，但是應該是指那個崩落的88釐米反坦克炮。光石將手伸向我，反覆比了勝利手勢。我意識到那不是勝利手勢，起了雞皮疙瘩。我意識到它的意思是，還剩兩門88釐米反坦克炮。

葛城即將爬完梯子，頭戴鋼盔、戴著像是太陽眼鏡的護目鏡的士兵將原本架在手上的槍背在肩上，伸出了手。葛城被拉了上去。一旁的另一名士兵對我伸出手，然後再旁邊的另一名士兵拿出某種像是原子筆的小筒子，用力地摩擦水泥牆。火從小筒子的前端噴了出來。我被抓住手臂，像是被拋出去似的，從地下室爬了出來。與此同時，士兵將噴火的筒子輕輕一扔。轟然響起氣化的汽油爆炸的聲音，地下室在轉眼間被火包圍。我試圖確認光石他們的身影，但是已經除了熊熊燃燒的火焰之外，什麼也看不見了。

「光石先生。」

我聽見正被帶去倉庫外面的葛城如此低喃道。西木也混在海軍陸戰隊的士兵之中。他默默地看著我們，以下顎指示倉庫的外頭。光石說：你們應該不會被殺，也不會被逮捕。說不定擁有極大影響力的政治人士在倉庫的外面等著。回頭一看，大概是因為除了汽油之外，沒有東西可燒，火勢已經收斂。光石先生。我無聲地對自己說：

「光石先生，我會寫。」

想必會是漫長的作業。可是，我已經決定了開頭第一句。

「四月，某個晴朗的日子，我身在NHK的西側大門。」

而且也決定了最後一句。

「但是，還剩下兩門88釐米反坦克炮。」

後記

許久之前，我想到了七十多歲到九十多歲的老人不惜進行恐怖攻擊，起身試圖改變日本這種故事的點子。那個年代的人們以某種形式經歷戰爭，活在糧食不足的時代。話說回來，我覺得沒有被殺死、病死或自殺，也沒有臥病在床地苟延殘喘這種事情本身，就很了不起。假如他們之中，在經濟上成功、社會上受人尊敬，也體驗著臨界處境（limit situation）的那一群人，感到義憤填膺，建立網絡，使出擁有的所有力量，展開行動的話，會怎麼樣呢？他們會怎麼挑起戰爭，情況會如何發展呢？這種想像，挑起了我的好奇心。

感覺許多老人，尤其是男性的高齡者，一般受到社會輕視。人們覺得女性的高齡者待人柔和，想法也靈活，無論是短時間工作或打工，似乎都比男性更容易被錄用。活在經濟高度成長、高齡的前企業戰士，則被評為想法古板，受到成功經驗影響，無法跟上時代的變化，而且是ＩＴ白痴、頑固又保守，明明無能卻長年占著茅坑不拉屎，說的盡是從前的當年勇，毫無意義、根據地驕傲自大。

寫作時，我採訪了多到數不清的人。他們大部分都提出了「匿名」這個條件，所以我在此想要感謝所有人。

書中出現了舊德軍的「88釐米反坦克炮」，我想要對持有真品（無法發射炮彈），爽快地答應採訪的株式會社「海洋堂」的宮脇修一社長，表達最大的謝意。宮脇社長配合我的採訪日，從倉庫將巨大的武器搬到太陽下，告訴了我許多事情。第一次採訪如此愉快。

日文版封面的裝幀畫委託Hamano Yuka小姐。我們第一次因為《能以那筆錢買到什麼》（あの金で何が買えたか）一起工作時，她才十九歲，從此之後，我們一起創作了許多作品，像是《新工作大未來：從13歲開始迎向世界》（13歳のハローワーク）等。我想，本書也是和Hamano Yuka小姐合作的代表作。

在此，深深地感謝連載本作超過三年的《文藝春秋》正刊的歷任主編、副主編、舩山幹雄、責任編輯池澤龍太、中村雄亮、畫細緻而生動的裝幀畫的足立Yuji先生、精裝本責任編輯、篠原一朗、大川繁樹、委託裝幀的文藝春秋設計室的關口聖司，以及各位協助人員。

二〇一五年　五月二十日　橫濱

村上龍

國家圖書館出版品預行編目資料

老人恐怖分子 / 村上龍著；張智淵譯.
——初版——臺北市：大田，民 105.09
面；公分. ——（日文系；045）

ISBN 978-986-179-458-7（平裝）

861.57 105011090

日文系 045

老人恐怖分子

村上龍◎著
張智淵◎譯

出版者：大田出版有限公司
台北市 10445 中山北路二段 26 巷 2 號 2 樓
E-mail：titan3@ms22.hinet.net http：//www.titan3.com.tw
編輯部專線：（02）25621383 傳眞：（02）25818761
【如果您對本書或本出版公司有任何意見，歡迎來電】
法律顧問：陳思成

總編輯：莊培園
副總編輯：蔡鳳儀
執行編輯：陳顗如
行銷企劃：古家瑄 / 董芸
校對：黃薇霓 / 金文蕙 / 張智淵
初版：二〇一六年（民 105）九月一日 定價：480 元
二刷：二〇一八年（民 107）四月三十日

總經銷：知己圖書股份有限公司
台北公司：106 台北市大安區辛亥路一段 30 號 9 樓
TEL：02-23672044 / 23672047 FAX：02-23635741
台中公司：407 台中市西屯區工業 30 路 1 號 1 樓
TEL：04-23595819 FAX：04-23595493
E-mail：service@morningstar.com.tw
網路書店 http://www.morningstar.com.tw

讀者專線：04-23595819 # 230
郵政劃撥：15060393（知己圖書股份有限公司）
印刷：上好印刷股份有限公司
國際書碼：978-986-179-458-7 CIP：861.57/105011090

OLD TERRORIST
by MURAKAMI Ryu

From：

地址：

廣　告　回　信
台北郵局登記證
台北廣字第 01764 號

平　信

To：台北市 10445 中山區中山北路二段 26 巷 2 號 2 樓

大田出版有限公司　／編輯部　收

電話：（02）25621383　傳真：（02）25818761

E-mail：titan3@ms22.hinet.net

意想不到的驚喜小禮
等著你！

只要在回函卡背面留下正確的姓名、
E-mail和聯絡地址，並寄回大田出版社，
就有機會得到意想不到的驚喜小禮！
得獎名單每雙月10日，
將公布於大田出版粉絲專頁、
「編輯病」部落格，
請密切注意！

編輯病部落格

大田出版

大田出版 讀者回函

姓　　名：________
性　　別：□男 □女
生　　日：西元______年______月______日
聯絡電話：________
E-mail：________
聯絡地址：________

教育程度：□國小 □國中 □高中職 □五專 □大專院校 □大學 □碩士 □博士
職　　業：□學生 □軍公教 □服務業 □金融業 □傳播業 □製造業
□自由業 □農漁牧 □家管 □退休 □業務 □ SOHO 族
□其他 ________

本書書名：0713045 老人恐怖分子

你從哪裡得知本書消息？

□實體書店 ______ □網路書店 ______ □大田 FB 粉絲專頁
□大田電子報 或編輯病部落格 □朋友推薦 □雜誌 □報紙 □喜歡的作家推薦

當初是被本書的什麼部分吸引？

□價格便宜 □內容 □喜歡本書作者 □贈品 □包裝 □設計 □文案
□其他 ________

閱讀嗜好或興趣

□文學 / 小說 □社科 / 史哲 □健康 / 醫療 □科普 □自然 □寵物 □旅遊
□生活 / 娛樂 □心理 / 勵志 □宗教 / 命理 □設計 / 生活雜藝 □財經 / 商管
□語言 / 學習 □親子 / 童書 □圖文 / 插畫 □兩性 / 情慾
□其他 ________

請寫下對本書的建議：

※ 填寫本回函，代表您接受大田出版不定期提供您出版相關資訊，
大田出版編輯部 感謝您！

＊請沿虛線剪下，對摺裝訂寄回，謝謝！